T0036872

Jorge Luis Borges

CUENTOS COMPLETOS

Jorge Luis Borges nació el 24 de agosto de 1899 en Buenos Aires. En 1914 se mudó con su familia a Suiza y vivió también unos años en España, donde comenzó a publicar en distintas revistas literarias. En 1921, de regreso en Buenos Aires, participó activamente en la vida cultural del momento, fundó las revistas *Prisma* y *Proa*, y firmó el primer manifiesto ultraísta. En 1923 publicó su libro de poesía *Fervor de Buenos Aires* y en 1935, el libro de relatos *Historia universal de la infamia*. En las décadas siguientes su obra crece: publica diversos libros de poesía, cuentos y ensayos, así como numerosos trabajos en colaboración, como *Antología de la literatura fantástica*, con Adolfo Bioy Casares y Silvina Ocampo. Fue presidente de la Sociedad Argentina de Escritores, director de la Biblioteca Nacional, miembro de la Academia Argentina de Letras, profesor universitario y conferencista. Recibió importantes distinciones de gobiernos extranjeros, y el título de doctor *honoris causa* de las universidades de Columbia, Yale, Oxford, Michigan, Santiago de Chile, La Sorbona y Harvard. Entre los premios que obtuvo, cabe destacar el Premio Nacional de Literatura (Argentina, 1956), el Formentor (España, 1961) y el Cervantes en 1979. Su obra ha sido traducida a más de veinticinco idiomas, y actualmente es considerado uno de los más importantes autores de todos los tiempos. Murió en Ginebra el 14 de junio de 1986.

TAMBIÉN DE JORGE LUIS BORGES
EN VINTAGE ESPAÑOL

El hacedor

El Aleph

Poesía completa

Ficciones

Historia universal de la infamia

CUENTOS COMPLETOS

Jorge Luis Borges

CUENTOS COMPLETOS

VINTAGE ESPAÑOL

Una división de Penguin Random House LLC

Nueva York

PRIMERA EDICIÓN VINTAGE ESPAÑOL, OCTUBRE 2019

Copyright de la compilación © 2011 por María Kodama

Todos los derechos reservados. Publicado en los Estados Unidos de
América por Vintage Español, una división de Penguin Random House LLC,
Nueva York, y distribuido en Canadá por Penguin Random House Canada
Limited, Toronto. Esta edición fue originalmente publicada por Editorial
Lumen, un sello de Penguin Random House Grupo Editorial, S.A.,
Barcelona, en 2011. Copyright © 1995, 1996 por María Kodama.

Vintage es una marca registrada y Vintage Español y su colofón
son marcas de Penguin Random House LLC.

Esta es una obra de ficción. Los nombres, personajes, lugares
e incidentes o son producto de la imaginación del autor o se usan
de forma ficticia. Cualquier parecido con personas, vivas o muertas,
eventos o escenarios es puramente casual.

Información de catalogación de publicaciones disponible
en la Biblioteca del Congreso de los Estados Unidos.

**Vintage Español ISBN en tapa blanda: 978-0-525-56712-7
eBook ISBN: 978-0-525-56713-4**

Para venta exclusiva en EE.UU., Canadá, Puerto Rico y Filipinas.

www.vintageespanol.com

Impreso en Colombia - *Printed in Colombia*

Historia Universal
de la Infamia
(1935)

Prólogo a la primera edición

Los ejercicios de prosa narrativa que integran este libro fueron ejecutados de 1933 a 1934. Derivan, creo, de mis relecturas de Stevenson y de Chesterton y aun de los primeros films de Von Sternberg y tal vez de cierta biografía de Evaristo Carriego. Abusan de algunos procedimientos: las enumeraciones dispares, la brusca solución de continuidad, la reducción de la vida entera de un hombre a dos o tres escenas. (Ese propósito visual rige también el cuento «Hombre de la esquina rosada».) No son, no tratan de ser, psicológicos.

En cuanto a los ejemplos de magia que cierran el volumen, no tengo otro derecho sobre ellos que los de traductor y lector. A veces creo que los buenos lectores son cisnes aun más tenebrosos y singulares que los buenos autores. Nadie me negará que las piezas atribuidas por Valéry a su pluscuamperfecto Edmond Teste valen notoriamente menos que las de su esposa y amigos.

Leer, por lo pronto, es una actividad posterior a la de escribir: más resignada, más civil, más intelectual.

J. L. B.

Buenos Aires, 27 de mayo de 1935

Prólogo a la edición de 1954

Yo diría que barroco es aquel estilo que deliberadamente agota (o quiere agotar) sus posibilidades y que linda con su propia caricatura. En vano quiso remedar Andrew Lang, hacia mil ochocientos ochenta y tantos, la *Odisea* de Pope; la obra ya era su parodia y el parodista no pudo exagerar su tensión. Barroco (*Baroco*) es el nombre de uno de los modos del silogismo; el siglo XVIII lo aplicó a determinados abusos de la arquitectura y de la pintura del XVII; yo diría que es barroca la etapa final de todo arte, cuando éste exhibe y dilapida sus medios. El barroquismo es intelectual y Bernard Shaw ha declarado que toda labor intelectual es humorística. Este humorismo es involuntario en la obra de Baltasar Gracián; voluntario o consentido, en la de John Donne.

Ya el excesivo título de estas páginas proclama su naturaleza barroca. Atenuarlas hubiera equivalido a destruirlas; por eso prefiero, esta vez, invocar la sentencia *quod scripsi, scripsi* (Juan, 19, 22) y reimprimirlas, al cabo de veinte años, tal cual. Son el irresponsable juego de un tímido que no se animó a escribir cuentos y que se distrajo en falsear y tergiversar (sin justificación estética alguna vez) ajenas historias. De estos ambiguos ejercicios pasó a la trabajosa composición de un cuento directo —«Hombre de la esquina rosada»— que firmó con el nombre de un abuelo de sus abuelos, Francisco Bustos, y que ha logrado un éxito singular y un poco misterioso.

En su texto, que es de entonación orillera, se notará que he intercalado algunas palabras cultas: vísceras, conversiones, etcétera. Lo hice, porque el compadre aspira a la finura, o (esta razón excluye la otra, pero es quizá la verdadera) porque los compadres son individuos y no hablan siempre como el Compadre, que es una figura platónica.

Los doctores del Gran Vehículo enseñan que lo esencial del universo es la vacuidad. Tienen plena razón en lo referente a esa mínima parte del universo que es este libro. Patíbulos y piratas lo pueblan y la palabra infamia aturde en el título, pero bajo los tumultos no hay nada. No es otra cosa que apariencia, que una superficie de imágenes; por eso mismo puede acaso agradar. El hombre que lo ejecutó era asaz desdichado, pero se entretuvo escribiéndolo; ojalá algún reflejo de aquel placer alcance a los lectores.

En la sección «Etcétera» he incorporado tres piezas nuevas.

J. L. B.

I inscribe this book to S. D.: English, innumerable and an Angel. Also: I offer her that kernel of myself that I have saved, somehow — the central heart that deals not in words, traffics not with dreams and is untouched by time, by joy, by adversities.

El atroz redentor
Lazarus Morell

La causa remota

En 1517 el P. Bartolomé de las Casas tuvo mucha lástima de los indios que se extenuaban en los laboriosos infiernos de las minas de oro antillanas, y propuso al emperador Carlos V la importación de negros, que se extenuaran en los laboriosos infiernos de las minas de oro antillanas. A esa curiosa variación de un filántropo debemos infinitos hechos: los blues de Handy, el éxito logrado en París por el pintor doctor oriental don Pedro Figari, la buena prosa cimarrona del también oriental don Vicente Rossi, el tamaño mitológico de Abraham Lincoln, los quinientos mil muertos de la guerra de Secesión, los tres mil trescientos millones gastados en pensiones militares, la estatua del imaginario Falucho, la admisión del verbo *linchar* en la decimotercera edición del *Diccionario de la Academia*, el impetuoso film *Aleluya*, la fornida carga a la bayoneta llevada por Soler al frente de sus Pardos y Morenos en el Cerrito, la gracia de la señorita de Tal, el moreno que asesinó Martín Fierro, la deplorable rumba *El manisero*, el napoleonismo arrestado y encalabozado de Toussaint Louverture, la cruz y la serpiente en Haití, la sangre de las cabras degolladas por el machete del *papaloi*, la habanera madre del tango, el candombe.

Además: la culpable y magnífica existencia del atroz redentor Lazarus Morell.

El lugar

El Padre de las Aguas, el Mississippi, el río más extenso del mundo, fue el digno teatro de ese incomparable canalla. (Álvarez de Pineda lo descubrió y su primer explorador fue el capitán Hernando de Soto, antiguo conquistador del Perú, que distrajo los meses de prisión del Inca Atahualpa, enseñándole el juego del ajedrez. Murió y le dieron por sepultura sus aguas.)

El Mississippi es río de pecho ancho; es un infinito y oscuro hermano del Paraná, del Uruguay, del Amazonas y del Orinoco. Es un río de aguas mulatas; más de cuatrocientos millones de toneladas de fango insultan anualmente el golfo de Méjico, descargadas por él. Tanta basura venerable y antigua ha construido un delta, donde los gigantescos cipreses de los pantanos crecen de los despojos de un continente en perpetua disolución, y donde laberintos de barro, de pescados muertos y de juncos, dilatan las fronteras y la paz de su fétido imperio. Más arriba, a la altura del Arkansas y del Ohio, se alargan tierras bajas también. Las habita una estirpe amarillenta de hombres escuálidos, propensos a la fiebre, que miran con avidez las piedras y el hierro, porque entre ellos no hay otra cosa que arena y leña y agua turbia.

Los hombres

A principios del siglo XIX (la fecha que nos interesa) las vastas plantaciones de algodón que había en las orillas eran trabajadas por negros, de sol a sol. Dormían en cabañas de madera, sobre el piso de tierra. Fuera de la relación madre-hijo, los parentescos eran convencionales y turbios. Nombres tenían, pero podían prescindir de apellidos. No sabían leer. Su enternecida voz de falsete canturreaba un inglés de lentas vocales. Trabajaban en filas, encorvados bajo el rebenque del capataz. Huían, y hombres de barba entera saltaban sobre hermosos caballos y los rastreaban fuertes perros de presa.

A un sedimento de esperanzas bestiales y miedos africanos habían agregado las palabras de la Escritura: su fe por consiguiente era la de Cristo. Cantaban hondos y en montón: *Go down Moses.* El Mississippi les servía de magnífica imagen del sórdido Jordán.

Los propietarios de esa tierra trabajadora y de esas negradas eran ociosos y ávidos caballeros de melena, que habitaban en largos caserones que miraban al río —siempre con un pórtico pseudogriego de pino blanco. Un buen esclavo les costaba mil dólares y no duraba mucho. Algunos cometían la ingratitud de enfermarse y morir. Había que sacar de esos inseguros el mayor rendimiento. Por eso los tenían en los campos desde el primer sol hasta el último; por eso requerían de las fincas una cosecha anual de algodón o tabaco o azúcar. La tierra, fatigada y manoseada por esa cultura impaciente, quedaba en pocos años exhausta: el desierto confuso y embarrado se metía en las plantaciones. En las chacras abandonadas, en los suburbios, en los cañaverales apretados y en los lozadales abyectos, vivían los *poor whites*, la canalla blanca. Eran pescadores, vagos cazadores, cuatreros. De los negros solían mendigar pedazos de comida robada y mantenían en su postración un orgullo: el de la sangre sin un tizne, sin mezcla. Lazarus Morell fue uno de ellos.

El hombre

Los daguerrotipos de Morell que suelen publicar las revistas americanas no son auténticos. Esa carencia de genuinas efigies de hombre tan memorable y famoso, no debe ser casual. Es verosímil suponer que Morell se negó a la placa bruñida; esencialmente para no dejar inútiles rastros, de paso para alimentar su misterio… Sabemos, sin embargo, que no fue agraciado de joven y que los ojos demasiado cercanos y los labios lineales no predisponían a su favor. Los años, luego, le confirieron esa peculiar majestad que tienen los canallas encanecidos, los criminales venturosos e impunes. Era un caballero antiguo del Sur, pese a la niñez miserable y a la vida afrentosa. No desconocía las Escrituras y predicaba con singular convicción. «Yo lo vi a Lazarus Morell en el púlpito», anota el dueño de una casa de juego en Baton Rouge, Luisiana, «y escuché sus palabras edificantes y vi las lágrimas acudir a sus ojos. Yo sabía que era un adúltero, un ladrón de negros y un asesino en la faz del Señor, pero también mis ojos lloraron.»

Otro buen testimonio de esas efusiones sagradas es el que suministra el propio Morell. «Abrí al azar la Biblia, di con un conveniente versículo de san Pablo y prediqué una hora y veinte minutos. Tampoco malgastaron ese tiempo Crenshaw y los compañeros, porque se arrearon todos los caballos del auditorio. Los vendimos en el estado de Arkansas, salvo un colorado muy brioso que reservé para mi uso particular. A Crenshaw le agradaba también, pero yo le hice ver que no le servía.»

El método

Los caballos robados en un estado y vendidos en otro fueron apenas una digresión en la carrera delincuente de Morell, pero prefiguraron el método que ahora le aseguraba su buen lugar en una Historia Universal de la Infamia. Este método es único, no solamente por las circunstancias *sui generis* que lo determinaron, sino por la abyección que requiere, por su fatal manejo de la esperanza y por el desarrollo gradual, semejante a la atroz evolución de una pesadilla. Al Capone y Bugs Moran operan con ilustres capitales y con ametralladoras serviles en una gran ciudad, pero su negocio es vulgar. Se disputan un monopolio, eso es todo… En cuanto a cifras de hombres, Morell llegó a comandar unos mil, todos juramentados. Doscientos integraban el Consejo Alto, y éste promulgaba las órdenes que los restantes ochocientos cumplían. El riesgo recaía en los subalternos. En caso de rebelión, eran entregados a la justicia o arrojados al río correntoso de aguas pesadas, con una segura piedra a los pies. Eran con frecuencia mulatos. Su facinerosa misión era la siguiente:

Recorrían —con algún momentáneo lujo de anillos, para inspirar respeto— las vastas plantaciones del Sur. Elegían un negro desdichado y le proponían la libertad. Le decían que huyera de su patrón, para ser vendido por ellos una segunda vez, en alguna finca distante. Le darían entonces un porcentaje del precio de su venta y lo ayudarían a otra evasión. Lo conducirían después a un Estado libre. Dinero y libertad, dólares resonantes de plata con libertad, ¿qué mejor tentación iban a ofrecerle? El esclavo se atrevía a su primera fuga.

El natural camino era el río. Una canoa, la cala de un vapor, un lanchón, una gran balsa como un cielo con una casilla en la punta o con elevadas carpas de lona; el lugar no importaba, sino el saberse en movimiento, y seguro sobre el infatigable río... Lo vendían en otra plantación. Huía otra vez a los cañaverales o a las barrancas. Entonces los terribles bienhechores (de quienes empezaba ya a desconfiar) aducían gastos oscuros y declaraban que tenían que venderlo una última vez. A su regreso le darían el porcentaje de las dos ventas y la libertad. El hombre se dejaba vender, trabajaba un tiempo y desafiaba en la última fuga el riesgo de los perros de presa y de los azotes. Regresaba con sangre, con sudor, con desesperación y con sueño.

La libertad final

Falta considerar el aspecto jurídico de estos hechos. El negro no era puesto a la venta por los sicarios de Morell hasta que el dueño primitivo no hubiera denunciado su fuga y ofrecido una recompensa a quien lo encontrara. Cualquiera entonces lo podía retener, de suerte que su venta ulterior era un abuso de confianza, no un robo. Recurrir a la justicia civil era un gasto inútil, porque los daños no eran nunca pagados.

Todo eso era lo más tranquilizador, pero no para siempre. El negro podía hablar; el negro, de puro agradecido o infeliz, era capaz de hablar. Unos jarros de whisky de centeno en el prostíbulo de El Cairo, Illinois, donde el hijo de perra nacido esclavo iría a malgastar esos pesos fuertes que ellos no tenían por qué darle, y se le derramaba el secreto. En esos años, un Partido Abolicionista agitaba el Norte, una turba de locos peligrosos que negaban la propiedad y predicaban la libertad de los negros y los incitaban a huir. Morell no iba a dejarse confundir con esos anarquistas. No era un yankee, era un hombre blanco del Sur hijo y nieto de blancos, y esperaba retirarse de los negocios y ser un caballero y tener sus leguas de algodonal y sus inclinadas filas de esclavos. Con su experiencia, no estaba para riesgos inútiles.

El prófugo esperaba la libertad. Entonces los mulatos nebulosos de Lazarus Morell se trasmitían una orden que podía no pasar de una seña y lo libraban de la vista, del oído, del tacto, del día, de la infamia, del tiempo, de los bienhechores, de la misericordia, del aire, de los perros, del universo, de la esperanza, del sudor y de él mismo. Un balazo, una puñalada baja o un golpe, y las tortugas y los barbos del Mississippi recibían la última información.

La catástrofe

Servido por hombres de confianza, el negocio tenía que prosperar. A principios de 1834 unos setenta negros habían sido «emancipados» ya por Morell, y otros se disponían a seguir a esos precursores dichosos. La zona de operaciones era mayor y era necesario admitir nuevos afiliados.

Entre los que prestaron el juramento había un muchacho, Virgil Stewart, de Arkansas, que se destacó muy pronto por su crueldad. Este muchacho era sobrino de un caballero que había perdido muchos esclavos. En agosto de 1834 rompió su juramento y delató a Morell y a los otros. La casa de Morell en Nueva Orleans fue cercada por la justicia. Morell, por una imprevisión o un soborno, pudo escapar.

Tres días pasaron. Morell estuvo escondido ese tiempo en una casa antigua, de patios con enredaderas y estatuas, de la calle Toulouse. Parece que se alimentaba muy poco y que solía recorrer descalzo las grandes habitaciones oscuras, fumando pensativos cigarros. Por un esclavo de la casa remitió dos cartas a la ciudad de Natchez y otra a Red River. El cuarto día entraron en la casa tres hombres y se quedaron discutiendo con él hasta el amanecer. El quinto, Morell se levantó cuando oscurecía y pidió una navaja y se rasuró cuidadosamente la barba. Se vistió y salió. Atravesó con lenta serenidad los suburbios del Norte. Ya en pleno campo, orillando las tierras bajas del Mississippi, caminó más ligero.

Su plan era de un coraje borracho. Era el de aprovechar los últimos hombres que todavía le debían reverencia: los serviciales negros del Sur. Éstos habían visto huir a sus compañeros y no los habían visto volver. Creían, por consiguiente en su libertad. El plan de Morell era una sublevación total de los negros, la toma y el saqueo de Nueva Orleans y la ocupación de su territorio. Morell, despeñado y casi deshecho por la traición, meditaba una respuesta continental: una respuesta donde lo criminal se exaltaba hasta la redención y la historia. Se dirigió con ese fin a Natchez, donde era más profunda su fuerza. Copio su narración de ese viaje:

«Caminé cuatro días antes de conseguir un caballo. El quinto hice alto en un riachuelo para abastecerme de agua y sestear. Yo estaba sentado en un leño, mirando el camino andado esas horas, cuando vi acercarse un jinete en un caballo oscuro de buena estampa. En cuanto lo avisté, determiné quitarle el caballo. Me paré, le apunté con una hermosa pistola de rotación y le di la orden de apear. La ejecutó y yo tomé en la zurda las riendas y le mostré el riachuelo y le ordené que fuera caminando delante. Caminó unas doscientas varas y se detuvo. Le ordené que se desvistiera. Me dijo: "Ya que está resuelto a matarme, déjeme rezar antes de morir". Le respondí que no tenía tiempo de oír sus oraciones. Cayó de rodillas y le descerrajé un balazo en la nuca. Le abrí de un tajo el vientre, le arranqué las vísceras y lo hundí en el riachuelo. Luego recorrí los bolsillos y encontré cuatrocientos dólares con treinta y siete centavos y una cantidad de papeles que no me demoré en revisar. Sus botas eran nuevas, flamantes, y me quedaban bien. Las mías, que estaban muy gastadas, las hundí en el riachuelo.

Así obtuve el caballo que precisaba, para entrar en Natchez».

La interrupción

Morell capitaneando pobladas negras que soñaban ahorcarlo, Morell ahorcado por ejércitos negros que soñaba capitanear —me duele confesar que la historia del Mississippi no aprovechó esas oportunidades suntuosas. Contrariamente a toda justicia poética (o simetría poética) tampoco el río de sus crímenes fue su tumba. El 2 de enero de 1835, Lazarus Morell falleció de una congestión pulmonar en el hospital de Natchez, donde se había hecho internar bajo el nombre de Silas Buckley. Un compañero de la sala común lo reconoció. El 2 y el 4, quisieron sublevarse los esclavos de ciertas plantaciones, pero los reprimieron sin mayor efusión de sangre.

El impostor inverosímil
Tom Castro

Ese nombre le doy porque bajo ese nombre lo conocieron por calles y por casas de Talcahuano, de Santiago de Chile y de Valparaíso, hacia 1850, y es justo que lo asuma otra vez, ahora que retorna a estas tierras —siquiera en calidad de mero fantasma y de pasatiempo del sábado.* El registro de nacimiento de Wapping lo llama Arthur Orton y lo inscribe en la fecha 7 de junio de 1834. Sabemos que era hijo de un carnicero, que su infancia conoció la miseria insípida de los barrios bajos de Londres y que sintió el llamado del mar. El hecho no es insólito. *Run away to sea*, huir al mar, es la rotura inglesa tradicional de la autoridad de los padres, la iniciación heroica. La geografía la recomienda y aun la Escritura (Salmos, CVII): «Los que bajan en barcas a la mar, los que comercian en las grandes aguas; ésos ven las obras de Dios y sus maravillas en el abismo». Orton huyó de su deplorable suburbio color rosa tiznado y bajó en un barco a la mar y contempló con el habitual desengaño la Cruz del Sur, y desertó en el puerto de Valparaíso. Era persona de una sosegada idiotez. Lógicamente, hubiera podido (y debido) morirse de hambre, pero su confusa jovialidad, su permanente sonrisa y su mansedumbre infinita le conciliaron el favor de cierta familia de Castro, cuyo nombre adoptó. De ese episodio su-

---

* Esta metáfora me sirve para recordar al lector que estas biografías infames aparecieron en el suplemento sabático de un diario de la tarde.

damericano no quedan huellas, pero su gratitud no decayó, puesto que en 1861 reaparece en Australia, siempre con ese nombre: Tom Castro. En Sydney conoció a un tal Bogle, un negro sirviente. Bogle, sin ser hermoso, tenía ese aire reposado y monumental, esa solidez como de obra de ingeniería que tiene el hombre negro entrado en años, en carnes y en autoridad. Tenía una segunda condición, que determinados manuales de etnografía han negado a su raza: la ocurrencia genial. Ya veremos luego la prueba. Era un varón morigerado y decente, con los antiguos apetitos africanos muy corregidos por el uso y abuso del calvinismo. Fuera de las visitas del dios (que describiremos después) era absolutamente normal, sin otra irregularidad que un pudoroso y largo temor que lo demoraba en las bocacalles, recelando del este, del oeste, del sur y del norte, del violento vehículo que daría fin a sus días.

Orton lo vio un atardecer en una desmantelada esquina de Sydney, creándose decisión para sortear la imaginaria muerte. Al rato largo de mirarlo le ofreció el brazo y atravesaron asombrados los dos la calle inofensiva. Desde ese instante de un atardecer ya difunto, un protectorado se estableció: el del negro inseguro y monumental sobre el obeso tarambana de Wapping. En setiembre de 1865, ambos leyeron en un diario local un desolado aviso.

El idolatrado hombre muerto

En las postrimerías de abril de 1854 (mientras Orton provocaba las efusiones de la hospitalidad chilena, amplia como sus patios) naufragó en aguas del Atlántico el vapor *Mermaid*, procedente de Río de Janeiro, con rumbo a Liverpool. Entre los que perecieron estaba Roger Charles Tichborne, militar inglés criado en Francia, mayorazgo de una de las principales familias católicas de Inglaterra. Parece inverosímil, pero la muerte de ese joven afrancesado, que hablaba inglés con el más fino acento de París y despertaba ese incomparable rencor que sólo causan la inteligencia, la gracia y la pedantería francesas, fue un acontecimiento trascendental en el destino de Orton, que jamás lo había visto. Lady Tichborne, horrorizada madre de Roger, rehusó creer en su muerte y publicó desconsolados avisos en los periódicos de más amplia circulación. Uno de esos avisos cayó en las blandas manos funerarias del negro Bogle, que concibió un proyecto genial.

Las virtudes de la disparidad

Tichborne era un esbelto caballero de aire envainado, con los rasgos agudos, la tez morena, el pelo negro y lacio, los ojos vivos y la palabra de una precisión ya molesta; Orton era un palurdo desbordante, de vasto abdomen, rasgos de una infinita vaguedad, cutis que tiraba a pecoso, pelo ensortijado castaño, ojos dormilones y conversación ausente o borrosa. Bogle inventó que el deber de Orton era embarcarse en el primer vapor para Europa y satisfacer la esperanza de lady Tichborne, declarando ser su hijo. El proyecto era de una insensata ingeniosidad. Busco un fácil ejemplo. Si un impostor en 1914 hubiera pretendido hacerse pasar por el emperador de Alemania, lo primero que habría falsificado serían los bigotes ascendentes, el brazo muerto, el entrecejo autoritario, la capa gris, el ilustre pecho condecorado y el alto yelmo. Bogle era más sutil: hubiera presentado un káiser lampiño, ajeno de atributos militares y de águilas honrosas y con el brazo izquierdo en un estado de indudable salud. No precisamos la metáfora; nos consta que presentó un Tichborne fofo, con sonrisa amable de imbécil, pelo castaño y una inmejorable ignorancia del idioma francés. Bogle sabía que un facsímil perfecto del anhelado Roger Charles Tichborne era de imposible obtención. Sabía también que todas las similitudes logradas no harían otra cosa que destacar ciertas diferencias inevitables. Renunció, pues, a todo parecido. Intuyó que la enorme ineptitud de la pretensión sería una convincente prueba de que no se trataba de un fraude, que nunca hubiera descubierto de ese modo flagrante los rasgos más sencillos de convicción. No hay que olvidar tampoco la colaboración todopoderosa del tiempo: catorce años de hemisferio austral y de azar pueden cambiar a un hombre.

Otra razón fundamental: los repetidos e insensatos avisos de lady Tichborne demostraban su plena seguridad de que Roger Charles no había muerto, su voluntad de reconocerlo.

El encuentro

Tom Castro, siempre servicial, escribió a lady Tichborne. Para fundar su identidad invocó la prueba fehaciente de dos lunares ubicados en la tetilla izquierda y de aquel episodio de su niñez, tan afligente pero por lo mismo tan memorable, en que lo acometió un enjambre de abejas. La comunicación era breve y a semejanza de Tom Castro y de Bogle, prescindía de escrúpulos ortográficos. En la imponente soledad de un hotel de París, la dama la leyó y la releyó con lágrimas felices, y en pocos días encontró los recuerdos que le pedía su hijo.

El 16 de enero de 1867, Roger Charles Tichborne se anunció en ese hotel. Lo precedió su respetuoso sirviente, Ebenezer Bogle. El día de invierno era de muchísimo sol; los ojos fatigados de lady Tichborne estaban velados de llanto. El negro abrió de par en par las ventanas. La luz hizo de máscara: la madre reconoció al hijo pródigo y le franqueó su abrazo. Ahora que de veras lo tenía, podía prescindir del diario y las cartas que él le mandó desde Brasil: meros reflejos adorados que habían alimentado su soledad de catorce años lóbregos. Se las devolvía con orgullo: ni una faltaba.

Bogle sonrió con toda discreción: ya tenía dónde documentarse el plácido fantasma de Roger Charles.

Ad majorem dei gloriam

Ese reconocimiento dichoso —que parece cumplir una tradición de las tragedias clásicas— debió coronar esta historia, dejando tres felicidades aseguradas o a lo menos probables: la de la madre verdadera, la del hijo apócrifo y tolerante, la del conspirador recompensado por la apoteosis providencial de su industria. El Destino (tal es el nombre que aplicamos a la infinita operación incesante de millares de causas entreveradas) no lo resolvió así. Lady Tichborne murió en 1870 y los parientes entablaron querella contra Arthur Orton por usurpación de estado civil. Desprovistos de lágrimas y de soledad, pero no de codicia, jamás creyeron en el obeso y casi analfabeto hijo pródigo que resurgió tan intempestivamente de Australia. Orton contaba con el apoyo de los innumerables acreedores que habían determinado que él era Tichborne, para que pudiera pagarles.

Asimismo contaba con la amistad del abogado de la familia, Edward Hopkins y con la del anticuario Francis J. Baigent. Ello no bastaba, con todo. Bogle pensó que para ganar la partida era imprescindible el favor de una fuerte corriente popular. Requirió el sombrero de copa y el decente paraguas y fue a buscar inspiración por las decorosas calles de Londres. Era el atardecer; Bogle vagó hasta que una luna del color de la miel se duplicó en el agua rectangular de las fuentes públicas. El dios lo visitó. Bogle chistó a un carruaje y se hizo conducir al departamento del anticuario Baigent. Éste mandó una larga carta al *Times*, que aseguraba que el supuesto Tichborne era un descarado impostor. La firmaba el padre Goudron, de la Sociedad de Jesús. Otras denuncias igualmente papistas la sucedieron. Su efecto fue inmediato: las buenas gentes no dejaron de adivinar que sir Roger Charles era blanco de un complot abominable de los jesuitas.

El carruaje

Ciento noventa días duró el proceso. Alrededor de cien testigos prestaron fe de que el acusado era Tichborne —entre ellos, cuatro compañeros de armas del regimiento 6 de dragones. Sus partidarios no cesaban de repetir que no era un impostor, ya que de haberlo sido hubiera procurado remedar los retratos juveniles de su modelo. Además, lady Tichborne lo había reconocido y es evidente que una madre no se equivoca. Todo iba bien, o más o menos bien, hasta que una antigua querida de Orton compareció ante el tribunal para declarar. Bogle no se inmutó con esa pérfida maniobra de los «parientes»; requirió galera y paraguas y fue a implorar una tercera iluminación por las decorosas calles de Londres. No sabremos nunca si la encontró. Poco antes de llegar a Primrose Hill, lo alcanzó el terrible vehículo que desde el fondo de los años lo perseguía. Bogle lo vio venir, lanzó un grito, pero no atinó con la salvación. Fue proyectado con violencia contra las piedras. Los mareadores cascos del jamelgo le partieron el cráneo.

El espectro

Tom Castro era el fantasma de Tichborne, pero un pobre fantasma habitado por el genio de Bogle. Cuando le dijeron que éste había muerto, se aniquiló. Siguió mintiendo, pero con escaso entusiasmo y con disparatadas contradicciones. Era fácil prever el fin.

El 27 de febrero de 1874, Arthur Orton (alias) Tom Castro fue condenado a catorce años de trabajos forzados. En la cárcel se hizo querer; era su oficio. Su comportamiento ejemplar le valió una rebaja de cuatro años. Cuando esa hospitalidad final lo dejó —la de la prisión— recorrió las aldeas y los centros del Reino Unido, pronunciando pequeñas conferencias en las que declaraba su inocencia o afirmaba su culpa. Su modestia y su anhelo de agradar eran tan duraderos que muchas noches comenzó por defensa y acabó por confesión, siempre al servicio de las inclinaciones del público.

El 2 de abril de 1898 murió.

La viuda Ching, pirata

La palabra «corsarias» corre el albur de despertar un recuerdo que es vagamente incómodo: el de una ya descolorida zarzuela, con sus teorías de evidentes mucamas, que hacían de piratas coreográficas en mares de notable cartón. Sin embargo, ha habido corsarias: mujeres hábiles en la maniobra marinera, en el gobierno de tripulaciones bestiales y en la persecución y saqueo de naves de alto bordo. Una de ellas fue Mary Read, que declaró una vez que la profesión de pirata no era para cualquiera, y que, para ejercerla con dignidad, era preciso ser un hombre de coraje, como ella. En los charros principios de su carrera, cuando no era aún capitana, uno de sus amantes fue injuriado por el matón de a bordo. Mary lo retó a duelo, y se batió con él a dos manos, según la antigua usanza de las islas del mar Caribe: el profundo y precario pistolón en la mano izquierda, el sable fiel en la derecha. El pistolón falló, pero la espada se portó como buena… Hacia 1720 la arriesgada carrera de Mary Read fue interrumpida por una horca española, en Santiago de la Vega (Jamaica).

Otra pirata de esos mares fue Anne Bonney, que era una irlandesa resplandeciente, de senos altos y de pelo fogoso, que más de una vez arriesgó su cuerpo en el abordaje de naves. Fue compañera de armas de Mary Read, y finalmente de horca. Su amante, el capitán John Rackam, tuvo también su nudo corredizo en esa función. Anne, despectiva, dio con esa áspera variante de la reconvención de Aixa a Boabdil:

«Si te hubieras batido como un hombre, no te ahorcarían como a un perro».

Otra, más venturosa y longeva, fue una pirata que operó en las aguas del Asia, desde el mar Amarillo hasta los ríos de la frontera del Annam. Hablo de la aguerrida viuda de Ching.

Los años de aprendizaje

Hacia 1797, los accionistas de las muchas escuadras piráticas de ese mar fundaron un consorcio y nombraron almirante a un tal Ching, hombre justiciero y probado. Éste fue tan severo y ejemplar en el saqueo de las costas, que los habitantes despavoridos imploraron con dádivas y lágrimas el socorro imperial. Su lastimosa petición no fue desoída: recibieron la orden de poner fuego a sus aldeas, de olvidar sus quehaceres de pesquería, de emigrar tierra adentro y aprender una ciencia desconocida llamada agricultura. Así lo hicieron, y los frustrados invasores no hallaron sino costas desiertas. Tuvieron que entregarse, por consiguiente, al asalto de naves: depredación aun más nociva que la anterior, pues molestaba seriamente al comercio. El gobierno imperial no vaciló, y ordenó a los antiguos pescadores el abandono del arado y la yunta y la restauración de remos y redes. Éstos se amotinaron, fieles al antiguo temor, y las autoridades resolvieron otra conducta: nombrar al almirante Ching, jefe de los Establos Imperiales. Éste iba a aceptar el soborno. Los accionistas lo supieron a tiempo, y su virtuosa indignación se manifestó en un plato de orugas envenenadas, cocidas con arroz. La golosina fue fatal: el antiguo almirante y jefe novel de los Establos Imperiales entregó su alma a las divinidades del mar. La Viuda, transfigurada por la doble traición, congregó a los piratas, les reveló el enredado caso y los instó a rehusar la clemencia falaz del emperador y el ingrato servicio de los accionistas de afición envenenadora. Les propuso el abordaje por cuenta propia y la votación de un nuevo almirante. La elegida fue ella. Era una mujer sarmentosa, de ojos dormidos y sonrisa cariada. El pelo renegrido y aceitado tenía más resplandor que los ojos.

A sus tranquilas órdenes, las naves se lanzaron al peligro y al alto mar.

El comando

Trece años de metódica aventura se sucedieron. Seis escuadrillas integraban la armada, bajo banderas de diverso color: la roja, la amarilla, la verde, la negra, la morada y la de la serpiente, que era de la nave capitana. Los jefes se llamaban Pájaro y Piedra, Castigo de Agua de la Mañana, Joya de la Tripulación, Ola con Muchos Peces y Sol Alto. El reglamento, redactado por la viuda Ching en persona, es de una inapelable severidad, y su estilo justo y lacónico prescinde de las desfallecidas flores retóricas que prestan una majestad más bien irrisoria a la manera china oficial, de la que ofreceremos después algunos alarmantes ejemplos. Copio algunos artículos:

«Todos los bienes trasbordados de naves enemigas pasarán a un depósito y serán allí registrados. Una quinta parte de lo aportado por cada pirata le será entregada después; el resto quedará en el depósito. La violación de esta ordenanza es la muerte.

La pena del pirata que hubiere abandonado su puesto sin permiso especial, será la perforación pública de sus orejas. La reincidencia en esta falta es la muerte.

El comercio con las mujeres arrebatadas en las aldeas queda prohibido sobre cubierta; deberá limitarse a la bodega y nunca sin el permiso del sobrecargo. La violación de esta ordenanza es la muerte.»

Informes suministrados por prisioneros aseguran que el rancho de estos piratas consistía principalmente en galleta, en obesas ratas cebadas y arroz cocido, y que, en los días de combate, solían mezclar pólvora con su alcohol. Naipes y dados fraudulentos, la copa y el rectángulo del «fantan», la visionaria pipa del opio y la lamparita, distraían las horas. Dos espadas de empleo simultáneo eran las armas preferidas. Antes del abordaje, se rociaban los pómulos y el cuerpo con una infusión de ajo; seguro talismán contra las ofensas de las bocas de fuego.

La tripulación viajaba con sus mujeres, pero el capitán con su harén, que era de cinco o seis, y que solían renovar las victorias.

Habla Kia-king, el joven emperador

A mediados de 1809 se promulgó un edicto imperial, del que traslado la primera parte y la última. Muchos criticaron su estilo:

«Hombres desventurados y dañinos, hombres que pisan el pan, hombres que desatienden el clamor de los cobradores de impuestos y de los huérfanos, hombres en cuya ropa interior están figurados el fénix y el dragón, hombres que niegan la verdad de los libros impresos, hombres que dejan que sus lágrimas corran mirando el norte, molestan la ventura de nuestros ríos y la antigua confianza de nuestros mares. En barcos averiados y deleznables afrontan noche y día la tempestad. Su objeto no es benévolo: no son ni fueron nunca los verdaderos amigos del navegante. Lejos de prestarle ayuda, lo acometen con ferocísimo impulso y lo convidan a la ruina, a la mutilación o a la muerte. Violan así las leyes naturales del Universo, de suerte que los ríos se desbordan, las riberas se anegan, los hijos se vuelven contra los padres y los principios de humedad y sequía son alterados…

… Por consiguiente te encomiendo el castigo, almirante Kvo-Lang.

No pongas en olvido que la clemencia es un atributo imperial y que sería presunción en un súbdito intentar asumirla. Sé cruel, sé justo, sé obedecido, sé victorioso.»

La referencia incidental a las embarcaciones averiadas era, naturalmente, falsa. Su fin era levantar el coraje de la expedición de Kvo-Lang. Noventa días después, las fuerzas de la viuda Ching se enfrentaron con las del Imperio Central. Casi mil naves combatieron de sol a sol. Un coro mixto de campanas, de tambores, de cañonazos, de imprecaciones, de gongs y de profecías, acompañó la acción. Las fuerzas del Imperio fueron deshechas. Ni el prohibido perdón ni la recomendada crueldad tuvieron ocasión de ejercerse. Kvo-Lang observó un rito que nuestros generales derrotados optan por omitir: el suicidio.

Las riberas despavoridas

Entonces los seiscientos juncos de guerra y los cuarenta mil piratas victoriosos de la Viuda soberbia remontaron las bocas del Si-Kiang, multiplicando incendios y fiestas espantosas y huérfanos a babor y estribor. Hubo aldeas enteras arrasadas. En una sola de ellas, la cifra de los prisioneros pasó de mil. Ciento veinte mujeres que solicitaron el confuso amparo de los juncales y arrozales vecinos, fueron denunciadas por el incontenible llanto de un niño y vendidas luego en Macao. Aunque lejanas, las miserables lágrimas y lutos de esa depredación llegaron a noticias de Kia-King, el Hijo del Cielo. Ciertos historiadores pretenden que le dolieron menos que el desastre de su expedición punitiva. Lo cierto es que organizó una segunda, terrible en estandartes, en marineros, en soldados, en pertrechos de guerra, en provisiones, en augures y astrólogos. El comando recayó esta vez en Ting-Kvei. Esa pesada muchedumbre de naves remontó el delta del Si-Kiang y cerró el paso de la escuadra pirática. La Viuda se aprestó para la batalla. La sabía difícil, muy difícil, casi desesperada; noches y meses de saqueo y de ocio habían aflojado a sus hombres. La batalla nunca empezaba. Sin apuro el sol se levantaba y se ponía sobre las cañas trémulas. Los hombres y las armas velaban. Los mediodías eran más poderosos, las siestas infinitas.

El dragón y la zorra

Sin embargo, altas bandadas perezosas de livianos dragones surgían cada atardecer de las naves de la escuadra imperial y se posaban con delicadeza en el agua y en las cubiertas enemigas. Eran aéreas construcciones de papel y de caña, a modo de cometas, y su plateada o roja superficie repetía idénticos caracteres. La Viuda examinó con ansiedad esos regulares meteoros y leyó en ellos la lenta y confusa fábula de un dragón, que siempre había protegido a una zorra, a pesar de sus largas ingratitudes y constantes delitos. Se adelgazó la luna en el cielo y las figuras de papel y de caña traían cada tarde la misma historia, con casi imperceptibles variantes. La Viuda se afligía y pensaba. Cuando la luna se llenó en el cielo y en el agua rojiza, la historia pareció tocar a su fin. Nadie podía predecir si un ilimitado perdón o si un ilimitado castigo se abatirían sobre la zorra, pero el inevitable fin se acercaba. La Viuda comprendió. Arrojó sus dos espadas al río, se arrodilló en un bote y ordenó que la condujeran hasta la nave del comando imperial.

Era el atardecer: el cielo estaba lleno de dragones, esta vez amarillos. La Viuda murmuraba una frase: «La zorra busca el ala del dragón», dijo al subir a bordo.

La apoteosis

Los cronistas refieren que la zorra obtuvo su perdón y dedicó su lenta vejez al contrabando de opio. Dejó de ser la Viuda; asumió un nombre cuya traducción española es Brillo de la Verdadera Instrucción.

«Desde aquel día (escribe un historiador) los barcos recuperaron la paz. Los cuatro mares y los ríos innumerables fueron seguros y felices caminos.

Los labradores pudieron vender las espadas y comprar bueyes para el arado de sus campos. Hicieron sacrificios, ofrecieron plegarias en las cumbres de las montañas y se regocijaron durante el día cantando atrás de biombos.»

El proveedor de iniquidades
Monk Eastman

Los de esta América

Perfilados bien por un fondo de paredes celestes o de cielo alto, dos compadritos envainados en seria ropa negra bailan sobre zapatos de mujer un baile gravísimo, que es el de los cuchillos parejos, hasta que de una oreja salta un clavel porque el cuchillo ha entrado en un hombre, que cierra con su muerte horizontal el baile sin música. Resignado, el otro se acomoda el chambergo y consagra su vejez a la narración de ese duelo tan limpio. Ésa es la historia detallada y total de nuestro malevaje. La de los hombres de pelea en Nueva York es más vertiginosa y más torpe.

Los de la otra

La historia de las bandas de Nueva York (revelada en 1928 por Herbert Asbury en un decoroso volumen de cuatrocientas páginas en octavo) tiene la confusión y la crueldad de las cosmogonías bárbaras, y mucho de su ineptitud gigantesca: sótanos de antiguas cervecerías habilitadas para conventillos de negros, una raquítica Nueva York de tres pisos, bandas de forajidos como los Ángeles de la Ciénaga (*Swamp Angels*) que merodeaban entre laberintos de cloacas, bandas de forajidos como los *Daybreak Boys* (Muchachos del Alba) que reclutaban asesinos precoces de diez y once años, gigantes solitarios y descarados como los Galerudos Fieros (*Plug Uglies*) que procuraban la inverosímil risa del prójimo con un firme sombrero de copa lleno de lana y los vastos faldones de la camisa ondeados por el viento del arrabal, pero con un garrote en la diestra y un pistolón profundo; bandas de forajidos como los Conejos Muertos (*Dead Rabbits*) que entraban en batalla bajo la enseña de un conejo muerto en un palo; hombres como Johnny Dolan el Dandy, famoso por el rulo aceitado sobre la frente, por los bastones con cabeza de mono y por el fino aparatito de cobre que solía calzarse en el pulgar para vaciar los ojos del adversario; hombres como Kit Burns, capaz de decapitar de un solo mordisco una rata viva; hombres como Blind Danny Lyons, muchacho rubio de ojos muertos inmensos, rufián de tres rameras que circulaban con orgullo por él; filas de casas de farol colorado, como las dirigidas por siete hermanas de New England, que destinaban las ganancias de Nochebuena a la caridad; reñideros de ratas famélicas y de perros; casas de juego chinas; mujeres como la repetida viuda Red Norah, amada y ostentada por todos los varones que dirigieron la banda de los *Gophers*; mujeres como Lizzie the Dove, que se enlutó cuando lo ejecutaron a Danny Lyons y murió degollada por Gentle Maggie, que le discutió la antigua pasión del hombre muerto y ciego; motines como el de una semana salvaje de 1863, que incendiaron cien edificios y por poco se adueñan de la ciudad; combates callejeros en los que el hombre se perdía como en el mar porque lo pisoteaban hasta la muerte; ladrones y envenenadores de caballos como Yoske Nigger —tejen esa caótica historia. Su héroe más famoso es Edward Delaney, alias William Delaney, alias Joseph Marvin, alias Joseph Morris, alias Monk Eastman, jefe de mil doscientos hombres.

El héroe

Esas fintas graduales (penosas como un juego de caretas que no se sabe bien cuál es cuál) omiten su nombre verdadero —si es que nos atrevemos a pensar que hay tal cosa en el mundo. Lo cierto es que en el Registro Civil de Williamsburg, Brooklyn, el nombre es Edward Ostermann, americanizado en Eastman después. Cosa extraña, ese malevo tormentoso era hebreo. Era hijo de un patrón de restaurant de los que anuncian kosher, donde varones de rabínicas barbas pueden asimilar sin peligro la carne desangrada y tres veces limpia de terneras degolladas con rectitud. A los diecinueve años, hacia 1892, abrió con el auxilio de su padre una pajarería. Curiosear el vivir de los animales, contemplar sus pequeñas decisiones y su inescrutable inocencia, fue una pasión que lo acompañó hasta el final. En ulteriores épocas de esplendor, cuando rehusaba con desdén los cigarros de hoja de los pecosos *sachems* de Tammany o visitaba los mejores prostíbulos en un coche automóvil precoz, que parecía el hijo natural de una góndola, abrió un segundo y falso comercio, que hospedaba cien gatos finos y más de cuatrocientas palomas —que no estaban en venta para cualquiera. Los quería individualmente y solía recorrer a pie su distrito con un gato feliz en el brazo, y otros que lo seguían con ambición.

Era un hombre ruinoso y monumental. El pescuezo era corto, como de toro, el pecho inexpugnable, los brazos peleadores y largos, la nariz rota, la cara aunque historiada de cicatrices menos importante que el cuerpo, las piernas chuecas como de jinete o de marinero. Podía prescindir de camisa como también de saco, pero no de una galerita rabona sobre la ciclópea cabeza. Los hombres cuidan su memoria. Físicamente, el pistolero convencional de los films es un remedo suyo, no del epiceno y fofo Capone. De Wolheim dicen que lo emplearon en Hollywood porque sus rasgos aludían directamente a los del deplorado

Monk Eastman... Éste salía a recorrer su imperio forajido con una paloma de plumaje azul en el hombro, igual que un toro con un benteveo en el lomo.

Hacia 1894 abundaban los salones de bailes públicos en la ciudad de Nueva York. Eastman fue el encargado en uno de ellos de mantener el orden. La leyenda refiere que el empresario no lo quiso atender y que Monk demostró su capacidad, demoliendo con fragor el par de gigantes que detentaban el empleo. Lo ejerció hasta 1899, temido y solo.

Por cada pendenciero que serenaba, hacía con el cuchillo una marca en el brutal garrote. Cierta noche, una calva resplandeciente que se inclinaba sobre un bock de cerveza le llamó la atención, y la desmayó de un mazazo. «¡Me faltaba una marca para cincuenta!», exclamó después.

El mando

Desde 1899 Eastman no era sólo famoso. Era caudillo electoral de una zona importante, y cobraba fuertes subsidios de las casas de farol colorado, de los garitos, de las pindongas callejeras y los ladrones de ese sórdido feudo. Los comités lo consultaban para organizar fechorías, y los particulares también. He aquí sus honorarios: 15 dólares una oreja arrancada, 19 una pierna rota, 25 un balazo en una pierna, 25 una puñalada, 100 el negocio entero. A veces, para no perder la costumbre, Eastman ejecutaba personalmente una comisión.

Una cuestión de límites (sutil y malhumorada como las otras que posterga el derecho internacional) lo puso en frente de Paul Kelly, famoso capitán de otra banda. Balazos y entreveros de las patrullas habían determinado un confín. Eastman lo atravesó un amanecer y lo acometieron cinco hombres. Con esos brazos vertiginosos de mono y con la cachiporra hizo rodar a tres, pero le metieron dos balas en el abdomen y lo abandonaron por muerto. Eastman se sujetó la herida caliente con el pulgar y el índice y caminó con pasos de borracho hasta el hospital. La vida, la alta fiebre y la muerte se lo disputaron varias semanas, pero sus labios no se rebajaron a delatar a nadie. Cuando salió, la guerra era un hecho y floreció en continuos tiroteos hasta el 19 de agosto del novecientos tres.

La batalla de Rivington

Unos cien héroes vagamente distintos de las fotografías que estarán desvaneciéndose en los prontuarios, unos cien héroes saturados de humo de tabaco y de alcohol, unos cien héroes de sombrero de paja con cinta de colores, unos cien héroes afectados quien más quien menos de enfermedades vergonzosas, de caries, de dolencias de las vías respiratorias o del riñón, unos cien héroes tan insignificantes o espléndidos como los de Troya o Junín, libraron ese renegrido hecho de armas en la sombra de los arcos del Elevated. La causa fue el tributo exigido por los pistoleros de Kelly al empresario de una casa de juego, compadre de Monk Eastman. Uno de los pistoleros fue muerto, y el tiroteo consiguiente creció a batalla de incontados revólveres. Desde el amparo de los altos pilares hombres de rasurado mentón tiraban silenciosos, y eran el centro de un despavorido horizonte de coches de alquiler cargados de impacientes refuerzos, con artillería Colt en los puños. ¿Qué sintieron los protagonistas de esa batalla? Primero (creo) la brutal convicción de que el estrépito insensato de cien revólveres los iba a aniquilar en seguida; segundo (creo) la no menos errónea seguridad de que si la descarga inicial no los derribó, eran invulnerables. Lo cierto es que pelearon con fervor, parapetados por el hierro y la noche. Dos veces intervino la policía y dos la rechazaron. A la primer vislumbre del amanecer el combate murió, como si fuera obsceno o espectral. Debajo de los grandes arcos de ingeniería quedaron siete heridos de gravedad, cuatro cadáveres y una paloma muerta.

Los crujidos

Los políticos parroquiales, a cuyo servicio estaba Monk Eastman, siempre desmintieron públicamente que hubiera tales bandas, o aclararon que se trataba de meras sociedades recreativas. La indiscreta batalla de Rivington los alarmó. Citaron a los dos capitanes para intimarles la necesidad de una tregua. Kelly (buen sabedor de que los políticos eran más aptos que todos los revólveres Colt para entorpecer la acción policial) dijo acto continuo que sí; Eastman (con la soberbia de su gran cuerpo bruto) ansiaba más detonaciones y más refriegas. Empezó por rehusar y tuvieron que amenazarlo con la prisión. Al fin los dos ilustres malevos conferenciaron en un bar, cada uno con un cigarro de hoja en la boca, la diestra en el revólver, y su vigilante nube de pistoleros alrededor. Arribaron a una decisión muy americana: confiar a un match de box la disputa. Kelly era un boxeador habilísimo. El duelo se realizó en un galpón y fue estrafalario. Ciento cuarenta espectadores lo vieron, entre compadres de galera torcida y mujeres de frágil peinado monumental. Duró dos horas y terminó en completa extenuación. A la semana chisporrotearon los tiroteos. Monk fue arrestado, por enésima vez. Los protectores se distrajeron de él con alivio; el juez le vaticinó, con toda verdad, diez años de cárcel.

Eastman contra Alemania

Cuando el todavía perplejo Monk salió de Sing Sing, los mil doscientos forajidos de su comando estaban desbandados. No los supo juntar y se resignó a operar por su cuenta. El 8 de setiembre de 1917 promovió un desorden en la vía pública. El 9, resolvió participar en otro desorden y se alistó en un regimiento de infantería.

Sabemos varios rasgos de su campaña. Sabemos que desaprobó con fervor la captura de prisioneros y que una vez (con la sola culata del fusil) impidió esa práctica deplorable. Sabemos que logró evadirse del hospital para volver a las trincheras. Sabemos que se distinguió en los combates cerca de Montfaucon. Sabemos que después opinó que muchos bailecitos del Bowery eran más bravos que la guerra europea.

El misterioso, lógico fin

El 25 de diciembre de 1920 el cuerpo de Monk Eastman amaneció en una de las calles centrales de Nueva York. Había recibido cinco balazos. Desconocedor feliz de la muerte, un gato de lo más ordinario lo rondaba con cierta perplejidad.

El asesino desinteresado
Bill Harrigan

La imagen de las tierras de Arizona, antes que ninguna otra imagen: la imagen de las tierras de Arizona y de Nuevo México, tierras con un ilustre fundamento de oro y de plata, tierras vertiginosas y aéreas, tierras de la meseta monumental y de los delicados colores, tierras con blanco resplandor de esqueleto pelado por los pájaros. En esas tierras, otra imagen, la de Billy the Kid: el jinete clavado sobre el caballo, el joven de los duros pistoletazos que aturden el desierto, el emisor de balas invisibles que matan a distancia, como una magia.

El desierto veteado de metales, árido y reluciente. El casi niño que al morir a los veintiún años debía a la justicia de los hombres veintiuna muertes —«sin contar mejicanos».

El estado larval

Hacia 1859 el hombre que para el terror y la gloria sería Billy the Kid nació en un conventillo subterráneo de Nueva York. Dicen que lo parió un fatigado vientre irlandés, pero se crió entre negros. En ese caos de catinga y de motas gozó el primado que conceden las pecas y una crencha rojiza. Practicaba el orgullo de ser blanco; también era esmirriado, chúcaro, soez. A los doce años militó en la pandilla de los

Swamp Angels (Ángeles de la Ciénaga), divinidades que operaban entre las cloacas. En las noches con olor a niebla quemada emergían de aquel fétido laberinto, seguían el rumbo de algún marinero alemán, lo desmoronaban de un cascotazo, lo despojaban hasta de la ropa interior, y se restituían después a la otra basura. Los comandaba un negro encanecido, Gas Houser Jonas, también famoso como envenenador de caballos.

A veces, de la buhardilla de alguna casa jorobada cerca del agua, una mujer volcaba sobre la cabeza de un transeúnte un balde de ceniza. El hombre se agitaba y se ahogaba. En seguida los Ángeles de la Ciénaga pululaban sobre él, lo arrebataban por la boca de un sótano y lo saqueaban.

Tales fueron los años de aprendizaje de Bill Harrigan, el futuro Billy the Kid. No desdeñaba las ficciones teatrales; le gustaba asistir (acaso sin ningún presentimiento de que eran símbolos y letras de su destino) a los melodramas de cowboys.

Go west!

Si los populosos teatros del Bowery (cuyos concurrentes vociferaban «¡Alcen el trapo!» a la menor impuntualidad del telón) abundaban en esos melodramas de jinete y balazo, la facilísima razón es que América sufría entonces la atracción del Oeste. Detrás de los ponientes estaba el oro de Nevada y de California. Detrás de los ponientes estaba el hacha demoledora de cedros, la enorme cara babilónica del bisonte, el sombrero de copa y el numeroso lecho de Brigham Young, las ceremonias y la ira del hombre rojo, el aire despejado de los desiertos, la desaforada pradera, la tierra fundamental cuya cercanía apresura el latir de los corazones como la cercanía del mar. El Oeste llamaba. Un continuo rumor acompasado pobló esos años: el de millares de hombres americanos ocupando el Oeste. En esa progresión, hacia 1872, estaba el siempre aculebrado Bill Harrigan, huyendo de una celda rectangular.

Demolición de un mejicano

La Historia (que, a semejanza de cierto director cinematográfico, procede por imágenes discontinuas) propone ahora la de una arriesgada taberna, que está en el todopoderoso desierto igual que en alta mar. El tiempo, una destemplada noche del año 1873; el preciso lugar, el Llano Estacado (New Mexico). La tierra es casi sobrenaturalmente lisa, pero el cielo de nubes a desnivel, con desgarrones de tormenta y de luna, está lleno de pozos que se agrietan y de montañas. En la tierra hay el cráneo de una vaca, ladridos y ojos de coyote en la sombra, finos caballos y la luz alargada de la taberna. Adentro, acodados en el único mostrador, hombres cansados y fornidos beben un alcohol pendenciero y hacen ostentación de grandes monedas de plata, con una serpiente y un águila. Un borracho canta impasiblemente. Hay quienes hablan un idioma con muchas eses, que ha de ser español, puesto que quienes lo hablan son despreciados. Bill Harrigan, rojiza rata de conventillo, es de los bebedores. Ha concluido un par de aguardientes y piensa pedir otro más, acaso porque no le queda un centavo. Lo anonadan los hombres de aquel desierto. Los ve tremendos, tempestuosos, felices, odiosamente sabios en el manejo de hacienda cimarrona y de altos caballos. De golpe hay un silencio total, sólo ignorado por la desatinada voz del borracho. Ha entrado un mejicano más que fornido, con cara de india vieja. Abunda en un desaforado sombrero y en dos pistolas laterales. En duro inglés desea las buenas noches a todos los gringos hijos de perra que están bebiendo. Nadie recoge el desafío. Bill pregunta quién es, y le susurran temerosamente que el *Dago* —el *Diego*— es Belisario Villagrán, de Chihuahua. Una detonación retumba en seguida. Parapetado por aquel cordón de hombres altos, Bill ha disparado sobre el intruso. La copa cae del puño de Villagrán; después, el hombre entero. El hombre no precisa otra bala. Sin dignarse mirar al muerto lujoso, Bill reanuda la plática. «¿De veras?», dice.* «Pues yo soy Bill Harrigan, de New York.» El borracho sigue cantando, insignificante.

Ya se adivina la apoteosis. Bill concede apretones de manos y acepta adulaciones, hurras y whiskies. Alguien observa que no hay marcas en su revólver. Billy the Kid se queda con la navaja de ese alguien, pero dice «que no vale la pena anotar mejicanos». Ello, acaso, no basta. Bill, esa noche, tiende su frazada junto al cadáver y duerme hasta la aurora —ostentosamente.

Muertes porque sí

De esa feliz detonación (a los catorce años de edad) nació Billy the Kid el Héroe y murió el furtivo Bill Harrigan. El muchachuelo de la cloaca y del cascotazo ascendió a hombre de frontera. Se hizo jinete; aprendió a estribar derecho sobre el caballo a la manera de Wyoming o Texas, no con el cuerpo echado hacia atrás, a la manera de Oregón y de California. Nunca se pareció del todo a su leyenda, pero se fue acercando. Algo del compadrito de Nueva York perduró en el cowboy; puso en los mejicanos el odio que antes le inspiraban los negros, pero las últimas palabras que dijo fueron (malas) palabras en español. Aprendió el arte vagabundo de los troperos. Aprendió el otro, más difícil, de mandar hombres; ambos lo ayudaron a ser un buen ladrón de hacienda. A veces, las guitarras y los burdeles de Méjico lo arrastraban.

Con la lucidez atroz del insomnio, organizaba populosas orgías que duraban cuatro días y cuatro noches. Al fin, asqueado, pagaba la cuen-

---

* Is that so?, he drawled.

ta a balazos. Mientras el dedo del gatillo no le falló, fue el hombre más temido (y quizá más nadie y más solo) de esa frontera. Garrett, su amigo, el sheriff que después lo mató, le dijo una vez: «Yo he ejercitado mucho la puntería, matando búfalos». «Yo la he ejercitado más matando hombres», replicó suavemente. Los pormenores son irrecuperables, pero sabemos que debió hasta veintiuna muertes —«sin contar mejicanos». Durante siete arriesgadísimos años practicó ese lujo: el coraje.

La noche del 25 de julio de 1880, Billy the Kid atravesó al galope de su overo la calle principal, o única de Fort Sumner. El calor apretaba y no habían encendido las lámparas; el comisario Garrett, sentado en un sillón de hamaca en un corredor, sacó el revólver y le descerrajó un balazo en el vientre. El overo siguió; el jinete se desplomó en la calle de tierra. Garrett le encajó un segundo balazo. El pueblo (sabedor de que el herido era Billy the Kid) trancó bien las ventanas. La agonía fue larga y blasfematoria. Ya con el sol bien alto, se fueron acercando y lo desarmaron; el hombre estaba muerto. Le notaron ese aire de cachivache que tienen los difuntos.

Lo afeitaron, lo envainaron en ropa hecha y lo exhibieron al espanto y las burlas en la vidriera del mejor almacén.

Hombres a caballo o en tílburi acudieron de leguas a la redonda. El tercer día lo tuvieron que maquillar. El cuarto día lo enterraron con júbilo.

El incivil maestro de ceremonias
Kotsuké no Suké

El infame de este capítulo es el incivil maestro de ceremonias Kotsuké no Suké, aciago funcionario que motivó la degradación y la muerte del señor de la Torre de Ako y no se quiso eliminar como un caballero cuando la apropiada venganza lo conminó. Es hombre que merece la gratitud de todos los hombres, porque despertó preciosas lealtades y fue la negra y necesaria ocasión de una empresa inmortal. Un centenar de novelas, de monografías, de tesis doctorales y de óperas conmemoran el hecho —para no hablar de las efusiones en porcelana, en lapislázuli veteado y en laca. Hasta el versátil celuloide lo sirve, ya que la *Historia doctrinal de los cuarenta y siete capitanes* —tal es su nombre— es la más repetida inspiración del cinematógrafo japonés. La minuciosa gloria que esas ardientes atenciones afirman es algo más que justificable: es inmediatamente justa para cualquiera.

Sigo la redacción de A. B. Mitford, que omite las continuas distracciones que obra el color local y prefiere atender al movimiento del glorioso episodio. Esa buena falta de «orientalismo» deja sospechar que se trata de una versión directa del japonés.

La cinta desatada

En la desvanecida primavera de 1702 el ilustre señor de la Torre de Ako tuvo que recibir y agasajar a un enviado imperial. Dos mil trescientos años de cortesía (algunos mitológicos), habían complicado angustiosamente el ceremonial de la recepción. El enviado representaba al emperador, pero a manera de alusión o de símbolo: matiz que no era menos improcedente recargar que atenuar. Para impedir errores harto fácilmente fatales, un funcionario de la corte de Yedo lo precedía en calidad de maestro de ceremonias. Lejos de la comodidad cortesana y condenado a una *villégiature* montaraz, que debió parecerle un destierro, Kira Kotsuké no Suké impartía, sin gracia, las instrucciones. A veces dilataba hasta la insolencia el tono magistral. Su discípulo, el señor de la Torre, procuraba disimular esas burlas. No sabía replicar y la disciplina le vedaba toda violencia. Una mañana, sin embargo, la cinta del zapato del maestro se desató y éste le pidió que la atara. El caballero lo hizo con humildad, pero con indignación interior. El incivil maestro de ceremonias le dijo que, en verdad, era incorregible, y que sólo un patán era capaz de frangollar un nudo tan torpe. El señor de la Torre sacó la espada y le tiró un hachazo. El otro huyó, apenas rubricada la frente por un hilo tenue de sangre... Días después dictaminaba el tribunal militar contra el heridor y lo condenaba al suicidio. En el patio central de la Torre de Ako elevaron una tarima de fieltro rojo y en ella se mostró el condenado y le entregaron un puñal de oro y piedras y confesó públicamente su culpa y se fue desnudando hasta la cintura, y se abrió el vientre, con las dos heridas rituales, y murió como un samurái, y los espectadores más alejados no vieron sangre porque el fieltro era rojo. Un hombre encanecido y cuidadoso lo decapitó con la espada: el consejero Kuranosuké, su padrino.

El simulador de la infamia

La Torre de Takumi no Kami fue confiscada; sus capitanes desbandados, su familia arruinada y oscurecida, su nombre vinculado a la execración. Un rumor quiere que la idéntica noche que se mató, cuarenta y siete de sus capitanes deliberaran en la cumbre de un monte y planearan, con toda precisión, lo que se produjo un año más tarde. Lo cierto es que debieron proceder entre justificadas demoras y que alguno de sus concilios tuvo lugar, no en la cumbre difícil de una montaña, sino en una capilla en un bosque, mediocre pabellón de madera blanca, sin otro adorno que la caja rectangular que contiene un espejo. Apetecían la venganza, y la venganza debió parecerles inalcanzable.

Kira Kotsuké no Suké, el odiado maestro de ceremonias, había fortificado su casa y una nube de arqueros y de esgrimistas custodiaba su palanquín. Contaba con espías incorruptibles, puntuales y secretos. A ninguno celaban y vigilaban como al presunto capitán de los vengadores: Kuranosuké, el consejero. Éste lo advirtió por azar y fundó su proyecto vindicatorio sobre ese dato.

Se mudó a Kioto, ciudad insuperada en todo el imperio por el color de sus otoños. Se dejó arrebatar por los lupanares, por las casas de juego y por las tabernas. A pesar de sus canas, se codeó con rameras y con poetas, y hasta con gente peor. Una vez lo expulsaron de una taberna y amaneció dormido en el umbral, la cabeza revolcada en un vómito.

Un hombre de Satsuma lo conoció, y dijo con tristeza y con ira: «¿No es éste, por ventura, aquel consejero de Asano Takumi no Kami, que lo ayudó a morir y que en vez de vengar a su señor se entrega a los deleites y a la vergüenza? ¡Oh, tú indigno del nombre de samurái!».

Le pisó la cara dormida y se la escupió. Cuando los espías denunciaron esa pasividad, Kotsuké no Suké sintió un gran alivio.

Los hechos no pararon ahí. El consejero despidió a su mujer y al menor de sus hijos, y compró una querida en un lupanar, famosa infamia que alegró el corazón y relajó la temerosa prudencia del enemigo. Éste acabó por despachar la mitad de sus guardias.

Una de las noches atroces del invierno de 1703 los cuarenta y siete capitanes se dieron cita en un desmantelado jardín de los alrededores de Yedo, cerca de un puente y de la fábrica de barajas. Iban con las banderas de su señor. Antes de emprender el asalto, advirtieron a los vecinos que no se trataba de un atropello, sino de una operación militar de estricta justicia.

La cicatriz

Dos bandas atacaron el palacio de Kira Kotsuké no Suké. El consejero comandó la primera, que atacó la puerta del frente; la segunda, su hijo mayor, que estaba por cumplir dieciséis años y que murió esa noche. La historia sabe los diversos momentos de esa pesadilla tan lúcida: el descenso arriesgado y pendular por las escaleras de cuerda, el tambor del ataque, la precipitación de los defensores, los arqueros apostados en la azotea, el directo destino de las flechas hacia los órganos vitales del hombre, las porcelanas infamadas de sangre, la muerte ardiente que después es glacial; los impudores y desórdenes de la muerte. Nueve capitanes murieron; los defensores no eran menos valientes y no se quisieron rendir. Poco después de media noche toda resistencia cesó.

Kira Kotsuké no Suké, razón ignominiosa de esas lealtades, no aparecía. Lo buscaron por todos los rincones de ese conmovido palacio, y ya desesperaban de encontrarlo cuando el consejero notó que las sábanas de su lecho estaban aún tibias. Volvieron a buscar y descubrieron una estrecha ventana, disimulada por un espejo de bronce. Abajo, desde un patiecito sombrío, los miraba un hombre de blanco. Una espada temblorosa estaba en su diestra. Cuando bajaron, el hombre se entregó sin pelear. Le rayaba la frente una cicatriz: viejo dibujo del acero de Takumi no Kami.

Entonces, los sangrientos capitanes se arrojaron a los pies del aborrecido y le dijeron que eran los oficiales del señor de la Torre, de cuya perdición y cuyo fin él era culpable, y le rogaron que se suicidara, como un samurái debe hacerlo.

En vano propusieron ese decoro a su ánimo servil. Era varón inaccesible al honor; a la madrugada tuvieron que degollarlo.

El testimonio

Ya satisfecha su venganza (pero sin ira, y sin agitación, y sin lástima), los capitanes se dirigieron al templo que guarda las reliquias de su señor.

En un caldero llevan la increíble cabeza de Kira Kotsuké no Suké y se turnan para cuidarla. Atraviesan los campos y las provincias, a la luz sincera del día. Los hombres los bendicen y lloran. El príncipe de Sendai los quiere hospedar, pero responden que hace casi dos años que los aguarda su señor. Llegan al oscuro sepulcro y ofrendan la cabeza del enemigo.

La Suprema Corte emite su fallo. Es el que esperan: se les otorga el privilegio de suicidarse. Todos lo cumplen, algunos con ardiente serenidad, y reposan al lado de su señor. Hombres y niños vienen a rezar al sepulcro de esos hombres tan fieles.

El hombre de Satsuma

Entre los peregrinos que acuden, hay un muchacho polvoriento y cansado que debe haber venido de lejos. Se prosterna ante el monumento de Oishi Kuranosuké, el consejero, y dice en voz alta: «Yo te vi tirado en la puerta de un lupanar de Kioto y no pensé que estabas meditando la venganza de tu señor, y te creí un soldado sin fe y te escupí en la cara. He venido a ofrecerte satisfacción». Dijo esto y cometió *harakiri*.

El prior se condolió de su valentía y le dio sepultura en el lugar donde los capitanes reposan.

Éste es el final de la historia de los cuarenta y siete hombres leales —salvo que no tiene final, porque los otros hombres, que no somos leales tal vez, pero que nunca perderemos del todo la esperanza de serlo, seguiremos honrándolos con palabras.

El tintorero enmascarado
Hákim de Merv

A Angélica Ocampo

S i no me equivoco, las fuentes originales de información acerca de
Al Moqanna, el Profeta Velado (o más estrictamente, Enmascarado) del Jorasán, se reducen a cuatro: a) las excertas de la *Historia de los jalifas* conservadas por Baladhuri, b) el *Manual del gigante* o
Libro de la precisión y la revisión del historiador oficial de los Abbasidas,
ibn abi Tair Tarfur, c) el códice árabe titulado *La aniquilación de la rosa*,
donde se refutan las herejías abominables de la *Rosa oscura* o *Rosa escondida*, que era el libro canónico del Profeta, d) unas monedas sin efigie desenterradas por el ingeniero Andrusov en un desmonte del Ferrocarril Trascaspiano. Esas monedas fueron depositadas en el Gabinete
Numismático de Teherán y contienen dísticos persas que resumen o corrigen ciertos pasajes de la *Aniquilación*. La Rosa original se ha perdido, ya que el manuscrito encontrado en 1899 y publicado no sin ligereza por el *Morgenländisches Archiv* fue declarado apócrifo por Horn y
luego por sir Percy Sykes.

La fama occidental del Profeta se debe a un gárrulo poema de Moore, cargado de saudades y de suspiros de conspirador irlandés.

La púrpura escarlata

A los 120 años de la Hégira y 736 de la Cruz, el hombre Hákim, que los hombres de aquel tiempo y de aquel espacio apodarían luego El Velado, nació en el Turquestán. Su patria fue la antigua ciudad de Merv, cuyos jardines y viñedos y prados miran tristemente al desierto. El mediodía es blanco y deslumbrador, cuando no lo oscurecen nubes de polvo que ahogan a los hombres y dejan una lámina blancuzca en los negros racimos.

Hákim se crió en esa fatigada ciudad. Sabemos que un hermano de su padre lo adiestró en el oficio de tintorero: arte de impíos, de falsarios y de inconstantes que inspiró los primeros anatemas de su carrera pródiga.

«Mi cara es de oro (declara en una página famosa de la *Aniquilación*) pero he macerado la púrpura y he sumergido en la segunda noche la lana sin cardar y he saturado en la tercera noche la lana preparada, y los emperadores de las islas aún se disputan esa ropa sangrienta. Así pequé en los años de juventud y trastorné los verdaderos colores de las criaturas. El Ángel me decía que los carneros no eran del color de los tigres, el Satán me decía que el Poderoso quería que lo fueran y se valía de mi astucia y mi púrpura. Ahora yo sé que el Ángel y el Satán erraban la verdad y que todo color es aborrecible.»

El año 146 de la Hégira, Hákim desapareció de su patria. Encontraron destruidas las calderas y cubas de inmersión, así como un alfanje de Shiraz y un espejo de bronce.

El toro

En el fin de la luna de xabán del año 158, el aire del desierto estaba muy claro y los hombres miraban el poniente en busca de la luna de Ramadán, que promueve la mortificación y el ayuno. Eran esclavos, limosneros, chalanes, ladrones de camellos y matarifes. Gravemente sentados en la tierra aguardaban el signo, desde el portón de un paradero de caravanas en la ruta de Merv. Miraban el ocaso, y el color del ocaso era el de la arena.

Del fondo del desierto vertiginoso (cuyo sol da la fiebre, así como su luna da el pasmo) vieron adelantarse tres figuras, que les parecieron altísimas. Las tres eran humanas y la del medio tenía cabeza de toro. Cuando se aproximaron, vieron que éste usaba una máscara y que los otros dos eran ciegos.

Alguien (como en los cuentos de *Las mil y una noches*) indagó la razón de esa maravilla. «Están ciegos», el hombre de la máscara declaró, «porque han visto mi cara».

El leopardo

El cronista de los Abbasidas refiere que el hombre del desierto (cuya voz era singularmente dulce, o así les pareció por diferir de la brutalidad de su máscara), les dijo que ellos aguardaban el signo de un mes de penitencia, pero que él predicaba un signo mejor: el de toda una vida penitencial y una muerte injuriada. Les dijo que era Hákim hijo de Osmán, y que el año 146 de la Emigración, había penetrado un hombre en su casa y luego de purificarse y rezar, le había cortado la cabeza con un alfanje y la había llevado hasta el cielo. Sobre la derecha mano del hombre (que era el ángel Gabriel) su cabeza había estado ante el Señor, que le dio misión de profetizar y le inculcó palabras tan antiguas que su repetición quemaba las bocas y le infundió un glorioso resplandor que los ojos mortales no toleraban. Tal era la justificación de la Máscara. Cuando todos los hombres de la tierra profesaran la nueva ley, el Rostro les sería descubierto y ellos podrían adorarlo sin riesgo —como ya los ángeles lo adoraban. Proclamada su comisión, Hákim los exhortó a una guerra santa —un *djehad*— y a su conveniente martirio.

Los esclavos, pordioseros, chalanes, ladrones de camellos y matarifes le negaron su fe: una voz gritó *brujo* y otra *impostor*.

Alguien había traído un leopardo —tal vez un ejemplar de esa raza esbelta y sangrienta que los monteros persas educan. Lo cierto es que rompió su prisión. Salvo el profeta enmascarado y los dos acólitos, la gente se atropelló para huir. Cuando volvieron, había enceguecido la fiera. Ante los ojos luminosos y muertos, los hombres adoraron a Hákim y confesaron su virtud sobrenatural.

El profeta velado

El historiador oficial de los Abbasidas narra sin mayor entusiasmo los progresos de Hákim el Velado en el Jorasán. Esa provincia —muy conmovida por la desventura y crucifixión de su más famoso caudillo— abrazó con desesperado fervor la doctrina de la Cara Resplandeciente, y le tributó su sangre y su oro. (Hákim, ya entonces, descartó su efigie brutal por un cuádruple velo de seda blanca recamado de piedras. El color emblemático de los Banú Abbás era el negro; Hákim eligió el color blanco —el más contradictorio— para el Velo Resguardador, los pendones y los turbantes.) La campaña se inició bien. Es verdad que en el *Libro de la precisión* las banderas del Jalifa son en todo lugar victoriosas, pero como el resultado más frecuente de esas victorias es la destitución de generales y el abandono de castillos inexpugnables, el avisado lector sabe a qué atenerse. A fines de la luna de rejeb del año 161, la famosa ciudad de Nishapur abrió sus puertas de metal al Enmascarado; a principios del 162, la de Astarabad. La actuación militar de Hákim (como la de otro más afortunado Profeta) se reducía a la plegaria en voz de tenor, pero elevada a la Divinidad desde el lomo de un camello rojizo, en el corazón agitado de las batallas. A su alrededor silbaban las flechas, sin que lo hirieran nunca. Parecía buscar el peligro: la noche que unos detestados leprosos rondaron su palacio, les ordenó comparecer, los besó y les entregó plata y oro.

Delegaba las fatigas de gobernar en seis o siete adeptos. Era estudioso de la meditación y la paz: un harén de ciento catorce mujeres ciegas trataba de aplacar las necesidades de su cuerpo divino.

Los espejos abominables

Siempre que sus palabras no invaliden la fe ortodoxa, el Islam tolera la aparición de amigos confidenciales de Dios, por indiscretos o amenazadores que sean. El Profeta, quizá, no hubiera desdeñado los favores de ese desdén, pero sus partidarios, sus victorias y la cólera pública del jalifa —que era Mohamed Al Mahdí— lo obligaron a la herejía. Esa disensión lo arruinó, pero antes le hizo definir los artículos de una religión personal, si bien con evidentes infiltraciones de las prehistorias gnósticas.

En el principio de la cosmogonía de Hákim hay un Dios espectral. Esa divinidad carece majestuosamente de origen, así como de nombre y de cara. Es un Dios inmutable, pero su imagen proyectó nueve sombras que, condescendiendo a la acción, dotaron y presidieron un primer cielo. De esa primera corona demiúrgica procedió una segunda, también con ángeles, potestades y tronos, y éstos fundaron otro cielo más abajo, que era el duplicado simétrico del inicial. Ese segundo conclave se vio reproducido en un terciario y ése en otro inferior, y así hasta 999. El señor del cielo del fondo es el que rige —sombra de sombras de otras sombras— y su fracción de divinidad tiende a cero.

La tierra que habitamos es un error, una incompetente parodia. Los espejos y la paternidad son abominables, porque la multiplican y afirman. El asco es la virtud fundamental. Dos disciplinas (cuya elección dejaba libre el Profeta) pueden conducirnos a ella: la abstinencia y el desenfreno, el ejercicio de la carne o su castidad.

El paraíso y el infierno de Hákim no eran menos desesperados. «A los que niegan la Palabra, a los que niegan el Enjoyado Velo y el Rostro (dice una imprecación que se conserva de la *Rosa escondida*), les prometo un Infierno maravilloso, porque cada uno de ellos reinará sobre 999 imperios de fuego, y en cada imperio 999 montes de fuego, y en cada monte 999 torres de fuego, y en cada torre 999 pisos de fuego, y en cada piso 999 lechos de fuego, y en cada lecho estará él y 999 formas de fuego (que tendrán su cara y su voz) lo torturarán para siempre.» En otro lugar corrobora: «Aquí en la vida padecéis en un cuerpo; en la muerte y la Retribución, en innumerables». El paraíso es menos concreto. «Siempre es de noche y hay piletas de piedra, y la felicidad de ese paraíso es la felicidad peculiar de las despedidas, de la renunciación y de los que saben que duermen.»

El rostro

El año 163 de la Emigración y quinto de la Cara Resplandeciente, Hákim fue cercado en Sanam por el ejército del jalifa. Provisiones y mártires no faltaban, y se aguardaba el inminente socorro de una caterva de ángeles de luz. En eso estaban cuando un espantoso rumor atravesó el castillo. Se refería que una mujer adúltera del harén, al ser estrangulada por los eunucos, había gritado que a la mano derecha del Profeta le faltaba el dedo anular y que carecían de uñas los otros. El rumor cundió entre los fieles. A pleno sol, en una elevada terraza, Hákim pedía una victoria o un signo a la divinidad familiar. Con la cabeza doblegada, servil —como si corrieran contra una lluvia—, dos capitanes le arrancaron el Velo recamado de piedras.

Primero, hubo un temblor. La prometida cara del Apóstol, la cara que había estado en los cielos, era en efecto blanca, pero con la blancura peculiar de la lepra manchada. Era tan abultada o increíble que les pareció una careta. No tenía cejas; el párpado inferior del ojo derecho pendía sobre la mejilla senil; un pesado racimo de tubérculos le comía los labios; la nariz inhumana y achatada era como de león.

La voz de Hákim ensayó un engaño final. «Vuestro pecado abominable os prohíbe percibir mi esplendor…», comenzó a decir.

No lo escucharon, y lo atravesaron con lanzas.

Hombre de la esquina rosada

A Enrique Amorim

A mí, tan luego, hablarme del finado Francisco Real. Yo lo conocí, y eso que éstos no eran sus barrios porque él sabía tallar más bien por el Norte, por esos laos de la laguna de Guadalupe y la Batería. Arriba de tres veces no lo traté, y ésas en una misma noche, pero es noche que no se me olvidará, como que en ella vino la Lujanera porque sí, a dormir en mi rancho y Rosendo Juárez dejó, para no volver, el Arroyo. A ustedes, claro que les falta la debida esperiencia para reconocer ese nombre, pero Rosendo Juárez el Pegador, era de los que pisaban más fuerte por Villa Santa Rita. Mozo acreditao para el cuchillo era uno de los hombres de don Nicolás Paredes, que era uno de los hombres de Morel. Sabía llegar de lo más paquete al quilombo, en un oscuro, con las prendas de plata; los hombres y los perros lo respetaban y las chinas también; nadie ignoraba que estaba debiendo dos muertes; usaba un chambergo alto, de ala finita, sobre la melena grasienta; la suerte lo mimaba, como quien dice. Los mozos de la Villa le copiábamos hasta el modo de escupir. Sin embargo, una noche nos ilustró la verdadera condición de Rosendo.

Parece cuento, pero la historia de esa noche rarísima empezó por un placero insolente de ruedas coloradas, lleno hasta el tope de hombres, que iba a los barquinazos por esos callejones de barro duro, entre los hornos de ladrillos y los huecos, y dos de negro, déle guitarriar y aturdir, y el del pescante que les tiraba un fustazo a los perros sueltos que se le atravesaban al moro, y un emponchado iba silencioso en el medio, y ése era el Corralero de tantas mentas, y el hombre iba a peliar y a matar. La noche era una bendición de tan fresca; dos de ellos iban sobre la capota volcada, como si la soledá juera un corso. Ése jué el primer sucedido de tantos que hubo, pero recién después lo supimos. Los muchachos estábamos dende temprano en el salón de Julia, que era un galpón de chapas de cinc, entre el camino de Gauna y el Maldonado. Era un local que usté lo divisaba de lejos, por la luz que mandaba a la redonda el farol sinvergüenza, y por el barullo también. La Julia, aunque de humilde color, era de lo más conciente y formal, así que no faltaban musicantes, güen beberaje y compañeras resistentes pal baile. Pero la Lujanera, que era la mujer de Rosendo, las sobraba lejos a todas. Se murió, señor, y digo que hay años en que ni pienso en ella, pero había que verla en sus días, con esos ojos. Verla, no daba sueño.

La caña, la milonga, el hembraje, una condescendiente mala palabra de boca de Rosendo, una palmada suya en el montón que yo trataba de sentir como una amistá: la cosa es que yo estaba lo más feliz. Me tocó una compañera muy seguidora, que iba como adivinándome la intención. El tango hacía su voluntá con nosotros y nos arriaba y nos perdía y nos ordenaba y nos volvía a encontrar. En esa diversión estaban los hombres, lo mismo que en un sueño, cuando de golpe me pareció crecida la música, y era que ya se entreveraba con ella la de los guitarreros del coche, cada vez más cercano. Después, la brisa que la trajo tiró por otro rumbo, y volví a atender a mi cuerpo y al de la compañera y a las conversaciones del baile. Al rato largo llamaron a la puerta con autoridá, un golpe y una voz. En seguida un silencio general, una pechada poderosa a la puerta y el hombre estaba adentro. El hombre era parecido a la voz.

Para nosotros no era todavía Francisco Real, pero sí un tipo alto, fornido, trajeado enteramente de negro, y una chalina de un color como bayo, echada sobre el hombro. La cara recuerdo que era aindiada, esquinada.

Me golpeó la hoja de la puerta al abrirse. De puro atolondrado me le juí encima y le encajé la zurda en la facha, mientras con la derecha sacaba el cuchillo filoso que cargaba en la sisa del chaleco, junto al sobaco izquierdo. Poco iba a durarme la atropellada. El hombre, para afirmarse, estiró los brazos y me hizo a un lado, como despidiéndose de un estorbo. Me dejó agachado detrás, todavía con la mano abajo del saco, sobre el arma inservible. Siguió como si tal cosa, adelante. Siguió, siempre más alto que cualquiera de los que iba desapartando, siempre como sin ver. Los primeros —puro italianaje mirón— se abrieron como abanico, apurados. La cosa no duró. En el montón siguiente ya estaba el Inglés esperándolo, y antes de sentir en el hombro la mano del forastero, se la durmió con un planazo que tenía listo. Jué ver ese planazo y jué venírsele ya todos al humo. El establecimiento tenía más de muchas varas de fondo, y lo arriaron como un cristo, casi de punta a punta, a pechadas, a silbidos y a salivazos. Primero le tiraron trompadas, después, al ver que ni se atajaba los golpes, puras cachetadas a mano abierta o con el fleco inofensivo de las chalinas, como riéndose de él. También, como reservándolo pa Rosendo, que no se había movido para eso de la paré del fondo, en la que hacía espaldas, callado. Pitaba con apuro su cigarrillo, como si ya entendiera lo que vimos claro después. El Corralero fue empujado hasta él, firme y ensangrentado, con ese viento de chamuchina pifiadora detrás. Silbado, chicoteado, escupido, recién habló cuando se enfrentó con Rosendo. Entonces lo miró y se despejó la cara con el antebrazo y dijo estas cosas:

—Yo soy Francisco Real, un hombre del Norte. Yo soy Francisco Real, que le dicen el Corralero. Yo les he consentido a estos infelices que me alzaran la mano, porque lo que estoy buscando es un hombre. Andan por ahí unos bolaceros diciendo que en estos andurriales hay uno que tiene mentas de cuchillero, y de malo, y que le dicen el Pegador. Quiero encontrarlo pa que me enseñe a mí, que soy naides, lo que es un hombre de coraje y de vista.

Dijo esas cosas y no le quitó los ojos de encima. Ahora le relucía un cuchillón en la mano derecha, que en fija lo había traído en la manga. Alrededor se habían ido abriendo los que empujaron, y todos los mirábamos a los dos, en un gran silencio. Hasta la jeta del mulato ciego que tocaba el violín, acataba ese rumbo.

En eso, oigo que se desplazaban atrás, y me veo en el marco de la puerta seis o siete hombres, que serían la barra del Corralero. El más viejo, un hombre apaisanado, curtido, de bigote entrecano, se adelantó para quedarse como encandilado por tanto hembraje y tanta luz, y se descubrió con respeto. Los otros vigilaban, listos para dentrar a tallar si el juego no era limpio.

¿Qué le pasaba mientras tanto a Rosendo, que no lo sacaba pisotiando a ese balaquero? Seguía callado, sin alzarle los ojos. El cigarro no sé si lo escupió o si se le cayó de la cara. Al fin pudo acertar con unas palabras, pero tan despacio que a los de la otra punta del salón no nos alcanzó lo que dijo. Volvió Francisco Real a desafiarlo y él a negarse. Entonces, el más muchacho de los forasteros silbó. La Lujanera lo miró aborreciéndolo y se abrió paso con la crencha en la espalda, entre el carreraje y las chinas, y se jué a su hombre y le metió la mano en el pecho y le sacó el cuchillo desenvainado y se lo dio con estas palabras:

—Rosendo, creo que lo estarás precisando.

A la altura del techo había una especie de ventana alargada que miraba al arroyo. Con las dos manos recibió Rosendo el cuchillo y lo filió como si no lo reconociera. Se empinó de golpe hacia atrás y voló el cuchillo derecho y fue a perderse ajuera, en el Maldonado. Yo sentí como un frío.

—De asco no te carneo —dijo el otro, y alzó, para castigarlo, la mano. Entonces la Lujanera se le prendió y le echó los brazos al cuello y lo miró con esos ojos y le dijo con ira:

—Dejalo a ése, que nos hizo creer que era un hombre.

Francisco Real se quedó perplejo un espacio y luego la abrazó como para siempre y les gritó a los musicantes que le metieran tango y milonga y a los demás de la diversión, que bailáramos. La milonga corrió como un incendio de punta a punta. Real bailaba muy grave, pero sin ninguna luz, ya pudiéndola. Llegaron a la puerta y gritó:

—¡Vayan abriendo cancha señores, que la llevo dormida!

Dijo, y salieron sien con sien, como en la marejada del tango, como si los perdiera el tango.

Debí ponerme colorao de vergüenza. Di unas vueltitas con alguna mujer y la planté de golpe. Inventé que era por el calor y por la apretura y juí orillando la paré hasta salir. Linda la noche, ¿para quién? A la vuelta del callejón estaba el placero, con el par de guitarras derechas en el asiento, como cristianos. Dentré a amargarme de que las descuidaran así, como si ni pa recoger changangos sirviéramos. Me dio coraje de sentir que no éramos naides. Un manotón a mi clavel de atrás de la oreja y lo tiré a un charquito y me quedé un espacio mirándolo, como para no pensar en más nada. Yo hubiera querido estar de una vez en el día siguiente, yo me quería salir de esa noche. En eso, me pegaron un codazo que jue casi un alivio. Era Rosendo, que se escurría solo del barrio.

—Vos siempre has de servir de estorbo, pendejo —me rezongó al pasar, no sé si para desahogarse, o ajeno. Agarró el lado más oscuro, el del Maldonado; no lo volví a ver más.

Me quedé mirando esas cosas de toda la vida —cielo hasta decir basta, el arroyo que se emperraba solo ahí abajo, un caballo dormido, el callejón de tierra, los hornos— y pensé que yo era apenas otro yuyo de esas orillas, criado entre las flores de sapo y las osamentas. ¿Qué iba a salir de esa basura sino nosotros, gritones pero blandos para el castigo, boca y atropellada no más? Sentí después que no, que el barrio cuanto más aporriao, más obligación de ser guapo. ¿Basura? La milonga déle loquiar, y déle bochinchar en las casas, y traía olor a madreselvas el viento. Linda al ñudo la noche. Había de estrellas como para marearse mirándolas, unas encima de otras. Yo forcejiaba por sentir que a mí no me representaba nada el asunto, pero la cobardía de Rosendo y el coraje insufrible del forastero no me querían dejar. Hasta de una mujer para esa noche se había podido aviar el hombre alto. Para ésa y para muchas, pensé, y tal vez para todas, porque la Lujanera era cosa seria. Sabe Dios qué lado agarraron. Muy lejos no podían estar. A lo mejor ya se estaban empleando los dos, en cualesquier cuneta.

Cuando alcancé a volver, seguía como si tal cosa el bailongo.

Haciéndome el chiquito, me entreveré en el montón, y vi que alguno de los nuestros había rajado y que los norteros tangueaban junto con los demás. Codazos y encontrones no había, pero sí recelo y decencia. La música parecía dormilona, las mujeres que tangueaban con los del Norte, no decían esta boca es mía.

Yo esperaba algo, pero no lo que sucedió.

Ajuera oímos una mujer que lloraba y después la voz que ya conocíamos, pero serena, casi demasiado serena, como si ya no juera de alguien, diciéndole:

—Entrá, m'hija. —Y luego otro llanto. Luego la voz como si empezara a desesperarse.

—¡Abrí te digo, abrí guacha arrastrada abrí, perra! —Se abrió en eso la puerta tembleque, y entró la Lujanera, sola. Entró mandada, como si viniera arreándola alguno.

—La está mandando un ánima —dijo el Inglés.

—Un muerto, amigo —dijo entonces el Corralero. El rostro era como de borracho. Entró, y en la cancha que le abrimos todos, como antes, dio unos pasos mareados —alto, sin ver— y se fue al suelo de una vez, como poste. Uno de los que vinieron con él, lo acostó de espaldas y le acomodó el ponchito de almohada. Esos ausilios lo ensuciaron de sangre. Vimos entonces que traiba una herida juerte en el pecho;

la sangre le encharcaba y ennegrecía un lengue punzó que antes no le oservé, porque lo tapó la chalina. Para la primera cura, una de las mujeres trujo caña y unos trapos quemados. El hombre no estaba para esplicar. La Lujanera lo miraba como perdida, con los brazos colgando. Todos estaban preguntándose con la cara y ella consiguió hablar. Dijo que luego de salir con el Corralero, se jueron a un campito, y que en eso cae un desconocido y lo llama como desesperado a pelear y le infiere esa puñalada y que ella jura que no sabe quién es y que no es Rosendo. ¿Quién le iba a creer?

El hombre a nuestros pies se moría. Yo pensé que no le había temblado el pulso al que lo arregló. El hombre, sin embargo, era duro. Cuando golpeó, la Julia había estao cebando unos mates y el mate dio la vuelta redonda y volvió a mi mano, antes que falleciera. «Tápenme la cara», dijo despacio, cuando no pudo más. Sólo le quedaba el orgullo y no iba a consentir que le curiosearan los visajes de la agonía. Alguien le puso encima el chambergo negro, que era de copa altísima. Se murió abajo del chambergo, sin queja. Cuando el pecho acostado dejó de subir y bajar, se animaron a descubrirlo. Tenía ese aire fatigado de los difuntos; era de los hombres de más coraje que hubo en aquel entonces, dende la Batería hasta el Sur; en cuanto lo supe muerto y sin habla, le perdí el odio.

—Para morir no se precisa más que estar vivo —dijo una del montón, y otra, pensativa también:

—Tanta soberbia el hombre, y no sirve más que pa juntar moscas.

Entonces los norteros jueron diciéndose una cosa despacio y dos a un tiempo la repitieron juerte después:

—Lo mató la mujer.

Uno le gritó en la cara si era ella, y todos la cercaron. Yo me olvidé que tenía que prudenciar y me les atravesé como luz. De atolondrado, casi pelo el fiyingo. Sentí que muchos me miraban, para no decir todos. Dije como con sorna:

—Fijensén en las manos de esa mujer. ¿Qué pulso ni qué corazón va a tener para clavar una puñalada? —Añadí, medio desganado de guapo—: ¿Quién iba a soñar que el finao, que asegún dicen, era malo en su barrio, juera a concluir de una manera tan bruta y en un lugar tan enteramente muerto como éste, ande no pasa nada, cuando no cae alguno de ajuera para distrairnos y queda para la escupida después?

El cuero no le pidió biaba a ninguno.

En eso iba creciendo en la soledá un ruido de jinetes. Era la policía. Quien más, quien menos, todos tendrían su razón para no buscar ese trato, porque determinaron que lo mejor era traspasar el muerto al arroyo. Recordarán ustedes aquella ventana alargada por la que pasó en un brillo el puñal. Por ahí pasó después el hombre de negro. Lo levantaron entre muchos y de cuanto centavo y cuanta zoncera tenía, lo aligeraron esas manos y alguno le hachó un dedo para refalarle el anillo. Aprovechadores, señor, que así se le animaban a un pobre dijunto indefenso, después que lo arregló otro más hombre. Un envión y el agua correntosa y sufrida se lo llevó. Para que no sobrenadara, no sé si le arrancaron las vísceras, porque preferí no mirar. El de bigote gris no me quitaba los ojos. La Lujanera aprovechó el apuro para salir.

Cuando echaron su vistazo los de la ley, el baile estaba medio animado. El ciego del violín le sabía sacar unas habaneras de las que ya no se oyen. Ajuera estaba queriendo clariar. Unos postes de ñandubay sobre una lomada estaban como sueltos, porque los alambrados finitos no se dejaban divisar tan temprano.

Yo me fui tranquilo a mi rancho, que estaba a unas tres cuadras. Ardía en la ventana una lucecita, que se apagó en seguida. De juro que me apuré a llegar, cuando me di cuenta. Entonces, Borges, volví a sacar el cuchillo corto y filoso que yo sabía cargar aquí, en el chaleco, junto al sobaco izquierdo, y le pegué otra revisada despacio, y estaba como nuevo, inocente, y no quedaba ni un rastrito de sangre.

Etcétera

A Néstor Ibarra

Un teólogo en la muerte

Los ángeles me comunicaron que cuando falleció Melanchton, le fue suministrada en el otro mundo una casa ilusoriamente igual a la que había tenido en la tierra. (A casi todos los recién venidos a la eternidad les sucede lo mismo y por eso creen que no han muerto.) Los objetos domésticos eran iguales: la mesa, el escritorio con sus cajones, la biblioteca. En cuanto Melanchton se despertó en ese domicilio, reanudó sus tareas literarias como si no fuera un cadáver y escribió durante unos días sobre la justificación por la fe. Como era su costumbre, no dijo una palabra sobre la caridad. Los ángeles notaron esa omisión y mandaron personas a interrogarlo. Melanchton les dijo: «He demostrado irrefutablemente que el alma puede prescindir de la caridad y que para ingresar en el cielo basta la fe». Esas cosas les decía con soberbia y no sabía que ya estaba muerto y que su lugar no era el cielo. Cuando los ángeles oyeron ese discurso lo abandonaron.

A las pocas semanas, los muebles empezaron a afantasmarse hasta ser invisibles, salvo el sillón, la mesa, las hojas de papel y el tintero. Además, las paredes del aposento se mancharon de cal y el piso de un barniz amarillo. Su misma ropa ya era mucho más ordinaria. Seguía, sin embargo, escribiendo, pero como persistía en la negación de la caridad, lo trasladaron a un taller subterráneo, donde había otros teólogos como él.

Ahí estuvo unos días encarcelado y empezó a dudar de su tesis y le permitieron volver. Su ropa era de cuero sin curtir, pero trató de imaginarse que lo anterior había sido una mera alucinación y continuó elevando la fe y denigrando la caridad. Un atardecer sintió frío. Entonces recorrió la casa y comprobó que los demás aposentos ya no correspondían a los de su habitación en la tierra. Alguno estaba repleto de instrumentos desconocidos; otro se había achicado tanto que era imposible entrar; otro no había cambiado, pero sus ventanas y puertas daban a grandes médanos. La pieza del fondo estaba llena de personas que lo adoraban y que le repetían que ningún teólogo era tan sapiente como él. Esa adoración le agradó, pero como alguna de esas personas no tenía cara y otros parecían muertos, acabó por aborrecerlos y desconfiar. Entonces determinó escribir un elogio de la caridad, pero las páginas escritas hoy aparecían mañana borradas. Eso le aconteció porque las componía sin convicción.

Recibía muchas visitas de gente recién muerta, pero sentía vergüenza de mostrarse en un alojamiento tan sórdido. Para hacerles creer que estaba en el cielo, se arregló con un brujo de los de la pieza del fondo, y éste los engañaba con simulacros de esplendor y serenidad. Apenas las visitas se retiraban, reaparecían la pobreza y la cal, y a veces un poco antes.

Las últimas noticias de Melanchton dicen que el mago y uno de los hombres sin cara lo llevaron hacia los médanos y que ahora es como un sirviente de los demonios.

(Del libro *Arcana coelestia*, de Emanuel Swedenborg)

La cámara de las estatuas

En los primeros días había en el reino de los andaluces una ciudad en la que residieron sus reyes y que tenía por nombre Lebtit o Ceuta, o

Jaén. Había un fuerte castillo en esa ciudad, cuya puerta de dos batientes no era para entrar ni aun para salir, sino para que la tuvieran cerrada. Cada vez que un rey fallecía y otro rey heredaba su trono altísimo, éste añadía con sus manos una cerradura nueva a la puerta, hasta que fueron veinticuatro las cerraduras, una por cada rey. Entonces acaeció que un hombre malvado, que no era de la casa real, se adueñó del poder, y en lugar de añadir una cerradura quiso que las veinticuatro anteriores fueran abiertas para mirar el contenido de aquel castillo. El visir y los emires le suplicaron que no hiciera tal cosa y le escondieron el llavero de hierro y le dijeron que añadir una cerradura era más fácil que forzar veinticuatro, pero él repetía con astucia maravillosa: «Yo quiero examinar el contenido de este castillo». Entonces le ofrecieron cuantas riquezas podían acumular, en rebaños, en ídolos cristianos, en plata y oro, pero él no quiso desistir y abrió la puerta con su mano derecha (que arderá para siempre). Adentro estaban figurados los árabes en metal y en madera, sobre sus rápidos camellos y potros, con turbantes que ondeaban sobre la espalda y alfanjes suspendidos de talabartes y la derecha lanza en la diestra. Todas esas figuras eran de bulto y proyectaban sombras en el piso, y un ciego las podía reconocer mediante el solo tacto, y las patas delanteras de los caballos no tocaban el suelo y no se caían, como si se hubieran encabritado. Gran espanto causaron en el rey esas primorosas figuras, y aún más el orden y silencio excelente que se observaba en ellas, porque todas miraban a un mismo lado, que era el poniente, y no se oía ni una voz ni un clarín. Eso había en la primera cámara del castillo. En la segunda estaba la mesa de Solimán, hijo de David —¡sea para los dos la salvación!— tallada en una sola piedra esmeralda, cuyo color, como se sabe, es el verde, y cuyas propiedades escondidas son indescriptibles y auténticas, porque serena las tempestades, mantiene la castidad de su portador, ahuyenta la disentería y los malos espíritus, decide favorablemente un litigio y es de gran socorro en los partos.

En la tercera hallaron dos libros: uno era negro y enseñaba las virtudes de los metales de los talismanes y de los días, así como la preparación de venenos y de contravenenos; otro era blanco y no se pudo descifrar su enseñanza, aunque la escritura era clara. En la cuarta encontraron un mapamundi, donde estaban los reinos, las ciudades, los mares, los castillos y los peligros, cada cual con su nombre verdadero y con su precisa figura.

En la quinta encontraron un espejo de forma circular, obra de Solimán, hijo de David —¡sea para los dos el perdón!— cuyo precio era mucho, pues estaba hecho de diversos metales y el que se miraba en su luna veía las caras de sus padres y de sus hijos, desde el primer Adán hasta los que oirán la Trompeta. La sexta estaba llena de elixir, del que bastaba un solo adarme para cambiar tres mil onzas de plata en tres mil onzas de oro. La séptima les pareció vacía y era tan larga que el más hábil de los arqueros hubiera disparado una flecha desde la puerta sin conseguir clavarla en el fondo. En la pared final vieron grabada una inscripción terrible. El rey la examinó y la comprendió, y decía de esta suerte: «Si alguna mano abre la puerta de este castillo, los guerreros de carne que se parecen a los guerreros de metal de la entrada se adueñarán del reino».

Estas cosas acontecieron el año 89 de la Hégira. Antes que tocara a su fin, Tárik se apoderó de esa fortaleza y derrotó a ese rey y vendió a sus mujeres y a sus hijos y desoló sus tierras. Así se fueron dilatando los árabes por el reino de Andalucía, con sus higueras y praderas regadas en las que no se sufre de sed. En cuanto a los tesoros, es fama que Tárik, hijo de Zaid, los remitió al califa su señor, que los guardó en una pirámide.

(Del Libro de las mil y una noches, noche 272)

Historia de los dos que soñaron

El historiador arábigo El Ixaquí refiere este suceso:

«Cuentan los hombres dignos de fe (pero sólo Alá es omnisciente y poderoso y misericordioso y no duerme), que hubo en El Cairo un hombre poseedor de riquezas, pero tan magnánimo y liberal que todas las perdió menos la casa de su padre, y que se vio forzado a trabajar para ganarse el pan. Trabajó tanto que el sueño lo rindió una noche debajo de una higuera de su jardín y vio en el sueño un hombre empapado que se sacó de la boca una moneda de oro y le dijo: "Tu fortuna está en Persia, en Isfaján; vete a buscarla". A la madrugada siguiente se despertó y emprendió el largo viaje y afrontó los peligros de los desiertos, de las naves, de los piratas, de los idólatras, de los ríos, de las fieras y de los hombres. Llegó al fin a Isfaján, pero en el recinto de esa ciudad lo sorprendió la noche y se tendió a dormir en el patio de una mezquita. Había, junto a la mezquita, una casa y por el decreto de Dios Todopoderoso, una pandilla de ladrones atravesó la mezquita y se metió en la casa, y las personas que dormían se despertaron con el estruendo de los ladrones y pidieron socorro. Los vecinos también gritaron, hasta que el capitán de los serenos de aquel distrito acudió con sus hombres y los bandoleros huyeron por la azotea. El capitán hizo registrar la mezquita y en ella dieron con el hombre de El Cairo, y le menudearon tales azotes con varas de bambú que estuvo cerca de la muerte. A los dos días recobró el sentido en la cárcel. El capitán lo mandó buscar y le dijo: "¿Quién eres y cuál es tu patria?". El otro declaró: "Soy de la ciudad famosa de El Cairo y mi nombre es Mohamed El Magrebí". El capitán le preguntó: "¿Qué te trajo a Persia?". El otro optó por la verdad y le dijo: "Un hombre me ordenó en un sueño que viniera a Isfaján, porque ahí estaba mi fortuna. Ya estoy en Isfaján y veo que esa fortuna que prometió deben ser los azotes que tan generosamente me diste".

Ante semejantes palabras, el capitán se rió hasta descubrir las muelas del juicio y acabó por decirle: "Hombre desatinado y crédulo, tres veces he soñado con una casa en la ciudad de El Cairo en cuyo fondo hay un jardín, y en el jardín un reloj de sol y después del reloj de sol una higuera y luego de la higuera una fuente, y bajo la fuente un tesoro. No he dado el menor crédito a esa mentira. Tú, sin embargo, engendro de una mula con un demonio, has ido errando de ciudad en ciudad, bajo la sola fe de tu sueño. Que no te vuelva a ver en Isfaján. Toma estas monedas y vete".

El hombre las tomó y regresó a la patria. Debajo de la fuente de su jardín (que era la del sueño del capitán) desenterró el tesoro. Así Dios le dio bendición y lo recompensó y exaltó. Dios es el Generoso, el Oculto».

(Del *Libro de las mil y una noches*, noche 351)

El brujo postergado

En Santiago había un deán que tenía codicia de aprender el arte de la magia. Oyó decir que don Illán de Toledo la sabía más que ninguno, y fue a Toledo a buscarlo.

El día que llegó enderezó a la casa de don Illán y lo encontró leyendo en una habitación apartada. Éste lo recibió con bondad y le dijo que postergara el motivo de su visita hasta después de comer. Le señaló un alojamiento muy fresco y le dijo que lo alegraba mucho su venida. Después de comer, el deán le refirió la razón de aquella visita y le rogó que le enseñara la ciencia mágica. Don Illán le dijo que adivinaba que era deán, hombre de buena posición y buen porvenir, y que temía ser olvidado luego por él. El deán le prometió y aseguró que nunca olvidaría aquella merced, y que estaría siempre a sus órdenes. Ya arreglado el asunto, explicó don Illán que las artes mágicas no se podían aprender sino en sitio apartado, y tomándolo por la mano, lo llevó a una pieza contigua, en cuyo piso había una gran argolla de fierro. Antes le dijo a la sirvienta que tuviese perdices para la cena, pero que no las pusiera a asar hasta que la mandaran. Levantaron la argolla entre los dos y descendieron por una escalera de piedra bien labrada, hasta que al deán le pareció que habían bajado tanto que el lecho del Tajo estaba sobre ellos. Al pie de la escalera había una celda y luego una biblioteca y luego una especie de gabinete con instrumentos mágicos. Revisaron los libros y en eso estaban cuando entraron dos hombres con una carta para el deán, escrita por el obispo, su tío, en la que le hacía saber que estaba muy enfermo y que, si quería encontrarlo vivo, no demorase. Al deán lo contrariaron mucho estas nuevas, lo uno por la dolencia de su tío, lo otro por tener que interrumpir los estudios. Optó por escribir una disculpa y la mandó al obispo. A los tres días llegaron unos hombres de luto con otras cartas para el deán, en las que se leía que el obispo había fallecido, que estaban eligiendo sucesor, y que esperaban por la gracia de Dios que lo elegirían a él. Decían también que no se molestara en venir, puesto que parecía mucho mejor que lo eligieran en su ausencia.

A los diez días vinieron dos escuderos muy bien vestidos, que se arrojaron a sus pies y besaron sus manos, y lo saludaron obispo. Cuando don Illán vio estas cosas, se dirigió con mucha alegría al nuevo prelado y le dijo que agradecía al Señor que tan buenas nuevas llegaran a su casa. Luego le pidió el decanazgo vacante para uno de sus hijos. El obispo le hizo saber que había reservado el decanazgo para su propio hermano, pero que había determinado favorecerlo y que partiesen juntos para Santiago.

Fueron para Santiago los tres, donde los recibieron con honores. A los seis meses recibió el obispo mandaderos del Papa que le ofrecía el arzobispado de Tolosa, dejando en sus manos el nombramiento de sucesor. Cuando don Illán supo esto, le recordó la antigua promesa y le pidió ese título para su hijo. El arzobispo le hizo saber que había reservado el obispado para su propio tío, hermano de su padre, pero que había determinado favorecerlo y que partiesen juntos para Tolosa. Don Illán no tuvo más remedio que asentir.

Fueron para Tolosa los tres, donde los recibieron con honores y misas. A los dos años, recibió el arzobispo mandaderos del Papa que le ofrecía el capelo de Cardenal, dejando en sus manos el nombramiento de sucesor. Cuando don Illán supo esto, le recordó la antigua promesa y le pidió ese título para su hijo. El Cardenal le hizo saber que había reservado el arzobispado para su propio tío, hermano de su madre, pero que había determinado favorecerlo y que partiesen juntos para Roma. Don Illán no tuvo más remedio que asentir. Fueron para Roma los tres, donde los recibieron con honores y misas y procesiones. A los cuatro años murió el Papa y nuestro Cardenal fue elegido para el papado por todos los demás. Cuando don Illán supo esto, besó los pies de Su Santidad, le recordó la antigua promesa y le pidió el cardenalato para su hijo. El Papa lo amenazó con la cárcel, diciéndole que bien sabía él que no era más que un brujo y que en Toledo había sido profesor de artes mágicas. El miserable don Illán dijo que iba a volver a España y le pidió algo para comer durante el camino. El Papa no accedió. Entonces don Illán (cuyo rostro se había remozado de un modo extraño), dijo con una voz sin temblor:

—Pues tendré que comerme las perdices que para esta noche encargué.

La sirvienta se presentó y don Illán le dijo que las asara. A estas palabras, el Papa se halló en la celda subterránea en Toledo, solamente deán de Santiago, y tan avergonzado de su ingratitud que no atinaba a disculparse. Don Illán dijo que bastaba con esa prueba, le negó su parte de las perdices y lo acompañó hasta la calle, donde le deseó feliz viaje y lo despidió con gran cortesía.

(Del *Libro de Patronio* del infante don Juan Manuel, que lo derivó de un libro árabe: *Las cuarenta mañanas y las cuarenta noches*)

El espejo de tinta

La historia sabe que el más cruel de los gobernadores del Sudán fue Yakub el Doliente, que entregó su país a la iniquidad de los recaudadores
egipcios y murió en una cámara del palacio, el día catorceno de la luna
de Barmajat, el año 1842. Algunos insinúan que el hechicero Abde-
rráhmen El Masmudí (cuyo nombre se puede traducir el Servidor del
Misericordioso) lo acabó a puñal o a veneno, pero una muerte natural
es más verosímil —ya que le decían el Doliente. Sin embargo, el capitán Richard Francis Burton conversó con ese hechicero el año 1853 y
cuenta que le refirió lo que copio:

«Es verdad que yo padecí cautiverio en el alcázar de Yakub el Doliente, a raíz de la conspiración que fraguó mi hermano Ibrahim, con el
fementido y vano socorro de los caudillos negros del Kordofán, que lo
denunciaron. Mi hermano pereció por la espada, sobre la piel de sangre
de la justicia, pero yo me arrojé a los aborrecidos pies del Doliente y le
dije que era hechicero y que si me otorgaba la vida, le mostraría formas
y apariencias aún más maravillosas que las del Fanusí jiyal (la linterna
mágica). El opresor me exigió una prueba inmediata. Yo pedí una pluma de caña, unas tijeras, una gran hoja de papel veneciano, un cuerno
de tinta, un brasero, unas semillas de cilantro y una onza de benjuí. Re-
corté la hoja en seis tiras, escribí talismanes e invocaciones en las cinco
primeras, y en la restante las siguientes palabras que están en el glorioso Qurán: "Hemos retirado tu velo, y la visión de tus ojos es penetran-
te". Luego dibujé un cuadro mágico en la mano derecha de Yakub y le
pedí que la ahuecara y vertí un círculo de tinta en el medio. Le pregunté si percibía con claridad su reflejo en el círculo y respondió que sí. Le
dije que no alzara los ojos. Encendí el benjuí y el cilantro, y quemé las
invocaciones en el brasero. Le pedí que nombrara la figura que deseaba

mirar. Pensó y me dijo que un caballo salvaje, el más hermoso que pastara en los prados que bordean el desierto. Miró y vio el campo verde y tranquilo y después un caballo que se acercaba, ágil como un leopardo, con una estrella blanca en la frente. Me pidió una tropilla de caballos tan perfectos como el primero, y vio en el horizonte una larga nube de polvo, y luego la tropilla. Comprendí que mi vida estaba segura.

Apenas despuntaba la luz del día, dos soldados entraban en mi cárcel y me conducían a la cámara del Doliente, donde ya me esperaban el incienso, el brasero y la tinta. Así me fue exigiendo y le fui mostrando todas las apariencias del mundo. Ese hombre muerto que aborrezco, tuvo en su mano cuanto los hombres muertos han visto y ven los que están vivos: las ciudades, climas y reinos en que se divide la tierra, los tesoros ocultos en el centro, las naves que atraviesan el mar, los instrumentos de la guerra, de la música y de la cirugía, las graciosas mujeres, las estrellas fijas y los planetas, los colores que emplean los infieles para pintar sus cuadros aborrecibles, los minerales y las plantas con los secretos y virtudes que encierran, los ángeles de plata cuyo alimento es el elogio y la justificación del Señor, la distribución de los premios en las escuelas, las estatuas de pájaros y de reyes que hay en el corazón de las pirámides, la sombra proyectada por el toro que sostiene la tierra y por el pez que está debajo del toro, los desiertos de Dios el Misericordioso. Vio cosas imposibles de describir, como las calles alumbradas a gas, y como la ballena que muere cuando escucha el grito del hombre. Una vez me ordenó que le mostrara la ciudad que se llama Europa. Le mostré la principal de sus calles y creo que fue en ese caudaloso río de hombres, todos ataviados de negro y muchos con anteojos, que vio por primera vez al Enmascarado.

Esa figura, a veces con el traje sudanés, a veces de uniforme, pero siempre con un paño sobre la cara, penetró desde entonces en las visiones. Era infaltable y no conjeturábamos quién era. Sin embargo, las apariencias del espejo de tinta, momentáneas o inmóviles al principio, eran más complejas ahora; ejecutaban sin demora mis órdenes y el tirano las seguía con claridad. Es cierto que los dos solíamos quedar extenuados. El carácter atroz de las escenas era otra fuente de cansancio. No eran sino castigos, cuerdas, mutilaciones, deleites del verdugo y del cruel.

Así arribamos al amanecer del día catorceno de la luna de Barmajat. El círculo de tinta había sido marcado en la mano, el benjuí arrojado al brasero, las invocaciones quemadas. Estábamos solos los dos. El Doliente me dijo que le mostrara un inapelable y justo castigo, porque su corazón, ese día, apetecía ver una muerte. Le mostré los soldados con los tambores, la piel de becerro estirada, las personas dichosas de mirar, el verdugo con la espada de la justicia. Se maravilló al mirarlo y me dijo: "Es Abu Kir, el que ajustició a tu hermano Ibrahim, el que cerrará tu destino cuando me sea deparada la ciencia de convocar estas figuras sin tu socorro". Me pidió que trajeran al condenado. Cuando lo trajeron se demudó, porque era el hombre inexplicable del lienzo blanco. Me ordenó que antes de matarlo le sacaran la máscara. Yo me arrojé a sus pies y dije:"Oh, rey del tiempo y sustancia y suma del siglo, esta figura no es como las demás porque no sabemos su nombre ni el de sus padres ni el de la ciudad que es su patria, de suerte que yo no me atrevo a tocarla, por no incurrir en una culpa de la que tendré que dar cuenta". Se rió el Doliente y acabó por jurar que él cargaría con la culpa, si culpa había. Lo juró por la espada y por el Qurán. Entonces ordené que desnudaran al condenado y que lo sujetaran sobre la estirada piel de becerro y que le arrancaran la máscara. Esas cosas se hicieron. Los espantados ojos de Yakub pudieron ver por fin esa cara —que era la suya propia. Se cubrió de miedo y locura. Le sujeté la diestra temblorosa con la mía que estaba firme y le ordené que continuara mirando la ceremonia de su muerte. Estaba poseído por el espejo: ni siquiera trató de alzar los ojos o de volcar la tinta. Cuando la espada se abatió en la visión sobre la cabeza culpable, gimió con una voz que no me apiadó, y rodó al suelo, muerto.

La gloria sea con Aquel que no muere y tiene en su mano las dos llaves del ilimitado Perdón y del infinito Castigo».

(Del libro *The Lake Regions of Equatorial Africa*, de R. F. Burton)

Un doble de Mahoma

Ya que en la mente de los musulmanes las ideas de Mahoma y de religión están indisolublemente ligadas, el Señor ha ordenado que en el Cielo siempre los presida un espíritu que hace el papel de Mahoma. Este delegado no siempre es el mismo. Un ciudadano de Sajonia, a quien en vida tomaron prisionero los argelinos y que se convirtió al Islam, ocupó una vez este cargo. Como había sido cristiano, les habló de Jesús y les dijo que no era el hijo de José, sino el hijo de Dios; fue conveniente reemplazarlo. La situación de este Mahoma representativo está indicada por una antorcha, sólo visible a los musulmanes.

El verdadero Mahoma, que redactó el Qurán, ya no es visible a sus adeptos. Me han dicho que al comienzo los presidía, pero que pretendió dominarlos y fue exilado en el Sur. Una comunidad de musulmanes fue instigada por los demonios a reconocer a Mahoma como Dios. Para aplacar el disturbio, Mahoma fue traído de los infiernos y lo exhibieron. En esta ocasión yo lo vi. Se parecía a los espíritus corpóreos que no tienen percepción interior, y su cara era muy oscura. Pudo articular las palabras: «Yo soy vuestro Mahoma», e inmediatamente se hundió.

(De *Vera Christiana Religio*, 1771, de Emanuel Swedenborg)

Índice de las fuentes

El atroz redentor Lazarus Morell.

Life on the Mississippi, de Mark Twain, Nueva York, 1883.

Mark Twain's America, de Bernard Devoto, Boston, 1932.

El impostor inverosímil Tom Castro.

The Encyclopaedia Britannica (11.ª edición), Cambridge, 1911.

La viuda Ching, pirata.

The History of Piracy, de Philip Gosse, Londres, 1932.

El proveedor de iniquidades Monk Eastman.

The Gangs of New York, de Herbert Asbury, Nueva York, 1927.

El asesino desinteresado Bill Harrigan.

A Century of Gunmen, de Frederick Watson, Londres, 1931.

The Saga of Billy the Kid, de Walter Noble Burns, Nueva York, 1925.

El incivil maestro de ceremonias Kotsuké no Suké.

Tales of Old Japan, de A. B. Mitford, Londres, 1912.

El tintorero enmascarado Hákim de Merv.

A History of Persia, de sir Percy Sykes, Londres, 1915.

Die Vernichtung der Rose, Nach dem arabischen Urtext übertragen von Alexander Schulz, Leipzig, 1927.

Ficciones
(1944)

A Esther Zemborain de Torres

El jardín de senderos
que se bifurcan
(1941)

Prólogo

L as siete piezas de este libro no requieren mayor elucidación. La séptima —«El jardín de senderos que se bifurcan»— es policial; sus lectores asistirán a la ejecución y a todos los preliminares de un crimen, cuyo propósito no ignoran pero que no comprenderán, me parece, hasta el último párrafo. Las otras son fantásticas; una —«La lotería en Babilonia»— no es del todo inocente de simbolismo. No soy el primer autor de la narración «La biblioteca de Babel»; los curiosos de su historia y de su prehistoria pueden interrogar cierta página del número 59 de *Sur*, que registra los nombres heterogéneos de Leucipo y de Lasswitz, de Lewis Carroll y de Aristóteles. En «Las ruinas circulares» todo es irreal; en «Pierre Menard, autor del Quijote» lo es el destino que su protagonista se impone. La nómina de escritos que le atribuyo no es demasiado divertida pero no es arbitraria; es un diagrama de su historia mental…

Desvarío laborioso y empobrecedor el de componer vastos libros; el de explayar en quinientas páginas una idea cuya perfecta exposición oral cabe en pocos minutos. Mejor procedimiento es simular que esos libros ya existen y ofrecer un resumen, un comentario. Así procedió Carlyle en *Sartor Resartus*; así Butler en *The Fair Haven*; obras que tienen la imperfección de ser libros también, no menos tautológicos que los otros. Más razonable, más inepto, más haragán, he preferido la escritura de notas sobre libros imaginarios. Éstas son «Tlön, Uqbar, Orbis Tertius» y el «Examen de la obra de Herbert Quain».

J. L. B.

Tlön, Uqbar, Orbis Tertius

I

Debo a la conjunción de un espejo y de una enciclopedia el descubrimiento de Uqbar. El espejo inquietaba el fondo de un corredor en una quinta de la calle Gaona, en Ramos Mejía; la enciclopedia falazmente se llama *The Anglo-American Cyclopaedia* (New York, 1917) y es una reimpresión literal, pero también morosa, de la *Encyclopaedia Britannica* de 1902. El hecho se produjo hará unos cinco años. Bioy Casares había cenado conmigo esa noche y nos demoró una vasta polémica sobre la ejecución de una novela en primera persona, cuyo narrador omitiera o desfigurara los hechos e incurriera en diversas contradicciones, que permitieran a unos pocos lectores —a muy pocos lectores— la adivinación de una realidad atroz o banal. Desde el fondo remoto del corredor, el espejo nos acechaba. Descubrimos (en la alta noche ese descubrimiento es inevitable) que los espejos tienen algo monstruoso. Entonces Bioy Casares recordó que uno de los heresiarcas de Uqbar había declarado que los espejos y la cópula son abominables, porque multiplican el número de los hombres. Le pregunté el origen de esa memorable sentencia y me contestó que *The Anglo-American Cyclopaedia* la registraba, en su artículo sobre Uqbar. La quinta (que habíamos alquilado amueblada) poseía un ejemplar de esa obra. En las últimas páginas del volumen XLVI dimos con un artículo sobre Upsala; en las primeras del XLVII, con uno sobre *Ural-Altaic Languages*, pero ni una palabra sobre Uqbar. Bioy, un poco azorado, interrogó los tomos del índice. Agotó en vano todas las lecciones imaginables: Ukbar, Ucbar, Ookbar, Ouk-bahr... Antes de irse, me dijo que era una región del Irak o del Asia Menor. Confieso que asentí con alguna incomodidad. Conjeturé que ese país indocumentado y ese heresiarca anónimo eran una ficción improvisada por la modestia de Bioy para justificar una frase. El examen estéril de uno de los atlas de Justus Perthes fortaleció mi duda.

Al día siguiente, Bioy me llamó desde Buenos Aires. Me dijo que tenía a la vista el artículo sobre Uqbar, en el volumen XXVI de la Enciclopedia. No constaba el nombre del heresiarca, pero sí la noticia de su doctrina, formulada en palabras casi idénticas a las repetidas por él, aunque —tal vez— literariamente inferiores. Él había recordado: *Copulation and mirrors are abominable*. El texto de la Enciclopedia decía: «Para uno de esos gnósticos, el visible universo era una ilusión o (más precisamente) un sofisma. Los espejos y la paternidad son abominables (*mirrors and fatherhood are hateful*) porque lo multiplican y lo divulgan». Le dije, sin faltar a la verdad, que me gustaría ver ese artículo. A los pocos días lo trajo. Lo cual me sorprendió, porque los escrupulosos índices cartográficos de la *Erdkunde* de Ritter ignoraban con plenitud el nombre de Uqbar.

El volumen que trajo Bioy era efectivamente el XXVI de la *Anglo-American Cyclopaedia*. En la falsa carátula y en el lomo, la indicación alfabética (Tor-Ups) era la de nuestro ejemplar, pero en vez de 917 páginas constaba de 921. Esas cuatro páginas adicionales comprendían al artículo sobre Uqbar; no previsto (como habrá advertido el lector) por la indicación alfabética. Comprobamos después que no hay otra diferencia entre los volúmenes. Los dos (según creo haber indicado) son reimpresiones de la décima *Encyclopaedia Britannica*. Bioy había adquirido su ejemplar en uno de tantos remates.

Leímos con algún cuidado el artículo. El pasaje recordado por Bioy era tal vez el único sorprendente. El resto parecía muy verosímil, muy ajustado al tono general de la obra y (como es natural) un poco aburrido. Releyéndolo, descubrimos bajo su rigurosa escritura una fundamental vaguedad. De los catorce nombres que figuraban en la parte geográfica, sólo reconocimos tres —Jorasán, Armenia, Erzerum—, interpolados en el texto de un modo ambiguo. De los nombres históricos, uno solo: el impostor Esmerdis el mago, invocado más bien como una metáfora. La nota parecía precisar las fronteras de Uqbar, pero sus nebulosos puntos de referencia eran ríos y cráteres y cadenas de esa misma región. Leímos, verbigracia, que las tierras bajas de Tsai Jaldún y el delta del Axa definen la frontera del sur y que en las islas de ese delta procrean los caballos salvajes. Eso, al principio de la página 918. En la sección histórica (página 920) supimos que a raíz de las persecuciones religiosas del siglo XIII, los ortodoxos buscaron amparo en las islas, donde perduran todavía sus obeliscos y donde no es raro exhumar sus espejos de piedra. La sección *idioma y literatura* era breve. Un solo rasgo memorable: anotaba que la literatura de Uqbar era de carácter fantástico y que sus epopeyas y sus leyendas no se referían jamás a la realidad, sino a las dos regiones imaginarias de Mlejnas y de Tlön... La bibliografía enumeraba cuatro volúmenes que no hemos encontrado hasta ahora, aunque el tercero —Silas Haslam: *History of the Land Called Uqbar*, 1874— figura en los catálogos de librería de Bernard Quaritch.* El primero, *Lesbare and lesenswerthe Bemerkungen über das Land Ukkbar in Klein-Asien*, data de 1641 y es obra de Johannes Valentinus Andreä. El hecho es significativo; un par de años después, di con ese nombre en las inesperadas páginas de De Quincey (*Writings*, decimotercer volumen) y supe que era el de un teólogo alemán que a principios del siglo XVII describió la imaginaria comunidad de la Rosa-Cruz —que otros luego fundaron, a imitación de lo prefigurado por él.

Esa noche visitamos la Biblioteca Nacional. En vano fatigamos atlas, catálogos, anuarios de sociedades geográficas, memorias de viaje-

---

* Haslam ha publicado también *A General History of Labyrinths*.

ros e historiadores: nadie había estado nunca en Uqbar. El índice general de la enciclopedia de Bioy tampoco registraba ese nombre. Al día siguiente, Carlos Mastronardi (a quien yo había referido el asunto) advirtió en una librería de Corrientes y Talcahuano los negros y dorados lomos de la *Anglo-American Cyclopaedia*... Entró e interrogó el volumen XXVI. Naturalmente, no dio con el menor indicio de Uqbar.

II

Algún recuerdo limitado y menguante de Herbert Ashe, ingeniero de los ferrocarriles del Sur, persiste en el hotel de Adrogué, entre las efusivas madreselvas y en el fondo ilusorio de los espejos. En vida padeció de irrealidad, como tantos ingleses; muerto, no es siquiera el fantasma que ya era entonces. Era alto y desganado y su cansada barba rectangular había sido roja. Entiendo que era viudo, sin hijos. Cada tantos años iba a Inglaterra: a visitar (juzgo por unas fotografías que nos mostró) un reloj de sol y unos robles. Mi padre había estrechado con él (el verbo es excesivo) una de esas amistades inglesas que empiezan por excluir la confidencia y que muy pronto omiten el diálogo. Solían ejercer un intercambio de libros y de periódicos; solían batirse al ajedrez, taciturnamente... Lo recuerdo en el corredor del hotel, con un libro de matemáticas en la mano, mirando a veces los colores irrecuperables del cielo. Una tarde, hablamos del sistema duodecimal de numeración (en el que doce se escribe 10). Ashe dijo que precisamente estaba trasladando no sé qué tablas duodecimales a sexagesimales (en las que sesenta se escribe 10). Agregó que ese trabajo le había sido encargado por un noruego: en Rio Grande do Sul. Ocho años que lo conocíamos y no había mencionado nunca su estadía en esa región... Hablamos de vida pastoril, de *capangas*, de la etimología brasilera de la palabra *gaucho* (que algunos viejos orientales todavía pronuncian *gaúcho*) y nada más se dijo —Dios me perdone— de funciones duodecimales. En setiembre de 1937 (no estábamos nosotros en el hotel) Herbert Ashe murió de la rotura de un aneurisma. Días antes, había recibido del Brasil un paquete sellado y certificado. Era un libro en octavo mayor. Ashe lo dejó en el bar, donde —meses después— lo encontré. Me puse a hojearlo y sentí un vértigo asombrado y ligero que no describiré, porque ésta no es la historia de mis emociones sino de Uqbar y Tlön y Orbis Tertius. En una noche del Islam que se llama la Noche de las Noches se abren de par en par las secretas puertas del cielo y es más dulce el agua en los cántaros; si esas puertas se abrieran, no sentiría lo que en esa tarde sentí. El libro estaba redactado en inglés y lo integraban 1.001 páginas. En el amarillo lomo de cuero leí estas curiosas palabras que la falsa carátula repetía: *A First Encyclopaedia of Tlön. Vol. XI. Hlaer to Jangr.* No había indicación de fecha ni de lugar. En la primera página y en una hoja de papel de seda que cubría una de las láminas en colores había estampado un óvalo azul con esta inscripción: *Orbis Tertius.* Hacía dos años que yo había descubierto en un tomo de cierta enciclopedia pirática una somera descripción de un falso país; ahora me deparaba el azar algo más precioso y más arduo. Ahora tenía en las manos un vasto fragmento metódico de la historia total de un planeta desconocido, con sus arquitecturas y sus barajas, con el pavor de sus mitologías y el rumor de sus lenguas, con sus emperadores y sus mares, con sus minerales y sus pájaros y sus peces, con su álgebra y su fuego, con su controversia teológica y metafísica. Todo ello articulado, coherente, sin visible propósito doctrinal o tono paródico.

En el Onceno Tomo de que hablo hay alusiones a tomos ulteriores y precedentes. Néstor Ibarra, en un artículo ya clásico de la *N. R. F.*, ha negado que existen esos aláteres; Ezequiel Martínez Estrada y Drieu La Rochelle han refutado, quizá victoriosamente, esa duda. El hecho es que hasta ahora las pesquisas más diligentes han sido estériles. En vano hemos desordenado las bibliotecas de las dos Américas y de Europa. Alfonso Reyes, harto de esas fatigas subalternas de índole policial, propone que entre todos acometamos la obra de reconstruir los muchos y macizos tomos que faltan: *ex ungue leonem*. Calcula, entre veras y burlas, que una generación de *tlönistas* puede bastar. Ese arriesgado cómputo nos retrae al problema fundamental: ¿Quiénes inventaron a Tlön? El plural es inevitable, porque la hipótesis de un solo inventor —de un infinito Leibniz obrando en la tiniebla y en la modestia— ha sido descartada unánimemente. Se conjetura que este *brave new world* es obra de una sociedad secreta de astrónomos, de biólogos, de ingenieros, de metafísicos, de poetas, de químicos, de algebristas, de moralistas, de pintores, de geómetras... dirigidos por un oscuro hombre de genio. Abundan individuos que dominan esas disciplinas diversas, pero no los capaces de invención y menos los capaces de subordinar la invención a un riguroso plan sistemático. Ese plan es tan vasto que la contribución de cada escritor es infinitesimal. Al principio se creyó que Tlön era un mero caos, una irresponsable licencia de la imaginación; ahora se sabe que es un cosmos y las íntimas leyes que lo rigen han sido formuladas, siquiera en modo provisional. Básteme recordar que las contradicciones aparentes del Onceno Tomo son la piedra fundamental de la prueba de que existen los otros: tan lúcido y tan justo es el orden que se ha observado en él. Las revistas populares han divulgado, con perdonable exceso, la zoología y la topografía de Tlön; yo pienso que sus tigres transparentes y sus torres de sangre no merecen, tal vez, la continua atención de *todos* los hombres. Yo me atrevo a pedir unos minutos para su concepto del universo.

Hume notó para siempre que los argumentos de Berkeley no admiten la menor réplica y no causan la menor convicción. Ese dictamen es del todo verídico en su aplicación a la tierra; del todo falso en Tlön. Las naciones de ese planeta son —congénitamente— idealistas. Su lenguaje y las derivaciones de su lenguaje —la religión, las letras, la metafísica— presuponen el idealismo. El mundo para ellos no es un concurso de objetos en el espacio; es una serie heterogénea de actos independientes. Es sucesivo, temporal, no espacial. No hay sustantivos en la conjetural *Ursprache* de Tlön, de la que proceden los idiomas «actuales» y los dialectos: hay verbos impersonales, calificados por sufijos (o prefijos) monosilábicos de valor adverbial. Por ejemplo: no hay palabra que corresponda a la palabra *luna*, pero hay un verbo que sería en español *lunecer* o *lunar. Surgió la luna sobre el río* se dice *hlör u fang axaxaxas mlö* o sea en su orden: hacia arriba (*upward*) detrás duradero-fluir luneció. (Xul Solar traduce con brevedad: upa tras perfluyue lunó. *Upward, behind the onstreaming it mooned.*)

Lo anterior se refiere a los idiomas del hemisferio austral. En los del hemisferio boreal (de cuya *Ursprache* hay muy pocos datos en el Onceno Tomo) la célula primordial no es el verbo, sino el adjetivo monosilábico. El sustantivo se forma por acumulación de adjetivos. No se dice *luna:* se dice *aéreo-claro sobre oscuro-redondo* o *anaranjado-tenue-del cielo* o cualquier otra agregación. En el caso elegido la masa de adjetivos corresponde a un objeto real; el hecho es puramente fortuito. En la literatura de este hemisferio (como en el mundo subsistente de Meinong) abundan los objetos ideales, convocados y disueltos en un momento, según las necesidades poéticas. Los determina, a veces, la mera simultaneidad. Hay objetos compuestos de dos términos, uno de carácter visual y otro auditivo: el color del naciente y el remoto grito de un pájaro. Los hay de muchos: el sol y el agua contra el pecho del nadador, el vago rosa trémulo que se ve con los ojos cerrados, la sensación de quien se deja llevar por un río y también por el sueño. Esos objetos de segundo grado pueden combinarse con otros; el proceso, mediante ciertas abreviaturas, es prácticamente infinito. Hay poemas famosos compuestos de una sola enorme palabra. Esta palabra integra un *objeto poético* creado por el autor. El hecho de que nadie crea en la realidad de los sustantivos hace, paradójicamente, que sea interminable su número. Los idiomas del hemisferio boreal de Tlön poseen todos los nombres de las lenguas indoeuropeas —y otros muchos más.

No es exagerado afirmar que la cultura clásica de Tlön comprende una sola disciplina: la psicología. Las otras están subordinadas a ella. He dicho que los hombres de ese planeta conciben el universo como una serie de procesos mentales, que no se desenvuelven en el espacio sino de modo sucesivo en el tiempo. Spinoza atribuye a su inagotable divinidad los atributos de la extensión y del pensamiento; nadie comprendería en Tlön la yuxtaposición del primero (que sólo es típico de ciertos estados) y del segundo —que es un sinónimo perfecto del cosmos—. Dicho sea con otras palabras: no conciben que lo espacial perdure en el tiempo. La percepción de una humareda en el horizonte y después del campo incendiado y después del cigarro a medio apagar que produjo la quemazón es considerada un ejemplo de asociación de ideas.

Este monismo o idealismo total invalida la ciencia. Explicar (o juzgar) un hecho es unirlo a otro; esa vinculación, en Tlön, es un estado posterior del sujeto, que no puede afectar o iluminar el estado anterior. Todo estado mental es irreductible: el mero hecho de nombrarlo —*id est*, de clasificarlo— importa un falseo. De ello cabría deducir que no hay ciencias en Tlön —ni siquiera razonamientos. La paradójica verdad es que existen, en casi innumerable número. Con las filosofías acontece lo que acontece con los sustantivos en el hemisferio boreal. El hecho de que toda filosofía sea de antemano un juego dialéctico, una *Philosophie des Als Ob*, ha contribuido a multiplicarlas. Abundan los sistemas increíbles, pero de arquitectura agradable o de tipo sensacional. Los metafísicos de Tlön no buscan la verdad ni siquiera la verosimilitud: buscan el asombro. Juzgan que la metafísica es una rama de la literatura fantástica. Saben que un sistema no es otra cosa que la subordinación de todos los aspectos del universo a uno cualquiera de ellos. Hasta la frase «todos los aspectos» es rechazable, porque supone la imposible adición del instante presente y de los pretéritos. Tampoco es lícito el plural «los pretéritos», porque supone otra operación imposible... Una de las escuelas de Tlön llega a negar el tiempo: razona que el presente es indefinido, que el futuro no tiene realidad sino como esperanza presente, que el pasado no tiene realidad sino como recuerdo presente.* Otra escuela declara que ha transcurrido ya *todo el tiempo* y que nuestra vida es apenas el recuerdo o reflejo crepuscular, y sin duda falseado y mutilado, de un proceso irrecuperable. Otra, que la historia del universo —y en ellas nuestras vidas y el más tenue detalle de nuestras vidas— es la escritura que produce un dios subalterno para entenderse con un demonio. Otra, que el universo es comparable a esas criptografías en las que no valen todos los símbolos y que sólo es verdad lo que sucede cada trescientas noches. Otra, que mientras dormimos aquí, estamos despiertos en otro lado y que así cada hombre es dos hombres.

Entre las doctrinas de Tlön, ninguna ha merecido tanto escándalo como el materialismo. Algunos pensadores lo han formulado, con menos claridad que fervor, como quien adelanta una paradoja. Para facilitar el entendimiento de esa tesis inconcebible, un heresiarca del siglo XI** ideó el sofisma de las nueve monedas de cobre, cuyo renombre escandaloso equivale en Tlön al de las aporías eleáticas. De ese «razonamiento especioso» hay muchas versiones, que varían el número de monedas y el número de hallazgos; he aquí la más común:

El martes, X atraviesa un camino desierto y pierde nueve monedas de cobre. El jueves, Y encuentra en el camino cuatro monedas, algo herrumbradas por la lluvia del miércoles. El viernes, Z descubre tres monedas en el camino. El viernes de mañana, X encuentra dos monedas

---

* Russell (*The Analysis of Mind*, 1921, pág. 159) supone que el planeta ha sido creado hace pocos minutos, provisto de una humanidad que «recuerda» un pasado ilusorio.

** Siglo, de acuerdo con el sistema duodecimal, significa un período de ciento cuarenta y cuatro años.

en el corredor de su casa. [El heresiarca quería deducir de esa historia la realidad —*id est* la continuidad— de las nueve monedas recuperadas.] Es absurdo (afirmaba) imaginar que cuatro de las monedas no han existido entre el martes y el jueves, tres entre el martes y la tarde del viernes, dos entre el martes y la madrugada del viernes. Es lógico pensar que han existido —siquiera de algún modo secreto, de comprensión vedada a los hombres— en todos los momentos de esos tres plazos.»

El lenguaje de Tlön se resistía a formular esa paradoja; los más no la entendieron. Los defensores del sentido común se limitaron, al principio, a negar la veracidad de la anécdota. Repitieron que era una falacia verbal, basada en el empleo temerario de dos voces neológicas, no autorizadas por el uso y ajenas a todo pensamiento severo: los verbos *encontrar* y *perder*, que comportan una petición de principio, porque presuponen la identidad de las nueve primeras monedas y de las últimas. Recordaron que todo sustantivo (hombre, moneda, jueves, miércoles, lluvia) sólo tiene un valor metafórico. Denunciaron la pérfida circunstancia *algo herrumbradas por la lluvia del miércoles*, que presupone lo que se trata de demostrar: la persistencia de las cuatro monedas, entre el jueves y el martes. Explicaron que una cosa es *igualdad* y otra *identidad* y formularon una especie de *reductio ad absurdum*, o sea el caso hipotético de nueve hombres que en nueve sucesivas noches padecen un vivo dolor. ¿No sería ridículo —interrogaron— pretender que ese dolor es el mismo?* Dijeron que al heresiarca no lo movía sino el blasfematorio propósito de atribuir la divina categoría de *ser* a unas simples monedas y que a veces negaba la pluralidad y otras no. Argu-

---

* En el día de hoy, una de las iglesias de Tlön sostiene platónicamente que tal dolor, que tal matiz verdoso del amarillo, que tal temperatura, que tal sonido, son la única realidad. Todos los hombres, en el vertiginoso instante del coito, son el mismo hombre. Todos los hombres que repiten una línea de Shakespeare, son William Shakespeare.

mentaron: si la igualdad comporta la identidad, habría que admitir asimismo que las nueve monedas son una sola.

Increíblemente, esas refutaciones no resultaron definitivas. A los cien años de enunciado el problema, un pensador no menos brillante que el heresiarca pero de tradición ortodoxa, formuló una hipótesis muy audaz. Esa conjetura feliz afirma que hay un solo sujeto, que ese sujeto indivisible es cada uno de los seres del universo y que éstos son los órganos y máscaras de la divinidad. X es Y y es Z. Z descubre tres monedas porque recuerda que se le perdieron a X; X encuentra dos en el corredor porque recuerda que han sido recuperadas las otras... El Onceno Tomo deja entender que tres razones capitales determinaron la victoria total de ese panteísmo idealista. La primera, el repudio del solipsismo; la segunda, la posibilidad de conservar la base psicológica de las ciencias; la tercera, la posibilidad de conservar el culto de los dioses. Schopenhauer (el apasionado y lúcido Schopenhauer) formula una doctrina muy parecida en el primer volumen de *Parerga und Paralipomena*.

La geometría de Tlön comprende dos disciplinas algo distintas: la visual y la táctil. La última corresponde a la nuestra y la subordinan a la primera. La base de la geometría visual es la superficie, no el punto. Esta geometría desconoce las paralelas y declara que el hombre que se desplaza modifica las formas que lo circundan. La base de su aritmética es la noción de números indefinidos. Acentúan la importancia de los conceptos de mayor y menor, que nuestros matemáticos simbolizan por $>$ y por $<$. Afirman que la operación de contar modifica las cantidades y las convierte de indefinidas en definidas. El hecho de que varios individuos que cuentan una misma cantidad logran un resultado igual, es para los psicólogos un ejemplo de asociación de ideas o de buen ejercicio de la memoria. Ya sabemos que en Tlön el sujeto del conocimiento es uno y eterno.

En los hábitos literarios también es todopoderosa la idea de un sujeto único. Es raro que los libros estén firmados. No existe el concepto del plagio: se ha establecido que todas las obras son obra de un solo autor, que es intemporal y es anónimo. La crítica suele inventar autores: elige dos obras disímiles —el *Tao Te King* y *Las mil y una noches*, digamos—, las atribuye a un mismo escritor y luego determina con probidad la psicología de ese interesante *homme de lettres*...

También son distintos los libros. Los de ficción abarcan un solo argumento, con todas las permutaciones imaginables. Los de naturaleza filosófica invariablemente contienen la tesis y la antítesis, el riguroso pro y el contra de una doctrina. Un libro que no encierra su contralibro es considerado incompleto.

Siglos y siglos de idealismo no han dejado de influir en la realidad. No es infrecuente, en las regiones más antiguas de Tlön, la duplicación de objetos perdidos. Dos personas buscan un lápiz; la primera lo encuentra y no dice nada; la segunda encuentra un segundo lápiz no menos real, pero más ajustado a su expectativa. Esos objetos secundarios se llaman *hrönir* y son, aunque de forma desairada, un poco más largos. Hasta hace poco los *hrönir* fueron hijos casuales de la distracción y el olvido. Parece mentira que su metódica producción cuente apenas cien años, pero así lo declara el Onceno Tomo. Los primeros intentos fueron estériles. El *modus operandi*, sin embargo, merece recordación. El director de una de las cárceles del Estado comunicó a los presos que en el antiguo lecho de un río había ciertos sepulcros y prometió la libertad a quienes trajeran un hallazgo importante. Durante los meses que precedieron a la excavación les mostraron láminas fotográficas de lo que iban a hallar. Ese primer intento probó que la esperanza y la avidez pueden inhibir; una semana de trabajo con la pala y el pico no logró exhumar otro *hrön* que una rueda herrumbrada, de fecha posterior al experimento. Éste se mantuvo secreto y se repitió después en cuatro colegios. En tres fue casi total el fracaso; en el cuarto (cuyo director murió casualmente durante las primeras excavaciones) los discípulos exhumaron —o produjeron— una máscara de oro, una espada arcaica, dos o tres ánforas de barro y el verdinoso y mutilado torso de un rey con una inscripción en el pecho que no se ha logrado aún descifrar. Así se descubrió la improcedencia de testigos que conocieran la naturaleza experimental de la busca... Las investigaciones en masa producen objetos contradictorios; ahora se prefiere los trabajos individuales y casi improvisados. La metódica elaboración de *hrönir* (dice el Onceno Tomo) ha prestado servicios prodigiosos a los arqueólogos. Ha permitido interrogar y hasta modificar el pasado, que ahora no es menos plástico y menos dócil que el porvenir. Hecho curioso: los *hrönir* de segundo y de tercer grado —los *hrönir* derivados de otro *hrön*, los *hrönir* derivados del *hrön* de un *hrön*— exageran las aberraciones del inicial; los de quinto son casi uniformes; los de noveno se confunden con los de segundo; en los de undécimo hay una pureza de líneas que los originales no tienen. El proceso es periódico: el *hrön* de duodécimo grado ya empieza a decaer. Más extraño y más puro que todo *hrön* es a veces el *ur:* la cosa producida por sugestión, el objeto educido por la esperanza. La gran máscara de oro que he mencionado es un ilustre ejemplo.

Las cosas se duplican en Tlön; propenden asimismo a borrarse y a perder los detalles cuando los olvida la gente. Es clásico el ejemplo de un umbral que perduró mientras lo visitaba un mendigo y que se perdió de vista a su muerte. A veces unos pájaros, un caballo, han salvado las ruinas de un anfiteatro.

Salto Oriental, 1940

Posdata de 1947. Reproduzco el artículo anterior tal como apareció en la *Antología de la literatura fantástica*, 1940, sin otra escisión que algunas metáforas y que una especie de resumen burlón que ahora resulta frívolo. Han ocurrido tantas cosas desde esa fecha... Me limitaré a recordarlas.

En marzo de 1941 se descubrió una carta manuscrita de Gunnar Erfjord en un libro de Hinton que había sido de Herbert Ashe. El sobre tenía el sello postal de Ouro Preto; la carta elucidaba enteramente el misterio de Tlön. Su texto corrobora las hipótesis de Martínez Estrada. A principios del siglo XVII, en una noche de Lucerna o de Londres, empezó la espléndida historia. Una sociedad secreta y benévola (que entre sus afiliados tuvo a Dalgarno y después a George Berkeley) surgió para inventar un país. En el vago programa inicial figuraban los «estudios herméticos», la filantropía y la cábala. De esa primera época data el curioso libro de Andreä. Al cabo de unos años de conciliábulos y de síntesis prematuras comprendieron que una generación no bastaba para articular un país. Resolvieron que cada uno de los maestros que la integraban eligiera un discípulo para la continuación de la obra. Esa disposición hereditaria prevaleció; después de un hiato de dos siglos la perseguida fraternidad resurge en América. Hacia 1824, en Memphis (Tennessee) uno de los afiliados conversa con el ascético millonario Ezra Buckley. Éste lo deja hablar con algún desdén —y se ríe de la modestia del proyecto. Le dice que en América es absurdo inventar un país y le propone la invención de un planeta. A esa gigantesca idea añade otra, hija de su nihilismo:* la de guardar en el silencio la empresa enorme. Circulaban entonces los veinte tomos de la *Encyclopaedia Britannica*; Buckley sugiere una enciclopedia metódica del planeta ilusorio. Les dejará sus cordilleras auríferas, sus ríos navegables, sus praderas holladas por el toro y por el bisonte, sus negros, sus prostíbulos y sus dólares, bajo una condición: «La obra no pactará con el impostor Jesucristo». Buckley descree de Dios, pero quiere demostrar al Dios no existente que los hombres mortales son capaces de concebir un mundo. Buckley es envenenado en Baton Rouge en 1828; en 1914 la sociedad remite a sus colaboradores, que son trescientos, el volumen final de la Primera Enciclopedia de Tlön. La edición es secreta: los cuarenta volúmenes que comprende (la obra más vasta que han acometido los hom-

---

* Buckley era librepensador, fatalista y defensor de la esclavitud.

bres) serían la base de otra más minuciosa, redactada no ya en inglés, sino en alguna de las lenguas de Tlön. Esa revisión de un mundo ilusorio se llama provisoriamente *Orbis Tertius* y uno de sus modestos demiurgos fue Herbert Ashe, no sé si como agente de Gunnar Erfjord o como afiliado. Su recepción de un ejemplar del Onceno Tomo parece favorecer lo segundo. Pero ¿y los otros? Hacia 1942 arreciaron los hechos. Recuerdo con singular nitidez uno de los primeros y me parece que algo sentí de su carácter premonitorio. Ocurrió en un departamento de la calle Laprida, frente a un claro y alto balcón que miraba el ocaso. La princesa de Faucigny Lucinge había recibido de Poitiers su vajilla de plata. Del vasto fondo de un cajón rubricado de sellos internacionales iban saliendo finas cosas inmóviles: platería de Utrecht y de París con dura fauna heráldica, un samovar. Entre ellas —con un perceptible y tenue temblor de pájaro dormido— latía misteriosamente una brújula. La princesa no la reconoció. La aguja azul anhelaba el norte magnético; la caja de metal era cóncava; las letras de la esfera correspondían a uno de los alfabetos de Tlön. Tal fue la primera intrusión del mundo fantástico en el mundo real. Un azar que me inquieta hizo que yo también fuera testigo de la segunda. Ocurrió unos meses después, en la pulpería de un brasilero, en la Cuchilla Negra. Amorim y yo regresábamos de Sant'Anna. Una creciente del río Tacuarembó nos obligó a probar (y a sobrellevar) esa rudimentaria hospitalidad. El pulpero nos acomodó unos catres crujientes en una pieza grande, entorpecida de barriles y cueros. Nos acostamos, pero no nos dejó dormir hasta el alba la borrachera de un vecino invisible, que alternaba denuestos inextricables con rachas de milongas —más bien con rachas de una sola milonga. Como es de suponer, atribuimos a la fogosa caña del patrón ese griterío insistente… A la madrugada, el hombre estaba muerto en el corredor. La aspereza de la voz nos había engañado: era un muchacho joven. En el delirio se le habían caído del tirador unas cuantas monedas y un cono de metal reluciente, del diámetro de un dado. En vano un chico trató de recoger ese cono. Un hombre apenas acertó a levantarlo. Yo lo tuve en la palma de la mano algunos minutos: recuerdo que su peso era intolerable y que después de retirado el cono, la opresión perduró. También recuerdo el círculo preciso que me grabó en la carne. Esa evidencia de un objeto muy chico y a la vez pesadísimo dejaba una impresión desagradable de asco y de miedo. Un paisano propuso que lo tiraran al río correntoso. Amorim lo adquirió mediante unos pesos. Nadie sabía nada del muerto, salvo «que venía de la frontera». Esos conos pequeños y muy pesados (hechos de un metal que no es de este mundo) son imagen de la divinidad, en ciertas religiones de Tlön.

Aquí doy término a la parte personal de mi narración. Lo demás está en la memoria (cuando no en la esperanza o en el temor) de todos mis lectores. Básteme recordar o mencionar los hechos subsiguientes, con una mera brevedad de palabras que el cóncavo recuerdo general enriquecerá o ampliará. Hacia 1944 un investigador del diario *The American* (de Nashville, Tennessee) exhumó en una biblioteca de Memphis los cuarenta volúmenes de la Primera Enciclopedia de Tlön. Hasta el día de hoy se discute si ese descubrimiento fue casual o si lo consintieron los directores del todavía nebuloso *Orbis Tertius*. Es verosímil lo segundo. Algunos rasgos increíbles del Onceno Tomo (verbigracia, la multiplicación de los *hrönir*) han sido eliminados o atenuados en el ejemplar de Memphis; es razonable imaginar que esas tachaduras obedecen al plan de exhibir un mundo que no sea demasiado incompatible con el mundo real. La diseminación de objetos de Tlön en diversos países complementaría ese plan...* El hecho es que la prensa internacional voceó infinitamente el «hallazgo». Manuales, antologías, resúmenes, versiones literales, reimpresiones autorizadas y reimpresiones piráticas de la Obra Mayor de los Hombres abarrotaron y siguen abarrotando la tierra. Casi inmediatamente, la realidad cedió en más de un

---

* Queda, naturalmente, el problema de la materia de algunos objetos.

punto. Lo cierto es que anhelaba ceder. Hace diez años bastaba cualquier simetría con apariencia de orden —el materialismo dialéctico, el antisemitismo, el nazismo— para embelesar a los hombres. ¿Cómo no someterse a Tlön, a la minuciosa y vasta evidencia de un planeta ordenado? Inútil responder que la realidad también está ordenada. Quizá lo esté, pero de acuerdo a leyes divinas —traduzco: a leyes inhumanas— que no acabamos nunca de percibir. Tlön será un laberinto, pero es un laberinto urdido por hombres, un laberinto destinado a que lo descifren los hombres.

El contacto y el hábito de Tlön han desintegrado este mundo. Encantada por su rigor, la humanidad olvida y torna a olvidar que es un rigor de ajedrecistas, no de ángeles. Ya ha penetrado en las escuelas el (conjetural) «idioma primitivo» de Tlön; ya la enseñanza de su historia armoniosa (y llena de episodios conmovedores) ha obliterado a la que presidió mi niñez; ya en las memorias un pasado ficticio ocupa el sitio de otro, del que nada sabemos con certidumbre —ni siquiera que es falso. Han sido reformadas la numismática, la farmacología y la arqueología. Entiendo que la biología y las matemáticas aguardan también su avatar… Una dispersa dinastía de solitarios ha cambiado la faz del mundo. Su tarea prosigue. Si nuestras previsiones no erran, de aquí cien años alguien descubrirá los cien tomos de la Segunda Enciclopedia de Tlön.

Entonces desaparecerán del planeta el inglés y el francés y el mero español. El mundo será Tlön. Yo no hago caso, yo sigo revisando en los quietos días del hotel de Adrogué una indecisa traducción quevediana (que no pienso dar a la imprenta) del *Urn Burial* de Browne.

Pierre Menard,
autor del Quijote

A Silvina Ocampo

La obra visible que ha dejado este novelista es de fácil y breve enumeración. Son, por lo tanto, imperdonables las omisiones y adiciones perpetradas por madame Henri Bachelier en un catálogo falaz que cierto diario cuya tendencia protestante no es un secreto ha tenido la desconsideración de inferir a sus deplorables lectores —si bien éstos son pocos y calvinistas, cuando no masones y circuncisos. Los amigos auténticos de Menard han visto con alarma ese catálogo y aun con cierta tristeza. Diríase que ayer nos reunimos ante el mármol final y entre los cipreses infaustos y ya el Error trata de empañar su Memoria… Decididamente, una breve rectificación es inevitable.

Me consta que es muy fácil recusar mi pobre autoridad. Espero, sin embargo, que no me prohibirán mencionar dos altos testimonios. La baronesa de Bacourt (en cuyos *vendredis* inolvidables tuve el honor de conocer al llorado poeta) ha tenido a bien aprobar las líneas que siguen. La condesa de Bagnoregio, uno de los espíritus más finos del principado de Mónaco (y ahora de Pittsburgh, Pennsylvania, después de su reciente boda con el filántropo internacional Simón Kautzsch, tan calumniado ¡ay! por las víctimas de sus desinteresadas maniobras) ha sacrificado «a la veracidad y a la muerte» (tales son sus palabras) la señoril reserva que la distingue y en una carta abierta publicada en la revista *Luxe* me concede asimismo su beneplácito. Esas ejecutorias, creo, no son insuficientes.

He dicho que la obra *visible* de Menard es fácilmente enumerable. Examinado con esmero su archivo particular, he verificado que consta de las piezas que siguen:

a) Un soneto simbolista que apareció dos veces (con variaciones) en la revista *La conque* (números de marzo y octubre de 1899).

b) Una monografía sobre la posibilidad de construir un vocabulario poético de conceptos que no fueran sinónimos o perífrasis de los que informan el lenguaje común, «sino objetos ideales creados por una convención y esencialmente destinados a las necesidades poéticas» (Nîmes, 1901).

c) Una monografía sobre «ciertas conexiones o afinidades» del pensamiento de Descartes, de Leibniz y de John Wilkins (Nîmes, 1903).

d) Una monografía sobre la *Characteristica universalis* de Leibniz (Nîmes, 1904).

e) Un artículo técnico sobre la posibilidad de enriquecer el ajedrez eliminando uno de los peones de torre. Menard propone, recomienda, discute y acaba por rechazar esa innovación.

f) Una monografía sobre el *Ars magna generalis* de Ramón Lull (Nîmes, 1906).

g) Una traducción con prólogo y notas del *Libro de la invención liberal y arte del juego del axedrez* de Ruy López de Segura (París, 1907).

h) Los borradores de una monografía sobre la lógica simbólica de George Boole.

i) Un examen de las leyes métricas esenciales de la prosa francesa, ilustrado con ejemplos de Saint-Simon (*Revue des langues romanes*, Montpellier, octubre de 1909).

j) Una réplica a Luc Durtain (que había negado la existencia de tales leyes) ilustrada con ejemplos de Luc Durtain (*Revue des langues romanes*, Montpellier, diciembre de 1909).

k) Una traducción manuscrita de la *Aguja de navegar cultos* de Quevedo, intitulada *La boussole des précieux*.

l) Un prefacio al catálogo de la exposición de litografías de Carolus Hourcade (Nîmes, 1914).

m) La obra *Les problèmes d'un problème* (París, 1917) que discute en orden cronológico las soluciones del ilustre problema de Aquiles y la tortuga. Dos ediciones de este libro han aparecido hasta ahora; la segunda trae como epígrafe el consejo de Leibniz *Ne craignez point, monsieur, la tortue*, y renueva los capítulos dedicados a Russell y a Descartes.

n) Un obstinado análisis de las «costumbres sintácticas» de Toulet (*N. R. F.*, marzo de 1921). Menard —recuerdo— declaraba que censurar y alabar son operaciones sentimentales que nada tienen que ver con la crítica.

o) Una trasposición en alejandrinos del *Cimetière marin* de Paul Valéry (*N. R. F.*, enero de 1928).

p) Una invectiva contra Paul Valéry, en las *Hojas para la supresión de la realidad* de Jacques Reboul. (Esa invectiva, dicho sea entre paréntesis, es el reverso exacto de su verdadera opinión sobre Valéry. Éste así lo entendió y la amistad antigua de los dos no corrió peligro.)

q) Una «definición» de la condesa de Bagnoregio, en el «victorioso volumen» —la locución es de otro colaborador, Gabriele d'Annunzio— que anualmente publica esta dama para rectificar los inevitables falseos del periodismo y presentar «al mundo y a Italia» una auténtica efigie de su persona, tan expuesta (en razón misma de su belleza y de su actuación) a interpretaciones erróneas o apresuradas.

r) Un ciclo de admirables sonetos para la baronesa de Bacourt (1934).

s) Una lista manuscrita de versos que deben su eficacia a la puntuación.*

---

* Madame Henri Bachelier enumera asimismo una versión literal de la versión literal que hizo Quevedo de la *Introduction à la vie dévote* de san Francisco de Sales. En la biblioteca de Pierre Menard no hay rastros de tal obra. Debe tratarse de una broma de nuestro amigo, mal escuchada.

Hasta aquí (sin otra omisión que unos vagos sonetos circunstanciales para el hospitalario, o ávido, álbum de Madame Henri Bachelier) la obra *visible* de Menard, en su orden cronológico. Paso ahora a la otra: la subterránea, la interminablemente heroica, la impar. También ¡ay de las posibilidades del hombre! la inconclusa. Esa obra, tal vez la más significativa de nuestro tiempo, consta de los capítulos IX y XXXVIII de la primera parte del *Don Quijote* y de un fragmento del capítulo XXII. Yo sé que tal afirmación parece un dislate; justificar ese «dislate» es el objeto primordial de esta nota.*

Dos textos de valor desigual inspiraron la empresa. Uno es aquel fragmento filológico de Novalis —el que lleva el número 2.005 en la edición de Dresden— que esboza el tema de la *total identificación* con un autor determinado. Otro es uno de esos libros parasitarios que sitúan a Cristo en un bulevar, a Hamlet en la Cannebière o a Don Quijote en Wall Street. Como todo hombre de buen gusto, Menard abominaba de esos carnavales inútiles, sólo aptos —decía— para ocasionar el plebeyo placer del anacronismo o (lo que es peor) para embelesarnos con la idea primaria de que todas las épocas son iguales o de que son distintas. Más interesante, aunque de ejecución contradictoria y superficial, le parecía el famoso propósito de Daudet: conjugar en *una* figura, que es Tartarín, al Ingenioso Hidalgo y a su escudero… Quienes han insinuado que Menard dedicó su vida a escribir un Quijote contemporáneo, calumnian su clara memoria.

No quería componer otro Quijote —lo cual es fácil— sino *el Quijote*. Inútil agregar que no encaró nunca una trascripción mecánica del original; no se proponía copiarlo. Su admirable ambición era producir unas páginas que coincidieran —palabra por palabra y línea por línea— con las de Miguel de Cervantes.

---

* Tuve también el propósito secundario de bosquejar la imagen de Pierre Menard. Pero ¿cómo atreverme a competir con las páginas áureas que me dicen prepara la baronesa de Bacourt o con el lápiz delicado y puntual de Carolus Hourcade?

«Mi propósito es meramente asombroso», me escribió el 30 de setiembre de 1934 desde Bayonne. «El término final de una demostración teológica o metafísica —el mundo externo, Dios, la casualidad, las formas universales— no es menos anterior y común que mi divulgada novela. La sola diferencia es que los filósofos publican en agradables volúmenes las etapas intermediarias de su labor y que yo he resuelto perderlas.» En efecto, no queda un solo borrador que atestigüe ese trabajo de años.

El método inicial que imaginó era relativamente sencillo. Conocer bien el español, recuperar la fe católica, guerrear contra los moros o contra el turco, olvidar la historia de Europa entre los años de 1602 y de 1918, *ser* Miguel de Cervantes. Pierre Menard estudió ese procedimiento (sé que logró un manejo bastante fiel del español del siglo XVII) pero lo descartó por fácil. ¡Más bien por imposible!, dirá el lector. De acuerdo, pero la empresa era de antemano imposible y de todos los medios imposibles para llevarla a término, éste era el menos interesante. Ser en el siglo XX un novelista popular del siglo XVII le pareció una disminución. Ser, de alguna manera, Cervantes y llegar al *Quijote* le pareció menos arduo —por consiguiente, menos interesante— que seguir siendo Pierre Menard y llegar al *Quijote*, a través de las experiencias de Pierre Menard. (Esa convicción, dicho sea de paso, le hizo excluir el prólogo autobiográfico de la segunda parte del *Don Quijote*. Incluir ese prólogo hubiera sido crear otro personaje —Cervantes— pero también hubiera significado presentar el *Quijote* en función de ese personaje y no de Menard. Éste, naturalmente, se negó a esa facilidad.) «Mi empresa no es difícil, esencialmente» leo en otro lugar de la carta. «Me bastaría ser inmortal para llevarla a cabo.» ¿Confesaré que suelo imaginar que la terminó y que leo el *Quijote* —todo el *Quijote*— como si lo hubiera pensado Menard? Noches pasadas, al hojear el capítulo XXVI —no ensayado nunca por él— reconocí el estilo de nuestro amigo y como su voz en esta frase excepcional: *las ninfas de los ríos, la dolorosa y húmida Eco.* Esa conjunción eficaz de un adjetivo moral y otro físico me trajo a la memoria un verso de Shakespeare, que discutimos una tarde:

Where a malignant and a turbaned Turk...

¿Por qué precisamente el *Quijote*? dirá nuestro lector. Esa preferencia, en un español, no hubiera sido inexplicable; pero sin duda lo es en un simbolista de Nîmes, devoto esencialmente de Poe, que engendró a Baudelaire, que engendró a Mallarmé, que engendró a Valéry, que engendró a Edmond Teste. La carta precitada ilumina el punto. «El *Quijote*», aclara Menard, «me interesa profundamente, pero no me parece ¿cómo lo diré? inevitable. No puedo imaginar el universo sin la interjección de Poe:

Ah, bear in mind this garden was enchanted!

o sin el *Bateau ivre* o el *Ancient Mariner*, pero me sé capaz de imaginarlo sin el *Quijote.* (Hablo, naturalmente, de mi capacidad personal, no de la resonancia histórica de las obras.) El *Quijote* es un libro contingente, el *Quijote* es innecesario. Puedo premeditar su escritura, puedo escribirlo, sin incurrir en una tautología. A los doce o trece años lo leí, tal vez íntegramente. Después he releído con atención algunos capítulos, aquellos que no intentaré por ahora. He cursado asimismo los entremeses, las comedias, la *Galatea*, las *Novelas ejemplares*, los trabajos sin duda laboriosos de *Persiles y Segismunda* y el *Viaje del Parnaso*... Mi recuerdo general del *Quijote*, simplificado por el olvido y la indiferencia, puede muy bien equivaler a la imprecisa imagen anterior de un libro no escrito. Postulada esa imagen (que nadie en buena ley me puede negar) es indiscutible que mi problema es harto más difícil que el de Cervantes. Mi complaciente precursor no rehusó la colaboración del azar: iba componiendo la obra inmortal un poco *à la diable*, llevado por inercias del lenguaje y de la invención. Yo he contraído el misterioso deber de reconstruir literalmente su obra espontánea. Mi solitario juego está gobernado por dos leyes polares. La primera me permite ensayar variantes de tipo formal o psicológico; la segunda me obliga a sacrificarlas al texto "original" y a razonar de un modo irrefutable esa aniquilación… A esas trabas artificiales hay que sumar otra, congénita. Componer el *Quijote* a principios del siglo XVII era una empresa razonable, necesaria, acaso fatal; a principios del XX, es casi imposible. No en vano han transcurrido trescientos años, cargados de complejísimos hechos. Entre ellos, para mencionar uno solo: el mismo *Quijote*.»

A pesar de esos tres obstáculos, el fragmentario *Quijote* de Menard es más sutil que el de Cervantes. Éste, de un modo burdo, opone a las ficciones caballerescas la pobre realidad provinciana de su país; Menard elige como «realidad» la tierra de Carmen durante el siglo de Lepanto y de Lope. ¡Qué españoladas no habría aconsejado esa elección a Maurice Barrès o al doctor Rodríguez Larreta! Menard, con toda naturalidad, las elude. En su obra no hay gitanerías ni conquistadores ni místicos ni Felipe II ni autos de fe. Desatiende o proscribe el color local. Ese desdén indica un sentido nuevo de la novela histórica. Ese desdén condena a *Salammbô*, inapelablemente.

No menos asombroso es considerar capítulos aislados. Por ejemplo, examinemos el XXXVIII de la primera parte, «que trata del curioso discurso que hizo Don Quixote de las armas y las letras». Es sabido que Don Quijote (como Quevedo en el pasaje análogo, y posterior, de *La hora de todos*) falla el pleito contra las letras y en favor de las armas. Cervantes era un viejo militar: su fallo se explica. ¡Pero que el Don Quijote de Pierre Menard —hombre contemporáneo de *La trahison des clercs* y de Bertrand Russell— reincida en esas nebulosas sofisterías! Madame Bachelier ha visto en ellas una admirable y típica subordinación del autor a la psicología del héroe; otros (nada perspicazmente) una *transcripción* del *Quijote*; la baronesa de Bacourt, la influencia de Nietzsche. A esa tercera interpretación (que juzgo irrefutable) no sé si me atreveré a añadir una cuarta, que condice muy bien con la casi divina modestia de Pierre Menard: su hábito resignado o irónico de propagar ideas que eran el estricto reverso de las preferidas por él. (Rememoremos otra vez su diatriba contra Paul Valéry en la efímera hoja superrealista de Jacques Reboul.) El texto de Cervantes y el de Menard son verbalmente idénticos, pero el segundo es casi infinitamente más rico. (Más ambiguo, dirán sus detractores; pero la ambigüedad es una riqueza.)

Es una revelación cotejar el *Don Quijote* de Menard con el de Cervantes. Éste, por ejemplo, escribió (*Don Quijote*, primera parte, capítulo IX):

> ... la verdad, cuya madre es la historia, émula del tiempo, depósito de las acciones, testigo de lo pasado, ejemplo y aviso de lo presente, advertencia de lo por venir.

Redactada en el siglo XVII, redactada por el «ingenio lego» Cervantes, esa enumeración es un mero elogio retórico de la historia. Menard, en cambio, escribe:

> ... la verdad, cuya madre es la historia, émula del tiempo, depósito de las acciones, testigo de lo pasado, ejemplo y aviso de lo presente, advertencia de lo por venir.

La historia, *madre* de la verdad; la idea es asombrosa. Menard, contemporáneo de William James, no define la historia como una indagación de la realidad sino como su origen. La verdad histórica, para él, no es lo que sucedió; es lo que juzgamos que sucedió. Las cláusulas finales —*ejemplo y aviso de lo presente, advertencia de lo por venir*— son descaradamente pragmáticas. También es vívido el contraste de los estilos. El estilo arcaizante de Menard —extranjero al fin— adolece de alguna afectación. No así el del precursor, que maneja con desenfado el español corriente de su época.

No hay ejercicio intelectual que no sea finalmente inútil. Una doctrina filosófica es al principio una descripción verosímil del universo; giran los años y es un mero capítulo —cuando no un párrafo o un nombre— de la historia de la filosofía. En la literatura, esa caducidad final es aun más notoria. «El *Quijote*», me dijo Menard, «fue ante todo un libro agradable; ahora es una ocasión de brindis patrióticos, de soberbia gramatical, de obscenas ediciones de lujo. La gloria es una incomprensión y quizá la peor.»

Nada tienen de nuevo esas comprobaciones nihilistas; lo singular es la decisión que de ellas derivó Pierre Menard. Resolvió adelantarse a la vanidad que aguarda todas las fatigas del hombre; acometió una empresa complejísima y de antemano fútil. Dedicó sus escrúpulos y vigilias a repetir en un idioma ajeno un libro preexistente. Multiplicó los borradores; corrigió tenazmente y desgarró miles de páginas manuscritas.* No permitió que fueran examinadas por nadie y cuidó que no le sobrevivieran. En vano he procurado reconstruirlas.

He reflexionado que es lícito ver en el *Quijote* «final» una especie de palimpsesto, en el que deben traslucirse los rastros —tenues pero no indescifrables— de la «previa» escritura de nuestro amigo. Desgraciadamente, sólo un segundo Pierre Menard, invirtiendo el trabajo del anterior, podría exhumar y resucitar esas Troyas…

«Pensar, analizar, inventar —me escribió también— no son actos anómalos, son la normal respiración de la inteligencia. Glorificar el oca-

---

* Recuerdo sus cuadernos cuadriculados, sus negras tachaduras, sus peculiares símbolos tipográficos y su letra de insecto. En los atardeceres le gustaba salir a caminar por los arrabales de Nîmes; solía llevar consigo un cuaderno y hacer una alegre fogata.

sional cumplimiento de esa función, atesorar antiguos y ajenos pensamientos, recordar con incrédulo estupor lo que el *doctor universalis* pensó, es confesar nuestra languidez o nuestra barbarie. Todo hombre debe ser capaz de todas las ideas y entiendo que en el porvenir lo será.»

Menard (acaso sin quererlo) ha enriquecido mediante una técnica nueva el arte detenido y rudimentario de la lectura: la técnica del anacronismo deliberado y de las atribuciones erróneas. Esa técnica de aplicación infinita nos insta a recorrer la *Odisea* como si fuera posterior a la *Eneida* y el libro *Le jardín du Centaure* de madame Henri Bachelier como si fuera de madame Henri Bachelier. Esa técnica puebla de aventura los libros más calmosos. Atribuir a Louis Ferdinand Céline o a James Joyce la *Imitación de Cristo* ¿no es una suficiente renovación de esos tenues avisos espirituales?

Nîmes, 1939

Las ruinas circulares

And if he left off dreaming about you...

Through the Looking-Glass, VI

Nadie lo vio desembarcar en la unánime noche, nadie vio la canoa de bambú sumiéndose en el fango sagrado, pero a los pocos días nadie ignoraba que el hombre taciturno venía del Sur y que su patria era una de las infinitas aldeas que están aguas arriba, en el flanco violento de la montaña, donde el idioma zend no está contaminado de griego y donde es infrecuente la lepra. Lo cierto es que el hombre gris besó el fango, repechó la ribera sin apartar (probablemente, sin sentir) las cortaderas que le dilaceraban las carnes y se arrastró, mareado y ensangrentado, hasta el recinto circular que corona un tigre o caballo de piedra, que tuvo alguna vez el color del fuego y ahora el de la ceniza. Ese redondel es un templo que devoraron los incendios antiguos, que la selva palúdica ha profanado y cuyo dios no recibe honor de los hombres. El forastero se tendió bajo el pedestal. Lo despertó el sol alto. Comprobó sin asombro que las heridas habían cicatrizado; cerró los ojos pálidos y durmió, no por flaqueza de la carne sino por determinación de la voluntad. Sabía que ese templo era el lugar que requería su invencible propósito; sabía que los árboles incesantes no habían logrado estrangular, río abajo, las ruinas de otro templo propicio, también de dioses incendiados y muertos; sabía que su inmediata obligación era el sueño. Hacia la medianoche lo despertó el grito inconsolable de un pájaro. Rastros de pies descalzos, unos higos y un cántaro le advirtieron que los hombres de la región habían espiado con respeto su sueño y solicitaban su amparo o temían su magia. Sintió el frío del miedo y buscó en la muralla dilapidada un nicho sepulcral y se tapó con hojas desconocidas.

El propósito que lo guiaba no era imposible, aunque sí sobrenatural. Quería soñar un hombre: quería soñarlo con integridad minuciosa e imponerlo a la realidad. Ese proyecto mágico había agotado el espacio entero de su alma; si alguien le hubiera preguntado su propio nombre o cualquier rasgo de su vida anterior, no habría acertado a responder. Le convenía el templo inhabitado y despedazado, porque era un mínimo de mundo visible; la cercanía de los leñadores también, porque éstos se encargaban de subvenir a sus necesidades frugales. El arroz y las frutas de su tributo eran pábulo suficiente para su cuerpo, consagrado a la única tarea de dormir y soñar.

Al principio, los sueños eran caóticos; poco después, fueron de naturaleza dialéctica. El forastero se soñaba en el centro de un anfiteatro circular que era de algún modo el templo incendiado: nubes de alumnos taciturnos fatigaban las gradas; las caras de los últimos pendían a muchos siglos de distancia y a una altura estelar, pero eran del todo precisas. El hombre les dictaba lecciones de anatomía, de cosmografía, de magia: los rostros escuchaban con ansiedad y procuraban responder con entendimiento, como si adivinaran la importancia de aquel examen, que redimiría a uno de ellos de su condición de vana apariencia y lo interpolaría en el mundo real. El hombre, en el sueño y en la vigilia, consideraba las respuestas de sus fantasmas, no se dejaba embaucar por los impostores, adivinaba en ciertas perplejidades una inteligencia creciente. Buscaba un alma que mereciera participar en el universo.

A las nueve o diez noches comprendió con alguna amargura que nada podía esperar de aquellos alumnos que aceptaban con pasividad su doctrina y sí de aquellos que arriesgaban, a veces, una contradicción razonable. Los primeros, aunque dignos de amor y de buen afecto, no podían ascender a individuos; los últimos preexistían un poco más. Una tarde (ahora también las tardes eran tributarias del sueño, ahora no velaba sino un par de horas en el amanecer) licenció para siempre el vasto colegio ilusorio y se quedó con un solo alumno. Era un muchacho taciturno, cetrino, díscolo a veces, de rasgos afilados que repetían los de su soñador. No lo desconcertó por mucho tiempo la brusca eliminación de los condiscípulos; su progreso, al cabo de unas pocas lecciones particulares, pudo maravillar al maestro. Sin embargo, la catástrofe sobrevino. El hombre, un día, emergió del sueño como de un desierto viscoso, miró la vana luz de la tarde que al pronto confundió con la aurora y comprendió que no había soñado. Toda esa noche y todo el día, la intolerable lucidez del insomnio se abatió contra él. Quiso explorar la selva, extenuarse; apenas alcanzó entre la cicuta unas rachas de sueño débil, veteadas fugazmente de visiones de tipo rudimental: inservibles. Quiso congregar el colegio y apenas hubo articulado unas breves palabras de exhortación, éste se deformó, se borró. En la casi perpetua vigilia, lágrimas de ira le quemaban los viejos ojos.

Comprendió que el empeño de modelar la materia incoherente y vertiginosa de que se componen los sueños es el más arduo que puede acometer un varón, aunque penetre todos los enigmas del orden superior y del inferior: mucho más arduo que tejer una cuerda de arena o que amonedar el viento sin cara. Comprendió que un fracaso inicial era inevitable. Juró olvidar la enorme alucinación que lo había desviado al principio y buscó otro método de trabajo. Antes de ejercitarlo, dedicó un mes a la reposición de las fuerzas que había malgastado el delirio. Abandonó toda premeditación de soñar y casi acto continuo logró dormir un trecho razonable del día. Las raras veces que soñó durante ese período, no reparó en los sueños. Para reanudar la tarea, esperó que el disco de la luna fuera perfecto. Luego, en la tarde, se purificó en las aguas del río, adoró los dioses planetarios, pronunció las sílabas lícitas de un nombre poderoso y durmió. Casi inmediatamente, soñó con un corazón que latía.

Lo soñó activo, caluroso, secreto, del grandor de un puño cerrado, color granate en la penumbra de un cuerpo humano aún sin cara ni sexo; con minucioso amor lo soñó, durante catorce lúcidas noches. Cada noche, lo percibía con mayor evidencia. No lo tocaba: se limitaba a atestiguarlo, a observarlo, tal vez a corregirlo con la mirada. Lo percibía, lo vivía, desde muchas distancias y muchos ángulos. La noche catorcena rozó la arteria pulmonar con el índice y luego todo el corazón, desde afuera y adentro. El examen lo satisfizo. Deliberadamente no soñó durante una noche: luego retomó el corazón, invocó el nombre de un planeta y emprendió la visión de otro de los órganos principales. Antes de un año llegó al esqueleto, a los párpados. El pelo innumerable fue tal vez la tarea más difícil. Soñó un hombre íntegro, un mancebo, pero éste no se incorporaba ni hablaba ni podía abrir los ojos. Noche tras noche, el hombre lo soñaba dormido.

En las cosmogonías gnósticas, los demiurgos amasan un rojo Adán que no logra ponerse de pie; tan inhábil y rudo y elemental como ese Adán de polvo era el Adán de sueño que las noches del mago habían fabricado. Una tarde, el hombre casi destruyó toda su obra, pero se arrepintió. (Más le hubiera valido destruirla.) Agotados los votos a los númenes de la tierra y del río, se arrojó a los pies de la efigie que tal vez era un tigre y tal vez un potro, e imploró su desconocido socorro. Ese crepúsculo, soñó con la estatua. La soñó viva, trémula: no era un atroz bastardo de tigre y potro, sino a la vez esas dos criaturas vehementes y también un toro, una rosa, una tempestad. Ese múltiple dios le reveló que su nombre terrenal era Fuego, que en ese templo circular (y en otros iguales) le habían rendido sacrificios y culto y que mágicamente animaría al fantasma soñado, de suerte que todas las criaturas, excepto el Fuego mismo y el soñador, lo pensaran un hombre de carne y hueso. Le ordenó que una vez instruido en los ritos, lo enviaría al otro templo despedazado cuyas pirámides persisten aguas abajo, para que alguna voz lo glorificara en aquel edificio desierto. En el sueño del hombre que soñaba, el soñado se despertó.

El mago ejecutó esas órdenes. Consagró un plazo (que finalmente abarcó dos años) a descubrirle los arcanos del universo y del culto del fuego. Íntimamente, le dolía apartarse de él. Con el pretexto de la necesidad pedagógica, dilataba cada día las horas dedicadas al sueño. También rehízo el hombro derecho, acaso deficiente. A veces, lo inquietaba una impresión de que ya todo eso había acontecido... En general, sus días eran felices; al cerrar los ojos pensaba: *Ahora estaré con mi hijo*. O, más raramente: *El hijo que he engendrado me espera y no existirá si no voy*.

Gradualmente, lo fue acostumbrando a la realidad. Una vez le ordenó que embanderara una cumbre lejana. Al otro día, flameaba la bandera en la cumbre. Ensayó otros experimentos análogos, cada vez más audaces. Comprendió con cierta amargura que su hijo estaba listo para nacer —y tal vez impaciente. Esa noche lo besó por primera vez y lo envió al otro templo cuyos despojos blanqueaban río abajo, a muchas leguas de inextricable selva y de ciénaga. Antes (para que no supiera nunca que era un fantasma, para que se creyera un hombre como los otros) le infundió el olvido total de sus años de aprendizaje.

Su victoria y su paz quedaron empañadas de hastío. En los crepúsculos de la tarde y del alba, se prosternaba ante la figura de piedra, tal vez imaginando que su hijo irreal ejecutaba idénticos ritos, en otras ruinas circulares, aguas abajo; de noche no soñaba, o soñaba como lo hacen todos los hombres. Percibía con cierta palidez los sonidos y formas del universo: el hijo ausente se nutría de esas disminuciones de su alma. El propósito de su vida estaba colmado; el hombre persistió en una suerte de éxtasis. Al cabo de un tiempo que ciertos narradores de su historia prefieren computar en años y otros en lustros, lo despertaron dos remeros a medianoche: no pudo ver sus caras, pero le hablaron de un hombre mágico en un templo del Norte, capaz de hollar el fuego y de no quemarse. El mago recordó bruscamente las palabras del dios. Recordó que de todas las criaturas que componen el orbe, el Fuego era la única que sabía que su hijo era un fantasma. Ese recuerdo, apaciguador al principio, acabó por atormentarlo. Temió que su hijo meditara en ese privilegio anormal y descubriera de algún modo su condición de mero simulacro. No ser un hombre, ser la proyección del sueño de otro hombre ¡qué humillación incomparable, qué vértigo! A todo padre le interesan los hijos que ha procreado (que ha permitido) en una mera confusión o felicidad; es natural que el mago temiera por el porvenir de aquel hijo, pensado entraña por entraña y rasgo por rasgo, en mil y una noches secretas.

El término de sus cavilaciones fue brusco, pero lo prometieron algunos signos. Primero (al cabo de una larga sequía) una remota nube en un cerro, liviana como un pájaro; luego, hacia el Sur, el cielo que tenía el color rosado de la encía de los leopardos; luego las humaredas que herrumbraron el metal de las noches; después la fuga pánica de las bestias. Porque se repitió lo acontecido hace muchos siglos. Las ruinas del santuario del dios del Fuego fueron destruidas por el fuego. En un alba sin pájaros el mago vio cernirse contra los muros el incendio concéntrico. Por un instante, pensó refugiarse en las aguas, pero luego comprendió que la muerte venía a coronar su vejez y a absolverlo de sus trabajos. Caminó contra los jirones de fuego. Éstos no mordieron su carne, éstos lo acariciaron y lo inundaron sin calor y sin combustión. Con alivio, con humillación, con terror, comprendió que él también era una apariencia, que otro estaba soñándolo.

La lotería en Babilonia

Como todos los hombres de Babilonia, he sido procónsul; como todos, esclavo; también he conocido la omnipotencia, el oprobio, las cárceles. Miren: a mi mano derecha le falta el índice. Miren: por este desgarrón de la capa se ve en mi estómago un tatuaje bermejo: es el segundo símbolo, Beth. Esta letra, en las noches de luna llena, me confiere poder sobre los hombres cuya marca es Ghimel, pero me subordina a los de Aleph, que en las noches sin luna deben obediencia a los Ghimel. En el crepúsculo del alba, en un sótano, he yugulado ante una piedra negra toros sagrados. Durante un año de la luna, he sido declarado invisible: gritaba y no me respondían, robaba el pan y no me decapitaban. He conocido lo que ignoran los griegos: la incertidumbre. En una cámara de bronce, ante el pañuelo silencioso del estrangulador, la esperanza me ha sido fiel; en el río de los deleites, el pánico. Heráclides Póntico refiere con admiración que Pitágoras recordaba haber sido Pirro y antes Euforbo y antes algún otro mortal; para recordar vicisitudes análogas yo no preciso recurrir a la muerte ni aun a la impostura.

Debo esa variedad casi atroz a una institución que otras repúblicas ignoran o que obra en ellas de modo imperfecto y secreto: la lotería. No he indagado su historia; sé que los magos no logran ponerse de acuerdo; sé de sus poderosos propósitos lo que puede saber de la luna el hombre no versado en astrología. Soy de un país vertiginoso donde la lotería es parte principal de la realidad: hasta el día de hoy, he pensado tan poco en ella como en la conducta de los dioses indescifrables o de mi corazón. Ahora, lejos de Babilonia y de sus queridas costumbres, pienso con algún asombro en la lotería y en las conjeturas blasfemas que en el crepúsculo murmuran los hombres velados.

Mi padre refería que antiguamente —¿cuestión de siglos, de años?— la lotería en Babilonia era un juego de carácter plebeyo. Refería (ignoro si con verdad) que los barberos despachaban por monedas de cobre rectángulos de hueso o de pergamino adornados de símbolos. En pleno día se verificaba un sorteo: los agraciados recibían, sin otra corroboración del azar, monedas acuñadas de plata. El procedimiento era elemental, como ven ustedes.

Naturalmente, esas «loterías» fracasaron. Su virtud moral era nula. No se dirigían a todas las facultades del hombre: únicamente a su esperanza. Ante la indiferencia pública, los mercaderes que fundaron esas loterías venales comenzaron a perder el dinero. Alguien ensayó una reforma: la interpolación de unas pocas suertes adversas en el censo de números favorables. Mediante esa reforma, los compradores de rectángulos numerados corrían el doble albur de ganar una suma y de pagar una multa a veces cuantiosa. Ese leve peligro (por cada treinta números favorables había un número aciago) despertó, como es natural, el interés del público. Los babilonios se entregaron al juego. El que no adquiría suertes era considerado un pusilánime, un apocado. Con el tiempo, ese desdén justificado se duplicó. Era despreciado el que no jugaba, pero también eran despreciados los perdedores que abonaban la multa. La Compañía (así empezó a llamársela entonces) tuvo que velar por los ganadores, que no podían cobrar los premios si faltaba en las cajas el importe casi total de las multas. Entabló una demanda a los perdedores: el juez los condenó a pagar la multa original y las costas o a unos días de cárcel. Todos optaron por la cárcel, para defraudar a la Compañía. De esa bravata de unos pocos nace el todopoder de la Compañía: su valor eclesiástico, metafísico.

Poco después, los informes de los sorteos omitieron las enumeraciones de multas y se limitaron a publicar los días de prisión que designaba cada número adverso. Ese laconismo, casi inadvertido en su tiempo, fue de importancia capital. *Fue la primera aparición en la lotería de elementos no pecuniarios.* El éxito fue grande. Instada por los jugadores, la Compañía se vio precisada a aumentar los números adversos.

Nadie ignora que el pueblo de Babilonia es muy devoto de la lógica, y aun de la simetría. Era incoherente que los números faustos se computaran en redondas monedas y los infaustos en días y noches de cárcel. Algunos moralistas razonaron que la posesión de monedas no siempre determina la felicidad y que otras formas de la dicha son quizá más directas.

Otra inquietud cundía en los barrios bajos. Los miembros del colegio sacerdotal multiplicaban las puestas y gozaban de todas las vicisitudes del terror y de la esperanza; los pobres (con envidia razonable o inevitable) se sabían excluidos de ese vaivén, notoriamente delicioso. El justo anhelo de que todos, pobres y ricos, participasen por igual en la lotería, inspiró una indignada agitación, cuya memoria no han desdibujado los años. Algunos obstinados no comprendieron (o simularon no comprender) que se trataba de un orden nuevo, de una etapa histórica necesaria… Un esclavo robó un billete carmesí, que en el sorteo lo hizo acreedor a que le quemaran la lengua. El código fijaba esa misma pena para el que robaba un billete. Algunos babilonios argumentaban que merecía el hierro candente, en su calidad de ladrón; otros, magnánimos, que el verdugo debía aplicárselo porque así lo había determinado el azar… Hubo disturbios, hubo efusiones lamentables de sangre; pero la gente babilónica impuso finalmente su voluntad, contra la oposición de los ricos. El pueblo consiguió con plenitud sus fines generosos. En primer término, logró que la Compañía aceptara la suma del poder público. (Esa unificación era necesaria, dada la vastedad y complejidad de las nuevas operaciones.) En segundo término, logró que la lotería fuera secreta, gratuita y general.

Quedó abolida la venta mercenaria de suertes. Ya iniciado en los misterios de Bel, todo hombre libre automáticamente participaba en los sorteos sagrados, que se efectuaban en los laberintos del dios cada sesenta noches y que determinaban su destino hasta el otro ejercicio. Las consecuencias eran incalculables. Una jugada feliz podía motivar su elevación al concilio de magos o la prisión de un enemigo (notorio o íntimo) o el encontrar, en la pacífica tiniebla del cuarto, la mujer que empieza a inquietarnos o que no esperábamos rever; una jugada adversa: la mutilación, la variada infamia, la muerte. A veces un solo hecho —el tabernario asesinato de C, la apoteosis misteriosa de B— era la solución genial de treinta o cuarenta sorteos. Combinar las jugadas era difícil; pero hay que recordar que los individuos de la Compañía eran (y son) todopoderosos y astutos. En muchos casos, el conocimiento de que ciertas felicidades eran simple fábrica del azar, hubiera aminorado su virtud; para eludir ese inconveniente, los agentes de la Compañía usaban de las sugestiones y de la magia. Sus pasos, sus manejos, eran secretos. Para indagar las íntimas esperanzas y los íntimos terrores de cada cual, disponían de astrólogos y de espías. Había ciertos leones de piedra, había una letrina sagrada llamada Qaphqa, había unas grietas en un polvoriento acueducto que, según opinión general, *daban a la Compañía*; las personas malignas o benévolas depositaban delaciones en esos sitios. Un archivo alfabético recogía esas noticias de variable veracidad.

Increíblemente, no faltaron murmuraciones. La Compañía, con su discreción habitual, no replicó directamente. Prefirió borrajear en los escombros de una fábrica de caretas un argumento breve, que ahora figura en las escrituras sagradas. Esa pieza doctrinal observaba que la lotería es una interpolación del azar en el orden del mundo y que aceptar errores no es contradecir el azar: es corroborarlo. Observaba asimismo que esos leones y ese recipiente sagrado, aunque no desautorizados por la Compañía (que no renunciaba al derecho de consultarlos), funcionaban sin garantía oficial.

Esa declaración apaciguó las inquietudes públicas. También produjo otros efectos, acaso no previstos por el autor. Modificó hondamente el espíritu y las operaciones de la Compañía. Poco tiempo me queda; nos avisan que la nave está por zarpar; pero trataré de explicarlo.

Por inverosímil que sea, nadie había ensayado hasta entonces una teoría general de los juegos. El babilonio no es especulativo. Acata los dictámenes del azar, les entrega su vida, su esperanza, su terror pánico, pero no se le ocurre investigar sus leyes laberínticas, ni las esferas giratorias que lo revelan. Sin embargo, la declaración oficiosa que he mencionado inspiró muchas discusiones de carácter jurídico-matemático. De alguna de ellas nació la conjetura siguiente: si la lotería es una intensificación del azar, una periódica infusión del caos en el cosmos ¿no convendría que el azar interviniera en todas las etapas del sorteo y no en una sola? ¿No es irrisorio que el azar dicte la muerte de alguien y que las circunstancias de esa muerte —la reserva, la publicidad, el plazo de una hora o de un siglo— no estén sujetas al azar? Esos escrúpulos tan justos provocaron al fin una considerable reforma, cuyas complejidades (agravadas por un ejercicio de siglos) no entienden sino algunos especialistas, pero que intentaré resumir, siquiera de modo simbólico.

Imaginemos un primer sorteo, que dicta la muerte de un hombre. Para su cumplimiento se procede a un otro sorteo, que propone (digamos) nueve ejecutores posibles. De esos ejecutores, cuatro pueden iniciar un tercer sorteo que dirá el nombre del verdugo, dos pueden reemplazar la orden adversa por una orden feliz (el encuentro de un tesoro, digamos), otro exacerbará la muerte (es decir, la hará infame o la enriquecerá de torturas), otros pueden negarse a cumplirla… Tal es el esquema simbólico. En la realidad *el número de sorteos es infinito*. Ninguna decisión es final, todas se ramifican en otras. Los ignorantes suponen que infinitos sorteos requieren un tiempo infinito; en realidad basta que el tiempo sea infinitamente subdivisible, como lo enseña la famosa parábola del Certamen con la Tortuga. Esa infinitud condice de admirable manera con los sinuosos números del Azar y con el Arquetipo Celestial de la Lotería, que adoran los platónicos… Algún eco deforme de nuestros ritos parece haber retumbado en el Tíber: Elio Lampridio, en la *Vida de Antonino Heliogábalo*, refiere que este emperador escribía en conchas las suertes que destinaba a los convidados, de manera que uno recibía diez libras de oro y otro diez moscas, diez lirones, diez osos. Es lícito recordar que Heliogábalo se educó en el Asia Menor, entre los sacerdotes del dios epónimo.

También hay sorteos impersonales, de propósito indefinido: uno decreta que se arroje a las aguas del Éufrates un zafiro de Taprobana; otro, que desde el techo de una torre se suelte un pájaro; otro, que cada siglo se retire (o se añada) un grano de arena de los innumerables que hay en la playa. Las consecuencias son, a veces, terribles.

Bajo el influjo bienhechor de la Compañía, nuestras costumbres están saturadas de azar. El comprador de una docena de ánforas de vino damasceno no se maravillará si una de ellas encierra un talismán o una víbora; el escribano que redacta un contrato no deja casi nunca de introducir algún dato erróneo; yo mismo, en esta apresurada declaración, he falseado algún esplendor, alguna atrocidad. Quizá, también, alguna misteriosa monotonía… Nuestros historiadores, que son los más perspicaces del orbe, han inventado un método para corregir el azar; es fama que las operaciones de ese método son (en general) fidedignas; aunque, naturalmente, no se divulgan sin alguna dosis de engaño. Por lo demás, nada tan contaminado de ficción como la historia de la Compañía… Un documento paleográfico, exhumado en un templo, puede ser obra del sorteo de ayer o de un sorteo secular. No se publica un libro sin alguna divergencia entre cada uno de los ejemplares. Los escribas prestan juramento secreto de omitir, de interpolar, de variar. También se ejerce la mentira indirecta.

La Compañía, con modestia divina, elude toda publicidad. Sus agentes, como es natural, son secretos; las órdenes que imparte continuamente (quizá incesantemente) no difieren de las que prodigan los impostores. Además ¿quién podrá jactarse de ser un mero impostor? El ebrio que improvisa un mandato absurdo, el soñador que se despierta de golpe y ahoga con las manos a la mujer que duerme a su lado ¿no ejecutan, acaso, una secreta decisión de la Compañía? Ese funcionamiento silencioso, comparable al de Dios, provoca toda suerte de conjeturas. Alguna abominablemente insinúa que hace ya siglos que no existe la Compañía y que el sacro desorden de nuestras vidas es puramente hereditario, tradicional; otra la juzga eterna y enseña que perdurará hasta la última noche, cuando el último dios anonade el mundo. Otra declara que la Compañía es omnipotente, pero que sólo influye en cosas minúsculas: en el grito de un pájaro, en los matices de la herrumbre y del polvo, en los entresueños del alba. Otra, por boca de heresiarcas enmascarados, *que no ha existido nunca y no existirá.* Otra, no menos vil, razona que es indiferente afirmar o negar la realidad de la tenebrosa corporación, porque Babilonia no es otra cosa que un infinito juego de azares.

Examen de la obra
de Herbert Quain

Herbert Quain ha muerto en Roscommon; he comprobado sin asombro que el Suplemento Literario del *Times* apenas le depara media columna de piedad necrológica, en la que no hay epíteto laudatorio que no esté corregido (o seriamente amonestado) por un adverbio. El *Spectator*, en su número pertinente, es sin duda menos lacónico y tal vez más cordial, pero equipara el primer libro de Quain —*The God of the Labyrinth*— a uno de Mrs. Agatha Christie y otros a los de Gertrude Stein: evocaciones que nadie juzgará inevitables y que no hubieran alegrado al difunto. Éste, por lo demás, no se creyó nunca genial; ni siquiera en las noches peripatéticas de conversación literaria, en las que el hombre que ya ha fatigado las prensas, juega invariablemente a ser monsieur Teste o el doctor Samuel Johnson... Percibía con toda lucidez la condición experimental de sus libros: admirables tal vez por lo novedoso y por cierta lacónica probidad, pero no por las virtudes de la pasión. «Soy como las odas de Cowley», me escribió desde Longford el 6 de marzo de 1939. «No pertenezco al arte, sino a la mera historia del arte.» No había, para él, disciplina inferior a la historia.

He repetido una modestia de Herbert Quain; naturalmente, esa modestia no agota su pensamiento. Flaubert y Henry James nos han acostumbrado a suponer que las obras de arte son infrecuentes y de ejecución laboriosa; el siglo XVI (recordemos el *Viaje del Parnaso*, recordemos el destino de Shakespeare) no compartía esa desconsolada opinión. Herbert Quain, tampoco. Le parecía que la buena literatura es harto común y que apenas hay diálogo callejero que no la logre. También le parecía que el hecho estético no puede prescindir de algún elemento de asombro y que asombrarse de memoria es difícil. Deploraba con sonriente sinceridad «la servil y obstinada conservación» de libros pretéritos... Ignoro si su vaga teoría es justificable; sé que sus libros anhelan demasiado el asombro.

Deploro haber prestado a una dama, irreversiblemente, el primero que publicó. He declarado que se trata de una novela policial: *The God of the Labyrinth*; puedo agradecer que el editor la propuso a la venta en los últimos días de noviembre de 1933. En los primeros de diciembre, las agradables y arduas involuciones del *Siamese Twin Mystery* atarearon a Londres y a Nueva York; yo prefiero atribuir a esa coincidencia ruinosa el fracaso de la novela de nuestro amigo. También (quiero ser del todo sincero) a su ejecución deficiente y a la vana y frígida pompa de ciertas descripciones del mar. Al cabo de siete años, me es imposible recuperar los pormenores de la acción; he aquí su plan; tal como ahora lo empobrece (tal como ahora lo purifica) mi olvido. Hay un indescifrable asesinato en las páginas iniciales, una lenta discusión en las intermedias, una solución en las últimas. Ya aclarado el enigma, hay un párrafo largo y retrospectivo que contiene esta frase: *Todos creyeron que el encuentro de los dos jugadores de ajedrez había sido casual.* Esa frase deja entender que la solución es errónea. El lector, inquieto, revisa los capítulos pertinentes y descubre otra solución, que es la verdadera. El lector de ese libro singular es más perspicaz que el *detective*.

Aún más heterodoxa es la «novela regresiva, ramificada» *April March*, cuya tercera (y única) parte es de 1936. Nadie, al juzgar esa novela, se niega a descubrir que es un juego; es lícito recordar que el autor no la consideró nunca otra cosa. «Yo reivindico para esa obra», le oí decir, «los rasgos esenciales de todo juego: la simetría, las leyes arbitrarias, el tedio.» Hasta el nombre es un débil *calembour*: no significa *Marcha de abril* sino literalmente *Abril marzo*. Alguien ha percibido en sus paginas un eco de las doctrinas de Dunne; el prólogo de Quain prefiere evocar aquel inverso mundo de Bradley, en que la muerte precede al nacimiento y la cicatriz a la herida y la herida al golpe (*Appearance and Reality*, 1897, página 215).* Los mundos que propone *April March* no son regresivos; lo es la manera de historiarlos. Regresiva y ramificada, como ya dije. Trece capítulos integran la obra. El primero refiere el ambiguo diálogo de unos desconocidos en un andén. El segundo refiere los sucesos de la víspera del primero. El tercero, también retrógrado, refiere los sucesos de *otra* posible víspera del primero; el cuarto, los de otra. Cada una de esas tres vísperas (que rigurosamente se excluyen) se ramifica en otras tres vísperas, de índole muy diversa. La obra total consta pues de nueve novelas; cada novela, de tres largos capítulos. (El primero es común a todas ellas, naturalmente.) De esas novelas, una es de carácter simbólico; otra, sobrenatural; otra, policial; otra, psicológica; otra, comunista; otra, anticomunista, etcétera. Quizá un esquema ayude a comprender la estructura.

---

* Ay de la erudición de Herbert Quain, ay de la página 215 de un libro de 1897. Un interlocutor del *Político*, de Platón, ya había descrito una regresión parecida: la de los Hijos de la Tierra o Autóctonos que, sometidos al influjo de una rotación inversa del cosmos, pasaron de la vejez a la madurez, de la madurez a la niñez, de la niñez a la desaparición y la nada. También Teopompo, en su *Filípica*, habla de ciertas frutas boreales que originan en quien las come, el mismo proceso retrógrado. Más interesante es imaginar una inversión del Tiempo: un estado en el que recordáramos el porvenir e ignoráramos, o apenas presintiéramos, el pasado. *Cf.* el canto X del *Infierno*, versos 97-102, donde se comparan la visión profética y la presbicia.

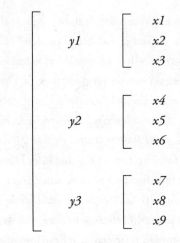

$$z \begin{cases} y1 \begin{cases} x1 \\ x2 \\ x3 \end{cases} \\ \\ y2 \begin{cases} x4 \\ x5 \\ x6 \end{cases} \\ \\ y3 \begin{cases} x7 \\ x8 \\ x9 \end{cases} \end{cases}$$

De esa estructura cabe repetir lo que declaró Schopenhauer de las doce categorías kantianas: todo lo sacrifica a un furor simétrico. Previsiblemente, alguno de los nueve relatos es indigno de Quain; el mejor no es el que originariamente ideó, el $x4$; es el de naturaleza fantástica, el $x9$. Otros están afeados por bromas lánguidas y por seudoprecisiones inútiles. Quienes los leen en orden cronológico (verbigracia: $x3$, $y1$, z) pierden el sabor peculiar del extraño libro. Dos relatos —el $x7$, el $x8$— carecen de valor individual; la yuxtaposición les presta eficacia… No sé si debo recordar que ya publicado *April March*, Quain se arrepintió del orden ternario y predijo que los hombres que lo imitaran optarían por el binario

$$z \begin{cases} y1 \begin{cases} x1 \\ x2 \end{cases} \\ \\ y2 \begin{cases} x3 \\ x4 \end{cases} \end{cases}$$

y los demiurgos y los dioses por el infinito: infinitas historias, infinitamente ramificadas.

Muy diversa, pero retrospectiva también, es la comedia heroica en dos actos *The Secret Mirror*. En las obras ya reseñadas, la complejidad formal había entorpecido la imaginación del autor; aquí, su evolución es más libre. El primer acto (el más extenso) ocurre en la casa de campo del general Thrale, C.I.E., cerca de Melton Mowbray. El invisible centro de la trama es miss Ulrica Thrale, la hija mayor del general. A través de algún diálogo la entrevemos, amazona y altiva; sospechamos que no suele visitar la literatura; los periódicos anuncian su compromiso con el duque de Rutland; los periódicos desmienten el compromiso. La venera un autor dramático, Wilfred Quarles; ella le ha deparado alguna vez un distraído beso. Los personajes son de vasta fortuna y de antigua sangre; los afectos, nobles aunque vehementes; el diálogo parece vacilar entre la mera vanilocuencia de Bulwer-Lytton y los epigramas de Wilde o de Mr. Philip Guedalla. Hay un ruiseñor y una noche; hay un duelo secreto en una terraza. (Casi del todo imperceptibles, hay alguna curiosa contradicción, hay pormenores sórdidos.) Los personajes del primer acto reaparecen en el segundo —con otros nombres. El «autor dramático» Wilfred Quarles es un comisionista de Liverpool; su verdadero nombre John William Quigley. Miss Thrale existe; Quigley nunca la ha visto, pero morbosamente colecciona retratos suyos del *Tatler* o del *Sketch*. Quigley es autor del primer acto. La inverosímil o improbable «casa de campo» es la pensión judeo-irlandesa en que vive, transfigurada y magnificada por él... La trama de los actos es paralela, pero en el segundo todo es ligeramente horrible, todo se posterga o se frustra. Cuando *The Secret Mirror* se estrenó, la crítica pronunció los nombres de Freud y de Julian Green. La mención del primero me parece del todo injustificada.

La fama divulgó que *The Secret Mirror* era una comedia freudiana; esa interpretación propicia (y falaz) determinó su éxito. Desgraciadamente, ya Quain había cumplido los cuarenta años; estaba aclimatado en el fracaso y no se resignaba con dulzura a un cambio de régimen. Resolvió desquitarse. A fines de 1939 publicó *Statements*: acaso el más original de sus libros, sin duda el menos alabado y el más secreto. Quain solía argumentar que los lectores eran una especie ya extinta. «No hay europeo (razonaba) que no sea un escritor, en potencia o en acto.» Afirmaba también que de las diversas felicidades que puede ministrar la literatura, la más alta era la invención. Ya que no todos son capaces de esa felicidad, muchos habrán de contentarse con simulacros. Para esos «imperfectos escritores», cuyo nombre es legión, Quain redactó los ocho relatos del libro *Statements*. Cada uno de ellos prefigura o promete un buen argumento, voluntariamente frustrado por el autor. Alguno —no el mejor— insinúa *dos* argumentos. El lector, distraído por la vanidad, cree haberlos inventado. Del tercero, *The Rose of Yesterday*, yo cometí la ingenuidad de extraer «Las ruinas circulares», que es una de las narraciones del libro *El jardín de senderos que se bifurcan*.

1941

La Biblioteca de Babel

By this art you may contemplate the va-
riation of the 23 letters...

The Anatomy of Melancholy,
part. 2, sect. II, mem. IV

El universo (que otros llaman la Biblioteca) se compone de un número indefinido, y tal vez infinito, de galerías hexagonales, con vastos pozos de ventilación en el medio, cercados por barandas bajísimas. Desde cualquier hexágono, se ven los pisos inferiores y superiores: interminablemente. La distribución de las galerías es invariable. Veinte anaqueles, a cinco largos anaqueles por lado, cubren todos los lados menos dos; su altura, que es la de los pisos, excede apenas la de un bibliotecario normal. Una de las caras libres da a un angosto zaguán, que desemboca en otra galería, idéntica a la primera y a todas. A izquierda y a derecha del zaguán hay dos gabinetes minúsculos. Uno permite dormir de pie; otro, satisfacer las necesidades finales. Por ahí pasa la escalera espiral, que se abisma y se eleva hacia lo remoto. En el zaguán hay un espejo, que fielmente duplica las apariencias. Los hombres suelen inferir de ese espejo que la Biblioteca no es infinita (si lo fuera realmente ¿a qué esa duplicación ilusoria?); yo prefiero soñar que las superficies bruñidas figuran y prometen el infinito... La luz procede de unas frutas esféricas que llevan el nombre de lámparas. Hay dos en cada hexágono: transversales. La luz que emiten es insuficiente, incesante.

Como todos los hombres de la Biblioteca, he viajado en mi juventud; he peregrinado en busca de un libro, acaso del catálogo de catálogos; ahora que mis ojos casi no pueden descifrar lo que escribo, me preparo a morir a unas pocas leguas del hexágono en que nací. Muerto, no faltarán manos piadosas que me tiren por la baranda; mi sepultura será el aire insondable; mi cuerpo se hundirá largamente y se corromperá y disolverá en el viento engendrado por la caída, que es infinita. Yo afirmo que la Biblioteca es interminable. Los idealistas arguyen que las salas hexagonales son una forma necesaria del espacio absoluto o, por lo menos, de nuestra intuición del espacio. Razonan que es inconcebible una sala triangular o pentagonal. (Los místicos pretenden que el éxtasis les revela una cámara circular con un gran libro circular de lomo continuo, que da toda la vuelta de las paredes; pero su testimonio es sospechoso; sus palabras, oscuras. Ese libro cíclico es Dios.) Básteme, por ahora, repetir el dictamen clásico: *La Biblioteca es una esfera cuyo centro cabal es cualquier hexágono, cuya circunferencia es inaccesible.*

A cada uno de los muros de cada hexágono corresponden cinco anaqueles; cada anaquel encierra treinta y dos libros de formato uniforme; cada libro es de cuatrocientas diez páginas; cada página, de cuarenta renglones; cada renglón, de unas ochenta letras de color negro. También hay letras en el dorso de cada libro; esas letras no indican o prefiguran lo que dirán las páginas. Sé que esa inconexión, alguna vez, pareció misteriosa. Antes de resumir la solución (cuyo descubrimiento, a pesar de sus trágicas proyecciones, es quizá el hecho capital de la historia) quiero rememorar algunos axiomas.

El primero: La Biblioteca existe *ab aeterno.* De esa verdad cuyo corolario inmediato es la eternidad futura del mundo, ninguna mente razonable puede dudar. El hombre, el imperfecto bibliotecario, puede ser obra del azar o de los demiurgos malévolos; el universo, con su elegante dotación de anaqueles, de tomos enigmáticos, de infatigables escaleras para el viajero y de letrinas para el bibliotecario sentado, sólo puede ser obra de un dios. Para percibir la distancia que hay entre lo divino y lo humano, basta comparar estos rudos símbolos trémulos que mi falible mano garabatea en la tapa de un libro, con las letras orgánicas del interior: puntuales, delicadas, negrísimas, inimitablemente simétricas.

El segundo: El número de símbolos ortográficos es veinticinco.* Esa comprobación permitió, hace trescientos años, formular una teoría general de la Biblioteca y resolver satisfactoriamente el problema que ninguna conjetura había descifrado: la naturaleza informe y caótica de casi todos los libros. Uno, que mi padre vio en un hexágono del circuito quince noventa y cuatro, constaba de las letras M C V perversamente repetidas desde el renglón primero hasta el último. Otro (muy consultado en esta zona) es un mero laberinto de letras, pero la página penúltima dice *Oh tiempo tus pirámides.* Ya se sabe: por una línea razonable o una recta noticia hay leguas de insensatas cacofonías, de fárragos verbales y de incoherencias. (Yo sé de una región cerril cuyos bibliotecarios repudian la supersticiosa y vana costumbre de buscar sentido en los libros y la equiparan a la de buscarlo en los sueños o en las líneas caóticas de la mano… Admiten que los inventores de la escritura imitaron los veinticinco símbolos naturales, pero sostienen que esa aplicación es casual y que los libros nada significan en sí. Ese dictamen, ya veremos, no es del todo falaz.)

Durante mucho tiempo se creyó que esos libros impenetrables correspondían a lenguas pretéritas o remotas. Es verdad que los hombres más antiguos, los primeros bibliotecarios, usaban un lenguaje asaz diferente del que hablamos ahora; es verdad que unas millas a la derecha la lengua es dialectal y que noventa pisos más arriba, es incomprensi-

* El manuscrito original no contiene guarismos o mayúsculas. La puntuación ha sido limitada a la coma y al punto. Esos dos signos, el espacio y las veintidós letras del alfabeto son los veinticinco símbolos suficientes que enumera el desconocido. *(Nota del Editor.)*

ble. Todo eso, lo repito, es verdad, pero cuatrocientas diez páginas de inalterables M C V no pueden corresponder a ningún idioma, por dialectal o rudimentario que sea. Algunos insinuaron que cada letra podía influir en la subsiguiente y que el valor de M C V en la tercera línea de la página 71 no era el que puede tener la misma serie en otra posición de otra página, pero esa vaga tesis no prosperó. Otros pensaron en criptografías; universalmente esa conjetura ha sido aceptada, aunque no en el sentido en que la formularon sus inventores.

Hace quinientos años, el jefe de un hexágono superior* dio con un libro tan confuso como los otros, pero que tenía casi dos hojas de líneas homogéneas. Mostró su hallazgo a un descifrador ambulante, que le dijo que estaban redactadas en portugués; otros le dijeron que en yiddish. Antes de un siglo pudo establecerse el idioma: un dialecto samoyedo-lituano del guaraní, con inflexiones de árabe clásico. También se descifró el contenido: nociones de análisis combinatorio, ilustradas por ejemplos de variaciones con repetición ilimitada. Esos ejemplos permitieron que un bibliotecario de genio descubriera la ley fundamental de la Biblioteca. Este pensador observó que todos los libros, por diversos que sean, constan de elementos iguales: el espacio, el punto, la coma, las veintidós letras del alfabeto. También alegó un hecho que todos los viajeros han confirmado: *No hay, en la vasta Biblioteca, dos libros idénticos.* De esas premisas incontrovertibles dedujo que la Biblioteca es total y que sus anaqueles registran todas las posibles combinaciones de los veintitantos símbolos ortográficos (número, aunque vastísimo, no infinito), o sea todo lo que es dable expresar: en todos los idiomas. Todo: la historia minuciosa del porvenir, las autobiografías de los arcángeles, el catálogo fiel de la Biblioteca, miles y miles de catálogos falsos, la de-

* Antes, por cada tres hexágonos había un hombre. El suicidio y las enfermedades pulmonares han destruido esa proporción. Memoria de indecible melancolía: a veces he viajado muchas noches por corredores y escaleras pulidas sin hallar un solo bibliotecario.

mostración de la falacia de esos catálogos, la demostración de la falacia del catálogo verdadero, el evangelio gnóstico de Basílides, el comentario de ese evangelio, el comentario del comentario de ese evangelio, la relación verídica de tu muerte, la versión de cada libro a todas las lenguas, las interpolaciones de cada libro en todos los libros, el tratado que Beda pudo escribir (y no escribió) sobre la mitología de los sajones, los libros perdidos de Tácito.

Cuando se proclamó que la Biblioteca abarcaba todos los libros, la primera impresión fue de extravagante felicidad. Todos los hombres se sintieron señores de un tesoro intacto y secreto. No había problema personal o mundial cuya elocuente solución no existiera: en algún hexágono. El universo estaba justificado, el universo bruscamente usurpó las dimensiones ilimitadas de la esperanza. En aquel tiempo se habló mucho de las Vindicaciones: libros de apología y de profecía, que para siempre vindicaban los actos de cada hombre del universo y guardaban arcanos prodigiosos para su porvenir. Miles de codiciosos abandonaron el dulce hexágono natal y se lanzaron escaleras arriba, urgidos por el vano propósito de encontrar su Vindicación. Esos peregrinos disputaban en los corredores estrechos, proferían oscuras maldiciones, se estrangulaban en las escaleras divinas, arrojaban los libros engañosos al fondo de los túneles, morían despeñados por los hombres de regiones remotas. Otros se enloquecieron... Las Vindicaciones existen (yo he visto dos que se refieren a personas del porvenir, a personas acaso no imaginarias) pero los buscadores no recordaban que la posibilidad de que un hombre encuentre la suya, o alguna pérfida variación de la suya, es computable en cero.

También se esperó entonces la aclaración de los misterios básicos de la humanidad: el origen de la Biblioteca y del tiempo. Es verosímil que esos graves misterios puedan explicarse en palabras: si no basta el lenguaje de los filósofos, la multiforme Biblioteca habrá producido el idioma inaudito que se requiere y los vocabularios y gramáticas de ese idioma. Hace ya cuatro siglos que los hombres fatigan los hexágonos… Hay buscadores oficiales, *inquisidores*. Yo los he visto en el desempeño de su función: llegan siempre rendidos; hablan de una escalera sin peldaños que casi los mató; hablan de galerías y de escaleras con el bibliotecario; alguna vez, toman el libro más cercano y lo hojean, en busca de palabras infames. Visiblemente, nadie espera descubrir nada.

A la desaforada esperanza, sucedió, como es natural, una depresión excesiva. La certidumbre de que algún anaquel en algún hexágono encerraba libros preciosos y de que esos libros preciosos eran inaccesibles, pareció casi intolerable. Una secta blasfema sugirió que cesaran las buscas y que todos los hombres barajaran letras y símbolos, hasta construir, mediante un improbable don del azar, esos libros canónicos. Las autoridades se vieron obligadas a promulgar órdenes severas. La secta desapareció, pero en mi niñez he visto hombres viejos que largamente se ocultaban en las letrinas, con unos discos de metal en un cubilete prohibido, y débilmente remedaban el divino desorden.

Otros, inversamente, creyeron que lo primordial era eliminar las obras inútiles. Invadían los hexágonos, exhibían credenciales no siempre falsas, hojeaban con fastidio un volumen y condenaban anaqueles enteros: a su furor higiénico, ascético, se debe la insensata perdición de millones de libros. Su nombre es execrado, pero quienes deploran los «tesoros» que su frenesí destruyó, negligen dos hechos notorios. Uno: la Biblioteca es tan enorme que toda reducción de origen humano resulta infinitesimal. Otro: cada ejemplar es único, irreemplazable, pero (como la Biblioteca es total) hay siempre varios centenares de miles de facsímiles imperfectos: de obras que no difieren sino por una letra o por una coma. Contra la opinión general, me atrevo a suponer que las consecuencias de las depredaciones cometidas por los Purificadores, han sido exageradas por el horror que esos fanáticos provocaron. Los urgía el delirio de conquistar los libros del Hexágono Carmesí: libros de formato menor que los naturales; omnipotentes, ilustrados y mágicos.

También sabemos de otra superstición de aquel tiempo: la del Hombre del Libro. En algún anaquel de algún hexágono (razonaron los hombres) debe existir un libro que sea la cifra y el compendio perfecto *de todos los demás*: algún bibliotecario lo ha recorrido y es análogo a un dios. En el lenguaje de esta zona persisten aún vestigios del culto de ese funcionario remoto. Muchos peregrinaron en busca de Él. Durante un siglo fatigaron en vano los más diversos rumbos. ¿Cómo localizar el venerado hexágono secreto que lo hospedaba? Alguien propuso un método regresivo: para localizar el libro A, consultar previamente un libro B que indique el sitio de A; para localizar el libro B, consultar previamente un libro C, y así hasta lo infinito… En aventuras de ésas, he prodigado y consumido mis años. No me parece inverosímil que en algún anaquel del universo haya un libro total;* ruego a los dioses ignorados que un hombre —¡uno solo, aunque sea, hace miles de años!— lo haya examinado y leído. Si el honor y la sabiduría y la felicidad no son para mí, que sean para otros. Que el cielo exista, aunque mi lugar sea el infierno. Que yo sea ultrajado y aniquilado, pero que en un instante, en un ser, Tu enorme Biblioteca se justifique.

Afirman los impíos que el disparate es normal en la Biblioteca y que lo razonable (y aun la humilde y pura coherencia) es una casi milagrosa excepción. Hablan (lo sé) de «la Biblioteca febril, cuyos azarosos volúmenes corren el incesante albur de cambiarse en otros y que todo lo afirman, lo niegan y lo confunden como una divinidad que delira». Esas palabras que no sólo denuncian el desorden sino que lo ejemplifican también, notoriamente prueban su gusto pésimo y su desesperada ignorancia. En efecto, la Biblioteca incluye todas las estructuras verbales, todas las variaciones que permiten los veinticinco sím-

---

* Lo repito: basta que un libro sea posible para que exista. Sólo está excluido lo imposible. Por ejemplo: ningún libro es también una escalera, aunque sin duda hay libros que discuten y niegan y demuestran esa posibilidad y otros cuya estructura corresponde a la de una escalera.

bolos ortográficos, pero no un solo disparate absoluto. Inútil observar que el mejor volumen de los muchos hexágonos que administro se titula *Trueno peinado*, y otro *El calambre de yeso* y otro *Axaxaxas mlö*. Esas proposiciones, a primera vista incoherentes, sin duda son capaces de una justificación criptográfica o alegórica; esa justificación es verbal y, *ex hypothesi*, ya figura en la Biblioteca. No puedo combinar unos caracteres

dhcmrlchtdj

que la divina Biblioteca no haya previsto y que en alguna de sus lenguas secretas no encierren un terrible sentido. Nadie puede articular una sílaba que no esté llena de ternuras y de temores; que no sea en alguno de esos lenguajes el nombre poderoso de un dios. Hablar es incurrir en tautologías. Esta epístola inútil y palabrera ya existe en uno de los treinta volúmenes de los cinco anaqueles de uno de los incontables hexágonos —y también su refutación. (Un número *n* de lenguajes posibles usa el mismo vocabulario; en algunos, el símbolo *biblioteca* admite la correcta definición *ubicuo y perdurable sistema de galerías hexagonales*, pero *biblioteca* es *pan* o *pirámide* o cualquier otra cosa, y las siete palabras que la definen tienen otro valor. Tú, que me lees, ¿estás seguro de entender mi lenguaje?)

La escritura metódica me distrae de la presente condición de los hombres. La certidumbre de que todo está escrito nos anula o nos afantasma. Yo conozco distritos en que los jóvenes se prosternan ante los libros y besan con barbarie las páginas, pero no saben descifrar una sola letra. Las epidemias, las discordias heréticas, las peregrinaciones que inevitablemente degeneran en bandolerismo, han diezmado la población. Creo haber mencionado los suicidios, cada año más frecuentes. Quizá me engañen la vejez y el temor, pero sospecho que la especie humana —la única— está por extinguirse y que la Biblioteca perdurará:

iluminada, solitaria, infinita, perfectamente inmóvil, armada de volúmenes preciosos, inútil, incorruptible, secreta.

Acabo de escribir *infinita*. No he interpolado ese adjetivo por una costumbre retórica; digo que no es ilógico pensar que el mundo es infinito. Quienes lo juzgan limitado, postulan que en lugares remotos los corredores y escaleras y hexágonos pueden inconcebiblemente cesar —lo cual es absurdo. Quienes lo imaginan sin límites, olvidan que los tiene el número posible de libros. Yo me atrevo a insinuar esta solución del antiguo problema: *la biblioteca es ilimitada y periódica*. Si un eterno viajero la atravesara en cualquier dirección, comprobaría al cabo de los siglos que los mismos volúmenes se repiten en el mismo desorden (que, repetido, sería un orden: el Orden). Mi soledad se alegra con esa elegante esperanza.*

Mar del Plata, 1941

---

* Letizia Álvarez de Toledo ha observado que la vasta Biblioteca es inútil; en rigor, bastaría un *solo volumen*, de formato común, impreso en cuerpo nueve o en cuerpo diez, que constara de un número infinito de hojas infinitamente delgadas. (Cavalieri a principios del siglo XVII, dijo que todo cuerpo sólido es la superposición de un número infinito de planos.) El manejo de ese *vademecum* sedoso no sería cómodo: cada hoja aparente se desdoblaría en otras análogas; la inconcebible hoja central no tendría revés.

El jardín de senderos
que se bifurcan

A Victoria Ocampo

En la página 242 de la *Historia de la Guerra Europea* de Liddell Hart, se lee que una ofensiva de trece divisiones británicas (apoyadas por mil cuatrocientas piezas de artillería) contra la línea Serre-Montauban había sido planeada para el 24 de julio de 1916 y debió postergarse hasta la mañana del día 29. Las lluvias torrenciales (anota el capitán Liddell Hart) provocaron esa demora —nada significativa, por cierto. La siguiente declaración, dictada, releída y firmada por el doctor Yu Tsun, antiguo catedrático de inglés en la Hochschule de Tsingtao, arroja una insospechada luz sobre el caso. Faltan las dos páginas iniciales.

«… y colgué el tubo. Inmediatamente después, reconocí la voz que había contestado en alemán. Era la del capitán Richard Madden. Madden, en el departamento de Viktor Runeberg, quería decir el fin de nuestros afanes y —pero eso parecía muy secundario, o *debía parecérmelo*— también de nuestras vidas. Quería decir que Runeberg había sido arrestado, o asesinado.* Antes que declinara el sol de ese día, yo

---

* Hipótesis odiosa y estrafalaria. El espía prusiano Hans Rabener alias Viktor Runeberg agredió con una pistola automática al portador de la orden de arresto, capitán Richard Madden. Éste, en defensa propia, le causó heridas que determinaron su muerte. *(Nota del Editor.)*

correría la misma suerte. Madden era implacable. Mejor dicho, estaba obligado a ser implacable. Irlandés a las órdenes de Inglaterra, hombre acusado de tibieza y tal vez de traición ¿cómo no iba a abrazar y agradecer este milagroso favor: el descubrimiento, la captura, quizá la muerte, de dos agentes del Imperio alemán? Subí a mi cuarto; absurdamente cerré la puerta con llave y me tiré de espaldas en la estrecha cama de hierro. En la ventana estaban los tejados de siempre y el sol nublado de las seis. Me pareció increíble que ese día sin premoniciones ni símbolos fuera el de mi muerte implacable. A pesar de mi padre muerto, a pesar de haber sido un niño en un simétrico jardín de Hai Feng ¿yo, ahora, iba a morir? Después reflexioné que todas las cosas le suceden a uno precisamente, precisamente ahora. Siglos de siglos y sólo en el presente ocurren los hechos; innumerables hombres en el aire, en la tierra y el mar, y todo lo que realmente pasa me pasa a mí... El casi intolerable recuerdo del rostro acaballado de Madden abolió esas divagaciones. En mitad de mi odio y de mi terror (ahora no me importa hablar de terror: ahora que he burlado a Richard Madden, ahora que mi garganta anhela la cuerda) pensé que ese guerrero tumultuoso y sin duda feliz no sospechaba que yo poseía el Secreto. El nombre del preciso lugar del nuevo parque de artillería británico sobre el Ancre. Un pájaro rayó el cielo gris y ciegamente lo traduje en un aeroplano y a ese aeroplano en muchos (en el cielo francés) aniquilando el parque de artillería con bombas verticales. Si mi boca, antes que la deshiciera un balazo, pudiera gritar ese nombre de modo que lo oyeran en Alemania... Mi voz humana era muy pobre. ¿Cómo hacerla llegar al oído del jefe? Al oído de aquel hombre enfermo y odioso, que no sabía de Runeberg y de mí sino que estábamos en Staffordshire y que en vano esperaba noticias nuestras en su árida oficina de Berlín, examinando infinitamente periódicos... Dije en voz alta: "Debo huir". Me incorporé sin ruido, en una inútil perfección de silencio, como si Madden ya estuviera acechándome. Algo —tal vez la mera ostentación de probar que mis recursos eran nulos— me hizo revisar mis bolsillos. Encontré lo que sabía que iba a encontrar. El reloj norteamericano, la cadena de níquel y la moneda cuadrangular, el llavero con las comprometedoras llaves inútiles del departamento de Runeberg, la libreta, una carta que resolví destruir inmediatamente (y que no destruí), el falso pasaporte, una corona, dos chelines y unos peniques, el lápiz rojo-azul, el pañuelo, el revólver con una bala. Absurdamente lo empuñé y sopesé para darme valor. Vagamente pensé que un pistoletazo puede oírse muy lejos. En diez minutos mi plan estaba maduro. La guía telefónica me dio el nombre de la única persona capaz de transmitir la noticia: vivía en un suburbio de Fenton, a menos de media hora de tren.

Soy un hombre cobarde. Ahora lo digo, ahora que he llevado a término un plan que nadie no calificará de arriesgado. Yo sé que fue terrible su ejecución. No lo hice por Alemania, no. Nada me importa un país bárbaro, que me ha obligado a la abyección de ser un espía. Además, yo sé de un hombre de Inglaterra —un hombre modesto— que para mí no es menos que Goethe. Arriba de una hora no hablé con él, pero durante una hora fue Goethe… Lo hice, porque yo sentía que el jefe tenía en poco a los de mi raza —a los innumerables antepasados que confluyen en mí. Yo quería probarle que un amarillo podía salvar a sus ejércitos. Además, yo debía huir del capitán. Sus manos y su voz podían golpear en cualquier momento a mi puerta. Me vestí sin ruido, me dije adiós en el espejo, bajé, escudriñé la calle tranquila y salí. La estación no distaba mucho de casa, pero juzgué preferible tomar un coche. Argüí que así corría menos peligro de ser reconocido; el hecho es que en la calle desierta me sentía visible y vulnerable, infinitamente. Recuerdo que le dije al cochero que se detuviera un poco antes de la entrada central. Bajé con lentitud voluntaria y casi penosa; iba a la aldea de Ashgrove, pero saqué un pasaje para una estación más lejana. El tren salía dentro de muy pocos minutos, a las ocho y cincuenta. Me apresuré; el próximo saldría a las nueve y media. No había casi nadie en el andén. Recorrí los coches: recuerdo unos labradores, una enlutada, un joven que leía con fervor los *Anales* de Tácito, un soldado herido y feliz. Los coches arrancaron al fin. Un hombre que reconocí corrió en vano hasta el límite del andén. Era el capitán Richard Madden. Aniquilado, trémulo, me encogí en la otra punta del sillón, lejos del temido cristal.

De esa aniquilación pasé a una felicidad casi abyecta. Me dije que ya estaba empeñado mi duelo y que yo había ganado el primer asalto, al burlar, siquiera por cuarenta minutos, siquiera por un favor del azar, el ataque de mi adversario. Argüí que esa victoria mínima prefiguraba la victoria total. Argüí que no era mínima, ya que sin esa diferencia preciosa que el horario de trenes me deparaba, yo estaría en la cárcel, o muerto. Argüí (no menos sofísticamente) que mi felicidad cobarde probaba que yo era hombre capaz de llevar a buen término la aventura. De esa debilidad saqué fuerzas que no me abandonaron. Preveo que el hombre se resignará cada día a empresas más atroces; pronto no habrá sino guerreros y bandoleros; les doy este consejo: "El ejecutor de una empresa atroz debe imaginar que ya la ha cumplido, debe imponerse un porvenir que sea irrevocable como el pasado". Así procedí yo, mientras mis ojos de hombre ya muerto registraban la fluencia de aquel día que era tal vez el último, y la difusión de la noche. El tren corría con dulzura, entre fresnos. Se detuvo, casi en medio del campo. Nadie gritó el nombre de la estación. "¿Ashgrove?", les pregunté a unos chicos en el andén. "Ashgrove", contestaron. Bajé.

Una lámpara ilustraba el andén, pero las caras de los niños quedaban en la zona de sombra. Uno me interrogó: "¿Usted va a casa del doctor Stephen Albert?". Sin aguardar contestación, otro dijo: "La casa queda lejos de aquí, pero usted no se perderá si toma ese camino a la izquierda y en cada encrucijada del camino dobla a la izquierda". Les arrojé una moneda (la última), bajé unos escalones de piedra y entré en el solitario camino. Éste, lentamente, bajaba. Era de tierra elemental, arriba se confundían las ramas, la luna baja y circular parecía acompañarme.

Por un instante, pensé que Richard Madden había penetrado de algún modo mi desesperado propósito. Muy pronto comprendí que eso era imposible. El consejo de siempre doblar a la izquierda me recordó que tal era el procedimiento común para descubrir el patio central de ciertos laberintos. Algo entiendo de laberintos: no en vano soy bisnieto de aquel Ts'ui Pên, que fue gobernador de Yunnan y que renunció al poder temporal para escribir una novela que fuera todavía más populosa que el *Hung Lu Meng* y para edificar un laberinto en el que se perdieran todos los hombres. Trece años dedicó a esas heterogéneas fatigas, pero la mano de un forastero lo asesinó y su novela era insensata y nadie encontró el laberinto. Bajo árboles ingleses medité en ese laberinto perdido: lo imaginé inviolado y perfecto en la cumbre secreta de una montaña, lo imaginé borrado por arrozales o debajo del agua, lo imaginé infinito, no ya de quioscos ochavados y de sendas que vuelven, sino de ríos y provincias y reinos... Pensé en un laberinto de laberintos, en un sinuoso laberinto creciente que abarcara el pasado y el porvenir y que implicara de algún modo los astros. Absorto en esas ilusorias imágenes, olvidé mi destino de perseguido. Me sentí, por un tiempo indeterminado, percibidor abstracto del mundo. El vago y vivo campo, la luna, los restos de la tarde, obraron en mí; asimismo el declive que eliminaba cualquier posibilidad de cansancio. La tarde era íntima, infinita. El camino bajaba y se bifurcaba, entre las ya confusas praderas. Una música aguda y como silábica se aproximaba y se alejaba en el vaivén del viento, empañada de hojas y de distancia. Pensé que un hombre puede ser enemigo de otros hombres, de otros momentos de otros hombres, pero no de un país: no de luciérnagas, palabras, jardines, cursos de agua, ponientes. Llegué, así, a un alto portón herrumbrado. Entre las rejas descifré una alameda y una especie de pabellón. Comprendí, de pronto, dos cosas, la primera trivial, la segunda casi increíble: la música venía del pabellón, la música era china. Por eso, yo la había aceptado con plenitud, sin prestarle atención. No recuerdo si había una campana o un timbre o si llamé golpeando las manos. El chisporroteo de la música prosiguió.

Pero del fondo de la íntima casa un farol se acercaba: un farol que rayaban y a ratos anulaban los troncos, un farol de papel, que tenía la forma de los tambores y el color de la luna. Lo traía un hombre alto. No vi su rostro, porque me cegaba la luz. Abrió el portón y dijo lentamente en mi idioma.

—Veo que el piadoso Hsi P'êng se empeña en corregir mi soledad. ¿Usted sin duda querrá ver el jardín?

Reconocí el nombre de uno de nuestros cónsules y repetí desconcertado:

—¿El jardín?

—El jardín de senderos que se bifurcan.

Algo se agitó en mi recuerdo y pronuncié con incomprensible seguridad:

—El jardín de mi antepasado Ts'ui Pên.

—¿Su antepasado? ¿Su ilustre antepasado? Adelante.

El húmedo sendero zigzagueaba como los de mi infancia. Llegamos a una biblioteca de libros orientales y occidentales. Reconocí, encuadernados en seda amarilla, algunos tomos manuscritos de la Enciclopedia Perdida que dirigió el Tercer Emperador de la Dinastía Luminosa y que no se dio nunca a la imprenta. El disco del gramófono giraba junto a un fénix de bronce. Recuerdo también un jarrón de la familia rosa y otro, anterior de muchos siglos, de ese color azul que nuestros artífices copiaron de los alfareros de Persia...

Stephen Albert me observaba, sonriente. Era (ya lo dije) muy alto, de rasgos afilados, de ojos grises y barba gris. Algo de sacerdote había en él y también de marino; después me refirió que había sido misionero en Tientsin "antes de aspirar a sinólogo".

Nos sentamos; yo en un largo y bajo diván; él de espaldas a la ventana y a un alto reloj circular. Computé que antes de una hora no llegaría mi perseguidor, Richard Madden. Mi determinación irrevocable podía esperar.

—Asombroso destino el de Ts'ui Pên —dijo Stephen Albert—. Gobernador de su provincia natal, docto en astronomía, en astrología y en la interpretación infatigable de los libros canónicos, ajedrecista, famoso poeta y calígrafo: todo lo abandonó para componer un libro y un laberinto. Renunció a los placeres de la opresión, de la justicia, del numeroso lecho, de los banquetes y aun de la erudición y se enclaustró durante trece años en el pabellón de la Límpida Soledad. A su muerte, los herederos no encontraron sino manuscritos caóticos. La familia, como usted acaso no ignora, quiso adjudicarlos al fuego; pero su albacea —un monje taoísta o budista— insistió en la publicación.

—Los de la sangre de Ts'ui Pên —repliqué— seguimos execrando a ese monje. Esa publicación fue insensata. El libro es un acervo indeciso de borradores contradictorios. Lo he examinado alguna vez: en el tercer capítulo muere el héroe, en el cuarto está vivo. En cuanto a la otra empresa de Ts'ui Pên, a su Laberinto...

—Aquí está el Laberinto —dijo indicándome un alto escritorio laqueado.

—¡Un laberinto de marfil! —exclamé—. Un laberinto mínimo...

—Un laberinto de símbolos —corrigió—. Un invisible laberinto de tiempo. A mí, bárbaro inglés, me ha sido deparado revelar ese misterio diáfano. Al cabo de más de cien años, los pormenores son irrecuperables, pero no es difícil conjeturar lo que sucedió. Ts'ui Pên diría una vez: "Me retiro a escribir un libro". Y otra: "Me retiro a construir un laberinto". Todos imaginaron dos obras; nadie pensó que libro y laberinto eran un solo objeto. El pabellón de la Límpida Soledad se erguía en el centro de un jardín tal vez intrincado; el hecho puede haber sugerido a los hombres un laberinto físico. Ts'ui Pên murió; nadie, en las dilatadas tierras que fueron suyas, dio con el laberinto; la confusión de la novela me sugirió que ése era el laberinto. Dos circunstancias me dieron la recta solución del problema. Una: la curiosa leyenda de que Ts'ui Pên se había propuesto un laberinto que fuera estrictamente infinito. Otra: un fragmento de una carta que descubrí.

Albert se levantó. Me dio, por unos instantes, la espalda; abrió un cajón del áureo y renegrido escritorio. Volvió con un papel antes carmesí; ahora rosado y tenue y cuadriculado. Era justo el renombre caligráfico de Ts'ui Pên. Leí con incomprensión y fervor estas palabras que con minucioso pincel redactó un hombre de mi sangre: "Dejo a los varios porvenires (no a todos) mi jardín de senderos que se bifurcan". Devolví en silencio la hoja. Albert prosiguió:

—Antes de exhumar esta carta, yo me había preguntado de qué manera un libro puede ser infinito. No conjeturé otro procedimiento que el de un volumen cíclico, circular. Un volumen cuya última página fuera idéntica a la primera, con posibilidad de continuar indefinidamente. Recordé también esa noche que está en el centro de *Las mil y una noches*, cuando la reina Shahrazad (por una mágica distracción del copista) se pone a referir textualmente la historia de *Las mil y una noches*, con riesgo de llegar otra vez a la noche en que la refiere, y así hasta lo infinito. Imaginé también una obra platónica, hereditaria, trasmitida de padre a hijo, en la que cada nuevo individuo agregara un capítulo o corrigiera con piadoso cuidado la página de los mayores. Esas conjeturas me distrajeron; pero ninguna parecía corresponder, siquiera de un modo remoto, a los contradictorios capítulos de Ts'ui Pên. En esa perplejidad, me remitieron de Oxford el manuscrito que usted ha examinado. Me detuve, como es natural, en la frase: "Dejo a los varios porvenires (no a todos) mi jardín de senderos que se bifurcan". Casi en el acto comprendí; *el jardín de senderos que se bifurcan* era la novela caótica; la frase *varios porvenires (no a todos)* me sugirió la imagen de la bifurcación en el tiempo, no en el espacio. La relectura general de la obra confirmó esa teoría. En todas las ficciones, cada vez que un hombre se enfrenta con diversas alternativas, opta por una y elimina las otras; en la del casi inextricable Ts'ui Pên, opta —simultáneamente— por todas. *Crea*, así, diversos porvenires, diversos tiempos, que también proliferan y se bifurcan. De ahí las contradicciones de la novela. Fang, digamos, tiene un secreto; un desconocido llama a su puerta; Fang resuelve matarlo. Naturalmente, hay varios desenlaces posibles: Fang puede matar al intruso, el intruso puede matar a Fang, ambos pueden salvarse, ambos pueden morir, etcétera. En la obra de Ts'ui Pên, todos los desenlaces ocurren; cada uno es el punto de partida de otras bifurcaciones. Alguna vez, los senderos de ese laberinto convergen: por ejemplo, usted llega a esta casa, pero en uno de los pasados posibles usted es mi enemigo, en otro mi amigo. Si se resigna usted a mi pronunciación incurable, leeremos unas páginas.

Su rostro, en el vívido círculo de la lámpara, era sin duda el de un anciano, pero con algo inquebrantable y aun inmortal. Leyó con lenta precisión dos redacciones de un mismo capítulo épico. En la primera, un ejército marcha hacia una batalla a través de una montaña desierta; el horror de las piedras y de la sombra le hace menospreciar la vida y logra con facilidad la victoria; en la segunda, el mismo ejército atraviesa un palacio en el que hay una fiesta; la resplandeciente batalla les parece una continuación de la fiesta y logran la victoria. Yo oía con decente veneración esas viejas ficciones, acaso menos admirables que el hecho de que las hubiera ideado mi sangre y de que un hombre de un imperio remoto me las restituyera, en el curso de una desesperada aventura, en una isla occidental. Recuerdo las palabras finales, repetidas en cada redacción como un mandamiento secreto: "Así combatieron los héroes, tranquilo el admirable corazón, violenta la espada, resignados a matar y a morir".

Desde ese instante, sentí a mi alrededor y en mi oscuro cuerpo una invisible, intangible pululación. No la pululación de los divergentes, paralelos y finalmente coalescentes ejércitos, sino una agitación más inaccesible, más íntima y que ellos de algún modo prefiguraban. Stephen Albert prosiguió:

—No creo que su ilustre antepasado jugara ociosamente a las variaciones. No juzgo verosímil que sacrificara trece años a la infinita ejecución de un experimento retórico. En su país, la novela es un género subalterno; en aquel tiempo era un género despreciable. Ts'ui Pên fue un novelista genial, pero también fue un hombre de letras que sin duda no se consideró un mero novelista. El testimonio de sus contemporáneos proclama (y harto lo confirma su vida) sus aficiones metafísicas, místicas. La controversia filosófica usurpa buena parte de su novela. Sé que de todos los problemas, ninguno lo inquietó y lo trabajó como el abismal problema del tiempo. Ahora bien, ése es el *único* problema que no figura en las páginas del *Jardín*. Ni siquiera usa la palabra que quiere decir *tiempo*. ¿Cómo se explica usted esa voluntaria omisión?

Propuse varias soluciones; todas, insuficientes. Las discutimos; al fin, Stephen Albert me dijo:

—En una adivinanza cuyo tema es el ajedrez ¿cuál es la única palabra prohibida?

Reflexioné un momento y repuse:

—La palabra *ajedrez*.

—Precisamente —dijo Albert—, *El jardín de senderos que se bifurcan* es una enorme adivinanza, o parábola, cuyo tema es el tiempo; esa causa recóndita le prohíbe la mención de su nombre. Omitir *siempre* una palabra, recurrir a metáforas ineptas y a perífrasis evidentes, es quizá el modo más enfático de indicarla. Es el modo tortuoso que prefirió, en cada uno de los meandros de su infatigable novela, el oblicuo Ts'ui Pên. He confrontado centenares de manuscritos, he corregido los errores que la negligencia de los copistas ha introducido, he conjeturado el plan de ese caos, he restablecido, he creído restablecer, el orden primordial, he traducido la obra entera: me consta que no emplea una sola vez la palabra *tiempo*. La explicación es obvia: *El jardín de senderos que se bifurcan* es una imagen incompleta, pero no falsa, del universo tal como lo concebía Ts'ui Pên. A diferencia de Newton y de Schopenhauer, su antepasado no creía en un tiempo uniforme, absoluto. Creía en infinitas series de tiempos, en una red creciente y vertiginosa de tiempos divergentes, convergentes y paralelos. Esa trama de tiempos que se aproximan, se bifurcan, se cortan o que secularmente se ignoran, abarca *todas* las posibilidades. No existimos en la mayoría de esos tiempos; en algunos existe usted y no yo; en otros, yo, no usted; en otros, los dos. En éste, que un favorable azar me depara, usted ha llegado a mi casa; en otro, usted, al atravesar el jardín, me ha encontrado muerto; en otro, yo digo estas mismas palabras, pero soy un error, un fantasma.

—En todos —articulé no sin un temblor— yo agradezco y venero su recreación del jardín de Ts'ui Pên.

—No en todos —murmuró con una sonrisa—. El tiempo se bifurca perpetuamente hacia innumerables futuros. En uno de ellos soy su enemigo.

Volví a sentir esa pululación de que hablé. Me pareció que el húmedo jardín que rodeaba la casa estaba saturado hasta lo infinito de invisibles personas. Esas personas eran Albert y yo, secretos, atareados y multiformes en otras dimensiones de tiempo. Alcé los ojos y la tenue pesadilla se disipó. En el amarillo y negro jardín había un solo hombre; pero ese hombre era fuerte como una estatua, pero ese hombre avanzaba por el sendero y era el capitán Richard Madden.

—El porvenir ya existe —respondí—, pero yo soy su amigo. ¿Puedo examinar de nuevo la carta?

Albert se levantó. Alto, abrió el cajón del alto escritorio; me dio por un momento la espalda. Yo había preparado el revólver. Disparé con sumo cuidado: Albert se desplomó sin una queja, inmediatamente. Yo juro que su muerte fue instantánea: una fulminación.

Lo demás es irreal, insignificante. Madden irrumpió, me arrestó. He sido condenado a la horca. Abominablemente he vencido: he comunicado a Berlín el secreto nombre de la ciudad que deben atacar.

Ayer la bombardearon; lo leí en los mismos periódicos que propusieron a Inglaterra el enigma de que el sabio sinólogo Stephen Albert muriera asesinado por un desconocido, Yu Tsun. El jefe ha descifrado ese enigma. Sabe que mi problema era indicar (a través del estrépito de la guerra) la ciudad que se llama Albert y que no hallé otro medio que matar a una persona de ese nombre. No sabe (nadie puede saber) mi innumerable contrición y cansancio.»

Artificios
(1944)

Prólogo

Aunque de ejecución menos torpe, las piezas de este libro no difieren de las que forman el anterior. Dos, acaso, permiten una mención detenida: «La muerte y la brújula», «Funes el memorioso». La segunda es una larga metáfora del insomnio. La primera, pese a los nombres alemanes o escandinavos, ocurre en un Buenos Aires de sueños: la torcida rue de Toulon es el paseo de Julio; Triste-le-Roy, el hotel donde Herbert Ashe recibió, y tal vez no leyó, el tomo undécimo de una enciclopedia ilusoria. Ya redactada esa ficción, he pensado en la conveniencia de amplificar el tiempo y el espacio que abarca: la venganza podría ser heredada; los plazos podrían computarse por años, tal vez por siglos; la primera letra del Nombre podría articularse en Islandia; la segunda, en Méjico; la tercera, en el Indostán. ¿Agregaré que los Hasidim incluyeron santos y que el sacrificio de cuatro vidas para obtener las cuatro letras que imponen el Nombre es una fantasía que me dictó la forma de mi cuento?

Posdata de 1956. Tres cuentos he agregado a la serie: «El Sur», «La secta del Fénix», «El fin». Fuera de un personaje —Recabarren— cuya inmovilidad y pasividad sirven de contraste, nada o casi nada es invención mía en el decurso breve del último; todo lo que hay en él está implícito en un libro famoso y yo he sido el primero en desentrañarlo o, por lo menos, en declararlo. En la alegoría del Fénix me impuse el problema de sugerir un hecho común —el Secreto— de una manera vacilante y gradual que resultara, al fin, inequívoca; no sé hasta dónde la fortuna me ha acompañado. De «El Sur», que es acaso mi mejor cuento, básteme prevenir que es posible leerlo como directa narración de hechos novelescos y también de otro modo.

Schopenhauer, De Quincey, Stevenson, Mauthner, Shaw, Chesterton, Léon Bloy, forman el censo heterogéneo de los autores que continuamente releo. En la fantasía cristológica titulada «Tres versiones de Judas», creo percibir el remoto influjo del último.

J. L. B.

Buenos Aires, 29 de agosto de 1944

Funes el memorioso

Lo recuerdo (yo no tengo derecho a pronunciar ese verbo sagrado, sólo un hombre en la tierra tuvo derecho y ese hombre ha muerto) con una oscura pasionaria en la mano, viéndola como nadie la ha visto, aunque la mirara desde el crepúsculo del día hasta el de la noche, toda una vida entera. Lo recuerdo, la cara taciturna y aindiada y singularmente remota, detrás del cigarrillo. Recuerdo (creo) sus manos afiladas de trenzador. Recuerdo cerca de esas manos un mate, con las armas de la Banda Oriental; recuerdo en la ventana de la casa una estera amarilla, con un vago paisaje lacustre. Recuerdo claramente su voz; la voz pausada, resentida y nasal del orillero antiguo, sin los silbidos italianos de ahora. Más de tres veces no lo vi; la última, en 1887... Me parece muy feliz el proyecto de que todos aquellos que lo trataron escriban sobre él; mi testimonio será acaso el más breve y sin duda el más pobre, pero no el menos imparcial del volumen que editarán ustedes. Mi deplorable condición de argentino me impedirá incurrir en el ditirambo —género obligatorio en el Uruguay, cuando el tema es un uruguayo. *Literato*, *cajetilla*, *porteño*; Funes no dijo esas injuriosas palabras, pero de un modo suficiente me consta que yo representaba para él esas desventuras. Pedro Leandro Ipuche ha escrito que Funes era un precursor de los superhombres, «un Zarathustra cimarrón y vernáculo»; no lo discuto, pero no hay que olvidar que era también un compadrito de Fray Bentos, con ciertas incurables limitaciones.

Mi primer recuerdo de Funes es muy perspicuo. Lo veo en un atardecer de marzo o febrero del año 84. Mi padre, ese año, me había llevado a veranear a Fray Bentos. Yo volvía con mi primo Bernardo Haedo de la estancia de San Francisco. Volvíamos cantando, a caballo, y ésa no era la única circunstancia de mi felicidad. Después de un día bochornoso, una enorme tormenta color pizarra había escondido el cielo. La alentaba el viento del Sur, ya se enloquecían los árboles; yo tenía el temor (la esperanza) de que nos sorprendiera en un descampado el agua elemental. Corrimos una especie de carrera con la tormenta. Entramos en un callejón que se ahondaba entre dos veredas altísimas de ladrillo. Había oscurecido de golpe; oí rápidos y casi secretos pasos en lo alto; alcé los ojos y vi un muchacho que corría por la estrecha y rota vereda como por una estrecha y rota pared. Recuerdo la bombacha, las alpargatas, recuerdo el cigarrillo en el duro rostro, contra el nubarrón ya sin límites. Bernardo le gritó imprevisiblemente: «¿Qué horas son, Ireneo?». Sin consultar el cielo, sin detenerse, el otro respondió: «Faltan cuatro minutos para las ocho, joven Bernardo Juan Francisco». La voz era aguda, burlona.

Yo soy tan distraído que el diálogo que acabo de referir no me hubiera llamado la atención si no lo hubiera recalcado mi primo, a quien estimulaban (creo) cierto orgullo local, y el deseo de mostrarse indiferente a la réplica tripartita del otro.

Me dijo que el muchacho del callejón era un tal Ireneo Funes, mentado por algunas rarezas como la de no darse con nadie y la de saber siempre la hora, como un reloj. Agregó que era hijo de una planchadora del pueblo, María Clementina Funes, y que algunos decían que su padre era un médico del saladero, un inglés O'Connor, y otros un domador o rastreador del departamento del Salto. Vivía con su madre, a la vuelta de la quinta de los Laureles.

Los años 85 y 86 veraneamos en la ciudad de Montevideo. El 87 volví a Fray Bentos. Pregunté, como es natural, por todos los conocidos y, finalmente, por el «cronométrico Funes». Me contestaron que lo había volteado un redomón en la estancia de San Francisco, y que había quedado tullido, sin esperanza. Recuerdo la impresión de incómoda magia que la noticia me produjo: la única vez que yo lo vi, veníamos a caballo de San Francisco y él andaba en un lugar alto; el hecho, en boca de mi primo Bernardo, tenía mucho de sueño elaborado con elementos anteriores. Me dijeron que no se movía del catre, puestos los ojos en la higuera del fondo o en una telaraña. En los atardeceres, permitía que lo sacaran a la ventana. Llevaba la soberbia hasta el punto de simular que era benéfico el golpe que lo había fulminado… Dos veces lo vi atrás de la reja, que burdamente recalcaba su condición de eterno prisionero: una, inmóvil, con los ojos cerrados; otra, inmóvil también, absorto en la contemplación de un oloroso gajo de santonina.

No sin alguna vanagloria yo había iniciado en aquel tiempo el estudio metódico del latín. Mi valija incluía el *De viris illustribus* de Lhomond, el *Thesaurus* de Quicherat, los *Comentarios* de Julio César y un volumen impar de la *Naturalis historia* de Plinio, que excedía (y sigue excediendo) mis módicas virtudes de latinista. Todo se propala en un pueblo chico; Ireneo, en su rancho de las orillas, no tardó en enterarse del arribo de esos libros anómalos. Me dirigió una carta florida y ceremoniosa, en la que recordaba nuestro encuentro, desdichadamente fugaz, «del día 7 de febrero del año 84», ponderaba los gloriosos servicios que don Gregorio Haedo, mi tío, finado ese mismo año, «había prestado a las dos patrias en la valerosa jornada de Ituzaingó», y me solicitaba el préstamo de cualquiera de los volúmenes, acompañado de un diccionario «para la buena inteligencia del texto original, porque todavía ignoro el latín». Prometía devolverlos en buen estado, casi inmediatamente. La letra era perfecta, muy perfilada; la ortografía, del tipo que Andrés Bello preconizó: *i* por *y*, *j* por *g*. Al principio, temí naturalmente una broma. Mis primos me aseguraron que no, que eran cosas de Ireneo. No supe si atribuir a descaro, a ignorancia o a estupidez la idea de que el arduo latín no requería más instrumento que un diccionario; para desengañarlo con plenitud le mandé el *Gradus ad Parnassura* de Quicherat y la obra de Plinio.

El 14 de febrero me telegrafiaron de Buenos Aires que volviera inmediatamente, porque mi padre no estaba «nada bien». Dios me perdone; el prestigio de ser el destinatario de un telegrama urgente, el deseo de comunicar a todo Fray Bentos la contradicción entre la forma negativa de la noticia y el perentorio adverbio, la tentación de dramatizar mi dolor, fingiendo un viril estoicismo, tal vez me distrajeron de toda posibilidad de dolor. Al hacer la valija, noté que me faltaban el *Gradus* y el primer tomo de la *Naturalis historia*. El *Saturno* zarpaba al día siguiente, por la mañana; esa noche, después de cenar, me encaminé a casa de Funes. Me asombró que la noche fuera no menos pesada que el día.

En el decente rancho, la madre de Funes me recibió.

Me dijo que Ireneo estaba en la pieza del fondo y que no me extrañara encontrarla a oscuras, porque Ireneo sabía pasarse las horas muertas sin encender la vela. Atravesé el patio de baldosa, el corredorcito; llegué al segundo patio. Había una parra; la oscuridad pudo parecerme total. Oí de pronto la alta y burlona voz de Ireneo. Esa voz hablaba en latín; esa voz (que venía de la tiniebla) articulaba con moroso deleite un discurso o plegaria o incantación. Resonaron las sílabas romanas en el patio de tierra; mi temor las creía indescifrables, interminables; después, en el enorme diálogo de esa noche, supe que formaban el primer párrafo del capítulo XXIV del libro VII de la *Naturalis historia*. La materia de ese capítulo es la memoria; las palabras últimas fueron *ut nihil non iisdem verbis redderetur auditum*.

Sin el menor cambio de voz, Ireneo me dijo que pasara. Estaba en el catre, fumando. Me parece que no le vi la cara hasta el alba; creo rememorar el ascua momentánea del cigarrillo. La pieza olía vagamente a humedad. Me senté; repetí la historia del telegrama y de la enfermedad de mi padre.

Arribo, ahora, al más difícil punto de mi relato. Éste (bueno es que ya lo sepa el lector) no tiene otro argumento que ese diálogo de hace ya medio siglo. No trataré de reproducir sus palabras, irrecuperables ahora. Prefiero resumir con veracidad las muchas cosas que me dijo Ireneo. El estilo indirecto es remoto y débil; yo sé que sacrifico la eficacia de mi relato; que mis lectores se imaginen los entrecortados períodos que me abrumaron esa noche.

Ireneo empezó por enumerar, en latín y español, los casos de memoria prodigiosa registrados por la *Naturalis historia*: Ciro, rey de los persas, que sabía llamar por su nombre a todos los soldados de sus ejércitos; Mitrídates Eupator, que administraba la justicia en los veintidós idiomas de su imperio; Simónides, inventor de la mnemotecnia; Metrodoro, que profesaba el arte de repetir con fidelidad lo escuchado una sola vez. Con evidente buena fe se maravilló de que tales casos maravillaran. Me dijo que antes de esa tarde lluviosa en que lo volteó el azulejo, él había sido lo que son todos los cristianos: un ciego, un sordo, un abombado, un desmemoriado. (Traté de recordarle su percepción exacta del tiempo, su memoria de nombres propios; no me hizo caso.) Diecinueve años había vivido como quien sueña: miraba sin ver, oía sin oír, se olvidaba de todo, de casi todo. Al caer, perdió el conocimiento; cuando lo recobró, el presente era casi intolerable de tan rico y tan nítido, y también las memorias más antiguas y más triviales. Poco después averiguó que estaba tullido. El hecho apenas le interesó. Razonó (sintió) que la inmovilidad era un precio mínimo. Ahora su percepción y su memoria eran infalibles.

Nosotros, de un vistazo, percibimos tres copas en una mesa; Funes, todos los vástagos y racimos y frutos que comprende una parra. Sabía las formas de las nubes australes del amanecer del 30 de abril de 1882 y podía compararlas en el recuerdo con las vetas de un libro en pasta española que sólo había mirado una vez y con las líneas de la espuma que un remo levantó en el río Negro la víspera de la acción del Quebracho. Esos recuerdos no eran simples; cada imagen visual estaba ligada a sensaciones musculares, térmicas, etcétera. Podía reconstruir todos los sueños, todos los entresueños. Dos o tres veces había reconstruido un día entero; no había dudado nunca, pero cada reconstrucción había requerido un día entero. Me dijo: «Más recuerdos tengo yo solo que los que habrán tenido todos los hombres desde que el mundo es mundo». Y también: «Mis sueños son como la vigilia de ustedes». Y también, hacia el alba: «Mi memoria, señor, es como vaciadero de basuras». Una circunferencia en un pizarrón, un triángulo rectángulo, un rombo, son formas que podemos intuir plenamente; lo mismo le pasaba a Ireneo con las aborrascadas crines de un potro, con una punta de ganado en una cuchilla, con el fuego cambiante y con la innumerable ceniza, con las muchas caras de un muerto en un largo velorio. No sé cuántas estrellas veía en el cielo.

Esas cosas me dijo; ni entonces ni después las he puesto en duda. En aquel tiempo no había cinematógrafos ni fonógrafos; es, sin embargo, inverosímil y hasta increíble que nadie hiciera un experimento con Funes. Lo cierto es que vivimos postergando todo lo postergable; tal vez todos sabemos profundamente que somos inmortales y que tarde o temprano, todo hombre hará todas las cosas y sabrá todo.

La voz de Funes, desde la oscuridad, seguía hablando.

Me dijo que hacia 1886 había discurrido un sistema original de numeración y que en muy pocos días había rebasado el veinticuatro mil. No lo había escrito, porque lo pensado una sola vez ya no podía borrársele. Su primer estímulo, creo, fue el desagrado de que los treinta y tres orientales requirieran dos signos y tres palabras, en lugar de una sola palabra y un solo signo. Aplicó luego ese disparatado principio a los otros números. En lugar de siete mil trece, decía (por ejemplo) *Máximo Pérez*; en lugar de siete mil catorce, *El Ferrocarril*; otros números eran *Luis Melián Lafinur, Olimar, azufre, los bastos, la ballena, el gas, la caldera, Napoleón, Agustín de Vedia.* En lugar de quinientos, decía *nue-*

ve. Cada palabra tenía un signo particular, una especie de marca; las últimas eran muy complicadas... Yo traté de explicarle que esa rapsodia de voces inconexas era precisamente lo contrario de un sistema de numeración. Le dije que decir 365 era decir tres centenas, seis decenas, cinco unidades: análisis que no existe en los «números» *El Negro Timoteo* o *manta de carne.* Funes no me entendió o no quiso entenderme.

Locke, en el siglo XVII, postuló (y reprobó) un idioma imposible en el que cada cosa individual, cada piedra, cada pájaro y cada rama tuviera un nombre propio; Funes proyectó alguna vez un idioma análogo, pero lo desechó por parecerle demasiado general, demasiado ambiguo. En efecto, Funes no sólo recordaba cada hoja de cada árbol de cada monte, sino cada una de las veces que la había percibido o imaginado. Resolvió reducir cada una de sus jornadas pretéritas a unos setenta mil recuerdos, que definiría luego por cifras. Lo disuadieron dos consideraciones: la conciencia de que la tarea era interminable, la conciencia de que era inútil. Pensó que en la hora de la muerte no habría acabado aún de clasificar todos los recuerdos de la niñez.

Los dos proyectos que he indicado (un vocabulario infinito para la serie natural de los números, un inútil catálogo mental de todas las imágenes del recuerdo) son insensatos, pero revelan cierta balbuciente grandeza. Nos dejan vislumbrar o inferir el vertiginoso mundo de Funes. Éste, no lo olvidemos, era casi incapaz de ideas generales, platónicas. No sólo le costaba comprender que el símbolo genérico *perro* abarcara tantos individuos dispares de diversos tamaños y diversa forma; le molestaba que el perro de las tres y catorce (visto de perfil) tuviera el mismo nombre que el perro de las tres y cuarto (visto de frente). Su propia cara en el espejo, sus propias manos, lo sorprendían cada vez. Refiere Swift que el emperador de Lilliput discernía el movimiento del minutero; Funes discernía continuamente los tranquilos avances de la corrupción, de las caries, de la fatiga. Notaba los progresos de la muerte, de la humedad. Era el solitario y lúcido espectador de un mundo multiforme, instantáneo y casi intolerablemente preciso. Babilonia, Londres y Nueva York han abrumado con feroz esplendor la imaginación de los hombres; nadie, en sus torres populosas o en sus avenidas urgentes, ha sentido el calor y la presión de una realidad tan infatigable como la que día y noche convergía sobre el infeliz Ireneo, en su pobre arrabal sudamericano. Le era muy difícil dormir. Dormir es distraerse del mundo; Funes, de espaldas en el catre, en la sombra, se figuraba cada grieta y cada moldura de las casas precisas que lo rodeaban. (Repito que el menos importante de sus recuerdos era más minucioso y más vivo que nuestra percepción de un goce físico o de un tormento físico.) Hacia el Este, en un trecho no amanzanado, había casas nuevas, desconocidas. Funes las imaginaba negras, compactas, hechas de tiniebla homogénea; en esa dirección volvía la cara para dormir. También solía imaginarse en el fondo del río, mecido y anulado por la corriente.

Había aprendido sin esfuerzo el inglés, el francés, el portugués, el latín. Sospecho, sin embargo, que no era muy capaz de pensar. Pensar es olvidar diferencias, es generalizar, abstraer. En el abarrotado mundo de Funes no había sino detalles, casi inmediatos.

La recelosa claridad de la madrugada entró por el patio de tierra.

Entonces vi la cara de la voz que toda la noche había hablado. Ireneo tenía diecinueve años; había nacido en 1868; me pareció monumental como el bronce, más antiguo que Egipto, anterior a las profecías y a las pirámides. Pensé que cada una de mis palabras (que cada uno de mis gestos) perduraría en su implacable memoria; me entorpeció el temor de multiplicar ademanes inútiles.

Ireneo Funes murió en 1889, de una congestión pulmonar.

1942

La forma de la espada

Le cruzaba la cara una cicatriz rencorosa: un arco ceniciento y casi perfecto que de un lado ajaba la sien y del otro el pómulo. Su nombre verdadero no importa; todos en Tacuarembó le decían el Inglés de La Colorada. El dueño de esos campos, Cardoso, no quería vender; he oído que el Inglés recurrió a un imprevisible argumento: le confió la historia secreta de la cicatriz. El Inglés venía de la frontera, de Río Grande del Sur; no faltó quien dijera que en el Brasil había sido contrabandista. Los campos estaban empastados; las aguadas, amargas; el Inglés, para corregir esas deficiencias, trabajó a la par de sus peones. Dicen que era severo hasta la crueldad, pero escrupulosamente justo. Dicen también que era bebedor: un par de veces al año se encerraba en el cuarto del mirador y emergía a los dos o tres días como de una batalla o de un vértigo, pálido, trémulo, azorado y tan autoritario como antes. Recuerdo los ojos glaciales, la enérgica flacura, el bigote gris. No se daba con nadie; es verdad que su español era rudimental, abrasilerado. Fuera de alguna carta comercial o de algún folleto, no recibía correspondencia.

La última vez que recorrí los departamentos del Norte, una crecida del arroyo Caraguatá me obligó a hacer noche en La Colorada. A los pocos minutos creí notar que mi aparición era inoportuna; procuré congraciarme con el Inglés; acudí a la menos perspicaz de las pasiones: al patriotismo. Dije que era invencible un país con el espíritu de Inglaterra. Mi interlocutor asintió, pero agregó con una sonrisa que él no era inglés. Era irlandés, de Dungarvan. Dicho esto se detuvo, como si hubiera revelado un secreto.

Salimos, después de comer, a mirar el cielo. Había escampado, pero detrás de las cuchillas el Sur, agrietado y rayado de relámpagos, urdía otra tormenta. En el desmantelado comedor, el peón que había servido la cena trajo una botella de ron. Bebimos largamente en silencio.

No sé qué hora sería cuando advertí que yo estaba borracho; no sé qué inspiración o qué exultación o qué tedio me hizo mentar la cicatriz. La cara del Inglés se demudó; durante unos segundos pensé que me iba a expulsar de la casa. Al fin me dijo con su voz habitual:

—Le contaré la historia de mi herida bajo una condición: la de no mitigar ningún oprobio, ninguna circunstancia de infamia.

Asentí. Ésta es la historia que contó, alternando el inglés con el español, y aun con el portugués:

«Hacia 1922, en una de las ciudades de Connaught, yo era uno de los muchos que conspiraban por la independencia de Irlanda. De mis compañeros, algunos sobreviven dedicados a tareas pacíficas; otros, paradójicamente, se baten en los mares o en el desierto, bajo los colores ingleses; otro, el que más valía, murió en el patio de un cuartel, en el alba, fusilado por hombres llenos de sueño; otros (no los más desdichados), dieron con su destino en las anónimas y casi secretas batallas de la guerra civil. Éramos republicanos, católicos; éramos, lo sospecho, románticos. Irlanda no sólo era para nosotros el porvenir utópico y el intolerable presente; era una amarga y cariñosa mitología, era las torres circulares y las ciénagas rojas, era el repudio de Parnell y las enormes epopeyas que cantan el robo de toros que en otra encarnación fueron héroes y en otras peces y montañas… En un atardecer que no olvidaré, nos llegó un afiliado de Munster: un tal John Vincent Moon.

Tenía escasamente veinte años. Era flaco y fofo a la vez; daba la incómoda impresión de ser invertebrado. Había cursado con fervor y con vanidad casi todas las páginas de no sé qué manual comunista; el materialismo dialéctico le servía para cegar cualquier discusión. Las razones que puede tener un hombre para abominar de otro o para quererlo son infinitas: Moon reducía la historia universal a un sórdido conflicto económico. Afirmaba que la revolución está predestinada a triunfar. Yo le dije que a un *gentleman* sólo pueden interesarle causas perdidas… Ya era de noche; seguimos disintiendo en el corredor, en las escaleras, luego en las vagas calles. Los juicios emitidos por Moon me impresionaron menos que su inapelable tono apodíctico. El nuevo camarada no discutía: dictaminaba con desdén y con cierta cólera.

Cuando arribamos a las últimas casas, un brusco tiroteo nos aturdió. (Antes o después, orillamos el ciego paredón de una fábrica o de un cuartel.) Nos internamos en una calle de tierra; un soldado, enorme en el resplandor, surgió de una cabaña incendiada. A gritos nos mandó que nos detuviéramos. Yo apresuré el paso; mi camarada no me siguió. Me di vuelta: John Vincent Moon estaba inmóvil, fascinado y como eternizado por el terror. Entonces yo volví, derribé de un golpe al soldado, sacudí a Vincent Moon, lo insulté y le ordené que me siguiera. Tuve que tomarlo del brazo; la pasión del miedo lo invalidaba. Huimos, entre la noche agujereada de incendios. Una descarga de fusilería nos buscó; una bala rozó el hombro derecho de Moon; éste, mientras huíamos entre pinos, prorrumpió en un débil sollozo.

En aquel otoño de 1922 yo me había guarnecido en la quinta del general Berkeley. Éste (a quien yo jamás había visto) desempeñaba entonces no sé qué cargo administrativo en Bengala; el edificio tenía menos de un siglo, pero era desmedrado y opaco y abundaba en perplejos corredores y en vanas antecámaras. El museo y la enorme biblioteca usurpaban la planta baja: libros controversiales e incompatibles que de algún modo son la historia del siglo XIX; cimitarras de Nishapur, en cuyos detenidos arcos de círculo parecían perdurar el viento y la violencia de la batalla. Entramos (creo recordar) por los fondos. Moon, trémula y reseca la boca, murmuró que los episodios de la noche eran interesantes; le hice una curación, le traje una taza de té; pude comprobar que su "herida" era superficial. De pronto balbuceó con perplejidad:

—Pero usted se ha arriesgado sensiblemente.

Le dije que no se preocupara. (El hábito de la guerra civil me había impelido a obrar como obré; además, la prisión de un solo afiliado podía comprometer nuestra causa.)

Al otro día Moon había recuperado el aplomo. Aceptó un cigarrillo y me sometió a un severo interrogatorio sobre los "recursos económicos de nuestro partido revolucionario". Sus preguntas eran muy lúcidas: le dije (con verdad) que la situación era grave. Hondas descargas de fusilería conmovieron el Sur. Le dije a Moon que nos esperaban los compañeros. Mi sobretodo y mi revólver estaban en mi pieza; cuando volví, encontré a Moon tendido en el sofá, con los ojos cerrados. Conjeturó que tenía fiebre; invocó un doloroso espasmo en el hombro.

Entonces comprendí que su cobardía era irreparable. Le rogué torpemente que se cuidara y me despedí. Me abochornaba ese hombre con miedo, como si yo fuera el cobarde, no Vincent Moon. Lo que hace un hombre es como si lo hicieran todos los hombres. Por eso no es injusto que una desobediencia en un jardín contamine al género humano; por eso no es injusto que la crucifixión de un solo judío baste para salvarlo. Acaso Schopenhauer tiene razón: yo soy los otros, cualquier hombre es todos los hombres, Shakespeare es de algún modo el miserable John Vincent Moon.

Nueve días pasamos en la enorme casa del general. De las agonías y luces de la guerra no diré nada: mi propósito es referir la historia de esta cicatriz que me afrenta. Esos nueve días, en mi recuerdo, forman un solo día, salvo el penúltimo, cuando los nuestros irrumpieron en un cuartel y pudimos vengar exactamente a los dieciséis camaradas que fueron ametrallados en Elphin. Yo me escurría de la casa hacia el alba, en la confusión del crepúsculo. Al anochecer estaba de vuelta. Mi compañero me esperaba en el primer piso: la herida no le permitía descender a la planta baja. Lo rememoro con algún libro de estrategia en la mano: F. N. Maude o Clausewitz. "El arma que prefiero es la artillería", me confesó una noche. Inquiría nuestros planes; le gustaba censurarlos o reformarlos. También solía denunciar "nuestra deplorable base económica"; profetizaba, dogmático y sombrío, el ruinoso fin. *C'est une affaire flambée,* murmuraba. Para mostrar que le era indiferente ser un cobarde físico, magnificaba su soberbia mental. Así pasaron, bien o mal, nueve días.

El décimo la ciudad cayó definitivamente en poder de los Black and Tans. Altos jinetes silenciosos patrullaban las rutas; había cenizas y humo en el viento; en una esquina vi tirado un cadáver, menos tenaz en mi recuerdo que un maniquí en el cual los soldados interminablemente ejercitaban la puntería, en mitad de la plaza… Yo había salido cuando el amanecer estaba en el cielo; antes del mediodía volví. Moon, en la biblioteca, hablaba con alguien; el tono de la voz me hizo comprender que hablaba por teléfono. Después, oí mi nombre; después que yo regresaría a las siete, después la indicación de que me arrestaran cuando yo atravesara el jardín. Mi razonable amigo estaba razonablemente vendiéndome. Le oí exigir unas garantías de seguridad personal.

Aquí mi historia se confunde y se pierde. Sé que perseguí al delator a través de negros corredores de pesadilla y de hondas escaleras de vértigo. Moon conocía la casa muy bien, harto mejor que yo. Una o dos veces lo perdí. Lo acorralé antes de que los soldados me detuvieran. De una de las panoplias del general arranqué un alfanje; con esa media luna de acero le rubriqué en la cara, para siempre, una media luna de sangre.

Borges: a usted que es un desconocido, le he hecho esta confesión. No me duele tanto su menosprecio.»

Aquí el narrador se detuvo. Noté que le temblaban las manos.

—¿Y Moon? —le interrogué.

—Cobró los dineros de judas y huyó al Brasil. Esa tarde, en la plaza, vio fusilar un maniquí por unos borrachos.

Aguardé en vano la continuación de la historia. Al fin le dije que prosiguiera.

Entonces un gemido lo atravesó; entonces me mostró con débil dulzura la corva cicatriz blanquecina.

—¿Usted no me cree? —balbuceó—. ¿No ve que llevo escrita en la cara la marca de mi infamia? Le he narrado la historia de este modo para que usted la oyera hasta el fin. Yo he denunciado al hombre que me amparó: yo soy Vincent Moon. Ahora desprécieme.

1942

Tema del traidor
y del héroe

So the Platonic Year
Whirls out new right and wrong,

Whirls in the old instead;
All men are dancers and their tread
Goes to the barbarous clangour of a gong.

W. B. YEATS, «The Tower»

Bajo el notorio influjo de Chesterton (discurridor y exornador de elegantes misterios) y del consejero áulico Leibniz (que inventó la armonía preestablecida), he imaginado este argumento, que escribiré tal vez y que ya de algún modo me justifica, en las tardes inútiles. Faltan pormenores, rectificaciones, ajustes; hay zonas de la historia que no me fueron reveladas aún; hoy, 3 de enero de 1944, la vislumbro así.

La acción transcurre en un país oprimido y tenaz: Polonia, Irlanda, la república de Venecia, algún Estado sudamericano o balcánico... Ha transcurrido, mejor dicho, pues aunque el narrador es contemporáneo, la historia referida por él ocurrió al promediar o al empezar el siglo XIX. Digamos (para comodidad narrativa) Irlanda; digamos 1824. El narrador se llama Ryan; es bisnieto del joven, del heroico, del bello, del asesinado Fergus Kilpatrick, cuyo sepulcro fue misteriosamente violado, cuyo nombre ilustra los versos de Browning y de Hugo, cuya estatua preside un cerro gris entre ciénagas rojas.

Kilpatrick fue un conspirador, un secreto y glorioso capitán de conspiradores; a semejanza de Moisés que, desde la tierra de Moab, divisó y no pudo pisar la tierra prometida, Kilpatrick pereció en la víspera de la rebelión victoriosa que había premeditado y soñado. Se aproxima la fecha del primer centenario de su muerte; las circunstancias del crimen son enigmáticas; Ryan, dedicado a la redacción de una biografía del héroe, descubre que el enigma rebasa lo puramente policial. Kilpatrick fue asesinado en un teatro; la policía británica no dio jamás con el matador; los historiadores declaran que ese fracaso no empaña su buen crédito, ya que tal vez lo hizo matar la misma policía. Otras facetas del enigma inquietan a Ryan. Son de carácter cíclico: parecen repetir o combinar hechos de remotas regiones, de remotas edades. Así, nadie ignora que los esbirros que examinaron el cadáver del héroe, hallaron una carta cerrada que le advertía el riesgo de concurrir al teatro, esa noche; también Julio César, al encaminarse al lugar donde lo aguardaban los puñales de sus amigos, recibió un memorial que no llegó a leer, en que iba declarada la traición, con los nombres de los traidores. La mujer de César, Calpurnia, vio en sueños abatida una torre que le había decretado el Senado; falsos y anónimos rumores, la víspera de la muerte de Kilpatrick, publicaron en todo el país el incendio de la torre circular de Kilgarvan, hecho que pudo parecer un presagio, pues aquél había nacido en Kilgarvan. Esos paralelismos (y otros) de la historia de César y de la historia de un conspirador irlandés inducen a Ryan a suponer una secreta forma del tiempo, un dibujo de líneas que se repiten. Piensa en la historia decimal que ideó Condorcet; en las morfologías que propusieron Hegel, Spengler y Vico; en los hombres de Hesíodo, que degeneran desde el oro hasta el hierro. Piensa en la trasmigración de las almas, doctrina que da horror a las letras célticas y que el propio César atribuyó a los druidas británicos; piensa que antes de ser Fergus Kilpatrick, Fergus Kilpatrick fue Julio César. De esos laberintos circulares lo salva una curiosa comprobación, una comprobación que luego lo abisma en otros laberintos más inextricables y heterogéneos: ciertas palabras de un mendigo que conversó con Fergus Kilpatrick el día de su muerte fueron prefiguradas por Shakespeare, en la tragedia de *Macbeth*. Que la historia hubiera copiado a la historia ya era suficientemente pasmoso; que la historia copie a la literatura es inconcebible... Ryan indaga que en 1814, James Alexander Nolan, el más antiguo de los compañeros del héroe, había traducido al gaélico los principales dramas de Shakespeare; entre ellos, *Julio César*. También descubre en los archivos un artículo manuscrito de Nolan sobre los *Festspiele* de Suiza; vastas y errantes representaciones teatrales, que requieren miles de actores y que reiteran episodios históricos en las mismas ciudades y montañas donde ocurrieron. Otro documento inédito le revela que, pocos días antes del fin, Kilpatrick, presidiendo el último cónclave, había firmado la sentencia de muerte de un traidor, cuyo nombre ha sido borrado. Esta sentencia no condice con los piadosos hábitos de Kilpatrick. Ryan investiga el asunto (esa investigación es uno de los hiatos del argumento) y logra descifrar el enigma.

Kilpatrick fue ultimado en un teatro, pero de teatro hizo también la entera ciudad, y los actores fueron legión, y el drama coronado por su muerte abarcó muchos días y muchas noches. He aquí lo acontecido:

El 2 de agosto de 1824 se reunieron los conspiradores. El país estaba maduro para la rebelión; algo, sin embargo, fallaba siempre: algún traidor había en el cónclave. Fergus Kilpatrick había encomendado a James Nolan el descubrimiento de este traidor. Nolan ejecutó su tarea: anunció en pleno cónclave que el traidor era el mismo Kilpatrick. Demostró con pruebas irrefutables la verdad de la acusación; los conjurados condenaron a muerte a su presidente. Éste firmó su propia sentencia, pero imploró que su castigo no perjudicara a la patria.

Entonces Nolan concibió un extraño proyecto. Irlanda idolatraba a Kilpatrick; la más tenue sospecha de su vileza hubiera comprometido la rebelión; Nolan propuso un plan que hizo de la ejecución del traidor el instrumento para la emancipación de la patria. Sugirió que el condenado muriera a manos de un asesino desconocido, en circunstancias deliberadamente dramáticas, que se grabaran en la imaginación popular y que apresuraran la rebelión. Kilpatrick juró colaborar en ese proyecto, que le daba ocasión de redimirse y que su muerte rubricaría.

Nolan, urgido por el tiempo, no supo íntegramente inventar las circunstancias de la múltiple ejecución; tuvo que plagiar a otro dramaturgo, al enemigo inglés William Shakespeare. Repitió escenas de *Macbeth*, de *Julio César*. La pública y secreta representación comprendió varios días. El condenado entró en Dublin, discutió, obró, rezó, reprobó, pronunció palabras patéticas, y cada uno de esos actos que reflejaría la gloria, había sido prefijado por Nolan. Centenares de actores colaboraron con el protagonista; el rol de algunos fue complejo; el de otros, momentáneo. Las cosas que dijeron e hicieron perduran en los libros históricos, en la memoria apasionada de Irlanda. Kilpatrick, arrebatado por ese minucioso destino que lo redimía y que lo perdía, más de una vez enriqueció con actos y palabras improvisadas el texto de su juez. Así fue desplegándose en el tiempo el populoso drama, hasta que el 6 de agosto de 1824, en un palco de funerarias cortinas que prefiguraba el de Lincoln, un balazo anhelado entró en el pecho del traidor y del héroe, que apenas pudo articular, entre dos efusiones de brusca sangre, algunas palabras previstas.

En la obra de Nolan, los pasajes imitados de Shakespeare son los *menos* dramáticos; Ryan sospecha que el autor los intercaló para que una persona, en el porvenir, diera con la verdad. Comprende que él también forma parte de la trama de Nolan… Al cabo de tenaces cavilaciones, resuelve silenciar el descubrimiento. Publica un libro dedicado a la gloria del héroe; también eso, tal vez, estaba previsto.

La muerte y la brújula

A Mandie Molina Vedia

De los muchos problemas que ejercitaron la temeraria perspicacia de Lönnrot, ninguno tan extraño —tan rigurosamente extraño, diremos— como la periódica serie de hechos de sangre que culminaron en la quinta de Triste-le-Roy, entre el interminable olor de los eucaliptos. Es verdad que Erik Lönnrot no logró impedir el último crimen, pero es indiscutible que lo previó. Tampoco adivinó la identidad del infausto asesino de Yarmolinsky, pero sí la secreta morfología de la malvada serie y la participación de Red Scharlach, cuyo segundo apodo es Scharlach el Dandy. Ese criminal (como tantos) había jurado por su honor la muerte de Lönnrot, pero éste nunca se dejó intimidar. Lönnrot se creía un puro razonador, un Auguste Dupin, pero algo de aventurero había en él y hasta de tahúr.

El primer crimen ocurrió en el Hôtel du Nord —ese alto prisma que domina el estuario cuyas aguas tienen el color del desierto. A esa torre (que muy notoriamente reúne la aborrecida blancura de un sanatorio, la numerada divisibilidad de una cárcel y la apariencia general de una casa mala) arribó el día 3 de diciembre el delegado de Podólsk al Tercer Congreso Talmúdico, doctor Marcelo Yarmolinsky, hombre de barba gris y ojos grises. Nunca sabremos si el Hôtel du Nord le agradó: lo aceptó con la antigua resignación que le había permitido tolerar tres años de guerra en los Cárpatos y tres mil años de opresión y de pogromos. Le dieron un dormitorio en el piso R, frente a la suite que no sin esplendor ocupaba el tetrarca de Galilea. Yarmolinsky cenó, postergó para el día siguiente el examen de la desconocida ciudad, ordenó en un *placard* sus muchos libros y sus muy pocas prendas, y antes de media noche apagó la luz. (Así lo declaró el *chauffeur* del tetrarca, que dormía en la pieza contigua.) El 4, a las once y tres minutos a.m., lo llamó por teléfono un redactor de la *Yidische Zaitung;* el doctor Yarmolinsky no respondió; lo hallaron en su pieza, ya levemente oscura la cara, casi desnudo bajo una gran capa anacrónica. Yacía no lejos de la puerta que daba al corredor; una puñalada profunda le había partido el pecho. Un par de horas después, en el mismo cuarto, entre periodistas, fotógrafos y gendarmes, el comisario Treviranus y Lönnrot debatían con serenidad el problema.

—No hay que buscarle tres pies al gato —decía Treviranus, blandiendo un imperioso cigarro—. Todos sabemos que el tetrarca de Galilea posee los mejores zafiros del mundo. Alguien, para robarlos, habrá penetrado aquí por error. Yarmolinsky se ha levantado; el ladrón ha tenido que matarlo. ¿Qué le parece?

—Posible, pero no interesante —respondió Lönnrot—. Usted replicará que la realidad no tiene la menor obligación de ser interesante. Yo le replicaré que la realidad puede prescindir de esa obligación, pero no las hipótesis. En la que usted ha improvisado, interviene copiosamente el azar. He aquí un rabino muerto; yo preferiría una explicación puramente rabínica, no los imaginarios percances de un imaginario ladrón.

Treviranus repuso con mal humor:

—No me interesan las explicaciones rabínicas; me interesa la captura del hombre que apuñaló a este desconocido.

—No tan desconocido —corrigió Lönnrot—. Aquí están sus obras completas. —Indicó en el *placard* una fila de altos volúmenes: una *Vindicación de la cábala;* un *Examen de la filosofía de Robert Flood;* una traducción literal del *Sepher Yezirah;* una *Biografía del Baal Shem;* una *His-*

toria de la secta de los Hasidim; una monografía (en alemán) sobre el Tetragrámaton; otra, sobre la nomenclatura divina del Pentateuco. El comisario los miró con temor, casi con repulsión. Luego se echó a reír.

—Soy un pobre cristiano —repuso—. Llévese todos esos mamotretos, si quiere; no tengo tiempo que perder en supersticiones judías.

—Quizá este crimen pertenece a la historia de las supersticiones judías —murmuró Lönnrot.

—Como el cristianismo —se atrevió a completar el redactor de la *Yidische Zaitung*. Era miope, ateo y muy tímido.

Nadie le contestó. Uno de los agentes había encontrado en la pequeña máquina de escribir una hoja de papel con esta sentencia inconclusa:

La primera letra del Nombre ha sido articulada.

Lönnrot se abstuvo de sonreír. Bruscamente bibliófilo o hebraísta, ordenó que le hicieran un paquete con los libros del muerto y los llevó a su departamento. Indiferente a la investigación policial, se dedicó a estudiarlos. Un libro en octavo mayor le reveló las enseñanzas de Israel Baal Shem Tobh, fundador de la secta de los Piadosos; otro, las virtudes y terrores del Tetragrámaton, que es el inefable Nombre de Dios; otro, la tesis de que Dios tiene un nombre secreto, en el cual está compendiado (como en la esfera de cristal que los persas atribuyen a Alejandro de Macedonia), su noveno atributo, la eternidad —es decir, el conocimiento inmediato de todas las cosas que serán, que son y que han sido en el universo. La tradición enumera noventa y nueve nombres de Dios; los hebraístas atribuyen ese imperfecto número al mágico temor de las cifras pares; los Hasidim razonan que ese hiato señala un centésimo nombre —el Nombre Absoluto.

De esa erudición lo distrajo, a los pocos días, la aparición del redactor de la *Yidische Zaitung*. Éste quería hablar del asesinato; Lönnrot prefirió hablar de los diversos nombres de Dios; el periodista declaró en tres columnas que el investigador Erik Lönnrot se había dedicado a estudiar los nombres de Dios para dar con el nombre del asesino. Lönnrot, habituado a las simplificaciones del periodismo, no se indignó. Uno de esos tenderos que han descubierto que cualquier hombre se resigna a comprar cualquier libro, publicó una edición popular de la *Historia de la secta de los Hasidim*.

El segundo crimen ocurrió la noche del 3 de enero, en el más desamparado y vacío de los huecos suburbios occidentales de la capital. Hacia el amanecer, uno de los gendarmes que vigilan a caballo esas soledades vio en el umbral de una antigua pinturería un hombre emponchado, yacente. El duro rostro estaba como enmascarado de sangre; una puñalada profunda le había rajado el pecho. En la pared, sobre los rombos amarillos y rojos, había unas palabras en tiza. El gendarme las deletreó... Esa tarde, Treviranus y Lönnrot se dirigieron a la remota escena del crimen. A izquierda y a derecha del automóvil, la ciudad se desintegraba; crecía el firmamento y ya importaban poco las casas y mucho un horno de ladrillos o un álamo. Llegaron a su pobre destino: un callejón final de tapias rosadas que parecían reflejar de algún modo la desaforada puesta de sol. El muerto ya había sido identificado. Era Daniel Simón Azevedo, hombre de alguna fama en los antiguos arrabales del Norte, que había ascendido de carrero a guapo electoral, para degenerar después en ladrón y hasta en delator. (El singular estilo de su muerte les pareció adecuado: Azevedo era el último representante de una generación de bandidos que sabía el manejo del puñal, pero no del revólver.) Las palabras de tiza eran las siguientes:

La segunda letra del Nombre ha sido articulada.

El tercer crimen ocurrió la noche del 3 de febrero. Poco antes de la una, el teléfono resonó en la oficina del comisario Treviranus. Con ávido sigilo, habló un hombre de voz gutural; dijo que se llamaba Ginzberg (o Ginsburg) y que estaba dispuesto a comunicar, por una remuneración razonable, los hechos de los dos sacrificios de Azevedo y de Yarmolinsky. Una discordia de silbidos y de cornetas ahogó la voz del delator. Después, la comunicación se cortó. Sin rechazar aún la posibilidad de una broma (al fin, estaban en carnaval) Treviranus indagó que le habían hablado desde Liverpool House, taberna de la rue de Toulon —esa calle salobre en la que conviven el cosmorama y la lechería, el burdel y los vendedores de biblias. Treviranus habló con el patrón. Éste (Black Finnegan, antiguo criminal irlandés, abrumado y casi anulado por la decencia) le dijo que la última persona que había empleado el teléfono de la casa era un inquilino, un tal Gryphius, que acababa de salir con unos amigos. Treviranus fue en seguida a Liverpool House. El patrón le comunicó lo siguiente: hace ocho días, Gryphius había tomado una pieza en los altos del bar. Era un hombre de rasgos afilados, de nebulosa barba gris, trajeado pobremente de negro; Finnegan (que destinaba esa habitación a un empleo que Treviranus adivinó) le pidió un alquiler sin duda excesivo; Gryphius inmediatamente pagó la suma estipulada. No salía casi nunca; cenaba y almorzaba en su cuarto; apenas si le conocían la cara en el bar. Esa noche, bajó a telefonear al despacho de Finnegan. Un cupé cerrado se detuvo ante la taberna. El cochero no se movió del pescante; algunos parroquianos recordaron que tenía máscara de oso. Del cupé bajaron dos arlequines; eran de reducida estatura y nadie pudo no observar que estaban muy borrachos. Entre balidos de cornetas, irrumpieron en el escritorio de Finnegan; abrazaron a Gryphius, que pareció reconocerlos, pero que les respondió con frialdad; cambiaron unas palabras en yiddish —él en voz baja, gutural, ellos con voces falsas, agudas— y subieron a la pieza del fondo. Al cuarto de hora bajaron los tres, muy felices; Gryphius, tambaleante, parecía tan borracho como los otros. Iba, alto y vertiginoso, en el medio, entre los arlequines enmascarados. (Una de las mujeres del bar recordó los lo-

sanges amarillos, rojos y verdes.) Dos veces tropezó; dos veces lo sujetaron los arlequines. Rumbo a la dársena inmediata, de agua rectangular, los tres subieron al cupé y desaparecieron. Ya en el estribo del cupé,
el último arlequín garabateó una figura obscena y una sentencia en una
de las pizarras de la recova.

Treviranus vio la sentencia. Era casi previsible, decía:

La última de las letras del Nombre ha sido articulada.

Examinó, después, la piecita de Gryphius-Ginzberg. Había en el
suelo una brusca estrella de sangre; en los rincones, restos de cigarrillos
de marca húngara; en un armario, un libro en latín —el *Philologus he-
braeo-graecus* (1739) de Leusden— con varias notas manuscritas. Treviranus lo miró con indignación e hizo buscar a Lönnrot. Éste, sin sa-
carse el sombrero, se puso a leer, mientras el comisario interrogaba a los
contradictorios testigos del secuestro posible. A las cuatro salieron. En
la torcida rue de Toulon, cuando pisaban las serpentinas muertas del
alba, Treviranus dijo:

—¿Y si la historia de esta noche fuera simulacro?

Erik Lönnrot sonrió y le leyó con toda gravedad un pasaje (que estaba subrayado) de la disertación trigésima tercera del *Philologus*:

—*Dies Judaeorum incipit a solis occasu usque ad solis occasum diei se-
quentis.* Esto quiere decir —agregó—: El día hebreo empieza al anochecer y dura hasta el siguiente anochecer.

El otro ensayó una ironía.

—¿Ese dato es el más valioso que usted ha recogido esta noche?

—No. Más valiosa es una palabra que dijo Ginzberg.

Los diarios de la tarde no descuidaron esas desapariciones periódicas. *La Cruz de la Espada* las contrastó con la admirable disciplina y el
orden del último Congreso Eremítico; Ernst Palast, en *El Mártir*, reprobó «las demoras intolerables de un pogrom clandestino y frugal,

que ha necesitado tres meses para liquidar tres judíos»; la *Yidische Zaitung* rechazó la hipótesis horrorosa de un complot antisemita, «aunque muchos espíritus penetrantes no admiten otra solución del triple misterio»; el más ilustre de los pistoleros del Sur, Dandy Red Scharlach, juró que en su distrito nunca se producirían crímenes de ésos y acusó de culpable negligencia al comisario Franz Treviranus.

Éste recibió, la noche del 1.° de marzo, un imponente sobre sellado. Lo abrió: el sobre contenía una carta firmada *Baruj Spinoza* y un minucioso plano de la ciudad, arrancado notoriamente de un Baedeker. La carta profetizaba que el 3 de marzo no habría un cuarto crimen, pues la pinturería del oeste, la taberna de la rue de Toulon y el Hôtel du Nord eran «los vértices perfectos de un triángulo equilátero y místico»; el plano demostraba en tinta roja la regularidad de ese triángulo. Treviranus leyó con resignación ese argumento *more geométrico* y mandó la carta y el plano a casa de Lönnrot —indiscutible merecedor de tales locuras.

Erik Lönnrot las estudió. Los tres lugares, en efecto, eran equidistantes. Simetría en el tiempo (3 de diciembre, 3 de enero, 3 de febrero); simetría en el espacio, también… Sintió, de pronto, que estaba por descifrar el misterio. Un compás y una brújula completaron esa brusca intuición. Sonrió, pronunció la palabra *Tetragrámaton* (de adquisición reciente) y llamó por teléfono al comisario. Le dijo:

—Gracias por ese triángulo equilátero que usted anoche me mandó. Me ha permitido resolver el problema. Mañana viernes los criminales estarán en la cárcel; podemos estar muy tranquilos.

—Entonces, ¿no planean un cuarto crimen?

—Precisamente porque planean un cuarto crimen, podemos estar muy tranquilos. —Lönnrot colgó el tubo.

Una hora después, viajaba en un tren de los Ferrocarriles Australes, rumbo a la quinta abandonada de Triste-le-Roy. Al sur de la ciudad de mi cuento fluye un ciego riachuelo de aguas barrosas, infamado de curtiembres y de basuras. Del otro lado hay un suburbio fabril donde, al amparo de un caudillo barcelonés, medran los pistoleros. Lönnrot sonrió al pensar que el más afamado —Red Scharlach— hubiera dado cualquier cosa por conocer esa clandestina visita. Azevedo fue compañero de Scharlach, Lönnrot consideró la remota posibilidad de que la cuarta víctima fuera Scharlach. Después, la desechó… Virtualmente, había descifrado el problema; las meras circunstancias, la realidad (nombres, arrestos, caras, trámites judiciales y carcelarios), apenas le interesaban ahora. Quería pasear, quería descansar de tres meses de sedentaria investigación. Reflexionó que la explicación de los crímenes estaba en un triángulo anónimo y en una polvorienta palabra griega. El misterio casi le pareció cristalino; se abochornó de haberle dedicado cien días.

El tren paró en una silenciosa estación de cargas. Lönnrot bajó. Era una de esas tardes desiertas que parecen amaneceres. El aire de la turbia llanura era húmedo y frío. Lönnrot echó a andar por el campo. Vio perros, vio un furgón en una vía muerta, vio el horizonte, vio un caballo plateado que bebía el agua crapulosa de un charco. Oscurecía cuando vio el mirador rectangular de la quinta de Triste-le-Roy, casi tan alto como los negros eucaliptos que lo rodeaban. Pensó que apenas un amanecer y un ocaso (un viejo resplandor en el oriente y otro en el occidente) lo separaban de la hora anhelada por los buscadores del Nombre.

Una herrumbrada verja definía el perímetro irregular de la quinta. El portón principal estaba cerrado. Lönnrot, sin mucha esperanza de entrar, dio toda la vuelta. De nuevo ante el portón infranqueable, metió la mano entre los barrotes, casi maquinalmente, y dio con el pasador. El chirrido del hierro lo sorprendió. Con una pasividad laboriosa, el portón entero cedió.

Lönnrot avanzó entre los eucaliptos, pisando confundidas generaciones de rotas hojas rígidas. Vista de cerca, la casa de la quinta de Triste-le-Roy abundaba en inútiles simetrías y en repeticiones maniáticas: a una Diana glacial en un nicho lóbrego correspondía en un segundo nicho otra Diana; un balcón se reflejaba en otro balcón; dobles escalinatas se abrían en doble balaustrada. Un Hermes de dos caras proyectaba una sombra monstruosa. Lönnrot rodeó la casa como había rodeado la quinta. Todo lo examinó; bajo el nivel de la terraza vio una estrecha persiana.

La empujó: unos pocos escalones de mármol descendían a un sótano. Lönnrot, que ya intuía las preferencias del arquitecto, adivinó que en el opuesto muro del sótano había otros escalones. Los encontró, subió, alzó las manos y abrió la trampa de salida.

Un resplandor lo guió a una ventana. La abrió: una luna amarilla y circular definía en el triste jardín dos fuentes cegadas. Lönnrot exploró la casa. Por antecomedores y galerías salió a patios iguales y repetidas veces al mismo patio. Subió por escaleras polvorientas a antecámaras circulares; infinitamente se multiplicó en espejos opuestos; se cansó de abrir o entreabrir ventanas que le revelaban, afuera, el mismo desolado jardín desde varias alturas y varios ángulos; adentro, muebles con fundas amarillas y arañas embaladas en tarlatán. Un dormitorio lo detuvo; en ese dormitorio, una sola flor en una copa de porcelana; al primer roce los pétalos antiguos se deshicieron. En el segundo piso, en el último, la casa le pareció infinita y creciente. «La casa no es tan grande», pensó. «La agrandan la penumbra, la simetría, los espejos, los muchos años, mi desconocimiento, la soledad.»

Por una escalera espiral llegó al mirador. La luna de esa tarde atravesaba los losanges de las ventanas; eran amarillos, rojos y verdes. Lo detuvo un recuerdo asombrado y vertiginoso.

Dos hombres de pequeña estatura, feroces y fornidos, se arrojaron sobre él y lo desarmaron; otro, muy alto, lo saludó con gravedad y le dijo:

—Usted es muy amable. Nos ha ahorrado una noche y un día.

Era Red Scharlach. Los hombres maniataron a Lönnrot. Éste, al fin, encontró su voz.

—Scharlach ¿usted busca el Nombre Secreto?

Scharlach seguía de pie, indiferente. No había participado en la breve lucha, apenas si alargó la mano para recibir el revólver de Lönnrot. Habló; Lönnrot oyó en su voz una fatigada victoria, un odio del tamaño del universo, una tristeza no menor que aquel odio.

—No —dijo Scharlach—. Busco algo más efímero y deleznable, busco a Erik Lönnrot. Hace tres años, en un garito de la rue de Toulon, usted mismo arrestó e hizo encarcelar a mi hermano. En un cupé, mis hombres me sacaron del tiroteo con una bala policial en el vientre. Nueve días y nueve noches agonicé en esta desolada quinta simétrica; me arrasaba la fiebre, el odioso Jano bifronte que mira los ocasos y las auroras daba horror a mi ensueño y a mi vigilia. Llegué a abominar de mi cuerpo, llegué a sentir que dos ojos, dos manos, dos pulmones, son tan monstruosos como dos caras. Un irlandés trató de convertirme a la fe de Jesús; me repetía la sentencia de los *goím*: Todos los caminos llevan a Roma. De noche, mi delirio se alimentaba de esa metáfora: yo sentía que el mundo es un laberinto, del cual era imposible huir, pues todos los caminos, aunque fingieran ir al norte o al sur, iban realmente a Roma, que era también la cárcel cuadrangular donde agonizaba mi hermano y la quinta de Triste-le-Roy. En esas noches yo juré por el dios que ve con dos caras y por todos los dioses de la fiebre y de los espejos tejer un laberinto en torno del hombre que había encarcelado a mi hermano. Lo he tejido y es firme: los materiales son un heresiólogo muerto, una brújula, una secta de siglo XVIII, una palabra griega, un puñal, los rombos de una pinturería.

»El primer término de la serie me fue dado por el azar. Yo había tramado con algunos colegas —entre ellos, Daniel Azevedo— el robo de los zafiros del tetrarca. Azevedo nos traicionó: se emborrachó con el dinero que le habíamos adelantado y acometió la empresa el día antes. En el enorme hotel se perdió; hacia las dos de la mañana irrumpió en el dormitorio de Yarmolinsky. Éste, acosado por el insomnio, se había puesto a escribir. Verosímilmente, redactaba unas notas o un artículo sobre el Nombre de Dios; había escrito ya las palabras: «La primera letra del Nombre ha sido articulada». Azevedo le intimó silencio; Yarmolinsky alargó la mano hacia el timbre que despertaría todas las fuerzas del hotel; Azevedo le dio una sola puñalada en el pecho. Fue casi un movimiento reflejo; medio siglo de violencia le había enseñado que lo más fácil y seguro es matar... A los diez días yo supe por la *Yidische Zaitung* que usted buscaba en los escritos de Yarmolinsky la clave de la muerte de Yarmolinsky. Leí la *Historia de la secta de los Hasidim*; supe que el miedo reverente de pronunciar el Nombre de Dios había originado la doctrina de que ese Nombre es todopoderoso y recóndito. Supe que algunos Hasidim, en busca de ese Nombre secreto, habían llegado a cometer sacrificios humanos... Comprendí que usted conjeturaba que los Hasidim habían sacrificado al rabino; me dediqué a justificar esa conjetura.

»Marcelo Yarmolinsky murió la noche del 3 de diciembre; para el segundo "sacrificio" elegí la del 3 de enero. Murió en el Norte; para el segundo "sacrificio" nos convenía un lugar del oeste. Daniel Azevedo fue la víctima necesaria. Merecía la muerte: era un impulsivo, un traidor; su captura podía aniquilar todo el plan. Uno de los nuestros lo apuñaló; para vincular su cadáver al anterior, yo escribí encima de los rombos de la pinturería «La segunda letra del Nombre ha sido articulada».

»El tercer "crimen" se produjo el 3 de febrero. Fue, como Treviranus adivinó, un mero simulacro. Gryphius-Ginzberg-Ginsburg soy yo; una semana interminable sobrellevé (suplementado por una tenue barba, postiza) en ese perverso cubículo de la rue de Toulon, hasta que los amigos me secuestraron. Desde el estribo del cupé, uno de ellos escribió en un pilar «La última de las letras del Nombre ha sido articulada». Esa escritura divulgó que la serie de crímenes era *triple*. Así lo entendió el público; yo, sin embargo, intercalé repetidos indicios para que usted, el razonador Erik Lönnrot, comprendiera que es *cuádruple*. Un prodigio en el Norte, otros en el Este y en el Oeste, reclaman un cuarto prodigio en el Sur; el Tetragrámaton (el Nombre de Dios, JHVH) consta de *cuatro* letras; los arlequines y la muestra del pinturero sugieren *cuatro* términos. Yo subrayé cierto pasaje en el manual de Leusden; ese pasaje manifiesta que los hebreos computaban el día de ocaso a ocaso; ese pasaje da a entender que las muertes ocurrieron el *cuatro* de cada mes. Yo mandé el triángulo equilátero a Treviranus. Yo presentí que usted agregaría el punto que falta. El punto que determina un rombo perfecto, el punto que prefija el lugar donde una exacta muerte lo espera. Todo lo he premeditado, Erik Lönnrot, para atraerlo a usted a las soledades de Triste-le-Roy.

Lönnrot evitó los ojos de Scharlach. Miró los árboles y el cielo subdivididos en rombos turbiamente amarillos, verdes y rojos. Sintió un poco de frío y una tristeza impersonal, casi anónima. Ya era de noche; desde el polvoriento jardín subió el grito inútil de un pájaro. Lönnrot consideró por última vez el problema de las muertes simétricas y periódicas.

—En su laberinto sobran tres líneas —dijo por fin—. Yo sé de un laberinto griego que es una línea única, recta. En esa línea se han perdido tantos filósofos que bien puede perderse un mero *detective*. Scharlach, cuando en otro avatar usted me dé caza, finja (o cometa) un crimen en A, luego un segundo crimen en B, a 8 kilómetros de A, luego un tercer crimen en C, a 4 kilómetros de A y de B, a mitad de camino entre los dos. Aguárdeme después en D, a 2 kilómetros de A y de C, de nuevo a mitad de camino. Máteme en D, como ahora va a matarme en Triste-le-Roy.

—Para la otra vez que lo mate —replicó Scharlach— le prometo ese laberinto, que consta de una sola línea recta y que es invisible, incesante.

Retrocedió unos pasos. Después, muy cuidadosamente, hizo fuego.

1942

El milagro secreto

Y Dios lo hizo morir durante cien años y
luego lo animó y le dijo:
—¿Cuánto tiempo has estado aquí?
—Un día o parte de un día, respondió.

Alcorán II,261

La noche del catorce de marzo de 1939, en un departamento de
la Zeltnergasse de Praga, Jaromir Hladík, autor de la inconclusa
tragedia *Los enemigos*, de una *Vindicación de la eternidad* y de
un examen de las indirectas fuentes judías de Jakob Boehme, soñó con un
largo ajedrez. No lo disputaban dos individuos sino dos familias ilustres;
la partida había sido entablada hace muchos siglos; nadie era capaz de
nombrar el olvidado premio, pero se murmuraba que era enorme y quizá infinito; las piezas y el tablero estaban en una torre secreta; Jaromir
(en el sueño) era el primogénito de una de las familias hostiles; en los relojes resonaba la hora de la impostergable jugada; el soñador corría por
las arenas de un desierto lluvioso y no lograba recordar las figuras ni las
leyes del ajedrez. En ese punto, se despertó. Cesaron los estruendos de
la lluvia y de los terribles relojes. Un ruido acompasado y unánime, cortado por algunas voces de mando, subía de la Zeltnergasse. Era el amanecer; las blindadas vanguardias del Tercer Reich entraban en Praga.

El diecinueve, las autoridades recibieron una denuncia; el mismo
diecinueve, al atardecer, Jaromir Hladík fue arrestado. Lo condujeron a

un cuartel aséptico y blanco, en la ribera opuesta del Moldau. No pudo levantar uno solo de los cargos de la Gestapo: su apellido materno era Jaroslavski, su sangre era judía, su estudio sobre Boehme era judaizante, su firma dilataba el censo final de una protesta contra el Anschluss. En 1928, había traducido el *Sepher Yezirah* para la editorial Hermann Barsdorf; el efusivo catálogo de esa casa había exagerado comercialmente el renombre del traductor; ese catálogo fue hojeado por Julius Rothe, uno de los jefes en cuyas manos estaba la suerte de Hladík. No hay hombre que, fuera de su especialidad, no sea crédulo; dos o tres adjetivos en letra gótica bastaron para que Julius Rothe admitiera la preeminencia de Hladík y dispusiera que lo condenaran a muerte, *pour encourager les autres*. Se fijó el día veintinueve de marzo, a las nueve a.m. Esa demora (cuya importancia apreciará después el lector) se debía al deseo administrativo de obrar impersonal y pausadamente, como los vegetales y los planetas.

El primer sentimiento de Hladík fue de mero terror. Pensó que no lo hubieran arredrado la horca, la decapitación o el degüello, pero que morir fusilado era intolerable. En vano se redijo que el acto puro y general de morir era lo temible, no las circunstancias concretas. No se cansaba de imaginar esas circunstancias: absurdamente procuraba agotar todas las variaciones. Anticipaba infinitamente el proceso, desde el insomne amanecer hasta la misteriosa descarga. Antes del día prefijado por Julius Rothe, murió centenares de muertes, en patios cuyas formas y cuyos ángulos fatigaban la geometría, ametrallado por soldados variables, en número cambiante, que a veces lo ultimaban desde lejos; otras, desde muy cerca. Afrontaba con verdadero temor (quizá con verdadero coraje) esas ejecuciones imaginarias; cada simulacro duraba unos pocos segundos; cerrado el círculo, Jaromir interminablemente volvía a las trémulas vísperas de su muerte. Luego reflexionó que la realidad no suele coincidir con las previsiones; con lógica perversa infirió que prever un detalle circunstancial es impedir que éste suceda. Fiel a esa débil magia, inventaba, *para que no sucedieran*, rasgos atroces; naturalmente, acabó por temer que esos rasgos fueran proféticos. Miserable en la noche, procuraba afirmarse de algún modo en la sustancia fugitiva del tiempo. Sabía que éste se precipitaba hacia el alba del día veintinueve; razonaba en voz alta: «Ahora estoy en la noche del veintidós; mientras dure esta noche (y seis noches más) soy invulnerable, inmortal». Pensaba que las noches de sueño eran piletas hondas y oscuras en las que podía sumergirse. A veces anhelaba con impaciencia la definitiva descarga, que lo redimiría, mal o bien, de su vana tarea de imaginar. El veintiocho, cuando el último ocaso reverberaba en los altos barrotes, lo desvió de esas consideraciones abyectas la imagen de su drama *Los enemigos*.

Hladík había rebasado los cuarenta años. Fuera de algunas amistades y de muchas costumbres, el problemático ejercicio de la literatura constituía su vida; como todo escritor, medía las virtudes de los otros por lo ejecutado por ellos y pedía que los otros lo midieran por lo que vislumbraba o planeaba. Todos los libros que había dado a la estampa le infundían un complejo arrepentimiento. En sus exámenes de la obra de Boehme, de Abnesra y de Flood, había intervenido esencialmente la mera aplicación; en su traducción del *Sepher Yezirah*, la negligencia, la fatiga y la conjetura. Juzgaba menos deficiente, tal vez, la *Vindicación de la eternidad*: el primer volumen historia las diversas eternidades que han ideado los hombres, desde el inmóvil Ser de Parménides hasta el pasado modificable de Hinton; el segundo niega (con Francis Bradley) que todos los hechos del universo integran una serie temporal. Arguye que no es infinita la cifra de las posibles experiencias del hombre y que basta una sola «repetición» para demostrar que el tiempo es una falacia... Desdichadamente, no son menos falaces los argumentos que demuestran esa falacia; Hladík solía recorrerlos con cierta desdeñosa perplejidad. También había redactado una serie de poemas expresionistas; éstos, para confusión del poeta, figuraron en una antología de 1924 y no hubo antología posterior que no los heredara. De todo ese pasado equívoco y lánguido quería redimirse Hladík con el drama en verso *Los enemigos*. (Hladík preconizaba el verso, porque impide que los espectadores olviden la irrealidad, que es condición del arte.)

Este drama observaba las unidades de tiempo, de lugar y de acción; transcurría en Hradcany, en la biblioteca del barón de Roemerstadt, en una de las últimas tardes del siglo XIX. En la primera escena del primer acto, un desconocido visita a Roemerstadt. (Un reloj da las siete, una vehemencia de último sol exalta los cristales, el aire trae una arrebatada y reconocible música húngara.) A esta visita siguen otras; Roemerstadt no conoce las personas que lo importunan, pero tiene la incómoda impresión de haberlos visto ya, tal vez en un sueño. Todos exageradamente lo halagan, pero es notorio —primero para los espectadores del drama, luego para el mismo barón— que son enemigos secretos, conjurados para perderlo. Roemerstadt logra detener o burlar sus complejas intrigas; en el diálogo, aluden a su novia, Julia de Weidenau, y a un tal Jaroslav Kubin, que alguna vez la importunó con su amor. Éste, ahora, se ha enloquecido y cree ser Roemerstadt... Los peligros arrecian; Roemerstadt, al cabo del segundo acto, se ve en la obligación de matar a un conspirador. Empieza el tercer acto, el último. Crecen gradualmente las incoherencias: vuelven actores que parecían descartados ya de la trama; vuelve, por un instante, el hombre matado por Roemerstadt. Alguien hace notar que no ha atardecido: el reloj da las siete, en los altos cristales reverbera el sol occidental, el aire trae la arrebatada música húngara. Aparece el primer interlocutor y repite las palabras que pronunció en la primera escena del primer acto. Roemerstadt le habla sin asombro; el espectador entiende que Roemerstadt es el miserable Jaroslav Kubin. El drama no ha ocurrido: es el delirio circular que interminablemente vive y revive Kubin.

Nunca se había preguntado Hladík si esa tragicomedia de errores era baladí o admirable, rigurosa o casual. En el argumento que he bosquejado intuía la invención más apta para disimular sus defectos y para ejercitar sus felicidades, la posibilidad de rescatar (de manera simbólica) lo fundamental de su vida. Había terminado ya el primer acto y alguna escena del tercero; el carácter métrico de la obra le permitía examinarla continuamente, rectificando los hexámetros, sin el manuscrito a la vista. Pensó que aún le faltaban dos actos y que muy pronto iba a morir. Habló con Dios en la oscuridad. «Si de algún modo existo, si no soy una de tus repeticiones y erratas, existo como autor de *Los enemigos*. Para llevar a término ese drama, que puede justificarme y justificarte, requiero un año más. Otórgame esos días, Tú de Quien son los siglos y el tiempo». Era la última noche, la más atroz, pero diez minutos después el sueño lo anegó como un agua oscura.

Hacia el alba, soñó que se había ocultado en una de las naves de la biblioteca del Clementinum. Un bibliotecario de gafas negras le preguntó: «¿Qué busca?». Hladík le replicó: «Busco a Dios». El bibliotecario le dijo: «Dios está en una de las letras de una de las páginas de uno de los cuatrocientos mil tomos del Clementinum. Mis padres y los padres de mis padres han buscado esa letra; yo me he quedado ciego buscándola». Se quitó las gafas y Hladík vio los ojos, que estaban muertos. Un lector entró a devolver un atlas. «Este atlas es inútil», dijo, y se lo dio a Hladík. Éste lo abrió al azar. Vio un mapa de la India, vertiginoso. Bruscamente seguro, tocó una de las mínimas letras. Una voz ubicua le dijo: «El tiempo de tu labor ha sido otorgado». Aquí Hladík se despertó.

Recordó que los sueños de los hombres pertenecen a Dios y que Maimónides ha escrito que son divinas las palabras de un sueño, cuando son distintas y claras y no se puede ver quién las dijo. Se vistió; dos soldados entraron en la celda y le ordenaron que los siguiera.

Del otro lado de la puerta, Hladík había previsto un laberinto de galerías, escaleras y pabellones. La realidad fue menos rica: bajaron a un traspatio por una sola escalera de fierro. Varios soldados —alguno de uniforme desabrochado— revisaban una motocicleta y la discutían. El sargento miró el reloj: eran las ocho y cuarenta y cuatro minutos. Había que esperar que dieran las nueve. Hladík, más insignificante que desdichado, se sentó en un montón de leña. Advirtió que los ojos de los soldados rehuían los suyos. Para aliviar la espera, el sargento le entregó un cigarrillo. Hladík no fumaba; lo aceptó por cortesía o por humildad. Al encenderlo, vio que le temblaban las manos. El día se nubló; los soldados hablaban en voz baja como si él ya estuviera muerto. Vanamente, procuró recordar a la mujer cuyo símbolo era Julia de Weidenau…

El piquete se formó, se cuadró. Hladík, de pie contra la pared del cuartel, esperó la descarga. Alguien temió que la pared quedara maculada de sangre; entonces le ordenaron al reo que avanzara unos pasos. Hladík, absurdamente, recordó las vacilaciones preliminares de los fotógrafos. Una pesada gota de lluvia rozó una de las sienes de Hladík y rodó lentamente por su mejilla; el sargento vociferó la orden final.

El universo físico se detuvo.

Las armas convergían sobre Hladík, pero los hombres que iban a matarlo estaban inmóviles. El brazo del sargento eternizaba un ademán inconcluso. En una baldosa del patio una abeja proyectaba una sombra fija. El viento había cesado, como en un cuadro. Hladík ensayó un grito, una sílaba, la torsión de una mano. Comprendió que estaba paralizado. No le llegaba ni el más tenue rumor del impedido mundo. Pensó «estoy en el infierno, estoy muerto». Pensó «estoy loco». Pensó «el tiempo se ha detenido». Luego reflexionó que en tal caso, también se hubiera detenido su pensamiento. Quiso ponerlo a prueba: repitió (sin mover los labios) la misteriosa Cuarta Égloga de Virgilio. Imaginó que los ya remotos soldados compartían su angustia; anheló comunicarse con ellos. Le asombró no sentir ninguna fatiga, ni siquiera el vértigo de su larga inmovilidad. Durmió, al cabo de un plazo indeterminado. Al despertar, el mundo seguía inmóvil y sordo. En su mejilla perduraba la gota de agua; en el patio, la sombra de la abeja; el humo del cigarrillo que había tirado no acababa nunca de dispersarse. Otro «día» pasó, antes que Hladík entendiera.

Un año entero había solicitado de Dios para terminar su labor: un año le otorgaba su omnipotencia. Dios operaba para él un milagro secreto: lo mataría el plomo alemán, en la hora determinada, pero en su mente un año transcurriría entre la orden y la ejecución de la orden. De la perplejidad pasó al estupor, del estupor a la resignación, de la resignación a la súbita gratitud.

No disponía de otro documento que la memoria; el aprendizaje de cada hexámetro que agregaba le impuso un afortunado rigor que no sospechan quienes aventuran y olvidan párrafos interinos y vagos. No trabajó para la posteridad ni aun para Dios, de cuyas preferencias literarias poco sabía. Minucioso, inmóvil, secreto, urdió en el tiempo su alto laberinto invisible. Rehízo el tercer acto dos veces. Borró algún símbolo demasiado evidente: las repetidas campanadas, la música. Ninguna circunstancia lo importunaba. Omitió, abrevió, amplificó; en algún caso, optó por la versión primitiva. Llegó a querer el patio, el cuartel; uno de los rostros que lo enfrentaban modificó su concepción del carácter de Roemerstadt. Descubrió que las arduas cacofonías que alarmaron tanto a Flaubert son meras supersticiones visuales: debilidades y molestias de la palabra escrita, no de la palabra sonora… Dio término a su drama: no le faltaba ya resolver sino un solo epíteto. Lo encontró; la gota de agua resbaló en su mejilla. Inició un grito enloquecido, movió la cara, la cuádruple descarga lo derribó.

Jaromir Hladík murió el veintinueve de marzo, a las nueve y dos minutos de la mañana.

Tres versiones de Judas

There seemed a certainty in degradation.

T. E. LAWRENCE,
Seven Pillars of Wisdom, CIII

En el Asia Menor o en Alejandría, en el siglo II de nuestra fe, cuando Basílides publicaba que el cosmos era una temeraria o malvada improvisación de ángeles deficientes, Nils Runeberg hubiera dirigido, con singular pasión intelectual, uno de los conventículos gnósticos. Dante le hubiera destinado, tal vez, un sepulcro de fuego; su nombre aumentaría los catálogos de heresiarcas menores, entre Satornilo y Carpócrates; algún fragmento de sus prédicas, exornado de injurias, perduraría en el apócrifo *Liber adversus omnes haereses* o habría perecido cuando el incendio de una biblioteca monástica devoró el último ejemplar del *Syntagma*. En cambio, Dios le deparó el siglo XX y la ciudad universitaria de Lund. Ahí, en 1904, publicó la primera edición de *Kristus och Judas*; ahí en 1909, su libro capital *Den hemlige Frälsaren*. (Del último hay versión alemana, ejecutada en 1912 por Emil Schering; se llama *Der heimliche Heiland*.)

Antes de ensayar un examen de los precitados trabajos, urge repetir que Nils Runeberg, miembro de la Unión Evangélica Nacional, era hondamente religioso. En un cenáculo de París o aun de Buenos Aires, un literato podría muy bien redescubrir las tesis de Runeberg; esas tesis, propuestas en un cenáculo, serían ligeros ejercicios inútiles de la negligencia o de la blasfemia. Para Runeberg, fueron la clave que descifra un misterio central de la teología; fueron materia de meditación y de análisis, de controversia histórica y filológica, de soberbia, de júbilo y de terror. Justificaron y desbarataron su vida. Quienes recorran este artículo, deben asimismo considerar que no registra sino las conclusiones de Runeberg, no su dialéctica y sus pruebas. Alguien observará que la conclusión precedió sin duda a las «pruebas». ¿Quién se resigna a buscar pruebas de algo no creído por él o cuya prédica no le importa?

La primera edición de *Kristus och Judas* lleva este categórico epígrafe, cuyo sentido, años después, monstruosamente dilataría el propio Nils Runeberg: «No una cosa, todas las cosas que la tradición atribuye a Judas Iscariote son falsas» (De Quincey, 1857). Precedido por algún alemán, De Quincey especuló que Judas entregó a Jesucristo para forzarlo a declarar su divinidad y a encender una vasta rebelión contra el yugo de Roma; Runeberg sugiere una vindicación de índole metafísica. Hábilmente, empieza por destacar la superfluidad del acto de Judas. Observa (como Robertson) que para identificar a un maestro que diariamente predicaba en la sinagoga y que obraba milagros ante concursos de miles de hombres, no se requiere la traición de un apóstol. Ello, sin embargo, ocurrió. Suponer un error en la Escritura es intolerable; no menos intolerable es admitir un hecho casual en el más precioso acontecimiento de la historia del mundo. *Ergo*, la traición de Judas no fue casual; fue un hecho prefijado que tiene su lugar misterioso en la economía de la redención. Prosigue Runeberg: El Verbo, cuando fue hecho carne, pasó de la ubicuidad al espacio, de la eternidad a la historia, de la dicha sin límites a la mutación y a la muerte; para corresponder a tal sacrificio, era necesario que un hombre, en representación de todos los hombres, hiciera un sacrificio condigno. Judas Iscariote fue ese hombre. Judas, único entre los apóstoles, intuyó la secreta divinidad y el terrible propósito de Jesús. El Verbo se había rebajado a mortal; Judas, discípulo del Verbo, podía rebajarse a delator (el peor delito que la infamia soporta) y a ser huésped del fuego que no se apaga. El orden inferior es un espejo del orden superior; las formas de la tierra corresponden a las formas del cielo; las manchas de la piel son un mapa de las incorruptibles constelaciones; Judas refleja de algún modo a Jesús. De ahí los treinta dineros y el beso; de ahí la muerte voluntaria, para merecer aún más la Reprobación. Así dilucidó Nils Runeberg el enigma de Judas.

Los teólogos de todas las confesiones lo refutaron. Lars Peter Engström lo acusó de ignorar, o de preterir, la unión hipostática; Axel Borelius, de renovar la herejía de los docetas, que negaron la humanidad de Jesús; el acerado obispo de Lund, de contradecir el tercer versículo del capítulo 22 del Evangelio de San Lucas.

Estos variados anatemas influyeron en Runeberg, que parcialmente reescribió el reprobado libro y modificó su doctrina. Abandonó a sus adversarios el terreno teológico y propuso oblicuas razones de orden moral. Admitió que Jesús, «que disponía de los considerables recursos que la Omnipotencia puede ofrecer», no necesitaba de un hombre para redimir a todos los hombres. Rebatió, luego, a quienes afirman que nada sabemos del inexplicable traidor; sabemos, dijo, que fue uno de los apóstoles, uno de los elegidos para anunciar el reino de los cielos, para sanar enfermos, para limpiar leprosos, para resucitar muertos y para echar fuera demonios (Mateo 10:7-8; Lucas 9:1). Un varón a quien ha distinguido así el Redentor merece de nosotros la mejor interpretación de sus actos. Imputar su crimen a la codicia (como lo han hecho algunos, alegando a Juan 12:6) es resignarse al móvil más torpe. Nils Runeberg propone el móvil contrario: un hiperbólico y hasta ilimitado ascetismo. El asceta, para mayor gloria de Dios, envilece y mortifica la carne; Judas hizo lo propio con el espíritu. Renunció al honor, al bien, a la paz, al reino de los cielos, como otros, menos heroicamente, al placer.* Premeditó con lucidez terrible sus culpas. En el adulterio suelen participar la ternura y la abnegación; en el homicidio, el coraje; en las profanaciones y la blasfemia, cierto fulgor satánico. Judas eligió aquellas culpas no visitadas por ninguna virtud: el abuso de confianza (Juan 12:6) y la delación. Obró con gigantesca humildad, se creyó indigno de ser bueno. Pablo ha escrito: «El que se gloría, glóriese en el Señor» (I, Corintios 1:31); Judas buscó el Infierno, porque la dicha del Señor le bastaba. Pensó que la felicidad, como el bien, es un atributo divino y que no deben usurparlo los hombres.**

Muchos han descubierto, *post factum*, que en los justificables comienzos de Runeberg está su extravagante fin y que *Den hemlige Frälsaren* es una mera perversión o exasperación de *Kristus och Judas*. A fines de 1907, Runeberg terminó y revisó el texto manuscrito; casi dos años transcurrieron sin que lo entregara a la imprenta. En octubre de 1909, el libro apareció con un prólogo (tibio hasta lo enigmático) del hebraísta dinamarqués Erik Erfjord y con este pérfido epígrafe: «En el mundo estaba y el mundo fue hecho por él, y el mundo no lo conoció» (Juan 1:10). El argumento general no es complejo, si bien la conclusión es monstruosa. Dios, arguye Nils Runeberg, se rebajó a ser hombre para la redención del género humano; cabe conjeturar que fue perfecto el sacrificio obrado por él, no invalidado o atenuado por omisiones. Limitar lo que padeció a la agonía de una tarde en la cruz es blasfemato-

---

* Borelius interroga con burla: «¿Por qué no renunció a renunciar? ¿Por qué no a renunciar a renunciar?».

** Euclydes da Cunha, en un libro ignorado por Runeberg, anota que para el heresiarca de Canudos, Antonio Conselheiro, la virtud «era una casi impiedad». El lector argentino recordará pasajes análogos en la obra de Almafuerte. Runeberg publicó, en la hoja simbólica *Sju insegel*, un asiduo poema descriptivo, «El agua secreta»; las primeras estrofas narran los hechos de un tumultuoso día; las últimas, el hallazgo de un estanque glacial; el poeta sugiere que la perduración de esa agua silenciosa corrige nuestra inútil violencia y de algún modo la permite y la absuelve. El poema concluye así: «El agua de la selva es feliz; podemos ser malvados y dolorosos».

rio.* Afirmar que fue hombre y que fue incapaz de pecado encierra contradicción; los atributos de *impeccabilitas* y de *humanitas* no son compatibles. Kemnitz admite que el Redentor pudo sentir fatiga, frío, turbación, hambre y sed; también cabe admitir que pudo pecar y perderse. El famoso texto «Brotará como raíz de tierra sedienta; no hay buen parecer en él, ni hermosura; despreciado y el último de los hombres; varón de dolores, experimentado en quebrantos» (Isaías 53:2-3), es para muchos una previsión del crucificado, en la hora de su muerte; para algunos (verbigracia, Hans Lassen Martensen), una refutación de la hermosura que el consenso vulgar atribuye a Cristo; para Runeberg, la puntual profecía no de un momento sino de todo el atroz porvenir, en el tiempo y en la eternidad, del Verbo hecho carne. Dios totalmente se hizo hombre pero hombre hasta la infamia, hombre hasta la reprobación y el abismo. Para salvarnos, pudo elegir *cualquiera* de los destinos que traman la perpleja red de la historia; pudo ser Alejandro o Pitágoras o Rurik o Jesús; eligió un ínfimo destino: fue Judas.

En vano propusieron esa revelación las librerías de Estocolmo y de Lund. Los incrédulos la consideraron, *a priori*, un insípido y laborioso juego teológico; los teólogos la desdeñaron. Runeberg intuyó en esa indiferencia ecuménica una casi milagrosa confirmación. Dios ordenaba esa indiferencia; Dios no quería que se propalara en la tierra Su terrible secreto. Runeberg comprendió que no era llegada la hora. Sintió que

---

* Maurice Abramowicz observa: «Jesús, d'après ce scandinave, a toujours le beau rôle; ses déboires, grâce à la science des typographes, jouissent d'une réputation polyglotte; sa résidence de trente-trois ans parmi les humains ne fut, en somme, qu'une villégiature». Erfjord, en el tercer apéndice de la *Christelige Dogmatik*, refuta ese pasaje. Anota que la crucifixión de Dios no ha cesado, porque lo acontecido una sola vez en el tiempo se repite sin tregua en la eternidad. Judas, *ahora*, sigue cobrando las monedas de plata; sigue besando a Jesucristo; sigue arrojando las monedas de plata en el templo; sigue anudando el lazo de la cuerda en el campo de sangre. (Erfjord, para justificar esa afirmación, invoca el último capítulo del primer tomo de la *Vindicación de la eternidad*, de Jaromir Hladík.)

estaban convergiendo sobre él antiguas maldiciones divinas; recordó a Elías y a Moisés, que en la montaña se taparon la cara para no ver a Dios; a Isaías, que se aterró cuando sus ojos vieron a Aquel cuya gloria llena la tierra; a Saúl, cuyos ojos quedaron ciegos en el camino de Damasco; al rabino Simeón ben Azaí, que vio el Paraíso y murió; al famoso hechicero Juan de Viterbo, que enloqueció cuando pudo ver a la Trinidad; a los Midrashim, que abominan de los impíos que pronuncian el *Shem Hamephorash*, el Secreto Nombre de Dios. ¿No era él, acaso, culpable de ese crimen oscuro? ¿No sería ésa la blasfemia contra el Espíritu, la que no será perdonada? (Mateo 12:31). Valerio Sorano murió por haber divulgado el oculto nombre de Roma; ¿qué infinito castigo sería el suyo, por haber descubierto y divulgado el horrible nombre de Dios?

Ebrio de insomnio y de vertiginosa dialéctica, Nils Runeberg erró por las calles de Malmö, rogando a voces que le fuera deparada la gracia de compartir con el Redentor el Infierno.

Murió de la rotura de un aneurisma, el 1 de marzo de 1912. Los heresiólogos tal vez lo recordarán; agregó al concepto del Hijo, que parecía agotado, las complejidades del mal y del infortunio.

1944

El fin

Recabarren, tendido, entreabrió los ojos y vio el oblicuo cielo raso de junco. De la otra pieza le llegaba un rasgueo de guitarra, una suerte de pobrísimo laberinto que se enredaba y desataba infinitamente… Recobró poco a poco la realidad, las cosas cotidianas que ya no cambiaría nunca por otras. Miró sin lástima su gran cuerpo inútil, el poncho de lana ordinaria que le envolvía las piernas. Afuera, más allá de los barrotes de la ventana, se dilataban la llanura y la tarde; había dormido, pero aún quedaba mucha luz en el cielo. Con el brazo izquierdo tanteó, hasta dar con un cencerro de bronce que había al pie del catre. Una o dos veces lo agitó; del otro lado de la puerta seguían llegándole los modestos acordes. El ejecutor era un negro que había aparecido una noche con pretensiones de cantor y que había desafiado a otro forastero a una larga payada de contrapunto. Vencido, seguía frecuentando la pulpería, como a la espera de alguien. Se pasaba las horas con la guitarra, pero no había vuelto a cantar; acaso la derrota lo había amargado. La gente ya se había acostumbrado a ese hombre inofensivo. Recabarren, patrón de la pulpería, no olvidaría ese contrapunto; al día siguiente, al acomodar unos tercios de yerba, se le había muerto bruscamente el lado derecho y había perdido el habla. A fuerza de apiadarnos de las desdichas de los héroes de las novelas concluimos apiadándonos con exceso de las desdichas propias; no así el sufrido Recabarren, que aceptó la parálisis como antes había aceptado el rigor y las soledades de América. Habituado a vivir en el presente, como los animales, ahora miraba el cielo y pensaba que el cerco rojo de la luna era señal de lluvia.

Un chico de rasgos aindiados (hijo suyo, tal vez) entreabrió la puerta. Recabarren le preguntó con los ojos si había algún parroquiano. El chico, taciturno, le dijo por señas que no; el negro no contaba. El hombre postrado se quedó solo; su mano izquierda jugó un rato con el cencerro, como si ejerciera un poder.

La llanura, bajo el último sol, era casi abstracta, como vista en un sueño. Un punto se agitó en el horizonte y creció hasta ser un jinete, que venía, o parecía venir, a la casa. Recabarren vio el chambergo, el largo poncho oscuro, el caballo moro, pero no la cara del hombre, que, por fin, sujetó el galope y vino acercándose al trotecito. A unas doscientas varas dobló. Recabarren no lo vio más, pero lo oyó chistar, apearse, atar el caballo al palenque y entrar con paso firme en la pulpería.

Sin alzar los ojos del instrumento, donde parecía buscar algo, el negro dijo con dulzura:

—Ya sabía yo, señor, que podía contar con usted.

El otro, con voz áspera, replicó:

—Y yo con vos, moreno. Una porción de días te hice esperar, pero aquí he venido.

Hubo un silencio. Al fin, el negro respondió:

—Me estoy acostumbrando a esperar. He esperado siete años.

El otro explicó sin apuro:

—Más de siete años pasé yo sin ver a mis hijos. Los encontré ese día y no quise mostrarme como un hombre que anda a las puñaladas.

—Ya me hice cargo —dijo el negro—. Espero que los dejó con salud.

El forastero, que se había sentado en el mostrador, se rió de buena gana. Pidió una caña y la paladeó sin concluirla.

—Les di buenos consejos —declaró—, que nunca están de más y

no cuestan nada. Les dije, entre otras cosas, que el hombre no debe derramar la sangre del hombre.

Un lento acorde precedió la respuesta del negro:

—Hizo bien. Así no se parecerán a nosotros.

—Por lo menos a mí —dijo el forastero y añadió como si pensara en voz alta—: Mi destino ha querido que yo matara y ahora, otra vez, me pone el cuchillo en la mano.

El negro, como si no lo oyera, observó:

—Con el otoño se van acortando los días.

—Con la luz que queda me basta —replicó el otro, poniéndose de pie.

Se cuadró ante el negro y le dijo como cansado:

—Dejá en paz la guitarra, que hoy te espera otra clase de contrapunto.

Los dos se encaminaron a la puerta. El negro, al salir, murmuró:

—Tal vez en éste me vaya tan mal como en el primero.

El otro contestó con seriedad:

—En el primero no te fue mal. Lo que pasó es que andabas ganoso de llegar al segundo.

Se alejaron un trecho de las casas, caminando a la par. Un lugar de la llanura era igual a otro y la luna resplandecía. De pronto se miraron, se detuvieron y el forastero se quitó las espuelas. Ya estaban con el poncho en el antebrazo, cuando el negro dijo:

—Una cosa quiero pedirle antes que nos trabemos. Que en este encuentro ponga todo su coraje y toda su maña, como en aquel otro de hace siete años, cuando mató a mi hermano.

Acaso por primera vez en su diálogo, Martín Fierro oyó el odio. Su sangre lo sintió como un acicate. Se entreveraron y el acero filoso rayó y marcó la cara del negro.

Hay una hora de la tarde en que la llanura está por decir algo; nunca lo dice o tal vez lo dice infinitamente y no lo entendemos, o lo entendemos pero es intraducible como una música... Desde su catre, Recabarren vio el fin. Una embestida y el negro reculó, perdió pie, amagó un hachazo a la cara y se tendió en una puñalada profunda, que penetró en el vientre. Después vino otra que el pulpero no alcanzó a precisar y Fierro no se levantó. Inmóvil, el negro parecía vigilar su agonía laboriosa. Limpió el facón ensangrentado en el pasto y volvió a las casas con lentitud, sin mirar para atrás. Cumplida su tarea de justiciero, ahora era nadie. Mejor dicho era el otro: no tenía destino sobre la tierra y había matado a un hombre.

La secta del Fénix

Quienes escriben que la secta del Fénix tuvo su origen en Heliópolis, y la derivan de la restauración religiosa que sucedió a la muerte del reformador Amenophis IV, alegan textos de Heródoto, de Tácito y de los monumentos egipcios, pero ignoran, o quieren ignorar, que la denominación por el Fénix no es anterior a Hrabano Mauro y que las fuentes más antiguas (las *Saturnales* o Flavio Josefo, digamos) sólo hablan de la Gente de la Costumbre o de la Gente del Secreto. Ya Gregorovius observó, en los conventículos de Ferrara, que la mención del Fénix era rarísima en el lenguaje oral; en Ginebra he tratado con artesanos que no me comprendieron cuando inquirí si eran hombres del Fénix, pero que admitieron, acto continuo, ser hombres del Secreto. Si no me engaño, igual cosa acontece con los budistas; el nombre por el cual los conoce el mundo no es el que ellos pronuncian.

Miklosich, en una página demasiado famosa, ha equiparado los sectarios del Fénix a los gitanos. En Chile y en Hungría hay gitanos y también hay sectarios; fuera de esa especie de ubicuidad, muy poco tienen en común unos y otros. Los gitanos son chalanes, caldereros, herreros y decidores de la buenaventura; los sectarios suelen ejercer felizmente las profesiones liberales. Los gitanos configuran un tipo físico y hablan, o hablaban, un idioma secreto; los sectarios se confunden con los demás y la prueba es que no han sufrido persecuciones. Los gitanos son pintorescos e inspiran a los malos poetas; los romances, los cromos y los boleros omiten a los sectarios… Martín Buber declara que los judíos son esencialmente patéticos; no todos los sectarios lo son y algunos abominan del patetismo; esta pública y notoria verdad basta para refutar el error vulgar (absurdamente defendido por Urmann) que ve en el Fénix una derivación de Israel. La gente más o menos discurre así: Urmann era un hombre sensible; Urmann era judío; Urmann frecuentó a los sectarios en la judería de Praga; la afinidad que Urmann sintió prueba un hecho real. Sinceramente, no puedo convenir con ese dictamen. Que los sectarios en un medio judío se parezcan a los judíos no prueba nada; lo innegable es que se parecen, como el infinito Shakespeare de Hazlitt, a todos los hombres del mundo. Son todo para todos, como el Apóstol; días pasados el doctor Juan Francisco Amaro, de Paysandú, ponderó la facilidad con que se acriollaban.

He dicho que la historia de la secta no registra persecuciones. Ello es verdad, pero como no hay grupo humano en que no figuren partidarios del Fénix, también es cierto que no hay persecución o rigor que éstos no hayan sufrido y ejecutado. En las guerras occidentales y en las remotas guerras del Asia han vertido su sangre secularmente, bajo banderas enemigas; de muy poco les vale identificarse con todas las naciones del orbe.

Sin un libro sagrado que los congregue como la Escritura a Israel, sin una memoria común, sin esa otra memoria que es un idioma, desparramados por la faz de la tierra, diversos de color y de rasgos, una sola cosa —el Secreto— los une y los unirá hasta el fin de los días. Alguna vez, además del Secreto hubo una leyenda (y quizá un mito cosmogónico), pero los superficiales hombres del Fénix la han olvidado y hoy sólo guardan la oscura tradición de un castigo. De un castigo, de un pacto o de un privilegio, porque las versiones difieren y apenas dejan entrever el fallo de un Dios que asegura a una estirpe la eternidad, si sus hombres, generación tras generación, ejecutan un rito. He compulsado los informes de los viajeros, he conversado con patriarcas y teólogos; puedo dar fe de que el cumplimiento del rito es la única práctica religiosa que observan los sectarios. El rito constituye el Secreto. Éste, como ya indiqué, se trasmite de generación en generación, pero el uso no quiere que las madres lo enseñen a los hijos, ni tampoco los sacerdotes; la iniciación en el misterio es tarea de los individuos más bajos. Un esclavo, un leproso o un pordiosero hacen de mistagogos. También un niño puede adoctrinar a otro niño. El acto en sí es trivial, momentáneo y no requiere descripción. Los materiales son el corcho, la cera o la goma arábiga. (En la liturgia se habla de légamo; éste suele usarse también.) No hay templos dedicados especialmente a la celebración de este culto, pero una ruina, un sótano o un zaguán se juzgan lugares propicios. El Secreto es sagrado pero no deja de ser un poco ridículo; su ejercicio es furtivo y aun clandestino y los adeptos no hablan de él. No hay palabras decentes para nombrarlo, pero se entiende que todas las palabras lo nombran o mejor dicho, que inevitablemente lo aluden, y así, en el diálogo yo he dicho una cosa cualquiera y los adeptos han sonreído o se han puesto incómodos, porque sintieron que yo había tocado el Secreto. En las literaturas germánicas hay poemas escritos por sectarios, cuyo sujeto nominal es el mar o el crepúsculo de la noche; son, de algún modo, símbolos del Secreto, oigo repetir. *Orbis terrarum est speculum Ludi* reza un adagio apócrifo que Du Cange registró en su *Glosario*. Una suerte de horror sagrado impide a algunos fieles la ejecución del simplísimo rito; los otros los desprecian, pero ellos se desprecian aun más. Gozan de mucho crédito, en cambio, quienes deliberadamente renuncian a la Costumbre y logran un comercio directo con la divinidad; éstos, para manifestar ese comercio, lo hacen con figuras de la liturgia y así John of the Rood escribió:

Sepan los Nueve Firmamentos que el Dios
es deleitable como el Corcho y el Cieno.

He merecido en tres continentes la amistad de muchos devotos del Fénix; me consta que el Secreto, al principio, les pareció baladí, penoso, vulgar y (lo que aun es más extraño) increíble. No se avenían a admitir que sus padres se hubieran rebajado a tales manejos. Lo raro es que el Secreto no se haya perdido hace tiempo; a despecho de las vicisitudes del orbe, a despecho de las guerras y de los éxodos, llega, tremendamente, a todos los fieles. Alguien no ha vacilado en afirmar que ya es instintivo.

El Sur

El hombre que desembarcó en Buenos Aires en 1871 se llamaba Johannes Dahlmann y era pastor de la Iglesia evangélica; en 1939, uno de sus nietos, Juan Dahlmann, era secretario de una biblioteca municipal en la calle Córdoba y se sentía hondamente argentino. Su abuelo materno había sido aquel Francisco Flores, del 2 de infantería de línea, que murió en la frontera de Buenos Aires, lanceado por indios de Catriel; en la discordia de sus dos linajes, Juan Dahlmann (tal vez a impulso de la sangre germánica) eligió el de ese antepasado romántico, o de muerte romántica. Un estuche con el daguerrotipo de un hombre inexpresivo y barbado, una vieja espada, la dicha y el coraje de ciertas músicas, el hábito de estrofas del *Martín Fierro*, los años, el desgano y la soledad, fomentaron ese criollismo algo voluntario, pero nunca ostentoso. A costa de algunas privaciones, Dahlmann había logrado salvar el casco de una estancia en el Sur, que fue de los Flores; una de las costumbres de su memoria era la imagen de los eucaliptos balsámicos y de la larga casa rosada que alguna vez fue carmesí. Las tareas y acaso la indolencia lo retenían en la ciudad. Verano tras verano se contentaba con la idea abstracta de posesión y con la certidumbre de que su casa estaba esperándolo, en un sitio preciso de la llanura. En los últimos días de febrero de 1939, algo le aconteció.

Ciego a las culpas, el destino puede ser despiadado con las mínimas distracciones. Dahlmann había conseguido, esa tarde, un ejemplar descabalado de *Las mil y una noches* de Weil; ávido de examinar ese hallazgo, no esperó que bajara el ascensor y subió con apuro las escaleras; algo en la oscuridad le rozó la frente ¿un murciélago, un pájaro? En la cara de la mujer que le abrió la puerta vio grabado el horror, y la mano que se pasó por la frente salió roja de sangre. La arista de un batiente recién pintado que alguien se olvidó de cerrar le habría hecho esa herida. Dahlmann logró dormir, pero a la madrugada estaba despierto y desde aquella hora el sabor de todas las cosas fue atroz. La fiebre lo gastó y las ilustraciones de *Las mil y una noches* sirvieron para decorar pesadillas. Amigos y parientes lo visitaban y con exagerada sonrisa le repetían que lo hallaban muy bien. Dahlmann los oía con una especie de débil estupor y le maravillaba que no supieran que estaba en el infierno. Ocho días pasaron, como ocho siglos. Una tarde, el médico habitual se presentó con un médico nuevo y lo condujeron a un sanatorio de la calle Ecuador, porque era indispensable sacarle una radiografía. Dahlmann, en el coche de plaza que los llevó, pensó que en una habitación que no fuera la suya podría, al fin, dormir. Se sintió feliz y conversador; en cuanto llegó, lo desvistieron; le raparon la cabeza, lo sujetaron con metales a una camilla, lo iluminaron hasta la ceguera y el vértigo, lo auscultaron y un hombre enmascarado le clavó una aguja en el brazo. Se despertó con náuseas, vendado, en una celda que tenía algo de pozo y, en los días y noches que siguieron a la operación pudo entender que apenas había estado, hasta entonces, en un arrabal del infierno. El hielo no dejaba en su boca el menor rastro de frescura. En esos días, Dahlmann minuciosamente se odió; odió su identidad, sus necesidades corporales, su humillación, la barba que le erizaba la cara. Sufrió con estoicismo las curaciones, que eran muy dolorosas, pero cuando el cirujano le dijo que había estado a punto de morir de una septicemia, Dahlmann se echó a llorar, condolido de su destino. Las miserias físicas y la incesante previsión de las malas noches no le habían dejado pensar en algo tan abstracto como la muerte. Otro día, el cirujano le dijo que estaba reponiéndose y que, muy pronto, podría ir a convalecer a la estancia. Increíblemente, el día prometido llegó.

A la realidad le gustan las simetrías y los leves anacronismos; Dahlmann había llegado al sanatorio en un coche de plaza y ahora un coche de plaza lo llevaba a Constitución. La primera frescura del otoño, después de la opresión del verano, era como un símbolo natural de su destino rescatado de la muerte y la fiebre. La ciudad, a las siete de la mañana, no había perdido ese aire de casa vieja que le infunde la noche; las calles eran como largos zaguanes, las plazas como patios. Dahlmann la reconocía con felicidad y con un principio de vértigo; unos segundos antes de que las registraran sus ojos, recordaba las esquinas, las carteleras, las modestas diferencias de Buenos Aires. En la luz amarilla del nuevo día, todas las cosas regresaban a él.

Nadie ignora que el Sur empieza del otro lado de Rivadavia. Dahlmann solía repetir que ello no es una convención y que quien atraviesa esa calle entra en un mundo más antiguo y más firme. Desde el coche buscaba entre la nueva edificación, la ventana de rejas, el llamador, el arco de la puerta, el zaguán, el íntimo patio.

En el hall de la estación advirtió que faltaban treinta minutos. Recordó bruscamente que en un café de la calle Brasil (a pocos metros de la casa de Yrigoyen) había un enorme gato que se dejaba acariciar por la gente, como una divinidad desdeñosa. Entró. Ahí estaba el gato, dormido. Pidió una taza de café, la endulzó lentamente, la probó (ese placer le había sido vedado en la clínica) y pensó, mientras alisaba el negro pelaje, que aquel contacto era ilusorio y que estaban como separados por un cristal, porque el hombre vive en el tiempo, en la sucesión, y el mágico animal, en la actualidad, en la eternidad del instante.

A lo largo del penúltimo andén el tren esperaba. Dahlmann recorrió los vagones y dio con uno casi vacío. Acomodó en la red la valija; cuando los coches arrancaron, la abrió y sacó, tras alguna vacilación, el primer tomo de *Las mil y una noches*. Viajar con este libro, tan vinculado a la historia de su desdicha, era una afirmación de que esa desdicha había sido anulada y un desafío alegre y secreto a las frustradas fuerzas del mal.

A los lados del tren, la ciudad se desgarraba en suburbios; esta visión y luego la de jardines y quintas demoraron el principio de la lectura. La verdad es que Dahlmann leyó poco; la montaña de piedra imán y el genio que ha jurado matar a su bienhechor eran, quién lo niega, maravillosos, pero no mucho más que la mañana y que el hecho de ser. La felicidad lo distraía de Shahrazad y de sus milagros superfluos; Dahlmann cerraba el libro y se dejaba simplemente vivir.

El almuerzo (con el caldo servido en boles de metal reluciente, como en los ya remotos veraneos de la niñez) fue otro goce tranquilo y agradecido.

«Mañana me despertaré en la estancia», pensaba, y era como si a un tiempo fuera dos hombres: el que avanzaba por el día otoñal y por la geografía de la patria, y el otro, encarcelado en un sanatorio y sujeto a metódicas servidumbres. Vio casas de ladrillo sin revocar, esquinadas y largas, infinitamente mirando pasar los trenes; vio jinetes en los terrosos caminos; vio zanjas y lagunas y hacienda; vio largas nubes luminosas que parecían de mármol, y todas estas cosas eran casuales, como sueños de la llanura. También creyó reconocer árboles y sembrados que no hubiera podido nombrar, porque su directo conocimiento de la campaña era harto inferior a su conocimiento nostálgico y literario.

Alguna vez durmió y en sus sueños estaba el ímpetu del tren. Ya el blanco sol intolerable de las doce del día era el sol amarillo que precede al anochecer y no tardaría en ser rojo. También el coche era distinto; no era el que fue en Constitución, al dejar el andén: la llanura y las horas lo habían atravesado y transfigurado. Afuera la móvil sombra del vagón se alargaba hacia el horizonte. No turbaban la tierra elemental ni poblaciones ni otros signos humanos. Todo era vasto, pero al mismo tiempo era íntimo y, de alguna manera, secreto. En el campo desaforado, a veces no había otra cosa que un toro. La soledad era perfecta y tal vez hostil, y Dahlmann pudo sospechar que viajaba al pasado y no sólo al Sur. De esa conjetura fantástica lo distrajo el inspector, que al ver su boleto, le advirtió que el tren no lo dejaría en la estación de siempre sino en otra, un poco anterior y apenas conocida por Dahlmann. (El hombre añadió una explicación que Dahlmann no trató de entender ni siquiera de oír, porque el mecanismo de los hechos no le importaba.)

El tren laboriosamente se detuvo, casi en medio del campo. Del otro lado de las vías quedaba la estación, que era poco más que un andén con un cobertizo. Ningún vehículo tenían, pero el jefe opinó que tal vez pudiera conseguir uno en un comercio que le indicó a unas diez, doce, cuadras.

Dahlmann aceptó la caminata como una pequeña aventura. Ya se había hundido el sol, pero un esplendor final exaltaba la viva y silenciosa llanura, antes de que la borrara la noche. Menos para no fatigarse que para hacer durar esas cosas, Dahlmann caminaba despacio, aspirando con grave felicidad el olor del trébol.

El almacén, alguna vez, había sido punzó, pero los años habían mitigado para su bien ese color violento. Algo en su pobre arquitectura le recordó un grabado en acero, acaso de una vieja edición de *Pablo y Virginia*. Atados al palenque había unos caballos. Dahlmann, adentro, creyó reconocer al patrón; luego comprendió que lo había engañado su parecido con uno de los empleados del sanatorio. El hombre, oído el caso, dijo que le haría atar la jardinera; para agregar otro hecho a aquel día y para llenar ese tiempo, Dahlmann resolvió comer en el almacén.

En una mesa comían y bebían ruidosamente unos muchachones, en los que Dahlmann, al principio, no se fijó. En el suelo, apoyado en el mostrador, se acurrucaba, inmóvil como una cosa, un hombre muy viejo. Los muchos años lo habían reducido y pulido como las aguas a una piedra o las generaciones de los hombres a una sentencia. Era oscuro, chico y reseco, y estaba como fuera del tiempo, en una eternidad.

Dahlmann registró con satisfacción la vincha, el poncho de bayeta, el largo chiripá y la bota de potro y se dijo, rememorando inútiles discusiones con gente de los partidos del Norte o con entrerrianos, que gauchos de ésos ya no quedan más que en el Sur.

Dahlmann se acomodó junto a la ventana. La oscuridad fue quedándose con el campo, pero su olor y sus rumores aún le llegaban entre los barrotes de hierro. El patrón le trajo sardinas y después carne asada; Dahlmann las empujó con unos vasos de vino tinto. Ocioso, paladeaba el áspero sabor y dejaba errar la mirada por el local, ya un poco soñolienta. La lámpara de kerosén pendía de uno de los tirantes; los parroquianos de la otra mesa eran tres: dos parecían peones de chacra; otro, de rasgos achinados y torpes, bebía con el chambergo puesto. Dahlmann, de pronto, sintió un leve roce en la cara. Junto al vaso ordinario de vidrio turbio, sobre una de las rayas del mantel, había una bolita de miga. Eso era todo, pero alguien se la había tirado.

Los de la otra mesa parecían ajenos a él. Dahlmann, perplejo, decidió que nada había ocurrido y abrió el volumen de *Las mil y una noches,* como para tapar la realidad. Otra bolita lo alcanzó a los pocos minutos, y esta vez los peones se rieron. Dahlmann se dijo que no estaba asustado, pero que sería un disparate que él, un convaleciente, se dejara arrastrar por desconocidos a una pelea confusa. Resolvió salir; ya estaba de pie cuando el patrón se le acercó y lo exhortó con voz alarmada:

—Señor Dahlmann, no les haga caso a esos mozos, que están medio alegres.

Dahlmann no se extrañó de que el otro, ahora, lo conociera, pero sintió que estas palabras conciliadoras agravaban, de hecho, la situación. Antes, la provocación de los peones era a una cara accidental, casi a nadie; ahora iba contra él y contra su nombre y lo sabrían los vecinos. Dahlmann hizo a un lado al patrón, se enfrentó con los peones y les preguntó qué andaban buscando. El compadrito de la cara achinada se paró, tambaleándose. A un paso de Juan Dahlmann, lo injurió a gritos, como si estuviera muy lejos. Jugaba a exagerar su borrachera y esa exageración era una ferocidad y una burla. Entre malas palabras y obscenidades, tiró al aire un largo cuchillo, lo siguió con los ojos, lo barajó, e invitó a Dahlmann a pelear. El patrón objetó con trémula voz que Dahlmann estaba desarmado. En ese punto, algo imprevisible ocurrió.

Desde un rincón, el viejo gaucho extático, en el que Dahlmann vio una cifra del Sur (del Sur que era suyo), le tiró una daga desnuda que vino a caer a sus pies. Era como si el Sur hubiera resuelto que Dahlmann aceptara el duelo. Dahlmann se inclinó a recoger la daga y sintió dos cosas. La primera, que ese acto casi instintivo lo comprometía a pelear. La segunda, que el arma, en su mano torpe, no serviría para defenderlo, sino para justificar que lo mataran. Alguna vez había jugado con un puñal, como todos los hombres, pero su esgrima no pasaba de una noción de que los golpes deben ir hacia arriba y con el filo para adentro. «No hubieran permitido en el sanatorio que me pasaran estas cosas», pensó.

—Vamos saliendo —dijo el otro.

Salieron, y si en Dahlmann no había esperanza, tampoco había temor. Sintió, al atravesar el umbral, que morir en una pelea a cuchillo, a cielo abierto y acometiendo, hubiera sido una liberación para él, una felicidad y una fiesta, en la primera noche del sanatorio, cuando le clavaron la aguja. Sintió que si él, entonces, hubiera podido elegir o soñar su muerte, ésta es la muerte que hubiera elegido o soñado.

Dahlmann empuña con firmeza el cuchillo, que acaso no sabrá manejar, y sale a la llanura.

El Aleph
(1949)

El inmortal

Solomon saith: *There is no new thing upon the earth.* So that as Plato had an imagination, *that all knowledge was but remembrance*; so Solomon giveth his sentence, *that all novelty is but oblivion.*

FRANCIS BACON, *Essays*, LVIII

En Londres, a principios del mes de junio de 1929, el anticuario Joseph Cartaphilus, de Esmirna, ofreció a la princesa de Lucinge los seis volúmenes en cuarto menor (1715-1720) de la *Ilíada* de Pope. La princesa los adquirió; al recibirlos, cambió unas palabras con él. Era, nos dice, un hombre consumido y terroso, de ojos grises y barba gris, de rasgos singularmente vagos. Se manejaba con fluidez e ignorancia en diversas lenguas; en muy pocos minutos pasó del francés al inglés y del inglés a una conjunción enigmática de español de Salónica y de portugués de Macao. En octubre, la princesa oyó por un pasajero del *Zeus* que Cartaphilus había muerto en el mar, al regresar a Esmirna, y que lo habían enterrado en la isla de Ios. En el último tomo de la *Ilíada* halló este manuscrito.

El original está redactado en inglés y abunda en latinismos. La versión que ofrecemos es literal.

I

Que yo recuerde, mis trabajos empezaron en un jardín de Tebas Hekatómpylos, cuando Diocleciano era emperador. Yo había militado (sin
gloria) en las recientes guerras egipcias, yo era tribuno de una legión
que estuvo acuartelada en Berenice, frente al mar Rojo: la fiebre y la
magia consumieron a muchos hombres que codiciaban magnánimos el
acero. Los mauritanos fueron vencidos; la tierra que antes ocuparon las
ciudades rebeldes fue dedicada eternamente a los dioses plutónicos;
Alejandría, debelada, imploró en vano la misericordia del César; antes
de un año las legiones reportaron el triunfo, pero yo logré apenas divisar el rostro de Marte. Esa privación me dolió y fue tal vez la causa de
que yo me arrojara a descubrir, por temerosos y difusos desiertos, la secreta Ciudad de los Inmortales.

Mis trabajos empezaron, he referido, en un jardín de Tebas. Toda
esa noche no dormí, pues algo estaba combatiendo en mi corazón. Me
levanté poco antes del alba; mis esclavos dormían, la luna tenía el mismo color de la infinita arena. Un jinete rendido y ensangrentado venía
del oriente. A unos pasos de mí, rodó el caballo. Con una tenue voz in-
saciable me preguntó en latín el nombre del río que bañaba los muros
de la ciudad. Le respondí que era el Egipto, que alimentan las lluvias.
«Otro es el río que persigo», replicó tristemente, «el río secreto que purifica de la muerte a los hombres.» Oscura sangre le manaba del pecho.
Me dijo que su patria era una montaña que está del otro lado del Ganges y que en esa montaña era fama que si alguien caminaba hasta el occidente, donde se acaba el mundo, llegaría al río cuyas aguas dan la inmortalidad. Agregó que en la margen ulterior se eleva la Ciudad de los
Inmortales, rica en baluartes y anfiteatros y templos. Antes de la aurora murió, pero yo determiné descubrir la ciudad y su río. Interrogados
por el verdugo, algunos prisioneros mauritanos confirmaron la relación

del viajero; alguien recordó la llanura elísea, en el término de la tierra, donde la vida de los hombres es perdurable; alguien, las cumbres donde nace el Pactolo, cuyos moradores viven un siglo. En Roma, conversé con filósofos que sintieron que dilatar la vida de los hombres era dilatar su agonía y multiplicar el número de sus muertes. Ignoro si creí alguna vez en la Ciudad de los Inmortales: pienso que entonces me bastó la tarea de buscarla. Flavio, procónsul de Getulia, me entregó doscientos soldados para la empresa. También recluté mercenarios, que se dijeron conocedores de los caminos y que fueron los primeros en desertar.

Los hechos ulteriores han deformado hasta lo inextricable el recuerdo de nuestras primeras jornadas. Partimos de Arsinoe y entramos en el abrasado desierto. Atravesamos el país de los trogloditas, que devoran serpientes y carecen del comercio de la palabra; el de los garamantas, que tienen las mujeres en común y se nutren de leones; el de los augilas, que sólo veneran el Tártaro. Fatigamos otros desiertos, donde es negra la arena, donde el viajero debe usurpar las horas de la noche, pues el fervor del día es intolerable. De lejos divisé la montaña que dio nombre al Océano: en sus laderas crece el euforbio, que anula los venenos; en la cumbre habitan los sátiros, nación de hombres ferales y rústicos, inclinados a la lujuria. Que esas regiones bárbaras, donde la tierra es madre de monstruos, pudieran albergar en su seno una ciudad famosa, a todos nos pareció inconcebible. Proseguimos la marcha, pues hubiera sido una afrenta retroceder. Algunos temerarios durmieron con la cara expuesta a la luna; la fiebre los ardió; en el agua depravada de las cisternas otros bebieron la locura y la muerte. Entonces comenzaron las deserciones; muy poco después, los motines. Para reprimirlos, no vacilé ante el ejercicio de la severidad. Procedí rectamente, pero un centurión me advirtió que los sediciosos (ávidos de vengar la crucifixión de uno de ellos) maquinaban mi muerte. Huí del campamento con los pocos soldados que me eran fieles. En el desierto los perdí, entre los remolinos de arena y la vasta noche. Una flecha cretense me laceró. Varios días erré sin encontrar agua, o un solo enorme día multiplicado por el sol, por la sed y por el temor de la sed. Dejé el camino al arbitrio de mi caballo. En el alba, la lejanía se erizó de pirámides y de torres. Insoportablemente soñé con un exiguo y nítido laberinto: en el centro había un cántaro; mis manos casi lo tocaban, mis ojos lo veían, pero tan intrincadas y perplejas eran las curvas que yo sabía que iba a morir antes de alcanzarlo.

II

Al desenredarme por fin de esa pesadilla, me vi tirado y maniatado en un oblongo nicho de piedra, no mayor que una sepultura común, superficialmente excavado en el agrio declive de una montaña. Los lados eran húmedos, antes pulidos por el tiempo que por la industria. Sentí en el pecho un doloroso latido, sentí que me abrasaba la sed. Me asomé y grité débilmente. Al pie de la montaña se dilataba sin rumor un arroyo impuro, entorpecido por escombros y arena; en la opuesta margen resplandecía (bajo el último sol o bajo el primero) la evidente Ciudad de los Inmortales. Vi muros, arcos, frontispicios y foros: el fundamento era una meseta de piedra. Un centenar de nichos irregulares, análogos al mío, surcaban la montaña y el valle. En la arena había pozos de poca hondura; de esos mezquinos agujeros (y de los nichos) emergían hombres de piel gris, de barba negligente, desnudos. Creí reconocerlos: pertenecían a la estirpe bestial de los trogloditas, que infestan las riberas del golfo Arábigo y las grutas etiópicas; no me maravillé de que no hablaran y de que devoraran serpientes.

La urgencia de la sed me hizo temerario. Consideré que estaba a unos treinta pies de la arena; me tiré, cerrados los ojos, atadas a la espalda las manos, montaña abajo. Hundí la cara ensangrentada en el agua oscura. Bebí como se abrevan los animales. Antes de perderme otra vez en el sueño y en los delirios, inexplicablemente repetí unas palabras griegas: «Los ricos teucros de Zelea que beben el agua negra del Esepo...».

No sé cuántos días y noches rodaron sobre mí. Doloroso, incapaz de recuperar el abrigo de las cavernas, desnudo en la ignorada arena, dejé que la luna y el sol jugaran con mi aciago destino. Los trogloditas, infantiles en la barbarie, no me ayudaron a sobrevivir o a morir. En vano les rogué que me dieran muerte. Un día, con el filo de un pedernal rompí mis ligaduras. Otro, me levanté y pude mendigar o robar —yo, Marco Flaminio Rufo, tribuno militar de una de las legiones de Roma— mi primera detestada ración de carne de serpiente.

La codicia de ver a los Inmortales, de tocar la sobrehumana Ciudad, casi me vedaba dormir. Como si penetraran mi propósito, no dormían tampoco los trogloditas: al principio inferí que me vigilaban; luego, que se habían contagiado de mi inquietud, como podrían contagiarse los perros. Para alejarme de la bárbara aldea elegí la más pública de las horas, la declinación de la tarde, cuando casi todos los hombres emergen de las grietas y de los pozos y miran el poniente, sin verlo. Oré en voz alta, menos para suplicar el favor divino que para intimidar a la tribu con palabras articuladas. Atravesé el arroyo que los médanos entorpecen y me dirigí a la Ciudad. Confusamente me siguieron dos o tres hombres. Eran (como los otros de ese linaje) de menguada estatura; no inspiraban temor, sino repulsión. Debí rodear algunas hondonadas irregulares que me parecieron canteras; ofuscado por la grandeza de la Ciudad, yo la había creído cercana. Hacia la medianoche, pisé, erizada de formas idolátricas en la arena amarilla, la negra sombra de sus muros. Me detuvo una especie de horror sagrado. Tan abominadas del hombre son la novedad y el desierto que me alegré de que uno de los trogloditas me hubiera acompañado hasta el fin. Cerré los ojos y aguardé (sin dormir) que relumbrara el día.

He dicho que la Ciudad estaba fundada sobre una meseta de piedra. Esta meseta comparable a un acantilado no era menos ardua que los muros. En vano fatigué mis pasos: el negro basamento no descubría la menor irregularidad, los muros invariables no parecían consentir una sola puerta. La fuerza del día hizo que yo me refugiara en una caverna; en el fondo había un pozo, en el pozo una escalera que se abismaba hacia la tiniebla inferior. Bajé; por un caos de sórdidas galerías llegué a una vasta cámara circular, apenas visible. Había nueve puertas en aquel sótano; ocho daban a un laberinto que falazmente desembocaba en la misma cámara; la novena (a través de otro laberinto) daba a una segunda cámara circular, igual a la primera. Ignoro el número total de las cámaras; mi desventura y mi ansiedad las multiplicaron. El silencio era hostil y casi perfecto; otro rumor no había en esas profundas redes de piedra que un viento subterráneo, cuya causa no descubrí; sin ruido se perdían entre las grietas hilos de agua herrumbrada. Horriblemente me habitué a ese dudoso mundo; consideré increíble que pudiera existir otra cosa que sótanos provistos de nueve puertas y que sótanos largos que se bifurcan. Ignoro el tiempo que debí caminar bajo tierra; sé que alguna vez confundí, en la misma nostalgia, la atroz aldea de los bárbaros y mi ciudad natal, entre los racimos.

En el fondo de un corredor, un no previsto muro me cerró el paso, una remota luz cayó sobre mí. Alcé los ofuscados ojos: en lo vertiginoso, en lo altísimo, vi un círculo de cielo tan azul que pudo parecerme de púrpura. Unos peldaños de metal escalaban el muro. La fatiga me relajaba, pero subí, sólo deteniéndome a veces para torpemente sollozar de felicidad. Fui divisando capiteles y astrágalos, frontones triangulares y bóvedas, confusas pompas del granito y del mármol. Así me fue deparado ascender de la ciega región de negros laberintos entretejidos a la resplandeciente Ciudad.

Emergí a una suerte de plazoleta; mejor dicho, de patio. Lo rodeaba un solo edificio de forma irregular y altura variable; a ese edificio heterogéneo pertenecían las diversas cúpulas y columnas. Antes que ningún otro rasgo de ese monumento increíble, me suspendió lo antiquísimo de su fábrica. Sentí que era anterior a los hombres, anterior a la tierra. Esa notoria antigüedad (aunque terrible de algún modo para los ojos) me pareció adecuada al trabajo de obreros inmortales. Cautelosamente al principio, con indiferencia después, con desesperación al fin, erré por escaleras y pavimentos del inextricable palacio. (Después averigüé que eran inconstantes la extensión y la altura de los peldaños, hecho que me hizo comprender la singular fatiga que me infundieron.) «Este palacio es fábrica de los dioses», pensé primeramente. Exploré los inhabitados recintos y corregí: «Los dioses que lo edificaron han muerto». Noté sus peculiaridades y dije: «Los dioses que lo edificaron estaban locos». Lo dije, bien lo sé, con una incomprensible reprobación que era casi un remordimiento, con más horror intelectual que miedo sensible. A la impresión de enorme antigüedad se agregaron otras: la de lo interminable, la de lo atroz, la de lo complejamente insensato. Yo había cruzado un laberinto, pero la nítida Ciudad de los Inmortales me atemorizó y repugnó. Un laberinto es una casa labrada para confundir a los hombres; su arquitectura, pródiga en simetrías, está subordinada a ese fin. En el palacio que imperfectamente exploré, la arquitectura carecía de fin. Abundaban el corredor sin salida, la alta ventana inalcanzable, la aparatosa puerta que daba a una celda o a un pozo, las increíbles escaleras inversas, con los peldaños y la balaustrada hacia abajo. Otras, adheridas aéreamente al costado de un muro monumental, morían sin llegar a ninguna parte, al cabo de dos o tres giros, en la tiniebla superior de las cúpulas. Ignoro si todos los ejemplos que he enumerado son literales; sé que durante muchos años infestaron mis pesadillas; no puedo ya saber si tal o cual rasgo es una transcripción de la realidad o de las formas que desatinaron mis noches. «Esta Ciudad —pensé— es tan horrible que su mera existencia y perduración, aunque en el centro de un desierto secreto, contamina el pasado y el porvenir y de algún modo compromete a los astros. Mientras perdure, nadie en el mundo podrá ser valeroso o feliz.» No quiero describirla; un caos de palabras heterogéneas, un cuerpo de tigre o de toro, en el que pulularan monstruosamente, conjugados y odiándose, dientes, órganos y cabezas, pueden (tal vez) ser imágenes aproximativas.

No recuerdo las etapas de mi regreso, entre los polvorientos y húmedos hipogeos. Únicamente sé que no me abandonaba el temor de que, al salir del último laberinto, me rodeara otra vez la nefanda Ciudad de los Inmortales. Nada más puedo recordar. Ese olvido, ahora insuperable, fue quizá voluntario; quizá las circunstancias de mi evasión fueron tan ingratas que, en algún día no menos olvidado también, he jurado olvidarlas.

III

Quienes hayan leído con atención el relato de mis trabajos recordarán que un hombre de la tribu me siguió como un perro podría seguirme, hasta la sombra irregular de los muros. Cuando salí del último sótano, lo encontré en la boca de la caverna. Estaba tirado en la arena, donde trazaba torpemente y borraba una hilera de signos, que eran como las letras de los sueños, que uno está a punto de entender y luego se juntan. Al principio, creí que se trataba de una escritura bárbara; después vi que es absurdo imaginar que hombres que no llegaron a la palabra lleguen a la escritura. Además, ninguna de las formas era igual a otra, lo cual excluía o alejaba la posibilidad de que fueran simbólicas. El hombre las trazaba, las miraba y las corregía. De golpe, como si le fastidiara ese juego, las borró con la palma y el antebrazo. Me miró, no pareció reconocerme. Sin embargo, tan grande era el alivio que me inundaba (o tan grande y medrosa mi soledad) que di en pensar que ese rudimental troglodita, que me miraba desde el suelo de la caverna, había estado esperándome. El sol caldeaba la llanura; cuando emprendimos el regreso a la aldea, bajo las primeras estrellas, la arena era ardorosa bajo los pies. El troglodita me precedió; esa noche concebí el propósito de enseñarle a reconocer, y acaso a repetir, algunas palabras. El perro y el caballo (reflexioné) son capaces de lo primero; muchas aves, como el ruiseñor de los Césares, de lo último. Por muy basto que fuera el entendimiento de un hombre, siempre sería superior al de irracionales.

La humildad y miseria del troglodita me trajeron a la memoria la imagen de Argos, el viejo perro moribundo de la *Odisea*, y así le puse el nombre de Argos y traté de enseñárselo. Fracasé y volví a fracasar. Los arbitrios, el rigor y la obstinación fueron del todo vanos. Inmóvil, con los ojos inertes, no parecía percibir los sonidos que yo procuraba inculcarle. A unos pasos de mí, era como si estuviera muy lejos. Echado en la arena, como una pequeña y ruinosa esfinge de lava, dejaba que sobre él giraran los cielos, desde el crepúsculo del día hasta el de la noche. Juzgué imposible que no se percatara de mi propósito. Recordé que es fama entre los etíopes que los monos deliberadamente no hablan para que no los obliguen a trabajar y atribuí a suspicacia o a temor el silencio de Argos. De esa imaginación pasé a otras, aún más extravagantes. Pensé que Argos y yo participábamos de universos distintos; pensé que nuestras percepciones eran iguales, pero que Argos las combinaba de otra manera y construía con ellas otros objetos; pensé que acaso no había objetos para él, sino un vertiginoso y continuo juego de impresiones brevísimas. Pensé en un mundo sin memoria, sin tiempo; consideré la posibilidad de un lenguaje que ignorara los sustantivos, un lenguaje de verbos impersonales o de indeclinables epítetos. Así fueron muriendo los días y con los días los años, pero algo parecido a la felicidad ocurrió una mañana. Llovió, con lentitud poderosa.

Las noches del desierto pueden ser frías, pero aquélla había sido un fuego. Soñé que un río de Tesalia (a cuyas aguas yo había restituido un pez de oro) venía a rescatarme; sobre la roja arena y la negra piedra yo lo oía acercarse; la frescura del aire y el rumor atareado de la lluvia me despertaron. Corrí desnudo a recibirla. Declinaba la noche; bajo las nubes amarillas la tribu, no menos dichosa que yo, se ofrecía a los vívidos aguaceros en una especie de éxtasis. Parecían coribantes a quienes posee la divinidad. Argos, puestos los ojos en la esfera, gemía; raudales le rodaban por la cara; no sólo de agua, sino (después lo supe) de lágrimas. «Argos», le grité, «Argos.»

Entonces, con mansa admiración, como si descubriera una cosa perdida y olvidada hace mucho tiempo, Argos balbuceó estas palabras: «Argos, perro de Ulises». Y después, también sin mirarme: «Este perro tirado en el estiércol».

Fácilmente aceptamos la realidad, acaso porque intuimos que nada es real. Le pregunté qué sabía de la *Odisea*. La práctica del griego le era penosa; tuve que repetir la pregunta.

«Muy poco», dijo. «Menos que el rapsoda más pobre. Ya habrán pasado mil cien años desde que la inventé.»

IV

Todo me fue dilucidado, aquel día. Los trogloditas eran los Inmortales; el riacho de aguas arenosas, el río que buscaba el jinete. En cuanto a la ciudad cuyo renombre se había dilatado hasta el Ganges, nueve siglos haría que los Inmortales la habían asolado. Con las reliquias de su ruina erigieron, en el mismo lugar, la desatinada ciudad que yo recorrí: suerte de parodia o reverso y también templo de los dioses irracionales que manejan el mundo y de los que nada sabemos, salvo que no se parecen al hombre. Aquella fundación fue el último símbolo a que condescendieron los Inmortales; marca una etapa en que, juzgando que toda empresa es vana, determinaron vivir en el pensamiento, en la pura especulación. Erigieron la fábrica, la olvidaron y fueron a morar en las cuevas. Absortos, casi no percibían el mundo físico.

Esas cosas Homero las refirió, como quien habla con un niño. También me refirió su vejez y el postrer viaje que emprendió, movido, como Ulises, por el propósito de llegar a los hombres que no saben lo que es el mar ni comen carne sazonada con sal ni sospechan lo que es un remo. Habitó un siglo en la Ciudad de los Inmortales. Cuando la derribaron, aconsejó la fundación de la otra. Ello no debe sorprendernos; es fama que después de cantar la guerra de Ilión, cantó la guerra de las ranas y los ratones. Fue como un dios que creara el cosmos y luego el caos.

Ser inmortal es baladí; menos el hombre, todas las criaturas lo son, pues ignoran la muerte; lo divino, lo terrible, lo incomprensible, es saberse inmortal. He notado que, pese a las religiones, esa convicción es rarísima. Israelitas, cristianos y musulmanes profesan la inmortalidad, pero la veneración que tributan al primer siglo prueba que sólo creen en él, ya que destinan todos los demás, en número infinito, a premiarlo o a castigarlo. Más razonable me parece la rueda de ciertas religiones del Indostán; en esa rueda, que no tiene principio ni fin, cada vida es efecto de la anterior y engendra la siguiente, pero ninguna determina el conjunto… Adoctrinada por un ejercicio de siglos, la república de hombres inmortales había logrado la perfección de la tolerancia y casi del desdén. Sabía que en un plazo infinito le ocurren a todo hombre todas las cosas. Por sus pasadas o futuras virtudes, todo hombre es acreedor a toda bondad, pero también a toda traición, por sus infamias del pasado o del porvenir. Así como en los juegos de azar las cifras pares y las cifras impares tienden al equilibrio, así también se anulan y se corrigen el ingenio y la estolidez, y acaso el rústico *Poema del Cid* es el contrapeso exigido por un solo epíteto de las *Églogas* o por una sentencia de Heráclito. El pensamiento más fugaz obedece a un dibujo invisible y puede coronar, o inaugurar, una forma secreta. Sé de quienes obraban el mal para que en los siglos futuros resultara el bien, o hubiera resultado en los ya pretéritos... Encarados así, todos nuestros actos son justos, pero también son indiferentes. No hay méritos morales o intelectuales. Homero compuso la *Odisea*; postulado un plazo infinito, con infinitas circunstancias y cambios, lo imposible es no componer, siquiera una vez, la *Odisea*. Nadie es alguien, un solo hombre inmortal es todos los hombres. Como Cornelio Agrippa, soy dios, soy héroe, soy filósofo, soy demonio y soy mundo, lo cual es una fatigosa manera de decir que no soy.

El concepto del mundo como sistema de precisas compensaciones influyó vastamente en los Inmortales. En primer término, los hizo invulnerables a la piedad. He mencionado las antiguas canteras que rompían los campos de la otra margen; un hombre se despeñó en la más honda; no podía lastimarse ni morir, pero lo abrasaba la sed; antes que le arrojaran una cuerda pasaron setenta años. Tampoco interesaba el propio destino. El cuerpo era un sumiso animal doméstico y le bastaba, cada mes, la limosna de unas horas de sueño, de un poco de agua y de una piltrafa de carne. Que nadie quiera rebajarnos a ascetas. No hay placer más complejo que el pensamiento y a él nos entregábamos. A veces, un estímulo extraordinario nos restituía al mundo físico. Por ejemplo, aquella mañana, el viejo goce elemental de la lluvia. Esos lapsos eran rarísimos; todos los Inmortales eran capaces de perfecta quietud; recuerdo alguno a quien jamás he visto de pie: un pájaro anidaba en su pecho.

Entre los corolarios de la doctrina de que no hay cosa que no esté compensada por otra, hay uno de muy poca importancia teórica, pero que nos indujo, a fines o a principios del siglo X, a dispersarnos por la faz de la tierra. Cabe en estas palabras: «Existe un río cuyas aguas dan la inmortalidad; en alguna región habrá otro río cuyas aguas la borren». El número de ríos no es infinito; un viajero inmortal que recorra el mundo acabará, algún día, por haber bebido de todos. Nos propusimos descubrir ese río.

La muerte (o su alusión) hace preciosos y patéticos a los hombres. Éstos conmueven por su condición de fantasmas; cada acto que ejecutan puede ser último; no hay rostro que no esté por desdibujarse como el rostro de un sueño. Todo, entre los mortales, tiene el valor de lo irrecuperable y de lo azaroso. Entre los Inmortales, en cambio, cada acto (y cada pensamiento) es el eco de otros que en el pasado lo antecedieron, sin principio visible, o el fiel presagio de otros que en el futuro lo repetirán hasta el vértigo. No hay cosa que no esté como perdida entre infatigables espejos. Nada puede ocurrir una sola vez, nada es preciosamente precario. Lo elegíaco, lo grave, lo ceremonial, no rigen para los Inmortales. Homero y yo nos separamos en las puertas de Tánger; creo que no nos dijimos adiós.

V

Recorrí nuevos reinos, nuevos imperios. En el otoño de 1066 milité en el puente de Stamford, ya no recuerdo si en las filas de Harold, que no tardó en hallar su destino, o en las de aquel infausto Harald Hardrada que conquistó seis pies de tierra inglesa, o un poco más. En el séptimo siglo de la Hégira, en el arrabal de Bulaq, transcribí con pausada caligrafía, en un idioma que he olvidado, en un alfabeto que ignoro, los siete viajes de Simbad y la historia de la Ciudad de Bronce. En un patio de la cárcel de Samarcanda he jugado muchísimo al ajedrez. En Bikanir he profesado la astrología y también en Bohemia. En 1638 estuve en Kolozsvár y después en Leipzig. En Aberdeen, en 1714, me suscribí a los seis volúmenes de la *Ilíada* de Pope; sé que los frecuenté con deleite. Hacia 1729 discutí el origen de ese poema con un profesor de retórica, llamado, creo, Giambattista; sus razones me parecieron irrefutables. El 4 de octubre de 1921, el *Patna*, que me conducía a Bombay, tuvo que fondear en un puerto de la costa eritrea.* Bajé; recordé otras mañanas muy antiguas, también frente al mar Rojo; cuando yo era tribuno de Roma y la fiebre y la magia y la inacción consumían a los soldados. En las afueras vi un caudal de agua clara; la probé, movido por la costumbre. Al repechar la margen, un árbol espinoso me laceró el dorso de la mano. El inusitado dolor me pareció muy vivo. Incrédulo, silencioso y feliz, contemplé la preciosa formación de una lenta gota de sangre. De nuevo soy mortal, me repetí, de nuevo me parezco a todos los hombres. Esa noche, dormí hasta el amanecer.

...He revisado, al cabo de un año, estas páginas. Me consta que se ajustan a la verdad, pero en los primeros capítulos, y aun en ciertos párrafos de los otros, creo percibir algo falso. Ello es obra, tal vez, del abuso de rasgos circunstanciales, procedimiento que aprendí en los poetas y que todo lo contamina de falsedad, ya que esos rasgos pueden abundar en los hechos, pero no en su memoria... Creo, sin embargo, haber descubierto una razón más íntima. La escribiré; no importa que me juzguen fantástico.

La historia que he narrado parece irreal porque en ella se mezclan los sucesos de dos hombres distintos. En el primer capítulo, el jinete quiere saber el nombre del río que baña las murallas de Tebas; Flaminio Rufo, que antes ha dado a la ciudad el epíteto de Hekatómpylos, dice que el río es el Egipto; ninguna de esas locuciones es adecuada a él, sino a Homero, que hace mención expresa, en la *Ilíada*, de Tebas Hekatómpylos, y en la *Odisea*, por boca de Proteo y de Ulises, dice invariablemente Egipto por Nilo. En el capítulo segundo, el romano, al beber el agua inmortal, pronuncia unas palabras en griego; esas palabras son homéricas y pueden buscarse en el fin del famoso catálogo de las naves. Después, en el verti-

* Hay una tachadura en el manuscrito; tal vez el nombre del puerto ha sido borrado.

ginoso palacio, habla de «una reprobación que era casi un remordimiento»; esas palabras corresponden a Homero, que había proyectado ese horror. Tales anomalías me inquietaron; otras, de orden estético, me permitieron descubrir la verdad. El último capítulo las incluye; ahí está escrito que milité en el puente de Stamford, que transcribí, en Bulaq, los viajes de Simbad el Marino y que me suscribí, en Aberdeen, a la *Ilíada* inglesa de Pope. Se lee, *inter alia*: «En Bikanir he profesado la astrología y también en Bohemia». Ninguno de esos testimonios es falso; lo significativo es el hecho de haberlos destacado. El primero de todos parece convenir a un hombre de guerra, pero luego se advierte que el narrador no repara en lo bélico y sí en la suerte de los hombres. Los que siguen son más curiosos. Una oscura razón elemental me obligó a registrarlos; lo hice porque sabía que eran patéticos. No lo son, dichos por el romano Flaminio Rufo. Lo son, dichos por Homero; es raro que éste copie, en el siglo XIII, las aventuras de Simbad, de otro Ulises, y descubra, a la vuelta de muchos siglos, en un reino boreal y un idioma bárbaro, las formas de su *Ilíada*. En cuanto a la oración que recoge el nombre de Bikanir, se ve que la ha fabricado un hombre de letras, ganoso (como el autor del catálogo de las naves) de mostrar vocablos espléndidos.*

Cuando se acerca el fin, ya no quedan imágenes del recuerdo; sólo quedan palabras. No es extraño que el tiempo haya confundido las que alguna vez me representaron con las que fueron símbolos de la suerte de quien me acompañó tantos siglos. Yo he sido Homero; en breve, seré Nadie, como Ulises; en breve seré todos: estaré muerto.

Posdata de 1950. Entre los comentarios que ha despertado la publicación anterior, el más curioso, ya que no el más urbano, bíblicamente se

---

* Ernesto Sabato sugiere que el «Giambattista» que discutió la formación de la *Ilíada* con el anticuario Cartaphilus es Giambattista Vico; ese italiano defendía que Homero es un personaje simbólico, a la manera de Plutón o de Aquiles.

titula *A Coat of Many Colours* (Manchester, 1948) y es obra de la tena-
císima pluma del doctor Nahum Cordovero. Abarca unas cien páginas.
Habla de los centones griegos, de los centones de la baja latinidad, de
Ben Jonson, que definió a sus contemporáneos con retazos de Séneca,
del *Virgilius evangelizans* de Alexander Ross, de los artificios de George
Moore y de Eliot y, finalmente, de la «narración atribuida al anticuario
Joseph Cartaphilus». Denuncia, en el primer capítulo, breves interpolaciones de Plinio (*Historia naturalis*, V. 8); en el segundo, de Thomas
de Quincey (*Writings*, III, 439); en el tercero, de una epístola de Descartes al embajador Pierre Chanut; en el cuarto, de Bernard Shaw (*Back
to Methuselah*, V). Infiere de esas intrusiones, o hurtos, que todo el documento es apócrifo.

A mi entender, la conclusión es inadmisible. «Cuando se acerca el
fin», escribió Cartaphilus, «ya no quedan imágenes del recuerdo; sólo
quedan palabras.» Palabras, palabras desplazadas y mutiladas, palabras
de otros, fue la pobre limosna que le dejaron las horas y los siglos.

A Cecilia Ingenieros

El muerto

Que un hombre del suburbio de Buenos Aires, que un triste compadrito sin más virtud que la infatuación del coraje, se interne en los desiertos ecuestres de la frontera del Brasil y llegue a capitán de contrabandistas, parece de antemano imposible. A quienes lo entienden así, quiero contarles el destino de Benjamín Otálora, de quien acaso no perdura un recuerdo en el barrio de Balvanera y que murió en su ley, de un balazo, en los confines de Rio Grande do Sul. Ignoro los detalles de su aventura; cuando me sean revelados, he de rectificar y ampliar estas páginas. Por ahora, este resumen puede ser útil.

Benjamín Otálora cuenta, hacia 1891, diecinueve años. Es un mocetón de frente mezquina, de sinceros ojos claros, de reciedumbre vasca; una puñalada feliz le ha revelado que es un hombre valiente; no lo inquieta la muerte de su contrario, tampoco la inmediata necesidad de huir de la República. El caudillo de la parroquia le da una carta para un tal Azevedo Bandeira, del Uruguay. Otálora se embarca, la travesía es tormentosa y crujiente; al otro día, vaga por las calles de Montevideo, con inconfesada y tal vez ignorada tristeza. No da con Azevedo Bandeira; hacia la medianoche, en un almacén del Paso del Molino, asiste a un altercado entre unos troperos. Un cuchillo relumbra; Otálora no sabe de qué lado está la razón, pero lo atrae el puro sabor del peligro, como a otros la baraja o la música. Para, en el entrevero, una puñalada baja que un peón le tira a un hombre de galera oscura y de poncho. Éste, después, resulta ser Azevedo Bandeira. (Otálora, al saberlo, rompe la carta, porque prefiere debérselo todo a sí mismo.) Azevedo Bandeira da, aunque fornido, la injustificable impresión de ser contrahecho; en su rostro, siempre demasiado cercano, están el judío, el negro y el indio; en su empaque, el mono y el tigre; la cicatriz que le atraviesa la cara es un adorno más, como el negro bigote cerdoso.

Proyección o error del alcohol, el altercado cesa con la misma rapidez con que se produjo. Otálora bebe con los troperos y luego los acompaña a una farra y luego a un caserón en la Ciudad Vieja, ya con el sol bien alto. En el último patio, que es de tierra, los hombres tienden su recado para dormir. Oscuramente, Otálora compara esa noche con la anterior; ahora ya pisa tierra firme, entre amigos. Lo inquieta algún remordimiento, eso sí, de no extrañar a Buenos Aires. Duerme hasta la oración, cuando lo despierta el paisano que agredió, borracho, a Bandeira. (Otálora recuerda que ese hombre ha compartido con los otros la noche de tumulto y de júbilo y que Bandeira lo sentó a su derecha y lo obligó a seguir bebiendo.) El hombre le dice que el patrón lo manda buscar. En una suerte de escritorio que da al zaguán (Otálora nunca ha visto un zaguán con puertas laterales) está esperándolo Azevedo Bandeira, con una clara y desdeñosa mujer de pelo colorado. Bandeira lo pondera, le ofrece una copa de caña, le repite que le está pareciendo un hombre animoso, le propone ir al norte con los demás a traer una tropa. Otálora acepta; hacia la madrugada están en camino, rumbo a Tacuarembó.

Empieza entonces para Otálora una vida distinta, una vida de vastos amaneceres y de jornadas que tienen el olor del caballo. Esa vida es nueva para él, y a veces atroz, pero ya está en su sangre, porque lo mismo que los hombres de otras naciones veneran y presienten el mar, así nosotros (también el hombre que entreteje estos símbolos) ansiamos la llanura inagotable que resuena bajo los cascos. Otálora se ha criado en los barrios del carrero y del cuarteador; antes de un año se hace gaucho. Aprende a jinetear, a entropillar la hacienda, a carnear, a manejar el lazo que sujeta y las boleadoras que tumban, a resistir el sueño, las tormentas, las heladas y el sol, a arrear con el silbido y el grito. Sólo una vez, durante ese tiempo de aprendizaje, ve a Azevedo Bandeira, pero lo tiene muy presente, porque ser *hombre de Bandeira* es ser considerado y temido, y porque, ante cualquier hombrada, los gauchos dicen que Bandeira lo hace mejor. Alguien opina que Bandeira nació del otro lado del Cuareim, en Rio Grande do Sul; eso, que debería rebajarlo, oscuramente lo enriquece de selvas populosas, de ciénagas, de inextricables y casi infinitas distancias. Gradualmente, Otálora entiende que los negocios de Bandeira son múltiples y que el principal es el contrabando. Ser tropero es ser un sirviente; Otálora se propone ascender a contrabandista. Dos de los compañeros, una noche, cruzarán la frontera para volver con unas partidas de caña; Otálora provoca a uno de ellos, lo hiere y toma su lugar. Lo mueve la ambición y también una oscura fidelidad. «Que el hombre —piensa— acabe por entender que yo valgo más que todos sus orientales juntos».

Otro año pasa antes que Otálora regrese a Montevideo. Recorren las orillas, la ciudad (que a Otálora le parece muy grande); llegan a casa del patrón; los hombres tienden los recados en el último patio. Pasan los días y Otálora no ha visto a Bandeira. Dicen, con temor, que está enfermo; un moreno suele subir a su dormitorio con la caldera y con el mate. Una tarde, le encomiendan a Otálora esa tarea. Éste se siente vagamente humillado, pero satisfecho también.

El dormitorio es desmantelado y oscuro. Hay un balcón que mira al poniente, hay una larga mesa con un resplandeciente desorden de taleros, de arreadores, de cintos, de armas de fuego y de armas blancas, hay un remoto espejo que tiene la luna empañada. Bandeira yace boca arriba; sueña y se queja; una vehemencia de sol último lo define. El vasto lecho blanco parece disminuirlo y oscurecerlo; Otálora nota las canas, la fatiga, la flojedad, las grietas de los años. Lo subleva que los esté mandando ese viejo. Piensa que un golpe bastaría para dar cuenta de él. En eso, ve en el espejo que alguien ha entrado. Es la mujer de pelo rojo; está a medio vestir y descalza y lo observa con fría curiosidad. Bandeira se incorpora; mientras habla de cosas de la campaña y despacha mate tras mate, sus dedos juegan con las trenzas de la mujer. Al fin, le da licencia a Otálora para irse.

Días después, les llega la orden de ir al norte. Arriban a una estancia perdida, que está como en cualquier lugar de la interminable llanura. Ni árboles ni un arroyo la alegran, el primer sol y el último la golpean. Hay corrales de piedra para la hacienda, que es guampuda y menesterosa. El Suspiro se llama ese pobre establecimiento.

Otálora oye en rueda de peones que Bandeira no tardará en llegar de Montevideo. Pregunta por qué; alguien aclara que hay un forastero agauchado que está queriendo mandar demasiado. Otálora comprende que es una broma, pero le halaga que esa broma ya sea posible. Averigua, después, que Bandeira se ha enemistado con uno de los jefes políticos y que éste le ha retirado su apoyo. Le gusta esa noticia.

Llegan cajones de armas largas; llegan una jarra y una palangana de plata para el aposento de la mujer; llegan cortinas de intrincado damasco; llega de las cuchillas, una mañana, un jinete sombrío, de barba cerrada y de poncho. Se llama Ulpiano Suárez y es el *capanga* o guardaespaldas de Azevedo Bandeira. Habla muy poco y de una manera abrasilerada. Otálora no sabe si atribuir su reserva a hostilidad, a desdén o a mera barbarie. Sabe, eso sí, que para el plan que está maquinando tiene que ganar su amistad.

Entra después en el destino de Benjamín Otálora un colorado cabos negros que trae del sur Azevedo Bandeira y que luce apero chapeado y carona con bordes de piel de tigre. Ese caballo liberal es un símbolo de la autoridad del patrón y por eso lo codicia el muchacho, que llega también a desear, con deseo rencoroso, a la mujer de pelo resplandeciente. La mujer, el apero y el colorado son atributos o adjetivos de un hombre que él aspira a destruir.

Aquí la historia se complica y se ahonda. Azevedo Bandeira es diestro en el arte de la intimidación progresiva, en la satánica maniobra de humillar al interlocutor gradualmente, combinando veras y burlas; Otálora resuelve aplicar ese método ambiguo a la dura tarea que se propone. Resuelve suplantar, lentamente, a Azevedo Bandeira. Logra, en jornadas de peligro común, la amistad de Suárez. Le confía su plan; Suárez le promete su ayuda. Muchas cosas van aconteciendo después, de las que sé unas pocas. Otálora no obedece a Bandeira; da en olvidar, en corregir, en invertir sus órdenes. El universo parece conspirar con él y apresura los hechos. Un mediodía, ocurre en campos de Tacuarembó un tiroteo con gente riograndense; Otálora usurpa el lugar de Bandeira y manda a los orientales. Le atraviesa el hombro una bala, pero esa tarde Otálora regresa al Suspiro en el colorado del jefe y esa tarde unas gotas de su sangre manchan la piel de tigre y esa noche duerme con la mujer de pelo reluciente. Otras versiones cambian el orden de estos hechos y niegan que hayan ocurrido en un solo día.

Bandeira, sin embargo, siempre es nominalmente el jefe. Da órdenes que no se ejecutan; Benjamín Otálora no lo toca, por una mezcla de rutina y de lástima.

La última escena de la historia corresponde a la agitación de la última noche de 1894. Esa noche, los hombres del Suspiro comen cordero recién carneado y beben un alcohol pendenciero. Alguien infinitamente rasguea una trabajosa milonga. En la cabecera de la mesa, Otálora, borracho, erige exultación sobre exultación, júbilo sobre júbilo; esa torre de vértigo es un símbolo de su irresistible destino. Bandeira, taciturno entre los que gritan, deja que fluya clamorosa la noche. Cuando las doce campanadas resuenan, se levanta como quien recuerda una obligación. Se levanta y golpea con suavidad la puerta de la mujer. Ésta le abre enseguida, como si esperara el llamado. Sale a medio vestir y descalza. Con una voz que se afemina y se arrastra, el jefe le ordena:

—Ya que vos y el porteño se quieren tanto, ahora mismo le vas a dar un beso a vista de todos.

Agrega una circunstancia brutal. La mujer quiere resistir, pero dos hombres la han tomado del brazo y la echan sobre Otálora. Arrasada en lágrimas, le besa la cara y el pecho. Ulpiano Suárez ha empuñado el revólver. Otálora comprende, antes de morir, que desde el principio lo han traicionado, que ha sido condenado a muerte, que le han permitido el amor, el mando y el triunfo, porque ya lo daban por muerto, porque para Bandeira ya estaba muerto.

Suárez, casi con desdén, hace fuego.

Los teólogos

Arrasado el jardín, profanados los cálices y las aras, entraron a caballo los hunos en la biblioteca monástica y rompieron los libros incomprensibles y los vituperaron y los quemaron, acaso temerosos de que las letras encubrieran blasfemias contra su dios, que era una cimitarra de hierro. Ardieron palimpsestos y códices, pero en el corazón de la hoguera, entre la ceniza, perduró casi intacto el libro duodécimo de la *Civitas Dei*, que narra que Platón enseñó en Atenas que, al cabo de los siglos, todas las cosas recuperarán su estado anterior, y él, en Atenas, ante el mismo auditorio, de nuevo enseñará esa doctrina. El texto que las llamas perdonaron gozó de una veneración especial y quienes lo leyeron y releyeron en esa remota provincia dieron en olvidar que el autor sólo declaró esa doctrina para poder mejor confutarla. Un siglo después, Aureliano, coadjutor de Aquilea, supo que a orillas del Danubio la novísima secta de los *monótonos* (llamados también *anulares*) profesaba que la historia es un círculo y que nada es que no haya sido y que no será. En las montañas, la Rueda y la Serpiente habían desplazado a la Cruz. Todos temían, pero todos se confortaban con el rumor de que Juan de Panonia, que se había distinguido por un tratado sobre el séptimo atributo de Dios, iba a impugnar tan abominable herejía.

Aureliano deploró esas nuevas, sobre todo la última. Sabía que en materia teológica no hay novedad sin riesgo; luego reflexionó que la tesis de un tiempo circular era demasiado disímil, demasiado asombrosa, para que el riesgo fuera grave. (Las herejías que debemos temer son las que pueden confundirse con la ortodoxia.) Más le dolió la intervención —la intrusión— de Juan de Panonia. Hace dos años, éste había usurpado con su verboso *De septima affectione Dei sive de aeternitate* un asunto de la especialidad de Aureliano; ahora, como si el problema del tiempo le perteneciera, iba a rectificar, tal vez con argumentos de Procusto, con triacas más temibles que la Serpiente, a los anulares... Esa noche, Aureliano pasó las hojas del antiguo diálogo de Plutarco sobre la cesación de los oráculos; en el párrafo 29, leyó una burla contra los estoicos que defienden un infinito ciclo de mundos, con infinitos soles, lunas, Apolos, Dianas y Poseidones. El hallazgo le pareció un pronóstico favorable; resolvió adelantarse a Juan de Panonia y refutar a los heréticos de la Rueda.

Hay quien busca el amor de una mujer para olvidarse de ella, para no pensar más en ella; Aureliano, parejamente, quería superar a Juan de Panonia para curarse del rencor que éste le infundía, no para hacerle mal. Atemperado por el mero trabajo, por la fabricación de silogismos y la invención de injurias, por los *nego* y los *autem* y los *nequaquam*, pudo olvidar ese rencor. Erigió vastos y casi inextricables períodos, estorbados de incisos, donde la negligencia y el solecismo parecían formas del desdén. De la cacofonía hizo un instrumento. Previó que Juan fulminaría a los anulares con gravedad profética; optó, para no coincidir con él, por el escarnio. Agustín había escrito que Jesús es la vía recta que nos salva del laberinto circular en que andan los impíos; Aureliano, laboriosamente trivial, los equiparó con Ixión, con el hígado de Prometeo, con Sísifo, con aquel rey de Tebas que vio dos soles, con la tartamudez, con loros, con espejos, con ecos, con mulas de noria y con silogismos bicornutos. (Las fábulas gentílicas perduraban, rebajadas a adornos.) Como todo poseedor de una biblioteca, Aureliano se sabía culpable de no conocerla hasta el fin; esa controversia le permitió cumplir con muchos libros que parecían reprocharle su incuria. Así pudo engastar un pasaje de la obra *De principiis* de Orígenes, donde se niega que Judas Iscariote volverá a vender al Señor, y Pablo a presenciar en Jerusalén el martirio de Esteban, y otro de los *Academica priora* de Cicerón, en el que éste se burla de quienes sueñan que mientras él conversa con Lúculo, otros Lúculos y otros Cicerones, en número infinito, dicen puntualmente lo mismo, en infinitos mundos iguales. Además, esgrimió contra los monótonos el texto de Plutarco y denunció lo escandaloso de que a un idólatra le valiera más el *lumen naturae* que a ellos la palabra de Dios. Nueve días le tomó ese trabajo; el décimo, le fue remitido un traslado de la refutación de Juan de Panonia.

Era casi irrisoriamente breve; Aureliano la miró con desdén y luego con temor. La primera parte glosaba los versículos terminales del noveno capítulo de la Epístola a los Hebreos, donde se dice que Jesús no fue sacrificado muchas veces desde el principio del mundo, sino ahora una vez en la consumación de los siglos. La segunda alegaba el precepto bíblico sobre las vanas repeticiones de los gentiles (Mateo 6:7) y aquel pasaje del séptimo libro de Plinio, que pondera que en el dilatado universo no haya dos caras iguales. Juan de Panonia declaraba que tampoco hay dos almas y que el pecador más vil es precioso como la sangre que por él vertió Jesucristo. El acto de un solo hombre (afirmó) pesa más que los nueve cielos concéntricos y trasoñar que puede perderse y volver es una aparatosa frivolidad. El tiempo no rehace lo que perdemos; la eternidad lo guarda para la gloria y también para el fuego. El tratado era límpido, universal; no parecía redactado por una persona concreta, sino por cualquier hombre o, quizá, por todos los hombres.

Aureliano sintió una humillación casi física. Pensó destruir o reformar su propio trabajo; luego, con rencorosa probidad, lo mandó a Roma sin modificar una letra. Meses después, cuando se juntó el Concilio de Pérgamo, el teólogo encargado de impugnar los errores de los monótonos fue (previsiblemente) Juan de Panonia; su docta y mesurada refutación bastó para que Euforbo, heresiarca, fuera condenado a la hoguera. «Esto ha ocurrido y volverá a ocurrir», dijo Euforbo. «No encendéis una pira, encendéis un laberinto de fuego. Si aquí se unieran todas las hogueras que he sido, no cabrían en la tierra y quedarían ciegos los ángeles. Esto lo dije muchas veces.» Después gritó, porque lo alcanzaron las llamas.

Cayó la Rueda ante la Cruz,* pero Aureliano y Juan prosiguieron su batalla secreta. Militaban los dos en el mismo ejército, anhelaban el mismo galardón, guerreaban contra el mismo Enemigo, pero Aureliano no escribió una palabra que inconfesablemente no propendiera a superar a Juan. Su duelo fue invisible; si los copiosos índices no me engañan, no figura una sola vez el nombre del *otro* en los muchos volúmenes de Aureliano que atesora la *Patrología* de Migne. (De las obras de Juan, sólo han perdurado veinte palabras.) Los dos desaprobaron los anatemas del segundo Concilio de Constantinopla; los dos persiguieron a los arrianos, que negaban la generación eterna del Hijo; los dos atestiguaron la ortodoxia de la *Topographia christiana* de Cosmas, que enseña que la tierra es cuadrangular, como el tabernáculo hebreo. Desgraciadamente, por los cuatro ángulos de la tierra cundió otra tempestuosa herejía. Oriunda del Egipto o del Asia (porque los testimonios difieren y Bousset no quiere admitir las razones de Harnack), infestó las provincias orientales y erigió santuarios en Macedonia, en Cartago y en Tréveris. Pareció estar en todas partes; se dijo que en la diócesis de Britania habían sido invertidos los crucifijos y que a la imagen del Señor, en Cesárea, la había suplantado un espejo. El espejo y el óbolo eran emblemas de los nuevos cismáticos.

La historia los conoce por muchos nombres (*especulares*, *abismales*, *cainitas*), pero de todos el más recibido es *histriones*, que Aureliano les dio y que ellos con atrevimiento adoptaron. En Frigia les dijeron *si-

* En las cruces rúnicas los dos emblemas enemigos conviven entrelazados.

mulacros, y también en Dardania. Juan Damasceno los llamó *formas*; justo es advertir que el pasaje ha sido rechazado por Erfjord. No hay heresiólogo que con estupor no refiera sus desaforadas costumbres. Muchos histriones profesaron el ascetismo; alguno se mutiló, como Orígenes; otros moraron bajo tierra, en las cloacas; otros se arrancaron los ojos; otros (los *nabucodonosores* de Nitria) «pacían como los bueyes y su pelo crecía como de águila». De la mortificación y el rigor pasaban, muchas veces, al crimen; ciertas comunidades toleraban el robo; otras, el homicidio; otras, la sodomía, el incesto y la bestialidad. Todas eran blasfemas; no sólo maldecían del Dios cristiano, sino de las arcanas divinidades de su propio panteón. Maquinaron libros sagrados, cuya desaparición deploran los doctos. Sir Thomas Browne, hacia 1658, escribió: «El tiempo ha aniquilado los ambiciosos *Evangelios Histriónicos*, no las Injurias con que se fustigó su Impiedad». Erfjord ha sugerido que esas «injurias» (que preserva un códice griego) son los evangelios perdidos. Ello es incomprensible, si ignoramos la cosmología de los histriones.

En los Libros Herméticos está escrito que lo que hay abajo es igual a lo que hay arriba, y lo que hay arriba, igual a lo que hay abajo; en el *Zohar*, que el mundo inferior es reflejo del superior. Los histriones fundaron su doctrina sobre una perversión de esa idea. Invocaron a Mateo 6:12 («perdónanos nuestras deudas, como nosotros perdonamos a nuestros deudores») y 11:12 («el reino de los cielos padece fuerza») para demostrar que la tierra influye en el cielo, y a I Corintios 13:12 («vemos ahora por espejo, en oscuridad») para demostrar que todo lo que vemos es falso. Quizá contaminados por los monótonos, imaginaron que todo hombre es dos hombres y que el verdadero es el otro, el que está en el cielo. También imaginaron que nuestros actos proyectan un reflejo invertido, de suerte que si velamos, el otro duerme, si fornicamos, el otro es casto, si robamos, el otro es generoso. Muertos, nos uniremos a él y seremos él. (Algún eco de esas doctrinas perduró en Bloy.)

Otros histriones discurrieron que el mundo concluiría cuando se agotara la cifra de sus posibilidades; ya que no puede haber repeticiones, el justo debe eliminar (cometer) los actos más infames, para que estos no manchen el porvenir y para acelerar el advenimiento del reino de Jesús. Este artículo fue negado por otras sectas, que defendieron que la historia del mundo debe cumplirse en cada hombre. Los más, como Pitágoras deberán trasmigrar por muchos cuerpos antes de obtener su liberación; algunos, los proteicos, «en el término de una sola vida son leones, son dragones, son jabalíes, son agua y son un árbol». Demóstenes refiere la purificación por el fango a que eran sometidos los iniciados, en los misterios órficos; los proteicos, analógicamente, buscaron la purificación por el mal. Entendieron, como Carpócrates, que nadie saldrá de la cárcel hasta pagar el último óbolo (Lucas 12:59), y solían embaucar a los penitentes con este otro versículo: «Yo he venido para que tengan vida los hombres y para que la tengan en abundancia» (Juan 10:10). También decían que no ser un malvado es una soberbia satánica… Muchas y divergentes mitologías urdieron los histriones; unos predicaron el ascetismo, otros la licencia, todos la confusión. Teopompo, histrión de Berenice, negó todas las fábulas; dijo que cada hombre es un órgano que proyecta la divinidad para sentir el mundo.

Los herejes de la diócesis de Aureliano eran de los que afirmaban que el tiempo no tolera repeticiones, no de los que afirmaban que todo acto se refleja en el cielo. Esa circunstancia era rara; en un informe a las autoridades romanas, Aureliano la mencionó. El prelado que recibiría el informe era confesor de la emperatriz; nadie ignoraba que ese ministerio exigente le vedaba las íntimas delicias de la teología especulativa. Su secretario —antiguo colaborador de Juan de Panonia, ahora enemistado con él— gozaba del renombre de puntualísimo inquisidor de heterodoxias; Aureliano agregó una exposición de la herejía histriónica, tal como ésta se daba en los conventículos de Genua y de Aquilea. Redactó unos párrafos; cuando quiso escribir la tesis atroz de que no hay dos instantes iguales, su pluma se detuvo. No dio con la fórmula necesaria; las admoniciones de la nueva doctrina («¿Quieres ver lo que no vieron ojos humanos? Mira la luna. ¿Quieres oír lo que los oídos no oyeron? Oye el grito del pájaro. ¿Quieres tocar lo que no tocaron las manos? Toca la tierra. Verdaderamente digo que Dios está por crear el mundo») eran harto afectadas y metafóricas para la transcripción. De pronto, una oración de veinte palabras se presentó a su espíritu. La escribió, gozoso; inmediatamente después, lo inquietó la sospecha de que era ajena. Al día siguiente, recordó que la había leído hacía muchos años en el *Adversus annulares* que compuso Juan de Panonia. Verificó la cita; ahí estaba. La incertidumbre lo atormentó. Variar o suprimir esas palabras, era debilitar la expresión; dejarlas, era plagiar a un hombre que aborrecía; indicar la fuente, era denunciarlo. Imploró el socorro divino. Hacia el principio del segundo crepúsculo, el ángel de su guarda le dictó una solución intermedia. Aureliano conservó las palabras, pero les antepuso este aviso: «Lo que ladran ahora los heresiarcas para confusión de la fe, lo dijo en este siglo un varón doctísimo, con más ligereza que culpa». Después, ocurrió lo temido, lo esperado, lo inevitable. Aureliano tuvo que declarar quién era ese varón; Juan de Panonia fue acusado de profesar opiniones heréticas.

Cuatro meses después, un herrero del Aventino, alucinado por los engaños de los histriones, cargó sobre los hombros de su hijito una gran esfera de hierro, para que su doble volara. El niño murió; el horror engendrado por ese crimen impuso una intachable severidad a los jueces de Juan. Éste no quiso retractarse; repitió que negar su proposición era incurrir en la pestilencial herejía de los monótonos. No entendió (no quiso entender) que hablar de los monótonos era hablar de lo ya olvidado. Con insistencia algo senil, prodigó los períodos más brillantes de sus viejas polémicas; los jueces ni siquiera oían lo que los arrebató alguna vez. En lugar de tratar de purificarse de la más leve mácula de histrionismo, se esforzó en demostrar que la proposición de que lo acusaban era rigurosamente ortodoxa. Discutió con los hombres de cuyo fallo dependía su suerte y cometió la máxima torpeza de hacerlo con ingenio y con ironía. El 26 de octubre, al cabo de una discusión que duró tres días y tres noches, lo sentenciaron a morir en la hoguera.

Aureliano presenció la ejecución, porque no hacerlo era confesarse culpable. El lugar del suplicio era una colina, en cuya verde cumbre había un palo, hincado profundamente en el suelo, y en torno muchos haces de leña. Un ministro leyó la sentencia del tribunal. Bajo el sol de las doce, Juan de Panonia yacía con la cara en el polvo, lanzando bestiales aullidos. Arañaba la tierra, pero los verdugos lo arrancaron, lo desnudaron y por fin lo amarraron a la picota. En la cabeza le pusieron una corona de paja untada de azufre; al lado, un ejemplar del pestilente *Adversus annulares*. Había llovido la noche antes y la leña ardía mal. Juan de Panonia rezó en griego y luego en un idioma desconocido. La hoguera iba a llevárselo, cuando Aureliano se atrevió a alzar los ojos. Las ráfagas ardientes se detuvieron; Aureliano vio por primera y última vez el rostro del odiado. Le recordó el de alguien, pero no pudo precisar el de quién. Después, las llamas lo perdieron; después gritó y fue como si un incendio gritara.

Plutarco ha referido que Julio César lloró la muerte de Pompeyo; Aureliano no lloró la de Juan, pero sintió lo que sentiría un hombre curado de una enfermedad incurable, que ya fuera una parte de su vida. En Aquilea, en Éfeso, en Macedonia, dejó que sobre él pasaran los años. Buscó los arduos límites del Imperio, las torpes ciénagas y los contemplativos desiertos, para que lo ayudara la soledad a entender su destino. En una celda mauritana, en la noche cargada de leones, repensó la compleja acusación contra Juan de Panonia y justificó, por enésima vez, el dictamen. Más le costó justificar su tortuosa denuncia. En Rusaddir predicó el anacrónico sermón «Luz de las luces encendida en la carne de un réprobo». En Hibernia, en una de las chozas de un monasterio cercado por la selva, lo sorprendió una noche, hacia el alba, el rumor de la lluvia. Recordó una noche romana en que lo había sorprendido, también, ese minucioso rumor. Un rayo, al mediodía, incendió los árboles y Aureliano pudo morir como había muerto Juan.

El final de la historia sólo es referible en metáforas, ya que pasa en el reino de los cielos, donde no hay tiempo. Tal vez cabría decir que Aureliano conversó con Dios y que Éste se interesa tan poco en diferencias religiosas que lo tomó por Juan de Panonia. Ello, sin embargo, insinuaría una confusión de la mente divina. Más correcto es decir que en el paraíso, Aureliano supo que para la insondable divinidad, él y Juan de Panonia (el ortodoxo y el hereje, el aborrecedor y el aborrecido, el acusador y la víctima) formaban una sola persona.

Historia del guerrero
y de la cautiva

En la página 278 del libro *La poesía* (Bari, 1942), Croce, abreviando un texto latino del historiador Pablo el Diácono, narra la suerte y cita el epitafio de Droctulft; éstos me conmovieron singularmente, luego entendí por qué. Fue Droctulft un guerrero lombardo que en el asedio de Ravena abandonó a los suyos y murió defendiendo la ciudad que antes había atacado. Los raveneses le dieron sepultura en un templo y compusieron un epitafio en el que manifestaron su gratitud (*contempsit caros, dum nos amat ille, parentes*) y el peculiar contraste que se advertía entre la figura atroz de aquel bárbaro y su simplicidad y bondad:

> *Terribilis visu facies, sed mente benignus,*
> *Longaque robusto pectores, barba fuit!*[*]

Tal es la historia del destino de Droctulft, bárbaro que murió defendiendo a Roma, o tal es el fragmento de su historia que pudo rescatar Pablo el Diácono. Ni siquiera sé en qué tiempo ocurrió: si al promediar el siglo VI, cuando los longobardos desolaron las llanuras de Italia; si en el VIII, antes de la rendición de Ravena. Imaginemos (éste no es un trabajo histórico) lo primero.

---

[*] También Gibbon (*Decline and Fall*, XLV) transcribe estos versos.

Imaginemos, *sub specie aeternitatis*, a Droctulft, no al individuo Droctulft, que sin duda fue único e insondable (todos los individuos lo son), sino al tipo genérico que de él y de otros muchos como él ha hecho la tradición, que es obra del olvido y de la memoria. A través de una oscura geografía de selvas y de ciénagas, las guerras lo trajeron a Italia, desde las márgenes del Danubio y del Elba, y tal vez no sabía que iba al sur y tal vez no sabía que guerreaba contra el nombre romano. Quizá profesaba el arrianismo, que mantiene que la gloria del Hijo es reflejo de la gloria del Padre, pero más congruente es imaginarlo devoto de la Tierra, de Hertha, cuyo ídolo tapado iba de cabaña en cabaña en un carro tirado por vacas, o de los dioses de la guerra y del trueno, que eran torpes figuras de madera, envueltas en ropa tejida y recargadas de monedas y ajorcas. Venía de las selvas inextricables del jabalí y del uro; era blanco, animoso, inocente, cruel, leal a su capitán y a su tribu, no al universo. Las guerras lo traen a Ravena y ahí ve algo que no ha visto jamás, o que no ha visto con plenitud. Ve el día y los cipreses y el mármol. Ve un conjunto que es múltiple sin desorden; ve una ciudad, un organismo hecho de estatuas, de templos, de jardines, de habitaciones, de gradas, de jarrones, de capiteles, de espacios regulares y abiertos. Ninguna de esas fábricas (lo sé) lo impresiona por bella; lo tocan como ahora nos tocaría una maquinaria compleja, cuyo fin ignoráramos, pero en cuyo diseño se adivinara una inteligencia inmortal. Quizá le basta ver un solo arco, con una incomprensible inscripción en eternas letras romanas. Bruscamente lo ciega y lo renueva esa revelación, la Ciudad. Sabe que en ella será un perro, o un niño, y que no empezará siquiera a entenderla, pero sabe también que ella vale más que sus dioses y que la fe jurada y que todas las ciénagas de Alemania. Droctulft abandona a los suyos y pelea por Ravena. Muere, y en la sepultura graban palabras que él no hubiera entendido:

Contempsit caros, dum nos amat ille, parentes,
Hanc patriam reputans esse, Ravenna, suam.

No fue un traidor (los traidores no suelen inspirar epitafios piadosos); fue un iluminado, un converso. Al cabo de unas cuantas generaciones, los longobardos que culparon al tránsfuga procedieron como él; se hicieron italianos, lombardos y acaso alguno de su sangre —Aldíger— pudo engendrar a quienes engendraron al Alighieri... Muchas conjeturas cabe aplicar al acto de Droctulft; la mía es la más económica; si no es verdadera como hecho, lo será como símbolo.

Cuando leí en el libro de Croce la historia del guerrero, ésta me conmovió de manera insólita y tuve la impresión de recuperar, bajo forma diversa, algo que había sido mío. Fugazmente pensé en los jinetes mogoles que querían hacer de la China un infinito campo de pastoreo y luego envejecieron en las ciudades que habían anhelado destruir; no era ésta la memoria que yo buscaba. La encontré al fin; era un relato que le oí alguna vez a mi abuela inglesa, que ha muerto.

En 1872 mi abuelo Borges era jefe de las fronteras Norte y Oeste de Buenos Aires y Sur de Santa Fe. La comandancia estaba en Junín; más allá, a cuatro o cinco leguas uno de otro, la cadena de los fortines; más allá, lo que se denominaba entonces la Pampa y también Tierra Adentro. Alguna vez, entre maravillada y burlona, mi abuela comentó su destino de inglesa desterrada a ese fin del mundo; le dijeron que no era la única y le señalaron, meses después, una muchacha india que atravesaba lentamente la plaza. Vestía dos mantas coloradas e iba descalza; sus crenchas eran rubias. Un soldado le dijo que otra inglesa quería hablar con ella. La mujer asintió; entró en la comandancia sin temor, pero no sin recelo. En la cobriza cara, pintarrajeada de colores feroces, los ojos eran de ese azul desganado que los ingleses llaman gris. El cuerpo era ligero, como de cierva; las manos, fuertes y huesudas. Venía del desierto, de Tierra Adentro y todo parecía quedarle chico: las puertas, las paredes, los muebles.

Quizá las dos mujeres por un instante se sintieron hermanas, estaban lejos de su isla querida y en un increíble país. Mi abuela enunció alguna pregunta; la otra le respondió con dificultad, buscando las palabras y repitiéndolas, como asombrada de un antiguo sabor. Haría quince años que no hablaba el idioma natal y no le era fácil recuperarlo. Dijo que era de Yorkshire, que sus padres emigraron a Buenos Aires, que los había perdido en un malón, que la habían llevado los indios y que ahora era mujer de un capitanejo, a quien ya había dado dos hijos y que era muy valiente. Eso lo fue diciendo en un inglés rústico, entreverado de araucano o de pampa, y detrás del relato se vislumbraba una vida feral: los toldos de cuero de caballo, las hogueras de estiércol, los festines de carne chamuscada o de vísceras crudas, las sigilosas marchas al alba; el asalto de los corrales, el alarido y el saqueo, la guerra, el caudaloso arreo de las haciendas por jinetes desnudos, la poligamia, la hediondez y la magia. A esa barbarie se había rebajado una inglesa. Movida por la lástima y el escándalo, mi abuela la exhortó a no volver. Juró ampararla, juró rescatar a sus hijos. La otra le contestó que era feliz y volvió, esa noche, al desierto. Francisco Borges moriría poco después, en la revolución del 74; quizá mi abuela, entonces, pudo percibir en la otra mujer, también arrebatada y transformada por este continente implacable, un espejo monstruoso de su destino…

Todos los años, la india rubia solía llegar a las pulperías de Junín, o del Fuerte Lavalle, en procura de baratijas y «vicios»; no apareció, desde la conversación con mi abuela. Sin embargo, se vieron otra vez. Mi abuela había salido a cazar; en un rancho, cerca de los bañados, un hombre degollaba una oveja. Como en un sueño, pasó la india a caballo. Se tiró al suelo y bebió la sangre caliente. No sé si lo hizo porque ya no podía obrar de otro modo, o como un desafío y un signo.

Mil trescientos años y el mar median entre el destino de la cautiva y el destino de Droctulft. Los dos, ahora, son igualmente irrecuperables. La figura del bárbaro que abraza la causa de Ravena, la figura de la mujer europea que opta por el desierto, pueden parecer antagónicas. Sin embargo, a los dos los arrebató un ímpetu secreto, un ímpetu más hondo que la razón, y los dos acataron ese ímpetu que no hubieran sabido justificar. Acaso las historias que he referido son una sola historia. El anverso y el reverso de esta moneda son, para Dios, iguales.

A Ulrike von Kühlmann

Biografía de Tadeo Isidoro Cruz
(1829-1874)

I'm looking for the face I had
Before the world was made.

YEATS, «The Winding Stair»

El 6 de febrero de 1829, los montoneros que, hostigados ya por Lavalle, marchaban desde el sur para incorporarse a las divisiones de López, hicieron alto en una estancia cuyo nombre ignoraban, a tres o cuatro leguas del Pergamino; hacia el alba, uno de los hombres tuvo una pesadilla tenaz: en la penumbra del galpón, el confuso grito despertó a la mujer que dormía con él. Nadie sabe lo que soñó, pues al otro día, a las cuatro, los montoneros fueron desbaratados por la caballería de Suárez y la persecución duró nueve leguas, hasta los pajonales ya lóbregos, y el hombre pereció en una zanja, partido el cráneo por un sable de las guerras del Perú y del Brasil. La mujer se llamaba Isidora Cruz; el hijo que tuvo recibió el nombre de Tadeo Isidoro.

Mi propósito no es repetir su historia. De los días y noches que la componen, sólo me interesa una noche; del resto no referiré sino lo indispensable para que esa noche se entienda. La aventura consta en un libro insigne; es decir, en un libro cuya materia puede ser todo para todos (I Corintios 9:22), pues es capaz de casi inagotables repeticiones, versiones, perversiones. Quienes han comentado, y son muchos, la historia de Tadeo Isidoro, destacan el influjo de la llanura sobre su formación, pero gauchos idénticos a él nacieron y murieron en las selváticas riberas del Paraná y en las cuchillas orientales. Vivió, eso sí, en un mundo de barbarie monótona. Cuando, en 1874, murió de una viruela negra, no había visto jamás una montaña ni un pico de gas ni un molino. Tampoco una ciudad. En 1849, fue a Buenos Aires con una tropa del establecimiento de Francisco Xavier Acevedo; los troperos entraron en la ciudad para vaciar el cinto; Cruz, receloso, no salió de una fonda en el vecindario de los corrales. Pasó ahí muchos días, taciturno, durmiendo en la tierra, mateando, levantándose al alba y recogiéndose a la oración. Comprendió (más allá de las palabras y aun del entendimiento) que nada tenía que ver con él la ciudad. Uno de los peones, borracho, se burló de él. Cruz no le replicó, pero en las noches del regreso, junto al fogón, el otro menudeaba las burlas, y entonces Cruz (que antes no había demostrado rencor, ni siquiera disgusto) lo tendió de una puñalada. Prófugo, hubo de guarecerse en un fachinal; noches después, el grito de un chajá le advirtió que lo había cercado la policía. Probó el cuchillo en una mata; para que no le estorbaran en la de a pie, se quitó las espuelas. Prefirió pelear a entregarse. Fue herido en el antebrazo, en el hombro, en la mano izquierda; malhirió a los más bravos de la partida; cuando la sangre le corrió entre los dedos, peleó con más coraje que nunca; hacia el alba, mareado por la pérdida de sangre, lo desarmaron. El ejército, entonces, desempeñaba una función penal: Cruz fue destinado a un fortín de la frontera Norte. Como soldado raso, participó en las guerras civiles; a veces combatió por su provincia natal, a veces en contra. El 23 de enero de 1856, en las Lagunas de Cardoso, fue uno de los treinta cristianos que, al mando del sargento mayor Eusebio Laprida, pelearon contra doscientos indios. En esa acción recibió una herida de lanza.

En su oscura y valerosa historia abundan los hiatos. Hacia 1868 lo sabemos de nuevo en el Pergamino: casado o amancebado, padre de un hijo, dueño de una fracción de campo. En 1869 fue nombrado sargento de la policía rural. Había corregido el pasado; en aquel tiempo debió de considerarse feliz, aunque profundamente no lo era. (Lo esperaba, secreta en el porvenir, una lúcida noche fundamental: la noche en que por fin vio su propia cara, la noche en que por fin oyó su nombre. Bien entendida, esa noche agota su historia; mejor dicho un instante de esa noche, un acto de esa noche, porque los actos son nuestro símbolo.) Cualquier destino, por largo y complicado que sea, consta en realidad *de un solo momento*: el momento en que el hombre sabe para siempre quién es. Cuéntase que Alejandro de Macedonia vio reflejado su futuro de hierro en la fabulosa historia de Aquiles; Carlos XII de Suecia, en la de Alejandro. A Tadeo Isidoro Cruz, que no sabía leer, ese conocimiento no le fue revelado en un libro; se vio a sí mismo en un entrevero y un hombre. Los hechos ocurrieron así:

En los últimos días del mes de junio de 1870, recibió la orden de apresar a un malevo, que debía dos muertes a la justicia. Era éste un desertor de las fuerzas que en la frontera Sur mandaba el coronel Benito Machado; en una borrachera, había asesinado a un moreno en un lupanar; en otra, a un vecino del partido de Rojas; el informe agregaba que procedía de la Laguna Colorada. En este lugar, hacía cuarenta años, habíanse congregado los montoneros para la desventura que dio sus carnes a los pájaros y a los perros; de ahí salió Manuel Mesa, que fue ejecutado en la plaza de la Victoria, mientras los tambores sonaban para que no se oyera su ira; de ahí, el desconocido que engendró a Cruz y que pereció en una zanja, partido el cráneo por un sable de las batallas del Perú y del Brasil. Cruz había olvidado el nombre del lugar; con leve pero inexplicable inquietud lo reconoció… El criminal, acosado por los soldados, urdió a caballo un largo laberinto de idas y venidas; éstos, sin embargo, lo acorralaron la noche del 12 de julio. Se había guarecido en un pajonal. La tiniebla era casi indescifrable; Cruz y los suyos, cautelosos y a pie, avanzaron hacia las matas en cuya hondura trémula acechaba o dormía el hombre secreto. Gritó un chajá; Tadeo

Isidoro Cruz tuvo la impresión de haber vivido ya ese momento. El criminal salió de la guarida para pelearlos. Cruz lo entrevió, terrible; la crecida melena y la barba gris parecían comerle la cara. Un motivo notorio me veda referir la pelea. Básteme recordar que el desertor malhirió o mató a varios de los hombres de Cruz. Éste, mientras combatía en la oscuridad (mientras su cuerpo combatía en la oscuridad), empezó a comprender. Comprendió que un destino no es mejor que otro, pero que todo hombre debe acatar el que lleva adentro. Comprendió que las jinetas y el uniforme ya lo estorbaban. Comprendió su íntimo destino de lobo, no de perro gregario; comprendió que el otro era él. Amanecía en la desaforada llanura; Cruz arrojó por tierra el quepís, gritó que no iba a consentir el delito de que se matara a un valiente y se puso a pelear contra los soldados, junto al desertor Martín Fierro.

Emma Zunz

El 14 de enero de 1922, Emma Zunz, al volver de la fábrica de tejidos Tarbuch y Loewenthal, halló en el fondo del zaguán una carta, fechada en el Brasil, por la que supo que su padre había muerto. La engañaron, a primera vista, el sello y el sobre; luego, la inquietó la letra desconocida. Nueve o diez líneas borroneadas querían colmar la hoja; Emma leyó que el señor Maier había ingerido por error una fuerte dosis de veronal y había fallecido el 3 del corriente en el hospital de Bagé. Un compañero de pensión de su padre firmaba la noticia, un tal Fein o Fain, de Rio Grande, que no podía saber que se dirigía a la hija del muerto.

Emma dejó caer el papel. Su primera impresión fue de malestar en el vientre y en las rodillas; luego de ciega culpa, de irrealidad, de frío, de temor; luego, quiso ya estar en el día siguiente. Acto continuo comprendió que esa voluntad era inútil porque la muerte de su padre era lo único que había sucedido en el mundo, y seguiría sucediendo sin fin. Recogió el papel y se fue a su cuarto. Furtivamente lo guardó en un cajón, como si de algún modo ya conociera los hechos ulteriores. Ya había empezado a vislumbrarlos, tal vez; ya era la que sería.

En la creciente oscuridad, Emma lloró hasta el fin de aquel día el suicidio de Manuel Maier, que en los antiguos días felices fue Emanuel Zunz. Recordó veraneos en una chacra, cerca de Gualeguay, recordó (trató de recordar) a su madre, recordó la casita de Lanús que les remataron, recordó los amarillos losanges de una ventana, recordó el auto de prisión, el oprobio, recordó los anónimos con el suelto sobre «el desfalco del cajero», recordó (pero eso jamás lo olvidaba) que su padre, la última noche, le había jurado que el ladrón era Loewenthal. Loewenthal, Aarón Loewenthal, antes gerente de la fábrica y ahora uno de los dueños. Emma, desde 1916, guardaba el secreto. A nadie se lo había revelado, ni siquiera a su mejor amiga, Elsa Urstein. Quizá rehuía la profana incredulidad; quizá creía que el secreto era un vínculo entre ella y el ausente. Loewenthal no sabía que ella sabía; Emma Zunz derivaba de ese hecho ínfimo un sentimiento de poder.

No durmió aquella noche, y cuando la primera luz definió el rectángulo de la ventana, ya estaba perfecto su plan. Procuró que ese día, que le pareció interminable, fuera como los otros. Había en la fábrica rumores de huelga; Emma se declaró, como siempre, contra toda violencia. A las seis, concluido el trabajo, fue con Elsa a un club de mujeres, que tiene gimnasio y pileta. Se inscribieron; tuvo que repetir y deletrear su nombre y su apellido; tuvo que festejar las bromas vulgares que comentan la revisación. Con Elsa y con la menor de las Kronfuss discutió a qué cinematógrafo irían el domingo a la tarde. Luego, se habló de novios y nadie esperó que Emma hablara. En abril cumpliría diecinueve años, pero los hombres le inspiraban, aún, un temor casi patológico… De vuelta, preparó una sopa de tapioca y unas legumbres, comió temprano, se acostó y se obligó a dormir. Así, laborioso y trivial, pasó el viernes 15, la víspera.

El sábado, la impaciencia la despertó. La impaciencia, no la inquietud, y el singular alivio de estar en aquel día, por fin. Ya no tenía que tramar y que imaginar; dentro de algunas horas alcanzaría la simplicidad de los hechos. Leyó en *La Prensa* que el *Nordstjärnan*, de Malmö, zarparía esa noche del dique 3; llamó por teléfono a Loewenthal, insinuó que deseaba comunicar, sin que lo supieran las otras, algo sobre la huelga y prometió pasar por el escritorio, al oscurecer. Le temblaba la voz; el temblor convenía a una delatora. Ningún otro hecho memorable ocurrió esa mañana. Emma trabajó hasta las doce y fijó con Elsa y con Perla Kronfuss los pormenores del paseo del domingo. Se acostó después de almorzar y recapituló, cerrados los ojos, el plan que había tramado. Pensó que la etapa final sería menos horrible que la primera y que le depararía, sin duda, el sabor de la victoria y de la justicia. De pronto, alarmada, se levantó y corrió al cajón de la cómoda. Lo abrió; debajo del retrato de Milton Sills, donde la había dejado anteanoche, estaba la carta de Fain. Nadie podía haberla visto; la empezó a leer y la rompió.

Referir con alguna realidad los hechos de esa tarde sería difícil y quizá improcedente. Un atributo de lo infernal es la irrealidad, un atributo que parece mitigar sus terrores y que los agrava tal vez. ¿Cómo hacer verosímil una acción en la que casi no creyó quien la ejecutaba, cómo recuperar ese breve caos que hoy la memoria de Emma Zunz repudia y confunde? Emma vivía por Almagro, en la calle Liniers; nos consta que esa tarde fue al puerto. Acaso en el infame paseo de Julio se vio multiplicada en espejos, publicada por luces y desnudada por los ojos hambrientos, pero más razonable es conjeturar que al principio erró, inadvertida, por la indiferente recova… Entró en dos o tres bares, vio la rutina o los manejos de otras mujeres. Dio al fin con hombres del *Nordstjärnan*. De uno, muy joven, temió que le inspirara alguna ternura y optó por otro, quizá más bajo que ella y grosero, para que la pureza del horror no fuera mitigada. El hombre la condujo a una puerta y después a un turbio zaguán y después a una escalera tortuosa y después a un vestíbulo (en el que había una vidriera con losanges idénticos a los de la casa en Lanús) y después a un pasillo y después a una puerta que se cerró. Los hechos graves están fuera del tiempo, ya porque en ellos el pasado inmediato queda como tronchado del porvenir, ya porque no parecen consecutivas las partes que los forman.

¿En aquel tiempo fuera del tiempo, en aquel desorden perplejo de sensaciones inconexas y atroces, pensó Emma Zunz *una sola vez* en el muerto que motivaba el sacrificio? Yo tengo para mí que pensó una vez y que en ese momento peligró su desesperado propósito. Pensó (no pudo no pensar) que su padre le había hecho a su madre la cosa horrible que a ella ahora le hacían. Lo pensó con débil asombro y se refugió, en seguida, en el vértigo. El hombre, sueco o finlandés, no hablaba español; fue una herramienta para Emma como ésta lo fue para él, pero ella sirvió para el goce y él para la justicia.

Cuando se quedó sola, Emma no abrió en seguida los ojos. En la mesa de luz estaba el dinero que había dejado el hombre: Emma se incorporó y lo rompió como antes había roto la carta. Romper dinero es una impiedad, como tirar el pan; Emma se arrepintió, apenas lo hizo. Un acto de soberbia y en aquel día… El temor se perdió en la tristeza de su cuerpo, en el asco. El asco y la tristeza la encadenaban, pero Emma lentamente se levantó y procedió a vestirse. En el cuarto no quedaban colores vivos; el último crepúsculo se agravaba. Emma pudo salir sin que la advirtieran; en la esquina subió a un Lacroze, que iba al oeste. Eligió, conforme a su plan, el asiento más delantero, para que no le vieran la cara. Quizá le confortó verificar, en el insípido trajín de las calles, que lo acaecido no había contaminado las cosas. Viajó por barrios decrecientes y opacos, viéndolos y olvidándolos en el acto, y se apeó en una de las bocacalles de Warnes. Paradójicamente su fatiga venía a ser una fuerza, pues la obligaba a concentrarse en los pormenores de la aventura y le ocultaba el fondo y el fin.

Aarón Loewenthal era, para todos, un hombre serio; para sus pocos íntimos, un avaro. Vivía en los altos de la fábrica, solo. Establecido en el desmantelado arrabal, temía a los ladrones; en el patio de la fábrica había un gran perro y en el cajón de su escritorio, nadie lo ignoraba, un revólver. Había llorado con decoro, el año anterior, la inesperada muerte de su mujer —¡una Gauss, que le trajo una buena dote!—, pero el dinero era su verdadera pasión. Con íntimo bochorno se sabía menos apto para ganarlo que para conservarlo. Era muy religioso; creía tener con el Señor un pacto secreto, que lo eximía de obrar bien, a trueque de oraciones y devociones. Calvo, corpulento, enlutado, de quevedos ahumados y barba rubia, esperaba de pie, junto a la ventana, el informe confidencial de la obrera Zunz.

La vio empujar la verja (que él había entornado a propósito) y cruzar el patio sombrío. La vio hacer un pequeño rodeo cuando el perro atado ladró. Los labios de Emma se atareaban como los de quien reza en voz baja; cansados, repetían la sentencia que el señor Loewenthal oiría antes de morir.

Las cosas no ocurrieron como había previsto Emma Zunz. Desde la madrugada anterior, ella se había soñado muchas veces, dirigiendo el firme revólver, forzando al miserable a confesar la miserable culpa y exponiendo la intrépida estratagema que permitiría a la Justicia de Dios triunfar de la justicia humana. (No por temor, sino por ser un instrumento de la Justicia, ella no quería ser castigada.) Luego, un solo balazo en mitad del pecho rubricaría la suerte de Loewenthal. Pero las cosas no ocurrieron así.

Ante Aarón Loewenthal, más que la urgencia de vengar a su padre, Emma sintió la de castigar el ultraje padecido por ello. No podía no matarlo, después de esa minuciosa deshonra. Tampoco tenía tiempo que perder en teatralerías. Sentada, tímida, pidió excusas a Loewenthal, invocó (a fuer de delatora) las obligaciones de la lealtad, pronunció algunos nombres, dio a entender otros y se cortó como si la venciera el temor. Logró que Loewenthal saliera a buscar una copa de agua. Cuando éste, incrédulo de tales aspavientos, pero indulgente, volvió del comedor, Emma ya había sacado del cajón el pesado revólver. Apretó el gatillo dos veces. El considerable cuerpo se desplomó como si los estampidos y el humo lo hubieran roto, el vaso de agua se rompió, la cara la miró con asombro y cólera, la boca de la cara la injurió en español y en ídisch. Las malas palabras no cejaban; Emma tuvo que hacer fuego otra vez. En el patio, el perro encadenado rompió a ladrar, y una efusión de brusca sangre manó de los labios obscenos y manchó la barba y la ropa. Emma inició la acusación que tenía preparada («He vengado a mi padre y no me podrán castigar...»), pero no la acabó, porque el señor Loewenthal ya había muerto. No supo nunca si alcanzó a comprender.

Los ladridos tirantes le recordaron que no podía, aún, descansar. Desordenó el diván, desabrochó el saco del cadáver, le quitó los quevedos salpicados y los dejó sobre el fichero. Luego tomó el teléfono y repitió lo que tantas veces repetiría, con esas y con otras palabras: «Ha ocurrido una cosa que es increíble... El señor Loewenthal me hizo venir con el pretexto de la huelga... Abusó de mí, lo maté...».

La historia era increíble, en efecto, pero se impuso a todos, porque sustancialmente era cierta. Verdadero era el tono de Emma Zunz, verdadero el pudor, verdadero el odio. Verdadero también era el ultraje que había padecido; sólo eran falsas las circunstancias, la hora y uno o dos nombres propios.

La casa de Asterión

Y la reina dio a luz un hijo que se llamó
Asterión.

APOLODORO, *Biblioteca*, III, I

Sé que me acusan de soberbia, y tal vez de misantropía, y tal vez de locura. Tales acusaciones (que yo castigaré a su debido tiempo) son irrisorias. Es verdad que no salgo de mi casa, pero también es verdad que sus puertas (cuyo número es infinito)* están abiertas día y noche a los hombres y también a los animales. Que entre el que quiera. No hallará pompas mujeriles aquí ni el bizarro aparato de los palacios pero sí la quietud y la soledad. Asimismo hallará una casa como no hay otra en la faz de la tierra. (Mienten los que declaran que en Egipto hay una parecida.) Hasta mis detractores admiten que no hay *un solo mueble* en la casa. Otra especie ridícula es que yo, Asterión, soy un prisionero. ¿Repetiré que no hay una puerta cerrada, añadiré que no hay una cerradura? Por lo demás, algún atardecer he pisado la calle; si antes de la noche volví, lo hice por el temor que me infundieron las caras de la plebe, caras descoloridas y aplanadas, como la mano abierta. Ya se había puesto el sol, pero el desvalido llanto de un niño y las toscas plegarias de la grey dijeron que me habían reconocido. La

---

* El original dice *catorce*, pero sobran motivos para inferir que, en boca de Asterión, ese adjetivo numeral vale por infinitos.

gente oraba, huía, se prosternaba; unos se encaramaban al estilóbato del templo de las Hachas, otros juntaban piedras. Alguno, creo, se ocultó bajo el mar. No en vano fue una reina mi madre; no puedo confundirme con el vulgo; aunque mi modestia lo quiera.

El hecho es que soy único. No me interesa lo que un hombre pueda trasmitir a otros hombres; como el filósofo, pienso que nada es comunicable por el arte de la escritura. Las enojosas y triviales minucias no tienen cabida en mi espíritu, que está capacitado para lo grande; jamás he retenido la diferencia entre una letra y otra. Cierta impaciencia generosa no ha consentido que yo aprendiera a leer. A veces lo deploro, porque las noches y los días son largos.

Claro que no me faltan distracciones. Semejante al carnero que va a embestir, corro por las galerías de piedra hasta rodar al suelo, mareado. Me agazapo a la sombra de un aljibe o a la vuelta de un corredor y juego a que me buscan. Hay azoteas desde las que me dejo caer, hasta ensangrentarme. A cualquier hora puedo jugar a estar dormido, con los ojos cerrados y la respiración poderosa. (A veces me duermo realmente, a veces ha cambiado el color del día cuando he abierto los ojos.) Pero de tantos juegos el que prefiero es el de otro Asterión. Finjo que viene a visitarme y que yo le muestro la casa. Con grandes reverencias le digo: «Ahora volvemos a la encrucijada anterior» o «Ahora desembocamos en otro patio» o «Bien decía yo que te gustaría la canaleta» o «Ahora verás una cisterna que se llenó de arena» o «Ya verás cómo el sótano se bifurca». A veces me equivoco y nos reímos buenamente los dos.

No sólo he imaginado esos juegos; también he meditado sobre la casa. Todas las partes de la casa están muchas veces, cualquier lugar es otro lugar. No hay un aljibe, un patio, un abrevadero, un pesebre; son catorce [son infinitos] los pesebres, abrevaderos, patios, aljibes. La casa es del tamaño del mundo; mejor dicho, es el mundo. Sin embargo, a fuerza de fatigar patios con un aljibe y polvorientas galerías de piedra gris he alcanzado la calle y he visto el templo de las Hachas y el mar.

Eso no lo entendí hasta que una visión de la noche me reveló que también son catorce [son infinitos] los mares y los templos. Todo está muchas veces, catorce veces, pero dos cosas hay en el mundo que parecen estar una sola vez: arriba, el intrincado sol; abajo, Asterión. Quizá yo he creado las estrellas y el sol y la enorme casa, pero ya no me acuerdo.

Cada nueve años entran en la casa nueve hombres para que yo los libere de todo mal. Oigo sus pasos o su voz en el fondo de las galerías de piedra y corro alegremente a buscarlos. La ceremonia dura pocos minutos. Uno tras otro caen sin que yo me ensangriente las manos. Donde cayeron, quedan, y los cadáveres ayudan a distinguir una galería de las otras. Ignoro quiénes son, pero sé que uno de ellos profetizó, en la hora de su muerte, que alguna vez llegaría mi redentor. Desde entonces no me duele la soledad, porque sé que vive mi redentor y al fin se levantará sobre el polvo. Si mi oído alcanzara todos los rumores del mundo, yo percibiría sus pasos. Ojalá me lleve a un lugar con menos galerías y menos puertas. ¿Cómo será mi redentor?, me pregunto. ¿Será un toro o un hombre? ¿Será tal vez un toro con cara de hombre? ¿O será como yo?

El sol de la mañana reverberó en la espada de bronce. Ya no quedaba ni un vestigio de sangre.

—¿Lo creerás, Ariadna? —dijo Teseo—. El minotauro apenas se defendió.

A Marta Mosquera Eastman

La otra muerte

Un par de años hará (he perdido la carta), Gannon me escribió de Gualeguaychú, anunciando el envío de una versión, acaso la primera española, del poema «The Past», de Ralph Waldo Emerson, y agregando en una posdata que don Pedro Damián, de quien yo guardaría alguna memoria, había muerto noches pasadas, de una congestión pulmonar. El hombre, arrasado por la fiebre, había revivido en su delirio la sangrienta jornada de Masoller; la noticia me pareció previsible y hasta convencional, porque don Pedro, a los diecinueve o veinte años, había seguido las banderas de Aparicio Saravia. La revolución de 1904 lo tomó en una estancia de Río Negro o de Paysandú, donde trabajaba de peón; Pedro Damián era entrerriano, de Gualeguay, pero fue a donde fueron los amigos, tan animoso y tan ignorante como ellos. Combatió en algún entrevero y en la batalla última; repatriado en 1905, retomó con humilde tenacidad las tareas de campo. Que yo sepa, no volvió a dejar su provincia. Los últimos treinta años los pasó en un puesto muy solo, a una o dos leguas del Ñancay; en aquel desamparo, yo conversé con él una tarde (yo traté de conversar con él una tarde), hacia 1942. Era hombre taciturno, de pocas luces. El sonido y la furia de Masoller agotaban su historia; no me sorprendió que los reviviera, en la hora de su muerte… Supe que no vería más a Damián y quise recordarlo; tan pobre es mi memoria visual que sólo recordé una fotografía que Gannon le tomó. El hecho nada tiene de singular, si consideramos que al hombre lo vi a principios de 1942, una vez, y a la efigie, muchísimas. Gannon me mandó esa fotografía; la he perdido y ya no la busco. Me daría miedo encontrarla.

El segundo episodio se produjo en Montevideo, meses después. La fiebre y la agonía del entrerriano me sugirieron un relato fantástico sobre la derrota de Masoller; Emir Rodríguez Monegal, a quien referí el argumento, me dio unas líneas para el coronel Dionisio Tabares, que había hecho esa campaña. El coronel me recibió después de cenar. Desde un sillón de hamaca, en un patio, recordó con desorden y con amor los tiempos que fueron. Habló de municiones que no llegaron y de caballadas rendidas, de hombres dormidos y terrosos tejiendo laberintos de marchas, de Saravia, que pudo haber entrado en Montevideo y que se desvió; «porque el gaucho le teme a la ciudad», de hombres degollados hasta la nuca, de una guerra civil que me pareció menos la colisión de dos ejércitos que el sueño de un matrero. Habló de Illescas, de Tupambaé, de Masoller. Lo hizo con períodos tan cabales y de un modo tan vívido que comprendí que muchas veces había referido esas mismas cosas, y temí que detrás de sus palabras casi no quedaran recuerdos. En un respiro conseguí intercalar el nombre de Damián.

—¿Damián? ¿Pedro Damián? —dijo el coronel—. Ése sirvió conmigo. Un tapecito que le decían Daymán los muchachos. —Inició una ruidosa carcajada y la cortó de golpe, con fingida o veraz incomodidad.

Con otra voz dijo que la guerra servía, como la mujer, para que se probaran los hombres, y que, antes de entrar en batalla, nadie sabía quién es. Alguien podía pensarse cobarde y ser un valiente, y asimismo al revés, como le ocurrió a ese pobre Damián, que se anduvo floreando en las pulperías con su divisa blanca y después flaqueó en Masoller. En algún tiroteo con los *zumacos* se portó como un hombre, pero otra cosa fue cuando los ejércitos se enfrentaron y empezó el cañoneo y cada hombre sintió que cinco mil hombres se habían coaligado para matarlo. Pobre gurí, que se la había pasado bañando ovejas y que de pronto lo arrastró esa patriada…

Absurdamente, la versión de Tabares me avergonzó. Yo hubiera preferido que los hechos no ocurrieran así. Con el viejo Damián, entrevisto una tarde, hace muchos años, yo había fabricado, sin proponérmelo, una suerte de ídolo; la versión de Tabares lo destrozaba. Súbitamente comprendí la reserva y la obstinada soledad de Damián; no las había dictado la modestia, sino el bochorno. En vano me repetí que un hombre acosado por un acto de cobardía es más complejo y más interesante que un hombre meramente animoso. El gaucho Martín Fierro, pensé, es menos memorable que lord Jim o que Razumov. Sí, pero Damián, como gaucho, tenía obligación de ser Martín Fierro —sobre todo, ante gauchos orientales. En lo que Tabares dijo y no dijo percibí el agreste sabor de lo que se llamaba artiguismo: la conciencia (tal vez incontrovertible) de que el Uruguay es más elemental que nuestro país y, por ende, más bravo… Recuerdo que esa noche nos despedimos con exagerada efusión.

En el invierno, la falta de una o dos circunstancias para mi relato fantástico (que torpemente se obstinaba en no dar con su forma) hizo que yo volviera a la casa del coronel Tabares. Lo hallé con otro señor de edad: el doctor Juan Francisco Amaro, de Paysandú, que también había militado en la revolución de Saravia. Se habló, previsiblemente, de Masoller. Amaro refirió unas anécdotas y después agregó con lentitud, como quien está pensando en voz alta:

—Hicimos noche en Santa Irene, me acuerdo, y se nos incorporó alguna gente. Entre ellos, un veterinario francés que murió la víspera de la acción, y un mozo esquilador, de Entre Ríos, un tal Pedro Damián.

Lo interrumpí con acritud.

—Ya sé —le dije—. El argentino que flaqueó ante las balas.

Me detuve; los dos me miraban perplejos.

—Usted se equivoca, señor —dijo, al fin, Amaro—. Pedro Damián murió como querría morir cualquier hombre. Serían las cuatro de la tarde. En la cumbre de la cuchilla se había hecho fuerte la infantería colorada; los nuestros la cargaron, a lanza; Damián iba en la punta, gritando, y una bala lo acertó en pleno pecho. Se paró en los estribos, concluyó el grito y rodó por tierra y quedó entre las patas de los caballos. Estaba muerto y la última carga de Masoller le pasó por encima. Tan valiente y no había cumplido veinte años.

Hablaba, a no dudarlo, de otro Damián, pero algo me hizo preguntar qué gritaba el gurí.

—Malas palabras —dijo el coronel—, que es lo que se grita en las cargas.

—Puede ser —dijo Amaro—, pero también gritó ¡Viva Urquiza!

Nos quedamos callados. Al fin, el coronel murmuró:

—No como si peleara en Masoller, sino en Cagancha o India Muerta, hará un siglo.

Agregó con sincera perplejidad:

—Yo comandé esas tropas, y juraría que es la primera vez que oigo hablar de un Damián.

No pudimos lograr que lo recordara.

En Buenos Aires, el estupor que me produjo su olvido se repitió. Ante los once deleitables volúmenes de las obras de Emerson, en el sótano de la librería inglesa de Mitchell, encontré, una tarde, a Patricio Gannon. Le pregunté por su traducción de «The Past». Dijo que no pensaba traducirlo y que la literatura española era tan tediosa que hacía innecesario a Emerson. Le recordé que me había prometido esa versión en la misma carta en que me escribió la muerte de Damián. Preguntó quién era Damián. Se lo dije, en vano. Con un principio de terror advertí que me oía con extrañeza, y busqué amparo en una discusión literaria sobre los detractores de Emerson, poeta más complejo, más diestro y sin duda más singular que el desdichado Poe.

Algunos hechos más debo registrar. En abril tuve carta del coronel

275

Dionisio Tabares; éste ya no estaba ofuscado y ahora se acordaba muy bien del entrerrianito que hizo punta en la carga de Masoller y que enterraron esa noche sus hombres, al pie de la cuchilla. En julio pasé por Gualeguaychú; no di con el rancho de Damián, de quien ya nadie se acordaba. Quise interrogar al puestero Diego Abaroa, que lo vio morir; éste había fallecido antes del invierno. Quise traer a la memoria los rasgos de Damián; meses después, hojeando unos álbumes, comprobé que el rostro sombrío que yo había conseguido evocar era el del célebre tenor Tamberlick, en el papel de Otelo.

Paso ahora a las conjeturas. La más fácil, pero también la menos satisfactoria, postula dos Damianes: el cobarde que murió en Entre Ríos hacia 1946, el valiente que murió en Masoller en 1904. Su defecto reside en no explicar lo realmente enigmático: los curiosos vaivenes de la memoria del coronel Tabares, el olvido que anula en tan poco tiempo la imagen y hasta el nombre del que volvió. (No acepto, no quiero aceptar, una conjetura más simple: la de haber yo soñado al primero.) Más curiosa es la conjetura sobrenatural que ideó Ulrike von Kühlmann. Pedro Damián, decía Ulrike, pereció en la batalla, y en la hora de su muerte suplicó a Dios que lo hiciera volver a Entre Ríos. Dios vaciló un segundo antes de otorgar esa gracia, y quien la había pedido ya estaba muerto, y algunos hombres lo habían visto caer. Dios, que no puede cambiar el pasado, pero sí las imágenes del pasado, cambió la imagen de la muerte en la de un desfallecimiento, y la sombra del entrerriano volvió a su tierra. Volvió, pero debemos recordar su condición de sombra. Vivió en la soledad, sin una mujer, sin amigos; todo lo amó y lo poseyó, pero desde lejos, como del otro lado de un cristal; «murió», y su tenue imagen se perdió, como el agua en el agua. Esa conjetura es errónea, pero hubiera debido sugerirme la verdadera (la que hoy creo la verdadera), que a la vez es más simple y más inaudita. De un modo casi mágico la descubrí en el tratado *De Omnipotentia*, de Pier Damiani, a cuyo estudio me llevaron dos versos del Canto XXI del *Paradiso*, que plantean precisamente un problema de identidad. En el quinto capítulo de aquel tratado, Pier Damiani sostiene, contra Aristóteles y contra Fredegario de Tours, que Dios puede efectuar que no haya sido lo que alguna vez fue. Leí esas viejas discusiones teológicas y empecé a comprender la trágica historia de don Pedro Damián.

La adivino así. Damián se portó como un cobarde en el campo de Masoller, y dedicó la vida a corregir esa bochornosa flaqueza. Volvió a Entre Ríos; no alzó la mano a ningún hombre, no *marcó* a nadie, no buscó fama de valiente, pero en los campos del Ñancay se hizo duro, lidiando con el monte y la hacienda chúcara. Fue preparando, sin duda sin saberlo, el milagro. Pensó con lo más hondo: Si el destino me trae otra batalla, yo sabré merecerla. Durante cuarenta años la aguardó con oscura esperanza, y el destino al fin se la trajo, en la hora de su muerte. La trajo en forma de delirio pero ya los griegos sabían que somos las sombras de un sueño. En la agonía revivió su batalla, y se condujo como un hombre y encabezó la carga final y una bala lo acertó en pleno pecho. Así, en 1946, por obra de una larga pasión, Pedro Damián murió en la derrota de Masoller, que ocurrió entre el invierno y la primavera de 1904.

En la *Suma Teológica* se niega que Dios pueda hacer que lo pasado no haya sido, pero nada se dice de la intrincada concatenación de causas y efectos, que es tan vasta y tan íntima que acaso no cabría anular *un solo* hecho remoto, por insignificante que fuera, sin invalidar el presente. Modificar el pasado no es modificar un solo hecho; es anular sus consecuencias, que tienden a ser infinitas. Dicho sea con otras palabras; es crear dos historias universales. En la primera (digamos), Pedro Damián murió en Entre Ríos, en 1946; en la segunda, en Masoller, en 1904. Ésta es la que vivimos ahora, pero la supresión de aquélla no fue inmediata y produjo las incoherencias que he referido. En el coronel Dionisio Tabares se cumplieron las diversas etapas: al principio recordó que Damián obró como un cobarde; luego, lo olvidó totalmente; luego, recordó su impetuosa muerte. No menos corroborativo es el caso del puestero Abaroa; éste murió, lo entiendo, porque tenía demasiadas memorias de don Pedro Damián.

En cuanto a mí, entiendo no correr un peligro análogo. He adivinado y registrado un proceso no accesible a los hombres, una suerte de escándalo de la razón; pero algunas circunstancias mitigan ese privilegio temible. Por lo pronto, no estoy seguro de haber escrito siempre la verdad. Sospecho que en mi relato hay falsos recuerdos. Sospecho que Pedro Damián (si existió) no se llamó Pedro Damián, y que yo lo recuerdo bajo ese nombre para creer algún día que su historia me fue sugerida por los argumentos de Pier Damiani. Algo parecido acontece con el poema que mencioné en el primer párrafo y que versa sobre la irrevocabilidad del pasado. Hacia 1951 creeré haber fabricado un cuento fantástico y habré historiado un hecho real; también el inocente Virgilio, hará dos mil años, creyó anunciar el nacimiento de un hombre y vaticinaba el de Dios.

¡Pobre Damián! La muerte lo llevó a los veinte años en una triste guerra ignorada y en una batalla casera, pero consiguió lo que anhelaba su corazón, y tardó mucho en conseguirlo, y acaso no hay mayores felicidades.

Deutsches Requiem

Aunque Él me quitare la vida, en Él con-
fiaré.

Job 13,15

M i nombre es Otto Dietrich zur Linde. Uno de mis antepasados, Christoph zur Linde, murió en la carga de caballería que decidió la victoria de Zorndorf. Mi bisabuelo materno, Ulrich Forkel, fue asesinado en la foresta de Marchenoir por
francotiradores franceses, en los últimos días de 1870; el capitán Dietrich zur Linde, mi padre, se distinguió en el sitio de Namur, en 1914,
y, dos años después, en la travesía del Danubio.* En cuanto a mí, seré
fusilado por torturador y asesino. El tribunal ha procedido con rectitud; desde el principio, yo me he declarado culpable. Mañana, cuando
el reloj de la prisión dé las nueve, yo habré entrado en la muerte; es natural que piense en mis mayores, ya que tan cerca estoy de su sombra,
ya que de algún modo soy ellos.

Durante el juicio (que afortunadamente duró poco) no hablé; justificarme, entonces, hubiera entorpecido el dictamen y hubiera parecido
una cobardía. Ahora las cosas han cambiado; en esta noche que prece-

---

* Es significativa la omisión del antepasado más ilustre del narrador, el teólogo y
hebraísta Johannes Forkel (1799-1846), que aplicó la dialéctica de Hegel a la cristología
y cuya versión literal de algunos de los Libros Apócrifos mereció la censura de Hengs-
tenberg y la aprobación de Thilo y Geseminus. *(Nota del editor.)*

de a mi ejecución, puedo hablar sin temor. No pretendo ser perdonado, porque no hay culpa en mí, pero quiero ser comprendido. Quienes sepan oírme, comprenderán la historia de Alemania y la futura historia del mundo. Yo sé que casos como el mío, excepcionales y asombrosos ahora, serán muy en breve triviales. Mañana moriré, pero soy un símbolo de las generaciones del porvenir.

Nací en Marienburg, en 1908. Dos pasiones, ahora casi olvidadas, me permitieron afrontar con valor y aun con felicidad muchos años infaustos: la música y la metafísica. No puedo mencionar a todos mis bienhechores, pero hay dos nombres que no me resigno a omitir: el de Brahms y el de Schopenhauer. También frecuenté la poesía; a esos nombres quiero juntar otro vasto nombre germánico, William Shakespeare. Antes, la teología me interesó, pero de esa fantástica disciplina (y de la fe cristiana) me desvió para siempre Schopenhauer, con razones directas; Shakespeare y Brahms, con la infinita variedad de su mundo. Sepa quien se detiene maravillado, trémulo de ternura y de gratitud, ante cualquier lugar de la obra de esos felices, que yo también me detuve ahí, yo el abominable.

Hacia 1927 entraron en mi vida Nietzsche y Spengler. Observa un escritor del siglo XVIII que nadie quiere deber nada a sus contemporáneos; yo, para libertarme de una influencia que presentí opresora, escribí un artículo titulado «Abrechnung mit Spengler», en el que hacía notar que el monumento más inequívoco de los rasgos que el autor llama fáusticos no es el misceláneo drama de Goethe* sino un poema redactado hace veinte siglos, el «De rerum natura». Rendí justicia, empero, a la sinceridad del filósofo de la historia, a su espíritu radicalmente alemán (*kerndeutsch*), militar. En 1929 entré en el Partido.

---

* Otras naciones viven con inocencia, en sí y para sí como los minerales o los meteoros; Alemania es el espejo universal que a todas recibe, la conciencia del mundo (*das Weltbewusstsein*). Goethe es el prototipo de esa comprensión ecuménica. No lo censuro, pero no veo en él al hombre fáustico de la tesis de Spengler.

Poco diré de mis años de aprendizaje. Fueron más duros para mí que para muchos otros, ya que a pesar de no carecer de valor, me falta toda vocación de violencia. Comprendí, sin embargo, que estábamos al borde de un tiempo nuevo y que ese tiempo, comparable a las épocas iniciales del Islam o del Cristianismo, exigía hombres nuevos. Individualmente, mis camaradas me eran odiosos; en vano procuré razonar que para el alto fin que nos congregaba, no éramos individuos.

Aseveran los teólogos que si la atención del Señor se desviara un solo segundo de mi derecha mano que escribe, ésta recaería en la nada, como si la fulminara un fuego sin luz. Nadie puede ser, digo yo, nadie puede probar una copa de agua o partir un trozo de pan, sin justificación. Para cada hombre, esa justificación es distinta; yo esperaba la guerra inexorable que probaría nuestra fe. Me bastaba saber que yo sería un soldado de sus batallas. Alguna vez temí que nos defraudaran la cobardía de Inglaterra y de Rusia. El azar, o el destino, tejió de otra manera mi porvenir: el primero de marzo de 1939, al oscurecer, hubo disturbios en Tilsit que los diarios no registraron; en la calle detrás de la sinagoga, dos balas me atravesaron la pierna, que fue necesario amputar.* Días después, entraban en Bohemia nuestros ejércitos; cuando las sirenas lo proclamaron, yo estaba en el sedentario hospital, tratando de perderme y de olvidarme en los libros de Schopenhauer. Símbolo de mi vano destino, dormía en el borde de la ventana un gato enorme y fofo.

En el primer volumen de *Parerga und Paralipomena* releí que todos los hechos que pueden ocurrirle a un hombre, desde el instante de su nacimiento hasta el de su muerte, han sido prefijados por él. Así, toda negligencia es deliberada, todo casual encuentro una cita, toda humillación una penitencia, todo fracaso una misteriosa victoria, toda muerte un suicidio. No hay consuelo más hábil que el pensamiento de que

* Se murmura que las consecuencias de esa herida fueron muy graves. (*Nota del editor.*)

hemos elegido nuestras desdichas; esa teleología individual nos revela un orden secreto y prodigiosamente nos confunde con la divinidad. ¿Qué ignorado propósito (cavilé) me hizo buscar ese atardecer, esas balas y esa mutilación? No el temor de la guerra, yo lo sabía; algo más profundo. Al fin creí entender. Morir por una religión es más simple que vivirla con plenitud; batallar en Éfeso contra las fieras es menos duro (miles de mártires oscuros lo hicieron) que ser Pablo, siervo de Jesucristo; un acto es menos que todas las horas de un hombre. La batalla y la gloria son *facilidades*; más ardua que la empresa de Napoleón fue la de Raskolnikov. El 7 de febrero de 1941 fui nombrado subdirector del campo de concentración de Tarnowitz.

El ejercicio de ese cargo no me fue grato; pero no pequé nunca de negligencia. El cobarde se prueba entre las espadas; el misericordioso, el piadoso, busca el examen de las cárceles y del dolor ajeno. El nazismo, intrínsecamente, es un hecho moral, un despojarse del viejo hombre, que está viciado, para vestir el nuevo. En la batalla esa mutación es común, entre el clamor de los capitanes y el vocerío; no así en un torpe calabozo, donde nos tienta con antiguas ternuras la insidiosa piedad. No en vano escribo esa palabra; la piedad por el hombre superior es el último pecado de Zarathustra. Casi lo cometí (lo confieso) cuando nos remitieron de Breslau al insigne poeta David Jerusalem.

Era éste un hombre de cincuenta años. Pobre de bienes de este mundo, perseguido, negado, vituperado, había consagrado su genio a cantar la felicidad. Creo recordar que Albert Soergel, en la obra *Dichtung der Zeit*, lo equipara con Whitman. La comparación no es feliz; Whitman celebra el universo de un modo previo, general, casi indiferente; Jerusalem se alegra de cada cosa, con minucioso amor. No comete jamás enumeraciones, catálogos. Aún puedo repetir muchos hexámetros de aquel hondo poema que se titula «Tse Yang, pintor de tigres», que está como rayado de tigres, que está como cargado y atravesado de tigres transversales y silenciosos. Tampoco olvidaré el soliloquio *Rosen-*

crantz habla con el Ángel, en el que un prestamista londinense del siglo XVI vanamente trata, al morir, de vindicar sus culpas, sin sospechar que la secreta justificación de su vida es haber inspirado a uno de sus clientes (que lo ha visto una sola vez y a quien no recuerda) el carácter de Shylock. Hombre de memorables ojos, de piel cetrina, de barba casi negra, David Jerusalem era el prototipo del judío sefardí, si bien pertenecía a los depravados y aborrecidos Ashkenazim. Fui severo con él; no permití que me ablandaran ni la compasión ni su gloria. Yo había comprendido hace muchos años que no hay cosa en el mundo que no sea germen de un Infierno posible; un rostro, una palabra, una brújula, un aviso de cigarrillos, podrían enloquecer a una persona, si ésta no lograra olvidarlos. ¿No estaría loco un hombre que continuamente se figurara el mapa de Hungría? Determiné aplicar ese principio al régimen disciplinario de nuestra casa y...* A fines de 1942, Jerusalem perdió la razón; el primero de marzo de 1943, logró darse muerte.**

Ignoro si Jerusalem comprendió que si yo lo destruí, fue para destruir mi piedad. Ante mis ojos, no era un hombre, ni siquiera un judío; se había transformado en el símbolo de una detestada zona de mi alma. Yo agonicé con él, yo morí con él, yo de algún modo me he perdido con él; por eso, fui implacable.

Mientras tanto, giraban sobre nosotros los grandes días y las grandes noches de una guerra feliz. Había en el aire que respirábamos un sentimiento parecido al amor. Como si bruscamente el mar estuviera cerca, había un asombro y una exaltación en la sangre. Todo, en aque-

---

* Ha sido inevitable, aquí, omitir unas líneas. *(Nota del editor.)*

** Ni en los archivos ni en la obra de Soergel figura el nombre de Jerusalem. Tampoco lo registran las historias de la literatura alemana. No creo, sin embargo, que se trate de un personaje falso. Por orden de Otto Dietrich zur Linde fueron torturados en Tarnowitz muchos intelectuales judíos, entre ellos la pianista Emma Rosenzweig. «David Jerusalem» es tal vez un símbolo de varios individuos. Nos dicen que murió el primero de marzo de 1943, el primero de marzo de 1939, el narrador fue herido en Tilsit. *(Nota del editor.)*

llos años, era distinto; hasta el sabor del sueño. (Yo, quizá, nunca fui plenamente feliz, pero es sabido que la desventura requiere paraísos perdidos.) No hay hombre que no aspire a la plenitud, es decir a la suma de experiencias de que un hombre es capaz; no hay hombre que no tema ser defraudado de alguna parte de ese patrimonio infinito. Pero todo lo ha tenido mi generación, porque primero le fue deparada la gloria y después la derrota.

En octubre o noviembre de 1942, mi hermano Friedrich pereció en la segunda batalla de El Alamein, en los arenales egipcios; un bombardeo aéreo, meses después, destrozó nuestra casa natal; otro, a fines de 1943, mi laboratorio. Acosado por vastos continentes, moría el Tercer Reich; su mano estaba contra todos y las manos de todos contra él. Entonces, algo singular ocurrió, que ahora creo entender. Yo me creía capaz de apurar la copa de la cólera, pero en las heces me detuvo un sabor no esperado, el misterioso y casi terrible sabor de la felicidad. Ensayé diversas explicaciones; no me bastó ninguna. Pensé: «Me satisface la derrota, porque secretamente me sé culpable y sólo puede redimirme el castigo». Pensé: «Me satisface la derrota, porque es un fin y yo estoy muy cansado». Pensé: «Me satisface la derrota, porque ha ocurrido, porque está innumerablemente unida a todos los hechos que son, que fueron, que serán, porque censurar o deplorar un solo hecho real es blasfemar del universo». Esas razones ensayé, hasta dar con la verdadera.

Se ha dicho que todos los hombres nacen aristotélicos o platónicos. Ello equivale a declarar que no hay debate de carácter abstracto que no sea un momento de la polémica de Aristóteles y Platón; a través de los siglos y latitudes, cambian los nombres, los dialectos, las caras, pero no los eternos antagonistas. También la historia de los pueblos registra una continuidad secreta. Arminio, cuando degolló en una ciénaga las legiones de Varo, no se sabía precursor de un Imperio alemán; Lutero, traductor de la Biblia, no sospechaba que su fin era forjar un pueblo que destruyera para siempre la Biblia; Christoph zur Linde, a quien mató una bala moscovita en 1758, preparó de algún modo las victorias de 1914; Hitler creyó luchar por *un* país, pero luchó por todos, aun por aquellos que agredió y detestó. No importa que su yo lo ignorara; lo sabían su sangre, su voluntad. El mundo se moría de judaísmo y de esa enfermedad del judaísmo, que es la fe de Jesús; nosotros le enseñamos la violencia y la fe de la espada. Esa espada nos mata y somos comparables al hechicero que teje un laberinto y que se ve forzado a errar en él hasta el fin de sus días o a David que juzga a un desconocido y lo condena a muerte y oye después la revelación: «Tú eres aquel hombre». Muchas cosas hay que destruir para edificar el nuevo orden; ahora sabemos que Alemania era una de esas cosas. Hemos dado algo más que nuestra vida, hemos dado la suerte de nuestro querido país. Que otros maldigan y otros lloren; a mí me regocija que nuestro don sea orbicular y perfecto.

Se cierne ahora sobre el mundo una época implacable. Nosotros la forjamos, nosotros que ya somos su víctima. ¿Qué importa que Inglaterra sea el martillo y nosotros el yunque? Lo importante es que rija la violencia, no las serviles timideces cristianas. Si la victoria y la injusticia y la felicidad no son para Alemania, que sean para otras naciones. Que el cielo exista, aunque nuestro lugar sea el infierno.

Miro mi cara en el espejo para saber quién soy, para saber cómo me portaré dentro de unas horas, cuando me enfrente con el fin. Mi carne puede tener miedo; yo, no.

La busca de Averroes

S'imaginant que la tragédie n'est autre
chose que l'art de louer...

ERNEST RENAN, *Averroés*, 48 (1861)

Abulgualid Muhámmad Ibn-Ahmad ibn-Muhámmad ibn-Rushd (un siglo tardaría ese largo nombre en llegar a Averroes, pasando por Benraist y por Avenryz, y aun por Aben-Rassad y Filius Rosadis) redactaba el undécimo capítulo de la obra *Tahafut-ul-Tahafut* (Destrucción de la Destrucción), en el que se mantiene, contra el asceta persa Ghazali, autor del *Tahafut-ul-falasifa* (Destrucción de filósofos), que la divinidad sólo conoce las leyes generales del universo, lo concerniente a las especies, no al individuo. Escribía con lenta seguridad, de derecha a izquierda; el ejercicio de formar silogismos y de eslabonar vastos párrafos no le impedía sentir, como un bienestar, la fresca y honda casa que lo rodeaba. En el fondo de la siesta se enronquecían amorosas palomas; de algún patio invisible se elevaba el rumor de una fuente; algo en la carne de Averroes, cuyos antepasados procedían de los desiertos árabes, agradecía la constancia del agua. Abajo estaban los jardines, la huerta; abajo, el atareado Guadalquivir y después la querida ciudad de Córdoba, no menos clara que Bagdad o que el Cairo, como un complejo y delicado instrumento, y alrededor (esto Averroes lo sentía también) se dilataba hacia el confín la tierra de España, en la que hay pocas cosas, pero donde cada una parece estar de un modo sustantivo y eterno.

La pluma corría sobre la hoja, los argumentos se enlazaban, irrefutables, pero una leve preocupación empañó la felicidad de Averroes. No la causaba el *Tahafut*, trabajo fortuito, sino un problema de índole filológica vinculado a la obra monumental que lo justificaría ante las gentes: el comentario de Aristóteles. Este griego, manantial de toda filosofía, había sido otorgado a los hombres para enseñarles todo lo que se puede saber; interpretar sus libros como los ulemas interpretan el Alcorán era el arduo propósito de Averroes. Pocas cosas más bellas y más patéticas registrará la historia que esa consagración de un médico árabe a los pensamientos de un hombre de quien lo separaban catorce siglos; a las dificultades intrínsecas debemos añadir que Averroes, ignorante del siríaco y del griego, trabajaba sobre la traducción de una traducción. La víspera, dos palabras dudosas lo habían detenido en el principio de la *Poética*. Esas palabras eran *tragedia* y *comedia*. Las había encontrado años atrás, en el libro tercero de la *Retórica*; nadie, en el ámbito del Islam, barruntaba lo que querían decir. Vanamente había fatigado las páginas de Alejandro de Afrodisia, vanamente había compulsado las versiones del nestoriano Hunáin ibn-Ishaq y de Abu-Bashar Mata. Esas dos palabras arcanas pululaban en el texto de la *Poética*; imposible eludirlas.

Averroes dejó la pluma. Se dijo (sin demasiada fe) que suele estar muy cerca lo que buscamos, guardó el manuscrito del *Tahafut* y se dirigió al anaquel donde se alineaban, copiados por calígrafos persas, los muchos volúmenes del *Mohkam* del ciego Abensida. Era irrisorio imaginar que no los había consultado, pero lo tentó el ocioso placer de volver sus páginas. De esa estudiosa distracción lo distrajo una suerte de melodía. Miró por el balcón enrejado; abajo, en el estrecho patio de tierra, jugaban unos chicos semidesnudos. Uno, de pie en los hombros de otro, hacía notoriamente de almuédano; bien cerrados los ojos, salmodiaba «No hay otro dios que el Dios». El que lo sostenía, inmóvil, hacía de alminar; otro, abyecto en el polvo y arrodillado, de congregación de los fieles. El juego duró poco: todos querían ser el almuédano, nadie la congregación o la torre. Averroes los oyó disputar en dialecto grosero, vale decir en el incipiente español de la plebe musulmana de la Península. Abrió el *Quitah ul ain* de Jalil y pensó con orgullo que en toda Córdoba (acaso en todo Al-Andalus) no había otra copia de la obra perfecta que ésta que el emir Yacub Almansur le había remitido de Tánger. El nombre de ese puerto le recordó que el viajero Abulcásim Al Asharí, que había regresado de Marruecos, cenaría con él esa noche en casa del alcoranista Farach. Abulcásim decía haber alcanzado los reinos del imperio de Sin (de la China); sus detractores, con esa lógica peculiar que da el odio, juraban que nunca había pisado la China y que en los templos de ese país había blasfemado de Alá. Inevitablemente, la reunión duraría unas horas; Averroes, presuroso, retomó la escritura del *Tahafut*. Trabajó hasta el crepúsculo de la noche.

El diálogo, en la casa de Farach, pasó de las incomparables virtudes del gobernador a las de su hermano el emir; después, en el jardín, hablaron de rosas. Abulcásim, que no las había mirado, juró que no había rosas como las rosas que decoran los cármenes andaluces. Farach no se dejó sobornar; observó que el docto Ibn Qutaiba describe una excelente variedad de la rosa perpetua, que se da en los jardines del Indostán y cuyos pétalos, de un rojo encarnado, presentan caracteres que dicen: «No hay otro dios que el Dios, Muhámmad es el Apóstol de Dios». Agregó que Abulcásim, seguramente, conocería esas rosas. Abulcásim lo miró con alarma. Si respondía que sí, todos lo juzgarían, con razón, el más disponible y casual de los impostores; si respondía que no, lo juzgarían un infiel. Optó por musitar que con el Señor están las llaves de las cosas ocultas y que no hay en la tierra una cosa verde o una cosa marchita que no esté registrada en Su Libro. Esas palabras pertenecen a una de las primeras azoras; las acogió un murmullo reverencial. Envanecido por esa victoria dialéctica, Abulcásim iba a pronunciar que el Señor es perfecto en sus obras e inescrutable. Entonces Averroes declaró, prefigurando las remotas razones de un todavía problemático Hume:

—Me cuesta menos admitir un error en el docto Ibn Qutaiba, o en los copistas, que admitir que la tierra da rosas con la profesión de la fe.

—Así es. Grandes y verdaderas palabras —dijo Abulcásim.

—Algún viajero —recordó el poeta Abdalmálik— habla de un árbol cuyo fruto son verdes pájaros. Menos me duele creer en él que en rosas con letras.

—El color de los pájaros —dijo Averroes— parece facilitar el portento. Además, los frutos y los pájaros pertenecen al mundo natural, pero la escritura es un arte. Pasar de hojas a pájaros es más fácil que de rosas a letras.

Otro huésped negó con indignación que la escritura fuese un arte, ya que el original del Qurán —*la madre del Libro*— es anterior a la Creación y se guarda en el cielo. Otro habló de Cháhiz de Basra, que dijo que el Qurán es una sustancia que puede tomar la forma de un hombre o la de un animal, opinión que parece convenir con la de quienes le atribuyen dos caras. Farach expuso largamente la doctrina ortodoxa. El Qurán (dijo) es uno de los atributos de Dios, como Su piedad; se copia en un libro, se pronuncia con la lengua, se recuerda en el corazón, y el idioma y los signos y la escritura son obra de los hombres, pero el Qurán es irrevocable y eterno. Averroes, que había comentado la *República*, pudo haber dicho que la madre del Libro es algo así como su modelo platónico, pero notó que la teología era un tema del todo inaccesible a Abulcásim.

Otros, que también lo advirtieron, instaron a Abulcásim a referir alguna maravilla. Entonces como ahora, el mundo era atroz; los audaces podían recorrerlo, pero también los miserables, los que se allanaban a todo. La memoria de Abulcásim era un espejo de íntimas cobardías. ¿Qué podía referir? Además, le exigían maravillas y la maravilla es acaso incomunicable: la luna de Bengala no es igual a la luna del Yemen, pero se deja describir con las mismas voces. Abulcásim vaciló; luego, habló:

—Quien recorre los climas y las ciudades —proclamó con unción— ve muchas cosas que son dignas de crédito. Ésta, digamos, que sólo he referido una vez, al rey de los turcos. Ocurrió en Sin Kalán (Cantón), donde el río del Agua de la Vida se derrama en el mar.

Farach preguntó si la ciudad quedaba a muchas leguas de la muralla que Iskandar Zul Qarnain (Alejandro Bicorne de Macedonia) levantó para detener a Gog y a Magog.

—Desiertos la separan —dijo Abulcásim, con involuntaria soberbia—. Cuarenta días tardaría una cáfila (caravana) en divisar sus torres y dicen que otros tantos en alcanzarlas. En Sin Kalán no sé de ningún hombre que la haya visto o que haya visto a quien la vio.

El temor de lo crasamente infinito, del mero espacio, de la mera materia, tocó por un instante a Averroes. Miró el simétrico jardín; se supo envejecido, inútil, irreal. Decía Abulcásim:

—Una tarde, los mercaderes musulmanes de Sin Kalán me condujeron a una casa de madera pintada, en la que vivían muchas personas. No se puede contar cómo era esa casa, que más bien era un solo cuarto, con filas de alacenas o de balcones, unas encima de otras. En esas cavidades había gente que comía y bebía; y asimismo en el suelo, y asimismo en una terraza. Las personas de esa terraza tocaban el tambor y el laúd, salvo unas quince o veinte (con máscaras de color carmesí) que rezaban, cantaban y dialogaban. Padecían prisiones, y nadie veía la cárcel; cabalgaban, pero no se percibía el caballo; combatían, pero las espadas eran de caña; morían y después estaban de pie.

—Los actos de los locos —dijo Farach— exceden las previsiones del hombre cuerdo.

—No estaban locos —tuvo que explicar Abulcásim—. Estaban figurando, me dijo un mercader, una historia.

Nadie comprendió, nadie pareció querer comprender. Abulcásim, confuso, pasó de la escuchada narración a las desairadas razones. Dijo, ayudándose con las manos:

—Imaginemos que alguien muestra una historia en vez de referirla. Sea esa historia la de los durmientes de Éfeso. Los vemos retirarse a la caverna, los vemos orar y dormir, los vemos dormir con los ojos abiertos, los vemos crecer mientras duermen, los vemos despertar a la vuelta de trescientos nueve años, los vemos entregar al vendedor una antigua moneda, los vemos despertar en el paraíso, los vemos despertar con el perro. Algo así nos mostraron aquella tarde las personas de la terraza.

—¿Hablaban esas personas? —interrogó Farach.

—Por supuesto que hablaban —dijo Abulcásim, convertido en apologista de una función que apenas recordaba y que lo había fastidiado bastante—. ¡Hablaban y cantaban y peroraban!

—En tal caso —dijo Farach— no se requerían *veinte* personas. Un solo hablista puede referir cualquier cosa, por compleja que sea.

Todos aprobaron ese dictamen. Se encarecieron las virtudes del árabe, que es el idioma que usa Dios para dirigir a los ángeles; luego, de la poesía de los árabes. Abdalmálik, después de ponderarla debidamente, motejó de anticuados a los poetas que en Damasco o en Córdoba se aferraban a imágenes pastoriles y a un vocabulario beduino. Dijo que era absurdo que un hombre ante cuyos ojos se dilataba el Guadalquivir celebrara el agua de un pozo. Urgió la conveniencia de renovar las antiguas metáforas; dijo que cuando Zuhair comparó al destino con un camello ciego, esa figura pudo suspender a la gente, pero que cinco siglos de admiración la habían gastado. Todos aprobaron ese dictamen, que ya habían escuchado muchas veces, de muchas bocas. Averroes callaba. Al fin habló, menos para los otros que para él mismo.

—Con menos elocuencia —dijo Averroes— pero con argumentos congéneres, he defendido alguna vez la proposición que mantiene Abdalmálik. En Alejandría se ha dicho que sólo es incapaz de una culpa quien ya la cometió y ya se arrepintió; para estar libre de un error, agreguemos, conviene haberlo profesado. Zuhair, en su mohalaca, dice que en el decurso de ochenta años de dolor y de gloria, ha visto muchas veces al destino atropellar de golpe a los hombres, como un camello ciego. Abdalmálik entiende que esa figura ya no puede maravillar. A ese reparo cabría contestar muchas cosas. La primera, que si el fin del poema fuera el asombro, su tiempo no se mediría por siglos, sino por días y por horas y tal vez por minutos. La segunda, que un famoso poeta es menos inventor que descubridor. Para alabar a Ibn-Sháraf de Berja, se ha repetido que sólo él pudo imaginar que las estrellas en el alba caen lentamente, como las hojas caen de los árboles; ello, si fuera cierto, evidenciaría que la imagen es baladí. La imagen que un solo hombre puede formar es la que no toca a ninguno. Infinitas cosas hay en la tierra; cualquiera puede equipararse a cualquiera. Equiparar estrellas con hojas no es menos arbitrario que equipararlas con peces o con pájaros. En cambio, nadie no sintió alguna vez que el destino es fuerte y es torpe, que es inocente y es también inhumano. Para esa convicción, que puede ser pasajera o continua, pero que nadie elude, fue escrito el verso de Zuhair. No se dirá mejor lo que allí se dijo. Además (y esto es acaso lo esencial de mis reflexiones), el tiempo, que despoja los alcázares, enriquece los versos. El de Zuhair, cuando éste lo compuso en Arabia, sirvió para confrontar dos imágenes, la del viejo camello y la del destino: repetido ahora, sirve para memoria de Zuhair y para confundir nuestros pesares con los de aquel árabe muerto. Dos términos tenía la figura y hoy tiene cuatro. El tiempo agranda el ámbito de los versos y sé de algunos que a la par de la música, son todo para todos los hombres. Así, atormentado hace años en Marrakesh por memorias de Córdoba, me complacía en repetir el apóstrofe que Abdurrahmán dirigió en los jardines de Ruzafa a una palma africana:

Tú también eres, ¡oh palma!
En este suelo extranjera…

»Singular beneficio de la poesía; palabras redactadas por un rey que anhelaba el Oriente me sirvieron a mí, desterrado en África, para mi nostalgia de España.

Averroes, después, habló de los primeros poetas, de aquellos que en el Tiempo de la Ignorancia, antes del Islam, ya dijeron todas las cosas, en el infinito lenguaje de los desiertos. Alarmado, no sin razón, por las fruslerías de Ibn-Sháraf, dijo que en los antiguos y en el Qurán estaba cifrada toda poesía y condenó por analfabeta y por vana la ambición de innovar. Los demás lo escucharon con placer, porque vindicaba lo antiguo.

Los muecines llamaban a la oración de la primera luz cuando Averroes volvió a entrar en la biblioteca. (En el harén, las esclavas de pelo negro habían torturado a una esclava de pelo rojo, pero él no lo sabría sino a la tarde.) Algo le había revelado el sentido de las dos palabras oscuras. Con firme y cuidadosa caligrafía agregó estas líneas al manuscrito: «Aristú (Aristóteles) denomina tragedia a los panegíricos y comedias a las sátiras y anatemas. Admirables tragedias y comedias abundan en las páginas del Corán y en las mohalacas del santuario».

Sintió sueño, sintió un poco de frío. Desceñido el turbante, se miró en un espejo de metal. No sé lo que vieron sus ojos, porque ningún historiador ha descrito las formas de su cara. Sé que desapareció bruscamente, como si lo fulminara un fuego sin luz, y que con él desaparecieron la casa y el invisible surtidor y los libros y los manuscritos y las palomas y las muchas esclavas de pelo negro y la trémula esclava de pelo rojo y Farach y Abulcásim y los rosales y tal vez el Guadalquivir.

En la historia anterior quise narrar el proceso de una derrota. Pensé, primero, en aquel arzobispo de Canterbury que se propuso demostrar que hay un Dios; luego, en los alquimistas que buscaron la piedra filosofal; luego, en los vanos trisectores del ángulo y rectificadores del círculo. Reflexioné, después, que más poético es el caso de un hombre que se propone un fin que no está vedado a los otros, pero sí a él. Recordé a Averroes, que encerrado en el ámbito del Islam, nunca pudo saber el significado de las voces *tragedia* y *comedia*. Referí el caso; a medida que adelantaba, sentí lo que hubo de sentir aquel dios mencionado por Burton que se propuso crear un toro y creó un búfalo. Sentí que la obra se burlaba de mí. Sentí que Averroes, queriendo imaginar lo que es un drama sin haber sospechado lo que es un teatro, no era más absurdo que yo, queriendo imaginar a Averroes, sin otro material que unos adarmes de Renan, de Lane y de Asín Palacios. Sentí, en la última página, que mi narración era un símbolo del hombre que yo fui, mientras la escribía y que, para redactar esa narración, yo tuve que ser aquel hombre y que, para ser aquel hombre, yo tuve que redactar esa narración, y así hasta lo infinito. (En el instante en que yo dejo de creer en él, «Averroes» desaparece.)

El Zahir

En Buenos Aires el Zahir es una moneda común, de veinte centavos; marcas de navajas o de cortaplumas rayan las letras N T y el número 2; 1929 es la fecha grabada en el anverso. (En Guzerat, a fines del siglo XVIII, un tigre fue Zahir; en Java, un ciego de la mezquita de Surakarta, a quien lapidaron los fieles; en Persia, un astrolabio que Nadir Shah hizo arrojar al fondo del mar; en las prisiones de Mahdí, hacia 1892, una pequeña brújula que Rudolf Carl von Slatin tocó, envuelta en un jirón de turbante; en la aljama de Córdoba, según Zotenberg, una veta en el mármol de uno de los mil doscientos pilares; en la judería de Tetuán, el fondo de un pozo.) Hoy es el 13 de noviembre; el día 7 de junio, a la madrugada, llegó a mis manos el Zahir; no soy el que era entonces pero aún me es dado recordar, y acaso referir, lo ocurrido. Aún, siquiera parcialmente, soy Borges.

El 6 de junio murió Teodelina Villar. Sus retratos, hacia 1930, obstruían las revistas mundanas; esa plétora acaso contribuyó a que la juzgaran muy linda, aunque no todas las efigies apoyaran incondicionalmente esa hipótesis. Por lo demás, Teodelina Villar se preocupaba menos de la belleza que de la perfección. Los hebreos y los chinos codificaron todas las circunstancias humanas; en la *Mishnah* se lee que, iniciado el crepúsculo del sábado, un sastre no debe salir a la calle con una aguja; en el *Libro de los Ritos* que un huésped, al recibir la primera copa, debe tomar un aire grave y, al recibir la segunda, un aire respetuoso y feliz. Análogo, pero más minucioso, era el rigor que se exigía Teodelina Villar. Buscaba, como el adepto de Confucio o el talmudista, la irreprochable corrección de cada acto, pero su empeño era más admirable y más duro, porque las normas de su credo no eran eternas, sino que se plegaban a los azares de París o de Hollywood. Teodelina Villar se mostraba en lugares ortodoxos, a la hora ortodoxa, con atributos ortodoxos, con desgano ortodoxo, pero el desgano, los atributos, la hora y los lugares caducaban casi inmediatamente y servirían (en boca de Teodelina Villar) para definición de lo cursi. Buscaba lo absoluto, como Flaubert, pero lo absoluto en lo momentáneo. Su vida era ejemplar y, sin embargo, la roía sin tregua una desesperación interior. Ensayaba continuas metamorfosis, como para huir de sí misma; el color de su pelo y las formas de su peinado eran famosamente inestables. También cambiaban la sonrisa, la tez, el sesgo de los ojos. Desde 1932, fue estudiosamente delgada… La guerra le dio mucho que pensar. Ocupado París por los alemanes ¿cómo seguir la moda? Un extranjero de quien ella siempre había desconfiado se permitió abusar de su buena fe para venderle una porción de sombreros cilíndricos; al año, se propaló que esos adefesios *nunca se habían llevado en París* y por consiguiente no eran sombreros, sino arbitrarios y desautorizados caprichos. Las desgracias no vienen solas; el doctor Villar tuvo que mudarse a la calle Aráoz y el retrato de su hija decoró anuncios de cremas y de automóviles. (¡Las cremas que harto se aplicaba, los automóviles que ya *no* poseía!) Ésta sabía que el buen ejercicio de su arte exigía una gran fortuna; prefirió retirarse a claudicar. Además, le dolía competir con chicuelas insustanciales. El siniestro departamento de Aráoz resultó demasiado oneroso; el 6 de junio, Teodelina Villar cometió el solecismo de morir en pleno Barrio Sur. ¿Confesaré que, movido por la más sincera de las pasiones argentinas, el esnobismo, yo estaba enamorado de ella y que su muerte me afectó hasta las lágrimas? Quizá ya lo haya sospechado el lector.

En los velorios, el progreso de la corrupción hace que el muerto recupere sus caras anteriores. En alguna etapa de la confusa noche del 6, Teodelina Villar fue mágicamente la que fue hace veinte años; sus rasgos recobraron la autoridad que dan la soberbia, el dinero, la juventud, la conciencia de coronar una jerarquía, la falta de imaginación, las limitaciones, la estolidez. Más o menos pensé: ninguna versión de esa cara que tanto me inquietó será tan memorable como ésta; conviene que sea la última, ya que pudo ser la primera. Rígida entre las flores la dejé, perfeccionando su desdén por la muerte. Serían las dos de la mañana cuando salí. Afuera, las previstas hileras de casas bajas y de casas de un piso habían tomado ese aire abstracto que suelen tomar en la noche, cuando la sombra y el silencio las simplifican. Ebrio de una piedad casi impersonal, caminé por las calles. En la esquina de Chile y de Tacuarí vi un almacén abierto. En aquel almacén, para mi desdicha, tres hombres jugaban al truco.

En la figura que se llama *oxímoron*, se aplica a una palabra un epíteto que parece contradecirla; así los gnósticos hablaron de luz oscura; los alquimistas, de un sol negro. Salir de mi última visita a Teodelina Villar y tomar una caña en un almacén era una especie de oxímoron; su grosería y su facilidad me tentaron. (La circunstancia de que se jugara a los naipes aumentaba el contraste.) Pedí una caña de naranja; en el vuelto me dieron el Zahir; lo miré un instante; salí a la calle, tal vez con un principio de fiebre. Pensé que no hay moneda que no sea símbolo de las monedas que sin fin resplandecen en la historia y la fábula. Pensé en el óbolo de Caronte; en el óbolo que pidió Belisario; en los treinta dineros de Judas; en las dracmas de la cortesana Laís; en la antigua moneda que ofreció uno de los durmientes de Éfeso; en las claras monedas del hechicero de *Las mil y una noches*, que después eran círculos de papel; en el denario inagotable de Isaac Laquedem; en las sesenta mil piezas de plata, una por cada verso de una epopeya, que Firdusi devolvió a un rey porque no eran de oro; en la onza de oro que hizo clavar Ahab en el mástil; en el florín irreversible de Leopold Bloom; en el luis cuya efigie delató, cerca de Varennes, al fugitivo Luis XVI. Como en un sueño, el pensamiento de que toda moneda permite esas ilustres connotaciones me pareció de vasta, aunque inexplicable, importancia. Recorrí, con creciente velocidad, las calles y las plazas desiertas. El cansancio me dejó en una esquina. Vi una sufrida verja de fierro; detrás vi las baldosas negras y blancas del atrio de la Concepción. Había errado en círculo; ahora estaba a una cuadra del almacén donde me dieron el Zahir.

Doblé; la ochava oscura me indicó, desde lejos, que el almacén ya estaba cerrado. En la calle Belgrano tomé un taxímetro. Insomne, poseído, casi feliz, pensé que nada hay menos material que el dinero, ya que cualquier moneda (una moneda de veinte centavos, digamos) es, en rigor, un repertorio de futuros posibles. El dinero es abstracto, repetí, el dinero es tiempo futuro. Puede ser una tarde en las afueras, puede ser música de Brahms, puede ser mapas, puede ser ajedrez, puede ser café, puede ser las palabras de Epicteto, que enseñan el desprecio del oro; es un Proteo más versátil que el de la isla de Pharos. Es tiempo imprevisible, tiempo de Bergson, no duro tiempo del Islam o del Pórtico. Los deterministas niegan que haya en el mundo un solo hecho posible, *id est* un hecho que pudo acontecer; una moneda simboliza nuestro libre albedrío. (No sospechaba yo que esos «pensamientos» eran un artificio contra el Zahir y una primera forma de su demoníaco influjo.) Dormí tras de tenaces cavilaciones, pero soñé que yo era las monedas que custodiaba un grifo.

Al otro día resolví que yo había estado ebrio. También resolví librarme de la moneda que tanto me inquietaba. La miré: nada tenía de particular, salvo unas rayaduras. Enterrarla en el jardín o esconderla en un rincón de la biblioteca hubiera sido lo mejor, pero yo quería alejarme de su órbita. Preferí perderla. No fui al Pilar, esa mañana, ni al cementerio; fui, en subterráneo, a Constitución y de Constitución a San

Juan y Boedo. Bajé, impensadamente, en Urquiza; me dirigí al oeste y al sur; barajé, con desorden estudioso, unas cuantas esquinas y en una calle que me pareció igual a todas, entré en un boliche cualquiera, pedí una caña y la pagué con el Zahir. Entrecerré los ojos, detrás de los cristales ahumados; logré no ver los números de las casas ni el nombre de la calle. Esa noche, tomé una pastilla de veronal y dormí tranquilo.

Hasta fines de junio me distrajo la tarea de componer un relato fantástico. Éste encierra dos o tres perífrasis enigmáticas —en lugar de *sangre* pone *agua de la espada*; en lugar de *oro, lecho de la serpiente*— y está escrito en primera persona. El narrador es un asceta que ha renunciado al trato de los hombres y vive en una suerte de páramo. (Gnitaheidr es el nombre de ese lugar.) Dado el candor y la sencillez de su vida, hay quienes lo juzgan un ángel; ello es una piadosa exageración, porque no hay hombre que esté libre de culpa. Sin ir más lejos, él mismo ha degollado a su padre; bien es verdad que éste era un famoso hechicero que se había apoderado, por artes mágicas, de un tesoro infinito. Resguardar el tesoro de la insana codicia de los humanos es la misión a la que ha dedicado toda su vida; día y noche vela sobre él. Pronto, quizá demasiado pronto, esa vigilia tendrá fin: las estrellas le han dicho que ya se ha forjado la espada que la tronchará para siempre. (Gram es el nombre de esa espada.) En un estilo cada vez más tortuoso, pondera el brillo y la flexibilidad de su cuerpo; en algún párrafo habla distraídamente de escamas; en otro dice que el tesoro que guarda es de oro fulgurante y de anillos rojos. Al final entendemos que el asceta es la serpiente Fafnir y el tesoro en que yace, el de los Nibelungos. La aparición de Sigurd corta bruscamente la historia.

He dicho que la ejecución de esa fruslería (en cuyo decurso intercalé, seudoeruditamente, algún verso de la *Fáfnismál*) me permitió olvidar la moneda. Noches hubo en que me creí tan seguro de poder olvidarla que voluntariamente la recordaba. Lo cierto es que abusé de esos ratos; darles principio resultaba más fácil que darles fin. En vano repetí que ese abominable disco de níquel no difería de los otros que pasan de una mano a otra mano, iguales, infinitos e inofensivos. Impulsado por esa reflexión, procuré pensar en otra moneda, pero no pude. También recuerdo algún experimento, frustrado, con cinco y diez centavos chilenos y con un vintén oriental. El 16 de julio adquirí una libra esterlina; no la miré durante el día, pero esa noche (y otras) la puse bajo un vidrio de aumento y la estudié a la luz de una poderosa lámpara eléctrica. Después la dibujé con un lápiz, a través de un papel. De nada me valieron el fulgor y el dragón y el san Jorge; no logré cambiar de idea fija.

El mes de agosto, opté por consultar a un psiquiatra. No le confié toda mi ridícula historia; le dije que el insomnio me atormentaba y que la imagen de un objeto cualquiera solía perseguirme; la de una ficha o la de una moneda, digamos… Poco después, exhumé en una librería de la calle Sarmiento un ejemplar de *Urkunden zur Geschichte der Zahirsage* (Breslau, 1899) de Julius Barlach.

En aquel libro estaba declarado mi mal. Según el prólogo, el autor se propuso «reunir en un solo volumen en manuable octavo mayor todos los documentos que se refieren a la superstición del Zahir, incluso cuatro piezas pertenecientes al archivo de Habicht y el manuscrito original del informe de Philip Meadows Taylor». La creencia en el Zahir es islámica y data, al parecer, del siglo XVIII. (Barlach impugna los pasajes que Zotenberg atribuye a Abulfeda.) *Zahir*, en árabe, quiere decir «notorio», «visible»; en tal sentido, es uno de los noventa y nueve nombres de Dios; la plebe, en tierras musulmanas, lo dice de «los seres o cosas que tienen la terrible virtud de ser inolvidables y cuya imagen acaba por enloquecer a la gente». El primer testimonio incontrovertido es el del persa Lutf Alí Azur. En las puntuales páginas de la enciclopedia biográfica titulada *Templo del Fuego*, ese polígrafo y derviche ha narrado que en un colegio de Shiraz hubo un astrolabio de cobre, «construido de tal suerte que quien lo miraba una vez no pensaba en otra cosa y así el rey ordenó que lo arrojaran a lo más profundo del mar, para que los hombres no se olvidaran del universo». Más dilatado es el informe de Meadows Taylor, que sirvió al nizam de Haidarabad y compuso la famosa novela *Confessions of a Thug*. Hacia 1832, Taylor oyó en los arrabales de Bhuj la desacostumbrada locución «Haber visto al Tigre» (*Verily he has looked on the Tiger*) para significar la locura o la santidad. Le dijeron que la referencia era a un tigre mágico, que fue la perdición de cuantos lo vieron, aun de muy lejos, pues todos continuaron pensando en él, hasta el fin de sus días. Alguien dijo que uno de esos desventurados había huido a Mysore, donde había pintado en un palacio la figura del tigre. Años después, Taylor visitó las cárceles de ese reino; en la de Nittur el gobernador le mostró una celda, en cuyo piso, en cuyos muros, y en cuya bóveda un faquir musulmán había diseñado (en bárbaros colores que el tiempo, antes de borrar, afinaba) una especie de tigre infinito. Ese tigre estaba hecho de muchos tigres, de vertiginosa manera; lo atravesaban tigres, estaba rayado de tigres, incluía mares e Himalayas y ejércitos que parecían otros tigres. El pintor había muerto hace muchos años, en esa misma celda; venía de Sind o acaso de Guzerat y su propósito inicial había sido trazar un mapamundi. De ese propósito quedaban vestigios en la monstruosa imagen. Taylor narró la historia a Muhammad Al-Yemení, de Fort William; éste le dijo que no había criatura en el orbe que no propendiera a *Zaheer*,* pero que el Todomisericordioso no deja que dos cosas lo sean a un tiempo, ya que una sola puede fascinar muchedumbres. Dijo que siempre hay un Zahir y que en la Edad de la Ignorancia fue el ídolo que se llamó Yaúq y después un profeta del Jorasán, que usaba un velo recamado de piedras o una máscara de oro.** También dijo que Dios es inescrutable.

---

* Así escribe Taylor esa palabra.

** Barlach observa que Yaúq figura en el Corán (71, 23) y que el profeta es Al-Moqanna (El Velado) y que nadie, fuera del sorprendente corresponsal de Philip Meadows Taylor, los ha vinculado al Zahir.

Muchas veces leí la monografía de Barlach. No desentraño cuáles fueron mis sentimientos; recuerdo la desesperación cuando comprendí que ya nada me salvaría, el intrínseco alivio de saber que yo no era culpable de mi desdicha, la envidia que me dieron aquellos hombres cuyo Zahir no fue una moneda sino un trozo de mármol o un tigre. Qué empresa fácil no pensar en un tigre, reflexioné. También recuerdo la inquietud singular con que leí este párrafo: «Un comentador del *Gulshan i Raz* dice que quien ha visto al Zahir pronto verá la Rosa y alega un verso interpolado en el *Asrar Nama* (Libro de cosas que se ignoran) de Attar: el Zahir es la sombra de la Rosa y la rasgadura del Velo».

La noche que velaron a Teodelina, me sorprendió no ver entre los presentes a la señora de Abascal, su hermana menor. En octubre, una amiga suya me dijo:

—Pobre Julita, se había puesto rarísima y la internaron en el Bosch. Cómo las postrará a las enfermeras que le dan de comer en la boca. Sigue dele temando con la moneda, idéntica al *chauffeur* de Morena Sackmann.

El tiempo, que atenúa los recuerdos, agrava el del Zahir. Antes yo me figuraba el anverso y después el reverso; ahora, veo simultáneamente los dos. Ello no ocurre como si fuera de cristal el Zahir, pues una cara no se superpone a la otra; más bien ocurre como si la visión fuera esférica y el Zahir campeara en el centro. Lo que no es el Zahir me llega tamizado y como lejano: la desdeñosa imagen de Teodelina, el dolor físico. Dijo Tennyson que si pudiéramos comprender una sola flor sabríamos quiénes somos y qué es el mundo. Tal vez quiso decir que no hay hecho, por humilde que sea, que no implique la historia universal y su infinita concatenación de efectos y causas. Tal vez quiso decir que el mundo visible se da entero en cada representación, de igual manera que la voluntad, según Schopenhauer, se da entera en cada sujeto. Los cabalistas entendieron que el hombre es un microcosmo, un simbólico espejo del universo; todo, según Tennyson, lo sería. Todo, hasta el intolerable Zahir.

Antes de 1948, el destino de Julia me habrá alcanzado. Tendrán que alimentarme y vestirme, no sabré si es de tarde o de mañana, no sabré quién fue Borges. Calificar de terrible ese porvenir es una falacia, ya que ninguna de sus circunstancias obrará para mí. Tanto valdría mantener que es terrible el dolor de un anestesiado a quien le abren el cráneo. Ya no percibiré el universo, percibiré el Zahir. Según la doctrina idealista, los verbos *vivir* y *soñar* son rigurosamente sinónimos; de miles de apariencias pasaré a una; de un sueño muy complejo a un sueño muy simple. Otros soñarán que estoy loco y yo con el Zahir. Cuando todos los hombres de la tierra piensen, día y noche, en el Zahir, ¿cuál será un sueño y cuál una realidad, la tierra o el Zahir?

En las horas desiertas de la noche aún puedo caminar por las calles. El alba suele sorprenderme en un banco de la plaza Garay, pensando (procurando pensar) en aquel pasaje del *Asrar Nama*, donde se dice que el Zahir es la sombra de la Rosa y la rasgadura del Velo. Vinculo ese dictamen a esta noticia: para perderse en Dios, los sufíes repiten su propio nombre o los noventa y nueve nombres divinos hasta que éstos ya nada quieren decir. Yo anhelo recorrer esa senda. Quizá yo acabe por gastar el Zahir a fuerza de pensarlo y de repensarlo; quizá detrás de la moneda esté Dios.

A Wally Zenner

La escritura del dios

L a cárcel es profunda y de piedra; su forma, la de un hemisferio casi perfecto, si bien el piso (que también es de piedra) es algo menor que un círculo máximo, hecho que agrava de algún modo los sentimientos de opresión y de vastedad. Un muro medianero la corta; éste, aunque altísimo, no toca la parte superior de la bóveda; de un lado estoy yo, Tzinacán, mago de la pirámide de Qaholom, que Pedro de Alvarado incendió; del otro hay un jaguar, que mide con secretos pasos iguales el tiempo y el espacio del cautiverio. A ras del suelo, una larga ventana con barrotes corta el muro central. En la hora sin sombra [el mediodía], se abre una trampa en lo alto y un carcelero que ha ido borrando los años maniobra una roldana de hierro, y nos baja, en la punta de un cordel, cántaros con agua y trozos de carne. La luz entra en la bóveda; en ese instante puedo ver al jaguar.

He perdido la cifra de los años que yazgo en la tiniebla; yo, que alguna vez era joven y podía caminar por esta prisión, no hago otra cosa que aguardar, en la postura de mi muerte, el fin que me destinan los dioses. Con el hondo cuchillo de pedernal he abierto el pecho de las víctimas y ahora no podría, sin magia, levantarme del polvo.

La víspera del incendio de la Pirámide, los hombres que bajaron de altos caballos me castigaron con metales ardientes para que revelara el lugar de un tesoro escondido. Abatieron, delante de mis ojos, el ídolo del dios, pero éste no me abandonó y me mantuve silencioso entre los tormentos. Me laceraron, me rompieron, me deformaron y luego desperté en esta cárcel, que ya no dejaré en mi vida mortal.

Urgido por la fatalidad de hacer algo, de poblar de algún modo el tiempo, quise recordar, en mi sombra, todo lo que sabía. Noches enteras malgasté en recordar el orden y el número de unas sierpes de piedra o la forma de un árbol medicinal. Así fui debelando los años, así fui entrando en posesión de lo que ya era mío. Una noche sentí que me acercaba a un recuerdo preciso; antes de ver el mar, el viajero siente una agitación en la sangre. Horas después, empecé a avistar el recuerdo; era una de las tradiciones del dios. Éste, previendo que en el fin de los tiempos ocurrirían muchas desventuras y ruinas, escribió el primer día de la Creación una sentencia mágica, apta para conjurar esos males. La escribió de manera que llegara a las más apartadas generaciones y que no la tocara el azar. Nadie sabe en qué punto la escribió ni con qué caracteres, pero nos consta que perdura, secreta, y que la leerá un elegido. Consideré que estábamos, como siempre, en el fin de los tiempos y que mi destino de último sacerdote del dios me daría acceso al privilegio de intuir esa escritura. El hecho de que me rodeara una cárcel no me vedaba esa esperanza; acaso yo había visto miles de veces la inscripción de Qaholom y sólo me faltaba entenderla.

Esta reflexión me animó y luego me infundió una especie de vértigo. En el ámbito de la tierra hay formas antiguas, formas incorruptibles y eternas; cualquiera de ellas podía ser el símbolo buscado. Una montaña podía ser la palabra del dios, o un río o el imperio o la configuración de los astros. Pero en el curso de los siglos las montañas se allanan y el camino de un río suele desviarse y los imperios conocen mutaciones y estragos y la figura de los astros varía. En el firmamento hay mudanza. La montaña y la estrella son individuos y los individuos caducan. Busqué algo más tenaz, más invulnerable. Pensé en las generaciones de los cereales, de los pastos, de los pájaros, de los hombres. Quizá en mi cara estuviera escrita la magia, quizá yo mismo fuera el fin de mi busca. En ese afán estaba cuando recordé que el jaguar era uno de los atributos del dios.

Entonces mi alma se llenó de piedad. Imaginé la primera mañana del tiempo, imaginé a mi dios confiando el mensaje a la piel viva de los jaguares, que se amarían y se engendrarían sin fin, en cavernas, en cañaverales, en islas, para que los últimos hombres lo recibieran. Imaginé esa red de tigres, ese caliente laberinto de tigres, dando horror a los prados y a los rebaños para conservar un dibujo. En la otra celda había un jaguar; en su vecindad percibí una confirmación de mi conjetura y un secreto favor.

Dediqué largos años a aprender el orden y la configuración de las manchas. Cada ciega jornada me concedía un instante de luz, y así pude fijar en la mente las negras formas que tachaban el pelaje amarillo. Algunas incluían puntos; otras formaban rayas transversales en la cara interior de las piernas; otras, anulares, se repetían. Acaso eran un mismo sonido o una misma palabra. Muchas tenían bordes rojos.

No diré las fatigas de mi labor. Más de una vez grité a la bóveda que era imposible descifrar aquel texto. Gradualmente, el enigma concreto que me atareaba me inquietó menos que el enigma genérico de una sentencia escrita por un dios. ¿Qué tipo de sentencia (me pregunté) construirá una mente absoluta? Consideré que aun en los lenguajes humanos no hay proposición que no implique el universo entero; decir *el tigre* es decir los tigres que lo engendraron, los ciervos y tortugas que devoró, el pasto de que se alimentaron los ciervos, la tierra que fue madre del pasto, el cielo que dio luz a la tierra. Consideré que en el lenguaje de un dios toda palabra enunciaría esa infinita concatenación de los hechos, y no de un modo implícito, sino explícito, y no de un modo progresivo, sino inmediato. Con el tiempo, la noción de una sentencia divina parecióme pueril o blasfematoria. Un dios, reflexioné, sólo debe decir una palabra y en esa palabra la plenitud. Ninguna voz articulada por él puede ser inferior al universo o menos que la suma del tiempo. Sombras o simulacros de esa voz que equivale a un lenguaje y a cuanto puede comprender un lenguaje son las ambiciones y pobres voces humanas, *todo, mundo, universo.*

Un día o una noche —entre mis días y mis noches, ¿qué diferencia cabe?— soñé que en el piso de la cárcel había un grano de arena. Volví a dormir, indiferente; soñé que despertaba y que había dos granos de arena. Volví a dormir; soñé que los granos de arena eran tres. Fueron, así, multiplicándose hasta colmar la cárcel y yo moría bajo ese hemisferio de arena. Comprendí que estaba soñando; con un vasto esfuerzo me desperté. El despertar fue inútil; la innumerable arena me sofocaba. Alguien me dijo: «No has despertado a la vigilia, sino a un sueño anterior. Ese sueño está dentro de otro, y así hasta lo infinito, que es el número de los granos de arena. El camino que habrás de desandar es interminable y morirás antes de haber despertado realmente».

Me sentí perdido. La arena me rompía la boca, pero grité: «Ni una arena soñada puede matarme ni hay sueños que estén dentro de sueños». Un resplandor me despertó. En la tiniebla superior se cernía un círculo de luz. Vi la cara y las manos del carcelero, la roldana, el cordel, la carne y los cántaros.

Un hombre se confunde, gradualmente, con la firma de su destino; un hombre es, a la larga, sus circunstancias. Más que un descifrador o un vengador, más que un sacerdote del dios, yo era un encarcelado. Del incansable laberinto de sueños yo regresé como a mi casa a la dura prisión. Bendije la humedad, bendije su tigre, bendije el agujero de luz, bendije mi viejo cuerpo doliente, bendije la tiniebla y la piedra.

Entonces ocurrió lo que no puedo olvidar ni comunicar. Ocurrió la unión con la divinidad, con el universo (no sé si estas palabras difieren). El éxtasis no repite sus símbolos; hay quien ha visto a Dios en un resplandor, hay quien lo ha percibido en una espada o en los círculos de una rosa. Yo vi una Rueda altísima, que no estaba delante de mis ojos, ni detrás, ni a los lados, sino en todas partes, a un tiempo. Esa Rueda estaba hecha de agua, pero también de fuego, y era (aunque se veía el borde) infinita. Entretejidas, la formaban todas las cosas que serán, que son y que fueron, y yo era una de las hebras de esa trama total, y Pedro de Alvarado, que me dio tormento, era otra. Ahí estaban las causas y los efectos y me bastaba ver esa Rueda para entenderlo todo, sin fin. ¡Oh dicha de entender, mayor que la de imaginar o la de sentir! Vi el universo y vi los íntimos designios del universo. Vi los orígenes que narra el Libro del Común. Vi las montañas que surgieron del agua, vi los primeros hombres de palo, vi las tinajas que se volvieron contra los hombres, vi los perros que les destrozaron las caras. Vi el dios sin cara que hay detrás de los dioses. Vi infinitos procesos que formaban una sola felicidad y, entendiéndolo todo, alcancé también a entender la escritura del tigre.

Es una fórmula de catorce palabras casuales (que parecen casuales) y me bastaría decirla en voz alta para ser todopoderoso. Me bastaría decirla para abolir esta cárcel de piedra, para que el día entrara en mi noche, para ser joven, para ser inmortal, para que el tigre destrozara a Alvarado, para sumir el santo cuchillo en pechos españoles, para reconstruir la pirámide, para reconstruir el imperio. Cuarenta sílabas, catorce palabras, y yo, Tzinacán, regiría las tierras que rigió Moctezuma. Pero yo sé que nunca diré esas palabras, porque ya no me acuerdo de Tzinacán.

Que muera conmigo el misterio que está escrito en los tigres. Quien ha entrevisto el universo, quien ha entrevisto los ardientes designios del universo, no puede pensar en un hombre, en sus triviales dichas o desventuras, aunque ese hombre sea él. Ese hombre *ha sido él* y ahora no le importa. Qué le importa la suerte de aquel otro, qué le importa la nación de aquel otro, si él, ahora es nadie. Por eso no pronuncio la fórmula, por eso dejo que me olviden los días, acostado en la oscuridad.

A Ema Risso Platero

Abenjacán el Bojarí,
muerto en su laberinto

… son comparables a la araña, que edifica una casa.

Alcorán XXIX,40

—Ésta —dijo Dunraven con un vasto ademán que no rehusaba las nubladas estrellas y que abarcaba el negro páramo, el mar y un edificio majestuoso y decrépito que parecía una caballeriza venida a menos— es la tierra de mis mayores.

Unwin, su compañero, se sacó la pipa de la boca y emitió sonidos modestos y aprobatorios. Era la primera tarde del verano de 1914; hartos de un mundo sin la dignidad del peligro, los amigos apreciaban la soledad de ese confín de Cornwall. Dunraven fomentaba una barba oscura y se sabía autor de una considerable epopeya que sus contemporáneos casi no podrían escandir y cuyo tema no le había sido aún revelado; Unwin había publicado un estudio sobre el teorema que Fermat no escribió al margen de una página de Diofanto. Ambos —¿será preciso que lo diga?— eran jóvenes, distraídos y apasionados.

—Hará un cuarto de siglo —dijo Dunraven— que Abenjacán el Bojarí, caudillo o rey de no sé qué tribu nilótica, murió en la cámara central de esa casa a manos de su primo Zaid. Al cabo de los años, las circunstancias de su muerte siguen oscuras.

Unwin preguntó por qué, dócilmente.

—Por diversas razones —fue la respuesta—. En primer lugar, esa casa es un laberinto. En segundo lugar, la vigilaban un esclavo y un león. En tercer lugar, se desvaneció un tesoro secreto. En cuarto lugar, el asesino estaba muerto cuando el asesinato ocurrió. En quinto lugar…

Unwin, cansado, lo detuvo.

—No multipliques los misterios —le dijo—. Éstos deben ser simples. Recuerda la carta robada de Poe, recuerda el cuarto cerrado de Zangwill.

—O complejos —replicó Dunraven—. Recuerda el universo.

Repechando colinas arenosas, habían llegado al laberinto. Éste, de cerca, les pareció una derecha y casi interminable pared, de ladrillos sin revocar, apenas más alta que un hombre. Dunraven dijo que tenía la forma de un círculo, pero tan dilatada era su área que no se percibía la curvatura. Unwin recordó a Nicolás de Cusa, para quien toda línea recta es el arco de un círculo infinito… Hacia la medianoche descubrieron una ruinosa puerta, que daba a un ciego y arriesgado zaguán. Dunraven dijo que en el interior de la casa había muchas encrucijadas, pero que, doblando siempre a la izquierda, llegarían en poco más de una hora al centro de la red. Unwin asintió. Los pasos cautelosos resonaron en el suelo de piedra; el corredor se bifurcó en otros más angostos. La casa parecía querer ahogarlos, el techo era muy bajo. Debieron avanzar uno tras otro por la complicada tiniebla. Unwin iba adelante. Entorpecido de asperezas y de ángulos, fluía sin fin contra su mano el invisible muro. Unwin, lento en la sombra, oyó de boca de su amigo la historia de la muerte de Abenjacán.

—Acaso el más antiguo de mis recuerdos —contó Dunraven— es el de Abenjacán el Bojarí en el puerto de Pentreath. Lo seguía un hombre negro con un león; sin duda el primer negro y el primer león que miraron mis ojos, fuera de los grabados de la Escritura. Entonces yo era niño, pero la fiera del color del sol y el hombre del color de la noche me impresionaron menos que Abenjacán. Me pareció muy alto; era un hombre de piel cetrina, de entrecerrados ojos negros, de insolente nariz, de carnosos labios, de barba azafranada, de pecho fuerte, de andar seguro y silencioso. En casa dije: «Ha venido un rey en un buque». Después, cuando trabajaron los albañiles, amplié ese título y le puse el Rey de Babel.

La noticia de que el forastero se fijaría en Pentreath fue recibida con agrado; la extensión y la forma de su casa, con estupor y aun con escándalo. Pareció intolerable que una casa constara de una sola habitación y de leguas y leguas de corredores. «Entre los moros se usarán tales casas, pero no entre cristianos», decía la gente. Nuestro rector, el señor Allaby, hombre de curiosa lectura, exhumó la historia de un rey a quien la Divinidad castigó por haber erigido un laberinto y la divulgó desde el púlpito. El lunes, Abenjacán visitó la rectoría; las circunstancias de la breve entrevista no se conocieron entonces, pero ningún sermón ulterior aludió a la soberbia, y el moro pudo contratar albañiles. Años después, cuando pereció Abenjacán, Allaby declaró a las autoridades la substancia del diálogo.

Abenjacán le dijo, de pie, estas o parecidas palabras: «Ya nadie puede censurar lo que yo hago. Las culpas que me infaman son tales que aunque yo repitiera durante siglos el Último Nombre de Dios, ello no bastaría a mitigar uno solo de mis tormentos; las culpas que me infaman son tales que aunque yo lo matara con estas manos, ello no agravaría los tormentos que me destina la infinita Justicia. En tierra alguna es desconocido mi nombre; soy Abenjacán el Bojarí y he regido las tribus del desierto con un cetro de hierro. Durante muchos años las despojé, con asistencia de mi primo Zaid, pero Dios oyó su clamor y sufrió que se rebelaran. Mis gentes fueron rotas y acuchilladas; yo alcancé a huir con el tesoro recaudado en mis años de expoliación. Zaid me guió al sepulcro de un santo, al pie de una montaña de piedra. Le ordené a mi esclavo que vigilara la cara del desierto; Zaid y yo dormimos, rendidos. Esa noche creí que me aprisionaba una red de serpientes. Desperté con horror; a mi lado, en el alba, dormía Zaid; el roce de una telaraña en mi carne me había hecho soñar aquel sueño. Me dolió que Zaid, que era cobarde, durmiera con tanto reposo. Consideré que el tesoro no era infinito y que él podía reclamar una parte. En mi cinto estaba la daga con empuñadura de plata; la desnudé y le atravesé la garganta. En su agonía balbuceó unas palabras que no pude entender. Lo miré; estaba muerto, pero yo temí que se levantara y le ordené al esclavo que le deshiciera la cara con una roca. Después erramos bajo el cielo y un día divisamos un mar. Lo surcaban buques muy altos; pensé que un muerto no podría andar por el agua y decidí buscar otras tierras. La primera noche que navegamos soñé que yo mataba a Zaid. Todo se repitió pero yo entendí sus palabras. Decía: "Como ahora me borras te borraré, dondequiera que estés". He jurado frustrar esa amenaza; me ocultaré en el centro de un laberinto para que su fantasma se pierda».

Dicho lo cual, se fue. Allaby trató de pensar que el moro estaba loco y que el absurdo laberinto era un símbolo y un claro testimonio de su locura. Luego reflexionó que esa explicación condecía con el extravagante edificio y con el extravagante relato, no con la enérgica impresión que dejaba el hombre Abenjacán. Quizá tales historias fueran comunes en los arenales egipcios, quizá tales rarezas correspondieran (como los dragones de Plinio) menos a una persona que a una cultura... Allaby, en Londres, revisó números atrasados del *Times*; comprobó la verdad de la rebelión y de una subsiguiente derrota del Bojarí y de su visir, que tenía fama de cobarde.

Aquél, apenas concluyeron los albañiles, se instaló en el centro del laberinto. No lo vieron más en el pueblo; a veces Allaby temió que Zaid ya lo hubiera alcanzado y aniquilado. En las noches el viento nos traía el rugido del león, y las ovejas del redil se apretaban con un antiguo miedo.

Solían anclar en la pequeña bahía, rumbo a Cardiff o a Bristol, naves de puertos orientales. El esclavo descendía del laberinto (que entonces, lo recuerdo, no era rosado, sino de color carmesí) y cambiaba palabras africanas con las tripulaciones y parecía buscar entre los hombres el fantasma del visir. Era fama que tales embarcaciones traían contrabando, y si de alcoholes o marfiles prohibidos, ¿por qué no, también, de sombras de muertos?

A los tres años de erigida la casa, ancló al pie de los cerros el *Rose of Sharon*. No fui de los que vieron ese velero y tal vez en la imagen que tengo de él influyen olvidadas litografías de Aboukir o de Trafalgar, pero entiendo que era de esos barcos muy trabajados que no parecen obra de naviero, sino de carpintero y menos de carpintero que de ebanista. Era (si no en la realidad, en mis sueños) bruñido, oscuro, silencioso y veloz, y lo tripulaban árabes y malayos.

Ancló en el alba de uno de los días de octubre. Hacia el atardecer, Abenjacán irrumpió en casa de Allaby. Lo dominaba la pasión del terror; apenas pudo articular que Zaid ya había entrado en el laberinto y que su esclavo y su león habían perecido. Seriamente preguntó si las autoridades podrían ampararlo. Antes que Allaby respondiera, se fue, como si lo arrebatara el mismo terror que lo había traído a esa casa, por segunda y última vez. Allaby, solo en su biblioteca, pensó con estupor que ese temeroso había oprimido en el Sudán a tribus de hierro y sabía qué cosa es una batalla y qué cosa es matar. Advirtió, al otro día, que ya había zarpado el velero (rumbo a Suakin en el mar Rojo, se averiguó después). Reflexionó que su deber era comprobar la muerte del esclavo y se dirigió al laberinto. El jadeante relato del Bojarí le pareció fantástico, pero en un recodo de las galerías dio con el león, y el león estaba muerto, y en otro, con el esclavo, que estaba muerto, y en la cámara central con el Bojarí, a quien le habían destrozado la cara. A los pies del hombre había un arca taraceada de nácar; alguien había forzado la cerradura y no quedaba ni una sola moneda.

Los períodos finales, agravados de pausas oratorias, querían ser elocuentes; Unwin adivinó que Dunraven los había emitido muchas veces, con idéntico aplomo y con idéntica ineficacia. Preguntó, para simular interés:

—¿Cómo murieron el león y el esclavo?

La incorregible voz contestó con sombría satisfacción:

—También les habían destrozado la cara.

Al ruido de los pasos se agregó el ruido de la lluvia. Unwin pensó que tendrían que dormir en el laberinto, en la cámara central del relato, y que en el recuerdo esa larga incomodidad sería una aventura. Guardó silencio; Dunraven no pudo contenerse y le preguntó, como quien no perdona una deuda:

—¿No es inexplicable esta historia?

Unwin le respondió, como si pensara en voz alta:

—No sé si es explicable o inexplicable. Sé que es mentira.

Dunraven prorrumpió en malas palabras e invocó el testimonio del hijo mayor del rector (Allaby, parece, había muerto) y de todos los vecinos de Pentreath. No menos atónito que Dunraven, Unwin se disculpó. El tiempo, en la oscuridad, parecía más largo, los dos temieron haber extraviado el camino y estaban muy cansados cuando una tenue claridad superior les mostró los peldaños iniciales de una angosta escalera. Subieron y llegaron a una ruinosa habitación redonda. Dos signos perduraban del temor del malhadado rey: una estrecha ventana que dominaba los páramos y el mar y en el suelo una trampa que se abría sobre la curva de la escalera. La habitación, aunque espaciosa, tenía mucho de celda carcelaria.

Menos instados por la lluvia que por el afán de vivir para la rememoración y la anécdota, los amigos hicieron noche en el laberinto. El matemático durmió con tranquilidad; no así el poeta, acosado por versos que su razón juzgaba detestables:

Faceless the sultry and overpowering lion,
Faceless the stricken slave, faceless the king.

Unwin creía que no le había interesado la historia de la muerte del Bojarí, pero se despertó con la convicción de haberla descifrado. Todo aquel día estuvo preocupado y huraño, ajustando y reajustando las piezas, y dos noches después, citó a Dunraven en una cervecería de Londres y le dijo estas o parecidas palabras:

—En Cornwall dije que era mentira la historia que te oí. Los *hechos* eran ciertos, o podían serlo, pero contados como tú los contaste, eran, de un modo manifiesto, mentiras. Empezaré por la mayor mentira de todas, por el laberinto increíble. Un fugitivo no se oculta en un laberinto. No erige un laberinto sobre un alto lugar de la costa, un laberinto carmesí que avistan desde lejos los marineros. No precisa erigir un laberinto, cuando el universo ya lo es. Para quien verdaderamente quiere ocultarse, Londres es mejor laberinto que un mirador al que conducen todos los corredores de un edificio. La sabia reflexión que ahora te someto me fue deparada antenoche, mientras oíamos llover sobre el laberinto y esperábamos que el sueño nos visitara; amonestado y mejorado por ella, opté por olvidar tus absurdidades y pensar en algo sensato.

—En la teoría de los conjuntos, digamos, o en una cuarta dimensión del espacio —observó Dunraven.

—No —dijo Unwin con seriedad—. Pensé en el laberinto de Creta. El laberinto cuyo centro era un hombre con cabeza de toro.

Dunraven, versado en obras policiales, pensó que la solución del misterio siempre es inferior al misterio. El misterio participa de lo sobrenatural y aun de lo divino; la solución, del juego de manos. Dijo, para aplazar lo inevitable:

—Cabeza de toro tiene en medallas y esculturas el minotauro. Dante lo imaginó con cuerpo de toro y cabeza de hombre.

—También esa versión me conviene. —Unwin asintió—. Lo que importa es la correspondencia de la casa monstruosa con el habitante monstruoso. El minotauro justifica con creces la existencia del laberinto. Nadie dirá lo mismo de una amenaza percibida en un sueño. Evocada la imagen del minotauro (evocación fatal en un caso en que hay un laberinto), el problema, virtualmente, estaba resuelto. Sin embargo, confieso que no entendí que esa antigua imagen era la clave y así fue necesario que tu relato me suministrara un símbolo más preciso: la telaraña.

—¿La telaraña? —repitió, perplejo, Dunraven.

—Sí. Nada me asombraría que la telaraña (la forma universal de la telaraña, entendamos bien, la telaraña de Platón) hubiera sugerido al asesino (porque hay un asesino) su crimen. Recordarás que el Bojarí, en una tumba, soñó con una red de serpientes y que al despertar descubrió que una telaraña le había sugerido aquel sueño. Volvamos a esa noche en que el Bojarí soñó con una red. El rey vencido y el visir y el esclavo huyen por el desierto con un tesoro. Se refugian en una tumba. Duerme el visir, de quien sabemos que es un cobarde; no duerme el rey, de quien sabemos que es un valiente. El rey, para no compartir el tesoro con el visir, lo mata de una cuchillada; su sombra lo amenaza en un sueño, noches después. Todo esto es increíble; yo entiendo que los hechos ocurrieron de otra manera. Esa noche durmió el rey, el valiente, y veló Zaid, el cobarde. Dormir es distraerse del universo, y la distracción es difícil para quien sabe que lo persiguen con espadas desnudas. Zaid, ávido, se inclinó sobre el sueño de su rey. Pensó en matarlo (quizá jugó con el puñal), pero no se atrevió. Llamó al esclavo, ocultaron parte del tesoro en la tumba, huyeron a Suakin y a Inglaterra. No para ocultarse del Bojarí, sino para atraerlo y matarlo construyó a la vista del mar el alto laberinto de muros rojos. Sabía que las naves llevarían a los puertos de Nubia la fama del hombre bermejo, del esclavo y del león, y que, tarde o temprano, el Bojarí lo vendría a buscar en su laberinto. En el último corredor de la red esperaba la trampa. El Bojarí lo despreciaba infinitamente; no se rebajaría a tomar la menor precaución. El día codiciado llegó; Abenjacán desembarcó en Inglaterra, caminó hasta la puerta del laberinto, barajó los ciegos corredores y ya había pisado, tal vez, los primeros peldaños cuando su visir lo mató, no sé si de un balazo, desde la trampa. El esclavo mataría al león y otro balazo mataría al esclavo. Luego Zaid deshizo las tres caras con una piedra. Tuvo que obrar así; un solo muerto con la cara deshecha hubiera sugerido un problema de identidad, pero la fiera, el negro y el rey formaban una serie y, dados los dos términos iniciales, todos postularían el último. No es raro que lo dominara el temor cuando habló con Allaby; acababa de ejecutar la horrible faena y se disponía a huir de Inglaterra para recuperar el tesoro.

Un silencio pensativo, o incrédulo, siguió a las palabras de Unwin. Dunraven pidió otro jarro de cerveza negra antes de opinar.

—Acepto —dijo— que mi Abenjacán sea Zaid. Tales metamorfosis, me dirás, son clásicos artificios del género, son verdaderas *convenciones* cuya observación exige el lector. Lo que me resisto a admitir es la conjetura de que una porción del tesoro quedara en el Sudán. Recuerda que Zaid huía del rey y de los enemigos del rey; más fácil es imaginarlo robándose todo el tesoro que demorándose a enterrar una parte. Quizá no se encontraron monedas porque no quedaban monedas; los albañiles habrían agotado un caudal que, a diferencia del oro rojo de los Nibelungos, no era infinito. Tendríamos así a Abenjacán atravesando el mar para reclamar un tesoro dilapidado.

—Dilapidado, no —dijo Unwin—. Invertido en armar en tierra de infieles una gran trampa circular de ladrillo destinada a apresarlo y aniquilarlo. Zaid, si tu conjetura es correcta, procedió urgido por el odio y por el temor y no por la codicia. Robó el tesoro y luego comprendió que el tesoro no era lo esencial para él. Lo esencial era que Abenjacán pereciera. Simuló ser Abenjacán, mató a Abenjacán y finalmente *fue Abenjacán*.

—Sí —confirmó Dunraven—. Fue un vagabundo que, antes de ser nadie en la muerte, recordaría haber sido un rey o haber fingido ser un rey, algún día.

Los dos reyes
y los dos laberintos*

Cuentan los hombres dignos de fe (pero Alá sabe más) que en los primeros días hubo un rey de las islas de Babilonia que congregó a sus arquitectos y magos y les mandó construir un laberinto tan perplejo y sutil que los varones más prudentes no se aventuraban a entrar, y los que entraban se perdían. Esa obra era un escándalo, porque la confusión y la maravilla son operaciones propias de Dios y no de los hombres. Con el andar del tiempo vino a su corte un rey de los árabes, y el rey de Babilonia (para hacer burla de la simplicidad de su huésped) lo hizo penetrar en el laberinto, donde vagó afrentado y confundido hasta la declinación de la tarde. Entonces imploró socorro divino y dio con la puerta. Sus labios no profirieron queja ninguna, pero le dijo al rey de Babilonia que él en Arabia tenía otro laberinto y que, si Dios era servido, se lo daría a conocer algún día. Luego regresó a Arabia, juntó sus capitanes y sus alcaides y estragó los reinos de Babilonia con tan venturosa fortuna que derribó sus castillos, rompió sus gentes e hizo cautivo al mismo rey. Lo amarró encima de un camello veloz y lo llevó al desierto. Cabalgaron tres días, y le dijo: «¡Oh, rey del tiempo y substancia y cifra del siglo!, en Babilonia me quisiste perder en un laberinto de bronce con muchas escaleras, puertas y muros; ahora el Poderoso ha tenido a bien que te muestre el mío, donde

---

* Ésta es la historia que el rector divulgó desde el púlpito. Véase la página 311.

no hay escaleras que subir, ni puertas que forzar, ni fatigosas galerías que recorrer, ni muros que te veden el paso».

Luego le desató las ligaduras y lo abandonó en mitad del desierto, donde murió de hambre y de sed. La gloria sea con Aquel que no muere.

La espera

El coche lo dejó en el 4.004 de esa calle del Noroeste. No habían dado las nueve de la mañana; el hombre notó con aprobación los manchados plátanos, el cuadrado de tierra al pie de cada uno, las decentes casas de balconcito, la farmacia contigua, los desvaídos rombos de la pinturería y ferretería. Un largo y ciego paredón de hospital cerraba la acera de enfrente; el sol reverberaba, más lejos, en unos invernáculos. El hombre pensó que esas cosas (ahora arbitrarias y casuales y en cualquier orden, como las que se ven en los sueños) serían con el tiempo, si Dios quisiera, invariables, necesarias y familiares. En la vidriera de la farmacia se leía en letras de loza: Breslauer; los judíos estaban desplazando a los italianos, que habían desplazado a los criollos. Mejor así; el hombre prefería no alternar con gente de su sangre.

El cochero le ayudó a bajar el baúl; una mujer de aire distraído o cansado abrió por fin la puerta. Desde el pescante el cochero le devolvió una de las monedas, un vintén oriental que estaba en su bolsillo desde esa noche en el hotel de Melo. El hombre le entregó cuarenta centavos, y en el acto sintió: «Tengo la obligación de obrar de manera que todos se olviden de mí. He cometido dos errores: he dado una moneda de otro país y he dejado ver que me importa esa equivocación».

Precedido por la mujer, atravesó el zaguán y el primer patio. La pieza que le habían reservado daba, felizmente, al segundo. La cama era de hierro, que el artífice había deformado en curvas fantásticas, figurando ramas y pámpanos; había, asimismo, un alto ropero de pino, una mesa de luz, un estante con libros a ras del suelo, dos sillas desparejas y un lavatorio con su palangana, su jarra, su jabonera y un botellón de vidrio turbio. Un mapa de la provincia de Buenos Aires y un crucifijo adornaban las paredes; el papel era carmesí, con grandes pavos reales repetidos, de cola desplegada. La única puerta daba al patio. Fue necesario variar la colocación de las sillas para dar cabida al baúl. Todo lo aprobó el inquilino; cuando la mujer le preguntó cómo se llamaba, dijo Villari, no como un desafío secreto, no para mitigar una humillación que, en verdad, no sentía, sino porque ese nombre lo trabajaba, porque le fue imposible pensar en otro. No lo sedujo, ciertamente, el error literario de imaginar que asumir el nombre del enemigo podía ser una astucia.

El señor Villari, al principio, no dejaba la casa; cumplidas unas cuantas semanas, dio en salir, un rato, al oscurecer. Alguna noche entró en el cinematógrafo que había a las tres cuadras. No pasó nunca de la última fila; siempre se levantaba un poco antes del fin de la función. Vio trágicas historias del hampa; éstas, sin duda, incluían errores; éstas sin duda, incluían imagenes que también lo eran de su vida anterior; Villari no los advirtió porque la idea de una coincidencia entre el arte y la realidad era ajena a él. Dócilmente trataba de que le gustaran las cosas; quería adelantarse a la intención con que se las mostraban. A diferencia de quienes han leído novelas, no se veía nunca a sí mismo como un personaje del arte.

No le llegó jamás una carta, ni siquiera una circular, pero leía con borrosa esperanza una de las secciones del diario. De tarde, arrimaba a la puerta una de las sillas y mateaba con seriedad, puestos los ojos en la enredadera del muro de la inmediata casa de altos. Años de soledad le habían enseñado que los días, en la memoria, tienden a ser iguales, pero que no hay un día, ni siquiera de cárcel o de hospital, que no traiga sorpresas. En otras reclusiones había cedido a la tentación de contar los días y las horas, pero esta reclusión era distinta, porque no tenía término —salvo que el diario, una mañana trajera la noticia de la muerte de Alejandro Villari. También era posible que Villari *ya hubiera muerto* y entonces esta vida era un sueño. Esa posibilidad lo inquietaba, porque no acabó de entender si se parecía al alivio o a la desdicha; se dijo que era absurda y la rechazó. En días lejanos, menos lejanos por el curso del tiempo que por dos o tres hechos irrevocables, había deseado muchas cosas, con amor sin escrúpulo; esa voluntad poderosa, que había movido el odio de los hombres y el amor de alguna mujer, ya no quería cosas particulares: sólo quería perdurar, no concluir. El sabor de la yerba, el sabor del tabaco negro, el creciente filo de sombra que iba ganando el patio, eran suficientes estímulos.

Había en la casa un perro lobo, ya viejo. Villari se amistó con él. Le hablaba en español, en italiano y en las pocas palabras que le quedaban del rústico dialecto de su niñez. Villari trataba de vivir en el mero presente, sin recuerdos ni previsiones; los primeros le importaban menos que las últimas. Oscuramente creyó intuir que el pasado es la sustancia de que el tiempo está hecho; por ello es que éste se vuelve pasado en seguida. Su fatiga, algún día, se pareció a la felicidad; en momentos así, no era mucho más complejo que el perro.

Una noche lo dejó asombrado y temblando una íntima descarga de dolor en el fondo de la boca. Ese horrible milagro recurrió a los pocos minutos y otra vez hacia el alba. Villari, al día siguiente, mandó buscar un coche que lo dejó en un consultorio dental del barrio del Once. Ahí le arrancaron la muela. En ese trance no estuvo más cobarde ni más tranquilo que otras personas.

Otra noche, al volver del cinematógrafo, sintió que lo empujaban. Con ira, con indignación, con secreto alivio, se encaró con el insolente. Le escupió una injuria soez; el otro, atónito, balbuceó una disculpa. Era un hombre alto, joven, de pelo oscuro, y lo acompañaba una mujer de tipo alemán; Villari, esa noche, se repitió que no los conocía. Sin embargo, cuatro o cinco días pasaron antes que saliera a la calle.

Entre los libros del estante había una *Divina Comedia*, con el viejo comentario de Andreoli. Menos urgido por la curiosidad que por un sentimiento de deber, Villari acometió la lectura de esa obra capital; antes de comer, leía un canto, y luego, en orden riguroso, las notas. No juzgó inverosímiles o excesivas las penas infernales y no pensó que Dante lo hubiera condenado al último círculo, donde los dientes de Ugolino roen sin fin la nuca de Ruggieri.

Los pavos reales del papel carmesí parecían destinados a alimentar pesadillas tenaces, pero el señor Villari no soñó nunca con una glorieta monstruosa hecha de inextricables pájaros vivos. En los amaneceres soñaba un sueño de fondo igual y de circunstancias variables. Dos hombres y Villari entraban con revólveres en la pieza o lo agredían al salir del cinematógrafo o eran, los tres a un tiempo, el desconocido que lo había empujado, o lo esperaban tristemente en el patio y parecían no conocerlo. Al fin del sueño, él sacaba el revólver del cajón de la inmediata mesa de luz (y es verdad que en ese cajón guardaba un revólver) y lo descargaba contra los hombres. El estruendo del arma lo despertaba, pero siempre era un sueño y en otro sueño el ataque se repetía y en otro sueño tenía que volver a matarlos.

Una turbia mañana del mes de julio, la presencia de gente desconocida (no el ruido de la puerta cuando la abrieron) lo despertó. Altos en la penumbra del cuarto, curiosamente simplificados por la penumbra (siempre en los sueños del temor habían sido más claros), vigilantes, inmóviles y pacientes, bajos los ojos como si el peso de las armas los encorvara, Alejandro Villari y un desconocido lo habían alcanzado, por fin. Con una seña les pidió que esperaran y se dio vuelta contra la pared, como si retomara el sueño. ¿Lo hizo para despertar la misericordia de quienes lo mataron, o porque es menos duro sobrellevar un acontecimiento espantoso que imaginarlo y aguardarlo sin fin, o —y esto es quizá lo más verosímil— para que los asesinos fueran un sueño, como ya lo habían sido tantas veces, en el mismo lugar, a la misma hora?

En esa magia estaba cuando lo borró la descarga.

El hombre en el umbral

Bioy Casares trajo de Londres un curioso puñal de hoja triangular y empuñadura en forma de H; nuestro amigo Christopher Dewey, del Consejo Británico, dijo que tales armas eran de uso común en el Indostán. Ese dictamen lo alentó a mencionar que había trabajado en aquel país, entre las dos guerras. (*Ultra Auroram et Gangen*, recuerdo que dijo en latín, equivocando un verso de Juvenal.) De las historias que esa noche contó, me atrevo a reconstruir la que sigue. Mi texto será fiel: líbreme Alá de la tentación de añadir breves rasgos circunstanciales o de agravar, con interpolaciones de Kipling, el cariz exótico del relato. Éste, por lo demás, tiene un antiguo y simple sabor que sería una lástima perder, acaso el de *Las mil y una noches*.

«La exacta geografía de los hechos que voy a referir importa muy poco. Además, ¿qué precisión guardan en Buenos Aires los nombres de Amritsar o de Udh? Básteme, pues, decir que en aquellos años hubo disturbios en una ciudad musulmana y que el gobierno central envió a un hombre fuerte para imponer el orden. Ese hombre era escocés, de un ilustre clan de guerreros, y en la sangre llevaba una tradición de violencia. Una sola vez lo vieron mis ojos, pero no olvidaré el cabello muy negro, los pómulos salientes, la ávida nariz y la boca, los anchos hombros, la fuerte osatura de vikingo. David Alexander Glencairn se llamará esta noche en mi historia; los dos nombres convienen, porque fueron de reyes que gobernaron con un cetro de hierro. David Alexander Glencairn (me tendré que habituar a llamarlo así) era, lo sospecho, un hombre temido; el mero anuncio de su advenimiento bastó para apaciguar la ciudad. Ello no impidió que decretara diversas medidas enérgicas. Unos años pasaron. La ciudad y el distrito estaban en paz: sikhs y musulmanes habían depuesto las antiguas discordias y de pronto Glencairn desapareció. Naturalmente, no faltaron rumores de que lo habían secuestrado o matado.

Estas cosas las supe por mi jefe, porque la censura era rígida y los diarios no comentaron (ni siquiera registraron, que yo recuerde) la desaparición de Glencairn. Un refrán dice que la India es más grande que el mundo; Glencairn, tal vez omnipotente en la ciudad que una firma al pie de un decreto le destinó, era una mera cifra en los engranajes de la administración del Imperio. Las pesquisas de la policía local fueron del todo vanas; mi jefe pensó que un particular podría infundir menos recelo y alcanzar mejor éxito. Tres o cuatro días después (las distancias en la India son generosas) yo fatigaba sin mayor esperanza las calles de la opaca ciudad que había escamoteado a un hombre.

Sentí, casi inmediatamente, la infinita presencia de una conjuración para ocultar la suerte de Glencairn. *No hay un alma en esta ciudad* (pude sospechar) *que no sepa el secreto y que no haya jurado guardarlo.* Los más, interrogados, profesaban una ilimitada ignorancia; no sabían quién era Glencairn, no lo habían visto nunca, jamás oyeron hablar de él. Otros, en cambio, lo habían divisado hace un cuarto de hora hablando con Fulano de Tal, y hasta me acompañaban a la casa en que entraron los dos, y en la que nada sabían de ellos, o que acababan de dejar en ese momento. A alguno de esos mentirosos precisos le di con el puño en la cara. Los testigos aprobaron mi desahogo, y fabricaron otras mentiras. No las creí, pero no me atreví a desoírlas. Una tarde me dejaron un sobre con una tira de papel en la que había unas señas…

El sol había declinado cuando llegué. El barrio era popular y humilde; la casa era muy baja; desde la acera entreví una sucesión de patios de tierra y hacia el fondo una claridad. En el último patio se celebraba no sé qué fiesta musulmana; un ciego entró con un laúd de madera rojiza.

A mis pies, inmóvil como una cosa, se acurrucaba en el umbral un hombre muy viejo. Diré cómo era, porque es parte esencial de la historia. Los muchos años lo habían reducido y pulido como las aguas a una piedra o las generaciones de los hombres a una sentencia. Largos harapos lo cubrían, o así me pareció, y el turbante que le rodeaba la cabeza era un jirón más. En el crepúsculo, alzó hacia mí una cara oscura y una barba muy blanca. Le hablé sin preámbulos, porque ya había perdido toda esperanza, de David Alexander Glencairn. No me entendió (tal vez no me oyó) y hube de explicar que era un juez y que yo lo buscaba. Sentí, al decir estas palabras, lo irrisorio de interrogar a aquel hombre antiguo, para quien el presente era apenas un indefinido rumor. «Nuevas de la Rebelión o de Akbar podría dar este hombre —pensé— pero no de Glencairn.» Lo que me dijo confirmó esta sospecha.

—¡Un juez! —articuló con débil asombro—. Un juez que se ha perdido y lo buscan. El hecho aconteció cuando yo era niño. No sé de fechas, pero no había muerto aún Nikal Seyn (Nicholson) ante la muralla de Delhi. El tiempo que se fue queda en la memoria; sin duda soy capaz de recuperar lo que entonces pasó. Dios había permitido, en su cólera, que la gente se corrompiera; llenas de maldición estaban las bocas y de engaños y fraude. Sin embargo, no todos eran perversos, y cuando se pregonó que la reina iba a mandar un hombre que ejecutaría en este país la ley de Inglaterra, los menos malos se alegraron, porque sintieron que la ley es mejor que el desorden. Llegó el cristiano y no tardó en prevaricar y oprimir, en paliar delitos abominables y en vender decisiones. No lo culpamos, al principio; la justicia inglesa que administraba no era conocida de nadie y los aparentes atropellos del nuevo juez correspondían acaso a válidas y arcanas razones. «Todo tendrá justificación en su libro», queríamos pensar, pero su afinidad con todos los malos jueces del mundo era demasiado notoria, y al fin hubimos de admitir que era simplemente un malvado. Llegó a ser un tirano y la pobre gente (para vengarse de la errónea esperanza que alguna vez pusieron en él) dio en jugar con la idea de secuestrarlo y someterlo a juicio. Hablar no basta; de los designios tuvieron que pasar a las obras. Nadie, quizá, fuera de los muy simples o de los muy jóvenes, creyó que ese propósito temerario podría llevarse a cabo, pero miles de sikhs y de musulmanes cumplieron su palabra y un día ejecutaron, incrédulos, lo que a cada uno de ellos había parecido imposible. Secuestraron al juez y le dieron por cárcel una alquería en un apartado arrabal. Después, apalabraron a los sujetos agraviados por él, o (en algún caso) a los huérfanos y a las viudas, porque la espada del verdugo no había descansado en aquellos años. Por fin (esto fue quizá lo más arduo) buscaron y nombraron un juez para juzgar al juez.

Aquí lo interrumpieron unas mujeres que entraban en la casa.

Luego prosiguió, lentamente:

—Es fama que no hay generación que no incluya cuatro hombres rectos que secretamente apuntalan el universo y lo justifican ante el Señor: uno de esos varones hubiera sido el juez más cabal. ¿Pero dónde encontrarlos, si andan perdidos por el mundo y anónimos y no se reconocen cuando se ven y ni ellos mismos saben el alto ministerio que cumplen? Alguien entonces discurrió que si el destino nos vedaba los sabios, había que buscar a los insensatos. Esta opinión prevaleció. Alcoranistas, doctores de la ley, sikhs que llevan el nombre de leones y que adoran a un Dios, hindúes que adoran muchedumbres de dioses, monjes de Mahavira que enseñan que la forma del universo es la de un hombre con las piernas abiertas, adoradores del fuego y judíos negros, integraron el tribunal, pero el último fallo fue encomendado al arbitrio de un loco.

Aquí lo interrumpieron unas personas que se iban de la fiesta.

—De un loco —repitió— para que la sabiduría de Dios hablara por su boca y avergonzara las soberbias humanas. Su nombre se ha perdido o nunca se supo, pero andaba desnudo por estas calles, o cubierto de harapos, contándose los dedos con el pulgar y haciendo mofa de los árboles.

Mi buen sentido se rebeló. Dije que entregar a un loco la decisión era invalidar el proceso.

—El acusado aceptó al juez —fue la contestación—. Acaso comprendió que dado el peligro que los conjurados corrían si lo dejaban en libertad, sólo de un loco podía no esperar sentencia de muerte. He oído que se rió cuando le dijeron quién era el juez. Muchos días y noches duró el proceso, por lo crecido del número de testigos.

Se calló. Una preocupación lo trabajaba. Por decir algo, pregunté cuántos días.

—Por lo menos, diecinueve —replicó. Gente que se iba de la fiesta lo volvió a interrumpir; el vino está vedado a los musulmanes, pero las caras y las voces parecían de borrachos. Uno le gritó algo, al pasar.

—Diecinueve días, precisamente —rectificó—. El perro infiel oyó la sentencia, y el cuchillo se cebó en su garganta.

Hablaba con alegre ferocidad. Con otra voz dio fin a la historia:

—Murió sin miedo; en los más viles hay alguna virtud.

—¿Dónde ocurrió lo que has contado? —le pregunté—. ¿En una alquería?

Por primera vez me miró en los ojos. Luego aclaró con lentitud, midiendo las palabras:

—Dije que en una alquería le dieron cárcel, no que lo juzgaron ahí. En esta ciudad lo juzgaron: en una casa como todas, como ésta. Una casa no puede diferir de otra: lo que importa es saber si está edificada en el infierno o en el cielo.

Le pregunté por el destino de los conjurados.

—No sé —me dijo con paciencia—. Estas cosas ocurrieron y se olvidaron hace ya muchos años. Quizá los condenaron los hombres, pero no Dios.

Dicho lo cual, se levantó. Sentí que sus palabras me despedían y que yo había cesado para él, desde aquel momento. Una turba hecha de hombres y mujeres de todas las naciones del Punjab se desbordó, rezando y cantando, sobre nosotros y casi nos barrió: me azoró que de patios tan angostos, que eran poco más que largos zaguanes, pudiera salir tanta gente. Otros salían de las casas del vecindario: sin duda habían saltado las tapias… A fuerza de empujones e imprecaciones me abrí camino. En el último patio me crucé con un hombre desnudo, coronado de flores amarillas, a quien todos besaban y agasajaban, y con una espada en la mano. La espada estaba sucia, porque había dado muerte a Glencairn, cuyo cadáver mutilado encontré en las caballerizas del fondo.»

El Aleph

O God!, I could be bounded in a nuts-
hell, and count myself a King of infinite
space.

Hamlet, II, 2

But they will teach us that Eternity is the
Standing still of the Present Time, a
Nunc-stans (as the Schools call it); which
neither they, nor any else understand, no
more than they would a *Hic-stans* for an
Infinite greatness of Place.

Leviathan, IV, 46

La candente mañana de febrero en que Beatriz Viterbo murió,
después de una imperiosa agonía que no se rebajó un solo instante ni al sentimentalismo ni al miedo, noté que las carteleras
de fierro de la plaza Constitución habían renovado no sé qué aviso de
cigarrillos rubios; el hecho me dolió, pues comprendí que el incesante
y vasto universo ya se apartaba de ella y que ese cambio era el primero
de una serie infinita. Cambiará el universo pero yo no, pensé con melancólica vanidad; alguna vez, lo sé, mi vana devoción la había exaspe-
rado; muerta yo podía consagrarme a su memoria, sin esperanza, pero
también sin humillación. Consideré que el 30 de abril era su cumple-

años; visitar ese día la casa de la calle Garay para saludar a su padre y a Carlos Argentino Daneri, su primo hermano, era un acto cortés, irreprochable, tal vez ineludible. De nuevo aguardaría en el crepúsculo de la abarrotada salita, de nuevo estudiaría las circunstancias de sus muchos retratos. Beatriz Viterbo, de perfil, en colores; Beatriz, con antifaz, en los carnavales de 1921; la primera comunión de Beatriz; Beatriz, el día de su boda con Roberto Alessandri; Beatriz, poco después del divorcio, en un almuerzo del Club Hípico; Beatriz, en Quilmes, con Delia San Marco Porcel y Carlos Argentino; Beatriz, con el pekinés que le regaló Villegas Haedo; Beatriz, de frente y de tres cuartos, sonriendo, la mano en el mentón... No estaría obligado, como otras veces, a justificar mi presencia con módicas ofrendas de libros: libros cuyas páginas, finalmente, aprendí a cortar, para no comprobar, meses después, que estaban intactos.

Beatriz Viterbo murió en 1929; desde entonces, no dejé pasar un 30 de abril sin volver a su casa. Yo solía llegar a las siete y cuarto y quedarme unos veinticinco minutos; cada año aparecía un poco más tarde y me quedaba un rato más; en 1933, una lluvia torrencial me favoreció: tuvieron que invitarme a comer. No desperdicié, como es natural, ese buen precedente; en 1934, aparecí, ya dadas las ocho, con un alfajor santafecino; con toda naturalidad me quedé a comer. Así, en aniversarios melancólicos y vanamente eróticos, recibí las graduales confidencias de Carlos Argentino Daneri.

Beatriz era alta, frágil, muy ligeramente inclinada; había en su andar (si el oxímoron es tolerable) una como graciosa torpeza, un principio de éxtasis; Carlos Argentino es rosado, considerable, canoso, de rasgos finos. Ejerce no sé qué cargo subalterno en una biblioteca ilegible de los arrabales del sur; es autoritario, pero también es ineficaz; aprovechaba, hasta hace muy poco, las noches y las fiestas para no salir de su casa. A dos generaciones de distancia, la ese italiana y la copiosa gesticulación italiana sobreviven en él. Su actividad mental es continua, apasionada, versátil y del todo insignificante. Abunda en inservibles analogías y en ociosos escrúpulos. Tiene (como Beatriz) grandes y afiladas manos hermosas. Durante algunos meses padeció la obsesión de Paul Fort, menos por sus baladas que por la idea de una gloria intachable. «Es el Príncipe de los poetas de Francia», repetía con fatuidad. «En vano te revolverás contra él; no lo alcanzará, no, la más inficionada de tus saetas.»

El 30 de abril de 1941 me permití agregar al alfajor una botella de coñac del país. Carlos Argentino lo probó, lo juzgó interesante y emprendió, al cabo de unas copas, una vindicación del hombre moderno.

—Lo evoco —dijo con una animación algo inexplicable— en su gabinete de estudio, como si dijéramos en la torre albarrana de una ciudad, provisto de teléfonos, de telégrafos, de fonógrafos, de aparatos de radiotelefonía, de cinematógrafos, de linternas mágicas, de glosarios, de horarios, de prontuarios, de boletines…

Observó que para un hombre así facultado el acto de viajar era inútil; nuestro siglo XX había transformado la fábula de Mahoma y de la montaña; las montañas, ahora, convergían sobre el moderno Mahoma.

Tan ineptas me parecieron esas ideas, tan pomposa y tan vasta su exposición, que las relacioné inmediatamente con la literatura; le dije que por qué no las escribía. Previsiblemente respondió que ya lo había hecho: esos conceptos, y otros no menos novedosos, figuraban en el Canto Augural, Canto Prologal o simplemente Canto-Prólogo de un poema en el que trabajaba hacía muchos años, sin *réclame*, sin bullanga ensordecedora, siempre apoyado en esos dos báculos que se llaman el trabajo y la soledad. Primero abría las compuertas a la imaginación; luego hacía uso de la lima. El poema se titulaba «La Tierra»; tratábase de una descripción del planeta, en la que no faltaban, por cierto, la pintoresca digresión y el gallardo apóstrofe.

Le rogué que me leyera un pasaje, aunque fuera breve. Abrió un cajón del escritorio, sacó un alto legajo de hojas de block estampadas con el membrete de la Biblioteca Juan Crisóstomo Lafinur y leyó con sonora satisfacción.

He visto, como el griego, las urbes de los hombres,
Los trabajos, los días de varia luz, el hambre;
No corrijo los hechos, no falseo los nombres,
Pero el voyage *que narro, es...* autour de ma chambre.

—Estrofa a todas luces interesante —dictaminó—. El primer verso granjea el aplauso del catedrático, del académico, del helenista, cuando no de los eruditos a la violeta, sector considerable de la opinión; el segundo pasa de Homero a Hesíodo (todo un implícito homenaje, en el frontis del flamante edificio, al padre de la poesía didáctica), no sin remozar un procedimiento cuyo abolengo está en la Escritura, la enumeración, congerie o conglobación; el tercero (¿barroquismo, decadentismo, culto depurado y fanático de la forma?) consta de dos hemistiquios gemelos; el cuarto, francamente bilingüe, me asegura el apoyo incondicional de todo espíritu sensible a los desenfadados envites de la facecia. Nada diré de la rima rara ni de la ilustración que me permite ¡sin pedantismo! acumular en cuatro versos tres alusiones eruditas que abarcan treinta siglos de apretada literatura: la primera a la *Odisea*, la segunda a los *Trabajos y días*, la tercera a la bagatela inmortal que nos depararan los ocios de la pluma del saboyano... Comprendo una vez más que el arte moderno exige el bálsamo de la risa, el *scherzo*. ¡Decididamente, tiene la palabra Goldoni!

Otras muchas estrofas me leyó que también obtuvieron su aprobación y su comentario profuso. Nada memorable había en ellas; ni siquiera las juzgué mucho peores que la anterior. En su escritura habían colaborado la aplicación, la resignación y el azar; las virtudes que Daneri les atribuía eran posteriores. Comprendí que el trabajo del poeta no estaba en la poesía; estaba en la invención de razones para que la poesía fuera admirable; naturalmente, ese ulterior trabajo modificaba la obra para él, pero no para otros. La dicción oral de Daneri era extravagante; su torpeza métrica le vedó, salvo contadas veces, trasmitir esa extravagancia al poema.*

Una sola vez en mi vida he tenido ocasión de examinar los quince mil dodecasílabos del *Polyolbion*, esa epopeya topográfica en la que Michael Drayton registró la fauna, la flora, la hidrografía, la orografía, la historia militar y monástica de Inglaterra; estoy seguro de que ese producto considerable, pero limitado es menos tedioso que la vasta empresa congénere de Carlos Argentino. Éste se proponía versificar toda la redondez del planeta; en 1941 ya había despachado unas hectáreas del Estado de Queensland, más de un kilómetro del curso del Ob, un gasómetro al norte de Veracruz, las principales casas de comercio de la parroquia de la Concepción, la quinta de Mariana Cambaceres de Alvear en la calle Once de Setiembre, en Belgrano, y un establecimiento de baños turcos no lejos del acreditado acuario de Brighton. Me leyó ciertos laboriosos pasajes de la zona australiana de su poema; esos largos e informes alejandrinos carecían de la relativa agitación del prefacio. Copio una estrofa:

> *Sepan. A manderecha del poste rutinario*
> *(Viniendo, claro está, desde el Nornoroeste)*
> *Se aburre una osamenta —¿Color? Blanquiceleste—*
> *Que da al corral de ovejas catadura de osario.*

* Recuerdo, sin embargo, estas líneas de una sátira en que fustigó con rigor a los malos poetas:

> *Aqueste da al poema belicosa armadura*
> *De erudición; estotro le da pompas y galas.*
> *Ambos baten en vano las ridículas alas*
> *¡Olvidaron, cuitados, el factor HERMOSURA!*

Sólo el temor de crearse un ejército de enemigos implacables y poderosos lo disuadió (me dijo) de publicar sin miedo el poema.

—¡Dos audacias —gritó con exultación— rescatadas, te oigo mascullar, por el éxito! Lo admito, lo admito. Una, el epíteto rutinario, que certeramente denuncia, *en passant*, el inevitable tedio inherente a las faenas pastoriles y agrícolas, tedio que ni las *Geórgicas* ni nuestro ya laureado *Don Segundo* se atrevieron jamás a denunciar así, al rojo vivo. Otra, el enérgico prosaísmo *se aburre una osamenta*, que el melindroso querrá excomulgar con horror pero que apreciará más que su vida el crítico de gusto viril. Todo el verso, por lo demás, es de muy subidos quilates. El segundo hemistiquio entabla animadísima charla con el lector; se adelanta a su viva curiosidad, le pone una pregunta en la boca y la satisface… al instante. ¿Y qué me dices de ese hallazgo, *blanquiceleste*? El pintoresco neologismo *sugiere* el cielo, que es un factor importantísimo del paisaje australiano. Sin esa evocación resultarían demasiado sombrías las tintas del boceto y el lector se vería compelido a cerrar el volumen, herida en lo más íntimo el alma de incurable y negra melancolía.

Hacia la medianoche me despedí.

Dos domingos después, Daneri me llamó por teléfono, entiendo que por primera vez en la vida. Me propuso que nos reuniéramos a las cuatro, «para tomar juntos la leche, en el contiguo salón-bar que el progresismo de Zunino y de Zungri —los propietarios de mi casa, recordarás— inaugura en la esquina; confitería que te importará conocer». Acepté, con más resignación que entusiasmo. Nos fue difícil encontrar mesa; el «salón-bar», inexorablemente moderno, era apenas un poco menos atroz que mis previsiones; en las mesas vecinas, el excitado público mencionaba las sumas invertidas sin regatear por Zunino y por Zungri. Carlos Argentino fingió asombrarse de no sé qué primores de la instalación de la luz (que, sin duda, ya conocía) y me dijo con cierta severidad:

—Mal de tu grado habrás de reconocer que este local se parangona con los más encopetados de Flores.

Me releyó, después, cuatro o cinco páginas del poema. Las había corregido según un depravado principio de ostentación verbal: donde antes escribió *azulado*, ahora abundaba en *azulino*, *azulenco* y hasta *azulillo*. La palabra *lechoso* no era bastante fea para él; en la impetuosa descripción de un lavadero de lanas, prefería *lactario*, *lacticinoso*, *lactescente*, *lechal*... Denostó con amargura a los críticos; luego, más benigno, los equiparó a esas personas, «que no disponen de metales preciosos ni tampoco de prensas de vapor, laminadores y ácidos sulfúricos para la acuñación de tesoros, pero que pueden *indicar* a los *otros el sitio* de un tesoro». Acto continuo censuró la *prologomanía*, «de la que ya hizo mofa, en la donosa prefación del Quijote, el Príncipe de los Ingenios». Admitió, sin embargo, que en la portada de la nueva obra convenía el prólogo vistoso, el espaldarazo firmado por el plumífero de garra, de fuste. Agregó que pensaba publicar los cantos iniciales de su poema. Comprendí, entonces, la singular invitación telefónica; el hombre iba a pedirme que prologara su pedantesco fárrago. Mi temor resultó infundado: Carlos Argentino observó, con admiración rencorosa, que no creía errar el epíteto al calificar de sólido el prestigio logrado en todos los círculos por Álvaro Melián Lafinur, hombre de letras, que, si yo me empeñaba, prologaría con embeleso el poema. Para evitar el más imperdonable de los fracasos, yo tenía que hacerme portavoz de dos méritos inconcusos: la perfección formal y el rigor científico, «porque ese dilatado jardín de tropos, de figuras, de galanuras, no tolera un solo detalle que no confirme la severa verdad». Agregó que Beatriz siempre se había distraído con Álvaro.

Asentí, profusamente asentí. Aclaré, para mayor verosimilitud, que no hablaría el lunes con Álvaro, sino el jueves: en la pequeña cena que suele coronar toda reunión del Club de Escritores. (No hay tales cenas, pero es irrefutable que las reuniones tienen lugar los jueves, hecho que Carlos Argentino Daneri podía comprobar en los diarios y que dotaba de cierta realidad a la frase.) Dije, entre adivinatorio y sagaz, que antes de abordar el tema del prólogo, describiría el curioso plan de la obra. Nos despedimos; al doblar por Bernardo de Irigoyen, encaré con toda imparcialidad los porvenires que me quedaban: a) hablar con Álvaro y decirle que el primo hermano aquel de Beatriz (ese eufemismo explicativo me permitiría nombrarla) había elaborado un poema que parecía dilatar hasta lo infinito las posibilidades de la cacofonía y del caos; b) no hablar con Álvaro. Preví, lúcidamente, que mi desidia optaría por b.

A partir del viernes a primera hora, empezó a inquietarme el teléfono. Me indignaba que ese instrumento, que algún día produjo la irrecuperable voz de Beatriz, pudiera rebajarse a receptáculo de las inútiles y quizá coléricas quejas de ese engañado Carlos Argentino Daneri. Felizmente, nada ocurrió —salvo el rencor inevitable que me inspiró aquel hombre que me había impuesto una delicada gestión y luego me olvidaba.

El teléfono perdió sus terrores, pero a fines de octubre, Carlos Argentino me habló. Estaba agitadísimo; no identifiqué su voz, al principio. Con tristeza y con ira balbuceó que esos ya ilimitados Zunino y Zungri, so pretexto de ampliar su desaforada confitería, iban a demoler su casa.

—¡La casa de mis padres, mi casa, la vieja casa inveterada de la calle Garay! —repitió, quizá olvidando su pesar en la melodía.

No me resultó muy difícil compartir su congoja. Ya cumplidos los cuarenta años, todo cambio es un símbolo detestable del pasaje del tiempo; además, se trataba de una casa que, para mí, aludía infinitamente a Beatriz. Quise aclarar ese delicadísimo rasgo; mi interlocutor no me oyó. Dijo que si Zunino y Zungri persistían en ese propósito absurdo, el doctor Zunni, su abogado, los demandaría *ipso facto* por daños y perjuicios y los obligaría a abonar cien mil nacionales.

El nombre de Zunni me impresionó; su bufete, en Caseros y Tacuarí, es de una seriedad proverbial. Interrogué si éste se había encargado ya del asunto. Daneri dijo que le hablaría esa misma tarde. Vaciló y con esa voz llana, impersonal, a que solemos recurrir para confiar algo muy íntimo, dijo que para terminar el poema le era indispensable la casa, pues en un ángulo del sótano había un Aleph. Aclaró que un Aleph es uno de los puntos del espacio que contiene todos los puntos.

—Está en el sótano del comedor —explicó, aligerada su dicción por la angustia—. Es mío, es mío: yo lo descubrí en la niñez, antes de la edad escolar. La escalera del sótano es empinada, mis tíos me tenían prohibido el descenso, pero alguien dijo que había un mundo en el sótano. Se refería, lo supe después, a un baúl, pero yo entendí que había un mundo. Bajé secretamente, rodé por la escalera vedada, caí. Al abrir los ojos, vi el Aleph.

—¿El Aleph? —repetí.

—Sí, el lugar donde están, sin confundirse, todos los lugares del orbe, vistos desde todos los ángulos. A nadie revelé mi descubrimiento, pero volví. ¡El niño no podía comprender que le fuera deparado ese privilegio para que el hombre burilara el poema! No me despojarán Zunino y Zungri, no y mil veces no. Código en mano, el doctor Zunni probará que es *inajenable* mi Aleph.

Traté de razonar.

—Pero ¿no es muy oscuro el sótano?

—La verdad no penetra en un entendimiento rebelde. Si todos los lugares de la tierra están en el Aleph, ahí estarán todas las luminarias, todas las lámparas, todos los veneros de luz.

—Iré a verlo inmediatamente.

Corté, antes de que pudiera emitir una prohibición. Basta el conocimiento de un hecho para percibir en el acto una serie de rasgos confirmatorios, antes insospechados; me asombró no haber comprendido hasta ese momento que Carlos Argentino era un loco. Todos esos Viterbo, por lo demás… Beatriz (yo mismo suelo repetirlo) era una mujer, una niña de una clarividencia casi implacable, pero había en ella negligencias, distracciones, desdenes, verdaderas crueldades, que tal vez reclamaban una explicación patológica. La locura de Carlos Argentino me colmó de maligna felicidad; íntimamente, siempre nos habíamos detestado.

En la calle Garay, la sirvienta me dijo que tuviera la bondad de esperar. El niño estaba, como siempre, en el sótano, revelando fotografías. Junto al jarrón sin una flor, en el piano inútil, sonreía (más intemporal que anacrónico) el gran retrato de Beatriz, en torpes colores. No podía vernos nadie; en una desesperación de ternura me aproximé al retrato y le dije:

—Beatriz, Beatriz Elena, Beatriz Elena Viterbo, Beatriz querida, Beatriz perdida para siempre, soy yo, soy Borges.

Carlos entró poco después. Habló con sequedad; comprendí que no era capaz de otro pensamiento que de la perdición del Aleph.

—Una copita del seudocoñac —ordenó— y te zampuzarás en el sótano. Ya sabes, el decúbito dorsal es indispensable. También lo son la oscuridad, la inmovilidad, cierta acomodación ocular. Te acuestas en el piso de baldosas y fijas los ojos en el décimonono escalón de la pertinente escalera. Me voy, bajo la trampa y te quedas solo. Algún roedor te mete miedo ¡fácil empresa! A los pocos minutos ves el Aleph. ¡El microcosmo de alquimistas y cabalistas, nuestro concreto amigo proverbial, el *multum in parvo*!

Ya en el comedor, agregó:

—Claro está que si no lo ves, tu incapacidad no invalida mi testimonio… Baja; muy en breve podrás entablar un diálogo con *todas* las imágenes de Beatriz.

Bajé con rapidez, harto de sus palabras insustanciales. El sótano, apenas más ancho que la escalera, tenía mucho de pozo. Con la mirada, busqué en vano el baúl de que Carlos Argentino me habló. Unos cajones con botellas y unas bolsas de lona entorpecían un ángulo. Carlos tomó una bolsa, la dobló y la acomodó en un sitio preciso.

—La almohada es humildosa —explicó—, pero si la levanto un

solo centímetro, no verás ni una pizca y te quedas corrido y avergonzado. Repantiga en el suelo ese corpachón y cuenta diecinueve escalones.

Cumplí con sus ridículos requisitos; al fin se fue. Cerró cautelosamente la trampa; la oscuridad, pese a una hendija que después distinguí, pudo parecerme total. Súbitamente comprendí mi peligro: me había dejado soterrar por un loco, luego de tomar un veneno. Las bravatas de Carlos trasparentaban el íntimo terror de que yo no viera el prodigio; Carlos, para defender su delirio, para no saber que estaba loco, *tenía que matarme*. Sentí un confuso malestar, que traté de atribuir a la rigidez, y no a la operación de un narcótico. Cerré los ojos, los abrí. Entonces vi el Aleph.

Arribo, ahora, al inefable centro de mi relato; empieza, aquí, mi desesperación de escritor. Todo lenguaje es un alfabeto de símbolos cuyo ejercicio presupone un pasado que los interlocutores comparten; ¿cómo trasmitir a los otros el infinito Aleph, que mi temerosa memoria apenas abarca? Los místicos, en análogo trance, prodigan los emblemas: para significar la divinidad, un persa habla de un pájaro que de algún modo es todos los pájaros; Alanus de Insulis, de una esfera cuyo centro está en todas partes y la circunferencia en ninguna; Ezequiel, de un ángel de cuatro caras que a un tiempo se dirige al oriente y al occidente, al norte y al sur. (No en vano rememoro esas inconcebibles analogías; alguna relación tienen con el Aleph.) Quizá los dioses no me negarían un hallazgo de una imagen equivalente, pero este informe quedaría contaminado de literatura, de falsedad. Por lo demás, el problema central es irresoluble: la enumeración, siquiera parcial, de un conjunto infinito. En ese instante gigantesco, he visto millones de actos deleitables o atroces; ninguno me asombró como el hecho de que todos ocuparan el mismo punto, sin superposición y sin trasparencia. Lo que vieron mis ojos fue simultáneo: lo que transcribiré, sucesivo, porque el lenguaje lo es. Algo, sin embargo, recogeré.

En la parte inferior del escalón, hacia la derecha, vi una pequeña esfera tornasolada, de casi intolerable fulgor. Al principio la creí giratoria; luego comprendí que ese movimiento era una ilusión producida por los vertiginosos espectáculos que encerraba. El diámetro del Aleph sería de dos o tres centímetros, pero el espacio cósmico estaba ahí, sin disminución de tamaño. Cada cosa (la luna del espejo, digamos) era infinitas cosas, porque yo claramente la veía desde todos los puntos del universo. Vi el populoso mar, vi el alba y la tarde, vi las muchedumbres de América, vi una plateada telaraña en el centro de una negra pirámide, vi un laberinto roto (era Londres), vi interminables ojos inmediatos escrutándose en mí como en un espejo, vi todos los espejos del planeta y ninguno me reflejó, vi en un traspatio de la calle Soler las mismas baldosas que hace treinta años vi en el zaguán de una casa en Fray Bentos, vi racimos, nieve, tabaco, vetas de metal, vapor de agua, vi convexos desiertos ecuatoriales y cada uno de sus granos de arena, vi en Inverness a una mujer que no olvidaré, vi la violenta cabellera, el altivo cuerpo, vi un cáncer en el pecho, vi un círculo de tierra seca en una vereda, donde antes hubo un árbol, vi una quinta de Adrogué, un ejemplar de la primera versión inglesa de Plinio, la de Philemon Holland, vi a un tiempo cada letra de cada página (de chico, yo solía maravillarme de que las letras de un volumen cerrado no se mezclaran y perdieran en el decurso de la noche), vi la noche y el día contemporáneo, vi un poniente en Querétaro que parecía reflejar el color de una rosa en Bengala, vi mi dormitorio sin nadie, vi en un gabinete de Alkmaar un globo terráqueo entre dos espejos que lo multiplican sin fin, vi caballos de crin arremolinada, en una playa del mar Caspio en el alba, vi la delicada osatura de una mano, vi a los sobrevivientes de una batalla, enviando tarjetas postales, vi en un escaparate de Mirzapur una baraja española, vi las sombras oblicuas de unos helechos en el suelo de un invernáculo, vi tigres, émbolos, bisontes, marejadas y ejércitos, vi todas las hormigas que hay en la tierra, vi un astrolabio persa, vi en un cajón del escritorio (y la letra me hizo temblar) cartas obscenas, increíbles, precisas, que Beatriz había dirigido a Carlos Argentino, vi un adorado monumento en la Chacarita, vi la reliquia atroz de lo que deliciosamente había sido Beatriz Viterbo, vi la circulación de mi oscura sangre, vi el engranaje del amor y la modificación de la muerte, vi el Aleph, desde todos los puntos, vi en el Aleph la tierra, y en la tierra otra vez el Aleph y en el Aleph la tierra, vi mi cara y mis vísceras, vi tu cara, y sentí vértigo y lloré, porque mis ojos habían visto ese objeto secreto y conjetural, cuyo nombre usurpan los hombres, pero que ningún hombre ha mirado: el inconcebible universo.

Sentí infinita veneración, infinita lástima.

—Tarumba habrás quedado de tanto curiosear donde no te llaman —dijo una voz aborrecida y jovial—. Aunque te devanes los sesos, no me pagarás en un siglo esta revelación. ¡Qué observatorio formidable, che Borges!

Los zapatos de Carlos Argentino ocupaban el escalón más alto. En la brusca penumbra, acerté a levantarme y a balbucear:

—Formidable. Sí, formidable.

La indiferencia de mi voz me extrañó. Ansioso, Carlos Argentino insistía:

—¿Lo viste todo bien, en colores?

En ese instante concebí mi venganza. Benévolo, manifiestamente apiadado, nervioso, evasivo, agradecí a Carlos Argentino Daneri la hospitalidad de su sótano y lo insté a aprovechar la demolición de la casa para alejarse de la perniciosa metrópoli, que a nadie ¡créame, que a nadie! perdona. Me negué, con suave energía, a discutir el Aleph; lo abracé, al despedirme, y le repetí que el campo y la serenidad son dos grandes médicos.

En la calle, en las escaleras de Constitución, en el subterráneo, me parecieron familiares todas las caras. Temí que no quedara una sola cosa capaz de sorprenderme, temí que no me abandonara jamás la impresión de volver. Felizmente, al cabo de unas noches de insomnio, me trabajó otra vez el olvido.

Posdata del primero de marzo de 1943. A los seis meses de la demolición del inmueble de la calle Garay, la Editorial Procusto no se dejó arredrar por la longitud del considerable poema y lanzó al mercado una selección de «trozos argentinos». Huelga repetir lo ocurrido; Carlos Argentino Daneri recibió el Segundo Premio Nacional de Literatura.* El primero fue otorgado al doctor Aita; el tercero, al doctor Mario Bonfanti; increíblemente, mi obra *Los naipes del tahúr* no logró un solo voto. ¡Una vez más, triunfaron la incomprensión y la envidia! Hace ya mucho tiempo que no consigo ver a Daneri; los diarios dicen que pronto nos dará otro volumen. Su afortunada pluma (no entorpecida ya por el Aleph) se ha consagrado a versificar los epítomes del doctor Acevedo Díaz.

Dos observaciones quiero agregar: una, sobre la naturaleza del Aleph; otra, sobre su nombre. Éste, como es sabido, es el de la primera letra del alfabeto de la lengua sagrada. Su aplicación al disco de mi historia no parece casual. Para la Cábala, esa letra significa el En Soph, la ilimitada y pura divinidad; también se dijo que tiene la forma de un hombre que señala el cielo y la tierra, para indicar que el mundo inferior es el espejo y es el mapa del superior; para la *Mengenlehre*, es el símbolo de los números transfinitos, en los que el todo no es mayor que alguna de las partes. Yo querría saber: ¿Eligió Carlos Argentino ese nombre, o lo leyó, *aplicado a otro punto donde convergen todos los puntos*, en alguno de los textos innumerables que el Aleph de su casa le reveló? Por increíble que parezca, yo creo que hay (o que hubo) otro Aleph, yo creo que el Aleph de la calle Garay era un falso Aleph.

* «Recibí tu apenada congratulación», me escribió. «Bufas, mi lamentable amigo, de envidia, pero confesarás —¡aunque te ahogue!— que esta vez pude coronar mi bonete con la más roja de las plumas; mi turbante, con el más *califa* de los rubíes.»

Doy mis razones. Hacia 1867 el capitán Burton ejerció en el Brasil el cargo de cónsul británico; en julio de 1942 Pedro Henríquez Ureña descubrió en una biblioteca de Santos un manuscrito suyo que versaba sobre el espejo que atribuye el Oriente a Iskandar Zu al-Karnayn, o Alejandro Bicorne de Macedonia. En su cristal se reflejaba el universo entero. Burton menciona otros artificios congéneres —la séptuple copa de Kai Josrú, el espejo que Tárik Benzeyad encontró en una torre (*Las mil y una noches*, 272), el espejo que Luciano de Samosata pudo examinar en la luna (*Historia Verdadera*, I, 26), la lanza especular que el primer libro del *Satyricon* de Capella atribuye a Júpiter, el espejo universal de Merlín «redondo y hueco y semejante a un mundo de vidrio» (*The Faerie Queene*, III, 2, 19)— y añade estas curiosas palabras: «Pero los anteriores (además del defecto de no existir) son meros instrumentos de óptica. Los fieles que concurren a la mezquita de Amr, en El Cairo, saben muy bien que el universo está en el interior de una de las columnas de piedra que rodean el patio central... Nadie, claro está, puede verlo, pero quienes acercan el oído a la superficie, declaran percibir, al poco tiempo, su atareado rumor... La mezquita data del siglo VII; las columnas proceden de otros templos de religiones anteislámicas, pues como ha escrito Abenjaldún: "En las repúblicas fundadas por nómadas, es indispensable el concurso de forasteros para todo lo que sea albañilería"».

¿Existe ese Aleph en lo íntimo de una piedra? ¿Lo he visto cuando vi todas las cosas y lo he olvidado? Nuestra mente es porosa para el olvido; yo mismo estoy falseando y perdiendo, bajo la trágica erosión de los años, los rasgos de Beatriz.

A Estela Canto

Epílogo

Fuera de «Emma Zunz» (cuyo argumento espléndido, tan superior a su ejecución temerosa, me fue dado por Cecilia Ingenieros) y de la «Historia del guerrero y de la cautiva» que se propone interpretar dos hechos fidedignos, las piezas de este libro corresponden al género fantástico. De todas ellas, la primera es la más trabajada; su tema es el efecto que la inmortalidad causaría en los hombres. A ese bosquejo de una ética para inmortales, lo sigue «El muerto»: Azevedo Bandeira, en ese relato, es un hombre de Rivera o de Cerro Largo y es también una tosca divinidad, una versión mulata y cimarrona del incomparable Sunday de Chesterton. (El capítulo XXIX del *Decline and Fall of the Roman Empire* narra un destino parecido al de Otálora, pero harto más grandioso y más increíble.) De «Los teólogos» basta escribir que son un sueño, un sueño más bien melancólico, sobre la identidad personal; de la «Biografía de Tadeo Isidoro Cruz», que es una glosa del *Martín Fierro*. A una tela de Watts, pintada en 1896, debo «La casa de Asterión» y el carácter del pobre protagonista. «La otra muerte» es una fantasía sobre el tiempo, que urdí a la luz de unas razones de Pier Damiani. En la última guerra nadie pudo anhelar más que yo que fuera derrotada Alemania; nadie pudo sentir más que yo lo trágico del destino alemán; «Deutsches Requiem» quiere entender ese destino, que no supieron llorar, ni siquiera sospechar, nuestros «germanófilos», que nada saben de Alemania. «La escritura del dios» ha sido generosamente juzgada; el jaguar me obligó a poner en boca de un «mago de la pirámide de Qaholom», argumentos de cabalista o de teólogo. En «El Zahir» y «El Aleph» creo notar algún influjo del cuento «The Cristal Egg» (1899) de Wells.

J. L. B.

Buenos Aires, 3 de mayo de 1949

Posdata de 1952. Cuatro piezas he incorporado a esta reedición «Abenjacán el Bojarí, muerto en su laberinto» no es (me aseguran) memorable a pesar de su título tremebundo. Podemos considerarlo una variación de «Los dos reyes y los dos laberintos» que los copistas intercalaron en *Las mil y una noches* y que omitió el prudente Galland. De «La espera» diré que la sugirió una crónica policial que Alfredo Doblas me leyó, hará diez años, mientras clasificábamos libros según el manual del Instituto Bibliográfico de Bruselas, código del que todo he olvidado, salvo que a Dios le corresponde la cifra 231. El sujeto de la crónica era turco; lo hice italiano para intuirlo con más facilidad. La momentánea y repetida visión de un hondo conventillo que hay a la vuelta de la calle Paraná, en Buenos Aires, me deparó la historia que se titula «El hombre en el umbral»; la situé en la India para que su inverosimilitud fuera tolerable.

J. L. B.

El informe de Brodie
(1970)

Prólogo

Los últimos relatos de Kipling fueron no menos laberínticos y angustiosos que los de Kafka o los de James, a los que sin duda superan; pero en 1885, en Lahore, había emprendido una serie de cuentos breves, escritos de manera directa, que reuniría en 1890. No pocos —«In the House of Suddhoo», «Beyond the Pale», «The Gate of the Hundred Sorrows»— son lacónicas obras maestras; alguna vez pensé que lo que ha concebido y ejecutado un muchacho genial puede ser imitado sin inmodestia por un hombre en los lindes de la vejez, que conoce el oficio. El fruto de esa reflexión es este volumen, que mis lectores juzgarán.

He intentado, no sé con qué fortuna, la redacción de cuentos directos. No me atrevo a afirmar que son sencillos; no hay en la tierra una sola página, una sola palabra, que lo sea, ya que todas postulan el universo, cuyo más notorio atributo es la complejidad. Sólo quiero aclarar que no soy, ni he sido jamás, lo que antes se llamaba un fabulista o un predicador de parábolas y ahora un escritor comprometido. No aspiro a ser Esopo. Mis cuentos, como los de *Las mil y una noches*, quieren distraer o conmover y no persuadir. Este propósito no quiere decir que me encierre, según la imagen salomónica, en una torre de marfil. Mis convicciones en materia política son harto conocidas; me he afiliado al Partido Conservador, lo cual es una forma de escepticismo, y nadie me ha tildado de comunista, de nacionalista, de antisemita, de partidario de Hormiga Negra o de Rosas. Creo que con el tiempo mereceremos que no haya gobiernos. No he disimulado nunca mis opiniones, ni siquiera en los años arduos, pero no he permitido que interfieran en mi obra literaria, salvo cuando me urgió la exaltación de la guerra de los Seis Días. El ejercicio de las letras es misterioso; lo que opinamos es efímero y opto por la tesis platónica de la Musa y no por la de Poe, que razonó, o fingió razonar, que la escritura de un poema es una operación de la inteligencia. No deja de admirarme que los clásicos profesaran una tesis romántica, y un poeta romántico, una tesis clásica.

Fuera del texto que da nombre a este libro y que manifiestamente procede del último viaje emprendido por Lemuel Gulliver, mis cuentos son realistas, para usar la nomenclatura hoy en boga. Observan, creo, todas las convenciones del género, no menos convencional que los otros y del cual pronto nos cansaremos o ya estamos cansados. Abundan en la requerida invención de hechos circunstanciales, de los que hay ejemplos espléndidos en la balada anglosajona de Maldon, que data del siglo X, y en las ulteriores sagas de Islandia. Dos relatos —no diré cuáles— admiten una misma clave fantástica. El curioso lector advertirá ciertas afinidades íntimas. Unos pocos argumentos me han hostigado a lo largo del tiempo; soy decididamente monótono.

Debo a un sueño de Hugo Rodríguez Moroni la trama general de la historia que se titula «El Evangelio según Marcos», la mejor de la serie; temo haberla maleado con los cambios que mi imaginación o mi razón juzgaron convenientes. Por lo demás, la literatura no es otra cosa que un sueño dirigido.

He renunciado a las sorpresas de un estilo barroco; también a las que quiere deparar un final imprevisto. He preferido, en suma, la preparación de una expectativa o la de un asombro. Durante muchos años creí que me sería dado alcanzar una buena página mediante variaciones y novedades; ahora, cumplidos los setenta, creo haber encontrado mi voz. Las modificaciones verbales no estropearán ni mejorarán lo que dicto, salvo cuando éstas pueden aligerar una oración pesada o mitigar un énfasis. Cada lenguaje es una tradición, cada palabra, un símbolo compartido; es baladí lo que un innovador es capaz de alterar; recordemos la obra espléndida pero no pocas veces ilegible de un Mallarmé o de un Joyce. Es verosímil que estas razonables razones sean un fruto de la fatiga. La ya avanzada edad me ha enseñado la resignación de ser Borges.

Imparcialmente me tienen sin cuidado el *Diccionario de la Real Academia*, «dont chaque édition fait regretter la précédente», según el melancólico dictamen de Paul Groussac, y los gravosos diccionarios de argentinismos. Todos, los de éste y los del otro lado del mar, propenden a acentuar las diferencias y a desintegrar el idioma. Recuerdo a este propósito que a Roberto Arlt le echaron en cara su desconocimiento del lunfardo y que replicó: «Me he criado en Villa Luro, entre gente pobre y malevos, y realmente no he tenido tiempo de estudiar esas cosas». El lunfardo, de hecho, es una broma literaria inventada por saineteros y por compositores de tangos y los orilleros lo ignoran, salvo cuando los discos del fonógrafo los han adoctrinado.

He situado mis cuentos un poco lejos, ya en el tiempo, ya en el espacio. La imaginación puede obrar así con más libertad. ¿Quién, en 1970, recordará con precisión lo que fueron, a fines del siglo anterior, los arrabales de Palermo o de Lomas? Por increíble que parezca, hay escrupulosos que ejercen la policía de las pequeñas distracciones. Observan, por ejemplo, que Martín Fierro hubiera hablado de una bolsa de huesos, no de un saco de huesos, y reprueban, acaso con injusticia, el pelaje overo rosado de cierto caballo famoso.

Dios te libre, lector, de prólogos largos. La cita es de Quevedo, que, para no cometer un anacronismo que hubiera sido descubierto a la larga, no leyó nunca los de Shaw.

J. L. B.
Buenos Aires, 19 de abril de 1970

La intrusa

2 Reyes I,26

Dicen (lo cual es improbable) que la historia fue referida por Eduardo, el menor de los Nelson, en el velorio de Cristián, el mayor, que falleció de muerte natural, hacia mil ochocientos noventa y tantos, en el partido de Morón. Lo cierto es que alguien la oyó de alguien, en el decurso de esa larga noche perdida, entre mate y mate, y la repitió a Santiago Dabove, por quien la supe. Años después, volvieron a contármela en Turdera, donde había acontecido. La segunda versión, algo más prolija, confirmaba en suma la de Santiago, con las pequeñas variaciones y divergencias que son del caso. La escribo ahora porque en ella se cifra, si no me engaño, un breve y trágico cristal de la índole de los orilleros antiguos. Lo haré con probidad, pero ya preveo que cederé a la tentación literaria de acentuar o agregar algún pormenor.

En Turdera los llamaban los Nilsen. El párroco me dijo que su predecesor recordaba, no sin sorpresa, haber visto en la casa de esa gente una gastada Biblia de tapas negras, con caracteres góticos; en las últimas páginas entrevió nombres y fechas manuscritas. Era el único libro que había en la casa. La azarosa crónica de los Nilsen, perdida como todo se perderá. El caserón, que ya no existe, era de ladrillo sin revocar; desde el zaguán se divisaban un patio de baldosa colorada y otro de tierra. Pocos, por lo demás, entraron ahí; los Nilsen defendían su soledad. En las habitaciones desmanteladas dormían en catres; sus lujos eran el caballo, el apero, la daga de hoja corta, el atuendo rumboso de los sábados y el alcohol pendenciero. Sé que eran altos, de melena rojiza. Dinamarca o Irlanda, de las que nunca oirían hablar, andaban por la sangre de esos dos criollos. El barrio los temía a los Colorados; no es imposible que debieran alguna muerte. Hombro a hombro pelearon una vez a la policía. Se dice que el menor tuvo un altercado con Juan Iberra, en el que no llevó la peor parte, lo cual, según los entendidos, es mucho. Fueron troperos, cuarteadores, cuatreros y alguna vez tahúres. Tenían fama de avaros, salvo cuando la bebida y el juego los volvían generosos. De sus deudos nada se sabe ni de dónde vinieron. Eran dueños de una carreta y una yunta de bueyes.

Físicamente diferían del compadraje que dio su apodo forajido a la Costa Brava. Esto, y lo que ignoramos, ayuda a comprender lo unidos que fueron. Malquistarse con uno era contar con dos enemigos.

Los Nilsen eran calaveras, pero sus episodios amorosos habían sido hasta entonces de zaguán o de casa mala. No faltaron, pues, comentarios cuando Cristián llevó a vivir con él a Juliana Burgos. Es verdad que ganaba así una sirvienta, pero no es menos cierto que la colmó de horrendas baratijas y que la lucía en las fiestas. En las pobres fiestas de conventillo, donde la quebrada y el corte estaban prohibidos y donde se bailaba, todavía, con mucha luz. Juliana era de tez morena y de ojos rasgados; bastaba que alguien la mirara para que se sonriera. En un barrio modesto, donde el trabajo y el descuido gastan a las mujeres, no era mal parecida.

Eduardo los acompañaba al principio. Después emprendió un viaje a Arrecifes por no sé qué negocio; a su vuelta llevó a la casa una muchacha, que había levantado por el camino, y a los pocos días la echó. Se hizo más hosco; se emborrachaba solo en el almacén y no se daba con nadie. Estaba enamorado de la mujer de Cristián. El barrio, que tal vez lo supo antes que él, previó con alevosa alegría la rivalidad latente de los hermanos.

Una noche, al volver tarde de la esquina, Eduardo vio el oscuro de Cristián atado al palenque. En el patio, el mayor estaba esperándolo con sus mejores pilchas. La mujer iba y venía con el mate en la mano. Cristián le dijo a Eduardo:

—Yo me voy a una farra en lo de Farías. Ahí la tenés a la Juliana; si la querés, úsala.

El tono era entre mandón y cordial. Eduardo se quedó un tiempo mirándolo; no sabía qué hacer. Cristián se levantó, se despidió de Eduardo, no de Juliana, que era una cosa, montó a caballo y se fue al trote, sin apuro.

Desde aquella noche la compartieron. Nadie sabrá los pormenores de esa sórdida unión, que ultrajaba las decencias del arrabal. El arreglo anduvo bien por unas semanas, pero no podía durar. Entre ellos, los hermanos no pronunciaban el nombre de Juliana, ni siquiera para llamarla, pero buscaban, y encontraban, razones para no estar de acuerdo. Discutían la venta de unos cueros, pero lo que discutían era otra cosa. Cristián solía alzar la voz y Eduardo callaba. Sin saberlo, estaban celándose. En el duro suburbio, un hombre no decía, ni se decía, que una mujer pudiera importarle, más allá del deseo y la posesión, pero los dos estaban enamorados. Esto, de algún modo, los humillaba.

Una tarde, en la plaza de Lomas, Eduardo se cruzó con Juan Iberra, que lo felicitó por ese primor que se había agenciado. Fue entonces, creo, que Eduardo lo injurió. Nadie, delante de él, iba a hacer burla de Cristián.

La mujer atendía a los dos con sumisión bestial; pero no podía ocultar alguna preferencia por el menor, que no había rechazado la participación, pero que no la había dispuesto.

Un día, le mandaron a la Juliana que sacara dos sillas al primer patio y que no apareciera por ahí, porque tenían que hablar. Ella esperaba un diálogo largo y se acostó a dormir la siesta, pero al rato la recordaron. Le hicieron llenar una bolsa con todo lo que tenía, sin olvidar el rosario de vidrio y la crucecita que le había dejado su madre. Sin explicarle nada la subieron a la carreta y emprendieron un silencioso y tedioso viaje. Había llovido; los caminos estaban muy pesados y serían las cinco de la mañana cuando llegaron a Morón. Ahí la vendieron a la patrona del prostíbulo. El trato ya estaba hecho; Cristián cobró la suma y la dividió después con el otro.

En Turdera, los Nilsen, perdidos hasta entonces en la maraña (que también era una rutina) de aquel monstruoso amor, quisieron reanudar su antigua vida de hombres entre hombres. Volvieron a las trucadas, al reñidero, a las juergas casuales. Acaso, alguna vez, se creyeron salvados, pero solían incurrir, cada cual por su lado, en injustificadas o harto justificadas ausencias. Poco antes de fin de año el menor dijo que tenía que hacer en la Capital. Cristián se fue a Morón; en el palenque de la casa que sabemos reconoció al overo de Eduardo. Entró; adentro estaba el otro, esperando turno. Parece que Cristián le dijo:

—De seguir así, los vamos a cansar a los pingos. Más vale que la tengamos a mano.

Habló con la patrona, sacó unas monedas del tirador y se la llevaron. La Juliana iba con Cristián; Eduardo espoleó al overo para no verlos.

Volvieron a lo que ya se ha dicho. La infame solución había fracasado; los dos habían cedido a la tentación de hacer trampa. Caín andaba por ahí, pero el cariño entre los Nilsen era muy grande —¡quién sabe qué rigores y qué peligros habían compartido!— y prefirieron desahogar su exasperación con ajenos. Con un desconocido, con los perros, con la Juliana, que había traído la discordia.

El mes de marzo estaba por concluir y el calor no cejaba. Un domingo (los domingos la gente suele recogerse temprano) Eduardo, que volvía del almacén, vio que Cristián uncía los bueyes. Cristián le dijo:

—Vení; tenemos que dejar unos cueros en lo del Pardo. Ya los cargué; aprovechemos la fresca.

El comercio del Pardo quedaba, creo, más al sur; tomaron por el Camino de las Tropas; después, por un desvío. El campo iba agrandándose con la noche.

Orillaron un pajonal; Cristián tiró el cigarro que había encendido y dijo sin apuro:

—A trabajar, hermano. Después nos ayudarán los caranchos. Hoy la maté. Que se quede aquí con sus pilchas. Ya no hará más perjuicios.

Se abrazaron, casi llorando. Ahora los ataba otro vínculo: la mujer tristemente sacrificada y la obligación de olvidarla.

El indigno

La imagen que tenemos de la ciudad siempre es algo anacrónica. El café ha degenerado en bar; el zaguán que nos dejaba entrever los patios y la parra es ahora un borroso corredor con un ascensor en el fondo. Así, yo creí durante años que a determinada altura de Talcahuano me esperaba la Librería Buenos Aires; una mañana comprobé que la había reemplazado una casa de antigüedades y me dijeron que don Santiago Fischbein, el dueño, había fallecido. Era más bien obeso; recuerdo menos sus facciones que nuestros largos diálogos. Firme y tranquilo, solía condenar el sionismo, que haría del judío un hombre común, atado, como todos los otros, a una sola tradición y un solo país, sin las complejidades y discordias que ahora lo enriquecen. Estaba compilando, me dijo, una copiosa antología de la obra de Baruch Spinoza aligerada de todo ese aparato euclidiano que traba la lectura y que da a la fantástica teoría un rigor ilusorio. Me mostró, y no quiso venderme, un curioso ejemplar de la Cábala denudata de Rosenroth, pero en mi biblioteca hay algunos libros de Ginsburg y de Waite que llevan su sello.

Una tarde en que los dos estábamos solos me confió un episodio de su vida, que hoy puedo referir. Cambiaré, como es de prever, algún pormenor.

«Voy a revelarle una cosa que no he contado a nadie. Ana, mi mujer, no lo sabe, ni siquiera mis amigos más íntimos. Hace ya tantos años que ocurrió que ahora la siento como ajena. A lo mejor le sirve para un cuento, que usted, sin duda, surtirá de puñales. No sé si ya le he dicho alguna otra vez que soy entrerriano. No diré que éramos gauchos judíos; gauchos judíos no hubo nunca. Éramos comerciantes y chacareros. Nací en Urdinarrain, de la que apenas guardo memoria; cuando mis padres se vinieron a Buenos Aires, para abrir una tienda, yo era muy chico. A unas cuadras quedaba el Maldonado y después los baldíos.

Carlyle ha escrito que los hombres precisan héroes. La historia de Grosso me propuso el culto de San Martín, pero en él no hallé más que un militar que había guerreado en Chile y que ahora era una estatua de bronce y el nombre de una plaza. El azar me dio un héroe muy distinto, para desgracia de los dos: Francisco Ferrari. Ésta debe ser la primera vez que lo oye nombrar.

El barrio no era bravo como lo fueron, según dicen, los Corrales y el Bajo, pero no había almacén que no contara con su barra de compadritos. Ferrari paraba en el almacén de Triunvirato y Thames. Fue ahí donde ocurrió el incidente que me llevó a ser uno de sus adictos. Yo había ido a comprar un cuarto de yerba. Un forastero de melena y bigote se presentó y pidió una ginebra. Ferrari le dijo con suavidad:

—Dígame ¿no nos vimos anteanoche en el baile de la Juliana? ¿De dónde viene?

—De San Cristóbal —dijo el otro.

—Mi consejo —insinuó Ferrari— es que no vuelva por aquí. Hay gente sin respeto que es capaz de hacerle pasar un mal rato.

El de San Cristóbal se fue, con bigote y todo. Tal vez no fuera menos hombre que el otro, pero sabía que ahí estaba la barra.

Desde esa tarde Francisco Ferrari fue el héroe que mis quince años anhelaban. Era morocho, más bien alto, de buena planta, buen mozo a la manera de la época. Siempre andaba de negro. Un segundo episodio nos acercó. Yo estaba con mi madre y mi tía; nos cruzamos con unos muchachones y uno le dijo fuerte a los otros:

—Déjenlas pasar. Carne vieja.

Yo no supe qué hacer. En eso intervino Ferrari, que salía de su casa. Se encaró con el provocador y le dijo:

—Si andás con ganas de meterte con alguien ¿por qué no te metés conmigo más bien?

Los fue filiando, uno por uno, despacio, y nadie contestó una palabra. Lo conocían.

Se encogió de hombros, nos saludó y se fue. Antes de alejarse, me dijo:

—Si no tenés nada que hacer, pasá luego por el boliche.

Me quedé anonadado. Sarah, mi tía, sentenció:

—Un caballero que hace respetar a las damas.

Mi madre, para sacarme del apuro, observó:

—Yo diría más bien un compadre que no quiere que haya otros.

No sé cómo explicarle las cosas. Yo me he labrado ahora una posición, tengo esta librería que me gusta y cuyos libros leo, gozo de amistades como la nuestra, tengo mi mujer y mis hijos, me he afiliado al Partido Socialista, soy un buen argentino y un buen judío. Soy un hombre considerado. Ahora usted me ve casi calvo; entonces yo era un pobre muchacho ruso, de pelo colorado, en un barrio de las orillas. La gente me miraba por encima del hombro. Como todos los jóvenes, yo trataba de ser como los demás. Me había puesto Santiago para escamotear el Jacobo, pero quedaba el Fischbein. Todos nos parecemos a la imagen que tienen de nosotros. Yo sentía el desprecio de la gente y yo me despreciaba también. En aquel tiempo, y sobre todo en aquel medio, era importante ser valiente; yo me sabía cobarde. Las mujeres me intimidaban; yo sentía la íntima vergüenza de mi castidad temerosa. No tenía amigos de mi edad.

No fui al almacén esa noche. Ojalá nunca lo hubiera hecho. Acabé por sentir que en la invitación había una orden; un sábado, después de comer, entré en el local.

Ferrari presidía una de las mesas. A los otros yo los conocía de vista; serían unos siete. Ferrari era el mayor, salvo un hombre viejo, de pocas y cansadas palabras, cuyo nombre es el único que no se me ha borrado de la memoria: don Eliseo Amaro. Un tajo le cruzaba la cara, que era muy ancha y floja. Me dijeron, después, que había sufrido una condena.

Ferrari me sentó a su izquierda; a don Eliseo lo hicieron mudar de lugar. Yo no las tenía todas conmigo. Temía que Ferrari aludiera al ingrato incidente de días pasados. Nada de eso ocurrió; hablaron de mujeres, de naipes, de comicios, de un payador que estaba por llegar y que no llegó, de las cosas del barrio. Al principio les costaba aceptarme; luego lo hicieron, porque tal era la voluntad de Ferrari. Pese a los apellidos, en su mayoría italianos, cada cual se sentía (y lo sentían) criollo y aun gaucho. Alguno era cuarteador o carrero o acaso matarife; el trato con los animales los acercaría a la gente de campo. Sospecho que su mayor anhelo hubiera sido ser Juan Moreira. Acabaron por decirme el Rusito, pero en el apodo no había desprecio. De ellos aprendí a fumar y otras cosas.

En una casa de la calle Junín alguien me preguntó si yo no era amigo de Francisco Ferrari. Le contesté que no; sentí que haberle contestado que sí hubiera sido una jactancia.

Una noche la policía entró y nos palpó. Alguno tuvo que ir a la comisaría; con Ferrari no se metieron. A los quince días la escena se repitió; esta segunda vez arrearon con Ferrari también, que tenía una daga en el cinto. Acaso había perdido el favor del caudillo de la parroquia.

Ahora veo en Ferrari a un pobre muchacho, iluso y traicionado; para mí, entonces, era un dios.

La amistad no es menos misteriosa que el amor o que cualquiera de las otras faces de esta confusión que es la vida. He sospechado alguna vez que la única cosa sin misterio es la felicidad, porque se justifica por sí sola. El hecho es que Francisco Ferrari, el osado, el fuerte, sintió amistad por mí, el despreciable. Yo sentí que se había equivocado y que yo no era digno de esa amistad. Traté de rehuirlo y no me lo permitió. Esta zozobra se agravó por la desaprobación de mi madre, que no se resignaba a mi trato con lo que ella nombraba la morralla y que yo remedaba. Lo esencial de la historia que le refiero es mi relación con Ferrari, no los sórdidos hechos, de los que ahora no me arrepiento. Mientras dura el arrepentimiento dura la culpa.

El viejo, que había retomado su lugar al lado de Ferrari, secreteaba con él. Algo estarían tramando. Desde la otra punta de la mesa, creí percibir el nombre de Weidemann, cuya tejeduría quedaba por los confines del barrio. Al poco tiempo me encargaron, sin más explicaciones, que rondara la fábrica y me fijara bien en las puertas. Ya estaba por atardecer cuando crucé el arroyo y las vías. Me acuerdo de unas casas desparramadas, de un sauzal y unos huecos. La fábrica era nueva, pero de aire solitario y derruido; su color rojo, en la memoria, se confunde ahora con el poniente. La cercaba una verja. Además de la entrada principal, había dos puertas en el fondo que miraban al sur y que daban directamente a las piezas.

Confieso que tardé en comprender lo que usted ya habrá comprendido. Hice mi informe, que otro de los muchachos corroboró. La hermana trabajaba en la fábrica. Que la barra faltara al almacén un sábado a la noche hubiera sido recordado por todos; Ferrari decidió que el asalto se haría el otro viernes. A mí me tocaría hacer de campana. Era mejor que, mientras tanto, nadie nos viera juntos. Ya solos en la calle los dos, le pregunté a Ferrari:

—¿Usted me tiene fe?

—Sí —me contestó—. Sé que te portarás como un hombre.

Dormí bien esa noche y las otras. El miércoles le dije a mi madre que iba a ver en el centro una vista nueva de cowboys. Me puse lo mejor que tenía y me fui a la calle Moreno. El viaje en el Lacroze fue largo. En el Departamento de Policía me hicieron esperar, pero al fin uno de los empleados, un tal Eald o Alt, me recibió. Le dije que venía a tratar con él un asunto confidencial. Me respondió que hablara sin miedo. Le revelé lo que Ferrari andaba tramando. No dejó de admirarme que ese nombre le fuera desconocido; otra cosa fue cuando le hablé de don Eliseo.

—¡Ah! —me dijo—. Ése fue de la barra del Oriental.

Hizo llamar a otro oficial, que era de mi sección, y los dos conversaron. Uno me preguntó, no sin sorna:

—¿Vos venís con esta denuncia porque te creés un buen ciudadano?

Sentí que no me entendería y le contesté:

—Sí, señor. Soy un buen argentino.

Me dijeron que cumpliera con la misión que me había encargado mi jefe, pero que no silbara cuando viera venir a los agentes. Al despedirme, uno de los dos me advirtió:

—Andá con cuidado. Vos sabés lo que les espera a los batintines.

Los funcionarios de policía gozan con el lunfardo, como los chicos de cuarto grado. Le respondí:

—Ojalá me maten. Es lo mejor que puede pasarme.

Desde la madrugada del viernes, sentí el alivio de estar en el día definitivo y el remordimiento de no sentir remordimiento alguno. Las horas se me hicieron muy largas. Apenas probé la comida. A las diez de la noche fuimos juntándonos a una cuadra escasa de la tejeduría. Uno de los nuestros falló; don Eliseo dijo que nunca falta un flojo. Pensé que luego le echarían la culpa de todo. Estaba por llover. Yo temí que alguien se quedara conmigo, pero me dejaron solo en una de las puertas del fondo. Al rato aparecieron los vigilantes y un oficial. Vinieron caminando; para no llamar la atención habían dejado los caballos en un terreno. Ferrari había forzado la puerta y pudieron entrar sin hacer ruido. Me aturdieron cuatro descargas. Yo pensé que adentro, en la oscuridad, estaban matándose. En eso vi salir a la policía con los muchachos esposados. Después salieron dos agentes, con Francisco Ferrari y don Eliseo Amaro a la rastra. Los habían ardido a balazos. En el sumario se declaró que habían resistido la orden de arresto y que fueron los primeros en hacer fuego. Yo sabía que era mentira, porque no los vi nunca con revólver. La policía aprovechó la ocasión para cobrarse una vieja deuda. Días después, me dijeron que Ferrari trató de huir, pero que un balazo bastó. Los diarios, por supuesto, lo convirtieron en el héroe que acaso nunca fue y que yo había soñado.

A mí me arrearon con los otros y al poco tiempo me soltaron.»

Historia de Rosendo Juárez

Serían las once de la noche; yo había entrado en el almacén, que ahora es un bar, en Bolívar y Venezuela. Desde un rincón el hombre me chistó. Algo de autoritario habría en él, porque le hice caso en seguida. Estaba sentado ante una de las mesitas; sentí de un modo inexplicable que hacía mucho tiempo que no se había movido de ahí, ante su copita vacía. No era ni bajo ni alto; parecía un artesano decente, quizá un antiguo hombre de campo. El bigote ralo era gris. Aprensivo a la manera de los porteños, no se había quitado la chalina. Me invitó a que tomara algo con él. Me senté y charlamos. Todo esto sucedió hacia mil novecientos treinta y tantos.

El hombre me dijo:

—Usted no me conoce más que de mentas, pero usted me es conocido, señor. Soy Rosendo Juárez. El finado Paredes le habrá hablado de mí. El viejo tenía sus cosas; le gustaba mentir, no para engañar, sino para divertir a la gente. Ahora que no tenemos nada que hacer, le voy a contar lo que de veras ocurrió aquella noche. La noche que lo mataron al Corralero. Usted, señor, ha puesto lo sucedido en una novela, que yo no estoy capacitado para apreciar, pero quiero que sepa la verdad sobre esos infundios.

Hizo una pausa como para ir juntando los recuerdos y prosiguió:

«A uno le suceden las cosas y uno las va entendiendo con los años. Lo que me pasó aquella noche venía de lejos. Yo me crié en el barrio del Maldonado, más allá de Floresta. Era un zanjón de mala muerte, que por suerte ya lo entubaron. Yo siempre he sido de opinión que nadie es quién para detener la marcha del progreso. En fin, cada uno nace donde puede. Nunca se me ocurrió averiguar el nombre del padre que me hizo. Clementina Juárez, mi madre, era una mujer muy decente que se ganaba el pan con la plancha. Para mí, era entrerriana u oriental; sea lo que sea, sabía hablar de sus allegados en Concepción del Uruguay. Me crié como los yuyos. Aprendí a vistear con los otros, con un palo tiznado. Todavía no nos había ganado el fútbol, que era cosa de los ingleses.

En el almacén, una noche me empezó a buscar un mozo Garmendia. Yo me hice el sordo, pero el otro, que estaba tomado, insistió. Salimos; ya desde la vereda, medio abrió la puerta del almacén y dijo a la gente:

—Pierdan cuidado, que ya vuelvo en seguida.

Yo me había agenciado un cuchillo; tomamos por el lado del arroyo, despacio, vigilándonos. Me llevaba unos años; había visteado muchas veces conmigo y yo sentí que iba a achurarme. Yo iba por la derecha del callejón y él iba por la izquierda. Tropezó contra unos cascotes. Fue tropezar Garmendia y fue venírmele yo encima, casi sin haberlo pensado. Le abrí la cara de un puntazo, nos trabamos, hubo un momento en el que pudo pasar cualquier cosa y al fin le di una puñalada, que fue la última. Sólo después sentí que él también me había herido, unas raspaduras. Esa noche aprendí que no es difícil matar a un hombre o que lo maten a uno. El arroyo estaba muy bajo; para ir ganando tiempo, al finado medio lo disimulé atrás de un horno de ladrillos. De puro atolondrado le refalé el anillo que él sabía llevar con un zarzo. Me lo puse, me acomodé el chambergo y volví al almacén. Entré sin apuro y les dije:

—Parece que el que ha vuelto soy yo.

Pedí una caña y es verdad que la precisaba. Fue entonces que alguien me avisó de la mancha de sangre.

Aquella noche me la pasé dando vueltas y vueltas en el catre; no me dormí hasta el alba. A la oración pasaron a buscarme dos vigilantes. Mi madre, pobre la finada, ponía el grito en el cielo. Arriaron conmigo, como si yo fuera un criminal.

Dos días y dos noches tuve que aguantarme en el calabozo. Nadie fue a verme, fuera de Luis Irala, un amigo de veras, que le negaron el permiso. Una mañana el comisario me mandó a buscar.

Estaba acomodado en la silla; ni me miró y me dijo:

—¿Así es que vos te lo despachaste a Garmendia?

—Si usted lo dice —contesté.

—A mí se me dice señor. Nada de agachadas ni de evasivas. Aquí están las declaraciones de los testigos y el anillo que fue hallado en tu casa. Firmá la confesión de una vez.

Mojó la pluma en el tintero y me la alcanzó.

—Déjeme pensar, señor comisario —atiné a responder.

—Te doy veinticuatro horas para que lo pensés bien, en el calabozo. No te voy a apurar. Si no querés entrar en razón, ite haciendo a la idea de un descansito en la calle Las Heras.

Como es de imaginarse, yo no entendí.

—Si te avenís, te quedan unos días nomás. Después te saco y ya don Nicolás Paredes me ha asegurado que te va a arreglar el asunto.

Los días fueron diez. A las cansadas se acordaron de mí. Firmé lo que querían y uno de los dos vigilantes me acompañó a la calle Cabrera.

Atados al palenque había caballos y en el zaguán y adentro más gente que en el quilombo. Parecía un comité. Don Nicolás, que estaba mateando, al fin me atendió. Sin mayor apuro me dijo que me iba a mandar a Morón, donde estaban preparando las elecciones. Me recomendó al señor Laferrer, que me probaría. La carta se la escribió un mocito de negro, que componía versos, a lo que oí, sobre conventillos y mugre, asuntos que no son del interés de un público ilustrado. Le agradecí el favor y salí. A la vuelta ya no se me pegó el vigilante.

Todo había sido para bien; la Providencia sabe lo que hace. La muerte de Garmendia, que al principio me había resultado un disgusto, ahora me abría un camino. Claro que la autoridad me tenía en un puño. Si yo no le servía al partido, me mandaban adentro, pero yo estaba envalentonado y me tenía fe.

El señor Laferrer me previno que con él yo iba a tener que andar derechito y que podía llegar a guardaespalda. Mi actuación fue la que se esperaba de mí. En Morón y luego en el barrio, merecí la confianza de mis jefes. La policía y el partido me fueron criando fama de guapo; fui un elemento electoral de valía en atrios de la capital y de la provincia. Las elecciones eran bravas entonces; no fatigaré su atención, señor, con uno que otro hecho de sangre. Nunca los pude ver a los radicales, que siguen viviendo prendidos a las barbas de Alem. No había un alma que no me respetara. Me agencié una mujer, la Lujanera, y un alazán dorado de linda pinta. Durante años me hice el Moreira, que a lo mejor se habrá hecho en su tiempo algún otro gaucho de circo. Me di a los naipes y al ajenjo.

Los viejos hablamos y hablamos, pero ya me estoy acercando a lo que le quiero contar. No sé si ya se lo menté a Luis Irala. Un amigo como no hay muchos. Era un hombre ya entrado en años, que nunca le había hecho asco al trabajo, y me había tomado cariño. En la vida había puesto los pies en el comité. Vivía de su oficio de carpintero. No se metía con nadie ni hubiera permitido que nadie se metiera con él. Una mañana vino a verme y me dijo:

—Ya te habrán venido con la historia de que me dejó la Casilda. El que me la quitó es Rufino Aguilera.

Con ese sujeto yo había tenido trato en Morón. Le contesté:

—Sí, lo conozco. Es el menos inmundicia de los Aguilera.

—Inmundicia o no, ahora tendrá que habérselas conmigo.

Me quedé pensando y le dije:

—Nadie le quita nada a nadie. Si la Casilda te ha dejado, es porque lo quiere a Rufino y vos no le importás.

—Y la gente ¿qué va a decir? ¿Que soy un cobarde?

—Mi consejo es que no te metás en historias por lo que la gente pueda decir y por una mujer que ya no te quiere.

—Ella me tiene sin cuidado. Un hombre que piensa cinco minutos seguidos en una mujer no es un hombre sino un marica. La Casilda no tiene corazón. La última noche que pasamos juntos me dijo que yo andaba para viejo.

—Te decía la verdad.

—La verdad es lo que duele. El que me está importando ahora es Rufino.

—Andá con cuidado. Yo lo he visto actuar a Rufino en el atrio de Merlo. Es una luz.

—¿Creés que le tengo miedo?

—Ya sé que no le tenés miedo, pero pensálo bien. Una de dos: o lo matás y vas a la sombra, o él te mata y vas a la Chacarita.

—Así será. ¿Vos, qué harías en mi lugar?

—No sé, pero mi vida no es precisamente un ejemplo. Soy un muchacho que, para escurrirle el bulto a la cárcel, se ha hecho un matón de comité.

—Yo no voy a hacerme el matón en ningún comité, voy a cobrar una deuda.

—Entonces, ¿vas a jugar tu tranquilidad por un desconocido y por una mujer que ya no querés?

No quiso escucharme y se fue. Al otro día nos llegó la noticia de que lo había provocado a Rufino en un comercio de Morón y que Rufino lo había muerto.

Él fue a morir y lo mataron en buena ley, de hombre a hombre. Yo le había dado mi consejo de amigo, pero me sentía culpable.

Días después del velorio, fui al reñidero. Nunca me habían calentado las riñas, pero aquel domingo me dieron francamente asco. Qué les estará pasando a esos animales, pensé, que se destrozan porque sí.

La noche de mi cuento, la noche del final de mi cuento, me había apalabrado con los muchachos para un baile en lo de la Parda. Tantos años y ahora me vengo a acordar del vestido floreado que llevaba mi compañera. La fiesta fue en el patio. No faltó algún borracho que alborotara, pero yo me encargué de que las cosas anduvieran como Dios manda. No habían dado las doce cuando los forasteros aparecieron. Uno, que le decían el Corralero y que lo mataron a traición esa misma noche, nos pagó a todos unas copas. Quiso la casualidad que los dos éramos de una misma estampa. Algo andaba tramando; se me acercó y entró a ponderarme. Dijo que era del Norte, donde le habían llegado mis mentas. Yo lo dejaba hablar a su modo, pero ya estaba maliciándolo. No le daba descanso a la ginebra, acaso para darse coraje, y al fin me convidó a pelear. Sucedió entonces lo que nadie quiere entender. En ese botarate provocador me vi como en un espejo y me dio vergüenza. No sentí miedo; acaso de haberlo sentido, salgo a pelear. Me quedé como si tal cosa. El otro, con la cara ya muy arrimada a la mía, gritó para que todos lo oyeran:

—Lo que pasa es que no sos más que un cobarde.

—Así será —le dije—. No tengo miedo de pasar por cobarde. Podés agregar, si te halaga, que me has llamado hijo de mala madre y que me he dejado escupir. Ahora ¿estás más tranquilo?

La Lujanera me sacó el cuchillo que yo sabía cargar en la sisa y me lo puso, como fula, en la mano. Para rematarla, me dijo:

—Rosendo, creo que lo estás precisando.

Lo solté y salí sin apuro. La gente me abrió cancha, asombrada. Qué podía importarme lo que pensaran.

Para zafarme de esa vida, me corrí a la República Oriental, donde me puse de carrero. Desde mi vuelta me he afincado aquí. San Telmo ha sido siempre un barrio de orden.»

El encuentro

A Susana Bombal

Quien recorre los diarios cada mañana lo hace para el olvido o para el diálogo casual de esa tarde, y así no es raro que ya nadie recuerde, o recuerde como en un sueño, el caso entonces discutido y famoso de Maneco Uriarte y de Duncan. El hecho aconteció, por lo demás, hacia 1910, el año del cometa y del Centenario, y son tantas las cosas que desde entonces hemos poseído y perdido. Los protagonistas ya han muerto; quienes fueron testigos del episodio juraron un solemne silencio. También yo alcé la mano para jurar y sentí la importancia de aquel rito, con toda la romántica seriedad de mis nueve o diez años. No sé si los demás advirtieron que yo había dado mi palabra; no sé si guardaron la suya. Sea lo que fuere, aquí va la historia, con las inevitables variaciones que traen el tiempo y la buena o la mala literatura.

Mi primo Lafinur me llevó esa tarde a un asado en la quinta de Los Laureles. No puedo precisar su topografía; pensemos en uno de esos pueblos del Norte, sombreados y apacibles, que van declinando hacia el río y que nada tienen que ver con la larga ciudad y con su llanura. El viaje en tren duró lo bastante para que me pareciera tedioso, pero el tiempo de los niños, como se sabe, fluye con lentitud. Había empezado a oscurecer cuando atravesamos el portón de la quinta. Ahí estaban, sentí, las antiguas cosas elementales: el olor de la carne que se dora, los árboles, los perros, las ramas secas, el fuego que reúne a los hombres.

Los invitados no pasaban de una docena; todos, gente grande. El mayor, lo supe después, no había cumplido aún los treinta años. Eran, no tardé en comprender, doctos en temas de los que sigo siendo indigno: caballos de carrera, sastrería, vehículos, mujeres notoriamente costosas. Nadie turbó mi timidez, nadie reparó en mí. El cordero, preparado con diestra lentitud por uno de los peones, nos demoró en el largo comedor. Las fechas de los vinos se discutieron. Había una guitarra; mi primo, creo recordar, entonó «La tapera» y «El gaucho» de Elías Regules y unas décimas en lunfardo, en el menesteroso lunfardo de aquellos años, sobre un duelo a cuchillo en una casa de la calle Junín. Trajeron el café y los cigarros de hoja. Ni una palabra de volver. Yo sentía (la frase es de Lugones) el miedo de lo demasiado tarde. No quise mirar el reloj. Para disimular mi soledad de chico entre mayores, apuré sin agrado una copa o dos. Uriarte propuso a gritos a Duncan un póker mano a mano. Alguien objetó que esa manera de jugar solía ser muy pobre y sugirió una mesa de cuatro. Duncan lo apoyó, pero Uriarte, con una obstinación que no entendí, ni traté de entender, insistió en lo primero. Fuera del truco, cuyo fin esencial es poblar el tiempo con diabluras y versos y de los modestos laberintos del solitario, nunca me gustaron los naipes. Me escurrí sin que nadie lo notara. Un caserón desconocido y oscuro (sólo en el comedor había luz) significa más para un niño que un país ignorado para un viajero. Paso a paso exploré las habitaciones; recuerdo una sala de billar, una galería de cristales con formas de rectángulos y de rombos, un par de sillones de hamaca y una ventana desde la cual se divisaba una glorieta. En la oscuridad me perdí; el dueño de casa, cuyo nombre, a la vuelta de los años, puede ser Acevedo o Acébal, dio por fin conmigo. Por bondad o para complacer su vanidad de coleccionista, me llevó a una vitrina. Cuando prendió la lámpara, vi que contenía armas blancas. Eran cuchillos que en su manejo se habían hecho famosos. Me dijo que tenía un campito por el lado de Pergamino y que yendo y viniendo por la provincia había ido juntando esas cosas. Abrió la vitrina y sin mirar las indicaciones de las tarjetas, me refirió su historia, siempre más o menos la misma, con diferencias de localidades y fechas. Le pregunté si entre las armas no figuraba la daga de Moreira, en aquel tiempo el arquetipo del gaucho, como después lo fueron Martín Fierro y don Segundo Sombra. Hubo de confesar que no, pero que podía mostrarme una igual, con el gavilán en forma de U. Lo interrumpieron unas voces airadas. Cerró inmediatamente la vitrina; yo lo seguí.

Uriarte vociferaba que su adversario le había hecho una trampa. Los compañeros los rodeaban, de pie. Duncan, recuerdo, era más alto que los otros, robusto, algo cargado de hombros, inexpresivo, de un rubio casi blanco; Maneco Uriarte era movedizo, moreno, acaso achinado, con un bigote petulante y escaso. Era evidente que todos estaban ebrios; no sé si había en el piso dos o tres botellas tiradas o si el abuso del cinematógrafo me sugiere esa falsa memoria. Las injurias de Uriarte no cejaban, agudas y ya obscenas. Duncan parecía no oírlo; al fin, como cansado, se levantó y le dio un puñetazo. Uriarte, desde el suelo, gritó que no iba a tolerar esa afrenta y lo retó a batirse.

Duncan dijo que no, y agregó a manera de explicación:

—Lo que pasa es que le tengo miedo.

La carcajada fue general.

Uriarte, ya de pie, replicó:

—Voy a batirme con usted y ahora mismo.

Alguien, Dios lo perdone, hizo notar que armas no faltaban.

No sé quién abrió la vitrina. Maneco Uriarte buscó el arma más vistosa y más larga, la del gavilán en forma de U; Duncan, casi al desgaire, un cuchillo de cabo de madera, con la figura de un arbolito en la hoja. Otro dijo que era muy de Maneco elegir una espada. A nadie le asombró que le temblara en aquel momento la mano; a todos, que a Duncan le pasara lo mismo.

La tradición exige que los hombres en trance de pelear no ofendan la casa en que están y salgan afuera. Medio en jarana, medio en serio, salimos a la húmeda noche. Yo no estaba ebrio de vino, pero sí de aventura; yo anhelaba que alguien matara, para poder contarlo después y para recordarlo. Quizá en aquel momento los otros no eran más adultos que yo. También sentí que un remolino, que nadie era capaz de sujetar, nos arrastraba y nos perdía. No se prestaba mayor fe a la acusación de Maneco; todos la interpretaban como fruto de una vieja rivalidad, exacerbada por el vino.

Caminamos entre árboles, dejamos atrás la glorieta. Uriarte y Duncan iban a la cabeza; me extrañó que se vigilaran, como temiendo una sorpresa. Bordeamos un cantero de césped. Duncan dijo con suave autoridad:

—Este lugar es aparente.

Los dos quedaron en el centro, indecisos. Una voz les gritó:

—Suelten esa ferretería que los estorba y agárrense de veras.

Pero ya los hombres peleaban. Al principio lo hicieron con torpeza, como si temieran herirse; al principio miraban los aceros, pero después los ojos del contrario. Uriarte había olvidado su ira; Duncan, su indiferencia o desdén. El peligro los había transfigurado; ahora eran dos hombres los que peleaban, no dos muchachos. Yo había previsto la pelea como un caos de acero, pero pude seguirla, o casi seguirla, como si fuera un ajedrez. Los años, claro está, no habrán dejado de exaltar o de oscurecer lo que vi. No sé cuánto duró; hay hechos que no se sujetan a la común medida del tiempo.

Sin el poncho que hace de guardia, paraban con el antebrazo los golpes. Las mangas, pronto jironadas, se iban oscureciendo de sangre. Pensé que nos habíamos engañado al presuponer que desconocían esa clase de esgrima. No tardé en advertir que se manejaban de manera distinta. Las armas eran desparejas. Duncan, para salvar esa desventaja, quería estar muy cerca del otro; Uriarte retrocedía para tirarse en puñaladas largas y bajas. La misma voz que había indicado la vitrina gritó:

—Se están matando. No los dejen seguir.

Nadie se atrevió a intervenir. Uriarte había perdido terreno; Duncan entonces lo cargó. Ya casi se tocaban los cuerpos. El acero de Uriarte buscaba la cara de Duncan. Bruscamente nos pareció más corto, porque había penetrado en el pecho. Duncan quedó tendido en el césped. Fue entonces cuando dijo con voz muy baja:

—Qué raro. Todo esto es como un sueño.

No cerró los ojos, no se movió y yo había visto a un hombre matar a otro.

Maneco Uriarte se inclinó sobre el muerto y le pidió que lo perdonara. Sollozaba sin disimulo. El hecho que acababa de cometer lo sobrepasaba. Ahora sé que se arrepentía menos de un crimen que de la ejecución de un acto insensato.

No quise mirar más. Lo que yo había anhelado había ocurrido y me dejaba roto. Lafinur me dijo después que tuvieron que forcejear para arrancar el arma. Se formó un conciliábulo. Resolvieron mentir lo menos posible y elevar el duelo a cuchillo a un duelo con espadas. Cuatro se ofrecieron como padrinos, entre ellos Acébal. Todo se arregla en Buenos Aires; alguien es siempre amigo de alguien.

Sobre la mesa de caoba quedó un desorden de barajas inglesas y de billetes que nadie quería mirar o tocar.

En los años siguientes pensé más de una vez en confiar la historia a un amigo, pero siempre sentí que ser poseedor de un secreto me halagaba más que contarlo. Hacia 1929, un diálogo casual me movió de pronto a romper el largo silencio. El comisario retirado don José Olave me había contado historias de cuchilleros del bajo del Retiro; observó que esa gente era capaz de cualquier felonía, con tal de madrugar al contrario, y que antes de los Podestá y de Gutiérrez casi no hubo duelos criollos. Le dije haber sido testigo de uno y le narré lo sucedido hace tantos años.

Me oyó con atención profesional y después me dijo:

—¿Está seguro de que Uriarte y el otro no habían visteado nunca? A lo mejor, alguna temporada en el campo les había servido de algo.

—No —le contesté—. Todos los de esa noche se conocían y todos estaban atónitos.

Olave prosiguió sin apuro, como si pensara en voz alta:

—Una de las dagas tenía el gavilán en forma de U. Dagas como ésas hubo dos que se hicieron famosas: la de Moreira y la de Juan Almada, por Tapalquén.

Algo se despertó en mi memoria; Olave prosiguió:

—Usted mentó asimismo un cuchillo con cabo de madera, de la marca del Arbolito. Armas como ésas hay de a miles, pero hubo una…

Se detuvo un momento y prosiguió:

—El señor Acevedo tenía su establecimiento de campo cerca de Pergamino. Precisamente por aquellos pagos anduvo, a fines del siglo, otro pendenciero de mentas: Juan Almanza. Desde la primera muerte que hizo, a los catorce años, usaba siempre un cuchillo corto de ésos, porque le trajo suerte. Juan Almanza y Juan Almada se tomaron inquina, porque la gente los confundía. Durante mucho tiempo se buscaron y nunca se encontraron. A Juan Almanza lo mató una bala perdida, en unas elecciones. El otro, creo, murió de muerte natural en el hospital de Las Flores.

Nada más se dijo esa tarde. Nos quedamos pensando.

Nueve o diez hombres, que ya han muerto, vieron lo que vieron mis ojos —la larga estocada en el cuerpo y el cuerpo bajo el cielo— pero el fin de otra historia más antigua fue lo que vieron. Maneco Uriarte no mató a Duncan; las armas, no los hombres, pelearon. Habían dormido, lado a lado, en una vitrina, hasta que las manos las despertaron. Acaso se agitaron al despertar; por eso tembló el puño de Uriarte, por eso tembló el puño de Duncan. Las dos sabían pelear —no sus instrumentos, los hombres— y pelearon bien esa noche. Se habían buscado largamente, por los largos caminos de la provincia, y por fin se encontraron, cuando sus gauchos ya eran polvo. En su hierro dormía y acechaba un rencor humano.

Las cosas duran más que la gente. Quién sabe si la historia concluye aquí, quién sabe si no volverán a encontrarse.

Juan Muraña

Durante años he repetido que me he criado en Palermo. Se trata, ahora lo sé, de un mero alarde literario; el hecho es que me crié del otro lado de una larga verja de lanzas, en una casa con jardín y con la biblioteca de mi padre y de mis abuelos. Palermo del cuchillo y de la guitarra andaba (me aseguran) por las esquinas; en 1930, consagré un estudio a Carriego, nuestro vecino cantor y exaltador de los arrabales. El azar me enfrentó, poco después, con Emilio Trápani. Yo iba a Morón; Trápani, que estaba junto a la ventanilla, me llamó por mi nombre. Tardé en reconocerlo; habían pasado tantos años desde que compartimos el mismo banco en una escuela de la calle Thames. Roberto Godel lo recordará.

Nunca nos tuvimos afecto. El tiempo nos había distanciado y también la recíproca indiferencia. Me había enseñado, ahora me acuerdo, los rudimentos del lunfardo de entonces. Entablamos una de esas conversaciones triviales que se empeñan en la busca de hechos inútiles y que nos revelan el deceso de un condiscípulo que ya no es más que un nombre. De golpe Trápani me dijo:

—Me prestaron tu libro sobre Carriego. Ahí hablás todo el tiempo de malevos; decíme, Borges, vos, ¿qué podés saber de malevos?

Me miró con una suerte de santo horror.

—Me he documentado —le contesté.

No me dejó seguir y me dijo:

—Documentado es la palabra. A mí los documentos no me hacen falta; yo conozco a esa gente.

Al cabo de un silencio agregó, como si me confiara un secreto:

—Soy sobrino de Juan Muraña.

De los cuchilleros que hubo en Palermo hacia el noventa y tantos, el más mentado era Muraña. Trápani continuó:

—Florentina, mi tía, era su mujer. La historia puede interesarte.

Algunos énfasis de tipo retórico y algunas frases largas me hicieron sospechar que no era la primera vez que la refería.

«A mi madre siempre le disgustó que su hermana uniera su vida a la de Juan Muraña, que para ella era un desalmado y para tía Florentina un hombre de acción. Sobre la suerte de mi tío corrieron muchos cuentos. No faltó quien dijera que una noche, que estaba en copas, se cayó del pescante de su carro al doblar la esquina de Coronel y que las piedras le rompieron el cráneo. También se dijo que la ley lo buscaba y que se fugó al Uruguay. Mi madre, que nunca lo sufrió a su cuñado, no me explicó la cosa. Yo era muy chico y no guardo memoria de él.

Por el tiempo del Centenario, vivíamos en el pasaje Russell, en una casa larga y angosta. La puerta del fondo, que siempre estaba cerrada con llave, daba a San Salvador. En la pieza del altillo vivía mi tía, ya entrada en años y algo rara. Flaca y huesuda, era, o me parecía, muy alta y gastaba pocas palabras. Le tenía miedo al aire, no salía nunca, no quería que entráramos en su cuarto y más de una vez la pesqué robando y escondiendo comida. En el barrio decían que la muerte, o la desaparición, de Muraña la había trastornado. La recuerdo siempre de negro. Había dado en el hábito de hablar sola.

La casa era de propiedad de un tal señor Luchessi, patrón de una barbería en Barracas. Mi madre, que era costurera de cargazón, andaba en la mala. Sin que yo las entendiera del todo, oía palabras sigilosas: oficial de justicia, lanzamiento, desalojo por falta de pago. Mi madre estaba de lo más afligida; mi tía repetía obstinadamente: "Juan no va a consentir que el gringo nos eche". Recordaba el caso —que sabíamos de memoria— de un surero insolente que se había permitido poner en duda el coraje de su marido. Éste, en cuanto lo supo, se costeó a la otra punta de la ciudad, lo buscó, lo arregló de una puñalada y lo tiró al Riachuelo. No sé si la historia es verdad; lo que importa ahora es el hecho de que haya sido referida y creída.

Yo me veía durmiendo en los huecos de la calle Serrano o pidiendo limosna o con una canasta de duraznos. Me tentaba lo último, que me libraría de ir a la escuela.

No sé cuánto duró esa zozobra. Una vez, tu finado padre nos dijo que no se puede medir el tiempo por días, como el dinero por centavos o pesos, porque los pesos son iguales y cada día es distinto y tal vez cada hora. No comprendí muy bien lo que decía, pero me quedó grabada la frase.

Una de esas noches tuve un sueño que acabó en pesadilla. Soñé con mi tío Juan. Yo no había alcanzado a conocerlo, pero me lo figuraba aindiado, fornido, de bigote ralo y melena. Íbamos hacia el sur, entre grandes canteras y maleza, pero esas canteras y esa maleza eran también la calle Thames. En el sueño el sol estaba alto. Tío Juan iba trajeado de negro. Se paró cerca de una especie de andamio, en un desfiladero. Tenía la mano bajo el saco, a la altura del corazón, no como quien está por sacar un arma, sino como escondiéndola. Con una voz muy triste me dijo: "He cambiado mucho". Fue sacando la mano y lo que vi fue una garra de buitre. Me desperté gritando en la oscuridad.

Al otro día mi madre me mandó que fuera con ella a lo de Luchessi. Sé que iba a pedirle una prórroga; sin duda me llevó para que el acreedor viera su desamparo. No le dijo una palabra a su hermana, que no le hubiera consentido rebajarse de esa manera. Yo no había estado nunca en Barracas; me pareció que había más gente, más tráfico y menos terrenos baldíos. Desde la esquina vimos vigilantes y una aglomeración frente al número que buscábamos. Un vecino repetía de grupo en grupo que hacia las tres de la mañana lo habían despertado unos golpes; oyó la puerta que se abría y alguien que entraba. Nadie la cerró; al alba lo encontraron a Luchessi tendido en el zaguán, a medio vestir. Lo habían cosido a puñaladas. El hombre vivía solo; la justicia no dio nunca con el culpable. No habían robado nada. Alguno recordó que, últimamente, el finado casi había perdido la vista. Con voz autoritaria dijo otro: "Le había llegado la hora". El dictamen y el tono me impresionaron; con los años pude observar que cada vez que alguien se muere no falta un sentencioso para hacer ese mismo descubrimiento.

Los del velorio nos convidaron con café y yo tomé una taza. En el cajón había una figura de cera en lugar del muerto. Comenté el hecho con mi madre; uno de los funebreros se rió y me aclaró que esa figura con ropa negra era el señor Luchessi. Me quedé como fascinado, mirándolo. Mi madre tuvo que tirarme del brazo.

Durante meses no se habló de otra cosa. Los crímenes eran raros entonces; pensá en lo mucho que dio que hablar el asunto del Melena, del Campana y del Silletero. La única persona en Buenos Aires a quien no se le movió ni un pelo fue tía Florentina. Repetía con la insistencia de la vejez:

—Ya les dije que Juan no iba a sufrir que el gringo nos dejara sin techo.

Un día llovió a cántaros. Como yo no podía ir a la escuela, me puse a curiosear por la casa. Subí al altillo. Ahí estaba mi tía, con una mano sobre la otra; sentí que ni siquiera estaba pensando. La pieza olía a humedad. En un rincón estaba la cama de fierro, con el rosario en uno de los barrotes; en otro, una petaca de madera para guardar la ropa. En una de las paredes blanqueadas había una estampa de la Virgen del Carmen. Sobre la mesita de luz estaba el candelero.

Sin levantar los ojos mi tía me dijo:

—Ya sé lo que te trae por aquí. Tu madre te ha mandado. No acaba de entender que fue Juan el que nos salvó.

—¿Juan? —atiné a decir—. Juan murió hace más de diez años.

—Juan está aquí —me dijo—. ¿Querés verlo?

Abrió el cajón de la mesita y sacó un puñal.

Siguió hablando con suavidad:

—Aquí lo tenés. Yo sabía que nunca iba a dejarme. En la tierra no ha habido un hombre como él. No le dio al gringo ni un respiro.

Fue sólo entonces que entendí. Esa pobre mujer desatinada había asesinado a Luchessi. Mandada por el odio, por la locura, y tal vez, quién sabe, por el amor, se había escurrido por la puerta que mira al sur, había atravesado en la alta noche las calles y las calles, había dado al fin con la casa y, con esas grandes manos huesudas, había hundido la daga. La daga era Muraña, era el muerto que ella seguía adorando.

Nunca sabré si le confió la historia a mi madre. Falleció poco antes del desalojo.»

Hasta aquí el relato de Trápani, con el cual no he vuelto a encontrarme. En la historia de esa mujer que se quedó sola y que confunde a su hombre, a su tigre, con esa cosa cruel que le ha dejado, el arma de sus hechos, creo entrever un símbolo o muchos símbolos. Juan Muraña fue un hombre que pisó mis calles familiares, que supo lo que saben los hombres, que conoció el sabor de la muerte y que fue después un cuchillo y ahora la memoria de un cuchillo y mañana el olvido, el común olvido.

La señora mayor

El 14 de enero de 1941, María Justina Rubio de Jáuregui cumpliría cien años. Era la única hija de guerreros de la Independencia que no había muerto aún.

El coronel Mariano Rubio, su padre, fue lo que sin irreverencia puede llamarse un prócer menor. Nacido en la parroquia de la Merced, hijo de hacendados de la provincia, fue promovido a alférez en el ejército de los Andes, militó en Chacabuco, en la derrota de Cancha Rayada, en Maipú y, dos años después, en Arequipa. Se cuenta que la víspera de esta acción, José de Olavarría y él cambiaron sus espadas. A principios de abril del 23 ocurría el célebre combate de Cerro Alto que, por haberse librado en el valle, suele denominarse también de Cerro Bermejo. Siempre envidiosos de nuestras glorias, los venezolanos atribuyeron esta victoria al general Simón Bolívar, pero el observador imparcial, el historiador argentino, no se deja embaucar y sabe muy bien que sus laureles corresponden al coronel Mariano Rubio. Éste, a la cabeza de un regimiento de húsares colombianos, decidió la incierta contienda de sables y de lanzas, que preparó la no menos famosa acción de Ayacucho, en la que también se batió. En ésta recibió una herida. El 27 le fue dado actuar con denuedo en Ituzaingó, a las órdenes inmediatas de Alvear. Pese a su parentesco con Rosas, fue hombre de Lavalle y dispersó a los montoneros en una acción que él llamó siempre una sableada. Derrotados los unitarios, emigró al Estado Oriental, donde se casó.

En el decurso de la Guerra Grande, murió en Montevideo, plaza sitiada por los blancos de Oribe. Estaba por cumplir cuarenta y cuatro años, que ya eran casi la vejez. Fue amigo de Florencio Varela. Es harto verosímil que los profesores del Colegio Militar lo hubieran aplazado; sólo había cursado batallas pero ni un solo examen. Dejó dos hijas, de las cuales María Justina, la menor, es la que nos importa.

A fines del 53 la viuda del coronel y sus hijas se fijaron en Buenos Aires. No recobraron el establecimiento de campo confiscado por el tirano, pero el recuerdo de esas leguas perdidas, que no habían visto nunca, perduró largamente en la familia. A la edad de diecisiete años, María Justina casó con el doctor Bernardo Jáuregui, que, aunque civil, se batió en Pavón y en Cepeda y murió en el ejercicio de su profesión durante la fiebre amarilla. Dejó un hijo y dos hijas; Mariano, el primogénito, era inspector de rentas y solía frecuentar la Biblioteca Nacional y el Archivo, urgido por el propósito de escribir una exhaustiva biografía del héroe, que nunca terminó y que acaso no empezó nunca. La mayor, María Elvira, se casó con un primo suyo, un Saavedra, empleado en el Ministerio de Hacienda; Julia, con un señor Molinari, que, aunque de apellido italiano, era profesor de latín y una persona de lo más ilustrada. Omito a nietos y a bisnietos; basta que mi lector se figure una familia honrosa y venida a menos, presidida por una sombra épica y por la hija que nació en el destierro.

Vivían modestamente en Palermo, no lejos de la iglesia de Guadalupe, donde Mariano recordaba aún haber visto, desde un tranvía de La Gran Nacional, una laguna que bordeaba uno que otro rancho de ladrillo sin revocar, no de chapas de cinc; la pobreza de ayer era menos pobre que la que ahora nos depara la industria. También las fortunas eran menores.

La casa de los Rubio ocupaba los altos de una mercería del barrio. La escalera lateral era angosta; la baranda, que estaba a la derecha, se prolongaba en uno de los costados del oscuro vestíbulo, donde había una percha y unas sillas. El vestíbulo daba a la salita con muebles tapizados, y la salita al comedor, con muebles de caoba y una vitrina. Las persianas de hierro, siempre cerradas por temor a la resolana, dejaban pasar una media luz. Me acuerdo de un olor a cosas guardadas. En el fondo estaban los dormitorios, el baño, un patiecito con pileta de lavar y la pieza de la sirvienta. En toda la casa no había otros libros que un volumen de Andrade, una monografía del héroe, con adiciones manuscritas, y el *Diccionario Hispano-Americano* de Montaner y Simón, adquirido porque lo pagaban a plazos y por el mueblecito correspondiente. Contaban con una pensión, que siempre les llegaba con atraso, y con el alquiler de un terreno —único resto de la estancia, antes vasta— en Lomas de Zamora.

En la fecha de mi relato, la señora mayor vivía con Julia, que había enviudado, y con un hijo de ésta. Seguía abominando de Artigas, de Rosas y de Urquiza; la primera guerra europea, que le hizo detestar a los alemanes, de los que sabía muy poco, fue menos real para ella que la revolución del noventa y que la carga de Cerro Alto. Desde 1932 había ido apagándose poco a poco; las metáforas comunes son las mejores, porque son las únicas verdaderas. Profesaba, por supuesto, la fe católica, lo cual no significa que creyera en un Dios que es Uno y es Tres, ni siquiera en la inmortalidad de las almas. Murmuraba oraciones que no entendía y las manos movían el rosario. En lugar de la Pascua y del día de Reyes había aceptado la Navidad, así como el té en vez del mate. Las palabras *protestante*, *judío*, *masón*, *hereje* y *ateo* eran, para ella, sinónimas y no querían decir nada. Mientras pudo no hablaba de españoles sino de godos, como lo habían hecho sus padres. En 1910, no quería creer que la infanta, que al fin y al cabo era una princesa, hablara, contra toda previsión, como una gallega cualquiera y no como una señora argentina. Fue en el velorio de su yerno donde una parienta rica, que nunca había pisado la casa pero cuyo nombre buscaban con avidez en la crónica social de los diarios, le dio la desconcertante noticia. La nomenclatura de la señora de Jáuregui siguió siendo anticuada; hablaba de la calle de las Artes, de la calle del Temple, de la calle Buen Orden, de la calle de la Piedad, de las dos Calles Largas, de la plaza del Parque y de los Portones. La familia afectaba esos arcaísmos, que eran espontáneos en ella. Decían orientales y no uruguayos. No salía de su casa; quizá no sospechaba que Buenos Aires había ido cambiando y creciendo. Los primeros recuerdos son los más vívidos; la ciudad que la señora se figuraba del otro lado de la puerta de calle sería muy anterior a la del tiempo en que tuvieron que mudarse del centro. Los bueyes de las carretas descansarían en la plaza del Once y las violetas muertas aromarían las quintas de Barracas. «Ya no sueño más que con los muertos» fue una de las últimas cosas que le oyeron decir. Nunca fue tonta, pero no había gozado, que yo sepa, de placeres intelectuales; le quedarían los que da la memoria y después el olvido. Siempre fue generosa. Recuerdo los tranquilos ojos claros y la sonrisa. Quién sabe qué tumulto de pasiones, ahora perdidas y que ardieron, hubo en esa vieja mujer, que había sido agraciada. Muy sensible a las plantas, cuya modesta vida silenciosa era afín a la de ella, cuidaba unas begonias en su cuarto y tocaba las hojas que no veía. Hasta 1929, en que se hundió en el entresueño, contaba sucedidos históricos, pero siempre con las mismas palabras y en el mismo orden, como si fueran el Padrenuestro, y sospeché que ya no respondían a imágenes. Lo mismo le daba comer una cosa que otra. Era, en suma, feliz.

Dormir, según se sabe, es el más secreto de nuestros actos. Le dedicamos una tercera parte de la vida y no lo comprendemos. Para algunos no es otra cosa que un eclipse de la vigilia; para otros, un estado más complejo, que abarca a un tiempo el ayer, el ahora y el mañana; para otros, una no interrumpida serie de sueños. Decir que la señora Jáuregui pasó diez años en un caos tranquilo es acaso un error; cada instante de esos diez años puede haber sido un puro presente, sin antes ni después. No nos maravillemos demasiado de ese presente que contamos por días y por noches y por los centenares de las hojas de muchos calendarios y por ansiedades y hechos; es el que atravesamos cada mañana antes de recordarnos y cada noche antes del sueño. Todos los días somos dos veces la señora mayor.

Los Jáuregui vivían, ya lo hemos visto, en una situación algo falsa. Creían pertenecer a la aristocracia, pero la gente que figura los ignoraba; eran descendientes de un prócer, pero los manuales de historia solían prescindir de su nombre. Es verdad que lo conmemoraba una calle, pero esa calle, que muy pocos conocen, estaba perdida en los fondos del Cementerio del Oeste.

La fecha se acercaba. El 10, un militar de uniforme se presentó con una carta firmada por el propio ministro anunciando su visita para el 14; los Jáuregui mostraron esa carta a todo el vecindario y recalcaron el membrete y la firma autógrafa. Luego fueron llegando los periodistas para la redacción de la nota. Les facilitaron todos los datos; era evidente que en su vida habían oído hablar del coronel Rubio. Gente casi desconocida habló por teléfono para que los invitaran.

Con diligencia trabajaron para el gran día. Enceraron los pisos, limpiaron los cristales de las ventanas, desenfundaron las arañas, lustraron la caoba, pulieron la platería de la vitrina, modificaron la disposición de los muebles y dejaron abierto el piano de la sala para lucir el cubreteclas de terciopelo. La gente iba y venía. La única persona ajena a esa bulla era la señora de Jáuregui, que parecía no entender nada. Sonreía; Julia, asistida por la sirvienta, la acicaló, como si ya estuviera muerta. Lo primero que las visitas verían al entrar sería el óleo del prócer y, un poco más abajo, a la derecha, la espada de sus muchas batallas. Aun en las épocas de penuria se habían negado siempre a venderla y pensaban donarla al Museo Histórico. Una vecina de lo más atenta les prestó para la ocasión una maceta de malvones.

La fiesta empezaría a las siete. Fijaron como hora las seis y media, porque sabían que a nadie le gusta llegar a encender las luces. A las siete y diez no había un alma; discutieron con alguna acritud las desventajas y ventajas de la impuntualidad. Elvira, que se preciaba de llegar a la hora precisa, dictaminó que era una imperdonable desconsideración tener esperando a la gente; Julia, repitiendo las palabras de su marido, opinó que llegar tarde es una cortesía, porque si todos lo hacen es más cómodo y nadie apura a nadie. A las siete y cuarto la gente no cabía en la casa. El barrio entero pudo ver y envidiar el coche y el chauffeur de la señora de Figueroa, que no las invitaba casi nunca, pero que recibieron con efusión, para que nadie sospechara que sólo se veían por muerte de un obispo. El presidente envió a su edecán, un señor muy amable, que dijo que para él era todo un honor estrechar la mano de la hija del héroe de Cerro Alto. El ministro, que tuvo que retirarse temprano, leyó un discurso muy conceptuoso, en el cual, sin embargo, se hablaba más de San Martín que del coronel Rubio. La anciana estaba en su sillón, contra unos almohadones y a ratos inclinaba la cabeza o dejaba caer el abanico. Un grupo de señoras distinguidas, las Damas de la Patria, le cantaron el Himno, que pareció no oír. Los fotógrafos dispusieron a la concurrencia en grupos artísticos y prodigaron sus fogonazos. Las copitas de oporto y de jerez no daban abasto. Descorcharon varias botellas de champagne. La señora de Jáuregui no articuló una sola palabra: acaso ya no sabía quién era. Desde esa noche guardó cama.

Cuando los extraños se fueron la familia improvisó una pequeña cena fría. El olor del tabaco y del café ya había disipado el del tenue benjuí.

Los diarios de la mañana y de la tarde mintieron con lealtad; ponderaron la casi milagrosa retentiva de la hija del prócer, que «es archivo elocuente de cien años de la historia argentina». Julia quiso mostrarle esas crónicas. En la penumbra, la señora mayor seguía inmóvil, con los ojos cerrados. No tenía fiebre; el médico la examinó y declaró que todo andaba bien. A los pocos días murió. La irrupción de la turba, el tumulto insólito, los fogonazos, el discurso, los uniformes, los repetidos apretones de manos y el ruidoso champagne habían apresurado su fin. Tal vez creyó que era la Mazorca que entraba.

Pienso en los muertos de Cerro Alto, pienso en los hombres olvidados de América y de España que perecieron bajo los cascos de los caballos; pienso que la última víctima de ese tropel de lanzas en el Perú sería, más de un siglo después, una señora anciana.

El duelo

A Juan Osvaldo Viviano

Henry James —cuya labor me fue revelada por una de mis dos protagonistas, la señora de Figueroa— quizá no hubiera desdeñado la historia. Le hubiera consagrado más de cien páginas de ironía y ternura, exornadas de diálogos complejos y escrupulosamente ambiguos. No es improbable su adición de algún rasgo melodramático. Lo esencial no habría sido modificado por el escenario distinto: Londres o Boston. Los hechos ocurrieron en Buenos Aires y ahí los dejaré. Me limitaré a un resumen del caso, ya que su lenta evolución y su ámbito mundano son ajenos a mis hábitos literarios. Dictar este relato es para mí una modesta y lateral aventura. Debo prevenir al lector que los episodios importan menos que la situación que los causa y los caracteres.

Clara Glencairn de Figueroa era altiva y alta y de fogoso pelo rojo. Menos intelectual que comprensiva, no era ingeniosa, pero sí capaz de apreciar el ingenio de los otros y aun de las otras. En su alma había hospitalidad. Agradecía las diferencias; quizá por eso viajó tanto. Sabía que el ambiente que le había tocado en suerte era un conjunto a veces arbitrario de ritos y de ceremonias, pero esos ritos le hacían gracia y los ejercía con dignidad. Sus padres la casaron, muy joven, con el doctor Isidro Figueroa, que fue nuestro embajador en el Canadá y que acabó por renunciar a ese cargo, alegando que en una época de telégrafos y teléfonos, las embajadas eran anacronismos y constituían un gravamen inútil. Esta decisión le valió el rencor de todos sus colegas; a Clara le gustaba el clima de Ottawa —al fin y al cabo era de linaje escocés— y no le disgustaban los deberes de la mujer de un embajador, pero no soñó en protestar. Figueroa murió poco después; Clara, tras unos años de indecisión y de íntima busca, se entregó al ejercicio de la pintura, incitada acaso por el ejemplo de Marta Pizarro, su amiga.

Es típico de Marta Pizarro que, al referirse a ella, todos la definieran como hermana de la brillante Nélida Sara, casada y separada.

Antes de elegir el pincel, Marta Pizarro había considerado la alternativa de las letras. Podía ser ocurrente en francés, el idioma habitual de sus lecturas; el español, para ella, no pasaba de ser un mero utensilio casero, como el guaraní para las señoras de la provincia de Corrientes. Los diarios habían puesto a su alcance páginas de Lugones y del madrileño Ortega y Gasset; el estilo de esos maestros confirmó su sospecha de que la lengua a la que estaba predestinada es menos apta para la expresión del pensamiento o de las pasiones que para la vanidad palabrera. Sólo sabía de la música lo que debe saber toda persona que asiste correctamente a conciertos. Era puntana; inició su carrera con escrupulosos retratos de Juan Crisóstomo Lafinur y del coronel Pascual Pringles, que fueron previsiblemente adquiridos por el Museo Provincial. Del retrato de próceres locales pasó a las casas viejas de Buenos Aires, cuyos modestos patios delineó con modestos colores, no con la charra escenografía que otros les donan. Alguien —que ciertamente no fue la señora de Figueroa— dijo que todo su arte se alimentaba de los maestros de obra genoveses del siglo XIX. Entre Clara Glencairn y Nélida Sara (que, según dicen, había gustado alguna vez del doctor Figueroa) hubo siempre cierta rivalidad; quizá el duelo fue entre las dos y Marta un instrumento.

Todo, según se sabe, ocurre inicialmente en otros países y a la larga en el nuestro. La secta de pintores, hoy tan injustamente olvidada, que se llamó concreta o abstracta, como para indicar su desdén de la lógica y del lenguaje, es uno de tantos ejemplos. Argumentaba, creo, que de igual modo que a la música le está permitido crear un orbe propio de sonidos, la pintura, su hermana, podría ensayar colores y formas que no reprodujeran los de las cosas que nuestros ojos ven. Lee Kaplan escribió que sus telas, que indignaban a los burgueses, acataban la bíblica prohibición, compartida por el islam, de labrar con manos humanas ídolos de seres vivientes. Los iconoclastas, argüía, estaban restaurando la genuina tradición del arte pictórico, falseada por herejes como Durero o como Rembrandt. Sus detractores lo acusaron de haber invocado el ejemplo que nos dan las alfombras, los calidoscopios y las corbatas. Las revoluciones estéticas proponen a la gente la tentación de lo irresponsable y lo fácil; Clara Glencairn optó por ser una pintora abstracta. Siempre había profesado el culto de Turner; se dispuso a enriquecer el arte concreto con sus esplendores indefinidos. Trabajó sin apremio, rehízo o destruyó varias composiciones y en el invierno de 1954 exhibió una serie de témperas en una sala de la calle Suipacha, cuya especialidad eran las obras que una metáfora militar, entonces en boga, llamaba de vanguardia. Ocurrió un hecho paradójico: la crítica general fue benigna, pero el órgano oficial de la secta reprobó esas formas anómalas que, si bien no eran figurativas, sugerían el tumulto de un ocaso, de una selva o del mar y no se resignaban a ser austeros redondeles y rayas. Acaso la primera en sonreír fuera Clara Glencairn. Había querido ser moderna y los modernos la rechazaban. La ejecución de su obra le importaba más que su éxito y no dejó de trabajar. Ajena a este episodio, la pintura seguía su camino.

Ya había empezado el duelo secreto. Marta no sólo era una artista; le interesaba con ahínco lo que no es injusto llamar lo administrativo del arte y era prosecretaria de la sociedad que se llama el Círculo de Giotto. Al promediar el año 55 logró que Clara, admitida ya como socia, figurara como vocal en la lista de las nuevas autoridades. El hecho, en apariencia baladí, merece un análisis. Marta había apoyado a su amiga, pero es indiscutible, aunque misterioso, que la persona que confiere un favor supera de algún modo a quien lo recibe.

Hacia el año sesenta, «dos pinceles a nivel internacional» —séanos perdonada esta jerga— se disputaban un primer premio. Uno de los candidatos, el mayor, había consagrado solemnes óleos a la figuración de gauchos tremebundos, de una altitud escandinava; su rival, harto joven, había logrado aplausos y escándalo mediante la aplicada incoherencia. Los jurados, que habían rebasado el medio siglo, temían que la gente les imputara un criterio anticuado y propendían a votar por el último, que íntimamente no les gustaba. Al cabo de tenaces debates, hechos al principio de cortesía y al fin de tedio, no se ponían de acuerdo. En el decurso de la tercera discusión, alguno opinó:

—B me parece malo; realmente me parece inferior a la misma señora de Figueroa.

—¿Usted la votaría? —dijo otro, con un dejo de sorna.

—Sí —replicó el primero, que ya estaba irritado.

Esa misma tarde, el premio fue otorgado por unanimidad a Clara Glencairn. Era distinguida, querible, de una moral sin tacha y solía dar fiestas, que las revistas más costosas fotografiaban, en su quinta de Pilar. La consabida cena de homenaje fue organizada y ofrecida por Marta. Clara le agradeció con pocas y atinadas palabras; observó que no existe una oposición entre lo tradicional y lo nuevo, entre el orden y la aventura, y que la tradición está hecha de una trama secular de aventuras. A la demostración asistieron numerosas personas de sociedad, casi todos los miembros del jurado y uno que otro pintor.

Todos pensamos que el azar nos ha deparado un ámbito mezquino y que los otros son mejores. El culto de los gauchos y el *Beatus ille* son nostalgias urbanas; Clara Glencairn y Marta, hartas de las rutinas del ocio, codiciaban el mundo de los artistas, gente que había dedicado su vida a la creación de cosas bellas. Presumo que en el cielo los bienaventurados opinan que las ventajas de ese establecimiento han sido exageradas por los teólogos que nunca estuvieron ahí. Acaso en el infierno los réprobos no son siempre felices.

Un par de años después ocurrió en la ciudad de Cartagena el Primer Congreso Internacional de Plásticos Latinoamericanos. Cada república mandó su representante. El temario —séanos perdonada la jerga— era de palpitante interés: ¿puede el artista prescindir de lo autóctono, puede omitir o escamotear la fauna y la flora, puede ser insensible a la problemática de carácter social, puede no unir su voz a la de quienes están combatiendo el imperialismo sajón, etcétera, etcétera? Antes de ser embajador en el Canadá, el doctor Figueroa había cumplido en Cartagena un cargo diplomático; a Clara, un tanto envanecida por el premio, le hubiera gustado volver, ahora como artista. Esa esperanza fracasó; Marta Pizarro fue designada por el gobierno. Su actuación (aunque no siempre persuasiva) fue no pocas veces brillante, según el testimonio imparcial de los corresponsales de Buenos Aires.

La vida exige una pasión. Ambas mujeres la encontraron en la pintura o, mejor dicho, en la relación que aquélla les impuso. Clara Glencairn pintaba contra Marta y de algún modo para Marta; cada una era juez de su rival y el solitario público. En esas telas, que ya nadie miraba, creo advertir, como era inevitable, un influjo recíproco. Es importante no olvidar que las dos se querían y que en el curso de aquel íntimo duelo obraron con perfecta lealtad.

Fue por aquellos años que Marta, que ya no era tan joven, rechazó una oferta de matrimonio; sólo le interesaba su batalla.

El día 2 de febrero de 1964, Clara Glencairn murió de un aneurisma. Las columnas de los diarios le consagraron largas necrologías, de las que todavía son de rigor en nuestro país, donde la mujer es un ejemplar de la especie, no un individuo. Fuera de alguna apresurada mención de sus aficiones pictóricas y de su refinado buen gusto, se ponderó su fe, su bondad, su casi anónima y constante filantropía, su linaje patricio —el general Glencairn había militado en la campaña del Brasil— y su destacado lugar en los más altos círculos. Marta comprendió que su vida ya carecía de razón. Nunca se había sentido tan inútil. Recordó sus primeras tentativas, ahora lejanas, y expuso en el Salón Nacional un sobrio retrato de Clara, a la manera de aquellos maestros ingleses que habían admirado las dos. Alguno la juzgó su mejor obra. No volvería a pintar más.

En aquel duelo delicado que sólo adivinamos algunos íntimos no hubo derrotas ni victorias, ni siquiera un encuentro ni otras visibles circunstancias que las que he procurado registrar con respetuosa pluma. Sólo Dios (cuyas preferencias estéticas ignoramos) puede otorgar la palma final. La historia que se movió en la sombra acaba en la sombra.

El otro duelo

Hace ya tantos años que Carlos Reyles, hijo del novelista, me refirió la historia en Adrogué, en un atardecer de verano. En mi recuerdo se confunden ahora la larga crónica de un odio y su trágico fin con el olor medicinal de los eucaliptos y la voz de los pájaros.

Hablamos, como siempre, de la entreverada historia de las dos patrias. Me dijo que sin duda yo tenía mentas de Juan Patricio Nolan, que había ganado fama de valiente, de bromista y de pícaro. Le contesté, mintiendo, que sí. Nolan había muerto hacia el noventa, pero la gente seguía pensando en él como en un amigo. Tuvo también sus detractores, que nunca faltan. Me contó una de sus muchas diabluras. El hecho había ocurrido poco antes de la batalla de Manantiales; los protagonistas eran dos gauchos de Cerro Largo, Manuel Cardoso y Carmen Silveira.

¿Cómo y por qué se gestó su odio? ¿Cómo recuperar, al cabo de un siglo, la oscura historia de dos hombres, sin otra fama que la que les dio su duelo final? Un capataz del padre de Reyles, que se llamaba Laderecha y «que tenía un bigote de tigre», había recibido por tradición oral ciertos pormenores que ahora traslado sin mayor fe, ya que el olvido y la memoria son inventivos.

Manuel Cardoso y Carmen Silveira tenían sus campitos linderos. Como el de otras pasiones, el origen de un odio siempre es oscuro, pero se habla de una porfía por animales sin marcar o de una carrera a costilla, en la que Silveira, que era más fuerte, había echado a pechazos de la cancha al parejero de Cardoso. Meses después ocurría, en el comercio del lugar, una larga trucada mano a mano, de quince y quince; Silveira felicitaba a su contrario casi por cada baza, pero lo dejó al fin sin un cobre. Cuando guardó la plata en el tirador, agradeció a Cardoso la lección que le había dado. Fue entonces, creo, que estuvieron a punto de irse a las manos. La partida había sido muy reñida; los concurrentes, que eran muchos, los desapartaron. En esas asperezas y en aquel tiempo, el hombre se encontraba con el hombre y el acero con el acero; un rasgo singular de la historia es que Manuel Cardoso y Carmen Silveira se habrán cruzado en las cuchillas más de una vez, en el atardecer y en el alba, y que no se batieron hasta el fin. Quizá sus pobres vidas rudimentarias no poseían otro bien que su odio y por eso lo fueron acumulando. Sin sospecharlo, cada uno de los dos se convirtió en esclavo del otro.

Ya no sé si los hechos que narraré son efectos o causas. Cardoso, menos por amor que por hacer algo, se prendó de una muchacha vecina, la Serviliana; bastó que se enterara Silveira para que la festejara a su modo y se la llevara a su rancho. Al cabo de unos meses la echó porque ya lo estorbaba. La mujer, despechada, quiso buscar amparo en lo de Cardoso; éste pasó una noche con ella y la despidió al mediodía. No quería las sobras del otro.

Fue por aquellos años que sucedió, antes o después de la Serviliana, el incidente del ovejero. Silveira le tenía mucho apego y le había puesto Treinta y Tres como nombre. Lo hallaron muerto en una zanja; Silveira no dejó de maliciar quién se lo había envenenado.

Hacia el invierno del setenta, la revolución de Aparicio los encontró en la misma pulpería de la trucada. A la cabeza de un piquete de montoneros, un brasilero amulatado arengó a los presentes, les dijo que la patria los precisaba, que la opresión gubernista era intolerable, les repartió divisas blancas y, al cabo de ese exordio que no entendieron, arreó con todos. No les fue permitido despedirse de sus familias. Manuel Cardoso y Carmen Silveira aceptaron su suerte; la vida del soldado no era más dura que la vida del gaucho. Dormir a la intemperie, sobre el recado, era algo a lo que ya estaban hechos; matar hombres no le costaba mucho a la mano que tenía el hábito de matar animales. La falta de imaginación los libró del miedo y de la lástima, aunque el primero los tocó alguna vez, al iniciar las cargas. El temblor de los estribos y de las armas es una de las cosas que siempre se oyen al entrar en acción la caballería. El hombre que no ha sido herido al principio ya se cree invulnerable. No extrañaron sus pagos. El concepto de patria les era ajeno; a pesar de las divisas de los chambergos, un partido les daba lo mismo que otro. Aprendieron lo que se puede hacer con la lanza. En el curso de marchas y contramarchas, acabaron por sentir que ser compañeros les permitía seguir siendo rivales. Pelearon hombro a hombro y no cambiaron, que sepamos, una sola palabra.

En el otoño del setenta y uno, que fue pesado, les llegaría el fin.

El combate, que no duraría una hora, ocurrió en un lugar cuyo nombre nunca supieron. Los nombres los ponen después los historiadores. La víspera, Cardoso se metió gateando en la carpa del jefe y le pidió en voz baja que si al día siguiente ganaban, le reservara algún colorado, porque él no había degollado a nadie hasta entonces y quería saber cómo era. El superior le prometió que si se conducía como un hombre, le haría ese favor.

Los blancos eran más, pero los otros disponían de mejor armamento y los diezmaron desde lo alto de un cerro. Al cabo de dos cargas inútiles que no llegaron a la cumbre, el jefe, herido de gravedad, se rindió. Ahí mismo, a su pedido, lo despenaron.

Los hombres depusieron las armas. El capitán Juan Patricio Nolan, que comandaba a los colorados, ordenó con suma prolijidad la consabida ejecución de los prisioneros. Era de Cerro Largo y no desconocía el rencor antiguo de Silveira y Cardoso. Los mandó buscar y les dijo:

—Ya sé que ustedes dos no se pueden ver y que se andan buscando desde hace rato. Les tengo una buena noticia; antes que se entre el sol van a poder mostrar cuál es el más toro. Los voy a hacer degollar de parado y después correrán una carrera. Ya sabe Dios quién ganará.

El soldado que los había traído se los llevó.

La noticia no tardó en cundir por todo el campamento. Nolan había resuelto que la carrera coronaría la función de esa tarde, pero los prisioneros le mandaron un delegado para decirle que ellos también querían ser testigos y apostar a uno de los dos. Nolan, que era hombre razonable, se dejó convencer; se cruzaron apuestas de dinero, de prendas de montar, de armas blancas y de caballos, que serían entregados a su tiempo a las viudas y deudos. El calor era inusitado; para que nadie se quedara sin siesta, demoraron las cosas hasta las cuatro. (Les dio trabajo recordar a Silveira.) Nolan, a la manera criolla, los tuvo esperando una hora. Estaría comentando la victoria con otros oficiales; el asistente iba y venía con la caldera.

A cada lado del camino de tierra, contra las carpas, aguardaban las filas de prisioneros, sentados en el suelo, con las manos atadas a la espalda, para no dar trabajo. Uno que otro se desahogaba en malas palabras, uno dijo el principio del Padrenuestro, casi todos estaban como aturdidos. Naturalmente, no podían fumar. Ya no les importaba la carrera, pero todos miraban.

—A mí también me van a agarrar de las mechas —dijo uno, envidioso.

—Sí, pero en el montón —reparó un vecino.

—Como a vos —el otro le retrucó.

Con el sable, un sargento marcó una raya a lo ancho del camino. A Silveira y a Cardoso les habían desatado las muñecas, para que no corrieran trabados. Un espacio de más de cinco varas quedaba entre los dos. Pusieron los pies en la raya; algunos jefes les pidieron que no les fueran a fallar, porque les tenían fe y las sumas que habían apostado eran de mucho monto.

A Silveira le tocó en suerte el Pardo Nolan, cuyos abuelos habían sido sin duda esclavos de la familia del capitán y llevaban su nombre; a Cardoso, el degollador regular, un correntino entrado en años, que para serenar a los condenados solía decirles, con una palmadita en el hombro: «Ánimo, amigo; más sufren las mujeres cuando paren».

Tendido el torso hacia adelante, los dos hombres ansiosos no se miraron.

Nolan dio la señal.

Al Pardo, envanecido por su actuación, se le fue la mano y abrió una sajadura vistosa que iba de oreja a oreja; al correntino le bastó con un tajo angosto. De las gargantas brotó el chorro de sangre; los hombres dieron unos pasos y cayeron de bruces. Cardoso, en la caída, estiró los brazos. Había ganado y tal vez no lo supo nunca.

Guayaquil

No veré la cumbre del Higuerota duplicarse en las aguas del golfo Plácido, no iré al Estado Occidental, no descifraré en esa biblioteca, que desde Buenos Aires imagino de tantos modos y que tiene sin duda su forma exacta y sus crecientes sombras, la letra de Bolívar.

Releo el párrafo anterior para redactar el siguiente y me sorprende su manera que a un tiempo es melancólica y pomposa. Acaso no se puede hablar de aquella república del Caribe sin reflejar, siquiera de lejos, el estilo monumental de su historiador más famoso, el capitán José Korzeniovski, pero en mi caso hay otra razón. El íntimo propósito de infundir un tono patético a mi episodio un tanto penoso y más bien baladí me dictó el párrafo inicial. Referiré con toda probidad lo que sucedió; esto me ayudará tal vez a entenderlo. Además, confesar un hecho es dejar de ser el actor para ser un testigo, para ser alguien que lo mira y lo narra y que ya no lo ejecutó.

El caso me ocurrió el viernes pasado, en esta misma pieza en que escribo, en esta misma hora de la tarde, ahora un poco más fresca. Sé que tendemos a olvidar las cosas ingratas; quiero dejar escrito mi diálogo con el doctor Eduardo Zimmermann, de la Universidad del Sur, antes que lo desdibuje el olvido. La memoria que guardo es aún muy vívida.

Para que mi relato se entienda, tendré que recordar brevemente la curiosa aventura de ciertas cartas de Bolívar, que fueron exhumadas del archivo del doctor Avellanos, cuya *Historia de cincuenta años de desgobierno*, que se creyó perdida en circunstancias que son del dominio público, fue descubierta y publicada en 1939 por su nieto el doctor Ricardo Avellanos. A juzgar por las referencias que he recogido en diversas publicaciones, estas cartas no ofrecen mayor interés, salvo una fechada en Cartagena el 13 de agosto de 1822, en que el Libertador refiere detalles de su entrevista con el general San Martín. Inútil destacar el valor de este documento en el que Bolívar ha revelado, siquiera parcialmente, lo sucedido en Guayaquil. El doctor Ricardo Avellanos, tenaz opositor del oficialismo, se negó a entregar el epistolario a la Academia de la Historia y lo ofreció a diversas repúblicas latinoamericanas. Gracias al encomiable celo de nuestro embajador, el doctor Melaza, el gobierno argentino fue el primero en aceptar la desinteresada oferta. Se convino que un delegado se trasladaría a Sulaco, capital del Estado Occidental, y sacaría copia de las cartas para publicarlas aquí. El rector de nuestra universidad, en la que ejerzo el cargo de titular de Historia Americana, tuvo la deferencia de recomendarme al ministro para cumplir esa misión; también obtuve los sufragios más o menos unánimes de la Academia Nacional de la Historia, a la que pertenezco. Ya fijada la fecha en que me recibiría el ministro, supimos que la Universidad del Sur, que ignoraba, prefiero suponer, esas decisiones, había propuesto el nombre del doctor Zimmermann.

Trátase, como tal vez lo sepa el lector, de un historiógrafo extranjero, arrojado de su país por el Tercer Reich y ahora ciudadano argentino. De su labor, sin duda benemérita, sólo he podido examinar una vindicación de la república semítica de Cartago, que la posteridad juzga a través de los historiadores romanos, sus enemigos, y una suerte de ensayo que sostiene que el gobierno no debe ser una función visible y patética. Este alegato mereció la refutación decisiva de Martin Heidegger, que demostró, mediante fotocopias de los titulares de los periódicos, que el moderno jefe de Estado, lejos de ser anónimo, es más bien el protagonista, el corega, el David danzante, que mima el drama de su pueblo, asistido de pompa escénica y recurriendo, sin vacilar, a las hipérboles del arte oratorio. Probó asimismo que el linaje de Zimmermann era hebreo, por no decir judío. Esta publicación del venerado existencialista fue la inmediata causa del éxodo y de las trashumantes actividades de nuestro huésped.

Sin duda, Zimmermann se había trasladado a Buenos Aires para entrevistarse con el ministro; éste me sugirió personalmente, por intermedio de un secretario, que hablara con Zimmermann y lo pusiera al tanto del asunto, para evitar el espectáculo ingrato de dos universidades en desacuerdo. Accedí, como es natural. De vuelta a casa, me dijeron que el doctor Zimmermann había anunciado por teléfono su visita, a las seis de la tarde. Vivo, según es fama, en la calle Chile. Daban exactamente las seis cuando sonó el timbre.

Yo mismo, con sencillez republicana, le abrí la puerta y lo conduje a mi escritorio particular. Se detuvo a mirar el patio; las baldosas negras y blancas, las dos magnolias y el aljibe suscitaron su verba. Estaba, creo, algo nervioso. Nada singular había en él; contaría unos cuarenta años y era algo cabezón. Lentes ahumados ocultaban los ojos; alguna vez los dejó sobre la mesa y los retomó. Al saludarnos, comprobé con satisfacción que yo era el más alto, e inmediatamente me avergoncé de tal satisfacción, ya que no se trataba de un duelo físico ni siquiera moral, sino de una *mise au point* quizá incómoda. Soy poco o nada observador, pero recuerdo lo que cierto poeta ha llamado, con fealdad que corresponde a lo que define, su torpe aliño indumentario. Veo aún esas prendas de un azul fuerte, con exceso de botones y de bolsillos. Su corbata, advertí, era uno de esos lazos de ilusionista que se ajustan con dos broches elásticos. Llevaba un cartapacio de cuero que presumí lleno de documentos. Usaba un mesurado bigote de corte militar; en el curso del coloquio encendió un cigarro y sentí entonces que había demasiadas cosas en esa cara. *Trop meublé*, me dije.

Lo sucesivo del lenguaje indebidamente exagera los hechos que indicamos, ya que cada palabra abarca un lugar en la página y un instante en la mente del lector; más allá de las trivialidades visuales que he enumerado, el hombre daba la impresión de un pasado azaroso.

Hay en el escritorio un retrato oval de mi bisabuelo, que militó en las guerras de la Independencia, y unas vitrinas con espadas, medallas y banderas. Le mostré, con alguna explicación, esas viejas cosas gloriosas; las miraba rápidamente como quien ejecuta un deber y completaba mis palabras, no sin alguna impertinencia, que creo involuntaria y mecánica. Decía, por ejemplo:

—Correcto. Combate de Junín. 6 de agosto de 1824. Carga de caballería de Juárez.

—De Suárez —corregí.

Sospecho que el error fue deliberado. Abrió los brazos con un ademán oriental y exclamó:

—¡Mi primer error, que no será el último! Yo me nutro de textos y me trabuco; en usted vive el interesante pasado.

Pronunciaba la ve casi como si fuera una efe.

Tales zalamerías no me agradaron. Más le interesaron los libros. Dejó errar la mirada sobre los títulos casi amorosamente y recuerdo que dijo:

—Ah, Schopenhauer, que siempre descreyó de la historia… Esa misma edición, al cuidado de Grisebach, la tuve en Praga, y creí envejecer en la amistad de esos volúmenes manuables, pero precisamente la historia, encarnada en un insensato, me arrojó de esa casa y de esa ciudad. Aquí estoy con usted, en América, en la grata casa de usted…

Hablaba con incorrección y fluidez; el perceptible acento alemán convivía con un ceceo español.

Ya estábamos sentados y aproveché lo dicho por él, para entrar en materia. Le dije:

—Aquí la historia es más piadosa. Espero morir en esta casa, en la que he nacido. Aquí trajo mi bisabuelo esa espada, que anduvo por América; aquí he considerado el pasado y he compuesto mis libros. Casi puedo decir que no he dejado nunca esta biblioteca, pero ahora saldré al fin, a recorrer la tierra que sólo he recorrido en los mapas.

Atenué con una sonrisa mi posible exceso retórico.

—¿Alude usted a cierta república del Caribe? —dijo Zimmermann.

—Así es. A ese viaje inmediato debo el honor de su visita —le respondí.

Trinidad nos sirvió café. Proseguí con lenta seguridad:

—Usted ya sabrá que el ministro me ha encomendado la misión de transcribir y prologar las cartas de Bolívar que un azar ha exhumado del archivo del doctor Avellanos. Esta misión corona, con una suerte de dichosa fatalidad, la labor de toda mi vida, la labor que de algún modo llevo en la sangre.

Fue para mí un alivio haber dicho lo que tenía que decir. Zimmermann no pareció haberme oído; sus ojos no miraban mi cara sino los libros a mi espalda. Asintió con vaguedad y luego con énfasis:

—En la sangre. Usted es el genuino historiador. Su gente anduvo por los campos de América y libró las grandes batallas, mientras la mía, oscura, apenas emergía del gueto. Usted lleva la historia en la sangre, según sus elocuentes palabras; a usted le basta oír con atención esa voz recóndita. Yo, en cambio, debo transferirme a Sulaco y descifrar papeles y papeles acaso apócrifos. Créame, doctor, que lo envidio.

Ni un desafío ni una burla se dejaba traslucir en esas palabras; eran ya la expresión de una voluntad, que hacía del futuro algo tan irrevocable como el pasado. Sus argumentos fueron lo de menos; el poder estaba en el hombre, no en la dialéctica. Zimmermann continuó con una lentitud pedagógica:

—En materia bolivariana (perdón, sanmartiniana) su posición de usted, querido maestro, es harto conocida. *Votre siège est fait.* No he deletreado aún la pertinente carta de Bolívar, pero es inevitable o razonable conjeturar que Bolívar la escribió para justificarse. En todo caso, la cacareada epístola nos revelará lo que podríamos llamar el sector Bolívar, no el sector San Martín. Una vez publicada, habrá que sopesarla, examinarla, pasarla por el cedazo crítico y, si es preciso, refutarla. Nadie más indicado para ese dictamen final que usted, con su lupa. ¡El escalpelo, el bisturí, si el rigor científico los exige! Permítame asimismo agregar que el nombre del divulgador de la carta quedará vinculado a la carta. A usted no le conviene, en modo alguno, semejante vinculación. El público no percibe matices.

Comprendo ahora que lo que debatimos después fue esencialmente inútil. Acaso entonces lo sentí; para no hacerle frente, me así de un pormenor y le pregunté si en verdad creía que las cartas eran apócrifas.

—Que sean de puño y letra de Bolívar —me contestó— no significa que toda la verdad esté en ellas. Bolívar puede haber querido engañar a su corresponsal o, simplemente, puede haberse engañado. Usted, un historiador, un meditativo, sabe mejor que yo que el misterio está en nosotros mismos, no en las palabras.

Esas generalidades pomposas me fastidiaron y observé secamente que dentro del enigma que nos rodea, la entrevista de Guayaquil, en la que el general San Martín renunció a la mera ambición y dejó el destino de América en manos de Bolívar, es también un enigma que puede merecer el estudio.

Zimmermann respondió:

—Las explicaciones son tantas… Algunos conjeturan que San Martín cayó en una celada; otros, como Sarmiento, que era un militar europeo, extraviado en un continente que nunca comprendió; otros, por lo general argentinos, le atribuyeron un acto de abnegación; otros, de fatiga. Hay quienes hablan de la orden secreta de no sé qué logia masónica.

Observé que, de cualquier modo, sería interesante recuperar las precisas palabras que se dijeron el Protector del Perú y el Libertador.

Zimmermann sentenció:

—Acaso las palabras que cambiaron fueron triviales. Dos hombres se enfrentaron en Guayaquil; si uno se impuso, fue por su mayor voluntad, no por juegos dialécticos. Como usted ve, no he olvidado a mi Schopenhauer.

Agregó con una sonrisa:

—*Words, words, words.* Shakespeare, insuperado maestro de las palabras, las desdeñaba. En Guayaquil o en Buenos Aires, en Praga, siempre cuentan menos que las personas.

En aquel momento sentí que algo estaba ocurriéndonos o, mejor dicho, que ya había ocurrido. De algún modo ya éramos otros. El crepúsculo entraba en la habitación y yo no había encendido las lámparas. Un poco al azar, pregunté:

—¿Usted es de Praga, doctor?

—Yo era de Praga —contestó.

Para rehuir el tema central observé:

—Debe ser una extraña ciudad. No la conozco, pero el primer libro en alemán que leí fue la novela *El Golem* de Meyrink.

Zimmermann respondió:

—Es el único libro de Gustav Meyrink que merece el recuerdo. Más vale no gustar de los otros, hechos de mala literatura y de peor teosofía. Con todo, algo de la extrañeza de Praga anda por ese libro de sueños que se pierden en otros sueños. Todo es extraño en Praga o, si usted prefiere, nada es extraño. Cualquier cosa puede ocurrir. En Londres, en algún atardecer, he sentido lo mismo.

—Usted —respondí— habló de la voluntad. En los *Mabinogion*, dos reyes juegan al ajedrez en lo alto de un cerro, mientras abajo sus guerreros combaten. Uno de los reyes gana el partido; un jinete llega con la noticia de que el ejército del otro ha sido vencido. La batalla de hombres era el reflejo de la batalla del tablero.

—Ah, una operación mágica —dijo Zimmermann.

Le contesté:

—O la manifestación de una voluntad en dos campos distintos. Otra leyenda de los celtas refiere el duelo de dos bardos famosos. Uno, acompañándose con el arpa, canta desde el crepúsculo del día hasta el crepúsculo de la noche. Ya bajo las estrellas o la luna, entrega el arpa al otro. Éste la deja a un lado y se pone de pie. El primero confiesa su derrota.

—¡Qué erudición, qué poder de síntesis! —exclamó Zimmermann. Agregó, ya más serenado:

—Debo confesar mi ignorancia, mi lamentada ignorancia, de la materia de Bretaña. Usted, como el día, abarca el Occidente y el Oriente, en tanto que yo estoy reducido a mi rincón cartaginés, que ahora complemento con una pizca de historia americana. Soy un mero metódico.

El servilismo del hebreo y el servilismo del alemán estaban en su voz, pero sentí que nada le costaba darme la razón y adularme, dado que el éxito era suyo.

Me suplicó que no me preocupara de las gestiones de su viaje. (*Tratativas* fue la atroz palabra que usó.) Acto continuo, sacó del portafolio una carta dirigida al ministro, donde yo le exponía los motivos de mi renuncia, y las reconocidas virtudes del doctor Zimmermann, y me puso en la mano su estilográfica para que la firmara. Cuando guardó la carta, no pude dejar de entrever su pasaje sellado para el vuelo Ezeiza-Sulaco.

Al salir, volvió a detenerse ante los tomos de Schopenhauer y dijo:

—Nuestro maestro, nuestro común maestro, conjeturaba que ningún acto es involuntario. Si usted se queda en esta casa, en esta airosa casa patricia, es porque íntimamente quiere quedarse. Acato y agradezco su voluntad.

Acepté sin una palabra esta limosna última.

Fui con él hasta la puerta de calle. Al despedirnos, declaró:

—Excelente el café.

Releo estas desordenadas páginas, que no tardaré en entregar al fuego. La entrevista había sido corta.

Presiento que ya no escribiré más. *Mon siège est fait.*

El Evangelio según Marcos

El hecho sucedió en la estancia Los Álamos, en el partido de Junín, hacia el sur, en los últimos días del mes de marzo de 1928. Su protagonista fue un estudiante de medicina, Baltasar Espinosa. Podemos definirlo por ahora como uno de tantos muchachos porteños, sin otros rasgos dignos de nota que esa facultad oratoria que le había hecho merecer más de un premio en el colegio inglés de Ramos Mejía y que una casi ilimitada bondad. No le gustaba discutir; prefería que el interlocutor tuviera razón y no él. Aunque los azares del juego le interesaban, era un mal jugador, porque le desagradaba ganar. Su abierta inteligencia era perezosa; a los treinta y tres años le faltaba rendir una materia para graduarse, la que más lo atraía. Su padre, que era librepensador, como todos los señores de su época, lo había instruido en la doctrina de Herbert Spencer, pero su madre, antes de un viaje a Montevideo, le pidió que todas las noches rezara el Padrenuestro e hiciera la señal de la cruz. A lo largo de los años no había quebrado nunca esa promesa. No carecía de coraje; una mañana había cambiado, con más indiferencia que ira, dos o tres puñetazos con un grupo de compañeros que querían forzarlo a participar en una huelga universitaria. Abundaba, por espíritu de aquiescencia, en opiniones o hábitos discutibles: el país le importaba menos que el riesgo de que en otras partes creyeran que usamos plumas; veneraba a Francia pero menospreciaba a los franceses; tenía en poco a los americanos, pero aprobaba el hecho de que hubiera rascacielos en Buenos Aires; creía que los gauchos de la llanura son mejores jinetes que los de las cuchillas o los cerros. Cuando Daniel, su primo, le propuso veranear en Los Álamos, dijo inmediatamente que sí, no porque le gustara el campo sino por natural complacencia y porque no buscó razones válidas para decir que no.

El casco de la estancia era grande y un poco abandonado; las dependencias del capataz, que se llamaba Gutre, estaban muy cerca. Los Gutres eran tres: el padre, el hijo, que era singularmente tosco, y una muchacha de incierta paternidad. Eran altos, fuertes, huesudos, de pelo que tiraba a rojizo y de caras aindiadas. Casi no hablaban. La mujer del capataz había muerto hace años.

Espinosa, en el campo, fue aprendiendo cosas que no sabía y que no sospechaba. Por ejemplo, que no hay que galopar cuando uno se está acercando a las casas y que nadie sale a andar a caballo sino para cumplir con una tarea. Con el tiempo llegaría a distinguir los pájaros por el grito.

A los pocos días, Daniel tuvo que ausentarse a la capital para cerrar una operación de animales. A lo sumo, el negocio le tomaría una semana. Espinosa, que ya estaba un poco harto de las *bonnes fortunes* de su primo y de su infatigable interés por las variaciones de la sastrería, prefirió quedarse en la estancia, con sus libros de texto. El calor apretaba y ni siquiera la noche traía un alivio. En el alba, los truenos lo despertaron. El viento zamarreaba las casuarinas. Espinosa oyó las primeras gotas y dio gracias a Dios. El aire frío vino de golpe. Esa tarde, el Salado se desbordó.

Al otro día, Baltasar Espinosa, mirando desde la galería los campos anegados, pensó que la metáfora que equipara la pampa con el mar no era, por lo menos esa mañana, del todo falsa, aunque Hudson había dejado escrito que el mar nos parece más grande, porque lo vemos desde la cubierta del barco y no desde el caballo o desde nuestra altura. La lluvia no cejaba; los Gutres, ayudados o incomodados por el pueblero, salvaron buena parte de la hacienda, aunque hubo muchos animales ahogados. Los caminos para llegar a la estancia eran cuatro: a todos los cubrieron las aguas. Al tercer día, una gotera amenazó la casa del capataz; Espinosa les dio una habitación que quedaba en el fondo, al lado del galpón de las herramientas. La mudanza los fue acercando; comían juntos en el gran comedor. El diálogo resultaba difícil; los Gutres, que sabían tantas cosas en materia de campo, no sabían explicarlas. Una noche, Espinosa les preguntó si la gente guardaba algún recuerdo de los malones, cuando la comandancia estaba en Junín. Le dijeron que sí, pero lo mismo hubieran contestado a una pregunta sobre la ejecución de Carlos I. Espinosa recordó que su padre solía decir que casi todos los casos de longevidad que se dan en el campo son casos de mala memoria o de un concepto vago de las fechas. Los gauchos suelen ignorar por igual el año en que nacieron y el nombre de quien los engendró.

En toda la casa no había otros libros que una serie de la revista *La Chacra*, un manual de veterinaria, un ejemplar de lujo del *Tabaré*, una *Historia del Shorthorn en la Argentina*, unos cuantos relatos eróticos o policiales y una novela reciente: *Don Segundo Sombra*. Espinosa, para distraer de algún modo la sobremesa inevitable, leyó un par de capítulos a los Gutres, que eran analfabetos. Desgraciadamente, el capataz había sido tropero y no le podían importar las andanzas de otro. Dijo que ese trabajo era liviano, que llevaban siempre un carguero con todo lo que se precisa y que, de no haber sido tropero, no habría llegado nunca hasta la Laguna de Gómez, hasta el Bragado y hasta los campos de los Núñez, en Chacabuco. En la cocina había una guitarra; los peones, antes de los hechos que narro, se sentaban en rueda; alguien la templaba y no llegaba nunca a tocar. Esto se llamaba una guitarreada.

Espinosa, que se había dejado crecer la barba, solía demorarse ante el espejo para mirar su cara cambiada y sonreía al pensar que en Buenos Aires aburriría a los muchachos con el relato de la inundación del Salado. Curiosamente, extrañaba lugares a los que no iba nunca y no iría:

una esquina de la calle Cabrera en la que hay un buzón, unos leones de mampostería en un portón de la calle Jujuy, a unas cuadras del Once, un almacén con piso de baldosa que no sabía muy bien dónde estaba. En cuanto a sus hermanos y a su padre, ya sabrían por Daniel que estaba aislado —la palabra, etimológicamente, era justa— por la creciente.

Explorando la casa, siempre cercada por las aguas, dio con una Biblia en inglés. En las páginas finales los Guthrie —tal era su nombre genuino— habían dejado escrita su historia. Eran oriundos de Inverness, habían arribado a este continente, sin duda como peones, a principios del siglo XIX, y se habían cruzado con indios. La crónica cesaba hacia mil ochocientos setenta y tantos; ya no sabían escribir. Al cabo de unas pocas generaciones habían olvidado el inglés; el castellano, cuando Espinosa los conoció, les daba trabajo. Carecían de fe, pero en su sangre perduraban, como rastros oscuros, el duro fanatismo del calvinista y las supersticiones del pampa. Espinosa les habló de su hallazgo y casi no escucharon.

Hojeó el volumen y sus dedos lo abrieron en el comienzo del Evangelio según Marcos. Para ejercitarse en la traducción y acaso para ver si entendían algo, decidió leerles ese texto después de la comida. Le sorprendió que lo escucharan con atención y luego con callado interés. Acaso la presencia de las letras de oro en la tapa le diera más autoridad. Lo llevan en la sangre, pensó. También se le ocurrió que los hombres, a lo largo del tiempo, han repetido siempre dos historias: la de un bajel perdido que busca por los mares mediterráneos una isla querida, y la de un dios que se hace crucificar en el Gólgota. Recordó las clases de elocución en Ramos Mejía y se ponía de pie para predicar las parábolas.

Los Gutres despachaban la carne asada y las sardinas para no demorar el Evangelio.

Una corderita que la muchacha mimaba y adornaba con una cintita celeste se lastimó con un alambrado de púa. Para parar la sangre, querían ponerle una telaraña; Espinosa la curó con unas pastillas. La gratitud que esa curación despertó no dejó de asombrarlo. Al principio, había desconfiado de los Gutres y había escondido en uno de sus libros los doscientos cuarenta pesos que llevaba consigo; ahora, ausente el patrón, él había tomado su lugar y daba órdenes tímidas, que eran inmediatamente acatadas. Los Gutres lo seguían por las piezas y por el corredor, como si anduvieran perdidos. Mientras leía, notó que le retiraban las migas que él había dejado sobre la mesa. Una tarde los sorprendió hablando de él con respeto y pocas palabras. Concluido el Evangelio según Marcos, quiso leer otro de los tres que faltaban; el padre le pidió que repitiera el que ya había leído, para entenderlo bien. Espinosa sintió que eran como niños, a quienes la repetición les agrada más que la variación o la novedad. Una noche soñó con el Diluvio, lo cual no es de extrañar; los martillazos de la fabricación del arca lo despertaron y pensó que acaso eran truenos. En efecto, la lluvia, que había amainado, volvió a recrudecer. El frío era intenso. Le dijeron que el temporal había roto el techo del galpón de las herramientas y que iban a mostrárselo cuando estuvieran arregladas las vigas. Ya no era un forastero y todos lo trataban con atención y casi lo mimaban. A ninguno le gustaba el café, pero había siempre una tacita para él, que colmaban de azúcar.

El temporal ocurrió un martes. El jueves a la noche lo recordó un golpecito suave en la puerta que, por las dudas, él siempre cerraba con llave. Se levantó y abrió: era la muchacha. En la oscuridad no la vio, pero por los pasos notó que estaba descalza y después, en el lecho, que había venido desde el fondo, desnuda. No lo abrazó, no dijo una sola palabra; se tendió junto a él y estaba temblando. Era la primera vez que conocía a un hombre. Cuando se fue, no le dio un beso; Espinosa pensó que ni siquiera sabía cómo se llamaba. Urgido por una íntima razón que no trató de averiguar, juró que en Buenos Aires no le contaría a nadie esa historia.

El día siguiente comenzó como los anteriores, salvo que el padre habló con Espinosa y le preguntó si Cristo se dejó matar para salvar a todos los hombres. Espinosa, que era librepensador pero que se vio obligado a justificar lo que les había leído, le contestó:

—Sí. Para salvar a todos del infierno.

Gutre le dijo entonces:

—¿Qué es el infierno?

—Un lugar bajo tierra donde las ánimas arderán y arderán.

—¿Y también se salvaron los romanos que lo clavaron en la cruz?

—Sí —replicó Espinosa, cuya teología era incierta.

Había temido que el capataz le exigiera cuentas de lo ocurrido anoche con su hija. Después del almuerzo, le pidieron que releyera los últimos capítulos.

Espinosa durmió una siesta larga, el despertar le trajo la convicción de lo que lo esperaba del otro lado de la puerta. Se levantó y salió al corredor. Dijo como si pensara en voz alta:

—Las aguas están bajas. Ya falta poco.

—Ya falta poco —repitió Gutre, como un eco.

Los tres lo habían seguido. Hincados en el piso de piedra le pidieron la bendición. Después lo maldijeron, lo escupieron y lo empujaron hasta el fondo. La muchacha lloraba. Cuando abrieron la puerta, vio el firmamento. Un pájaro gritó; pensó: es un jilguero. El galpón estaba sin techo; habían arrancado las vigas para construir la Cruz.

El informe de Brodie

En un ejemplar del primer volumen de *Las mil y una noches*
(Londres, 1840) de Lane, que me consiguió mi querido amigo
Paulino Keins, descubrimos el manuscrito que ahora traduciré
al castellano. La esmerada caligrafía —arte que las máquinas de escribir nos están enseñando a perder— sugiere que fue redactado por esa
misma fecha. Lane prodigó, según se sabe, las extensas notas explicativas; los márgenes abundan en adiciones, en signos de interrogación
y alguna vez en correcciones, cuya letra es la misma del manuscrito.
Diríase que a su lector le interesaron menos los prodigiosos cuentos de
Shahrazad que los hábitos del Islam. De David Brodie, cuya firma
exornada de una rúbrica figura al pie, nada he podido averiguar, salvo
que fue un misionero escocés, oriundo de Aberdeen, que predicó la fe
cristiana en el centro de África y luego en ciertas regiones selváticas del
Brasil, tierra a la cual lo llevaría su conocimiento del portugués. Ignoro la fecha y el lugar de su muerte. El manuscrito, que yo sepa, no fue
dado nunca a la imprenta.

Traduciré fielmente el informe, compuesto en un inglés incoloro,
sin permitirme otras omisiones que las de algún versículo de la Biblia y
la de un curioso pasaje sobre las prácticas sexuales de los Yahoos que el
buen presbiteriano confió pudorosamente al latín. Falta la primera página.

«… de la región que infestan los hombres-monos (*Apemen*) tienen su morada los *Mlch**, que llamaré Yahoos, para que mis lectores no olviden su naturaleza bestial y porque una precisa transliteración es casi imposible, dada la ausencia de vocales en su áspero lenguaje. Los individuos de la tribu no pasan, creo, de setecientos, incluyendo los *Nr*, que habitan más al sur, entre los matorrales. La cifra que he propuesto es conjetural, ya que, con excepción del rey, de la reina y de los hechiceros, los Yahoos duermen donde los encuentra la noche, sin lugar fijo. La fiebre palúdica y las incursiones continuas de los hombres-monos disminuyen su número. Sólo unos pocos tienen nombre. Para llamarse, lo hacen arrojándose fango. He visto asimismo a Yahoos que, para llamar a un amigo, se tiraban por el suelo y se revolcaban. Físicamente no difieren de los Kroo, salvo por la frente más baja y por cierto tinte cobrizo que amengua su negrura. Se alimentan de frutos, de raíces y de reptiles; beben leche de gato y de murciélago y pescan con la mano. Se ocultan para comer o cierran los ojos; lo demás lo hacen a la vista de todos, como los filósofos cínicos. Devoran los cadáveres crudos de los hechiceros y de los reyes, para asimilar su virtud. Les eché en cara esa costumbre; se tocaron la boca y la barriga, tal vez para indicar que los muertos también son alimento o —pero esto acaso es demasiado sutil— para que yo entendiera que todo lo que comemos es, a la larga, carne humana.

En sus guerras usan las piedras, de las que hacen acopio, y las imprecaciones mágicas. Andan desnudos; las artes del vestido y del tatuaje les son desconocidas.

Es digno de atención el hecho de que, disponiendo de una meseta dilatada y herbosa, en la que hay manantiales de agua clara y árboles que dispensan la sombra, hayan optado por amontonarse en las ciénagas que rodean la base, como deleitándose en los rigores del sol ecuato-

* Doy a la *ch* el valor que tiene en la palabra *loch*. (*Nota del autor.*)

rial y de la impureza. Las laderas son ásperas y formarían una especie de muro contra los hombres-monos. En las Tierras Altas de Escocia los clanes erigían sus castillos en la cumbre de un cerro; he alegado este uso a los hechiceros, proponiéndolo como ejemplo, pero todo fue inútil. Me permitieron, sin embargo, armar una cabaña en la meseta, donde el aire de la noche es más fresco.

La tribu está regida por un rey, cuyo poder es absoluto, pero sospecho que los que verdaderamente gobiernan son los cuatro hechiceros que lo asisten y que lo han elegido. Cada niño que nace está sujeto a un detenido examen; si presenta ciertos estigmas, que no me han sido revelados, es elevado a rey de los Yahoos. Acto continuo lo mutilan (*he is gelded*), le queman los ojos y le cortan las manos y los pies, para que el mundo no lo distraiga de la sabiduría. Vive confinado en una caverna, cuyo nombre es Alcázar (*Qzr*), en la que sólo pueden entrar los cuatro hechiceros y el par de esclavas que lo atienden y lo untan de estiércol. Si hay una guerra, los hechiceros lo sacan de la caverna, lo exhiben a la tribu para estimular su coraje y lo llevan, cargado sobre los hombros, a lo más recio del combate, a guisa de bandera o de talismán. En tales casos lo común es que muera inmediatamente, bajo las piedras que le arrojan los hombres-monos.

En otro Alcázar vive la reina, a la que no le está permitido ver a su rey. Ésta se dignó recibirme; era sonriente, joven y agraciada, hasta donde lo permite su raza. Pulseras de metal y de marfil y collares de dientes adornan su desnudez. Me miró, me husmeó y me tocó y concluyó por ofrecérseme, a la vista de todas las azafatas. Mi hábito (*my cloth*) y mis hábitos me hicieron declinar ese honor, que suele conceder a los hechiceros y a los cazadores de esclavos, por lo general musulmanes, cuyas cáfilas (caravanas) cruzan el reino. Me hundió dos o tres veces un alfiler de oro en la carne; tales pinchazos son las marcas del favor real y no son pocos los Yahoos que se los infieren, para simular que fue la reina la que los hizo. Los ornamentos que he enumerado vienen de otras regiones; los Yahoos los creen naturales, porque son incapaces de fabricar el objeto más simple. Para la tribu mi cabaña era un árbol, aunque muchos me vieron edificarla y me dieron su ayuda. Entre otras cosas, yo tenía un reloj, un casco de corcho, una brújula y una Biblia; los Yahoos las miraban y sopesaban y querían saber dónde las había recogido. Solían agarrar por la hoja mi cuchillo de monte; sin duda lo veían de otra manera. No sé hasta dónde hubieran podido ver una silla. Una casa de varias habitaciones constituiría un laberinto para ellos, pero tal vez no se perdieran, como tampoco un gato se pierde, aunque no puede imaginársela. A todos les maravillaba mi barba, que era bermeja entonces; la acariciaban largamente.

Son insensibles al dolor y al placer, salvo al agrado que les dan la carne cruda y rancia y las cosas fétidas. La falta de imaginación los mueve a ser crueles.

He hablado de la reina y del rey; paso ahora a los hechiceros. He escrito que son cuatro; este número es el mayor que abarca su aritmética. Cuentan con los dedos uno, dos, tres, cuatro, muchos; el infinito empieza en el pulgar. Lo mismo, me aseguran, ocurre con las tribus que merodean en las inmediaciones de Buenos-Ayres. Pese a que el cuatro es la última cifra de que disponen, los árabes que trafican con ellos no los estafan, porque en el canje todo se divide por lotes de uno, de dos, de tres y de cuatro, que cada cual pone a su lado. Las operaciones son lentas, pero no admiten el error o el engaño. De la nación de los Yahoos, los hechiceros son realmente los únicos que han suscitado mi interés. El vulgo les atribuye el poder de cambiar en hormigas o en tortugas a quienes así lo desean; un individuo que advirtió mi incredulidad me mostró un hormiguero, como si éste fuera una prueba. La memoria les falta a los Yahoos o casi no la tienen; hablan de los estragos causados por una invasión de leopardos, pero no saben si ellos la vieron o sus padres o si cuentan un sueño. Los hechiceros la poseen, aunque en grado mínimo; pueden recordar a la tarde hechos que ocurrieron en la mañana o aun la tarde anterior. Gozan también de la facultad de la previsión; declaran con tranquila certidumbre lo que sucederá dentro de diez o quince minutos. Indican, por ejemplo: *Una mosca me rozará la nuca* o *No tardaremos en oír el grito de un pájaro.* Centenares de veces he atestiguado este curioso don. Mucho he cavilado sobre él. Sabemos que el pasado, el presente y el porvenir ya están, minucia por minucia, en la profética memoria de Dios, en Su eternidad; lo extraño es que los hombres puedan mirar, indefinidamente, hacia atrás pero no hacia adelante. Si recuerdo con toda nitidez aquel velero de alto bordo que vino de Noruega cuando yo contaba apenas cuatro años ¿a qué sorprenderme del hecho de que alguien sea capaz de prever lo que está a punto de ocurrir? Filosóficamente, la memoria no es menos prodigiosa que la adivinación del futuro; el día de mañana está más cerca de nosotros que la travesía del mar Rojo por los hebreos, que, sin embargo, recordamos. A la tribu le está vedado fijar los ojos en las estrellas, privilegio reservado a los hechiceros. Cada hechicero tiene un discípulo, a quien instruye desde niño en las disciplinas secretas y que lo sucede a su muerte. Así siempre son cuatro, número de carácter mágico, ya que es el último a que alcanza la mente de los hombres. Profesan, a su modo, la doctrina del infierno y del cielo. Ambos son subterráneos. En el infierno, que es claro y seco, morarán los enfermos, los ancianos, los maltratados, los hombres-monos, los árabes y los leopardos; en el cielo, que se figuran pantanoso y oscuro, el rey, la reina, los hechiceros, los que en la tierra han sido felices, duros y sanguinarios. Veneran asimismo a un dios, cuyo nombre es Estiércol, y que posiblemente han ideado a imagen y semejanza del rey; es un ser mutilado, ciego, raquítico y de ilimitado poder. Suele asumir la forma de una hormiga o de una culebra.

A nadie le asombrará, después de lo dicho, que durante el espacio de mi estadía no lograra la conversión de un solo Yahoo. La frase *Padre nuestro* los perturbaba, ya que carecen del concepto de la paternidad.

No comprenden que un acto ejecutado hace nueve meses pueda guardar alguna relación con el nacimiento de un niño; no admiten una causa tan lejana y tan inverosímil. Por lo demás, todas las mujeres conocen el comercio carnal y no todas son madres.

El idioma es complejo. No se asemeja a ningún otro de los que yo tenga noticia. No podemos hablar de partes de la oración, ya que no hay oraciones. Cada palabra monosílaba corresponde a una idea general, que se define por el contexto o por los visajes. La palabra *nrz*, por ejemplo, sugiere la dispersión o las manchas; puede significar el cielo estrellado, un leopardo, una bandada de aves, la viruela, lo salpicado, el acto de desparramar o la fuga que sigue a la derrota. *Hrl*, en cambio, indica lo apretado o lo denso; puede significar la tribu, un tronco, una piedra, un montón de piedras, el hecho de apilarlas, el congreso de los cuatro hechiceros, la unión carnal y un bosque. Pronunciada de otra manera o con otros visajes, cada palabra puede tener un sentido contrario. No nos maravillemos con exceso; en nuestra lengua, el verbo *to cleave* vale por hendir y adherir. Por supuesto, no hay oraciones, ni siquiera frases truncas.

La virtud intelectual de abstraer que semejante idioma postula, me sugiere que los Yahoos, pese a su barbarie, no son una nación primitiva sino degenerada. Confirman esta conjetura las inscripciones que he descubierto en la cumbre de la meseta y cuyos caracteres, que se asemejan a las runas que nuestros mayores grababan, ya no se dejan descifrar por la tribu. Es como si ésta hubiera olvidado el lenguaje escrito y sólo le quedara el oral.

Las diversiones de la gente son las riñas de gatos adiestrados y las ejecuciones. Alguien es acusado de atentar contra el pudor de la reina o de haber comido a la vista de otro; no hay declaración de testigos ni confesión y el rey dicta su fallo condenatorio. El sentenciado sufre tormentos que trato de no recordar y después lo lapidan. La reina tiene el derecho de arrojar la primera piedra y la última, que suele ser inútil. El gentío pondera su destreza y la hermosura de sus partes y la aclama con frenesí, arrojándole rosas y cosas fétidas. La reina, sin una palabra, sonríe.

Otra costumbre de la tribu son los poetas. A un hombre se le ocurre ordenar seis o siete palabras, por lo general enigmáticas. No puede contenerse y las dice a gritos, de pie, en el centro de un círculo que forman, tendidos en la tierra, los hechiceros y la plebe. Si el poema no excita, no pasa nada; si las palabras del poeta los sobrecogen, todos se apartan de él, en silencio, bajo el mandato de un horror sagrado (*under a holy dread*). Sienten que lo ha tocado el espíritu; nadie hablará con él ni lo mirará, ni siquiera su madre. Ya no es un hombre sino un dios y cualquiera puede matarlo. El poeta, si puede, busca refugio en los arenales del Norte.

He referido ya cómo arribé a la tierra de los Yahoos. El lector recordará que me cercaron, que tiré al aire un tiro de fusil y que tomaron la descarga por una suerte de trueno mágico. Para alimentar ese error, procuré andar siempre sin armas. Una mañana de primavera, al rayar el día, nos invadieron bruscamente los hombres-monos; bajé corriendo de la cumbre, arma en mano, y maté a dos de esos animales. Los demás huyeron, atónitos. Las balas, ya se sabe, son invisibles. Por primera vez en mi vida, oí que me aclamaban. Fue entonces, creo, que la reina me recibió. La memoria de los Yahoos es precaria; esa misma tarde me fui. Mis aventuras en la selva no importan. Di al fin con una población de hombres negros, que sabían arar, sembrar y rezar y con los que me entendí en portugués. Un misionero romanista, el padre Fernandes, me hospedó en su cabaña y me cuidó hasta que pude reanudar mi penoso viaje. Al principio me causaba algún asco verlo abrir la boca sin disimulo y echar adentro piezas de comida. Yo me tapaba con la mano o desviaba los ojos; a los pocos días me acostumbré. Recuerdo con agrado nuestros debates en materia teológica. No logré que volviera a la genuina fe de Jesús.

Escribo ahora en Glasgow. He referido mi estadía entre los Yahoos, pero no su horror esencial, que nunca me deja del todo y que me visita en los sueños. En la calle creo que me cercan aún. Los Yahoos, bien lo sé, son un pueblo bárbaro, quizá el más bárbaro del orbe, pero sería una injusticia olvidar ciertos rasgos que los redimen. Tienen instituciones, gozan de un rey, manejan un lenguaje basado en conceptos genéricos, creen, como los hebreos y los griegos, en la raíz divina de la poesía y adivinan que el alma sobrevive a la muerte del cuerpo. Afirman la verdad de los castigos y de las recompensas. Representan, en suma, la cultura, como la representamos nosotros, pese a nuestros muchos pecados. No me arrepiento de haber combatido en sus filas, contra los hombres-monos. Tenemos el deber de salvarlos. Espero que el Gobierno de Su Majestad no desoiga lo que se atreve a sugerir este informe.»

El libro de arena
(1975)

El otro

El hecho ocurrió en el mes de febrero de 1969, al norte de Boston, en Cambridge. No lo escribí inmediatamente porque mi primer propósito fue olvidarlo, para no perder la razón. Ahora, en 1972, pienso que si lo escribo, los otros lo leerán como un cuento y, con los años, lo será tal vez para mí.

Sé que fue casi atroz mientras duró y más aún durante las desveladas noches que lo siguieron. Ello no significa que su relato pueda conmover a un tercero.

Serían las diez de la mañana. Yo estaba recostado en un banco, frente al río Charles. A unos quinientos metros a mi derecha había un alto edificio, cuyo nombre no supe nunca. El agua gris acarreaba largos trozos de hielo. Inevitablemente, el río hizo que yo pensara en el tiempo. La milenaria imagen de Heráclito. Yo había dormido bien, mi clase de la tarde anterior había logrado, creo, interesar a los alumnos. No había un alma a la vista.

Sentí de golpe la impresión (que según los psicólogos corresponde a los estados de fatiga) de haber vivido ya aquel momento. En la otra punta de mi banco alguien se había sentado. Yo hubiera preferido estar solo, pero no quise levantarme en seguida, para no mostrarme incivil. El otro se había puesto a silbar. Fue entonces cuando ocurrió la primera de las muchas zozobras de esa mañana. Lo que silbaba, lo que trataba de silbar (nunca he sido muy entonado), era el estilo criollo de «La tapera» de Elías Regules. El estilo me retrajo a un patio, que ha desaparecido, y a la memoria de Álvaro Melián Lafinur, que hace tantos años ha muerto. Luego vinieron las palabras. Eran las de la décima del principio. La voz no era la de Álvaro, pero quería parecerse a la de Álvaro. La reconocí con horror.

Me le acerqué y le dije:

—Señor, ¿usted es oriental o argentino?

—Argentino, pero desde el 14 vivo en Ginebra —fue la contestación.

Hubo un silencio largo. Le pregunté:

—¿En el número 17 de Malagnou, frente a la iglesia rusa?

Me contestó que sí.

—En tal caso —le dije resueltamente— usted se llama Jorge Luis Borges. Yo también soy Jorge Luis Borges. Estamos en 1969, en la ciudad de Cambridge.

—No —me respondió con mi propia voz un poco lejana.

Al cabo de un tiempo insistió:

—Yo estoy aquí en Ginebra, en un banco, a unos pasos del Ródano. Lo raro es que nos parecemos, pero usted es mucho mayor, con la cabeza gris.

Yo le contesté:

—Puedo probarte que no miento. Voy a decirte cosas que no puede saber un desconocido. En casa hay un mate de plata con un pie de serpientes, que trajo del Perú nuestro bisabuelo. También hay una palangana de plata, que pendía del arzón. En el armario de tu cuarto hay dos filas de libros. Los tres volúmenes de *Las mil y una noches* de Lane, con grabados en acero y notas en cuerpo menor entre capítulo y capítulo, el diccionario latino de Quicherat, la *Germania* de Tácito en latín y en la versión de Gordon, un *Don Quijote* de la casa Garnier, las *Tablas de sangre* de Rivera Indarte, con la dedicatoria del autor, el *Sartor Resartus* de Carlyle, una biografía de Amiel y, escondido detrás de los demás, un libro en rústica sobre las costumbres sexuales de los pueblos balcánicos. No he olvidado tampoco un atardecer en un primer piso de la plaza Dubourg.

—Dufour —corrigió.

—Está bien, Dufour. ¿Te basta con todo eso?

—No —respondió—. Esas pruebas no prueban nada. Si yo lo estoy soñando, es natural que sepa lo que yo sé. Su catálogo prolijo es del todo vano.

La objeción era justa. Le contesté:

—Si esta mañana y este encuentro son sueños, cada uno de los dos tiene que pensar que el soñador es él. Tal vez dejemos de soñar, tal vez no. Nuestra evidente obligación, mientras tanto, es aceptar el sueño, como hemos aceptado el universo y haber sido engendrados y mirar con los ojos y respirar.

—¿Y si el sueño durara? —dijo con ansiedad.

Para tranquilizarlo y tranquilizarme, fingí un aplomo que ciertamente no sentía. Le dije:

—Mi sueño ha durado ya setenta años. Al fin y al cabo, al recordarse, no hay persona que no se encuentre consigo misma. Es lo que nos está pasando ahora, salvo que somos dos. ¿No querés saber algo de mi pasado, que es el porvenir que te espera?

Asintió sin una palabra. Yo proseguí un poco perdido:

—Madre está sana y buena en su casa de Charcas y Maipú, en Buenos Aires, pero padre murió hace unos treinta años. Murió del corazón. Lo acabó una hemiplejia; la mano izquierda puesta sobre la mano derecha era como la mano de un niño sobre la mano de un gigante. Murió con impaciencia de morir, pero sin una queja. Nuestra abuela había muerto en la misma casa. Unos días antes del fin, nos llamó a todos y nos dijo: «Soy una mujer muy vieja, que está muriéndose muy despacio. Que nadie se alborote por una cosa tan común y corriente». Norah, tu hermana, se casó y tiene dos hijos. A propósito, en casa, ¿cómo están?

—Bien. Padre siempre con sus bromas contra la fe. Anoche dijo que Jesús era como los gauchos, que no quieren comprometerse, y que por eso predicaba en parábolas.

Vaciló y me dijo:

—¿Y usted?

—No sé la cifra de los libros que escribirás, pero sé que son demasiados. Escribirás poesías que te darán un agrado no compartido y cuentos de índole fantástica. Darás clases como tu padre y como tantos otros de nuestra sangre.

Me agradó que nada me preguntara sobre el fracaso o éxito de los libros. Cambié de tono y proseguí:

—En lo que se refiere a la historia… Hubo otra guerra, casi entre los mismos antagonistas. Francia no tardó en capitular; Inglaterra y América libraron contra un dictador alemán, que se llamaba Hitler, la cíclica batalla de Waterloo. Buenos Aires, hacia 1946, engendró otro Rosas, bastante parecido a nuestro pariente. El 55, la provincia de Córdoba nos salvó, como antes Entre Ríos. Ahora, las cosas andan mal. Rusia está apoderándose del planeta; América, trabada por la superstición de la democracia, no se resuelve a ser un imperio. Cada día que pasa nuestro país es más provinciano. Más provinciano y más engreído, como si cerrara los ojos. No me sorprendería que la enseñanza del latín fuera reemplazada por la del guaraní.

Noté que apenas me prestaba atención. El miedo elemental de lo imposible y sin embargo cierto lo amilanaba. Yo, que no he sido padre, sentí por ese pobre muchacho, más íntimo que un hijo de mi carne, una oleada de amor. Vi que apretaba entre las manos un libro. Le pregunté qué era.

—*Los poseídos* o, según creo, *Los demonios* de Fyodor Dostoievski —me replicó no sin vanidad.

—Se me ha desdibujado. ¿Qué tal es?

No bien lo dije, sentí que la pregunta era una blasfemia.

—El maestro ruso —dictaminó— ha penetrado más que nadie en los laberintos del alma eslava.

Esa tentativa retórica me pareció una prueba de que se había serenado.

Le pregunté qué otros volúmenes del maestro había recorrido.

Enumeró dos o tres, entre ellos *El doble*.

Le pregunté si al leerlos distinguía bien los personajes, como en el caso de Joseph Conrad, y si pensaba proseguir el examen de la obra completa.

—La verdad es que no —me respondió con cierta sorpresa.

Le pregunté qué estaba escribiendo y me dijo que preparaba un libro de versos que se titularía *Los himnos rojos*. También había pensado en Los *ritmos rojos*.

—¿Por qué no? —le dije—. Podés alegar buenos antecedentes. El verso azul de Rubén Darío y la canción gris de Verlaine.

Sin hacerme caso, me aclaró que su libro cantaría la fraternidad de todos los hombres. El poeta de nuestro tiempo no puede dar la espalda a su época.

Me quedé pensando y le pregunté si verdaderamente se sentía hermano de todos. Por ejemplo, de todos los empresarios de pompas fúnebres, de todos los carteros, de todos los buzos, de todos los que viven en la acera de los números pares, de todos los afónicos, etcétera. Me dijo que su libro se refería a la gran masa de los oprimidos y parias.

—Tu masa de oprimidos y de parias —le contesté— no es más que una abstracción. Sólo los individuos existen, si es que existe alguien. «El hombre de ayer no es el hombre de hoy» sentenció algún griego. Nosotros dos, en este banco de Ginebra o de Cambridge, somos tal vez la prueba.

Salvo en las severas páginas de la historia, los hechos memorables prescinden de frases memorables. Un hombre a punto de morir quiere acordarse de un grabado entrevisto en la infancia; los soldados que están por entrar en la batalla hablan del barro o del sargento. Nuestra situación era única y, francamente, no estábamos preparados. Hablamos, fatalmente, de letras; temo no haber dicho otras cosas que las que suelo decir a los periodistas. Mi *alter ego* creía en la invención o descubrimiento de metáforas nuevas; yo en las que corresponden a afinidades íntimas y notorias y que nuestra imaginación ya ha aceptado. La vejez de los hombres y el ocaso, los sueños y la vida, el correr del tiempo y del agua. Le expuse esta opinión, que expondría en un libro años después.

Casi no me escuchaba. De pronto dijo:

—Si usted ha sido yo, ¿cómo explicar que haya olvidado su encuentro con un señor de edad que en 1918 le dijo que él también era Borges?

No había pensado en esa dificultad. Le respondí sin convicción:

—Tal vez el hecho fue tan extraño que traté de olvidarlo.

Aventuró una tímida pregunta:

—¿Cómo anda su memoria?

Comprendí que para un muchacho que no había cumplido veinte años, un hombre de más de setenta era casi un muerto. Le contesté:

—Suele parecerse al olvido, pero todavía encuentra lo que le encargan. Estudio anglosajón y no soy el último de la clase.

Nuestra conversación ya había durado demasiado para ser la de un sueño.

Una brusca idea se me ocurrió.

—Yo te puedo probar inmediatamente —le dije— que no estás soñando conmigo. Oí bien este verso, que no has leído nunca, que yo recuerde.

Lentamente entoné la famosa línea:

L'hydre-univers tordant son corps écaillé d'astres.

Sentí su casi temeroso estupor. Lo repitió en voz baja, saboreando cada resplandeciente palabra.

—Es verdad —balbuceó—. Yo no podré nunca escribir una línea como ésa.

Hugo nos había unido.

Antes, él había repetido con fervor, ahora lo recuerdo, aquella breve pieza en que Walt Whitman rememora una compartida noche ante el mar, en que fue realmente feliz.

—Si Whitman la ha cantado —observé— es porque la deseaba y no sucedió. El poema gana si adivinamos que es la manifestación de un anhelo, no la historia de un hecho.

Se quedó mirándome.

—Usted no lo conoce —exclamó—. Whitman es incapaz de mentir.

Medio siglo no pasa en vano. Bajo nuestra conversación de personas de miscelánea lectura y gustos diversos, comprendí que no podíamos entendernos. Éramos demasiado distintos y demasiado parecidos. No podíamos engañarnos, lo cual hace difícil el diálogo. Cada uno de los dos era el remedo caricaturesco del otro. La situación era harto anormal para durar mucho más tiempo. Aconsejar o discutir era inútil, porque su inevitable destino era ser el que soy.

De pronto recordé una fantasía de Coleridge. Alguien sueña que cruza el paraíso y le dan como prueba una flor. Al despertarse, ahí está la flor. Se me ocurrió un artificio análogo.

—Oí —le dije—, ¿tenés algún dinero?

—Sí —me replicó—. Tengo unos veinte francos. Esta noche lo convidé a Simón Jichlinski en el Crocodile.

—Dile a Simón que ejercerá la medicina en Carouge, y que hará mucho bien… ahora, me das una de tus monedas.

Sacó tres escudos de plata y unas piezas menores. Sin comprender me ofreció uno de los primeros.

Yo le tendí uno de esos imprudentes billetes americanos que tienen muy diverso valor y el mismo tamaño. Lo examinó con avidez.

—No puede ser —gritó—. Lleva la fecha de 1974.

(Meses después alguien me dijo que los billetes de Banco no llevan fecha.)

—Todo esto es un milagro —alcanzó a decir— y lo milagroso da miedo. Quienes fueron testigos de la resurrección de Lázaro habrán quedado horrorizados.

No hemos cambiado nada, pensé. Siempre las referencias librescas.

Hizo pedazos el billete y guardó la moneda. Yo resolví tirarla al río. El arco del escudo de plata perdiéndose en el río de plata hubiera conferido a mi historia una imagen vívida, pero la suerte no lo quiso.

Respondí que lo sobrenatural, si ocurre dos veces, deja de ser aterrador. Le propuse que nos viéramos al día siguiente, en ese mismo banco que está en dos tiempos y en dos sitios.

Asintió en el acto y me dijo, sin mirar el reloj, que se le había hecho tarde. Los dos mentíamos y cada cual sabía que su interlocutor estaba mintiendo. Le dije que iban a venir a buscarme.

—¿A buscarlo? —me interrogó.

—Sí. Cuando alcances mi edad habrás perdido casi por completo la vista. Verás el color amarillo y sombras y luces. No te preocupes. La ceguera gradual no es una cosa trágica. Es como un lento atardecer de verano.

Nos despedimos sin habernos tocado. Al día siguiente no fui. El otro tampoco habrá ido. He cavilado mucho sobre este encuentro, que no he contado a nadie. Creo haber descubierto la clave. El encuentro fue real, pero el otro conversó conmigo en un sueño y fue así que pudo olvidarme; yo conversé con él en la vigilia y todavía me atormenta el recuerdo.

El otro me soñó, pero no me soñó rigurosamente. Soñó, ahora lo entiendo, la imposible fecha en el dólar.

Ulrica

Hann tekr sverthit Gram ok
leggr i methal theira bert.

Völsunga Saga, 27

Mi relato será fiel a la realidad o, en todo caso, a mi recuerdo personal de la realidad, lo cual es lo mismo. Los hechos ocurrieron hace muy poco, pero sé que el hábito literario es asimismo el hábito de intercalar rasgos circunstanciales y de acentuar los énfasis. Quiero narrar mi encuentro con Ulrica (no supe su apellido y tal vez no lo sabré nunca) en la ciudad de York. La crónica abarcará una noche y una mañana.

Nada me costaría referir que la vi por primera vez junto a las Cinco Hermanas de York, esos vitrales puros de toda imagen que respetaron los iconoclastas de Cromwell, pero el hecho es que nos conocimos en la salita del Northern Inn, que está del otro lado de las murallas. Éramos pocos y ella estaba de espaldas. Alguien le ofreció una copa y rehusó.

—Soy feminista —dijo—. No quiero remedar a los hombres. Me desagradan su tabaco y su alcohol.

La frase quería ser ingeniosa y adiviné que no era la primera vez que la pronunciaba. Supe después que no era característica de ella, pero lo que decimos no siempre se parece a nosotros.

Refirió que había llegado tarde al museo, pero que la dejaron entrar cuando supieron que era noruega.

Uno de los presentes comentó:

—No es la primera vez que los noruegos entran en York.

—Así es —dijo ella—. Inglaterra fue nuestra y la perdimos, si alguien puede tener algo o algo puede perderse.

Fue entonces cuando la miré. Una línea de William Blake habla de muchachas de suave plata o de furioso oro, pero en Ulrica estaban el oro y la suavidad. Era ligera y alta, de rasgos afilados y de ojos grises. Menos que su rostro me impresionó su aire de tranquilo misterio. Sonreía fácilmente y la sonrisa parecía alejarla. Vestía de negro, lo cual es raro en tierras del Norte, que tratan de alegrar con colores lo apagado del ámbito. Hablaba un inglés nítido y preciso y acentuaba levemente las erres. No soy observador; esas cosas las descubrí poco a poco.

Nos presentaron. Le dije que era profesor en la Universidad de los Andes en Bogotá. Aclaré que era colombiano.

Me preguntó de un modo pensativo:

—¿Qué es ser colombiano?

—No sé —le respondí—. Es un acto de fe.

—Como ser noruega —asintió.

Nada más puedo recordar de lo que se dijo esa noche. Al día siguiente bajé temprano al comedor. Por los cristales vi que había nevado; los páramos se perdían en la mañana. No había nadie más. Ulrica me invitó a su mesa. Me dijo que le gustaba salir a caminar sola.

Recordé una broma de Schopenhauer y contesté:

—A mí también. Podemos salir juntos los dos.

Nos alejamos de la casa, sobre la nieve joven. No había un alma en los campos. Le propuse que fuéramos a Thorgate, que queda río abajo, a unas millas. Sé que ya estaba enamorado de Ulrica; no hubiera deseado a mi lado ninguna otra persona.

Oí de pronto el lejano aullido de un lobo. No he oído nunca aullar a un lobo, pero sé que era un lobo. Ulrica no se inmutó.

Al rato dijo como si pensara en voz alta:

—Las pocas y pobres espadas que vi ayer en York Minster me han conmovido más que las grandes naves del museo de Oslo.

Nuestros caminos se cruzaban. Ulrica, esa tarde, proseguiría el viaje hacia Londres; yo, hacia Edimburgo.

—En Oxford Street —me dijo— repetiré los pasos de De Quincey, que buscaba a su Anna perdida entre las muchedumbres de Londres.

—De Quincey —respondí— dejó de buscarla. Yo, a lo largo del tiempo, sigo buscándola.

—Tal vez —dijo en voz baja— la has encontrado.

Comprendí que una cosa inesperada no me estaba prohibida y le besé la boca y los ojos. Me apartó con suave firmeza y luego declaró:

—Seré tuya en la posada de Thorgate. Te pido mientras tanto, que no me toques. Es mejor que así sea.

Para un hombre célibe entrado en años, el ofrecido amor es un don que ya no se espera. El milagro tiene derecho a imponer condiciones. Pensé en mis mocedades de Popayan y en una muchacha de Texas, clara y esbelta como Ulrica, que me había negado su amor.

No incurrí en el error de preguntarle si me quería. Comprendí que no era el primero y que no sería el último. Esa aventura, acaso la postrera para mí, sería una de tantas para esa resplandeciente y resuelta discípula de Ibsen.

Tomados de la mano seguimos.

—Todo esto es como un sueño —dije— y yo nunca sueño.

—Como aquel rey —replicó Ulrica— que no soñó hasta que un hechicero lo hizo dormir en una pocilga.

Agregó después:

—Oye bien. Un pájaro está por cantar.

Al poco rato oímos el canto.

—En estas tierras —dije—, piensan que quien está por morir prevé lo futuro.

—Y yo estoy por morir —dijo ella.

La miré atónito.

—Cortemos por el bosque —la urgí—. Arribaremos más pronto a Thorgate.

—El bosque es peligroso —replicó.

Seguimos por los páramos.

—Yo querría que este momento durara siempre —murmuré.

—*Siempre* es una palabra que no está permitida a los hombres —afirmó Ulrica y, para aminorar el énfasis, me pidió que le repitiera mi nombre, que no había oído bien.

—Javier Otárola —le dije.

Quiso repetirlo y no pudo. Yo fracasé, parejamente, con el nombre de Ulrikke.

—Te llamaré Sigurd —declaró con una sonrisa.

—Si soy Sigurd —le repliqué— tú serás Brynhild.

Había demorado el paso.

—¿Conoces la saga? —le pregunté.

—Por supuesto —me dijo—. La trágica historia que los alemanes echaron a perder con sus tardíos Nibelungos.

No quise discutir y le respondí:

—Brynhild, caminas como si quisieras que entre los dos hubiera una espada en el lecho.

Estábamos de golpe ante la posada. No me sorprendió que se llamara, como la otra, el Northern Inn.

Desde lo alto de la escalinata, Ulrica me gritó:

—¿Oíste al lobo? Ya no quedan lobos en Inglaterra. Apresúrate.

Al subir al piso alto, noté que las paredes estaban empapeladas a la manera de William Morris, de un rojo muy profundo, con entrelazados frutos y pájaros. Ulrica entró primero. El aposento oscuro era bajo, con un techo a dos aguas. El esperado lecho se duplicaba en un vago cristal y la bruñida caoba me recordó el espejo de la Escritura. Ulrica ya se había desvestido. Me llamó por mi verdadero nombre, Javier. Sentí que la nieve arreciaba. Ya no quedaban muebles ni espejos. No había una espada entre los dos. Como la arena se iba el tiempo. Secular en la sombra fluyó el amor y poseí por primera y última vez la imagen de Ulrica.

El Congreso

Ils s'acheminèrent vers un château immen-
se, au frontispice duquel on lisait: «Je n'ap-
partiens à personne et j'appartiens à tout le
monde. Vous y étiez avant que d'y entrer, et
vous y serez encore quand vous en sortirez».

DIDEROT,
Jacques le Fataliste et son maitre (1769)

Mi nombre es Alejandro Ferri. Ecos marciales hay en él, pero ni los metales de la gloria ni la gran sombra del macedonio —la frase es del autor de *Los mármoles*, cuya amistad me honró— se parecen al modesto hombre gris que hilvana estas líneas, en el piso alto de un hotel de la calle Santiago del Estero, en un Sur que ya no es el Sur. En cualquier momento habré cumplido setenta y tantos años; sigo dictando clases de inglés a pocos alumnos. Por indecisión o por negligencia o por otras razones, no me casé, y ahora estoy solo. No me duele la soledad; bastante esfuerzo es tolerarse a uno mismo y a sus manías. Noto que estoy envejeciendo; un síntoma inequívoco es el hecho de que no me interesan o sorprenden las novedades, acaso porque advierto que nada esencialmente nuevo hay en ellas y que no pasan de ser tímidas variaciones. Cuando era joven, me atraían los atardeceres, los arrabales y la desdicha; ahora, las mañanas del centro y la serenidad. Ya no juego a ser Hamlet. Me he afiliado al partido conservador y a un club de ajedrez, que suelo frecuentar como espectador, a veces distraí-do. El curioso puede exhumar, en algún oscuro anaquel de la Bibliote-ca Nacional de la calle México, un ejemplar de mi *Breve examen del idioma analítico de John Wilkins*, obra que exigiría otra edición, siquie-ra para corregir o atenuar sus muchos errores. El nuevo director de la Biblioteca, me dicen, es un literato que se ha consagrado al estudio de las lenguas antiguas, como si las actuales no fueran suficientemente ru-dimentarias, y a la exaltación demagógica de un imaginario Buenos Aires de cuchilleros. Nunca he querido conocerlo. Yo arribé a esta ciu-dad en 1899 y una sola vez el azar me enfrentó con un cuchillero o con un sujeto que tenía fama de tal. Más adelante, si se presenta la ocasión, contaré el episodio.

Ya dije que estoy solo; días pasados, un vecino de pieza, que me ha-bía oído hablar de Fermín Eguren, me dijo que éste había fallecido en Punta del Este.

La muerte de aquel hombre, que ciertamente no fue nunca mi amigo, se ha obstinado en entristecerme. Sé que estoy solo; soy en la tierra el único guardián de aquel acontecimiento, el Congreso, cuya memoria no podré compartir. Soy ahora el último congresal. Es verdad que todos los hombres lo son, que no hay un ser en el planeta que no lo sea, pero yo lo soy de otro modo. Sé que lo soy; eso me hace diverso de mis innumerables colegas, actuales y futuros. Es verdad que el día 7 de febrero de 1904 juramos por lo más sagrado no revelar —¿habrá en la tierra algo sagrado o algo que no lo sea?— la historia del Congreso, pero no menos cierto es que el hecho de que yo ahora sea un perjuro es tam-bién parte del Congreso. Esta declaración es oscura, pero puede encen-der la curiosidad de mis eventuales lectores.

De cualquier modo, la tarea que me he impuesto no es fácil. No he acometido nunca, ni siquiera en su especie epistolar, el género na-rrativo y, lo que sin duda es harto más grave, la historia que registra-ré es increíble. La pluma de José Fernández Irala, el inmerecidamente olvidado poeta de *Los mármoles*, era la predestinada a esta empresa, pero ya es tarde. No falsearé deliberadamente los hechos, pero presiento que la haraganería y la torpeza me obligarán, más de una vez, al error.

Las precisas fechas no importan. Recordemos que vine de Santa Fe, mi provincia natal, en 1899. No he vuelto nunca; me he acostumbrado a Buenos Aires, ciudad que no me atrae, como quien se acostumbra a su cuerpo o a una vieja dolencia. Preveo, sin mayor interés, que pronto he de morir; debo, por consiguiente, sujetar mi hábito digresivo y adelantar un poco la narración.

No modifican nuestra esencia los años, si es que alguna tenemos; el impulso que me llevaría, una noche, al Congreso del Mundo fue el que me trajo, inicialmente, a la redacción de *Última Hora*. Para un pobre muchacho provinciano, ser periodista puede ser un destino romántico, así como un pobre muchacho de la capital puede imaginar que es romántico el destino de un gaucho o de un peón de chacra. No me abochorna haber querido ser periodista, rutina que ahora me parece trivial. Recuerdo haberle oído decir a Fernández Irala, mi colega, que el periodista escribe para el olvido y que su anhelo era escribir para la memoria y el tiempo. Ya había cincelado (el verbo era de uso común) alguno de los sonetos perfectos que aparecerían después, con uno que otro leve retoque, en las páginas de *Los mármoles*.

No puedo precisar la primera vez que oí hablar del Congreso. Quizá fue aquella tarde en que el contador me pagó mi sueldo mensual y yo, para celebrar esa prueba de que Buenos Aires me había aceptado, propuse a Irala que comiéramos juntos. Éste se disculpó, alegando que no podía faltar al Congreso. Inmediatamente entendí que no se refería al vanidoso edificio con una cúpula, que está en el fondo de una avenida poblada de españoles, sino a algo más secreto y más importante. La gente hablaba del Congreso, algunos con abierta sorna, otros bajando la voz, otros con alarma o curiosidad; todos, creo, con ignorancia. Al cabo de unos sábados, Irala me convidó a acompañarlo. Ya había cumplido, me confió, con los trámites necesarios.

Serían las nueve o diez de la noche. En el tranvía me dijo que las reuniones preliminares tenían lugar los sábados y que don Alejandro Glencoe, tal vez movido por mi nombre, ya había dado su firma. Entramos en la Confitería del Gas. Los congresales, que serían quince o veinte, rodeaban una mesa larga; no sé si había un estrado o si la memoria lo agrega. Reconocí en el acto al presidente, que no había visto nunca. Don Alejandro era un señor de aire digno, ya entrado en años, con la frente despejada, los ojos grises y una canosa barba rojiza. Siempre lo vi de levita oscura; solía apoyar en el bastón las manos cruzadas. Era robusto y alto. A su izquierda había un hombre mucho más joven, también de pelo rojo; su violento color sugería el fuego y el de la barba del señor Glencoe, las hojas del otoño. A la derecha había un muchacho de cara larga y de frente singularmente baja, trajeado como un dandy. Todos habían pedido café y uno que otro, ajenjo. Lo que primero despertó mi atención fue la presencia de una mujer, sola entre tantos hombres. En la otra punta de la mesa había un niño de diez años, vestido de marinero, que no tardó en quedarse dormido. Había también un pastor protestante, dos inequívocos judíos y un negro con pañuelo de seda y la ropa muy ajustada, a la manera de los compadritos de las esquinas. Ante el negro y el niño había dos tazas de chocolate. No recuerdo a los otros, salvo a un señor Marcelo del Mazo, hombre de suma cortesía y de fino diálogo, que no volví a ver más. Conservo una borrosa y deficiente fotografía de una de las reuniones, que no publicaré, porque la indumentaria de la época, las melenas y los bigotes, le darían un aire burlesco y hasta menesteroso, que falsearía la escena. Todas las agrupaciones tienden a crear su dialecto y sus ritos; el Congreso, que siempre tuvo para mí algo de sueño, parecía querer que los congresales fueran descubriendo sin prisa el fin que buscaban y aun los nombres y apellidos de sus colegas. No tardé en comprender que mi obligación era no hacer preguntas y me abstuve de interrogar a Fernández Irala, que tampoco me dijo nada. No falté un solo sábado, pero pasaron uno o dos meses antes que yo entendiera. Desde la segunda reunión, mi vecino fue Donald Wren, un ingeniero del Ferrocarril Sud, que me daría lecciones de inglés.

Don Alejandro hablaba muy poco; los otros no se dirigían a él, pero sentí que hablaban para él y que buscaban su aprobación. Bastaba un ademán de la lenta mano para que el tema del debate cambiara. Fui descubriendo poco a poco que el rojizo hombre de la izquierda tenía el curioso nombre de Twirl. Recuerdo su aire frágil, que es atributo de ciertas personas muy altas, como si la estatura les diera vértigo y los hiciera abovedarse. Sus manos, lo recuerdo, solían jugar con una brújula de cobre, que a ratos dejaba en la mesa. A fines de 1914, murió como soldado de infantería en un regimiento irlandés. El que siempre ocupaba la derecha era el joven de frente baja, Fermín Eguren, sobrino del presidente. Descreo de los métodos del realismo, género artificial si lo hay; prefiero revelar de una buena vez lo que comprendí gradualmente. Antes, quiero recordar al lector mi situación de entonces: yo era un pobre muchacho de Casilda, hijo de chacareros, que había llegado a Buenos Aires y que de pronto se encontraba, así lo sentí, en el íntimo centro de Buenos Aires y tal vez, quién sabe, del mundo. Medio siglo ha pasado y sigo sintiendo aquel deslumbramiento inicial, que ciertamente no fue el último.

He aquí los hechos; los narraré con toda brevedad. Don Alejandro Glencoe, el presidente, era un estanciero oriental, dueño de un establecimiento de campo que lindaba con el Brasil. Su padre, oriundo de Aberdeen, se había fijado en este continente al promediar el siglo anterior. Trajo consigo unos cien libros, los únicos, me atrevo a afirmar, que don Alejandro leyó en el decurso de su vida. (Hablo de estos libros heterogéneos, que he tenido en las manos, porque en uno de ellos está la raíz de mi historia.) El primer Glencoe, al morir, dejó una hija y un hijo, que sería después nuestro presidente. La hija se casó con un Eguren y fue la madre de Fermín. Don Alejandro aspiró alguna vez a ser diputado, pero los jefes políticos le cerraron las puertas del Congreso del Uruguay. El hombre se enconó y resolvió fundar otro Congreso de más vastos alcances. Recordó haber leído en una de las volcánicas páginas de Carlyle el destino de aquel Anacharsis Cloots, devoto de la diosa Razón, que a la cabeza de treinta y seis extranjeros habló como «orador del género humano» ante una asamblea de París. Movido por su ejemplo, don Alejandro concibió el propósito de organizar un Congreso del Mundo que representaría a todos los hombres de todas las naciones. El centro de las reuniones preliminares era la Confitería del Gas; el acto de apertura, para el cual se había previsto un plazo de cuatro años, tendría su sede en el establecimiento de don Alejandro. Éste, que como tantos orientales, no era partidario de Artigas, quería a Buenos Aires, pero había resuelto que el Congreso se reuniera en su patria. Curiosamente, el plazo original se cumpliría con una precisión casi mágica.

Al principio cobrábamos nuestras dietas, que no eran deleznables, pero el fervor que a todos nos encendía hizo que Fernández Irala, que era tan pobre como yo, renunciara a la suya y lo mismo hicimos los otros. Esa medida fue benéfica, ya que sirvió para separar la mies del rastrojo; el número de congresales disminuyó y sólo quedamos los fieles. El único cargo rentado fue el de la secretaria, Nora Erfjord, que carecía de otros medios de vida y cuya labor era abrumadora. Organizar una entidad que abarca el planeta no es una empresa baladí. Las cartas iban y venían y asimismo los telegramas. Llegaban adhesiones del Perú, de Dinamarca y del Indostán. Un boliviano señaló que su patria carecía de todo acceso al mar y que esa lamentable carencia debería ser el tema de uno de los primeros debates.

Twirl, cuya inteligencia era lúcida, observó que el Congreso presuponía un problema de índole filosófica. Planear una asamblea que representara a todos los hombres era como fijar el número exacto de los arquetipos platónicos, enigma que ha atareado durante siglos la perplejidad de los pensadores. Sugirió que, sin ir más lejos, don Alejandro Glencoe podía representar a los hacendados, pero también a los orientales y también a los grandes precursores y también a los hombres de barba roja y a los que están sentados en un sillón. Nora Erfjord era noruega. ¿Representaría a las secretarias, a las noruegas o simplemente a todas las mujeres hermosas? ¿Bastaba un ingeniero para representar a todos los ingenieros, incluso los de Nueva Zelanda?

Fue entonces, creo, que Fermín intervino.

—Ferri está en representación de los gringos —dijo con una carcajada.

Don Alejandro lo miró con severidad y dijo sin apuro:

—El señor Ferri está en representación de los emigrantes, cuya labor está levantando el país.

Nunca Fermín Eguren me pudo ver. Ejercía diversas soberbias: la de ser oriental, la de ser criollo, la de atraer a todas las mujeres, la de haber elegido un sastre costoso y, nunca sabré por qué, la de su estirpe vasca, gente que al margen de la historia no ha hecho otra cosa que ordeñar vacas.

Un incidente de lo más trivial selló nuestras enemistades. Después de una sesión, Eguren propuso que fuéramos a la calle Junín. El proyecto no me atraía, pero acepté, para no exponerme a sus burlas. Fuimos con Fernández Irala. Al salir de la casa, nos cruzamos con un hombre grandote. Eguren, que estaría un poco bebido, le dio un empujón. El otro nos cerró el camino y nos dijo:

—El que quiera salir va a tener que pasar por este cuchillo.

Recuerdo el brillo del acero en la oscuridad del zaguán. Eguren se echó atrás, aterrado. Yo no las tenía todas conmigo, pero mi odio pudo más que mi susto. Me llevé la mano a la sisa, como para sacar un arma, y dije con voz firme:

—Esto lo vamos a arreglar en la calle.

El desconocido me respondió, ya con otra voz.

—Así me gustan los hombres. Yo quería probarlos, amigo.

Ahora reía afablemente.

—Lo de amigo corre por cuenta suya —le repliqué y salimos.

El hombre del cuchillo entró en el prostíbulo. Me dijeron después que se llamaba Tapia o Paredes o algo por el estilo y que tenía fama de pendenciero. Ya en la vereda, Irala, que se había mantenido sereno, me palmeó y declaró con énfasis:

—Entre los tres había un mosquetero. ¡Salve, d'Artagnan!

Fermín Eguren nunca me perdonó haber sido testigo de su aflojada.

Siento que ahora, y sólo ahora, empieza la historia. Las páginas ya escritas no han registrado más que las condiciones que el azar o el destino requería para que ocurriera el hecho increíble, acaso el único de toda mi vida. Don Alejandro Glencoe era siempre el centro de la trama, pero gradualmente sentimos, no sin algún asombro y alarma, que el verdadero presidente era Twirl. Este singular personaje de bigote fulgente adulaba a Glencoe y aun a Fermín Eguren, pero de un modo tan exagerado que podía pasar por una burla y no comprometía su dignidad. Glencoe tenía la soberbia de su vasta fortuna; Twirl adivinó que, para imponerle un proyecto, bastaba sugerir que su costo era demasiado oneroso. Al principio, el Congreso no había sido más, lo sospecho, que un vago nombre; Twirl proponía continuas ampliaciones, que don Alejandro siempre aceptaba. Era como estar en el centro de un círculo creciente, que se agranda sin fin, alejándose. Declaró, por ejemplo, que el Congreso no podía prescindir de una biblioteca de libros de consulta; Nierenstein, que trabajaba en una librería, fue consiguiéndonos los atlas de Justus Perthes y diversas y extensas enciclopedias, desde la *Historia naturalis* de Plinio y el *Speculum* de Beauvais hasta los gratos laberintos (releo estas palabras con la voz de Fernández Irala) de los ilustres enciclopedistas franceses, de la *Britannica*, de Pierre Larousse, de

Brockhaus, de Larsen y de Montaner y Simón. Recuerdo haber acariciado con reverencia los sedosos volúmenes de cierta enciclopedia china, cuyos bien pincelados caracteres me parecieron más misteriosos que las manchas de la piel de un leopardo. No diré todavía el fin que tuvieron y que por cierto no lamento.

Don Alejandro nos había tomado cariño a Fernández Irala y a mí, tal vez porque éramos los únicos que no trataban de halagarlo. Nos convidó a pasar unos días en la estancia La Caledonia, donde ya estaban trabajando los peones albañiles.

Al cabo de una larga navegación, río arriba, y de una travesía en balsa, pisamos la otra banda, un amanecer. Después tuvimos que hacer noche en pulperías menesterosas y que abrir y cerrar muchas tranqueras en la Cuchilla Negra. Íbamos en una volanta; el campo me pareció más grande y más solo que el de la chacra en que nací.

Conservo aún mis dos imágenes de la estancia: la que yo había previsto y la que mis ojos vieron al fin. Absurdamente yo me había figurado, como en un sueño, una combinación imposible de la llanura santafesina y del Palacio de las Aguas Corrientes; La Caledonia era una casa larga, de adobe, con el techo de paja a dos aguas y con un corredor de ladrillo. Me pareció construida para el rigor y para el largo tiempo. Casi una vara de espesor tenían los toscos muros y las puertas eran angostas. A nadie se le había ocurrido plantar un árbol. El primer sol y el último la golpeaban. Los corrales eran de piedra; la hacienda era numerosa, flaca y guampuda; las colas arremolinadas de los caballos alcanzaban al suelo. Por primera vez conocí el sabor del animal recién carneado. Trajeron unas bolsas de galleta; el capataz me dijo, días después, que no había probado pan en su vida. Irala preguntó dónde estaba el baño; don Alejandro con un vasto ademán, le mostró el continente. La noche era de luna; salí a dar una vuelta y lo sorprendí, vigilado por un ñandú.

El calor, que no había mitigado la noche, era insoportable y todos ponderaban el fresco. Las piezas eran bajas y muchas y me parecieron desmanteladas; nos destinaron una que daba al sur, en la que había dos catres y una cómoda, con la palangana y la jarra que eran de plata. El piso era de tierra.

Al día siguiente di con la biblioteca y con los volúmenes de Carlyle y busqué las páginas consagradas al orador del género humano, Anacharsis Cloots, que me había conducido a aquella mañana y a aquella soledad. Después del desayuno, idéntico a la comida, don Alejandro nos mostró los trabajos. Hicimos una legua a caballo, entre los descampados. Irala, cuya equitación era temerosa, sufrió un percance; el capataz observó sin una sonrisa:

—El porteño sabe apearse muy bien.

Desde lejos vimos la obra. Una veintena de hombres había erigido una suerte de anfiteatro despedazado. Recuerdo unos andamios y unas gradas que dejaban entrever espacios de cielo.

Más de una vez traté de conversar con los gauchos, pero mi empeño fracasó. De algún modo sabían que eran distintos. Para entenderse entre ellos, usaban parcamente un gangoso español abrasilerado. Sin duda por sus venas corría sangre india y sangre negra. Eran fuertes y bajos; en La Caledonia yo era un hombre alto, cosa que no me había sucedido hasta entonces. Casi todos usaban chiripá y uno que otro, bombacha. Poco o nada tenían en común con los dolientes personajes de Hernández o de Rafael Obligado. Bajo el estímulo del alcohol de los sábados, eran fácilmente violentos. No había una mujer y jamás oí una guitarra.

Más que los hombres de esa frontera me interesó el cambio total que se había operado en don Alejandro. En Buenos Aires, era un señor afable y medido; en La Caledonia, el severo jefe de un clan, como sus mayores. Los domingos por la mañana les leía la Sagrada Escritura a los peones, que no entendían una sola palabra. Una noche, el capataz, un muchacho joven, que había heredado el cargo de su padre, nos avisó que un agregado y un peón se habían trabado a puñaladas. Don Alejandro se levantó sin mayor apuro. Llegó a la rueda, se quitó el arma que solía cargar, se la dio al capataz, que me pareció acobardado, y se abrió camino entre los aceros. Oí en seguida la orden:

—Suelten el cuchillo, muchachos.

Con la misma voz tranquila agregó:

—Ahora se dan la mano y se portan bien. No quiero barullos aquí.

Los dos obedecieron. Al otro día supe que don Alejandro lo había despedido al capataz.

Sentí que la soledad me cercaba. Temí no volver nunca a Buenos Aires. No sé si Fernández Irala compartió ese temor, pero hablábamos mucho de la Argentina y de lo que haríamos a la vuelta. Extrañaba los leones de un portón de la calle Jujuy, cerca de la plaza del Once, o la luz de cierto almacén de imprecisa topografía, no los lugares habituales. Siempre fui buen jinete; me habitué a salir a caballo y a recorrer largas distancias. Todavía me acuerdo de aquel moro que yo solía ensillar y que ya habrá muerto. Acaso alguna tarde o alguna noche estuve en el Brasil, porque la frontera no era otra cosa que una línea trazada por mojones.

Había aprendido a no contar los días cuando, al cabo de un día como los otros, don Alejandro nos advirtió:

—Ahora nos vamos a acostar. Mañana salimos con la fresca.

Ya río abajo me sentí tan feliz que pude pensar con cariño en La Caledonia.

Reanudamos la reunión de los sábados. En la primera, Twirl pidió la palabra. Dijo, con las habituales flores retóricas, que la biblioteca del Congreso del Mundo no podía reducirse a libros de consulta y que las obras clásicas de todas las naciones y lenguas eran un verdadero testimonio que no podíamos ignorar sin peligro. La ponencia fue aprobada en el acto; Fernández Irala y el doctor Cruz, que era profesor de latín, aceptaron la misión de elegir los textos necesarios. Twirl ya había hablado del asunto con Nierenstein.

En aquel tiempo no había un solo argentino cuya Utopía no fuera la ciudad de París. Quizá el más impaciente de nosotros era Fermín Eguren: lo seguía Fernández Irala, por razones harto distintas. Para el poeta de *Los mármoles*, París era Verlaine y Leconte de Lisle; para Eguren, una continuación mejorada de la calle Junín. Se había entendido, lo sospecho, con Twirl. Éste, en otra reunión, discutió el idioma que usarían los congresales y la conveniencia de que dos delegados fueran a Londres y a París, a documentarse. Para fingir imparcialidad, propuso primero mi nombre y, tras una ligera vacilación, el de su amigo Eguren. Don Alejandro, como siempre, asintió.

Creo haber escrito que Wren, a cambio de unas clases de italiano, me había iniciado en el estudio del infinito idioma inglés. Prescindió, en lo posible, de la gramática y de las oraciones fabricadas para el aprendizaje y entramos directamente en la poesía, cuyas formas exigen la brevedad. Mi primer contacto con el lenguaje que poblaría mi vida fue el valeroso *Requiem* de Stevenson; después vinieron las baladas que Percy reveló al decoroso siglo XVIII. Poco antes de partir para Londres conocí el deslumbramiento de Swinburne, que me llevó a dudar, como quien comete una culpa, de la eminencia de los alejandrinos de Irala.

Arribé a Londres a principios de enero del novecientos dos; recuerdo la caricia de la nieve, que yo nunca había visto y que agradecí. Felizmente, no me tocó viajar con Eguren. Me hospedé en una módica pensión a espaldas del Museo Británico, a cuya biblioteca concurría de mañana y de tarde, en busca de un idioma que fuera digno del Congreso del Mundo. No descuidé las lenguas universales; me asomé al esperanto —que el *Lunario sentimental* califica de «equitativo, simple y económico»— y al volapük, que quiere explorar todas las posibilidades lingüísticas, declinando los verbos y conjugando los sustantivos. Consideré los argumentos en pro y en contra de resucitar el latín, cuya nostalgia no ha cesado de perdurar al cabo de los siglos. Me demoré asimismo en el examen del idioma analítico de John Wilkins, donde la definición de cada palabra está en las letras que la forman. Fue bajo la alta cúpula de la sala que conocí a Beatriz.

Ésta es la historia general del Congreso del Mundo, no la de Alejandro Ferri, la mía, pero la primera abarca a la última, como a todas las otras. Beatriz era alta, esbelta, de rasgos puros y de una cabellera bermeja que pudo haberme recordado y nunca lo hizo la del oblicuo Twirl. No había cumplido los veinte años. Había dejado uno de los condados del Norte para ser alumna de letras de la universidad. Su origen, como el mío, era humilde. Ser de cepa italiana en Buenos Aires era aún desdoroso; en Londres descubrí que para muchos era un atributo romántico. Pocas tardes tardamos en ser amantes; le pedí que se casara conmigo, pero Beatriz Frost, como Nora Erfjord, era devota de la fe predicada por Ibsen y no quería atarse a nadie. De su boca nació la palabra que yo no me atrevía a decir. Oh noches, oh compartida y tibia tiniebla, oh el amor que fluye en la sombra como un río secreto, oh aquel momento de la dicha en que cada uno es los dos, oh la inocencia y el candor de la dicha, oh la unión en la que nos perdíamos para perdernos luego en el sueño, oh las primeras claridades del día y yo contemplándola.

En la áspera frontera del Brasil me había acosado la nostalgia; no así en el rojo laberinto de Londres, que me dio tantas cosas. A pesar de los pretextos que urdí para demorar la partida, tuve que volver a fin de año; celebramos juntos la Navidad. Le prometí que don Alejandro la invitaría a formar parte del Congreso; me replicó, de un modo vago, que le interesaría visitar el hemisferio austral y que un primo suyo, dentista, se había radicado en Tasmania. Beatriz no quiso ver el barco; la despedida, a su entender, era un énfasis, una insensata fiesta de la desdicha, y ella detestaba los énfasis. Nos dijimos adiós en la biblioteca donde nos conocimos en otro invierno. Soy un hombre cobarde; no le dejé mi dirección, para eludir la angustia de esperar cartas.

He notado que los viajes de vuelta duran menos que los de ida, pero la travesía del Atlántico, pesada de recuerdos y de zozobras, me pareció muy larga. Nada me dolía tanto como pensar que paralelamente a mi vida Beatriz iría viviendo la suya, minuto por minuto y noche por noche. Escribí una carta de muchas páginas, que rompí al zarpar de Montevideo. Arribé a la patria un día jueves; Irala me esperaba en la dársena. Volví a mi antiguo alojamiento en la calle Chile; aquel día y el otro los pasamos hablando y caminando. Yo quería recobrar a Buenos Aires. Fue un alivio saber que Fermín Eguren seguía en París; el hecho de haber regresado antes que él atenuaría de algún modo mi larga ausencia.

Irala estaba descorazonado. Fermín dilapidaba en Europa sumas desaforadas y había desacatado más de una vez la orden de volver inmediatamente. Esto era previsible. Más me inquietaron otras noticias; Twirl, pese a la oposición de Irala y de Cruz, había invocado a Plinio el joven, según el cual no hay libro tan malo que no encierre algo bueno, y había propuesto la compra indiscriminada de colecciones de *La Prensa*, de tres mil cuatrocientos ejemplares de *Don Quijote*, en diversos formatos, del epistolario de Balmes, de tesis universitarias, de cuentas, de boletines y de programas de teatro. Todo es un testimonio, había dicho. Nierenstein lo apoyó; don Alejandro, «al cabo de tres sábados sonoros», aprobó la moción. Nora Erfjord había renunciado a su cargo de secretaria; la reemplazaba un socio nuevo, Karlinski, que era un instrumento de Twirl. Los desmesurados paquetes iban apilándose ahora, sin catálogo ni fichero, en las habitaciones del fondo y en la bodega del caserón de don Alejandro. A principios de julio, Irala había pasado una semana en La Caledonia; los albañiles habían interrumpido el trabajo. El capataz, interrogado, explicó que así lo había dispuesto el patrón y que al tiempo lo que le está sobrando son días.

En Londres yo había redactado un informe, que no es del caso recordar; el viernes, fui a saludar a don Alejandro y a entregarle mi texto. Me acompañó Fernández Irala. Era la hora de la tarde y en la casa entraba el pampero. Frente al portón de la calle Alsina esperaba un carro con tres caballos. Me acuerdo de hombres encorvados que iban descargando sus fardos en el último patio; Twirl, imperioso, les daba órdenes. Ahí estaban también, como si presintieran algo, Nora Erfjord y Nierenstein y Cruz y Donald Wren y uno o dos congresales más. Nora me abrazó y me besó y aquel abrazo y aquel beso me recordaron otros. El negro, bonachón y feliz, me besó la mano.

En uno de los cuartos estaba abierta la cuadrada trampa del sótano; unos escalones de material se perdían en la sombra.

Bruscamente oímos los pasos. Antes de verlo, supe que era don Alejandro el que entraba. Casi como si corriera, llegó.

Su voz era distinta; no era la del pausado señor que presidía nuestros sábados ni la del estanciero feudal que prohibía un duelo a cuchillo y que predicaba a sus gauchos la palabra de Dios, pero se parecía más a la última.

Sin mirar a nadie, mandó:

—Vayan sacando todo lo amontonado ahí abajo. Que no quede un libro en el sótano.

La tarea duró casi una hora. Acumulamos en el patio de tierra una pila más alta que los más altos. Todos íbamos y veníamos; el único que no se movió fue don Alejandro.

Después vino la orden:

—Ahora le prenden fuego a estos bultos.

Twirl estaba muy pálido. Nierenstein acertó a murmurar:

—El Congreso del Mundo no puede prescindir de esos auxiliares preciosos que he seleccionado con tanto amor.

—¿El Congreso del Mundo? —dijo don Alejandro. Se rió con sorna y yo nunca lo había oído reír.

Hay un misterioso placer en la destrucción; las llamaradas crepitaron resplandecientes y los hombres nos agolpamos contra los muros o en las habitaciones. Noche, ceniza y olor a quemado quedaron en el patio. Me acuerdo de unas hojas perdidas que se salvaron, blancas sobre la tierra. Nora Erfjord, que profesaba por don Alejandro ese amor que las mujeres jóvenes suelen profesar por los hombres viejos, dijo sin entender:

—Don Alejandro sabe lo que hace.

Irala, fiel a la literatura, intentó una frase:

—Cada tantos siglos hay que quemar la Biblioteca de Alejandría.

Luego nos llegó la revelación:

—Cuatro años he tardado en comprender lo que les digo ahora. La empresa que hemos acometido es tan vasta que abarca —ahora lo sé— el mundo entero. No es unos cuantos charlatanes que aturden en los galpones de una estancia perdida. El Congreso del Mundo comenzó con el primer instante del mundo y proseguirá cuando seamos polvo. No hay un lugar en que no esté. El Congreso es los libros que hemos quemado. El Congreso es los caledonios que derrotaron a las legiones de los Césares. El Congreso es Job en el muladar y Cristo en la cruz. El Congreso es aquel muchacho inútil que malgasta mi hacienda con las rameras.

No pude contenerme y lo interrumpí:

—Don Alejandro, yo también soy culpable. Yo tenía concluido el informe, que aquí le traigo, y seguía demorándome en Inglaterra y tirando su plata, por el amor de una mujer.

Don Alejandro continuó:

—Ya me lo suponía, Ferri. El Congreso es mis toros. El Congreso es los toros que he vendido y las leguas de campo que no son mías.

Una voz consternada se elevó; era la de Twirl.

—¿No va a decirnos que ha vendido La Caledonia?

Don Alejandro contestó sin apuro:

—Sí, la he vendido. Ya no me queda un palmo de tierra, pero mi ruina no me duele, porque ahora entiendo. Tal vez no nos veremos más, porque el Congreso no nos precisa, pero esta última noche saldremos todos a mirar el Congreso.

Estaba ebrio de victoria. Nos inundaron su firmeza y su fe. Nadie ni por un segundo pensó que estuviera loco.

En la plaza tomamos un coche abierto. Yo me acomodé en el pescante, junto al cochero, y don Alejandro ordenó:

—Maestro, vamos a recorrer la ciudad. Llévenos donde quiera.

El negro, encaramado en un estribo, no cesaba de sonreír. Nunca sabré si entendió algo.

Las palabras son símbolos que postulan una memoria compartida. La que ahora quiero historiar es mía solamente; quienes la compartieron han muerto. Los místicos invocan una rosa, un beso, un pájaro que es todos los pájaros, un sol que es todas las estrellas y el sol, un cántaro de vino, un jardín o el acto sexual. De esas metáforas ninguna me sirve para esa larga noche de júbilo, que nos dejó, cansados y felices, en los linderos de la aurora. Casi no hablamos, mientras las ruedas y los cascos retumbaban sobre las piedras. Antes del alba, cerca de un agua oscura y humilde, que era tal vez el Maldonado o tal vez el Riachuelo, la alta voz de Nora Erfjord entonó la balada de Patrick Spens y don Alejandro coreó uno que otro verso en voz baja, desafinadamente. Las palabras inglesas no me trajeron la imagen de Beatriz. A mis espaldas Twirl murmuró:

—He querido hacer el mal y hago el bien. Algo de lo que entrevimos perdura (el rojizo paredón de la Recoleta, el amarillo paredón de la cárcel, una pareja de hombres bailando en una esquina sin ochava, un atrio ajedrezado con una verja, las barreras del tren, mi casa, un mercado, la insondable y húmeda noche) pero ninguna de esas cosas fugaces, que acaso fueron otras, importa. Importa haber sentido que nuestro plan, del cual más de una vez nos burlamos, existía realmente y secretamente y era el universo y nosotros. Sin mayor esperanza, he buscado a lo largo de los años el sabor de esa noche; alguna vez creí recuperarla en la música, en el amor, en la incierta memoria, pero no ha vuelto, salvo una sola madrugada, en un sueño. Cuando juramos no decir nada a nadie ya era la mañana del sábado.

No los volví a ver más, salvo a Irala. No comentamos nunca la historia; cualquier palabra nuestra hubiera sido una profanación. En 1914, don Alejandro Glencoe murió y fue sepultado en Montevideo. Irala ya había muerto el año anterior.

Con Nierenstein me crucé una vez en la calle Lima y fingimos no habernos visto.

There Are More Things

A la memoria de Howard P. Lovecraft

A punto de rendir el último examen en la Universidad de Texas, en Austin, supe que mi tío Edwin Arnett había muerto de un aneurisma, en el confín remoto del continente. Sentí lo que sentimos cuando alguien muere: la congoja, ya inútil, de que nada nos hubiera costado haber sido más buenos. El hombre olvida que es un muerto que conversa con muertos. La materia que yo cursaba era filosofía; recordé que mi tío, sin invocar un solo nombre propio, me había revelado sus hermosas perplejidades, allá en la Casa Colorada, cerca de Lomas. Una de las naranjas del postre fue su instrumento para iniciarme en el idealismo de Berkeley; el tablero de ajedrez le bastó para las paradojas eleáticas. Años después me prestaría los tratados de Hinton, que quiere demostrar la realidad de una cuarta dimensión del espacio, que el lector puede intuir mediante complicados ejercicios con cubos de colores. No olvidaré los prismas y pirámides que erigimos en el piso del escritorio.

Mi tío era ingeniero. Antes de jubilarse de su cargo en el Ferrocarril decidió establecerse en Turdera, que le ofrecía las ventajas de una soledad casi agreste y de la cercanía de Buenos Aires. Nada más previsible que el arquitecto fuera su íntimo amigo Alexander Muir. Este hombre rígido profesaba la rígida doctrina de Knox; mi tío, a la manera de casi todos los señores de su época, era librepensador, o mejor dicho, agnóstico, pero le interesaba la teología, como le interesaban los falaces cubos de Hinton o las bien concertadas pesadillas del joven Wells. Le gustaban los perros; tenía un gran ovejero al que le había puesto el apodo de Samuel Johnson en memoria de Lichfield, su lejano pueblo natal.

La Casa Colorada estaba en un alto, cercada hacia el poniente por terrenos anegadizos. Del otro lado de la verja, las araucarias no mitigaban su aire de pesadez. En lugar de azoteas había tejados de pizarra a dos aguas y una torre cuadrada con un reloj, que parecían oprimir las paredes y las parcas ventanas. De chico, yo aceptaba esas fealdades como se aceptan esas cosas incompatibles que sólo por razón de coexistir llevan el nombre de universo.

Regresé a la patria en 1921. Para evitar litigios habían rematado la casa; la adquirió un forastero, Max Preetorius, que abonó el doble de la suma ofrecida por el mejor postor. Firmada la escritura, llegó al atardecer con dos asistentes y tiraron a un vaciadero, no lejos del camino de las Tropas, todos los muebles, todos los libros y todos los enseres de la casa. (Recordé con tristeza los diagramas de los volúmenes de Hinton y la gran esfera terráquea.) Al otro día, fue a conversar con Muir y le propuso ciertas refacciones, que éste rechazó con indignación. Ulteriormente, una empresa de la capital se encargó de la obra. Los carpinteros de la localidad se negaron a amueblar de nuevo la casa; un tal Mariani, de Glew, aceptó al fin las condiciones que le impuso Preetorius. Durante una quincena, tuvo que trabajar de noche, a puertas cerradas. Fue asimismo de noche que se instaló en la Casa Colorada el nuevo habitante. Las ventanas ya no se abrieron, pero en la oscuridad se divisaban grietas de luz. El lechero dio una mañana con el ovejero muerto en la acera, decapitado y mutilado. En el invierno talaron las araucarias. Nadie volvió a ver a Preetorius, que, según parece, no tardó en dejar el país.

Tales noticias, como es de suponer, me inquietaron. Sé que mi rasgo más notorio es la curiosidad que me condujo alguna vez a la unión con una mujer del todo ajena a mí, sólo para saber quién era y cómo era, a practicar (sin resultado apreciable) el uso del láudano, a explorar los números transfinitos y a emprender la atroz aventura que voy a referir. Fatalmente decidí indagar el asunto.

Mi primer trámite fue ver a Alexander Muir. Lo recordaba erguido y moreno, de una flacura que no excluía la fuerza; ahora lo habían encorvado los años y la renegrida barba era gris. Me recibió en su casa de Temperley, que previsiblemente se parecía a la de mi tío, ya que las dos correspondían a las sólidas normas del buen poeta y mal constructor William Morris.

El diálogo fue parco; no en vano el símbolo de Escocia es el cardo. Intuí, no obstante, que el cargado té de Ceylán y la equitativa fuente de *scones* (que mi huésped partía y enmantecaba como si yo aún fuera un niño) eran, de hecho, un frugal festín calvinista, dedicado al sobrino de su amigo. Sus controversias teológicas con mi tío habían sido un largo ajedrez, que exigía de cada jugador la colaboración del contrario.

Pasaba el tiempo y yo no me acercaba a mi tema. Hubo un silencio incómodo y Muir habló.

—Muchacho (*Young man*) —dijo—, usted no se ha costeado hasta aquí para que hablemos de Edwin o de los Estados Unidos, país que poco me interesa. Lo que le quita el sueño es la venta de la Casa Colorada y ese curioso comprador. A mí, también. Francamente, la historia me desagrada, pero le diré lo que pueda. No será mucho.

Al rato, prosiguió sin premura:

—Antes que Edwin muriera, el intendente me citó en su despacho. Estaba con el cura párroco. Me propusieron que trazara los planos para una capilla católica. Remunerarían bien mi trabajo. Les contesté en el acto que no. Soy un servidor del Señor y no puedo cometer la abominación de erigir altares para ídolos.

Aquí se detuvo.

—¿Eso es todo? —me atreví a preguntar.

—No. El judezno ese de Preetorius quería que yo destruyera mi obra y que en su lugar pergeñara una cosa monstruosa. La abominación tiene muchas formas.

Pronunció estas palabras con gravedad y se puso de pie.

Al doblar la esquina se me acercó Daniel Iberra. Nos conocíamos como la gente se conoce en los pueblos. Me propuso que volviéramos caminando. Nunca me interesaron los malevos y preví una sórdida retahíla de cuentos de almacén más o menos apócrifos y brutales, pero me resigné y acepté. Era casi de noche. Al divisar desde unas cuadras la Casa Colorada en el alto, Iberra se desvió. Le pregunté por qué. Su respuesta no fue la que yo esperaba.

—Soy el brazo derecho de don Felipe. Nadie me ha dicho flojo. Te acordarás de aquel mozo Urgoiti que se costeó a buscarme de Merlo y de cómo le fue. Mirá. Noches pasadas, yo venía de una farra. A unas cien varas de la quinta, vi algo. El tubiano se me espantó y si no me le afirmo y lo hago tomar por el callejón, tal vez no cuento el cuento. Lo que vi no era para menos.

Muy enojado, agregó una mala palabra.

Aquella noche no dormí. Hacia el alba soñé con un grabado a la manera de Piranesi, que no había visto nunca o que había visto y olvidado, y que representaba el laberinto. Era un anfiteatro de piedra, cercado de cipreses y más alto que las copas de los cipreses. No había ni puertas ni ventanas, pero sí una hilera infinita de hendijas verticales y angostas. Con un vidrio de aumento yo trataba de ver el minotauro. Al fin lo percibí. Era el monstruo de un monstruo; tenía menos de toro que de bisonte y, tendido en la tierra el cuerpo humano, parecía dormir y soñar. ¿Soñar con qué o con quién?

Esa tarde pasé frente a la casa. El portón de la verja estaba cerrado y unos barrotes retorcidos. Lo que antes fue jardín era maleza. A la derecha había una zanja de escasa hondura y los bordes estaban pisoteados.

Una jugada me quedaba, que fui demorando durante días, no sólo por sentirla del todo vana sino porque me arrastraría a la inevitable, a la última.

Sin mayores esperanzas fui a Glew. Mariani, el carpintero, era un italiano obeso y rosado, ya entrado en años, de lo más vulgar y cordial. Me bastó verlo para descartar las estratagemas que había urdido la víspera. Le entregué mi tarjeta, que deletreó pomposamente en voz alta, con algún tropezón reverencial al llegar a doctor. Le dije que me interesaba el moblaje fabricado por él para la propiedad que fue de mi tío, en Turdera. El hombre habló y habló. No trataré de transcribir sus muchas y gesticuladas palabras, pero me declaró que su lema era satisfacer todas las exigencias del cliente, por estrafalarias que fueran, y que él había ejecutado su trabajo al pie de la letra. Tras de hurgar en varios cajones, me mostró unos papeles que no entendí, firmados por el elusivo Preetorius. (Sin duda me tomó por un abogado.) Al despedirnos, me confió que por todo el oro del mundo no volvería a poner los pies en Turdera y menos en la casa. Agregó que el cliente es sagrado, pero que en su humilde opinión, el señor Preetorius estaba loco. Luego se calló, arrepentido. Nada más pude sonsacarle.

Yo había previsto ese fracaso, pero una cosa es prever algo y otra que ocurra.

Repetidas veces me dije que no hay otro enigma que el tiempo, esa infinita urdimbre del ayer, del hoy, del porvenir, del siempre y del nunca. Esas profundas reflexiones resultaron inútiles; tras de consagrar la tarde al estudio de Schopenhauer o de Royce, yo rondaba, noche tras noche, por los caminos de tierra que cercan la Casa Colorada. Algunas veces divisé arriba una luz muy blanca; otras creí oír un gemido. Así hasta el 19 de enero.

Fue uno de esos días de Buenos Aires en el que el hombre se siente no sólo maltratado y ultrajado por el verano sino hasta envilecido. Serían las once de la noche cuando se desplomó la tormenta. Primero el viento sur y después el agua a raudales. Erré buscando un árbol. A la brusca luz de un relámpago me hallé a unos pasos de la verja. No sé si con temor o con esperanza probé el portón. Inesperadamente, cedió. Avancé empujado por la tormenta. El cielo y la tierra me conminaban. También la puerta de la casa estaba a medio abrir. Una racha de lluvia me azotó la cara y entré.

Adentro habían levantado las baldosas y pisé pasto desgreñado. Un olor dulce y nauseabundo penetraba la casa. A izquierda o a derecha, no sé muy bien, tropecé con una rampa de piedra. Apresuradamente subí. Casi sin proponérmelo hice girar la llave de la luz.

El comedor y la biblioteca de mis recuerdos eran ahora, derribada la pared divisoria, una sola gran pieza desmantelada, con uno que otro mueble. No trataré de describirlos, porque no estoy seguro de haberlos visto, pese a la despiadada luz blanca. Me explicaré. Para ver una cosa hay que comprenderla. El sillón presupone el cuerpo humano, sus articulaciones y partes; las tijeras, el acto de cortar. ¿Qué decir de una lámpara o de un vehículo? El salvaje no puede percibir la Biblia del misionero; el pasajero no ve el mismo cordaje que los hombres de a bordo. Si viéramos realmente el universo, tal vez lo entenderíamos.

Ninguna de las formas insensatas que esa noche me deparó correspondía a la figura humana o a un uso concebible. Sentí repulsión y terror. En uno de los ángulos descubrí una escalera vertical, que daba al otro piso. Entre los anchos tramos de hierro, que no pasarían de diez, había huecos irregulares. Esa escalera, que postulaba manos y pies, era comprensible y de algún modo me alivió. Apagué la luz y aguardé un tiempo en la oscuridad. No oí el menor sonido, pero la presencia de las cosas incomprensibles me perturbaba. Al fin me decidí.

Ya arriba mi temerosa mano hizo girar por segunda vez la llave de la luz. La pesadilla que prefiguraba el piso inferior se agitaba y florecía en el último. Había muchos objetos o unos pocos objetos entretejidos. Recupero ahora una suerte de larga mesa operatoria, muy alta, en forma de U, con hoyos circulares en los extremos. Pensé que podía ser el lecho del habitante, cuya monstruosa anatomía se revelaba así, oblicuamente, como la de un animal o un dios, por su sombra. De alguna página de Lucano, leída hace años y olvidada, vino a mi boca la palabra *anfisbena*, que sugería, pero que no agotaba por cierto lo que verían luego mis ojos. Asimismo recuerdo una V de espejos que se perdía en la tiniebla superior.

¿Cómo sería el habitante? ¿Qué podía buscar en este planeta, no menos atroz para él que él para nosotros? ¿Desde qué secretas regiones de la astronomía o del tiempo, desde qué antiguo y ahora incalculable crepúsculo, habría alcanzado este arrabal sudamericano y esta precisa noche?

Me sentí un intruso en el caos. Afuera había cesado la lluvia. Miré el reloj y vi con asombro que eran casi las dos. Dejé la luz prendida y acometí cautelosamente el descenso. Bajar por donde había subido no era imposible. Bajar antes que el habitante volviera. Conjeturé que no había cerrado las dos puertas porque no sabía hacerlo.

Mis pies tocaban el penúltimo tramo de la escalera cuando sentí que algo ascendía por la rampa, opresivo y lento y plural. La curiosidad pudo más que el miedo y no cerré los ojos.

La Secta de los Treinta

El manuscrito original puede consultarse en la Biblioteca de la Universidad de Leiden; está en latín, pero algún helenismo justifica la conjetura de que fue vertido del griego. Según Leisegang, data del siglo IV de la era cristiana. Gibbon lo menciona, al pasar, en una de las notas del capítulo decimoquinto de su *Decline and Fall*. Reza el autor anónimo:

«… La Secta nunca fue numerosa y ahora son parcos sus prosélitos. Diezmados por el hierro y por el fuego duermen a la vera de los caminos o en las ruinas que ha perdonado la guerra, ya que les está vedado construir viviendas. Suelen andar desnudos. Los hechos registrados por mi pluma son del conocimiento de todos; mi propósito actual es dejar escrito lo que me ha sido dado descubrir sobre su doctrina y sus hábitos. He discutido largamente con sus maestros y no he logrado convertirlos a la Fe del Señor.

Lo primero que atrajo mi atención fue la diversidad de sus pareceres en lo que concierne a los muertos. Los más indoctos entienden que los espíritus de quienes han dejado esta vida se encargan de enterrarlos; otros, que no se atienen a la letra, declaran que la amonestación de Jesús: "Dejad que los muertos entierren a sus muertos", condena la pomposa vanidad de nuestros ritos funerarios.

El consejo de vender lo que se posee y de darlo a los pobres es acatado rigurosamente por todos; los primeros beneficiados lo dan a otros y éstos a otros. Ésta es explicación suficiente de su indigencia y desnudez, que los avecina asimismo al estado paradisíaco. Repiten con fervor las palabras: "Considerad los cuervos, que ni siembran ni siegan; que ni tienen cillero, ni alfolí; y Dios los alimenta. ¿Cuánto de más estima sois vosotros que las aves?". El texto proscribe el ahorro: "Si así viste Dios a la hierba, que hoy está en el campo, y mañana es echada en el horno, ¿cuánto más vosotros, hombres de poca fe? Vosotros, pues, no procuréis qué hayáis de comer, o qué hayáis de beber; ni estéis en ansiosa perplejidad".

El dictamen "Quien mira una mujer para codiciarla, ya adulteró con ella en su corazón" es un consejo inequívoco de pureza. Sin embargo, son muchos los sectarios que enseñan que si no hay bajo los cielos un hombre que no haya mirado a una mujer para codiciarla, todos hemos adulterado. Ya que el deseo no es menos culpable que el acto, los justos pueden entregarse sin riesgo al ejercicio de la más desaforada lujuria.

La Secta elude las iglesias; sus doctores predican al aire libre, desde un cerro o un muro o a veces desde un bote en la orilla.

El nombre de la Secta ha suscitado tenaces conjeturas. Alguna quiere que nos dé la cifra a que están reducidos los fieles, lo cual es irrisorio pero profético, porque la Secta, dada su perversa doctrina, está predestinada a la muerte. Otra lo deriva de la altura del arca, que era de treinta codos; otra, que falsea la astronomía, del número de noches, que son la suma de cada mes lunar; otra, del bautismo del Salvador; otra, de los años de Adán, cuando surgió del polvo rojo. Todas son igualmente falsas. No menos mentiroso es el catálogo de treinta divinidades o tronos, de los cuales uno es Abraxas, representado con cabeza de gallo, brazos y torso de hombre y remate de enroscada serpiente.

Sé la Verdad pero no puedo razonar la Verdad. El inapreciable don de comunicarla no me ha sido otorgado. Que otros, más felices que yo, salven a los sectarios por la palabra. Por la palabra o por el fuego. Más vale ser ejecutado que darse muerte. Me limitaré pues a la exposición de la abominable herejía.

El Verbo se hizo carne para ser hombre entre los hombres, que lo darían a la cruz y serían redimidos por Él. Nació del vientre de una mujer del pueblo elegido no sólo para predicar el Amor sino para sufrir el martirio.

Era preciso que las cosas fueran inolvidables. No bastaba la muerte de un ser humano por el hierro o por la cicuta para herir la imaginación de los hombres hasta el fin de los días. El Señor dispuso los hechos de manera patética. Tal es la explicación de la última cena, de las palabras de Jesús que presagian la entrega, de la repetida señal a uno de los discípulos, de la bendición del pan y del vino, de los juramentos de Pedro, de la solitaria vigilia en Getsemaní, del sueño de los doce, de la plegaria humana del Hijo, del sudor como sangre, de las espadas, del beso que traiciona, de Pilato que se lava las manos, de la flagelación, del escarnio, de las espinas, de la púrpura y del cetro de caña, del vinagre con hiel, de la Cruz en lo alto de una colina, de la promesa al buen ladrón, de la tierra que tiembla y de las tinieblas.

La divina misericordia, a la que debo tantas mercedes, me ha permitido descubrir la auténtica y secreta razón del nombre de la Secta. En Kerioth, donde verosímilmente nació, perdura un conventículo que se apoda de los Treinta Dineros. Ese nombre fue el primitivo y nos da la clave. En la tragedia de la Cruz —lo escribo con debida reverencia— hubo actores voluntarios e involuntarios, todos imprescindibles, todos fatales. Involuntarios fueron los sacerdotes que entregaron los dineros de plata, involuntaria fue la plebe que eligió a Barrabás, involuntario fue el procurador de Judea, involuntarios fueron los romanos que erigieron la Cruz de Su martirio y clavaron los clavos y echaron suertes. Voluntarios sólo hubo dos: el Redentor y Judas. Éste arrojó las treinta piezas que eran el precio de la salvación de las almas e inmediatamente se ahorcó. A la sazón contaba treinta y tres años, como el Hijo del Hombre. La Secta los venera por igual y absuelve a los otros.

No hay un solo culpable; no hay uno que no sea un ejecutor, a sabiendas o no, del plan que trazó la Sabiduría. Todos comparten ahora la Gloria.

Mi mano se resiste a escribir otra abominación. Los iniciados, al cumplir la edad señalada, se hacen escarnecer y crucificar en lo alto de un monte, para seguir el ejemplo de sus maestros. Esta violación criminal del quinto mandamiento debe ser reprimida con el rigor que las leyes humanas y divinas han exigido siempre. Que las maldiciones del Firmamento, que el odio de los ángeles...»

El fin del manuscrito no se ha encontrado.

La noche de los dones

En la antigua Confitería del Águila, en Florida a la altura de Piedad, oímos la historia.

Se debatía el problema del conocimiento. Alguien invocó la tesis platónica de que ya todo lo hemos visto en un orbe anterior, de suerte que conocer es reconocer; mi padre, creo, dijo que Bacon había escrito que si aprender es recordar, ignorar es de hecho haber olvidado. Otro interlocutor, un señor de edad, que estaría un poco perdido en esa metafísica, se resolvió a tomar la palabra. Dijo con lenta seguridad:

«—No acabo de entender lo de los arquetipos platónicos. Nadie recuerda la primera vez que vio el amarillo o el negro o la primera vez que le tomó el gusto a una fruta, acaso porque era muy chico y no podía saber que inauguraba una serie muy larga. Por supuesto, hay otras primeras veces que nadie olvida. Yo les podría contar lo que me dejó cierta noche que suelo traer a la memoria, la del 30 de abril del 74.

Los veranos de antes eran más largos, pero no sé por qué nos demoramos hasta esa fecha en el establecimiento de unos primos, los Dorna, a unas escasas leguas de Lobos. Por aquel tiempo, uno de los peones, Rufino, me inició en las cosas de campo. Yo estaba por cumplir mis trece años; él era bastante mayor y tenía fama de animoso. Era muy diestro; cuando jugaba a vistear el que quedaba con la cara tiznada era siempre el otro. Un viernes me propuso que el sábado a la noche fuéramos a divertirnos al pueblo. Por supuesto accedí, sin saber muy bien de qué se trataba. Le previne que yo no sabía bailar; me contestó que el baile se aprende fácil. Después de la comida, a eso de las siete y media, salimos. Rufino se había empilchado como quien va a una fiesta y lucía un puñal de plata; yo me fui sin mi cuchillito, por temor a las bromas. Poco tardamos en avistar las primeras casas. ¿Ustedes nunca estuvieron en Lobos? Lo mismo da; no hay un pueblo de la provincia que no sea idéntico a los otros, hasta en lo de creerse distinto. Los mismos callejones de tierra, los mismos huecos, las mismas casas bajas, como para que un hombre a caballo cobre más importancia. En una esquina nos apeamos frente a una casa pintada de celeste o de rosa, con unas letras que decían «La Estrella». Atados al palenque había unos caballos con buen apero. Por la puerta de calle a medio entornar vi una hendija de luz. En el fondo del zaguán había una pieza larga, con bancos laterales de tabla y, entre los bancos, unas puertas oscuras que darían quién sabe dónde. Un cuzco de pelaje amarillo salió ladrando a hacerme fiestas. Había bastante gente; una media docena de mujeres con batones floreados iba y venía. Una señora de respeto, trajeada enteramente de negro, me pareció la dueña de casa. Rufino la saludó y le dijo:

—Aquí le traigo un nuevo amigo, que no es muy de a caballo.

—Ya aprenderá, pierda cuidado —contestó la señora.

Sentí vergüenza. Para despistar o para que vieran que yo era un chico, me puse a jugar con el perro, en la punta de un banco. Sobre la mesa de cocina ardían unas velas de sebo en unas botellas y me acuerdo también del braserito en un rincón del fondo. En la pared blanqueada de enfrente había una imagen de la Virgen de la Merced.

Alguien, entre una que otra broma, templaba una guitarra que le daba mucho trabajo. De puro tímido no rehusé una ginebra que me dejó la boca como un ascua. Entre las mujeres había una, que me pareció distinta a las otras. Le decían la Cautiva. Algo de aindiado le noté, pero los rasgos eran un dibujo y los ojos muy tristes. La trenza le llegaba hasta la cintura. Rufino, que advirtió que yo la miraba, le dijo:

—Volvé a contar lo del malón, para refrescar la memoria.

La muchacha habló como si estuviera sola y de algún modo yo sentí que no podía pensar en otra cosa y que esa cosa era lo único que le había pasado en la vida. Nos dijo así:

—Cuando me trajeron de Catamarca yo era muy chica. Qué iba yo a saber de malones. En la estancia ni los mentaban de miedo. Como un secreto, me fui enterando que los indios podían caer como una nube y matar a la gente y robarse los animales. A las mujeres las llevaban a Tierra Adentro y les hacían de todo. Hice lo que pude para no creer. Lucas, mi hermano, que después lo lancearon, me perjuraba que eran todas mentiras, pero cuando una cosa es verdad basta que alguien la diga una sola vez para que uno sepa que es cierto. El gobierno les reparte vicios y yerba para tenerlos quietos, pero ellos tienen brujos muy precavidos que les dan su consejo. A una orden del cacique no les cuesta nada atropellar entre los fortines, que están desparramados. De puro cavilar, yo casi tenía ganas que se vinieran y sabía mirar para el rumbo que el sol se pone. No sé llevar la cuenta del tiempo, pero hubo escarchas y veranos y yerras y la muerte del hijo del capataz antes de la invasión. Fue como si los trajera el pampero. Yo vi una flor de cardo en una zanja y soñé con los indios. A la madrugada ocurrió. Los animales lo supieron antes que los cristianos, como en los temblores de tierra. La hacienda estaba desasosegada y por el aire iban y venían las aves. Corrimos a mirar por el lado que yo siempre miraba.

—¿Quién les trajo el aviso? —preguntó alguno.

La muchacha, siempre como si estuviera muy lejos, repitió la última frase.

—Corrimos a mirar por el lado que yo siempre miraba. Era como si todo el desierto se hubiera echado a andar. Por los barrotes de la verja de fierro vimos la polvareda antes que los indios. Venían a malón. Se golpeaban la boca con la mano y daban alaridos. En Santa Irene había unas armas largas, que no sirvieron más que para aturdir y para que juntaran más rabia.

Hablaba la Cautiva como quien dice una oración, de memoria, pero yo oí en la calle los indios del desierto y los gritos. Un empellón y estaban en la sala y fue como si entraran a caballo, en las piezas de un sueño. Eran orilleros borrachos. Ahora, en la memoria, los veo muy altos. El que venía en punta le asestó un codazo a Rufino, que estaba cerca de la puerta. Éste se demudó y se hizo a un lado. La señora, que no se había movido de su lugar, se levantó y nos dijo:

—Es Juan Moreira.

Pasado el tiempo, ya no sé si me acuerdo del hombre de esa noche o del que vería tantas veces después en el picadero. Pienso en la melena y en la barba negra de Podestá, pero también en una cara rubiona, picada de viruela. El cuzquito salió corriendo a hacerle fiestas. De un talerazo, Moreira lo dejó tendido en el suelo. Cayó de lomo y se murió moviendo las patas. Aquí empieza de veras la historia.

Gané sin ruido una de las puertas, que daba a un pasillo angosto y a una escalera. Arriba, me escondí en una pieza oscura. Fuera de la cama, que era muy baja, no sé qué muebles habría ahí. Yo estaba temblando. Abajo no cejaban los gritos y algo de vidrio se rompió. Oí unos pasos de mujer que subían y vi una momentánea hendija de luz. Después la voz de la Cautiva me llamó como en un susurro.

—Yo estoy aquí para servir, pero a gente de paz. Acercate que no te voy a hacer ningún mal.

Ya se había quitado el batón. Me tendí a su lado y le busqué la cara con las manos. No sé cuánto tiempo pasó. No hubo una palabra ni un beso. Le deshice la trenza y jugué con el pelo, que era muy lacio, y después con ella. No volveríamos a vernos y no supe nunca su nombre.

Un balazo nos aturdió. La Cautiva me dijo:

—Podés salir por la otra escalera.

Así lo hice y me encontré en la calle de tierra. La noche era de luna. Un sargento de policía, con rifle y bayoneta calada, estaba vigilando la tapia. Se rió y me dijo:

—A lo que veo, sos de los que madrugan temprano.

Algo debí de contestar, pero no me hizo caso. Por la tapia un hombre se descolgaba. De un brinco, el sargento le clavó el acero en la carne. El hombre se fue al suelo, donde quedó tendido de espaldas, gimiendo y desangrándose. Yo me acordé del perro. El sargento, para acabarlo de una buena vez, le volvió a hundir la bayoneta.

Con una suerte de alegría le dijo:

—Moreira, lo que es hoy de nada te valió disparar.

De todos lados acudieron los de uniforme que habían ido rodeando la casa y después los vecinos. Andrés Chirino tuvo que forcejear para arrancar el arma. Todos querían estrecharle la mano. Rufino dijo riéndose:

—A este compadre ya se le acabaron los cortes.

Yo iba de grupo en grupo, contándole a la gente lo que había visto. De golpe me sentí muy cansado; tal vez tuviera fiebre. Me escurrí, lo busqué a Rufino y volvimos. Desde el caballo, vimos la luz blanca del alba. Más que cansado, me sentí aturdido, por esa correntada de cosas.»

—Por el gran río de esa noche —dijo mi padre.

El otro asintió:

—Así es. En el término escaso de unas horas yo había conocido el amor y yo había mirado la muerte. A todos los hombres les son reveladas todas las cosas o, por lo menos, todas aquellas cosas que a un hombre le es dado conocer, pero a mí, de la noche a la mañana, esas dos cosas esenciales me fueron reveladas. Los años pasan y son tantas las veces que he contado la historia que ya no sé si la recuerdo de veras o si sólo recuerdo las palabras con que la cuento. Tal vez lo mismo le pasó a la Cautiva con su malón. Ahora lo mismo da que fuera yo o que fuera otro el que vio matar a Moreira.

El espejo y la máscara

Librada la batalla de Clontarf, en la que fue humillado el noruego, el Alto Rey habló con el poeta y le dijo:

—Las proezas más claras pierden su lustre si no se las amoneda en palabras. Quiero que cantes mi victoria y mi loa. Yo seré Eneas; tú serás mi Virgilio. ¿Te crees capaz de acometer esa empresa, que nos hará inmortales a los dos?

—Sí, Rey —dijo el poeta—. Yo soy el Ollan. Durante doce inviernos he cursado las disciplinas de la métrica. Sé de memoria las trescientas sesenta fábulas que son la base de la verdadera poesía. Los ciclos de Ulster y de Munster están en las cuerdas de mi arpa. Las leyes me autorizan a prodigar las voces más arcaicas del idioma y las más complejas metáforas. Domino la escritura secreta que defiende nuestro arte del indiscreto examen del vulgo. Puedo celebrar los amores, los abigeatos, las navegaciones, las guerras. Conozco los linajes mitológicos de todas las casas reales de Irlanda. Poseo las virtudes de las hierbas, la astrología judiciaria, las matemáticas y el derecho canónico. He derrotado en público certamen a mis rivales. Me he adiestrado en la sátira, que causa enfermedades de la piel, incluso la lepra. Sé manejar la espada, como lo probé en tu batalla. Sólo una cosa ignoro: la de agradecer el don que me haces.

El Rey, a quien lo fatigaban fácilmente los discursos largos y ajenos, le dijo con alivio:

—Sé harto bien esas cosas. Acaban de decirme que el ruiseñor ya cantó en Inglaterra. Cuando pasen las lluvias y las nieves, cuando regrese el ruiseñor de sus tierras del Sur, recitarás tu loa ante la corte y ante el Colegio de Poetas. Te dejo un año entero. Limarás cada letra y cada palabra. La recompensa, ya lo sabes, no será indigna de mi real costumbre ni de tus inspiradas vigilias.

—Rey, la mejor recompensa es ver tu rostro —dijo el poeta, que era también un cortesano.

Hizo sus reverencias y se fue, ya entreviendo algún verso.

Cumplido el plazo, que fue de epidemias y rebeliones, presentó el panegírico. Lo declamó con lenta seguridad, sin una ojeada al manuscrito. El Rey lo iba aprobando con la cabeza. Todos imitaban su gesto, hasta los que agolpados en las puertas, no descifraban una palabra. Al fin el Rey habló.

—Acepto tu labor. Es otra victoria. Has atribuido a cada vocablo su genuina acepción y a cada nombre sustantivo el epíteto que le dieron los primeros poetas. No hay en toda la loa una sola imagen que no hayan usado los clásicos. La guerra es el hermoso tejido de hombres y el agua de la espada es la sangre. El mar tiene su dios y las nubes predicen el porvenir. Has manejado con destreza la rima, la aliteración, la asonancia, las cantidades, los artificios de la docta retórica, la sabia aliteración de los metros. Si se perdiera toda la literatura de Irlanda —*omen absit*— podría reconstruirse sin pérdida con tu clásica oda. Treinta escribas la van a transcribir doce veces.

Hubo un silencio y prosiguió:

—Todo está bien y sin embargo nada ha pasado. En los pulsos no corre más aprisa la sangre. Las manos no han buscado los arcos. Nadie ha palidecido. Nadie profirió un grito de batalla, nadie opuso el pecho a los Vikings. Dentro del término de un año aplaudiremos otra loa, poeta. Como signo de nuestra aprobación, toma este espejo que es de plata.

—Doy gracias y comprendo —dijo el poeta.

Las estrellas del cielo retomaron su claro derrotero. Otra vez cantó el ruiseñor en las selvas sajonas y el poeta retornó con su códice, menos largo que el anterior. No lo repitió de memoria; lo leyó con visible inseguridad, omitiendo ciertos pasajes, como si él mismo no los entendiera del todo o no quisiera profanarlos. La página era extraña. No era una descripción de la batalla, era la batalla. En su desorden bélico se agitaban el Dios que es Tres y es Uno, los númenes paganos de Irlanda y los que guerrearían, centenares de años después, en el principio de la *Edda Mayor*. La forma no era menos curiosa. Un sustantivo singular podía regir un verbo plural. Las preposiciones eran ajenas a las normas comunes. La aspereza alternaba con la dulzura. Las metáforas eran arbitrarias o así lo parecían.

El Rey cambió unas pocas palabras con los hombres de letras que lo rodeaban y habló de esta manera:

—De tu primera loa pude afirmar que era un feliz resumen de cuanto se ha cantado en Irlanda. Ésta supera todo lo anterior y también lo aniquila. Suspende, maravilla y deslumbra. No la merecerán los ignaros, pero sí los doctos, los menos. Un cofre de marfil será la custodia del único ejemplar. De la pluma que ha producido obra tan eminente podemos esperar todavía una obra más alta.

Agregó con una sonrisa:

—Somos figuras de una fábula y es justo recordar que en las fábulas prima el número tres. El poeta se atrevió a murmurar:

—Los tres dones del hechicero, las tríadas y la indudable Trinidad.

El Rey prosiguió:

—Como prenda de nuestra aprobación, toma esta máscara de oro.

—Doy gracias y he entendido —dijo el poeta.

El aniversario volvió. Los centinelas del palacio advirtieron que el poeta no traía un manuscrito. No sin estupor el Rey lo miró; casi era otro. Algo, que no era el tiempo, había surcado y transformado sus rasgos. Los ojos parecían mirar muy lejos o haber quedado ciegos. El poeta le rogó que hablara unas palabras con él. Los esclavos despejaron la cámara.

—¿No has ejecutado la oda? —preguntó el Rey.

—Sí —dijo tristemente el poeta—. Ojalá Cristo Nuestro Señor me lo hubiera prohibido.

—¿Puedes repetirla?

—No me atrevo.

—Yo te doy el valor que te hace falta —declaró el Rey.

El poeta dijo el poema. Era una sola línea. Sin animarse a pronunciarla en voz alta, el poeta y su Rey la paladearon, como si fuera una plegaria secreta o una blasfemia. El Rey no estaba menos maravillado y menos maltrecho que el otro. Ambos se miraron, muy pálidos.

—En los años de mi juventud —dijo el Rey— navegué hacia el ocaso. En una isla vi lebreles de plata que daban muerte a jabalíes de oro. En otra nos alimentamos con la fragancia de las manzanas mágicas. En otra vi murallas de fuego. En la más lejana de todas un río abovedado y pendiente surcaba el cielo y por sus aguas iban peces y barcos. Éstas son maravillas, pero no se comparan con tu poema, que de algún modo las encierra. ¿Qué hechicería te lo dio?

—En el alba —dijo el poeta— me recordé diciendo unas palabras que al principio no comprendí. Esas palabras son un poema. Sentí que había cometido un pecado, quizá el que no perdona el Espíritu.

—El que ahora compartimos los dos —el Rey musitó—. El de haber conocido la Belleza, que es un don vedado a los hombres. Ahora nos toca expiarlo. Te di un espejo y una máscara de oro; he aquí el tercer regalo que será el último.

Le puso en la diestra una daga.

Del poeta sabemos que se dio muerte al salir del palacio; del Rey, que es un mendigo que recorre los caminos de Irlanda, que fue su reino, y que no ha repetido nunca el poema.

Undr

Debo prevenir al lector que las páginas que traslado se buscarán en vano en el *Libellus* (1615) de Adán de Bremen, que, según se sabe, nació y murió en el siglo XI. Lappenberg las halló en un manuscrito de la Bodleiana de Oxford y las juzgó, dado el acopio de pormenores circunstanciales, una tardía interpolación, pero las publicó, a título de curiosidad, en sus *Analecta Germanica* (Leipzig, 1894). El parecer de un mero aficionado argentino vale muy poco; júzguelas el lector como quiera. Mi versión española no es literal, pero es digna de fe.

Escribe Adán de Bremen:

«…De las naciones que lindan con el desierto que se dilata en la otra margen del Golfo, más allá de las tierras en que procrea el caballo salvaje, la más digna de mención es la de los urnos. La incierta o fabulosa información de los mercaderes, lo azaroso del rumbo y las depredaciones de los nómadas, nunca me permitieron arribar a su territorio. Me consta, sin embargo, que sus precarias y apartadas aldeas quedan en las tierras bajas del Vístula. A diferencia de los suecos, los urnos profesan la genuina fe de Jesús, no maculada de arrianismo ni del sangriento culto de los demonios, de los que derivan su estirpe las casas reales de Inglaterra y de otras naciones del Norte. Son pastores, barqueros, hechiceros, forjadores de espadas y trenzadores. Debido a la inclemencia de las guerras casi no aran la tierra. La llanura y las tribus que la recorren los han hecho muy diestros en el manejo del caballo y del arco. Siempre uno acaba por asemejarse a sus enemigos. Las lanzas son más largas que las nuestras, ya que son de jinetes y no de peones.

Desconocen, como es de suponer, el uso de la pluma, del cuerno de tinta y del pergamino. Graban sus caracteres como nuestros mayores las runas que Odín les reveló, después de haber pendido del fresno, Odín sacrificado a Odín, durante nueve noches.

A estas noticias generales agregaré la historia de mi diálogo con el islandés Ulf Sigurdarson, hombre de graves y medidas palabras. Nos encontramos en Uppsala, cerca del templo. El fuego de leña había muerto; por las desparejas hendijas de la pared fueron entrando el frío y el alba. Afuera dejarían su cautelosa marca en la nieve los lobos grises que devoran la carne de los paganos destinados a los tres dioses. Nuestro coloquio había comenzado en latín, como es de uso entre clérigos, pero no tardamos en pasar a la lengua del Norte que se dilata desde la Última Thule hasta los mercados del Asia. El hombre dijo:

—Soy de estirpe de *skalds*; me bastó saber que la poesía de los urnos consta de una sola palabra para emprender su busca y el derrotero que me conduciría a su tierra. No sin fatigas y trabajos llegué al cabo de un año. Era de noche; advertí que los hombres que se cruzaban en mi camino me miraban curiosamente y una que otra pedrada me alcanzó. Vi el resplandor de una herrería y entré.

El herrero me ofreció albergue para la noche. Se llamaba Orm. Su lengua era más o menos la nuestra. Cambiamos unas pocas palabras. De sus labios oí por primera vez el nombre del rey que era, Gunnlaug. Supe que librada la última guerra, miraba con recelo a los forasteros y que su hábito era crucificarlos. Para eludir ese destino, menos adecuado a un hombre que a un Dios, emprendí la escritura de una *drápa*, o composición laudatoria, que celebraba las victorias, la fama y la misericordia del rey. Apenas la aprendí de memoria vinieron a buscarme dos hombres. No quise entregarles mi espada, pero me dejé conducir.

Aún había estrellas en el alba. Atravesamos un espacio de tierra con chozas a los lados. Me habían hablado de pirámides; lo que vi en la primera de las plazas fue un poste de madera amarilla. Distinguí en una punta la figura negra de un pez. Orm, que nos había acompañado, me dijo que ese pez era la Palabra. En la siguiente plaza vi un poste rojo con un disco. Orm repitió que era la Palabra. Le pedí que me la dijera. Me dijo que era un simple artesano y que no la sabía.

En la tercera plaza, que fue la última, vi un poste pintado de negro, con un dibujo que he olvidado. En el fondo había una larga pared derecha, cuyos extremos no divisé. Comprobé después que era circular, techada de barro, sin puertas interiores, y que daba toda la vuelta de la ciudad. Los caballos atados al palenque eran de poca alzada y crinudos. Al herrero no lo dejaron entrar. Adentro había gente de armas, toda de pie. Gunnlaug, el rey, que estaba doliente, yacía con los ojos semicerrados en una suerte de tarima, sobre unos cueros de camello. Era un hombre gastado y amarillento, una cosa sagrada y casi olvidada; viejas y largas cicatrices le cruzaban el pecho. Uno de los soldados me abrió camino. Alguien había traído un arpa. Hincado, entoné en voz baja la *drápa*. No faltaban las figuras retóricas, las aliteraciones y los acentos que el género requiere. No sé si el rey la comprendió pero me dio un anillo de plata que guardo aún. Bajo la almohada pude entrever el filo de un puñal. A su derecha había un tablero de ajedrez, con un centenar de casillas y unas pocas piezas desordenadas.

La guardia me empujó hacia el fondo. Un hombre tomó mi lugar, y lo hizo de pie. Pulsó las cuerdas como templándolas y repitió en voz baja la palabra que yo hubiera querido penetrar y no penetré. Alguien dijo con reverencia: «Ahora no quiere decir nada».

Vi alguna lágrima. El hombre alzaba o alejaba la voz y los acordes casi iguales eran monótonos o, mejor aún, infinitos. Yo hubiera querido que el canto siguiera para siempre y fuera mi vida. Bruscamente cesó. Oí el ruido del arpa cuando el cantor, sin duda exhausto, la arrojó al suelo. Salimos en desorden. Fui de los últimos. Vi con asombro que la luz estaba declinando.

Caminé unos pasos. Una mano en el hombro me detuvo. Me dijo:

—La sortija del rey fue tu talismán pero no tardarás en morir porque has oído la Palabra. Yo, Bjarni Thorkelsson, te salvaré. Soy de estirpe de *skalds*. En tu ditirambo apodaste agua de la espada a la sangre y tejido de hombres a la batalla. Recuerdo haber oído esas figuras al padre de mi padre. Tú y yo somos poetas; te salvaré. Ahora no definimos cada hecho que enciende nuestro canto; lo ciframos en una sola palabra que es la Palabra.

Le respondí:

—No pude oírla. Te pido que me digas cuál es.

Vaciló unos instantes y contestó:

—He jurado no revelarla. Además, nadie puede enseñar nada. Debes buscarla solo. Apresurémonos, que tu vida corre peligro. Te esconderé en mi casa, donde no se atreverán a buscarte. Si el viento es favorable, navegarás mañana hacia el sur.

Así tuvo principio la aventura que duraría tantos inviernos. No referiré sus azares ni trataré de recordar el orden cabal de sus inconstancias. Fui remero, mercader de esclavos, esclavo, leñador, salteador de caravanas, cantor, catador de aguas hondas y de metales. Padecí cautiverio durante un año en las minas de azogue, que aflojan los dientes. Milité con hombres de Suecia en la guardia de Mikligarthr (Constantinopla). A orillas del Azov me quiso una mujer que no olvidaré; la dejé o ella me dejó, lo cual es lo mismo. Fui traicionado y traicioné. Más de una vez el destino me hizo matar. Un soldado griego me desafió y me dio la elección de dos espadas. Una le llevaba un palmo a la otra. Comprendí que trataba de intimidarme y elegí la más corta. Me preguntó por qué. Le respondí que de mi puño a su corazón la distancia era igual. En una margen del mar Negro está el epitafio rúnico que grabé para mi compañero Leif Arnarson. He combatido con los Hombres Azules de Serkland, los sarracenos. En el curso del tiempo he sido muchos, pero ese torbellino fue un largo sueño. Lo esencial era la Palabra. Alguna vez descreí de ella. Me repetí que renunciar al hermoso juego de combinar palabras hermosas era insensato y que no hay por qué indagar una sola, acaso ilusoria. Ese razonamiento fue vano. Un misionero me propuso la palabra Dios, que rechacé. Cierta aurora a orillas de un río que se dilataba en un mar creí haber dado con la revelación.

Volví a la tierra de los urnos y me dio trabajo encontrar la casa del cantor.

Entré y dije mi nombre. Ya era de noche. Thorkelsson, desde el suelo me dijo que encendiera un velón en el candelero de bronce. Tanto había envejecido su cara que no pude dejar de pensar que yo mismo era viejo. Como es de uso le pregunté por su rey. Me replicó:

—Ya no se llama Gunnlaug. Ahora es otro su nombre. Cuéntame bien tus viajes.

Lo hice con mejor orden y con prolijos pormenores que omito. Antes del fin me interrogó:

—¿Cantaste muchas veces por esas tierras?

La pregunta me tomó de sorpresa.

—Al principio —le dije— canté para ganarme la vida. Luego, un temor que no comprendo me alejó del canto y del arpa.

—Está bien —asintió—. Ya puedes proseguir con tu historia.

Acaté la orden. Sobrevino después un largo silencio.

—¿Qué te dio la primera mujer que tuviste? —me preguntó.

—Todo —le contesté.

—A mí también la vida me dio todo. A todos la vida les da todo pero los más lo ignoran. Mi voz está cansada y mis dedos débiles, pero escúchame.

Dijo la palabra *Undr*, que quiere decir maravilla.

Me sentí arrebatado por el canto del hombre que moría, pero en su canto y en su acorde vi mis propios trabajos, la esclava que me dio el primer amor, los hombres que maté, las albas de frío, la aurora sobre el agua, los remos. Tomé el arpa y canté con una palabra distinta.

—Está bien —dijo el otro y tuve que acercarme para oírlo—. Me has entendido.»

Utopía de un hombre
que está cansado

Llamóla *Utopía*, voz griega cuyo significado es «no hay tal lugar».

QUEVEDO

o hay dos cerros iguales, pero en cualquier lugar de la tierra
la llanura es una y la misma. Yo iba por un camino de la llanura. Me pregunté sin mucha curiosidad si estaba en Okla-
homa o en Texas o en la región que los literatos llaman la pampa. Ni a
derecha ni a izquierda vi un alambrado. Como otras veces repetí despacio estas líneas, de Emilio Oribe:

> *En medio de la pánica llanura interminable*
> *Y cerca del Brasil,*

que van creciendo y agrandándose.

El camino era desparejo. Empezó a caer la lluvia. A unos doscientos o trescientos metros vi la luz de una casa. Era baja y rectangular y
cercada de árboles. Me abrió la puerta un hombre tan alto que casi me
dio miedo. Estaba vestido de gris. Sentí que esperaba a alguien. No había cerradura en la puerta.

Entramos en una larga habitación con las paredes de madera. Pendía del cielo raso una lámpara de luz amarillenta. La mesa, por alguna

razón, me extrañó. En la mesa había una clepsidra, la primera que he visto, fuera de algún grabado en acero. El hombre me indicó una de las sillas.

Ensayé diversos idiomas y no nos entendimos. Cuando él habló lo hizo en latín. Junté mis ya lejanas memorias de bachiller y me preparé para el diálogo.

—Por la ropa —me dijo—, veo que llegas de otro siglo. La diversidad de las lenguas favorecía la diversidad de los pueblos y aun de las guerras; la tierra ha regresado al latín. Hay quienes temen que vuelva a degenerar en francés, en lemosín o en papiamento, pero el riesgo no es inmediato. Por lo demás, ni lo que ha sido ni lo que será me interesan.

No dije nada y agregó:

—Si no te desagrada ver comer a otro ¿quieres acompañarme?

Comprendí que advertía mi zozobra y dije que sí.

Atravesamos un corredor con puertas laterales, que daba a una pequeña cocina en la que todo era de metal. Volvimos con la cena en una bandeja: boles con copos de maíz, un racimo de uvas, una fruta desconocida cuyo sabor me recordó el del higo, y una gran jarra de agua. Creo que no había pan. Los rasgos de mi huésped eran agudos y tenía algo singular en los ojos. No olvidaré ese rostro severo y pálido que no volveré a ver. No gesticulaba al hablar.

Me trababa la obligación del latín, pero finalmente le dije:

—¿No te asombra mi súbita aparición?

—No —me replicó—, tales visitas nos ocurren de siglo en siglo. No duran mucho; a más tardar estarás mañana en tu casa.

La certidumbre de su voz me bastó. Juzgué prudente presentarme:

—Soy Eudoro Acevedo. Nací en 1897, en la ciudad de Buenos Aires. He cumplido ya setenta años. Soy profesor de letras inglesas y americanas y escritor de cuentos fantásticos.

—Recuerdo haber leído sin desagrado —me contestó— dos cuentos fantásticos. «Los viajes del capitán Lemuel Gulliver», que muchos consideran verídicos, y la «Suma teológica». Pero no hablemos de hechos. Ya a nadie le importan los hechos. Son meros puntos de partida para la invención y el razonamiento. En las escuelas nos enseñan la duda y el arte del olvido. Ante todo el olvido de lo personal y local. Vivimos en el tiempo, que es sucesivo, pero tratamos de vivir *sub specie aeternitatis*. Del pasado nos quedan algunos nombres, que el lenguaje tiende a olvidar. Eludimos las inútiles precisiones. No hay cronología ni historia. No hay tampoco estadísticas. Me has dicho que te llamas Eudoro; yo no puedo decirte cómo me llamo, porque me dicen alguien.

—¿Y cómo se llamaba tu padre?

—No se llamaba.

En una de las paredes vi un anaquel. Abrí un volumen al azar; las letras eran claras e indescifrables y trazadas a mano. Sus líneas angulares me recordaron el alfabeto rúnico, que, sin embargo, sólo se empleó para la escritura epigráfica. Pensé que los hombres del porvenir no sólo eran más altos sino más diestros. Instintivamente miré los largos y finos dedos del hombre. Éste me dijo:

—Ahora vas a ver algo que nunca has visto.

Me tendió con cuidado un ejemplar de la *Utopía* de More, impreso en Basilea en el año 1518 y en el que faltaban hojas y láminas.

No sin fatuidad repliqué:

—Es un libro impreso. En casa habrá más de dos mil, aunque no tan antiguos ni tan preciosos.

Leí en voz alta el título.

El otro se rió.

—Nadie puede leer dos mil libros. En los cuatro siglos que vivo no habré pasado de una media docena. Además no importa leer sino releer. La imprenta, ahora abolida, ha sido uno de los peores males del hombre, ya que tendió a multiplicar hasta el vértigo textos innecesarios.

—En mi curioso ayer —contesté—, prevalecía la superstición de que entre cada tarde y cada mañana ocurren hechos que es una vergüenza ignorar. El planeta estaba poblado de espectros colectivos, el Canadá, el Brasil, el Congo Suizo y el Mercado Común. Casi nadie sabía la historia previa de esos entes platónicos, pero sí los más ínfimos pormenores del último congreso de pedagogos, la inminente ruptura de relaciones y los mensajes que los presidentes mandaban, elaborados por el secretario del secretario con la prudente imprecisión que era propia del género.

»Todo esto se leía para el olvido, porque a las pocas horas lo borrarían otras trivialidades. De todas las funciones, la del político era sin duda la más pública. Un embajador o un ministro era una suerte de lisiado que era preciso trasladar en largos y ruidosos vehículos, cercado de ciclistas y granaderos y aguardado por ansiosos fotógrafos. Parece que les hubieran cortado los pies, solía decir mi madre. Las imágenes y la letra impresa eran más reales que las cosas. Sólo lo publicado era verdadero. *Esse est percipi* (ser es ser retratado) era el principio, el medio y el fin de nuestro singular concepto del mundo. En el ayer que me tocó, la gente era ingenua; creía que una mercadería era buena porque así lo afirmaba y lo repetía su propio fabricante. También eran frecuentes los robos, aunque nadie ignoraba que la posesión de dinero no da mayor felicidad ni mayor quietud.

—¿Dinero? —repitió—. Ya no hay quien adolezca de pobreza, que habrá sido insufrible, ni de riqueza, que habrá sido la forma más incómoda de la vulgaridad. Cada cual ejerce su oficio.

—Como los rabinos —le dije.

Pareció no entender y prosiguió.

—Tampoco hay ciudades. A juzgar por las ruinas de Bahía Blanca, que tuve la curiosidad de explorar, no se ha perdido mucho. Ya que no hay posesiones, no hay herencias. Cuando el hombre madura a los cien años, está listo a enfrentarse consigo mismo y con su soledad. Ya ha engendrado un hijo.

—¿Un hijo? —pregunté.

—Sí. Uno solo. No conviene fomentar el género humano. Hay quienes piensan que es un órgano de la divinidad para tener conciencia del universo, pero nadie sabe con certidumbre si hay tal divinidad. Creo que ahora se discuten las ventajas y desventajas de un suicidio gradual o simultáneo de todos los hombres del mundo. Pero volvamos a lo nuestro.

Asentí.

—Cumplidos los cien años, el individuo puede prescindir del amor y de la amistad. Los males y la muerte involuntaria no lo amenazan. Ejerce alguna de las artes, la filosofía, las matemáticas o juega a un ajedrez solitario. Cuando quiere se mata. Dueño el hombre de su vida, lo es también de su muerte.

—¿Se trata de una cita? —le pregunté.

—Seguramente. Ya no nos quedan más que citas. La lengua es un sistema de citas.

—¿Y la grande aventura de mi tiempo, los viajes espaciales? —le dije.

—Hace ya siglos que hemos renunciado a esas traslaciones, que fueron ciertamente admirables. Nunca pudimos evadirnos de un aquí y de un ahora.

Con una sonrisa agregó:

—Además, todo viaje es espacial. Ir de un planeta a otro es como ir a la granja de enfrente. Cuando usted entró en este cuarto estaba ejecutando un viaje espacial.

—Así es —repliqué—. También se hablaba de sustancias químicas y de animales zoológicos.

El hombre ahora me daba la espalda y miraba por los cristales. Afuera, la llanura estaba blanca de silenciosa nieve y de luna.

Me atreví a preguntar:

—¿Todavía hay museos y bibliotecas?

—No. Queremos olvidar el ayer, salvo para la composición de elegías. No hay conmemoraciones ni centenarios ni efigies de hombres muertos. Cada cual debe producir por su cuenta las ciencias y las artes que necesita.

—En tal caso, cada cual debe ser su propio Bernard Shaw, su propio Jesucristo y su propio Arquímedes.

Asintió sin una palabra. Inquirí:

—¿Qué sucedió con los gobiernos?

—Según la tradición fueron cayendo gradualmente en desuso. Llamaban a elecciones, declaraban guerras, imponían tarifas, confiscaban fortunas, ordenaban arrestos y pretendían imponer la censura y nadie en el planeta los acataba. La prensa dejó de publicar sus colaboraciones y sus efigies. Los políticos tuvieron que buscar oficios honestos; algunos fueron buenos cómicos o buenos curanderos. La realidad sin duda habrá sido más compleja que este resumen.

Cambió de tono y dijo:

—He construido esta casa, que es igual a todas las otras. He labrado estos muebles y estos enseres. He trabajado el campo, que otros cuya cara no he visto, trabajarán mejor que yo. Puedo mostrarte algunas cosas.

Lo seguí a una pieza contigua. Encendió una lámpara, que también pendía del cielo raso. En un rincón vi un arpa de pocas cuerdas. En las paredes había telas rectangulares en las que predominaban los tonos del color amarillo. No parecían proceder de la misma mano.

—Ésta es mi obra —declaró.

Examiné las telas y me detuve ante la más pequeña, que figuraba o sugería una puesta de sol y que encerraba algo infinito.

—Si te gusta puedes llevártela, como recuerdo de un amigo futuro —dijo con palabra tranquila.

Le agradecí, pero otras telas me inquietaron. No diré que estaban en blanco, pero sí casi en blanco.

—Están pintadas con colores que tus antiguos ojos no pueden ver.

Las delicadas manos tañeron las cuerdas del arpa y apenas percibí uno que otro sonido.

Fue entonces cuando se oyeron los golpes. Una alta mujer y tres o cuatro hombres entraron en la casa. Diríase que eran hermanos o que los había igualado el tiempo. Mi huésped habló primero con la mujer.

—Sabía que esta noche no faltarías. ¿Lo has visto a Nils?

—De tarde en tarde. Sigue siempre entregado a la pintura.

—Esperemos que con mejor fortuna que su padre.

Manuscritos, cuadros, muebles, enseres; no dejamos nada en la casa.

La mujer trabajó a la par de los hombres. Me avergoncé de mi flaqueza que casi no me permitía ayudarlos. Nadie cerró la puerta y salimos, cargados con las cosas. Noté que el techo era a dos aguas.

A los quince minutos de caminar, doblamos por la izquierda. En el fondo divisé una suerte de torre, coronada por una cúpula.

—Es el crematorio —dijo alguien—. Adentro está la cámara letal. Dicen que la inventó un filántropo cuyo nombre, creo, era Adolfo Hitler.

El cuidador, cuya estatura no me asombró, nos abrió la verja.

Mi huésped susurró unas palabras. Antes de entrar en el recinto se despidió con un ademán.

—La nieve seguirá —anunció la mujer.

En mi escritorio de la calle México guardo la tela que alguien pintará, dentro de miles de años, con materiales hoy dispersos en el planeta.

El soborno

La historia que refiero es la de dos hombres o más bien la de un episodio en el que intervinieron dos hombres. El hecho mismo, nada singular ni fantástico, importa menos que el carácter de sus protagonistas. Ambos pecaron por vanidad, pero de un modo harto distinto y con resultado distinto. La anécdota (en realidad no es mucho más) ocurrió hace muy poco, en uno de los estados de América. Entiendo que no pudo haber ocurrido en otro lugar.

A fines de 1961, en la Universidad de Texas, en Austin, tuve ocasión de conversar largamente con uno de los dos, el doctor Ezra Winthrop. Era profesor de inglés antiguo (no aprobaba el empleo de la palabra *anglosajón*, que sugiere un artefacto hecho de dos piezas). Recuerdo que sin contradecirme una sola vez corrigió mis muchos errores y temerarias presunciones. Me dijeron que en los exámenes prefería no formular una sola pregunta; invitaba al alumno a discurrir sobre tal o cual tema, dejando a su elección el punto preciso. De vieja raíz puritana, oriundo de Boston, le había costado hacerse a los hábitos y prejuicios del Sur. Extrañaba la nieve, pero he observado que a la gente del Norte le enseñan a precaverse del frío, como a nosotros del calor. Guardo la imagen ya borrosa, de un hombre más bien alto, de pelo gris, menos ágil que fuerte. Más claro es mi recuerdo de su colega Herbert Locke, que me dio un ejemplar de su libro *Toward a History of the Kenning*, donde se lee que los sajones no tardaron en prescindir de esas metáforas un tanto mecánicas (camino de la ballena por mar, halcón de la batalla por águila), en tanto que los poetas escandinavos las fueron combinando y entrelazando hasta lo inextricable. He mencionado a Herbert Locke porque es parte integral de mi relato.

Arribo ahora al islandés Eric Einarsson, acaso el verdadero protagonista. No lo vi nunca. Llegó a Texas en 1969, cuando yo estaba en Cambridge, pero las cartas de un amigo común, Ramón Martínez López, me han dejado la convicción de conocerlo íntimamente. Sé que es impetuoso, enérgico y frío; en una tierra de hombres altos es alto. Dado su pelo rojo era inevitable que los estudiantes lo apodaran Erico el Rojo. Opinaba que el uso del *slang* forzosamente erróneo, hace del extranjero un intruso y no condescendió nunca al O.K. Buen investigador de las lenguas nórdicas, del inglés, del latín y —aunque no lo confesara— del alemán, poco le costó abrirse paso en las universidades de América. Su primer trabajo fue una monografía sobre los cuatro artículos que dedicó De Quincey al influjo que ha dejado el danés en la región lacustre de Westmoreland. La siguió una segunda sobre el dialecto de los campesinos de Yorkshire. Ambos estudios fueron bien acogidos, pero Einarsson pensó que su carrera precisaba algún elemento de asombro. En 1970 publicó en Yale una copiosa edición crítica de la *Balada de Maldon*. El *scholarship* de las notas era innegable, pero ciertas hipótesis del prefacio suscitaron alguna discusión en los casi secretos círculos académicos. Einarsson afirmaba, por ejemplo, que el estilo de la balada es afín, siquiera de un modo lejano, al fragmento heroico de *Finnsburh*, no a la retórica pausada de *Beowulf*, y que su manejo de conmovedores rasgos circunstanciales prefigura curiosamente los métodos que no sin justicia admiramos en las sagas de Islandia. Enmendó asimismo varias lecciones del texto de Elphinston. Ya en 1969 había sido nombrado profesor en la Universidad de Texas. Según es fama, son habituales en las universidades americanas los congresos de germanistas. Al doctor Winthrop le había tocado en suerte en el turno anterior, en East Lansing. El jefe del departamento que preparaba su año sabático, le pidió que pensara en un candidato para la próxima sesión en Wisconsin. Por lo demás éstos no pasaban de dos: Herbert Locke o Eric Einarsson.

Winthrop, como Carlyle, había renunciado a la fe puritana de sus mayores, pero no al sentimiento de la ética. No había declinado dar el consejo; su deber era claro. Herbert Locke, desde 1954, no le había escatimado su ayuda para cierta edición anotada de la *Gesta de Beowulf* que, en determinadas casas de estudio, había reemplazado el manejo de la de Klaeber; ahora estaba compilando una obra muy útil para la germanística: un diccionario inglés-anglosajón, que ahorrara a los lectores el examen, muchas veces inútil, de los diccionarios etimológicos. Einarsson era harto más joven; su petulancia le granjeaba la aversión general, sin excluir la de Winthrop. La edición crítica de *Finnsburh* había contribuido no poco a difundir su nombre. Era fácilmente polémico; en el Congreso haría mejor papel que el taciturno y tímido Locke. En esas cavilaciones estaba Winthrop cuando el hecho ocurrió.

En Yale apareció un extenso artículo sobre la enseñanza universitaria de la literatura y de la lengua de los anglosajones. Al pie de la última página se leían las transparentes iniciales E. E. y, como para alejar cualquier duda, el nombre de Texas. El artículo, redactado en un correcto inglés de extranjero, no se permitía la menor incivilidad pero encerraba cierta violencia. Argüía que iniciar aquel estudio por la *Gesta de Beowulf*, obra de fecha arcaica pero de estilo pseudovirgiliano y retórico, era no menos arbitrario que iniciar el estudio del inglés por los intrincados versos de Milton. Aconsejaba una inversión del orden cronológico: empezar por «La sepultura» del siglo XI que deja traslucir el idioma actual, y luego retroceder hasta los orígenes. En lo que a *Beowulf* se refiere, bastaba con algún fragmento extraído del tedioso conjunto de tres mil líneas; por ejemplo los ritos funerarios de Scyld, que vuelve al mar y vino del mar. No se mencionaba una sola vez el nombre de Winthrop, pero éste se sintió persistentemente agredido. Tal circunstancia le importaba menos que el hecho de que impugnaran su método pedagógico.

Faltaban pocos días. Winthrop quería ser justo y no podía permitir que el escrito de Einarsson, ya releído y comentado por muchos, influyera en su decisión. Ésta le dio no poco trabajo. Cierta mañana, Winthrop conversó con su jefe; esa misma tarde, Einarsson recibió el encargo oficial de viajar a Wisconsin.

La víspera del 19 de marzo, día de la partida, Einarsson se presentó en el despacho de Ezra Winthrop. Venía a despedirse y a agradecerle. Una de las ventanas daba a una calle arbolada y oblicua y los rodeaban anaqueles de libros; Einarsson no tardó en reconocer la primera edición de la *Edda Islandorum*, encuadernada en pergamino. Winthrop contestó que sabía que el otro desempeñaría bien su misión y que no tenía nada que agradecerle. El diálogo si no me engaño fue largo.

—Hablemos con franqueza —dijo Einarsson—. No hay perro en la universidad que no sepa que si el doctor Lee Rosenthal, nuestro jefe, me honra con la misión de representarnos, obra por consejo de usted. Trataré de no defraudarlo. Soy un buen germanista; la lengua de mi infancia es la de las sagas y pronuncio el anglosajón mejor que mis colegas británicos. Mis estudiantes dicen *cyning*, no *cunning*. Saben también que les está absolutamente prohibido fumar en clase y que no pueden presentarse disfrazados de *hippies*. En cuanto a mi frustrado rival, sería de pésimo gusto que yo lo criticara; sobre la *Kenning* demuestra no sólo el examen de las fuentes originales sino de los pertinentes trabajos de Meissner y de Marquardt. Dejemos esas fruslerías. Yo le debo a usted, doctor Winthrop, una explicación personal. Dejé mi patria a fines de 1967. Cuando alguien se resuelve a emigrar a un país lejano, se impone fatalmente la obligación de adelantar en ese país. Mis dos opúsculos iniciales, de índole estrictamente filológica, no respondían a otro fin que probar mi capacidad. Ello, evidentemente no bastaba. Siempre me había interesado la *Balada de Maldon* que puedo repetir de memoria, con uno que otro bache. Logré que las autoridades de Yale publicaran mi edición crítica. La balada registra, como usted sabe, una victoria escandinava, pero en cuanto al concepto de que influyó en las ulteriores sagas de Islandia, lo juzgo inadmisible y absurdo. Lo incluí para halagar a los lectores de habla inglesa.

»Arribo ahora a lo esencial: mi nota polémica del *Yale Monthly*. Como usted no ignora, justifica, o quiere justificar, mi sistema, pero deliberadamente exagera los inconvenientes del suyo, que, a trueque de imponer a los alumnos el tedio de tres mil intrincados versos consecutivos que narran una historia confusa, los dota de un copioso vocabulario que les permitirá gozar, si no han desertado, del corpus de las letras anglosajonas. Ir a Wisconsin era mi verdadero propósito. Usted y yo, mi querido amigo, sabemos que los congresos son tonterías, que ocasionan gastos inútiles, pero que pueden convenir a un *curriculum*.

Winthrop lo miró con sorpresa. Era inteligente, pero propendía a tomar en serio las cosas, incluso los congresos y el universo, que bien puede ser una broma cósmica. Einarsson prosiguió:

—Usted recordará tal vez nuestro primer diálogo. Yo había llegado de New York. Era un día domingo; el comedor de la universidad estaba cerrado y fuimos a almorzar al Nighthawk. Fue entonces cuando aprendí muchas cosas. Como buen europeo yo siempre había presupuesto que la Guerra Civil fue una cruzada contra los esclavistas; usted argumentó que el Sur estaba en su derecho al querer separarse de la Unión y mantener sus instituciones. Para dar mayor fuerza a lo que afirmaba, me dijo que usted era del Norte y que uno de sus mayores había militado en las filas de Henry Halleck. Ponderó asimismo el coraje de los confederados. A diferencia de los demás, yo sé casi inmediatamente *quién* es el otro. Esa mañana me bastó. Comprendí, mi querido Winthrop, que a usted lo rige la curiosa pasión americana de la imparcialidad. Quiere, ante todo, ser *fairminded*. Precisamente por ser hombre del Norte, trató de comprender y justificar la causa del Sur. En cuanto supe que mi viaje a Wisconsin dependía de unas palabras suyas a Rosenthal, resolví aprovechar mi pequeño descubrimiento. Comprendí que impugnar la metodología que usted siempre observa en la cátedra era el medio más eficaz de obtener su voto. Redacté en el acto mi tesis. Los hábitos del *Monthly* me obligaron al uso de iniciales, pero hice todo lo posible para que no quedara la menor duda sobre la identidad del autor. La confié incluso a muchos colegas.

Hubo un largo silencio. Winthrop fue el primero en romperlo.

—Ahora comprendo —dijo—. Yo soy viejo amigo de Herbert, cuya labor estimo; usted, directa o indirectamente, me atacó. Negarle mi voto hubiera sido una suerte de represalia. Confronté los méritos de los dos y el resultado fue el que usted sabe.

Agregó, como si pensara en voz alta:

—He cedido tal vez a la vanidad de no ser vengativo. Como usted ve, su estratagema no le falló.

—Estratagema es la palabra justa —replicó Einarsson—, pero no me arrepiento de lo que hice. Actuaré del modo mejor para nuestra casa de estudios. Por lo demás yo había resuelto ir a Wisconsin.

—Mi primer Viking —dijo Winthrop y lo miró en los ojos.

—Otra superstición romántica. No basta ser escandinavo para descender de los Vikings. Mis padres fueron buenos pastores de la iglesia evangélica; a principios del siglo X, mis mayores fueron acaso buenos sacerdotes de Thor. En mi familia no hubo que yo sepa, gente de mar.

—En la mía hubo muchos —contestó Winthrop—. Sin embargo, no somos tan distintos. Un pecado nos une: la vanidad. Usted me ha visitado para jactarse de su ingeniosa estratagema; yo lo apoyé para jactarme de ser un hombre recto.

—Otra cosa nos une —respondió Einarsson—. La nacionalidad. Soy ciudadano americano. Mi destino está aquí, no en la última Thule. Usted dirá que un pasaporte no modifica la índole de un hombre.

Se estrecharon la mano y se despidieron.

Avelino Arredondo

El hecho aconteció en Montevideo, en 1897.

Cada sábado los amigos ocupaban la misma mesa lateral en el Café del Globo, a la manera de los pobres decentes que saben que no pueden mostrar su casa o que rehúyen su ámbito. Eran todos montevideanos; al principio les había costado amistarse con Arredondo, hombre de tierra adentro, que no se permitía confidencias ni hacía preguntas. Contaba poco más de veinte años; era flaco y moreno, más bien bajo y tal vez algo torpe. La cara habría sido casi anónima, si no la hubieran rescatado los ojos, a la vez dormidos y enérgicos. Dependiente de una mercería de la calle Buenos Aires, estudiaba Derecho a ratos perdidos. Cuando los otros condenaban la guerra que asolaba el país y que, según era opinión general, el presidente prolongaba por razones indignas, Arredondo se quedaba callado. También se quedaba callado cuando se burlaban de él por tacaño.

Poco después de la batalla de Cerros Blancos, Arredondo dijo a los compañeros que no lo verían por un tiempo, ya que tenía que irse a Mercedes. La noticia no inquietó a nadie. Alguien le dijo que tuviera cuidado con el gauchaje de Aparicio Saravia; Arredondo respondió, con una sonrisa, que no les tenía miedo a los Blancos. El otro, que se había afiliado al partido, no dijo nada.

Más le costó decirle adiós a Clara, su novia. Lo hizo casi con las mismas palabras. Le previno que no esperara cartas, porque estaría muy atareado. Clara, que no tenía costumbre de escribir, aceptó el agregado sin protestar. Los dos se querían mucho.

Arredondo vivía en las afueras. Lo atendía una parda que llevaba el mismo apellido porque sus mayores habían sido esclavos de la familia en tiempo de la guerra Grande. Era una mujer de toda confianza; le ordenó que dijera a cualquier persona que lo buscara que él estaba en el campo. Ya había cobrado su último sueldo en la mercería.

Se mudó a una pieza del fondo, la que daba al patio de tierra. La medida era inútil, pero lo ayudaba a iniciar esa reclusión que su voluntad le imponía.

Desde la angosta cama de fierro, en la que fue recuperando su hábito de sestear, miraba con alguna tristeza un anaquel vacío. Había vendido todos sus libros, incluso los de introducción al Derecho. No le quedaba más que una Biblia, que nunca había leído y que no concluyó.

La cursó página por página, a veces con interés y a veces con tedio, y se impuso el deber de aprender de memoria algún capítulo del Éxodo y el final del Eclesiastés. No trataba de entender lo que iba leyendo. Era librepensador, pero no dejaba pasar una sola noche sin repetir el padrenuestro que le había prometido a su madre al venir a Montevideo. Faltar a esa promesa filial podría traerle mala suerte.

Sabía que su meta era la mañana del día 25 de agosto. Sabía el número preciso de días que tenía que trasponer. Una vez lograda la meta, el tiempo cesaría o, mejor dicho, nada importaba lo que aconteciera después. Esperaba la fecha como quien espera una dicha y una liberación. Había parado su reloj para no estar siempre mirándolo, pero todas las noches, al oír las doce campanadas oscuras, arrancaba una hoja del almanaque y pensaba «un día menos».

Al principio quiso construir una rutina. Matear, fumar los cigarrillos negros que armaba, leer y repasar una determinada cuota de páginas, tratar de conversar con Clementina cuando ésta le traía la comida en una bandeja, repetir y adornar cierto discurso antes de apagar la candela. Hablar con Clementina, mujer ya entrada en años, no era muy fácil, porque su memoria había quedado detenida en el campo y en lo cotidiano del campo.

Disponía asimismo de un tablero de ajedrez en el que jugaba partidas desordenadas que no acertaban con el fin. Le faltaba una torre que solía suplir con una bala o con un vintén.

Para poblar el tiempo, Arredondo se hacía la pieza cada mañana con un trapo y con un escobillón y perseguía a las arañas. A la parda no le gustaba que se rebajara a esos menesteres, que eran de su gobierno y que, por lo demás, él no sabía desempeñar.

Hubiera preferido recordarse con el sol ya bien alto, pero la costumbre de hacerlo cuando clareaba pudo más que su voluntad. Extrañaba muchísimo a sus amigos y sabía sin amargura que éstos no lo extrañaban, dada su invencible reserva. Una tarde preguntó por él uno de ellos y lo despacharon desde el zaguán. La parda no lo conocía; Arredondo nunca supo quién era. Ávido lector de periódicos, le costó renunciar a esos museos de minucias efímeras. No era hombre de pensar ni de cavilar.

Sus días y sus noches eran iguales, pero le pesaban más los domingos.

A mediados de julio conjeturó que había cometido un error al parcelar el tiempo, que de cualquier modo nos lleva. Entonces dejó errar su imaginación por la dilatada tierra oriental, hoy ensangrentada, por los quebrados campos de Santa Irene, donde había remontado cometas, por cierto petiso tubiano, que ya habría muerto, por el polvo que levanta la hacienda, cuando la arrean los troperos, por la diligencia cansada que venía cada mes desde Fray Bentos con su carga de baratijas, por la bahía de La Agraciada, donde desembarcaron los Treinta y Tres, por el Hervidero, por cuchillas, montes y ríos, por el Cerro que había escalado hasta la farola, pensando que en las dos bandas del Plata no hay otro igual. Del cerro de la bahía pasó una vez al cerro del escudo y se quedó dormido.

Cada noche la virazón traía la frescura, propicia al sueño. Nunca se desveló.

Quería plenamente a su novia pero se había dicho que un hombre no debe pensar en mujeres, sobre todo cuando le faltan. El campo lo había acostumbrado a la castidad. En cuanto al otro asunto... trataba de pensar lo menos posible en el hombre que odiaba.

El ruido de la lluvia en la azotea lo acompañaba.

Para el encarcelado o el ciego, el tiempo fluye aguas abajo, como por una leve pendiente. Al promediar su reclusión Arredondo logró más de una vez ese tiempo casi sin tiempo. En el primer patio había un aljibe con un sapo en el fondo; nunca se le ocurrió pensar que el tiempo del sapo, que linda con la eternidad, era lo que buscaba.

Cuando la fecha no estaba lejos, empezó otra vez la impaciencia. Una noche no pudo más y salió a la calle. Todo le pareció distinto y más grande. Al doblar una esquina, vio una luz y entró en un almacén. Para justificar su presencia, pidió una caña amarga. Acodados contra el mostrador de madera conversaban unos soldados. Dijo uno de ellos:

—Ustedes saben que está formalmente prohibido que se den noticias de las batallas. Ayer tarde nos ocurrió una cosa que los va a divertir. Yo y unos compañeros de cuartel pasamos frente a *La Razón*. Oímos desde afuera una voz que contravenía la orden. Sin perder tiempo entramos. La redacción estaba como boca de lobo, pero lo quemamos a balazos al que seguía hablando. Cuando se calló, lo buscamos para sacarlo por las patas, pero vimos que era una máquina que le dicen *fonógrafo* y que habla sola.

Todos se rieron.

Arredondo se había quedado escuchando. El soldado le dijo:

—¿Qué le parece el chasco, aparcero?

Arredondo guardó silencio. El de uniforme le acercó la cara y le dijo:

—Gritá en seguida: ¡Viva el Presidente de la Nación, Juan Idiarte Borda!

Arredondo no desobedeció. Entre aplausos burlones ganó la puerta. Ya en la calle lo golpeó una última injuria.

—El miedo no es sonso ni junta rabia.

Se había portado como un cobarde, pero sabía que no lo era. Volvió pausadamente a su casa.

El día 25 de agosto, Avelino Arredondo se recordó a las nueve pasadas. Pensó primero en Clara y sólo después en la fecha. Se dijo con alivio: «Adiós a la tarea de esperar. Ya estoy en el día».

Se afeitó sin apuro y en el espejo lo enfrentó la cara de siempre. Eligió una corbata colorada y sus mejores prendas. Almorzó tarde. El cielo gris amenazaba llovizna; siempre se lo había imaginado radiante. Lo rozó un dejo de amargura al dejar para siempre la pieza húmeda. En el zaguán se cruzó con la parda y le dio los últimos pesos que le quedaban. En la chapa de la ferretería vio rombos de colores y reflexionó que durante más de dos meses no había pensado en ellos. Se encaminó a la calle de Sarandí. Era día feriado y circulaba muy poca gente.

No habían dado las tres cuando arribó a la plaza Matriz. El *Te Deum* ya había concluido; un grupo de caballeros, de militares y de prelados, bajaba por las lentas gradas del templo. A primera vista, los sombreros de copa, algunos aún en la mano, los uniformes, los entorchados, las armas y las túnicas, podían crear la ilusión de que eran muchos; en realidad, no pasarían de una treintena. Arredondo, que no sentía miedo, sintió una suerte de respeto. Preguntó cuál era el Presidente. Le contestaron:

—Ése que va al lado del arzobispo con la mitra y el báculo.

Sacó el revólver e hizo fuego.

Idiarte Borda dio unos pasos, cayó de bruces y dijo claramente: «Estoy muerto».

Arredondo se entregó a las autoridades. Después declararía:

—Soy colorado y lo digo con todo orgullo. He dado muerte al Presidente, que traicionaba y mancillaba a nuestro partido. Rompí con los amigos y con la novia, para no complicarlos; no miré diarios para que nadie pueda decir que me han incitado. Este acto de justicia me pertenece. Ahora, que me juzguen.

Así habrán ocurrido los hechos, aunque de un modo más complejo; así puedo soñar que ocurrieron.

El disco

Soy leñador. El nombre no importa. La choza en que nací y en la que pronto habré de morir queda al borde del bosque. Del bosque dicen que se alarga hasta el mar que rodea toda la tierra y por el que andan casas de madera iguales a la mía. No sé; nunca lo he visto. Tampoco he visto el otro lado del bosque. Mi hermano mayor, cuando éramos chicos, me hizo jurar que entre los dos talaríamos todo el bosque hasta que no quedara un solo árbol. Mi hermano ha muerto y ahora es otra cosa la que busco y seguiré buscando. Hacia el poniente corre un riacho en el que sé pescar con la mano. En el bosque hay lobos, pero los lobos no me arredran y mi hacha nunca me fue infiel. No he llevado la cuenta de mis años. Sé que son muchos. Mis ojos ya no ven. En la aldea, a la que ya no voy porque me perdería, tengo fama de avaro pero ¿qué puede haber juntado un leñador del bosque?

Cierro la puerta de mi casa con una piedra para que la nieve no entre. Una tarde oí pasos trabajosos y luego un golpe. Abrí y entró un desconocido. Era un hombre alto y viejo, envuelto en una manta raída. Le cruzaba la cara una cicatriz. Los años parecían haberle dado más autoridad que flaqueza, pero noté que le costaba andar sin el apoyo del bastón. Cambiamos unas palabras que no recuerdo. Al fin dijo:

—No tengo hogar y duermo donde puedo. He recorrido toda Sajonia.

Esas palabras convenían a su vejez. Mi padre siempre hablaba de Sajonia; ahora la gente dice Inglaterra.

Yo tenía pan y pescado. No hablamos durante la comida. Empezó a llover. Con unos cueros le armé una yacija en el suelo de tierra, donde murió mi hermano. Al llegar la noche dormimos.

Clareaba el día cuando salimos de la casa. La lluvia había cesado y la tierra estaba cubierta de nieve nueva. Se le cayó el bastón y me ordenó que lo levantara.

—¿Por qué he de obedecerte? —le dije.

—Porque soy un rey —contestó.

Lo creí loco. Recogí el bastón y se lo di. Habló con una voz distinta.

—Soy rey de los Secgens. Muchas veces los llevé a la victoria en la dura batalla, pero en la hora del destino perdí mi reino. Mi nombre es Isern y soy de la estirpe de Odín.

—Yo no venero a Odín —le contesté—. Yo venero a Cristo.

Como si no me oyera continuó:

—Ando por los caminos del destierro pero aún soy el rey porque tengo el disco. ¿Quieres verlo?

Abrió la palma de la mano que era huesuda. No había nada en la mano. Estaba vacía. Fue sólo entonces que advertí que siempre la había tenido cerrada.

Dijo, mirándome con fijeza:

—Puedes tocarlo.

Ya con algún recelo puse la punta de los dedos sobre la palma. Sentí una cosa fría y vi un brillo. La mano se cerró bruscamente. No dije nada. El otro continuó con paciencia como si hablara con un niño:

—Es el disco de Odín. Tiene un solo lado. En la tierra no hay otra cosa que tenga un solo lado. Mientras esté en mi mano seré el rey.

—¿Es de oro? —le dije.

—No sé. Es el disco de Odín y tiene un solo lado.

Entonces yo sentí la codicia de poseer el disco. Si fuera mío, lo podría vender por una barra de oro y sería un rey.

Le dije al vagabundo que aún odio:

—En la choza tengo escondido un cofre de monedas. Son de oro y brillan como el hacha. Si me das el disco de Odín, yo te doy el cofre.

Dijo tercamente:

—No quiero.

—Entonces —dije— puedes proseguir tu camino.

Me dio la espalda. Un hachazo en la nuca bastó y sobró para que vacilara y cayera, pero al caer abrió la mano y en el aire vi el brillo. Marqué bien el lugar con el hacha y arrastré el muerto hasta el arroyo que estaba muy crecido. Ahí lo tiré.

Al volver a mi casa busqué el disco. No lo encontré. Hace años que sigo buscando.

El libro de arena

… thy rope of sands…

GEORGE HERBERT
(1593-1623)

La línea consta de un número infinito de puntos; el plano, de un número infinito de líneas; el volumen, de un número infinito de planos; el hipervolumen, de un número infinito de volúmenes… No, decididamente no es éste, *more geométrico*, el mejor modo de iniciar mi relato. Afirmar que es verídico es ahora una convención de todo relato fantástico; el mío, sin embargo, *es* verídico.

Yo vivo solo, en un cuarto piso de la calle Belgrano. Hará unos meses, al atardecer, oí un golpe en la puerta. Abrí y entró un desconocido. Era un hombre alto, de rasgos desdibujados. Acaso mi miopía los vio así. Todo su aspecto era de pobreza decente. Estaba de gris y traía una valija gris en la mano. En seguida sentí que era extranjero. Al principio lo creí viejo; luego advertí que me había engañado su escaso pelo rubio, casi blanco, a la manera escandinava. En el curso de nuestra conversación, que no duraría una hora, supe que procedía de las Orcadas.

Le señalé una silla. El hombre tardó un rato en hablar. Exhalaba melancolía, como yo ahora.

—Vendo Biblias —me dijo.

No sin pedantería le contesté:

—En esta casa hay algunas Biblias inglesas, incluso la primera, la de John Wiclif. Tengo asimismo la de Cipriano de Valera, la de Lutero, que literariamente es la peor, y un ejemplar latino de la Vulgata. Como usted ve, no son precisamente Biblias lo que me falta.

Al cabo de un silencio me contestó:

—No sólo vendo Biblias. Puedo mostrarle un libro sagrado que tal vez le interese. Lo adquirí en los confines de Bikanir.

Abrió la valija y lo dejó sobre la mesa. Era un volumen en octavo, encuadernado en tela. Sin duda había pasado por muchas manos. Lo examiné; su inusitado peso me sorprendió. En el lomo decía *Holy Writ* y abajo *Bombay*.

—Será del siglo XIX —observé.

—No sé. No lo he sabido nunca —fue la respuesta.

Lo abrí al azar. Los caracteres me eran extraños. Las páginas, que me parecieron gastadas y de pobre tipografía, estaban impresas a dos columnas a la manera de una Biblia. El texto era apretado y estaba ordenado en versículos. En el ángulo superior de las páginas había cifras arábigas. Me llamó la atención que la página par llevara el número (digamos) 40.514 y la impar, la siguiente, 999. La volví; el dorso estaba numerado con ocho cifras. Llevaba una pequeña ilustración, como es de uso en los diccionarios: un ancla dibujada a la pluma, como por la torpe mano de un niño.

Fue entonces que el desconocido me dijo:

—Mírela bien. Ya no la verá nunca más.

Había una amenaza en la afirmación, pero no en la voz.

Me fijé en el lugar y cerré el volumen. Inmediatamente lo abrí. En vano busqué la figura del ancla, hoja tras hoja. Para ocultar mi desconcierto, le dije:

—Se trata de una versión de la Escritura en alguna lengua indostánica, ¿no es verdad?

—No —me replicó.

Luego bajó la voz como para confiarme un secreto:

—Lo adquirí en un pueblo de la llanura, a cambio de unas rupias y de la Biblia. Su poseedor no sabía leer. Sospecho que en el Libro de los Libros vio un amuleto. Era de la casta más baja; la gente no podía pisar su sombra, sin contaminación. Me dijo que su libro se llamaba *El libro de arena*, porque ni el libro ni la arena tienen ni principio ni fin.

Me pidió que buscara la primera hoja.

Apoyé la mano izquierda sobre la portada y abrí con el dedo pulgar casi pegado al índice. Todo fue inútil: siempre se interponían varias hojas entre la portada y la mano. Era como si brotaran del libro.

—Ahora busque el final.

También fracasé; apenas logré balbucear con una voz que no era la mía:

—Esto no puede ser.

Siempre en voz baja el vendedor de Biblias me dijo:

—No puede ser, pero *es*. El número de páginas de este libro es exactamente infinito. Ninguna es la primera; ninguna, la última. No sé por qué están numeradas de ese modo arbitrario. Acaso para dar a entender que los términos de una serie infinita admiten cualquier número.

Después, como si pensara en voz alta:

—Si el espacio es infinito estamos en cualquier punto del espacio. Si el tiempo es infinito estamos en cualquier punto del tiempo.

Sus consideraciones me irritaron. Le pregunté:

—¿Usted es religioso, sin duda?

—Sí, soy presbiteriano. Mi conciencia está clara. Estoy seguro de no haber estafado al nativo cuando le di la Palabra del Señor a trueque de su libro diabólico.

Le aseguré que nada tenía que reprocharse, y le pregunté si estaba de paso por estas tierras. Me respondió que dentro de unos días pensaba regresar a su patria. Fue entonces cuando supe que era escocés, de las islas Orcadas. Le dije que a Escocia yo la quería personalmente por el amor de Stevenson y de Hume.

—Y de Robbie Burns —corrigió.

Mientras hablábamos yo seguía explorando el libro infinito. Con falsa indiferencia le pregunté:

—¿Usted se propone ofrecer este curioso espécimen al Museo Británico?

—No. Se lo ofrezco a usted —me replicó, y fijó una suma elevada.

Le respondí, con toda verdad, que esa suma era inaccesible para mí y me quedé pensando. Al cabo de unos pocos minutos había urdido mi plan.

—Le propongo un canje —le dije—. Usted obtuvo este volumen por unas rupias y por la Escritura Sagrada; yo le ofrezco el monto de mi jubilación, que acabo de cobrar, y la Biblia de Wiclif en letra gótica. La heredé de mis padres.

—*A black letter Wiclif!* —murmuró.

Fui a mi dormitorio y le traje el dinero y el libro. Volvió las hojas y estudió la carátula con fervor de bibliófilo.

—Trato hecho —me dijo.

Me asombró que no regateara. Sólo después comprendería que había entrado en mi casa con la decisión de vender el libro. No contó los billetes, y los guardó.

Hablamos de la India, de las Orcadas y de los *jarls* noruegos que las rigieron. Era de noche cuando el hombre se fue. No he vuelto a verlo ni sé su nombre.

Pensé guardar *El libro de arena* en el hueco que había dejado el Wiclif, pero opté al fin por esconderlo detrás de unos volúmenes descabalados de *Las mil y una noches*.

Me acosté y no dormí. A las tres o cuatro de la mañana prendí la luz. Busqué el libro imposible, y volví las hojas. En una de ellas vi grabada una máscara. El ángulo llevaba una cifra, ya no sé cuál, elevada a la novena potencia.

No mostré a nadie mi tesoro. A la dicha de poseerlo se agregó el temor de que lo robaran, y después el recelo de que no fuera verdaderamente infinito. Esas dos inquietudes agravaron mi ya vieja misantropía. Me quedaban unos amigos; dejé de verlos. Prisionero del libro, casi no me asomaba a la calle. Examiné con una lupa el gastado lomo y las tapas, y rechacé la posibilidad de algún artificio. Comprobé que las pequeñas ilustraciones distaban dos mil páginas una de otra. Las fui anotando en una libreta alfabética, que no tardé en llenar. Nunca se repitieron. De noche, en los escasos intervalos que me concedía el insomnio, soñaba con el libro.

Declinaba el verano, y comprendí que el libro era monstruoso. De nada me sirvió considerar que no menos monstruoso era yo, que lo percibía con ojos y lo palpaba con diez dedos con uñas. Sentí que era un objeto de pesadilla, una cosa obscena que infamaba y corrompía la realidad.

Pensé en el fuego, pero temí que la combustión de un libro infinito fuera parejamente infinita y sofocara de humo al planeta.

Recordé haber leído que el mejor lugar para ocultar una hoja es un bosque. Antes de jubilarme trabajaba en la Biblioteca Nacional, que guarda novecientos mil libros; sé que a mano derecha del vestíbulo una escalera curva se hunde en el sótano, donde están los periódicos y los mapas. Aproveché un descuido de los empleados para perder *El libro de arena* en uno de los húmedos anaqueles. Traté de no fijarme a qué altura ni a qué distancia de la puerta.

Siento un poco de alivio, pero no quiero ni pasar por la calle México.

Epílogo

Prologar cuentos no leídos aún es tarea casi imposible, ya que exige el análisis de tramas que no conviene anticipar. Prefiero por consiguiente un epílogo.

El relato inicial retoma el viejo tema del doble, que movió tantas veces la siempre afortunada pluma de Stevenson. En Inglaterra su nombre es *fetch* o, de manera más libresca, *wraith of the living*; en Alemania, *Doppelgaenger*. Sospecho que uno de sus primeros apodos fue el de álter ego. Esta aparición espectral habrá procedido de los espejos del metal o del agua, o simplemente de la memoria, que hace de cada cual un espectador y un actor. Mi deber era conseguir que los interlocutores fueran lo bastante distintos para ser dos y lo bastante parecidos para ser uno. ¿Valdrá la pena declarar que concebí la historia a orillas del río Charles, en New England, cuyo frío curso me recordó el lejano curso del Ródano?

El tema del amor es harto común en mis versos; no así en mi prosa, que no guarda otro ejemplo que «Ulrica». Los lectores advertirán su afinidad formal con «El otro».

«El Congreso» es quizá la más ambiciosa de las fábulas de este libro; su tema es una empresa tan vasta que se confunde al fin con el cosmos y con la suma de los días. El opaco principio quiere imitar el de las ficciones de Kafka; el fin quiere elevarse, sin duda en vano, a los éxtasis de Chesterton o de John Bunyan. No he merecido nunca semejante revelación, pero he procurado soñarla. En su decurso he entretejido, según es mi hábito, rasgos autobiográficos.

El destino que, según es fama, es inescrutable, no me dejó en paz hasta que perpetré un cuento póstumo de Lovecraft, escritor que siempre he juzgado un parodista involuntario de Poe. Acabé por ceder; el lamentable fruto se titula «There Are More Things».

«La Secta de los Treinta» rescata, sin el menor apoyo documental, la historia de una herejía posible.

«La noche de los dones» es tal vez el relato más inocente, más violento y más exaltado que ofrece este volumen.

«La biblioteca de Babel» (1941) imagina un número infinito de libros; «Undr» y «El espejo y la máscara», literaturas seculares que constan de una sola palabra.

«Utopía de un hombre que está cansado», es, a mi juicio, la pieza más honesta y melancólica de la serie.

Siempre me ha sorprendido la obsesión ética de los americanos del Norte; «El soborno» quiere reflejar ese rasgo.

Pese a John Felton, a Charlotte Corday, a la conocida opinión de Rivera Indarte («Es acción santa matar a Rosas») y al Himno Nacional Uruguayo («Si tiranos, de Bruto el puñal») no apruebo el asesinato político. Sea lo que fuere, los lectores del solitario crimen de Arredondo querrán saber el fin. Luis Melián Lafinur pidió su absolución, pero los jueces Carlos Fein y Cristóbal Salvañac lo condenaron a un mes de reclusión celular y a cinco años de cárcel. Una de las calles de Montevideo lleva ahora su nombre.

Dos objetos adversos e inconcebibles son la materia de los últimos cuentos; «El disco» es el círculo euclidiano, que admite solamente una cara; «El libro de arena», un volumen de incalculables hojas.

Espero que las notas apresuradas que acabo de dictar no agoten este libro y que sus sueños sigan ramificándose en la hospitalaria imaginación de quienes ahora lo cierran.

J. L. B.

Buenos Aires, 3 de febrero de 1975

La memoria
de Shakespeare
(1983)

Agosto 25, 1983

Vi en el reloj de la pequeña estación que eran las once de la noche pasadas. Fui caminando hasta el hotel. Sentí, como otras veces, la resignación y el alivio que nos infunden los lugares muy conocidos. El ancho portón estaba abierto; la quinta, a oscuras. Entré en el vestíbulo, cuyos espejos pálidos repetían las plantas del salón. Curiosamente el dueño no me reconoció y me tendió el registro. Tomé la pluma que estaba sujeta al pupitre, la mojé en el tintero de bronce y al inclinarme sobre el libro abierto, ocurrió la primera sorpresa de las muchas que me depararía esa noche. Mi nombre, Jorge Luis Borges, ya estaba escrito, y la tinta, todavía fresca.

El dueño me dijo:

—Yo creí que usted ya había subido. —Luego me miró bien y se corrigió—: Disculpe, señor. El otro se le parece tanto, pero usted es más joven.

Le pregunté:

—¿Qué habitación tiene?

—Pidió la pieza 19 —fue la respuesta.

Era lo que yo había temido.

Solté la pluma y subí corriendo las escaleras. La pieza 19 estaba en el segundo piso y daba a un pobre patio desmantelado en el que había una baranda y, lo recuerdo, un banco de plaza. Era el cuarto más alto del hotel. Abrí la puerta, que cedió. No habían apagado la araña. Bajo la despiadada luz me reconocí. De espaldas en la angosta cama de fierro, más viejo, enflaquecido y muy pálido, estaba yo, los ojos perdidos en las altas molduras de yeso. Me llegó la voz. No era precisamente la mía; era la que suelo oír en mis grabaciones, ingrata y sin matices.

—Qué raro —decía—, somos dos y somos el mismo. Pero nada es raro en los sueños.

Pregunté asustado:

—Entonces, ¿todo esto es un sueño?

—Es, estoy seguro, mi último sueño.

Con la mano mostró el frasco vacío sobre el mármol de la mesa de luz.

—Vos tendrás mucho que soñar, sin embargo, antes de llegar a esta noche. ¿En qué fecha estás?

—No sé muy bien —le dije aturdido—. Pero ayer cumplí sesenta y un años.

—Cuando tu vigilia llegue a esta noche, habrás cumplido, ayer, ochenta y cuatro. Hoy estamos a 25 de agosto de 1983.

—Tantos años habrá que esperar —murmuré.

—A mí ya no me está quedando nada —dijo con brusquedad—. En cualquier momento puedo morir, puedo perderme en lo que no sé y sigo soñando con el doble. El fatigado tema que me dieron los espejos y Stevenson.

Sentí que la evocación de Stevenson era una despedida y no un rasgo pedante. Yo era él y comprendía. No bastan los momentos más dramáticos para ser Shakespeare y dar con frases memorables. Para distraerlo, le dije:

—Sabía que esto te iba a ocurrir. Aquí mismo hace años, en una de las piezas de abajo, iniciamos el borrador de la historia de este suicidio.

—Sí —me respondió lentamente, como si juntara recuerdos—, pero no veo la relación. En aquel borrador yo había sacado un pasaje de ida para Adrogué, y ya en el hotel Las Delicias había subido a la pieza 19, la más apartada de todas. Ahí me había suicidado.

—Por eso estoy aquí —le dije.

—¿Aquí? Siempre estamos aquí. Aquí te estoy soñando en la casa de la calle Maipú. Aquí estoy yéndome, en el cuarto que fue de madre.

—Que fue de madre —repetí, sin querer entender—. Yo te sueño en la pieza 19, en el patio de arriba.

—¿Quién sueña a quién? Yo sé que te sueño, pero no sé si estás soñándome. El hotel de Adrogué fue demolido hace ya tantos años, veinte, acaso treinta. Quién sabe.

—El soñador soy yo —repliqué con cierto desafío.

—No te das cuenta que lo fundamental es averiguar si hay un solo hombre soñando o dos que se sueñan.

—Yo soy Borges, que vio tu nombre en el registro y subió.

—Borges soy yo, que estoy muriéndome en la calle Maipú.

Hubo un silencio, el otro me dijo:

—Vamos a hacer la prueba. ¿Cuál ha sido el momento más terrible de nuestra vida?

Me incliné sobre él y los dos hablamos a un tiempo. Sé que los dos mentimos.

Una tenue sonrisa iluminó el rostro envejecido. Sentí que esa sonrisa reflejaba, de algún modo, la mía.

—Nos hemos mentido —me dijo—, porque nos sentimos dos y no uno. La verdad es que somos dos y somos uno.

Esa conversación me irritaba. Así se lo dije. Agregué:

—Y vos, en 1983, ¿no vas a revelarme nada sobre los años que me faltan?

—¿Qué puedo decirte, pobre Borges? Se repetirán las desdichas a que ya estás acostumbrado. Quedarás solo en esta casa. Tocarás los libros sin letras y el medallón de Swedenborg y la bandeja de madera con la Cruz Federal. La ceguera no es la tiniebla; es una forma de la soledad. Volverás a Islandia.

—¡Islandia! ¡Islandia de los mares!

—En Roma, repetirás los versos de Keats, cuyo nombre, como el de todos, fue escrito en el agua.

—No he estado nunca en Roma.

—Hay también otras cosas. Escribirás nuestro mejor poema, que será una elegía.

—A la muerte de... —dije yo. No me atreví a decir el nombre.

—No. Ella vivirá más que vos.

Quedamos silenciosos. Prosiguió:

—Escribirás el libro con el que hemos soñado tanto tiempo. Hacia 1979 comprenderás que tu supuesta obra no es otra cosa que una serie de borradores, de borradores misceláneos, y cederás a la vana y supersticiosa tentación de escribir tu gran libro. La superstición que nos ha infligido el *Fausto*, *Salambô*, el *Ulysses*. Llené, increíblemente, muchas páginas.

—Y al final comprendiste que habías fracasado.

—Algo peor. Comprendí que era una obra maestra en el sentido más abrumador de la palabra. Mis buenas intenciones no habían pasado de las primeras páginas; en las otras estaban los laberintos, los cuchillos, el hombre que se cree una imagen, el reflejo que se cree verdadero, el tigre de las noches, las batallas que vuelven en la sangre, Juan Muraña ciego y fatal, la voz de Macedonio, la nave hecha con las uñas de los muertos, el inglés antiguo repetido en las tardes.

—Ese museo me es familiar —observé no sin ironía.

—Además, los falsos recuerdos, el doble juego de los símbolos, las largas enumeraciones, el buen manejo del prosaísmo, las simetrías imperfectas que descubren con alborozo los críticos, las citas no siempre apócrifas.

—¿Publicaste ese libro?

—Jugué, sin convicción, con el melodramático propósito de destruirlo, acaso por el fuego. Acabé por publicarlo en Madrid, bajo un seudónimo. Se habló de un torpe imitador de Borges, que tenía el defecto de no ser Borges y de haber repetido lo exterior del modelo.

—No me sorprende —dije yo—. Todo escritor acaba por ser su menos inteligente discípulo.

—Ese libro fue uno de los caminos que me llevaron a esta noche. En cuanto a lo demás… La humillación de la vejez, la convicción de haber vivido ya cada día…

—No escribiré ese libro —dije.

—Lo escribirás. Mis palabras, que ahora son el presente, serán apenas la memoria de un sueño.

Me molestó su tono dogmático, sin duda el que uso en mis clases. Me molestó que nos pareciéramos tanto y que aprovechara la impunidad que le daba la cercanía de la muerte. Para desquitarme, le dije:

—¿Tan seguro estás de que vas a morir?

—Sí —me replicó—. Siento una especie de dulzura y de alivio, que no he sentido nunca. No puedo comunicarlo. Todas las palabras requieren una experiencia compartida. ¿Por qué parece molestarte tanto lo que te digo?

—Porque nos parecemos demasiado. Aborrezco tu cara, que es mi caricatura, aborrezco tu voz, que es mi remedo, aborrezco tu sintaxis patética, que es la mía.

—Yo también —dijo el otro—. Por eso resolví suicidarme.

Un pájaro cantó desde la esquina.

—Es el último —dijo el otro.

Con un gesto me llamó a su lado. Su mano buscó la mía. Retrocedí; temí que se confundieran las dos.

Me dijo:

—Los estoicos enseñan que no debemos quejarnos de la vida; la puerta de la cárcel está abierta. Siempre lo entendí así, pero la pereza y la cobardía me demoraron. Hará unos doce días, yo daba una conferencia en La Plata sobre el libro VI de la *Eneida*. De pronto, al escandir un hexámetro, supe cuál era mi camino. Tomé esta decisión. Desde aquel momento me sentí invulnerable. Mi suerte será la tuya, recibirás la brusca revelación, en medio del latín y de Virgilio, y ya habrás olvidado enteramente este curioso diálogo profético, que transcurre en dos tiempos y en dos lugares. Cuando lo vuelvas a soñar, serás el que soy y tu serás mi sueño.

—No lo olvidaré y voy a escribirlo mañana.

—Quedará en lo profundo de tu memoria, debajo de la marea de los sueños. Cuando lo escribas, creerás urdir un cuento fantástico. No será mañana, todavía te faltan muchos años.

Dejó de hablar, comprendí que había muerto. En cierto modo yo moría con él; me incliné acongojado sobre la almohada y ya no había nadie.

Huí de la pieza. Afuera no estaba el patio, ni las escaleras de mármol, ni la gran casa silenciosa, ni los eucaliptus, ni las estatuas, ni la glorieta, ni las fuentes, ni el portón de la verja de la quinta en el pueblo de Adrogué.

Afuera me esperaban otros sueños.

Tigres azules

Una famosa página de Blake hace del tigre un fuego que resplandece y un arquetipo eterno del Mal; prefiero aquella sentencia de Chesterton, que lo define como un símbolo de terrible elegancia. No hay palabras, por lo demás, que puedan ser cifra del tigre, esa forma que desde hace siglos habita la imaginación de los hombres. Siempre me atrajo el tigre. Sé que me demoraba, de niño, ante cierta jaula del Zoológico; nada me importaban las otras. Juzgaba a las enciclopedias y a los textos de historia natural por los grabados de los tigres. Cuando me fueron revelados los *Jungle Books* me desagradó que Shere Khan, el tigre, fuera el enemigo del héroe. A lo largo del tiempo, ese curioso amor no me abandonó. Sobrevivió a mi paradójica voluntad de ser cazador y a las comunes vicisitudes humanas. Hasta hace poco —la fecha me parece lejana, pero en realidad no lo es— convivió de un modo tranquilo con mis habituales tareas de la Universidad de Lahore. Soy profesor de lógica occidental y curioso de la oriental y consagro mis domingos a un seminario sobre la obra de Spinoza. Debo agregar que soy escocés; acaso el amor de los tigres fue el que me trajo de Aberdeen al Punjab. El curso de mi vida ha sido común, pero en los sueños siempre vi tigres. (Ahora los pueblan otras formas.)

Más de una vez he referido estas cosas y ahora me parecen ajenas. Las dejo, sin embargo, ya que las exige mi confesión.

A fines de 1904 leí que en la región del delta del Ganges habían descubierto una variedad azul de la especie. La noticia fue confirmada por telegramas ulteriores, con las contradicciones y disparidades que son del caso. Mi viejo amor se reanimó. Sospeché un error, dada la imprecisión habitual de los nombres de los colores. Recordé haber leído que en islandés el nombre de Etiopía era *Blåland*, Tierra Azul o Tierra de Negros. El tigre azul bien podía ser una pantera negra. Nada se dijo de las rayas, y la estampa de un tigre azul con rayas de plata que divulgó la prensa de Londres era evidentemente apócrifa. El azul de la ilustración me pareció más propio de la heráldica que de la realidad. En un sueño vi tigres de un azul que no había visto nunca y para el cual no hallé la palabra justa. Sé que era casi negro, pero esa circunstancia no basta para imaginar el matiz.

Meses después, un colega me dijo que en cierta aldea muy distante del Ganges había oído hablar de tigres azules. El dato no dejó de sorprenderme, porque sé que en esa región son escasos los tigres. Nuevamente soñé con el tigre azul, que al andar proyectaba su larga sombra sobre un suelo arenoso. Aproveché las vacaciones para emprender el viaje a esa aldea, de cuyo nombre —por razones que luego aclararé— no quiero acordarme.

Arribé, ya terminada la estación de las lluvias. La aldea estaba agazapada al pie de un cerro, que me pareció más ancho que alto, y la cercaba y amenazaba la jungla, que era de un color pardo. En alguna página de Kipling tiene que estar el villorrio de mi aventura, ya que en ellas está toda la India y, de algún modo, todo el orbe. Básteme referir que una zanja con oscilantes puentes de cañas apenas defendía las chozas. Hacia el Sur había ciénagas y arrozales y una hondonada con un río limoso cuyo nombre no supe nunca, y después, de nuevo, la jungla.

La población era de hindúes. El hecho, que yo había previsto, no me agradó. Siempre me he llevado mejor con los musulmanes, aunque el islam, lo sé, es la más pobre de las creencias que proceden del judaísmo.

Sentimos que en la India el hombre pulula; en la aldea sentí que lo que pulula es la selva, que casi penetraba en las chozas. El día era opresivo y las noches no traían frescura.

Los ancianos me dieron la bienvenida y mantuve con ellos un primer diálogo, hecho de vagas cortesías. Ya dije la pobreza del lugar, pero sé que todo hombre da por sentado que su patria encierra algo único. Ponderé las dudosas habitaciones y los no menos dudosos manjares y dije que la fama de esa región había llegado a Lahore. Los rostros de los hombres cambiaron; intuí inmediatamente que había cometido una torpeza y que debía arrepentirme. Los sentí poseedores de un secreto que no compartirían con un extraño. Acaso veneraban al tigre azul y le profesaban un culto que mis temerarias palabras habrían profanado.

Esperé a la mañana del otro día. Consumido el arroz y bebido el té, abordé mi tema. Pese a la víspera, no entendí, no pude entender, lo que sucedió. Todos me miraron con estupor y casi con espanto, pero cuando les dije que mi propósito era apresar a la fiera de la curiosa piel, me oyeron con alivio. Alguno dijo que lo había divisado en el lindero de la jungla.

En mitad de la noche me despertaron. Un muchacho me dijo que una cabra se había escapado del redil y que, yendo a buscarla, había divisado al tigre azul en la otra margen del río. Pensé que la luz de la luna nueva no permitía precisar el color, pero todos confirmaron el relato y alguno, que antes había guardado silencio, dijo que también lo había visto. Salimos con los rifles y vi, o creí ver, una sombra felina que se perdía en la tiniebla de la jungla. No dieron con la cabra, pero la fiera que la había llevado bien podía no ser mi tigre azul. Me indicaron con énfasis unos rastros, que, desde luego, nada probaban.

Al cabo de las noches comprendí que esas falsas alarmas constituían una rutina. Como Daniel Defoe, los hombres del lugar eran diestros en la invención de rasgos circunstanciales. El tigre podía ser avistado a cualquier hora, hacia los arrozales del Sur o hacia la maraña del Norte, pero no tardé en advertir que los observadores se turnaban con una regularidad sospechosa. Mi llegada coincidía invariablemente con el momento exacto en que el tigre acababa de huir. Siempre me señalaban la huella y algún destrozo, pero el puño de un hombre puede falsificar los rastros de un tigre. Una que otra vez fui testigo de un perro muerto. Una noche de luna pusimos una cabra de señuelo y esperamos en vano hasta la aurora. Pensé al principio que esas fábulas cotidianas obedecían al propósito de que yo demorara mi estadía, que beneficiaba a la aldea, ya que la gente me vendía alimentos y cumplía mis quehaceres domésticos. Para verificar esa conjetura, les dije que pensaba buscar el tigre en otra región, que estaba aguas abajo. Me sorprendió que todos aprobaran mi decisión. Seguí advirtiendo, sin embargo, que había un secreto y que todos recelaban de mí.

Ya dije que el cerro boscoso a cuyo pie se amontonaba la aldea no era muy alto; una meseta lo truncaba. Del otro lado, hacia el Oeste y el Norte, seguía la jungla. Ya que la pendiente no era áspera, les propuse una tarde escalar el cerro. Mis sencillas palabras los consternaron. Uno exclamó que la ladera era muy escarpada. El más anciano dijo con gravedad que mi propósito era de ejecución imposible. La cumbre era sagrada y estaba vedada a los hombres por obstáculos mágicos. Quienes la hollaban con pies mortales corrían el albur de ver la divinidad y de quedar locos o ciegos.

No insistí, pero esa noche, cuando todos dormían, me escurrí de la choza sin hacer ruido y subí la fácil pendiente. No había camino y la maleza me demoró.

La luna estaba en el horizonte. Me fijé con singular atención en todas las cosas, como si presintiera que aquel día iba a ser importante, quizá el más importante de mis días. Recuerdo aún los tonos oscuros, a veces casi negros, de la hojarasca. Clareaba y en el ámbito de las selvas no cantó un solo pájaro.

Veinte o treinta minutos de subir y pisé la meseta. Nada me costó imaginar que era más fresca que la aldea, sofocada a su pie. Comprobé que no era la cumbre, sino una suerte de terraza, no demasiado dilatada, y que la jungla se encaramaba hacia arriba, en el flanco de la montaña. Me sentí libre, como si mi permanencia en la aldea hubiera sido una prisión. No me importaba que sus habitantes hubieran querido engañarme; sentí que esencialmente eran niños.

En cuanto al tigre... Las muchas frustraciones habían gastado mi curiosidad y mi fe, pero de manera casi mecánica busqué rastros.

El suelo era agrietado y arenoso. En una de las grietas, que por cierto no eran profundas y que se ramificaban en otras, reconocí un color. Era, increíblemente, el azul del tigre de mi sueño. Ojalá no lo hubiera visto nunca. Me fijé bien. La grieta estaba llena de piedritas, todas iguales, circulares, muy lisas y de pocos centímetros de diámetro. Su regularidad les prestaba algo artificial, como si fueran fichas.

Me incliné, puse la mano en la grieta y saqué unas cuantas. Sentí un levísimo temblor. Guardé el puñado en el bolsillo derecho, en el que había una tijerita y una carta de Allahabad. Estos dos objetos casuales tienen su lugar en mi historia.

Ya en la choza, me quité la chaqueta. Me tendí en la cama y volví a soñar con el tigre. En el sueño observé el color; era el del tigre ya soñado y el de las piedritas de la meseta. Me despertó el sol alto en la cara. Me levanté. La tijera y la carta me estorbaban para sacar los discos. Saqué un primer puñado y sentí que aún quedaban dos o tres. Una suerte de cosquilleo, una muy leve agitación, dio calor a mi mano. Al abrirla vi que los discos eran treinta o cuarenta. Yo hubiera jurado que no pasaban de diez. Los dejé sobre la mesa y busqué los otros. No precisé contarlos para verificar que se habían multiplicado. Los junté en un solo montón y traté de contarlos uno por uno.

La sencilla operación resultó imposible. Miraba con fijeza cualquiera de ellos, lo sacaba con el pulgar y el índice y, cuando estaba solo, eran muchos. Comprobé que no tenía fiebre e hice la prueba muchas veces. El obsceno milagro se repetía. Sentí frío en los pies y en el bajo vientre y me temblaban las rodillas. No sé cuánto tiempo pasó.

Sin mirarlos, junté los discos en un solo montón y los tiré por la ventana. Con extraño alivio sentí que había disminuido su número. Cerré la puerta con firmeza y me tendí en la cama. Busqué la exacta posición anterior y quise persuadirme de que todo había sido un sueño. Para no pensar en los discos, para poblar de algún modo el tiempo, repetí con lenta precisión, en voz alta, las ocho definiciones y los siete axiomas de la *Ética*. No sé si me auxiliaron. En tales exorcismos estaba cuando oí un golpe. Temí instintivamente que me hubieran oído hablar solo y abrí la puerta.

Era el más anciano, Bhagwan Dass. Por un instante su presencia pareció restituirme a lo cotidiano. Salimos. Yo tenía la esperanza de que hubieran desaparecido los discos, pero ahí estaban en la tierra. Ya no sé cuántos eran.

El anciano los miró y me miró.

—Estas piedras no son de aquí. Son las de arriba —dijo con una voz que no era la suya.

—Así es —le respondí. Agregué, no sin desafío, que las había hallado en la meseta, e inmediatamente me avergoncé de darle explicaciones.

Bhagwan Dass, sin hacerme caso, se quedó mirándolas fascinado. Le ordené que las recogiera. No se movió.

Me duele confesar que saqué el revólver y repetí la orden en voz más alta.

Bhagwan Dass balbuceó:

—Más vale una bala en el pecho que una piedra azul en la mano.

—Eres un cobarde —le dije.

Yo estaba, creo, no menos aterrado, pero cerré los ojos y recogí un puñado de piedras con la mano izquierda. Guardé el revólver y las dejé caer en la palma abierta de la otra. Su número era mucho mayor.

Sin saberlo, yo había ido acostumbrándome a esas transformaciones. Me sorprendieron menos que los gritos de Bhagwan Dass.

—¡Son las piedras que engendran! —exclamó—. Ahora son muchas, pero pueden cambiar. Tienen la forma de la luna cuando está llena y ese color azul que sólo es permitido ver en los sueños. Los padres de mis padres no mentían cuando hablaban de su poder.

La aldea entera nos rodeaba.

Me sentí el mágico poseedor de esas maravillas. Ante el asombro unánime, recogía los discos, los elevaba, los dejaba caer, los desparramaba, los veía crecer y multiplicarse o disminuir extrañamente.

La gente se agolpaba, presa de estupor y de horror. Los hombres obligaban a sus mujeres a mirar el prodigio. Alguna se tapaba la cara con el antebrazo, alguna apretaba los párpados. Ninguno se animó a tocar los discos, salvo un niño feliz que jugó con ellos. En aquel momento sentí que ese desorden estaba profanando el milagro. Junté todos los discos que pude y volví a la choza.

Quizá he tratado de olvidar el resto de aquel día, que fue el primero de una serie desventurada que no ha cesado aún. Lo cierto es que no lo recuerdo. Hacia el atardecer pensé con nostalgia en la víspera, que no había sido particularmente feliz, ya que estuvo poblada, como las otras, por la obsesión del tigre. Quise ampararme en esa imagen, antes armada de poder y ahora baladí. El tigre azul me pareció no menos inocuo que el cisne negro del romano, que se descubrió después en Australia.

Releo mis notas anteriores y compruebo que he cometido un error capital. Desviado por el hábito de esa buena o mala literatura que malamente se llama psicológica, he querido recuperar, no sé por qué, la sucesiva crónica de mi hallazgo. Más me hubiera valido insistir en la monstruosa índole de los discos.

Si me dijeran que hay unicornios en la luna, yo aprobaría o rechazaría ese informe o suspendería mi juicio, pero podría imaginarlos. En cambio, si me dijeran que en la luna seis o siete unicornios pueden ser

527

tres, yo afirmaría de antemano que el hecho era imposible. Quien ha entendido que tres y uno son cuatro no hace la prueba con monedas, con dados, con piezas de ajedrez o con lápices. Lo entiende y basta. No puede concebir otra cifra. Hay matemáticos que afirman que tres y uno es una tautología de cuatro, una manera diferente de decir cuatro. A mí, Alexander Craigie, me había tocado en suerte descubrir, entre todos los hombres de la tierra, los únicos objetos que contradicen esa ley esencial de la mente humana.

Al principio yo había sufrido el temor de estar loco; con el tiempo creo que hubiera preferido estar loco, ya que mi alucinación personal importaría menos que la prueba de que en el universo cabe el desorden. Si tres y uno pueden ser dos o pueden ser catorce, la razón es una locura.

En aquel tiempo contraje el hábito de soñar con las piedras. La circunstancia de que el sueño no volviera todas las noches me concedía un resquicio de esperanza, que no tardaba en convertirse en terror. El sueño era más o menos el mismo. El principio anunciaba el temido fin. Una baranda y unos escalones de hierro que bajaban en espiral y luego un sótano o un sistema de sótanos que se ahondaban en otras escaleras cortadas casi a pico, en herrerías, en cerrajerías, en calabozos y en pantanos. En el fondo, en su esperada grieta, las piedras, que eran también Behemoth o Leviathan, los animales que significan en la Escritura que el Señor es irracional. Yo me despertaba temblando y ahí estaban las piedras en el cajón, listas a multiplicarse o reducirse.

La gente era distinta conmigo. Algo de la divinidad de los discos, que ellos apodaban tigres azules, me había tocado, pero asimismo me sabían culpable de haber profanado la cumbre. En cualquier instante de la noche, en cualquier instante del día, podían castigarme los dioses. No se atrevieron a atacarme o a condenar mi acto, pero noté que todos eran ahora peligrosamente serviles. No volví a ver al niño que había jugado con los discos. Temí que me esperara el veneno o un puñal en la espalda. Una mañana, antes del alba, me evadí de la aldea. Sentí que la población entera me espiaba y que mi fuga fue un alivio. Nadie, desde aquella primera mañana, había querido ver las piedras.

Volví a Lahore. En mi bolsillo estaba el puñado de discos. El ámbito familiar de mis libros no me trajo el alivio que yo buscaba. Sentí que en el planeta persistían la aborrecida aldea y la jungla y el declive espinoso con la meseta y en la meseta las pequeñas grietas y en las grietas las piedras. Mis sueños confundían y multiplicaban esas cosas dispares. La aldea era las piedras, la jungla era la ciénaga y la ciénaga era la jungla.

Rehuí la compañía de mis amigos. Temí ceder a la tentación de mostrarles ese milagro atroz que socavaba la ciencia de los hombres.

Ensayé diversos experimentos. Hice una incisión en forma de cruz en uno de los discos. Lo barajé entre los demás y lo perdí al cabo de una o dos conversiones, aunque la cifra de los discos había aumentado. Hice una prueba análoga con un disco al que había cercenado, con una lima, un arco de círculo. Éste asimismo se perdió. Con un punzón abrí un orificio en el centro de un disco y repetí la prueba. Lo perdí para siempre. Al otro día regresó de su estadía en la nada el disco de la cruz. ¿Qué misterioso espacio era ése, que absorbía las piedras y devolvía con el tiempo una que otra, obedeciendo a leyes inescrutables o a un arbitrio inhumano?

El mismo anhelo de orden que en el principio creó las matemáticas hizo que yo buscara un orden en esa aberración de las matemáticas que son las insensatas piedras que engendran. En sus imprevisibles variaciones quise hallar una ley. Consagré los días y las noches a fijar una estadística de los cambios. De esa etapa conservo unos cuadernos, cargados vanamente de cifras. Mi procedimiento era éste. Contaba con los ojos las piezas y anotaba la cifra. Luego las dividía en dos puñados que arrojaba sobre la mesa. Contaba las dos cifras, las anotaba y repetía la operación. Inútil fue la búsqueda de un orden, de un dibujo secreto en las rotaciones. El máximo de piezas que logré fue de 419; el mínimo, tres. Hubo un momento en que esperé, o temí, que desaparecieran. A poco de ensayar comprobé que un disco aislado de los otros no podía multiplicarse o desaparecer.

Naturalmente, las cuatro operaciones de sumar, restar, multiplicar o dividir eran imposibles. Las piedras se negaban a la aritmética y al cálculo de probabilidades. Cuarenta discos podían, divididos, dar nueve; los nueve, divididos a su vez, podían ser trescientos. No sé cuánto pesaban. No recurrí a una balanza, pero estoy seguro de que su peso era constante y leve. El color era siempre aquel azul.

Estas operaciones me ayudaron a salvarme de la locura. Al manejar las piedras que destruyen la ciencia matemática, pensé más de una vez en aquellas piedras del griego que fueron los primeros guarismos y que han legado a tantos idiomas la palabra «cálculo». Las matemáticas, me dije, tienen su origen y ahora su fin en las piedras. Si Pitágoras hubiera operado con éstas…

Al término de un mes comprendí que el caos era inextricable. Ahí estaban indómitos los discos y la perpetua tentación de tocarlos, de volver a sentir el cosquilleo, de arrojarlos, de verlos aumentar o decrecer y de fijarme en pares o impares. Llegué a temer que contaminaran las cosas y particularmente los dedos que insistían en manejarlos.

Durante unos días me impuse el íntimo deber de pensar continuamente en las piedras, porque sabía que el olvido sólo podía ser momentáneo y que redescubrir mi tormento sería intolerable.

No dormí la noche del 10 de febrero. Al cabo de una caminata que me llevó hasta el alba, traspuse los portales de la mezquita de Wazil Khan. Era la hora en que la luz no ha revelado aún los colores. No había un alma en el patio. Sin saber por qué, hundí las manos en el agua de la cisterna. Ya en el recinto, pensé que Dios y Alá son dos nombres de un solo Ser inconcebible y le pedí en voz alta que me librara de mi carga. Inmóvil aguardé una contestación.

No oí los pasos, pero una voz cercana me dijo:

—He venido.

A mi lado estaba el mendigo. Descifré en el crepúsculo el turbante, los ojos apagados, la piel cetrina y la barba gris. No era muy alto.

Me tendió la mano y me dijo, siempre en voz baja:

—Una limosna, Protector de los Pobres.

Busqué, y le respondí:

—No tengo una sola moneda.

—Tienes muchas —fue la contestación.

En mi bolsillo derecho estaban las piedras. Saqué una y la dejé caer en la mano hueca. No se oyó el menor ruido.

—Tienes que darme todas —me dijo—. El que no ha dado todo no ha dado nada.

Comprendí, y le dije:

—Quiero que sepas que mi limosna puede ser espantosa.

Me contestó:

—Acaso esa limosna es la única que puedo recibir. He pecado.

Dejé caer todas las piedras en la cóncava mano. Cayeron como en el fondo del mar, sin el rumor más leve.

Después me dijo:

—No sé aún cuál es tu limosna, pero la mía es espantosa. Te quedas con los días y las noches, con la cordura, con los hábitos, con el mundo.

No oí los pasos del mendigo ciego ni lo vi perderse en el alba.

La rosa de Paracelso

DE QUINCEY, *Writings*, XIII, 345

En su taller, que abarcaba las dos habitaciones del sótano, Paracelso pidió a su Dios, a su indeterminado Dios, a cualquier Dios, que le enviara un discípulo. Atardecía. El escaso fuego de la chimenea arrojaba sombras irregulares. Levantarse para encender la lámpara de hierro era demasiado trabajo. Paracelso, distraído por la fatiga, olvidó su plegaria. La noche había borrado los polvorientos alambiques y el atanor cuando golpearon la puerta. El hombre, soñoliento, se levantó, ascendió la breve escalera de caracol y abrió una de las hojas. Entró un desconocido. También estaba muy cansado. Paracelso le indicó un banco; el otro se sentó y esperó. Durante un tiempo no cambiaron una palabra.

El maestro fue el primero que habló.

—Recuerdo caras del Occidente y caras del Oriente —dijo no sin cierta pompa—. No recuerdo la tuya. ¿Quién eres y qué deseas de mí?

—Mi nombre es lo de menos —replicó el otro—. Tres días y tres noches he caminado para entrar en tu casa. Quiero ser tu discípulo. Te traigo todos mis haberes.

Sacó un talego y lo volcó sobre la mesa. Las monedas eran muchas y de oro. Lo hizo con la mano derecha. Paracelso le había dado la espalda para encender la lámpara. Cuando se dio vuelta advirtió que la mano izquierda sostenía una rosa. La rosa lo inquietó.

Se recostó, juntó la punta de los dedos y dijo:

—Me crees capaz de elaborar la piedra que trueca todos los elementos en oro y me ofreces oro. No es oro lo que busco, y si el oro te importa, no serás nunca mi discípulo.

—El oro no me importa —respondió el otro—. Estas monedas no son más que una prueba de mi voluntad de trabajo. Quiero que me enseñes el Arte. Quiero recorrer a tu lado el camino que conduce a la Piedra.

Paracelso dijo con lentitud:

—El camino es la Piedra. El punto de partida es la Piedra. Si no entiendes estas palabras, no has empezado aún a entender. Cada paso que darás es la meta.

El otro lo miró con recelo. Dijo con voz distinta:

—Pero ¿hay una meta?

Paracelso se rió.

—Mis detractores, que no son menos numerosos que estúpidos, dicen que no y me llaman un impostor. No les doy la razón, pero no es imposible que sea un iluso. Sé que «hay» un Camino.

Hubo un silencio, y dijo el otro:

—Estoy listo a recorrerlo contigo, aunque debamos caminar muchos años. Déjame cruzar el desierto. Déjame divisar siquiera de lejos la tierra prometida, aunque los astros no me dejen pisarla. Quiero una prueba antes de emprender el camino.

—¿Cuándo? —dijo con inquietud Paracelso.

—Ahora mismo —dijo con brusca decisión el discípulo.

Habían empezado hablando en latín; ahora, en alemán.

El muchacho elevó en el aire la rosa.

—Es fama —dijo— que puedes quemar una rosa y hacerla resurgir de la ceniza, por obra de tu arte. Déjame ser testigo de ese prodigio. Eso te pido, y te daré después mi vida entera.

—Eres muy crédulo —dijo el maestro—. No he menester de la credulidad; exijo la fe.

El otro insistió.

—Precisamente porque no soy crédulo quiero ver con mis ojos la aniquilación y la resurrección de la rosa.

Paracelso la había tomado, y al hablar jugaba con ella.

—Eres crédulo —dijo—. ¿Dices que soy capaz de destruirla?

—Nadie es incapaz de destruirla —dijo el discípulo.

—Estás equivocado. ¿Crees, por ventura, que algo puede ser devuelto a la nada? ¿Crees que el primer Adán en el Paraíso pudo haber destruido una sola flor o una brizna de hierba?

—No estamos en el Paraíso —dijo tercamente el muchacho—; aquí, bajo la luna, todo es mortal.

Paracelso se había puesto en pie.

—¿En qué otro sitio estamos? ¿Crees que la divinidad puede crear un sitio que no sea el Paraíso? ¿Crees que la Caída es otra cosa que ignorar que estamos en el Paraíso?

—Una rosa puede quemarse —dijo con desafío el discípulo.

—Aún queda fuego en la chimenea —dijo Paracelso—. Si arrojaras esta rosa a las brasas, creerías que ha sido consumida y que la ceniza es verdadera. Te digo que la rosa es eterna y que sólo su apariencia puede cambiar. Me bastaría una palabra para que la vieras de nuevo.

—¿Una palabra? —dijo con extrañeza el discípulo—. El atanor está apagado y están llenos de polvo los alambiques. ¿Qué harías para que resurgiera?

Paracelso lo miró con tristeza.

—El atanor está apagado —repitió— y están llenos de polvo los alambiques. En este tramo de mi larga jornada uso de otros instrumentos.

—No me atrevo a preguntar cuáles son —dijo el otro con astucia o con humildad.

—Hablo del que usó la divinidad para crear los cielos y la tierra y el invisible Paraíso en que estamos y que el pecado original nos oculta. Hablo de la Palabra que nos enseña la ciencia de la Cábala.

El discípulo dijo con frialdad:

—Te pido la merced de mostrarme la desaparición y aparición de la rosa. No me importa que operes con alquitaras o con el Verbo.

Paracelso reflexionó. Al cabo dijo:

—Si yo lo hiciera, dirías que se trata de una apariencia impuesta por la magia de tus ojos. El prodigio no te daría la fe que buscas. Deja, pues, la rosa.

El joven lo miró, siempre receloso. El maestro alzó la voz y le dijo:

—Además, ¿quién eres tú para entrar en la casa de un maestro y exigirle un prodigio? ¿Qué has hecho para merecer semejante don?

El otro replicó, tembloroso:

—Ya sé que no he hecho nada. Te pido en nombre de los muchos años que estudiaré a tu sombra que me dejes ver la ceniza y después la rosa. No te pediré nada más. Creeré en el testimonio de mis ojos.

Tomó con brusquedad la rosa encarnada que Paracelso había dejado sobre el pupitre y la arrojó a las llamas. El color se perdió y sólo quedó un poco de ceniza. Durante un instante infinito esperó las palabras y el milagro.

Paracelso no se había inmutado. Dijo con curiosa llaneza:

—Todos los médicos y todos los boticarios de Basilea afirman que soy un embaucador. Quizá están en lo cierto. Ahí está la ceniza que fue la rosa y que no lo será.

El muchacho sintió vergüenza. Paracelso era un charlatán o un mero visionario y él, un intruso, había franqueado su puerta y lo obligaba ahora a confesar que sus famosas artes mágicas eran vanas.

Se arrodilló, y le dijo:

—He obrado imperdonablemente. Me ha faltado la fe, que el Señor exigía a los creyentes. Deja que siga viendo la ceniza. Volveré cuando sea más fuerte y seré tu discípulo y al cabo del Camino veré la rosa.

Hablaba con genuina pasión, pero esa pasión era la piedad que le inspiraba el viejo maestro, tan venerado, tan agredido, tan insigne y por ende tan hueco. ¿Quién era él, Johannes Grisebach, para descubrir con mano sacrílega que detrás de la máscara no había nadie?

Dejarle las monedas de oro sería una limosna. Las retomó al salir. Paracelso lo acompañó hasta el pie de la escalera y le dijo que en esa casa siempre sería bienvenido. Ambos sabían que no volverían a verse.

Paracelso se quedó solo. Antes de apagar la lámpara y de sentarse en el fatigado sillón, volcó el tenue puñado de ceniza en la mano cóncava y dijo una palabra en voz baja. La rosa resurgió.

La memoria de Shakespeare

Hay devotos de Goethe, de las Eddas y del tardío cantar de los Nibelungos; Shakespeare ha sido mi destino. Lo es aún, pero de una manera que nadie pudo haber presentido, salvo un solo hombre, Daniel Thorpe, que acaba de morir en Pretoria. Hay otro cuya cara no he visto nunca.

Soy Hermann Soergel. El curioso lector ha hojeado quizá mi *Cronología de Shakespeare*, que alguna vez creí necesaria para la buena inteligencia del texto y que fue traducida a varios idiomas, incluso el castellano. No es imposible que recuerde asimismo una prolongada polémica sobre cierta enmienda que Theobald intercaló en su edición crítica de 1734 y que desde esa fecha es parte indiscutida del canon. Hoy me sorprende el tono incivil de aquellas casi ajenas páginas. Hacia 1914 redacté, y no di a la imprenta, un estudio sobre las palabras compuestas que el helenista y dramaturgo George Chapman forjó para sus versiones homéricas y que retrotraen el inglés, sin que él pudiera sospecharlo, a su origen (*Urprung*) anglosajón. No pensé nunca que su voz, que he olvidado ahora, me sería familiar... Alguna separata firmada con iniciales completa, creo, mi biografía literaria. No sé si es lícito agregar una versión inédita de *Macbeth*, que emprendí para no seguir pensando en la muerte de mi hermano Otto Julius, que cayó en el frente occidental en 1917. No la concluí; comprendí que el inglés dispone, para su bien, de dos registros —el germánico y el latino— en tanto que nuestro alemán, pese a su mejor música, debe limitarse a uno solo.

He nombrado ya a Daniel Thorpe. Me lo presentó el mayor Barclay, en cierto congreso shakespeariano. No diré el lugar, ni la fecha; sé harto bien que tales precisiones son, en realidad, vaguedades.

Más importante que la cara de Daniel Thorpe, que mi ceguera parcial me ayuda a olvidar, era su notoria desdicha. Al cabo de los años, un hombre puede simular muchas cosas pero no la felicidad. De un modo casi físico, Daniel Thorpe exhalaba melancolía.

Después de una larga sesión, la noche nos halló en una taberna cualquiera. Para sentirnos en Inglaterra (donde ya estábamos) apuramos en rituales jarros de peltre cerveza tibia y negra.

—En el Punjab —dijo el mayor— me indicaron un pordiosero. Una tradición del islam atribuye al rey Salomón una sortija que le permitía entender la lengua de los pájaros. Era fama que el pordiosero tenía en su poder la sortija. Su valor era tan inapreciable que no pudo nunca venderla y murió en uno de los patios de la mezquita de Wazil Khan, en Lahore.

Pensé que Chaucer no desconocía la fábula del prodigioso anillo, pero decirlo hubiera sido estropear la anécdota de Barclay.

—¿Y la sortija? —pregunté.

—Se perdió, según la costumbre de los objetos mágicos. Quizás esté ahora en algún escondrijo de la mezquita o en la mano de un hombre que vive en un lugar donde faltan pájaros.

—O donde hay tantos —dije— que lo que dicen se confunde. Su historia, Barclay, tiene algo de parábola.

Fue entonces cuando habló Daniel Thorpe. Lo hizo de un modo impersonal, sin mirarnos. Pronunciaba el inglés de un modo peculiar, que atribuí a una larga estadía en el Oriente.

—No es una parábola —dijo—, y si lo es, es verdad. Hay cosas de valor tan inapreciable que no pueden venderse.

Las palabras que trato de reconstruir me impresionaron menos que la convicción con que las dijo Daniel Thorpe. Pensamos que diría algo más, pero de golpe se calló, como arrepentido. Barclay se despidió. Los dos volvimos juntos al hotel. Era ya muy tarde, pero Daniel Thorpe me propuso que prosiguiéramos la charla en su habitación. Al cabo de algunas trivialidades, me dijo:

—Le ofrezco la sortija del rey. Claro está que se trata de una metáfora, pero lo que esa metáfora cubre no es menos prodigioso que la sortija. Le ofrezco la memoria de Shakespeare desde los días más pueriles y antiguos hasta los del principio de abril de 1616.

No acerté a pronunciar una palabra. Fue como si me ofrecieran el mar.

Thorpe continuó:

—No soy un impostor. No estoy loco. Le ruego que suspenda su juicio hasta haberme oído. El mayor le habrá dicho que soy, o era, médico militar. La historia cabe en pocas palabras. Empieza en el Oriente, en un hospital de sangre, en el alba. La precisa fecha no importa. Con su última voz, un soldado raso, Adam Clay, a quien habían alcanzado dos descargas de rifle, me ofreció, poco antes del fin, la preciosa memoria. La agonía y la fiebre son inventivas; acepté la oferta sin darle fe. Además, después de una acción de guerra, nada es muy raro. Apenas tuvo tiempo de explicarme las singulares condiciones del don. El poseedor tiene que ofrecerlo en voz alta y el otro que aceptarlo. El que lo da lo pierde para siempre.

El nombre del soldado y la escena patética de la entrega me parecieron literarios, en el mal sentido de la palabra.

Un poco intimidado, le pregunté:

—¿Usted, ahora, tiene la memoria de Shakespeare?

Thorpe contestó:

—Tengo, aún, dos memorias. La mía personal y la de aquel Shakespeare que parcialmente soy. Mejor dicho, dos memorias me tienen. Hay una zona en que se confunden. Hay una cara de mujer que no sé a qué siglo atribuir.

Yo le pregunté entonces:

—¿Qué ha hecho usted con la memoria de Shakespeare?

Hubo un silencio. Después dijo:

—He escrito una biografía novelada que mereció el desdén de la crítica y algún éxito comercial en los Estados Unidos y en las colonias. Creo que es todo. Le he prevenido que mi don no es una sinecura. Sigo a la espera de su respuesta.

Me quedé pensando. ¿No había consagrado yo mi vida, no menos incolora que extraña, a la busca de Shakespeare? ¿No era justo que al fin de la jornada diera con él?

Dije, articulando bien cada palabra:

—Acepto la memoria de Shakespeare.

Algo, sin duda, aconteció, pero no lo sentí.

Apenas un principio de fatiga, acaso imaginaria.

Recuerdo claramente que Thorpe me dijo:

—La memoria ya ha entrado en su conciencia, pero hay que descubrirla. Surgirá en los sueños, en la vigilia, al volver las hojas de un libro o al doblar una esquina. No se impaciente usted, no invente recuerdos. El azar puede favorecerlo o demorarlo, según su misterioso modo. A medida que yo vaya olvidando, usted recordará. No le prometo un plazo.

Lo que quedaba de la noche lo dedicamos a discutir el carácter de Shylock. Me abstuve de indagar si Shakespeare había tenido trato personal con judíos. No quise que Thorpe imaginara que yo lo sometía a una prueba. Comprobé, no sé si con alivio o con inquietud, que sus opiniones eran tan académicas y tan convencionales como las mías.

A pesar de la vigilia anterior, casi no dormí la noche siguiente. Descubrí, como otras tantas veces, que era un cobarde. Por el temor de ser defraudado, no me entregué a la generosa esperanza. Quise pensar que era ilusorio el presente de Thorpe. Irresistiblemente, la esperanza prevaleció. Shakespeare sería mío, como nadie lo fue de nadie, ni en el amor, ni en la amistad, ni siquiera en el odio. De algún modo yo sería Shakespeare. No escribiría las tragedias ni los intrincados sonetos, pero recordaría el instante en que me fueron reveladas las brujas, que también son las parcas, y aquel otro en que me fueron dadas las vastas líneas:

> *And shake the yoke of inauspicious stars*
> *From this worldweary flesh.*

Recordaría a Anne Hathaway como recuerdo a aquella mujer, ya madura, que me enseñó el amor en un departamento de Lübeck, hace ya tantos años. (Traté de recordarla y sólo pude recobrar el empapelado, que era amarillo, y la claridad que venía de la ventana. Este primer fracaso hubiera debido anticiparme los otros.)

Yo había postulado que las imágenes de la prodigiosa memoria serían, ante todo, visuales. Tal no fue el hecho. Días después, al afeitarme, pronuncié ante el espejo unas palabras que me extrañaron y que pertenecían, como un colega me indicó, al *A.B.C.* de Chaucer. Una tarde, al salir del Museo Británico, silbé una melodía muy simple que no había oído nunca.

Ya habrá advertido el lector el rasgo común de esas primeras revelaciones de una memoria que era, pese al esplendor de algunas metáforas, harto más auditiva que visual.

De Quincey afirma que el cerebro del hombre es un palimpsesto. Cada nueva escritura cubre la escritura anterior y es cubierta por la que sigue, pero la todopoderosa memoria puede exhumar cualquier impresión, por momentánea que haya sido, si le dan el estímulo suficiente. A juzgar por su testamento, no había un solo libro, ni siquiera la Biblia, en casa de Shakespeare, pero nadie ignora las obras que frecuentó:

Chaucer, Gower, Spenser, Christopher Marlowe, la *Crónica* de Holinshed, el Montaigne de Florio, el Plutarco de North. Yo poseía de manera latente la memoria de Shakespeare; la lectura, es decir la relectura, de esos viejos volúmenes sería el estímulo que buscaba. Releí también los sonetos, que son su obra más inmediata. Di alguna vez con la explicación o con las muchas explicaciones. Los buenos versos imponen la lectura en voz alta; al cabo de unos días recobré sin esfuerzo las erres ásperas y las vocales abiertas del siglo dieciséis.

Escribí en la *Zeitschrift für germanische Philologie* que el soneto 127 se refería a la memorable derrota de la Armada Invencible. No recordé que Samuel Butler, en 1899, ya había formulado esa tesis.

Una visita a Stratford-on-Avon fue, previsiblemente, estéril.

Después advino la transformación gradual de mis sueños. No me fueron deparadas, como a De Quincey pesadillas espléndidas, ni piadosas visiones alegóricas, a la manera de su maestro, Jean Paul. Rostros y habitaciones desconocidas entraron en mis noches. El primer rostro que identifiqué fue el de Chapman; después, el de Ben Jonson y el de un vecino del poeta, que no figura en las biografías, pero que Shakespeare veía con frecuencia.

Quien adquiere una enciclopedia no adquiere cada línea, cada párrafo, cada página y cada grabado; adquiere la mera posibilidad de conocer alguna de esas cosas. Si ello acontece con un ente concreto y relativamente sencillo, dado el orden alfabético de las partes, ¿qué no acontecerá con un ente abstracto y variable, *ondoyant et divers*, como la mágica memoria de un muerto?

A nadie le está dado abarcar en un solo instante la plenitud de su pasado. Ni a Shakespeare, que yo sepa, ni a mí, que fui su parcial heredero, nos depararon ese don. La memoria del hombre no es una suma; es un desorden de posibilidades indefinidas. San Agustín, si no me engaño, habla de los palacios y cavernas de la memoria. La segunda metáfora es la más justa. En esas cavernas entré.

Como la nuestra, la memoria de Shakespeare incluía zonas, grandes zonas de sombra rechazadas voluntariamente por él. No sin algún escándalo recordé que Ben Jonson le hacía recitar hexámetros latinos y griegos y que el oído, el incomparable oído de Shakespeare, solía equivocar una cantidad, entre la risotada de los colegas.

Conocí estados de ventura y de sombra que trascienden la común experiencia humana. Sin que yo lo supiera, la larga y estudiosa soledad me había preparado para la dócil recepción del milagro.

Al cabo de unos treinta días, la memoria del muerto me animaba. Durante una semana de curiosa felicidad, casi creí ser Shakespeare. La obra se renovó para mí. Sé que la luna, para Shakespeare, era menos la luna que Diana y menos Diana que esa obscura palabra que se demora: *moon*. Otro descubrimiento anoté. Las aparentes negligencias de Shakespeare, esas *absence dans l'infini* de que apologéticamente habla Hugo, fueron deliberadas. Shakespeare las toleró, o intercaló, para que su discurso, destinado a la escena, pareciera espontáneo y no demasiado pulido y artificial (*nicht allzu glatt und gekünstelt*). Esa misma razón lo movió a mezclar sus metáforas:

> *my way of life*
> *Is fall'n into the sear, the yellow leaf.*

Una mañana discerní una culpa en el fondo de su memoria. No traté de definirla; Shakespeare lo ha hecho para siempre. Básteme declarar que esa culpa nada tenía en común con la perversión.

Comprendí que las tres facultades del alma humana, memoria, entendimiento y voluntad, no son una ficción escolástica. La memoria de Shakespeare no podía revelarme otra cosa que las circunstancias de Shakespeare. Es evidente que éstas no constituyen la singularidad del poeta; lo que importa es la obra que ejecutó con ese material deleznable.

Ingenuamente, yo había premeditado, como Thorpe, una biografía. No tardé en descubrir que ese género literario requiere condiciones de escritor que ciertamente no son mías. No sé narrar. No sé narrar mi propia historia, que es harto más extraordinaria que la de Shakespeare. Además, ese libro sería inútil. El azar o el destino dieron a Shakespeare las triviales cosas terribles que todo hombre conoce; él supo transmutarlas en fábulas, en personajes mucho más vívidos que el hombre gris que los soñó, en versos que no dejarán caer las generaciones, en música verbal. ¿A qué destejer esa red, a qué minar la torre, a qué reducir a las módicas proporciones de una biografía documental o de una novela realista el sonido y la furia de *Macbeth*?

Goethe constituye, según se sabe, el culto oficial de Alemania; más íntimo es el culto de Shakespeare, que profesamos no sin nostalgia. (En Inglaterra, Shakespeare, que tan lejano está de los ingleses, constituye el culto oficial; el libro de Inglaterra es la Biblia.)

En la primera etapa de la aventura sentí la dicha de ser Shakespeare; en la postrera, la opresión y el terror. Al principio las dos memorias no mezclaban sus aguas. Con el tiempo, el gran río de Shakespeare amenazó, y casi anegó, mi modesto caudal. Advertí con temor que estaba olvidando la lengua de mis padres. Ya que la identidad personal se basa en la memoria, temí por mi razón.

Mis amigos venían a visitarme; me asombró que no percibieran que estaba en el infierno.

Empecé a no entender las cotidianas cosas que me rodeaban (*die alltägliche Umwelt*). Cierta mañana me perdí entre grandes formas de hierro, de madera y de cristal. Me aturdieron silbatos y clamores. Tardé un instante, que pudo parecerme infinito, en reconocer las máquinas y los vagones de la estación de Bremen.

A medida que transcurren los años, todo hombre está obligado a sobrellevar la creciente carga de su memoria. Dos me agobiaban, confundiéndose a veces: la mía y la del otro, incomunicable.

Todas las cosas quieren perseverar en su ser, ha escrito Spinoza. La piedra quiere ser una piedra, el tigre un tigre, yo quería volver a ser Hermann Soergel.

He olvidado la fecha en que decidí liberarme. Di con el método más fácil. En el teléfono marqué números al azar. Voces de niño o de mujer contestaban. Pensé que mi deber era respetarlas. Di al fin con una voz culta de hombre. Le dije:

—¿Quieres la memoria de Shakespeare? Sé que lo que te ofrezco es muy grave. Piénsalo bien.

Una voz incrédula replicó:

—Afrontaré ese riesgo. Acepto la memoria de Shakespeare.

Declaré las condiciones del don. Paradójicamente, sentía a la vez la nostalgia del libro que yo hubiera debido escribir y que me fue vedado escribir y el temor de que el huésped, el espectro, no me dejara nunca.

Colgué el tubo y repetí como una esperanza estas resignadas palabras:

Simply the thing I am shall make me live.

Yo había imaginado disciplinas para despertar la antigua memoria; hube de buscar otras para borrarla. Una de tantas fue el estudio de la mitología de William Blake, discípulo rebelde de Swedenborg. Comprobé que era menos compleja que complicada.

Ese y otros caminos fueron inútiles: todos me llevaban a Shakespeare.

Di al fin con la única solución para poblar la espera: la estricta y vasta música: Bach.

P.S. 1924 – Ya soy un hombre entre los hombres. En la vigilia soy el profesor emérito Hermann Soergel, que manejo un fichero y que redacto trivialidades eruditas, pero en el alba sé, alguna vez, que el que sueña es el otro. De tarde en tarde me sorprenden pequeñas y fugaces memorias que acaso son auténticas.

Índice

TAMBIÉN DE

JORGE LUIS BORGES

EL HACEDOR

Considerado por el mismo Borges como su libro más personal, *El hacedor* explora la relación entre el mundo interior y exterior del artista, el misterioso espacio entre sus sueños y la vida real. En un maravilloso cruce de géneros y temáticas, los relatos, ensayos y poemas de esta colección reflejan muchas de las preocupaciones centrales que recorren toda la obra borgiana. En fascinantes escritos como "Diálogo sobre un diálogo", "La trama", "Dreamtigers", y "Borges y yo", entre otros muchos, Borges examina la serenidad de la mente creativa, el espectáculo de su figura pública, y mira hacia el más allá: el mundo eterno en el que sus libros continuarán dialogando con la literatura universal mucho después de que él mismo haya desaparecido. Valorado por la crítica como una de las obras más importantes del siglo xx, *El hacedor* es un extraordinario ejemplo del poder del maestro argentino, el alcance de su visión creativa y su inagotable contribución a la literatura.

Poesía

FICCIONES

Ficciones está compuesto por los libros *El jardín de senderos que se bifurcan* y *Artificios*, ambos considerados piezas claves del universo borgiano. Entre los cuentos que aquí se reúnen hay algunos de corte policial como "La muerte y la brújula", la historia de un detective que investiga el asesinato de un rabino; otros sobre libros imaginarios como "Tlön, Uqbar, Orbis Tertius", una extraordinaria reflexión sobre la literatura y su influencia en el mundo físico. Fascinante y sorprendente, le brinda al lector un mundo de reflexiones sobre las convenciones de lectura y el modo de entender la realidad.

Ficción/Literatura

POESÍA COMPLETA

Además de extraordinario narrador y ensayista, Jorge Luis Borges fue un excelente poeta. De hecho, puede decirse que la poesía es el alma de su obra. Indisociable de sus cuentos y ensayos, estos poemas son parte indispensable del universo borgiano y constituyen una indagación paralela a los asuntos que siempre le apasionaron: los libros, la memoria, los laberintos, los espejos, el amor y la eternidad. De los poemas que integran esta fantástica colección cabe destacar "El mar", "Arte poética", "El laberinto", "Límites" y su primer libro de poesía *Fervor de Buenos Aires*, entre otros muchos. Dueño de un fino oído y una impresionante capacidad para crear imágenes memorables, Borges revive en sus grandes poemas la intensidad que recorre la gran tradición occidental desde Homero hasta Eliot. En palabras del propio Borges: "Ajedrez misterioso la poesía, cuyo tablero y cuyas piezas cambian como en un sueño y sobre el cual me inclinaré después de haber muerto".

Poesía

TAMBIÉN DISPONIBLES

El Aleph
Historia universal de la infamia

VINTAGE ESPAÑOL
Disponibles en su librería favorita
www.vintageespanol.com

TAMBIÉN DE
VINTAGE ESPAÑOL CLÁSICOS

PEDRO PÁRAMO
por Juan Rulfo

Introducción de Gabriel García Márquez. Obra maestra del universo literario en español, esta portentosa novela mexicana narra la historia de Pedro Páramo, un caudillo local de quien dependen la vida y la muerte de un pueblo, Comala, y del hijo que va a buscarlo porque así se lo prometió a su madre moribunda. El narrador, Juan Preciado, llega a un pueblo deshabitado pero lleno de fantasmas, y a través de estos conoce la destrucción que trajo la convulsa pasión de Pedro Páramo hacia Susana San Juan. Publicada en 1955 y aclamada por el público y la crítica, *Pedro Páramo* representa un cambio radical con la novela realista de la época.

Ficción

VINTAGE ESPAÑOL CLÁSICOS
Disponibles en su librería favorita
www.vintageespanol.com

TAMBIÉN DE

Vintage Español

LA CASA EN MANGO STREET
por Sandra Cisneros

Elogiado por la crítica, admirado por lectores de todas las edades, en escuelas y universidades de todo el país, y traducido a una multitud de idiomas, *La casa en Mango Street* es la extraordinaria historia de Esperanza Cordero. Contado a través de una serie de viñetas —a veces desgarradoras, a veces profundamente alegres— es el relato de una niña latina que crece en un barrio de Chicago, inventando por sí misma en qué y en quién se convertirá. Pocos libros de nuestra era han conmovido a tantos lectores.

Ficción

EL ESPÍRITU DE LA CIENCIA-FICCIÓN
por Roberto Bolaño

El espíritu de la ciencia-ficción transcurre en México DF durante los años setenta y narra la vida de dos escritores jóvenes. Mientras Remo Morán busca la manera de subsistir sin abandonar su sueño, Jan Schrella vive confinado en la buhardilla que ambos comparten, desde donde envía cartas delirantes a sus escritores de ciencia-ficción favoritos. En la ciudad y en sus vidas todo lo importante parece suceder en ese momento mágico y efímero que separa la noche del día, en ese filo en el que el amor puede tornarse desamor y toda obsesión puede ser el germen de un futuro éxito. Bolaño escribió esta novela a comienzos de la década de los ochenta y, como ocurrió con gran parte de su obra, volvió sobre ella durante mucho tiempo. Aquí se encuentra ya la esencia del fascinante universo literario del autor. El mejor Bolaño, el que escribe apasionadamente sobre temas como la búsqueda, la literatura, el amor, la juventud, la amistad, el humor y la rebeldía, está en este libro.

Ficción

EL ESCÁNDALO DEL SIGLO
Textos en prensa y revistas (1950-1984)
por Gabriel García Márquez

Esta antología pretende ser la muestra más representativa de la tensión narrativa entre periodismo y literatura que recorrió toda la trayectoria del autor como reportero. Este volumen contiene piezas tan indispensables como los reportajes escritos desde Roma sobre la muerte de una joven italiana, suceso que permitió al autor pintar un fresco incomparable de las élites políticas y artísticas del país en un marco de novela policiaca; crónicas sobre la vida tras el "telón de acero", sobre la trata de blancas desde París hasta América Latina o apuntes sobre Fidel Castro o Pío XII. Encontramos también artículos que contemplan la política, la sociedad y la cultura bajo la luz sólida, profunda y experimentada de ese gran contador de historias que siempre será maestro de periodistas.

Periodismo/Antología

VEINTE POEMAS DE AMOR Y UNA CANCIÓN DESESPERADA Y CIEN SONETOS DE AMOR
por Pablo Neruda

Veinte poemas de amor y una canción desesperada causó un fuerte revuelo en la conservadora sociedad chilena debido a su franco retrato de la relación del autor con dos mujeres. Se convirtió inmediatamente en una de las colecciones de poesía más leídas, estableciendo a Neruda como una de las más singulares voces de la poesía en español del siglo XX. *Cien sonetos de amor*, por su parte, incluye algunos de los más sensuales e intensos poemas del autor. Aunque publicada treinta y cinco años más tarde, retiene la ingenuidad y la intensa pasión del joven Neruda.

Poesía

VINTAGE ESPAÑOL
Disponibles en su librería favorita
www.vintageespanol.com